모든 죽은 것

Every Dead Thing by John Connolly

Copyright ⓒ 1999 by John Connolly
All rights reserved.

Korean translation rights arranged with Darley Anderson Literary,
TV&Film Agency, London through Danny Hong Agency, Seoul.
Korean translation copyright ⓒ 2011 by Openhouse for Publishers Co., Ltd.

이 책의 한국어판 저작권은 대니홍 에이전시를 통한
저작권사와의 독점 계약으로 (주)오픈하우스 포 퍼블리셔스에 있습니다.
신저작권법에 의해 한국 내에서 보호를 받는 저작물이므로 무단전재와 복제를 금합니다.

찰리 파커 스릴러
A Charlie Parker Thriller

모든 죽은 것

존 코널리 장편소설 | 강수정 옮김

openHouse

모든 죽은 것
|차례|

1부   7

2부   201

3부   329

4부   517

1부

나는 모든 죽은 것이니 (……) 부재와 어둠과 죽음이,
그리하지 않은 것들이 나를 다시 낳았도다.
— 존 던, 〈성 루시 일의 야상시〉

프롤로그

차 안은 춥다, 무덤만큼이나 춥다. 그래도 찬 기운에 정신을 바짝 차릴 수 있도록 에어컨을 완전히 틀어놓는 게 좋다. 라디오 볼륨은 나지막하지만 엔진 소리에도 희미하게 이어지는 노랫가락을 알아들을 수 있다. REM 초창기, 어깨와 비를 운운하는 내용이다. 콘월 대교를 지나 10킬로미터쯤 달렸으니 이제 곧 사우스케이넌이고 케이넌을 지나면 매사추세츠 주로 넘어간다. 눈앞에서는 찬란한 태양이 이울며 피 흘리는 하루가 서서히 밤으로 저물어간다.

그들이 죽던 날 밤, 어둠 속으로 붉은빛을 흩뿌리며 제일 먼저 도착한 건 순찰차였다. 피해자의 부름에 달려가야 할 사람이 피해자가 되어 도움을 청한 상황이라는 걸 아는 경찰 두 명이 신속하게, 그러면서도 조심스럽게 집 안으로 들어왔다.

두 사람이 브루클린에 있는 우리 집 부엌으로 들어가 내 아내와 아이의 시체를 발견할 때 나는 머리를 감싸 쥔 채 복도에 앉아 있었다. 한 명은 재빨리 위층을 살피고 또 한 명은 거실과 식당을 둘러봤지만,

그러는 동안에도 부엌은 그곳에 펼쳐진 장면을 목도하라며 그들을 소리쳐 부르고 있었다.

두 명이 살해된 것처럼 보인다고 현장감식반에 무전을 치는 소리가 들렸다. 맡은 바 본분에 충실한 경찰답게 눈앞의 상황을 최대한 냉정하게 전달하려 애썼지만 충격에 빠진 목소리였다. 어쩌면 그 상황에서도 그들은 나를 의심했을지 모른다. 그들은 경찰이었고, 인간이 어떤 짓까지 저지를 수 있는지 누구보다 잘 알았다. 제 동료라고 해서 달라지는 건 없었다. 그래서 앰뷸런스를 꼬리에 달고 도착한 형사들이 집 안으로 들어오고, 동네 사람들이 어느 틈에 현관 앞으로, 길가로, 심지어 몇 명은 저기 살던 젊은 부부, 금발 머리 딸이 있는 그 집 부부에게 무슨 일이 생겼는지 알아보기 위해 길을 건너올 때까지도 한 명은 차 옆을, 또 한 명은 내가 앉은 현관 입구를 말없이 지키고 서 있었다.

"버드." 아는 목소리에 손으로 눈을 덮었다. 서러움이 치받쳤다. 월터 콜이 나를 내려다보고 있었다. 조금 뒤에 물러선 맥기의 얼굴 위로 경광등이 번쩍였지만 얼룩진 그 빛으로도 눈앞의 광경에 질려 창백해진 안색을 가릴 수는 없었다. 밖에 차가 도착하는 소리가 들렸다. 구급대가 들어오고 누군가 월터를 찾았다. "검시관이 왔습니다." 경찰 옆에 치즈 덩어리 같은 얼굴을 한 젊은 말라깽이 남자가 서 있었다. 월터가 고개를 끄덕이며 부엌 쪽을 가리켰다.

"버드맨." 월터가 나를 다시 한 번 불렀다. 이번엔 조금 다그치는 투였고, 목소리도 더 딱딱했다. "무슨 일이 있었던 건지 말해줄 수 있겠나?"

꽃가게 앞 주차장에 차를 세운다. 가벼운 바람에 날린 코트 자락이 아이의 손처럼 내 다리를 휘감는다. 가게 안은 몸서리치게 춥고, 장미 향이 진동한다. 장미는 유행을 타지 않고 철도 따로 없다.

남자가 허리를 구부리고는 두툼한 잎사귀가 왁스를 바른 것처럼 번들거리는 작은 화분을 꼼꼼히 살핀다. 내가 들어서자 힘겨운 듯 천천히 허리를 편다.

"어서 오세요. 뭘 드릴까요?"

"장미 좀 사려고요. 열두 송이만 주세요. 아니, 스물네 송이가 낫겠네요."

"장미 스물네 송이, 알겠습니다." 남자는 체구가 크고 머리가 벗겨졌다. 얼추 예순 줄에 접어든 것 같다. 걸음걸이는 뻣뻣하고, 무릎은 좀처럼 구부리지 않는다. 관절염 때문에 손가락 마디가 퉁퉁 부었다.

"에어컨이 애물단지예요." 남자는 고물 벽걸이 에어컨 앞으로 가서 스위치를 만지작거린다. 아무것도 달라지지 않는다.

낡은 가게 한쪽을 유리로 막아서 길게 온실을 냈다. 남자는 문을 열고 안에 있는 양동이에서 조심스레 장미를 들어올린다. 스물네 송이를 확인한 남자는 문을 닫고, 장미는 카운터의 비닐 위에 내려놓는다.

"선물용으로 포장해드릴까요?"

"아니요. 그냥 비닐로 싸주시면 됩니다."

남자가 잠시 나를 쳐다보고 기억을 더듬는 그 짧은 찰나에 어디선가 방아쇠 당기는 소리가 들리는 것만 같다.

"어디서 뵌 적이 있던가요?"

도시에 사는 사람들은 기억력이 짧다. 그 너머에서는 기억이 더 오래 지속된다.

추가 수사 보고서

뉴욕경찰청　　사건번호: 96-12-1806
범행분류:　　살인사건
피해자:　　　수전 파커, 여성
　　　　　　 제니퍼 파커, 여성
장소:　　　　호버트 스트리트 1219번지, 부엌
날짜:　　　　1996년 12월 12일
시간:　　　　21시 30분경
범행방법:　　자상
범행도구:　　날카로운 무기, 칼로 추정(미발견)
보고자:　　　월터 콜, 형사팀장
상세내용:

1996년 12월 13일, 제럴드 커시 경관으로부터 살인사건에 형사 파견 요청을 받고 호버트 스트리트 1219번지로 출동.

　사건을 신고한 찰리 파커 형사는 부인 수전 파커와 언쟁을 한 후 19시에 집을 나왔다고 진술. 톰스오크라는 술집에 가서 12월 13일 01시 30분까지 그곳에 있었음. 현관문을 통해 집으로 들어왔고, 입구의 가구가 넘어져 있는 것을 발견. 부엌에서 딸과 아내를 발견. 아내는 부엌 의자에 묶여 있었지만, 딸의 시체는 옆에 놓인 의자에서 들어다가 엄마의 시체 위에 얹어놓은 것처럼 보였다고 진술. 01시 55분에 경찰에 전화하고 현장에서 대기.

　찰리 파커가 수전 파커(부인, 33세)와 제니퍼 파커(딸, 3세)라고 확인한 피해자들은 부엌에 있었음. 수전 파커는 문을 향하도록 부엌 한가운데 가져다놓은 의자에 묶여 있었음. 두 번째 의자는 그 옆에 놓여 있고, 등받이 가로대에 약간의 끈이 걸려 있었음. 제니퍼 파커는 얼굴을 위로 한 채 엄마의 무릎 위에 놓여 있었음.

　수전 파커는 맨발에 청바지와 흰 블라우스 차림. 블라우스는 허리까지 찢겨서 가슴이 드러났음. 청바지와 속옷은 허벅지까지 내려왔음. 제니퍼 파커는 맨발에 파란 꽃무늬의 흰 잠옷 차림.

현장감식반 애니 밍겔라에게 자세한 조사를 지시했음. 검시관 클래런스 홀이 사망 확인 후 시체는 병원으로 이송. 앤서니 로엡 박사가 강간 여부를 확인한 후 다시 넘겨받음. 다음과 같은 증거를 수집했음:

96-12-1806-M1: 수전 파커(피해자 #1)의 흰 블라우스

96-12-1806-M2: 피해자 #1의 청바지

96-12-1806-M3: 피해자 #1의 파란색 면 속옷

96-12-1806-M4: 피해자 #1의 음모에서 걷어낸 털

96-12-1806-M5: 피해자 #1의 질 내 물질

96-12-1806-M6: 피해자 #1의 오른손 손톱에 낀 물질

96-12-1806-M7: 피해자 #1의 왼손 손톱에 낀 물질

96-12-1806-M8: 피해자 #1의 오른쪽 앞머리에서 걷어낸 머리카락

96-12-1806-M9: 피해자 #1의 왼쪽 앞머리에서 걷어낸 머리카락

96-12-1806-M10: 피해자 #1의 오른쪽 뒷머리에서 걷어낸 머리카락

96-12-1806-M11: 피해자 #1의 왼쪽 뒷머리에서 걷어낸 머리카락

96-12-1806-M12: 제니퍼 파커(피해자 #2)의 흰색/파란색 면 잠옷

96-12-1806-M13: 피해자 #2의 질 내 액

96-12-1806-M14: 피해자 #2의 오른손 손톱에 낀 물질

96-12-1806-M15: 피해자 #2의 왼손 손톱에 낀 물질

96-12-1806-M16: 피해자 #2의 오른쪽 앞머리에서 걷어낸 머리카락

96-12-1806-M17: 피해자 #2의 왼쪽 앞머리에서 걷어낸 머리카락

96-12-1806-M18: 피해자 #2의 오른쪽 뒷머리에서 걷어낸 머리카락

96-12-1806-M19: 피해자 #2의 왼쪽 뒷머리에서 걷어낸 머리카락

이번에도 날카로운 말다툼이었는데, 사랑을 나눈 후라는 사실 때문

에 상황이 더 심각했다. 지난 싸움의 식은 재를 헤집어 불씨를 살려냈다. 나의 음주벽, 제니퍼에게 소홀한 것, 걸핏하면 자학과 연민에 빠지는 버릇. 부서져라 문을 닫고 나오는데 차가운 밤공기 속으로 수전의 고함소리가 쫓아 나왔다.

술집은 걸어서 20분 거리였다. 와일드터키 위스키 한 잔을 털어 넣자 바짝 곤두섰던 몸의 긴장이 녹듯이 사라졌고, 그런 다음에는 주정뱅이의 익숙한 과정이 이어졌다. 분노, 이어지는 감상, 슬픔과 후회, 원망. 자리를 털고 일어났을 때 술집에는 구제불능들만 남았고, 그 술꾼과 주정뱅이들은 주크박스에서 흘러나오는 반 헤일런 밴드의 목소리를 누르겠다며 큰 소리로 합창을 해댔다. 나는 문을 나서다 발을 헛디뎠고, 계단 아래쪽 자갈에 무릎을 아프게 찧었다. 그러고는 울렁거리고 메스꺼운 속으로 비틀거리며 집에 갔다. 몸을 가누지 못한 채 길에 내려서면 차들이 나를 피하느라 크게 핸들을 틀었고, 운전자들의 얼굴엔 놀라고 화난 표정이 역력했다.

문 앞에서 더듬더듬 열쇠를 꺼내고도 한 번에 찔러 넣지 못해서 자물쇠 아래쪽의 흰 페인트를 긁었다. 자물쇠 밑은 긁힌 자국 천지였다.

문을 열고 들어서는 순간 뭔가 잘못됐다는 걸 알았다. 나갈 때는 집이 따뜻했다. 제니퍼가 추위를 많이 타기 때문에 늘 난방을 따뜻하게 했다. 제니퍼는 예쁘지만 약골이었다. 도자기 꽃병처럼 섬세한 아이였다. 집은 어두운 저 바깥만큼, 무덤만큼 추웠다. 꽃병을 올려놓는 마호가니 스탠드가 카펫 위에 넘어져 있고, 화분은 두 동강이 나서 흙이 어지러웠다. 포인세티아 뿌리가 꼴사납게 드러났다.

수전의 이름을 불렀다. 다시 한 번, 이번에는 좀더 크게 불렀다. 몽롱했던 취기는 이미 말끔히 가셨고, 방으로 올라가기 위해 계단을 오르려는데 부엌 뒷문이 싱크대에 쾅하고 부딪히는 소리가 들렸다. 본능적으로 콜트DE를 꺼내려고 손을 뻗었지만, 그건 위층 책상에 있었다. 수전과 고래고래 소리를 지르며 다 죽어가는 결혼생활의 또 한 장을 휘갈기기 전에 거기 꺼내놨었다. 그 순간엔 스스로를 탓하며 욕을 퍼부었지만, 나중에 생각해보니 그게 나의 모든 실패와 모든 회한을 상징하는 것 같았다.

왼손 끝으로 차가운 벽을 쓸면서 조심스레 부엌으로 향했다. 살짝 열린 문틈으로 손을 넣어 슬그머니 밀었다. "수전?" 부엌으로 들어가며 아내를 불렀다. 끈끈한 액체 같은 것에 발이 살짝 밀렸다. 뭔가 싶어 내려다보는 순간, 그곳은 지옥으로 변했다.

꽃집 노인은 풀리지 않는 수수께끼에 실눈을 뜬 채 나를 가리키며 가볍게 손가락을 흔든다.

"틀림없이 어디선가 본 적이 있는데."

"아닌데요."

"여기 사람이신가? 케이넌 출신이오? 아니면 몬테리? 오티스?"

"아닙니다. 전혀 다른 곳이에요." 이런 식의 취조는 그만두라는 시선을 보내자 노인이 주춤한다. 신용카드를 꺼내려다 마음을 바꾼다. 지갑에서 돈을 꺼내 카운터에 내려놓는다.

"전혀 다른 곳이라." 노인은 거기에 뭔가 심오한 속뜻이라도 있는 것처럼 고개를 끄덕인다. "틀림없이 큰 곳일 테지. 거기서 오는 사람들이 많아."

하지만 나는 이미 가게 문을 나서고 있다. 차를 빼는데, 노인이 창가에 서서 나를 바라보고 있다. 뒷자리에 놓은 장미 줄기에서 떨어지는 물에 바닥이 흥건하다.

추가 수사 보고서, 이어서

사건번호: 96-12-1806

수전 파커는 부엌의 소나무 의자에 앉은 채 북쪽의 부엌문을 향하고 있었음. 정수리와 북쪽 벽의 간격은 3미터 18센티, 동쪽 벽과는 1미터 90센티. 팔은 뒤로 돌려서······

가느다란 끈으로 등받이 가로대에 묶었다. 발도 한쪽씩 의자 다리에 묶고, 머리카락에 뒤덮이다시피 한 얼굴은 피범벅이 된 나머지 맨살을 찾기 힘들었다. 머리를 완전히 뒤로 젖혔기 때문인지 목에 그은 상처는 마치 소리 없이 검붉은 비명을 지르는 두 번째 입 같았다. 수전의 무릎 위엔 우리 딸이, 제 엄마의 다리 사이에 팔 하나를 늘어뜨린 채 누워 있었다.

그 주변은 피가 피의 메아리를 부르는 끔찍한 복수극의 무대 장치처럼 온통 붉은색이었다. 천장과 벽까지 피로 물들어, 차라리 집이 치명상을 입은 것처럼 보였다. 피로 걸쭉한 바닥은 거기 비치는 내 모습을 선홍빛 암흑 속으로 삼켜버리려는 것 같았다.

수전 파커는 코가 부러짐. 상처가 벽이나 바닥의 자국과 일치. 문 근처 벽에 묻은 혈흔에서 뼛조각과 코털, 점액 확인······

수전은 도망치려 했다. 딸과 자신의 목숨을 구하기 위해 도움을 청하려 했지만, 문까지밖에 가지 못했다. 거기서 붙들렸다. 그 자는 수전의 머리를 잡아 벽에 내리친 다음, 피 흘리며 신음하는 아내를 의자로 다시 끌고 가서 죽였다.

제니퍼 파커는 얼굴을 위로 향한 채 허벅지 위에 길게 놓여 있고, 엄마의 의자 옆에 두 번째 소나무 의자가 나란히 놓여 있었음. 의자 등받이에 감긴 끈과 제니퍼 파커의 손목 및 발목에 난 자국이 일치함.

제니퍼 주변에는 피가 많지 않았지만, 목의 깊은 상처에서 흐른 피에 잠옷이 얼룩졌다. 얼굴은 문을 향하고 머리카락을 앞으로 늘어뜨려서 얼굴을 덮었는데, 몇 가닥은 피 때문에 가슴에 들러붙었고, 양말도 신지 않은 발가락이 타일 바닥 위에서 대롱거렸다. 제니퍼는 잠깐밖에 보지 못했는데, 우리의 삶이 산산조각 나버린 잔해 속에서도 수전이 살아 있을 때처럼 내 시선을 잡아당겼기 때문이었다.

아내를 보고 있으려니 나도 모르게 몸이 벽을 타고 주르르 미끄러졌고, 저 깊은 곳에서 짐승 같기도 하고 아이 같기도 한 울부짖음이 터져 나왔다. 내 아내였던 아름다운 여자를 물끄러미 바라보는데, 피범벅이 된 텅 빈 눈구멍이 나를 그 속으로 빨아들여 암흑으로 감싸는 것 같았다.

희생자 두 명 모두 눈이 훼손됐으며, 외과용 메스 같은 날카로운 칼을 이용해서 도려낸 것처럼 보임. 수전 파커는 가슴의 피부도 일부 벗겨냈음. 쇄골부터 배꼽까지의 피부를 부분적으로 벗겨서 오른쪽 가슴 위로 넘겨 오른쪽 팔까지 당겼음.

두 사람 뒤의 창문으로 환한 달빛이 번쩍이는 조리대와 벽의 타일, 싱크대의 수도꼭지 위로 차가운 빛을 뿌렸다. 달빛은 수전의 머리 위에도 떨어져 어깨의 맨살을 은빛으로 물들이고, 팔 위로 팽팽하게 당긴 얇은 살갗, 너무 얇아서 추위도 막아주지 못하는 그 망토 사이사이로 스며들었다.

희생자 두 명 모두 성기에 상당한 훼손이 자행되었고,

그리고 얼굴을 뜯어냈다.

이제 날은 빠르게 저물어가고, 전조등 불빛에 앙상한 나뭇가지와 말끔하게 정돈한 잔디밭 끝자락, 깨끗한 흰색 우편함, 차고 앞에 뉘어놓은 어린이 자전거가 들어온다. 날이 저물면서 바람도 더 거세져서 나무 울타리를 벗어나자 차로 돌진하는 바람이 느껴진다. 나는 지금 워싱턴의 베킷, 버크셔힐스에 가고 있다. 이제 거의 다 왔다.

강제로 침입한 흔적 없음. 입구의 측량과 현장 스케치 완료 후 시체 이송.
지문 조사 결과 확인된 점들:
부엌/복도/거실-가용 지문은 수전 파커(96-12-1806-7), 제니퍼 파커(96-12-1806-8), 그리고 찰리 파커(96-12-1806-9)의 것으로 확인됨.

부엌에서 밖으로 나가는 뒷문-가용 지문 없음; 표면의 물 자국으로 보아 문을 닦아낸 것으로 보임. 도난 흔적 없음.

피해자들의 시신에서 지문 찾지 못함.

찰리 파커는 살인사건 팀에서 조사받음(별첨).

취조실의 상황은 빤했다. 나도 수없이 했던 일이었다. 그들은 전에 내가 다른 사람들을 심문했던 그대로, 낯설고 딱딱한 용어를 들이대며 나를 심문했다. "이후 행동과 관련하여 뭐가 기억납니까?" "술집에서 다른 손님들의 배치 상태와 관련하여 뭐가 기억납니까?" "뒷문의 자물쇠 상태를 인식하고 있었습니까?" 모호하고 애매한 말들, 술집의 담배 연기처럼 범죄 수사과정을 가리는 법률 용어들.

내가 진술을 하자 월터는 톰스오크에 전화를 걸어서 내가 얘기한 시간에 거기 있었고, 그러므로 내가 내 아내와 딸을 살해할 수 없었다는 사실을 확인했다.

그들 사이에 귓속말이 오갔다. 결혼생활, 수전과의 관계, 살인사건 이전 몇 주간의 행적에 대한 심문이 이어졌다. 수전이 가입한 거액의 보험금을 수령하게 된 것에 대해서도 질문을 받았다.

검시관에 따르면 수전과 제니퍼는 내가 발견했을 당시에 이미 죽은 지 네 시간이 지난 상태였다. 목과 하악에 사후경직이 시작된 걸로 미루어 약 21시 30분경, 어쩌면 그보다 더 일찍 죽었다는 얘기였다.

수전의 사인은 경동맥 절단이었지만 제니…… 제니퍼는 에피네프린 과다분출에 따른 심장의 심실세동으로 숨이 멎었다. 늘 다정다감했던 아이, 심장이 약했던 내 아이는 살인범이 목을 긋기도 전에 말 그대로 겁에 질려 죽고 말았다. 얼굴을 뜯어냈을 때는 이미 죽은 상태였다고 검시관은 말했다. 수전에 대해서는 그렇게 말해주지 못했다. 제니퍼가 죽은 후에 왜 시체를 옮겼는지에 대해서도 아무런 설명을 하지 못했다.

추후 후속 보고 예정.
월터 콜, 형사팀장.

내게는 술을 마셨다는 알리바이가 있었다. 누군가 내게서 아내와 아이를 앗아가는 동안 나는 술집에 앉아 버번을 들이켜고 있었다. 하지만 두 사람은 지금도 꿈속에서 나를 찾아온다. 생전에 그랬던 것처럼 아름답게 미소 짓는 모습으로 찾아올 때도 있고, 죽음에 이끌려 갈 때처럼 얼굴이 사라진 피투성이로 나타나 사랑이 깃들지 못하고 악이 도사린, 볼 수 없는 수천 개의 눈알과 망자의 얼굴 거죽이 장식된 어둠 속으로 나를 손짓하기도 한다.

도착했을 땐 날이 어둡고 문이 잠겼다. 하지만 담이 낮아서 쉽게 넘을 수 있다. 묘석이나 꽃을 밟지 않도록 신경 쓰며 걸어가서 두 사람 앞에 선다. 어둠 속에서도 나는 어디로 가야 두 사람을 찾을 수 있는지 알고, 그들 역시 나를 찾아낸다.

그들은 가끔 나를 찾아온다. 꿈과 의식의 경계에서, 거리가 어둠에 덮여 조용하고 커튼 틈으로 스민 새벽빛이 서서히 기지개를 켜는 희미한 빛으로 공간을 물들일 때. 그들이 오면 어스름 속에서 두 사람의 형체가 보인다. 고통스런 죽음으로 피투성이가 된 아내와 딸이 가만히 나를 바라본다. 그들이 오면 밤공기는 두 사람의 숨결이 되어 내 뺨을 스치고, 나뭇가지는 두 사람의 손가락이 되어 창문을 두드린다. 그들이 오면 나는 더 이상 혼자가 아니다.

1

 웨이트리스는 50대였는데 몸에 딱 달라붙는 검정 미니스커트에 흰 블라우스와 검정 하이힐을 신었다. 옷은 물론이고 신발까지 살이 밖으로 넘쳐흘러서, 옷을 입고 출근을 하는 사이에 어떤 알 수 없는 이유로 몸이 부풀어 오르기라도 한 것 같았다. 웨이트리스는 내 잔에 커피를 채워줄 때마다 "자기"라고 불렀다. 그외에 다른 말은 하지 않았고, 그건 다행이었다. 창가에 앉아 건너편의 고급주택을 바라보고 있은 지도 벌써 90분째였는데, 웨이트리스는 내가 도대체 얼마나 더 있을 건지, 과연 돈은 내고 나갈 건지 궁금했을 게 틀림없었다. 창밖의 애스토리아 거리는 싼 물건을 찾아다니는 사람들로 부산했다. 뚱보 올리 와츠가 은신처에서 나오길 기다리느라 나는 중간에 깜빡 졸지도 않은 채 〈뉴욕타임스〉를 처음부터 끝까지 다 읽었다. 인내심이 서서히 바닥을 드러내고 있었다.
 마음이 약해질 때면 주중엔 관두고 일요일 판만 사는 걸 고려해보기도 했다. 그러면 최소한 두툼한 부피 때문이라고 합리화할 수 있었다. 〈포스트〉를 읽는 것도 방법일 수 있었지만, 그랬다간 쿠폰을 오려

됐다가 실내용 슬리퍼 차림으로 가게에 들락거리기 시작할 것 같았다.

언론계의 거물인 루퍼트 머독의 일화가 생각났다. 1980년에 〈포스트〉를 인수한 머독이 광고를 유치하기 위해 블루밍데일 백화점 경영진을 만나러 갔더니, 사장이 한쪽 눈썹을 치켜세우며 이렇게 말했단다. "문제는 말이죠, 머독 씨. 당신네 독자들이 우리 백화점 좀도둑들이라는 겁니다." 블루밍데일을 썩 좋아하지는 않지만, 〈포스트〉를 읽으려는 마음을 접게 만들기엔 충분한 논리였다.

그날 아침엔 〈타임스〉 기사를 보고 너무 열이 뻗친 나머지 하마터면 애꿎은 신문 배달부를 죽여버릴 뻔했다. 일각에서 뉴욕 최악의 판사로 꼽는 핸설 맥기가 12월에 은퇴한 후 뉴욕 시 보건병원조합 이사장으로 임명될 가능성을 점치는 기사였다.

맥기의 이름을 활자로 보는 것만으로도 속이 메스꺼웠다. 1980년에 그는 쉰넷의 제임스 존스라는 사내에게 아홉 살 때 강간당한 여자의 사건을 심리했다. 펠럼 베이 공원의 직원이었던 사내에겐 강도, 상해, 강간 전과가 있었다. 맥기는 여자에게 350만 달러를 보상하라는 배심원의 판결을 뒤집었다. "무고한 아이가 아무 이유 없이 흉악하게 강간을 당했습니다. 그러나 이는 현대를 살아가는 데 따른 위험 가운데 하나입니다." 당시에도 그의 판결문이 너무 냉혹하며, 어처구니없는 정당화라고 생각했다. 그런데 내 가족을 그렇게 잃은 후에 그 이름을 다시 접하려니 선이 악 앞에서 무너져버린 징후인 것 같아 더 혐오스러웠다.

머릿속에서 맥기를 지우며 신문을 반듯하게 접은 후, 휴대전화의 번호를 누르고 고개를 돌려 건너편의 조금 허름한 아파트 위층 창문을 바라봤다. 벨이 세 번 울린 후 전화를 받는 여자의 목소리는 조심스러웠다. 너저분한 바닥을 긁어대는 술집의 문처럼, 여자의 목소리에서는 담배와 술기운이 느껴졌다.

"당신의 뚱보 머저리 남자친구한테 전해. 내가 지금 잡으러 가는 중인데, 나 땀 빼게 만들지 않는 게 좋을 거라고. 내가 지금 아주 피곤한데다 이 염천에 뛰어다닐 생각이 없거든." 요점만 간단히, 그게 나다웠다. 전화를 끊고, 테이블에 5달러를 내려놓은 후 거리로 나가 뚱보 올리 와츠가 허둥지둥 행동에 돌입하길 기다렸다.

도시엔 무더위가 절정이었고, 다음날에나 폭풍이 치면서 한풀 꺾일 예정이었다. 하지만 당장은 티셔츠와 면바지와 값비싼 선글라스 차림으로 다녀도 될 만큼, 안타깝게도 직장에서 일을 해야 하는 처지라면 에어컨이 있는 곳을 벗어나는 순간 양복 밑으로 돼지처럼 땀을 줄줄 흘릴 만큼 무더웠다. 열기를 흔들어줄 바람 한 줄기 불지 않았다.

이틀 전에 브루클린 하이츠에 있는 베니 로우의 사무실에서는 달랑 탁상 선풍기 한 대가 묵지근한 더위를 붙들고 드잡이를 했다. 활짝 열어놓은 창문으로는 애틀랜틱 애비뉴에 떠들썩한 아랍어가 들리고, 저만치 떨어진 모로칸스타에서 굽는 과자 냄새만 넘어왔다. 베니는 신통찮은 이류 보석보증인이었고, 뚱보 올리가 재판 때까지 밖에서 지낼 수 있도록 돈을 대줬다. 사법제도에 대한 뚱보 올리의 믿음을 오판했다는 사실이 베니가 이류를 벗어나지 못하는 이유였다.

뚱보 올리에게 걸린 금액은 상당했는데, 보석 중에 도망가는 인간보다는 차라리 호수 밑바닥에 사는 것들이 더 똑똑할 때가 많았다. 뚱보 올리의 보석금이 5만 달러나 됐던 건 1993년식 셰비 베레타와 1990

년식 메르세데스 300SE, 그리고 근사한 스포츠카 여러 대의 구체적인 소유권을 놓고 올리와 사법부 사이에서 빚어진 오해 때문이었다. 전부 부정한 방법으로 올리의 수중에 들어온 차들이었다.

어두침침한 무법지대에서 그저 희미하게 반짝이는 수준에 불과한 올리의 명성을 알고 있던 눈 밝은 경찰이 순찰을 돌다가 방수포를 덮어놓은 셰비를 발견하고 차적 조회를 하는 바람에 이 뚱보의 인생은 내리막길에 접어들게 됐다. 그건 역시나 위조 번호판이었고, 올리는 들이닥친 경찰에 체포되어 심문을 받았다. 끝내 입을 열지는 않았지만, 차를 맡긴 사람이 누구냐는 질문을 피하기 위해 보석으로 풀려나자마자 짐을 챙겨서 자취를 감췄다. 들리는 말에 따르면 차주는 마피아 우두머리의 아들인 살바토레 '서니' 페레라라고 했다. 최근에 아버지와 아들의 사이가 악화됐다는 소문이 돌았지만, 이유를 언급하는 사람은 아무도 없었다.

"마피아 얘기는 집어치워." 그날 베니 로우는 사무실에서 이렇게 말했다.

"뚱보 올리하고 아무 관계도 없어?"

"내가 알게 뭐야. 궁금하면 페레라한테 전화해서 물어보든가."

베니 로우를 쳐다봤다. 완전한 대머리였는데, 내가 알기론 20대 초반부터 쭉 그랬다. 번들거리는 그 머리통에 땀방울이 송송 맺혀 있었다. 뺨은 불그스름하고, 턱살은 녹아내린 촛농처럼 늘어졌다. 할랄(이슬람 율법에 따라 무슬림이 먹거나 사용할 수 있는 제품의 총칭—옮긴이) 가게 위층에 있는 그의 사무실에서는 땀 냄새와 곰팡내가 진동했다. 내가 왜 이 일을 맡겠다고 했는지 잘 기억이 나지 않았다. 돈이 궁한 건 아니었다. 보험금, 집을 처분한 돈, 은행예금, 심지어 퇴직금까지 받았던 터라 베니 로우가 몇 푼을 떼어준다고 해서 더 행복해질 건 아니었다. 그저 뭐든 할 일이 필요했던 건지도 모른다.

베니 로우가 소리 나게 꿀꺽 침을 삼켰다. "뭐야. 왜 그렇게 쳐다보는 거야?"

"나 알지, 베니?"

"무슨 헛소리야. 당연히 알지. 추천서라도 써줘? 왜?" 그는 마지못해 어거지로 웃으며 통통한 손을 애원하듯 쫙 펼쳤다. "왜?" 그가 또 물었다. 처음으로 목소리가 떨리면서 겁에 질린 눈치였다. 그 일이 있고 몇 달 동안 사람들이 나에 대해, 내가 저지른 짓, 내가 저질렀을지도 모르는 짓에 대해 수군거렸다는 걸 알고 있었다. 베니 로우의 눈에 담긴 표정은 그가 그런 얘기들을 들었고, 그게 사실일 수 있다고 믿는다는 걸 말해줬다.

뚱보 올리가 도망친 데에는 뭔가 석연찮은 구석이 있었다. 이번엔 페레라 집안과 연루됐으니 보석을 받지 않을 수 없었지만, 올리가 자동차 절도로 판사 앞에 서는 건 처음이 아니었다. 믿을 만하고 실력 있는 변호사도 있었고, 그게 아니라도 자동차 업계와의 인연은 라이커스 아일랜드에서 가짜 번호판을 만들면서 맺은 것뿐이었다. 올리로서는 굳이 도망칠 이유가 없었다. 이런 식으로 서니를 자극해서 목숨을 위태롭게 만들 이유가 없었다.

"아니야, 베니. 아무것도 아냐. 뭐든 알게 되면 말해줘."

"물론이지." 베니가 긴장을 풀면서 대답했다. "당연히 자네한테 제일 먼저 말해줘야지."

사무실을 나서는데 말을 짓씹듯 웅얼거리는 소리가 귀에 꽂혔다. 뭐라고 했는지 정확히 알 수는 없었지만, 대충 감을 잡을 수는 있었다. 베니 로우는 나를 지 애비랑 똑같은 살인자라고 부른 것 같았다.

다음날은 몇 군데를 찔러보면서 올리가 요즘 만나는 여자를 찾아내느라 하루를 거의 다 보냈고, 그날 아침에는 올리가 진짜로 그 여자와 함께 있는지 확인하기 위해 동네 태국음식점에 지난 일주일 동안 그 주소로 배달을 했었는지 물어보느라 50분을 소비했다.

올리 와츠는 태국음식을 광적으로 좋아했고, 도망자들이 대부분 그렇듯이 숨어 지내는 동안에도 버릇을 못 끊었다. 사람이란 잘 변하지 않는 법이고, 그래서 멍청한 놈들은 찾아내기 쉽다. 그들은 보던 잡지를 보고, 먹던 음식을 먹고, 마시던 맥주를 마시고, 같은 여자한테 전화를 걸고, 같은 남자랑 잠을 잔다. 보건소에 신고를 하겠다고 협박했더니 바퀴벌레가 우글거리는 방콕 선 하우스는 애스토리아의 주소로 모니카 멀레인에게 음식을 배달한 적이 있다고 순순히 털어놨고, 나는 커피를 마시며 〈뉴욕타임스〉를 본 다음 올리를 깨우기 위해 전화를 걸었다.

생긴 꼬락서니뿐만 아니라 침침한 것까지 10와트 전구와 닮은꼴인 올리는 내 전화를 받고 약 4분이 지났을 때 2317번지 문밖으로 머리를 내밀더니 계단을 비실비실 달려 내려가기 시작했다. 못난 얼굴에 몇 안 되는 머리카락은 대머리에 찰싹 붙이고, 황갈색 고무줄 바지를 통통한 배 위로 끌어올려 입었다. 빈털터리인데다 생긴 것도 볼품없는 저런 남자랑 사는 걸 보면 모니카 멀레인은 그를 무척 사랑하는 모양이었다. 이상한 노릇이었지만, 나도 왠지 뚱보 올리 와츠가 마음에 들었다.
 그가 길에 내려서는 순간, 모퉁이에서 회색 후드 트레이닝복을 입은 남자가 조깅하듯 뛰어나오더니 올리에게 달려가서 소음기가 달린 권총을 세 발 발사했다. 순식간에 흰 셔츠위로 핏빛 물방울무늬가 찍히면서, 올리가 몸을 접으며 쓰러졌다. 왼손잡이 사내는 그 앞에 버티고 서서 머리를 향해 방아쇠를 한 번 더 당겼다.
 비명이 들려서 돌아보니 모니카 멀레인으로 추정되는 갈색 머리 여자가 아파트 문가에 멈칫 멈춰 섰다가 올리 옆으로 뛰어 내려가서 무릎을 꿇고 피투성이 대머리를 쓰다듬으며 통곡했다. 어느새 저만치 물러난 사내는 종소리가 울리길 기다리는 권투선수처럼 펄쩍펄쩍 뛰고 있었다. 그러다가 뛰기를 멈추고 다시 돌아와 여자의 정수리에 대고 총 한 발을 발사했다. 여자는 올리 와츠의 몸 위로 쓰러지면서 등으로 남자친구의 머리를 덮었다. 구경하던 사람들은 이미 자동차 뒤나 가게 안으로 몸을 숨겼고, 거리를 지나던 차들이 끼익 소리를 내며 멈췄다.
 스미스앤웨슨을 꺼내 들고 길을 거의 건너갔을 때 사내가 줄행랑을 쳤다. 사내는 총을 왼손에 쥔 채 머리를 숙이고 빠르게 내달렸다. 검은 장갑을 끼었는데도 총을 현장에 버리고 가지 않았다. 특별한 총이거나 멍청한 킬러인 모양이었다. 내가 무게를 두는 쪽은 후자였다.
 막 따라잡으려는 찰나, 유리를 까맣게 칠한 검정색 셰비 카프리스가 끼익 소리를 내며 뒷골목을 빠져나오더니 사내를 태우기 위해 멈춰 섰다. 지금 총을 쏘지 않으면 그대로 놓치게 되지만, 만약 총을 쏜다면 경찰하고 골치 아픈 상황을 피할 수 없었다. 결국 마음을 정했다. 사내가 자동차에 거의 도착했을 때 두 발을 당겼다. 한 발은 차 문에 맞았고, 두 번째는 사내의 왼팔에 핏빛 구멍을 뚫었다. 사내가 돌아서더니 커다란 눈을 희번덕이며 조준이랄 것도 없이 내가 있는 방향을 향해 두 발을 쐈다. 잔뜩 흥분한 상태였다.

사내가 다시 돌아섰지만, 이번엔 내가 쏜 총에 질겁한 자동차가 내빼버려서 뚱보 올리의 킬러만 덩그러니 남고 말았다. 그는 또 한 발을 발사했고, 내 왼쪽에 있던 자동차 창문이 박살났다. 사람들이 비명을 질렀고, 멀리서 사이렌 소리가 들렸다.

킬러는 골목으로 냅다 도망치면서 타닥타닥 뒤를 쫓는 내 발소리에 뒤를 힐끗거렸다. 모퉁이를 돌 때 총알 하나가 벽을 스치며 콘크리트 조각을 내 머리에 흩뿌렸다. 고개를 들어보니 킬러는 벽에 바짝 붙은 채 골목을 반 너머 통과하는 중이었다. 저대로 모퉁이를 돌아버리면 인파에 섞여 영영 놓쳐버릴 상황이었다.

때마침 골목길 어귀에는 사람이 없었다. 모험을 하기로 했다. 해를 등진 채 몸을 세우고 두 발을 연달아 발사했다. 그중 한 발을 오른쪽 어깨에 맞은 킬러가 그 충격으로 몸을 뒤로 젖혔고, 양쪽에 있던 사람들이 돌멩이에 화들짝 놀란 비둘기 떼처럼 후다닥 흩어지는 모습이 시야의 가장자리에 잡혔다. 총을 버리라고 소리쳤지만 그는 힘겹게 돌아서서 총을 쥔 왼손을 들어올렸다. 나는 약간 평정이 흔들린 상태에서 총을 두 발 더 쐈다. 거리는 약 6미터 정도였다. 왼쪽 무릎이 터지면서 사내의 몸이 벽으로 쓰러졌고, 손에서 놓친 권총은 쓰레기통과 검정봉지들이 쌓인 곳으로 미끄러졌다.

가까이 다가가 보니 얼굴은 이미 잿빛으로 변하고 입은 고통으로 일그러졌으며, 왼손으로는 정작 산산조각 난 무릎은 만지지도 못한 채 허공만 움켜쥐었다. 그래도 눈은 여전히 번득였고, 벽을 밀어내면서 몸을 일으켜 성한 다리로 도망치려 할 때에는 키득거리는 소리가 들렸던 것 같기도 하다. 그 웃음이 뒤쪽에서 울린 요란한 브레이크 소리에 묻혔을 때 사내와 나의 거리는 4.5미터 정도였다. 고개를 들어보니 검정색 셰비가 골목 입구를 막아섰고, 조수석 창문이 내려가더니 총구 하나가 어둠 속에서 불을 뿜었다.

킬러의 몸이 요동치다 앞으로 고꾸라졌다. 그러고도 한 번 더 발작을 했고, 등에 붉은 얼룩이 서서히 번져가는 게 보였다. 두 번째 총알에 머리에서 허공으로 피가 솟구쳤고, 얼굴이 뒷골목의 더러운 콘크리트 바닥을 들이받았다. 나는 얼른 쓰레기통 뒤로 피했지만, 총알이 머리 위의 벽돌을 뚫고 나가면서 머리로 먼지가 쏟아졌다. 셰비는 창문을 올리더니 동쪽으로 총알처럼 달려갔다.

얼른 사내가 누워 있는 곳으로 갔다. 곳곳의 상처에서 흐른 피가 바닥에 암적색 그림자를 그리고 있었다. 이제 사이렌 소리는 아주 가까운 곳에서 들렸고, 뜨거운 햇살에도 아랑곳없이 몰려든 구경꾼들이 시체 앞에 버티고 선 나를 쳐다보고 있었다.

그리고 얼마 있다가 순찰차가 도착했다. 나는 이미 손을 들고, 총은 앞에 내려놨으며, 총기허가증까지 옆에 꺼내놨다. 뚱보 올리 와츠의 살인자는 내 발치에 누워 있고, 피는 이제 머리 주변으로 흥건하게 고였다가 골목 중앙에 난 배수로로 느릿느릿 붉은 물길을 그렸다. 경찰이 필요 이상으로 과격하게 나를 벽에 밀치고 몸수색을 하는 동안 그의 파트너는 내게 총을 겨눴다. 몸을 수색한 경찰은 기껏해야 스물서넛 정도로 보였다. 세상에 두려울 게 없는 나이였다.

"빌어먹을, 와이어트 어프 나셨군. 〈하이눈〉이라도 찍는 줄 알아."

"〈하이눈〉엔 와이어트 어프가 안 나오지." 파트너가 내 신분증을 확인하는 사이에 실수를 바로잡아줬더니, 경찰은 고맙다는 인사 대신 내 배에 주먹을 날렸다. 주먹이 어찌나 강한지 무릎이 저절로 꺾였다. 근처에서 사이렌 소리가 더 들려왔고, 칭얼대는 것 같은 익숙한 앰뷸런스 소리도 섞여 있었다.

"개그맨 지망생이라도 되나, 총잡이 양반?" 젊은 경찰이 물었다. "남자를 왜 쏜 거야?"

"자네가 없었잖아." 나는 아파서 이를 부득부득 갈며 대답했다. "자네가 여기 있었으면 대신 자네를 쐈을 텐데."

수갑이 채워지려는 찰나 귀에 익은 목소리가 들렸다. "그거 넣어둬, 할리." 그제야 고개를 돌려서 그의 파트너를 봤더니, 샘 리스였다. 경찰 시절에 알던 사이였다. 나를 다시 만난 게 반가운 눈치는 아니었다.

"전에 경찰이었어. 그냥 둬."

그래서 우리 셋은 다른 사람들이 도착할 때까지 조용히 기다렸다.

파란색과 흰색 제복이 두 명 더 도착했고, 황갈색 노바에서 사복이 한 명 내려섰다. 고개를 들었더니 월터 콜이 나를 향해 걸어오는 게 보였다. 수사반장으로 승진한 다음에는 못 봤으니, 거의 6개월 만이었다. 그 더위에도 아랑곳없이 긴 갈색 가죽 코트 차림이었다. "올리 와츠?" 그가 고갯짓으로 킬러를 가리키며 물었다. 나는 고개를 끄덕였다.

그는 나를 내버려둔 채 관할 경찰서의 형사들과 잠시 얘기를 나눴다. 코트 때문에 땀을 비 오듯 흘렸다.

"자네는 내 차로 가지." 그는 못마땅한 기색이 역력한 시선으로 할리라는 경찰을 쳐다보며 다시 돌아와서 이렇게 말했다. 그는 몸짓으로 몇몇 형사들을 가까이 모이게 해서 조용하고 차분한 목소리로 마지막 지시를 내린 다음, 내게 자동차 쪽을 가리켰다.

"코트 멋지네요." 자동차로 걸어가면서 칭찬을 건넸다. "마구간의 말을 몇 마리나 잡은 거예요?"

월터의 눈이 반짝였다. "리가 생일선물로 준 코트야. 이 빌어먹을 더위에 내가 왜 이걸 입고 있다고 생각하나? 자네도 총을 쏜 거야?"

"두 발."

"공공장소에서 총기 발사를 금지하는 법이 있다는 건 알고 있겠지?"

"저야 알지만, 저기 드러누워 있는 저 친구는 모르는 것 같던데요. 저 남자를 쏜 사람도 아는 것 같지 않고. 캠페인 포스터라도 좀 붙이셔야겠어요."

"아주 재미있군. 어서 차에나 타."

나는 분부대로 했고, 흥미롭게 우리를 바라보는 구경꾼들의 시선을 받으며 붐비는 거리를 빠져나왔다.

2.

뚱보 올리 와츠와 그의 여자친구인 모니카 멀레인, 그리고 아직 신원이 확인되지 않은 킬러가 죽은 지 다섯 시간이 지났다. 살인사건 전담 형사 두 명의 심문을 받았는데, 둘 다 모르는 사람들이었다. 월터 콜은 개입하지 않았다. 두 번쯤 커피를 가져다줬지만, 그걸 제외하면 심문이 끝난 후로는 혼자 내버려뒀다. 한번은 형사가 뭔가를 의논하러 밖으로 나갈 때 문틈으로 얼핏 짙은 색 리넨 양복 차림에 키가 크고 호리호리한 사람이 눈에 들어왔는데, 셔츠 깃이 면도날처럼 예리하고 빨간 실크 타이에도 주름 한 줄 없었다. 연방수사관, 허세가 심한 FBI 같았다.

취조실의 나무 탁자는 곳곳이 얽고 닳았으며, 커피 잔이 수백 번, 아니 수천 번쯤 놓였던 흔적이 고리 모양의 카페인 도장으로 찍혀 있었다. 왼쪽 끄트머리에는 누군가 깨진 하트를 파냈는데, 손톱을 이용한 솜씨였다. 저번에 여기 앉았을 때에도 그 하트를 봤던 기억이 났다.

"아니, 월터……."

"월터, 저 친구를 여기 두는 건 좋은 생각이 아니에요."

월터는 벽에 기대서거나 탁자 앞에 웅숭그리고 앉은 형사들을 둘러봤다.

"그러니까 그는 여기 없는 거야. 이 방에 모였던 사람들은 아무도 그를 본 적이 없는 거라고."

취조실은 의자로 빼곡했고, 탁자도 하나 더 들여왔다. 나는 아직 특별휴가 중이었고, 결국은 2주 후에 옷을 벗었다. 가족을 잃은 지 보름이 지났건만, 수사에는 아무 진척이 없었다. 은퇴를 앞둔 캐퍼티 반장의 허락을 받은 월터가 수사에 관여하는 형사들을 전부 불러 모으고, 뉴욕 시를 통틀어 살인사건 수사의 최고수로 손꼽히는 형사 두 명까지 참가한 회의를 소집했다. 아이디어를 자유롭게 개진하는 동시에 강의를 듣는 자리였는데, 강사의 이름은 레이첼 울프였다.

뛰어난 범죄심리학자라는 평판이 자자했지만, 우리 경찰청에서는 좀처럼 울프의 자문을 구하지 않았다. 물론 러셀 윈드게이트 박사가 자문을 맡고 있긴 했지만, 월터의 말을 빌리자면 "윈드게이트는 방귀도 분석하지 못할 위인"이었다. 고상한 척 아는 척 뻐기는 작자였는데, 청장과 형제간이었기 때문에 고상한 척 아는 척 뻐기는데다 유력한 작자이기도 했다.

마침 윈드게이트가 프로이트 열혈 추종자들의 회의에 참석하러 털사에 갔기 때문에 월터로서는 울프에게 자문을 구할 절호의 기회였다. 울프는 상석에 자리를 잡았다. 표정은 날카롭지만 매력이 없지는 않았다. 짙은 청색 정장을 입고 검붉은 머리가 어깨까지 내려오는 30대 초반의 여자였다. 다리를 꼬고 앉아서 오른발 끝에 파란색 구두를 걸고 대롱거렸다.

"버드가 왜 이 자리에 있고 싶어하는지는 다들 알 거야. 누구라도 그런 처지였다면 같은 심정이었을 테고." 나는 회의에 참석하게 해달라고 월터에게 애원하고 협박했다. 나한테 빚진 게 있지 않느냐고 생떼도 썼다. 결국 월터가 졌다. 나는 내가 한 행동을 후회하지 않았다.

그곳에 모인 사람들은 여전히 미심쩍은 눈치였다. 우리를 외면하는 눈길, 괜히 어깨를 들썩이고 못마땅한 듯 입을 삐죽이는 모습에서 그런 속내가 여실히 드러났다. 상관없었다. 울프가 뭐라고 하는지 듣고 싶었다. 월터와 나는 자리를 잡고 앉아 그녀의 이야기를 기다렸다.

울프는 탁자에 내려놨던 안경을 집어서 썼다. 그녀의 왼손 옆으로 새긴 지 얼마 되지 않은 하트 무늬가 선명했다. 그녀는 메모를 뒤적이더니 종이 두 장을 꺼내놓고 입을 열었다.

"좋습니다. 여러분이 이 문제에 얼마나 조예가 깊은지 모르니까 차근차근 시작해보도록 하죠." 그녀는 한 박자 쉬었다가 말을 이었다. "파커 형사님한테는 좀 힘든 얘기가 될지도 모릅니다." 하지만 목소리에서 미안하다는 기색은 찾을 수 없었다. 그저 사실을 얘기할 뿐이었다. 내가 고개를 끄덕였고, 그녀는 이야기를 계속했다. "지금 우리가 다루는 사건은 성폭력 살인, 가학적 성폭력 살인으로 보입니다."

손가락 끝으로 하트 무늬를 따라 그렸다. 나뭇결의 느낌이 나를 현재로 되돌려주었다. 취조실 문이 열렸고, 그 틈으로 아까 그 연방수사관이 지나가는 게 보였다. 직원이 "아이러브뉴욕"이라고 찍힌 흰 컵을 들고 들어왔다. 커피에서는 뽑은지 한참 지난 냄새가 났다. 크림을 넣는데도 색깔에 아무 변화가 없었다. 한 모금 삼키려니 인상이 저절로 찌푸려졌다.

"성폭력 살인은 일반적으로 죽음에 이르기까지 벌어지는 일련의 행동의 저변에 성적 요소가 개입됩니다." 울프는 커피를 마시며 말을 계속했다. "피해자들의 옷을 벗기고, 가슴과 성기를 훼손한 것 등이 이번 사건에서 성적 행위에 해당됩니다만, 성기나 손가락 또는 이물질을 삽입한 증거는 두 피해자 모두에게서 나타나지 않았습니다. 아이의 처녀막은 손상되지 않았고, 성인 피해자의 경우에도 질에 외상 증거가 없었습니다.

그 밖에도 가학적 요소의 증거가 나왔습니다. 성인 피해자에겐 죽기 전에 고문이 있었습니다. 살을 벗겼는데, 특히 몸통의 전면과 얼굴에서 일어났죠. 여기에 성적 요소를 더하면 범인은 과도한 신체적, 그리고 제 생각엔 정신적 고문에서 만족을 느끼는 가학성애자라는 짐작이 가능합니다. 그리고 그는…… 아, 저는 범인을 남자로 추정하는데, 그 이유는 잠시 후에 설명하겠습니다. 그는 엄마를 고문하고 죽이기 전에 엄마에게 아이를 고문하고 죽이는 모습을 보여주고 싶어한 것 같습니다. 가학성애자는 고문에 대한 피해자의 반응에서 흥분을 느낍니다. 이번 사건에서는 피해자가 엄마와 아이, 이렇게 둘이었기 때문에 서로에 대한 반응도 볼 수 있었습니다. 그는 성적 환상을 폭력 행위와 고문, 그리고 궁극적으로는 죽음으로 전이하고 있습니다."

취조실 밖에서 갑자기 고성이 오갔다. 한 사람은 월터 콜이었는데 상대는 누군지 파악이 되지 않았다. 목소리는 다시 잦아들었지만, 나에 대한 얘기라는 걸 알 수 있었다. 그들이 무엇 때문에 언성을 높였는지 알기까지는 그리 오랜 시간이 걸리지 않았다.

"좋아요. 가학성애자의 표적은 주로 범인과 면식이 없는 백인 성인 여자이지만, 남자, 그리고 이번 경우처럼 아동을 대상으로 삼기도 합니다. 그리고 피해자가 범인이 아는 사람과 관련이 있을 때도 있습니다. 피해자는 체계적인 미행과 관찰을 통해 선택됩니다. 살인자가 피해자의 집안 사정을 한동안 지켜봐왔을 가능성도 있습니다. 살인자는 남편의 습관을 알았고, 남편이 술집에 갈 경우 자신이 목적한 바를 실행에 옮길 만큼 오래 집을 비운다는 걸 알고 있었습니다. 하지만 이번 사건에서는 살인자가 뜻한 바를 완료한 것으로는 보이지 않습니다.

이번 사건의 경우 범죄현장이 통상적이지 않습니다. 무엇보다 이런 범죄의 성격상 범인이 피해자를 느긋하게 다룰 수 있는 고립된 공간이 필요합니다. 그래서 범인이 집을 개조해서 피해자를 감금하기도 하고, 자동차나 승합차를 고쳐서 살인에 사용하기도 합니다. 그런데 이번 사건의 범인은 그러지 않았습니다. 그는 위험을 즐기려고 한 것 같습니다. 더 적당한 말이 생각나지 않는데, 이를테면 '인상'을 남기고 싶어 한 것 같기도 합니다."

인상. 요란한 넥타이를 매고 장례식에 참석하는 것처럼.

"남편이 집에 돌아왔을 때 심리적으로 아주 강한 충격을 받게끔 범행을 주도면밀하게 계획했습니다."

어쩌면 월터의 말을 따랐어야 했는지도 모른다. 이런 회의에는 애초에 참석하지 말았어야 했다. 울프의 건조한 설명은 내 아내와 아이를 이 폭력적인 도시의 흉악한 통계로 전락시켰지만, 그래도 그런 말들이 내 안의 뭔가를 건드려서 수사를 진척시켜줄 실마리를 끄집어내기를 바랐다. 살인사건에서 보름은 긴 시간이다. 답보 상태에서 보름이 지나버리면, 운이 따르지 않는 이상 수사는 멈춰 서고 만다.

"이건 범인이 보통 이상의 지능을 지녔으며, 게임이나 도박을 즐기는 사람이라는 증거로 보입니다. 그가 충격이라는 요소를 집어넣으려 한 것처럼 보인다는 사실은 남편을 겨냥한 개인적인 동기가 있었다는 결론으로 이어지지만, 이는 추측에 불과하며 이런 종류의 범죄는 개인적인 동기가 없는 것이 일반적인 패턴입니다.

대개 범죄현장은 조직적, 비조직적, 또는 그 두 가지가 혼재된 상태로 분류할 수 있습니다. 조직적인 살인자는 살인을 계획하고 대상을 신중하게 선택하며 범죄현장에도 이런 통제의 성격이 반영됩니다. 피해자들도 살인자가 정해놓은 일정한 기준과 부합할 겁니다. 나이, 어쩌면 머리 색깔, 직업이나 생활수준 같은 기준이죠. 이번처럼 몸을 구속하는 수단을 쓰는 건 전형적입니다. 거기에도 통제와 계획성이 반영되는데, 보통은 살인자가 현장으로 그걸 가져가야 하기 때문입니다. 가학성애자의 경우 살인행위에 성적 자극이 수반되는 게 일반적입니다. 일종의 의식이 개입되는 것인데, 보통은 천천히 진행되고, 죽는 순간까지 피해자의 의식을 유지시키려고 노력합니다. 달리 말하자면, 살인자가 피해자의 숨을 너무 일찍 끊어버리고 싶어하지 않는다는 얘기죠.

그 점에서 이번 사건의 범인은 성공을 거두지 못했는데, 에피네프린이 과도하게 분출되는 순간 아이인 제니퍼 파커의 병약한 심장이 멈춰버렸기 때문입니다. 거기에 아이 엄마가 도주를 시도했을 때 얼굴을 벽에 내리쳐서 가한 상처, 그리고 아마도 그에 뒤이은 일시적 의식 상실까지 감안한다면 살인자는 상황의 통제력을 잃고 있다고 느꼈을 게 분명합니다. 조직적이던 범죄현장이 비조직적으로 변했고, 살을 벗기기 시작하자마자 분노와 좌절에 휩싸여 몸을 훼손한 것입니다."

그만 자리를 뜨고 싶었다. 판단착오였다. 여기선 아무것도 얻을 수 없었다. 아무 소용이 없었다.

"앞에서도 말했듯이 성기와 가슴을 훼손한 건 이런 종류의 범죄에서 나타나는 특징이지만, 이번 사건은 결정적인 몇몇 지점에서 일반 패턴을 따르지 않습니다. 저는 이번 사건의 신체 훼손이 분노와 통제력 상실의 결과거나, 아니면 뭔가, 이미 시작된 의식의 또 다른 요소를 감추고 관심을 돌리려는 시도라고 생각합니다. 모든 정황을 종합해볼 때 일부 부위의 살을 벗겨낸 것이 열쇠입니다. 그건 전시의 성격이 강합니다. 마무리를 짓지는 못했지만, 분명한 시도였죠."

"백인 남자라고 확신하는 이유는 뭔가요?" 조이너는 나도 한두 번인가 같이 일해본 적이 있는 살인사건 전담 형사이며 흑인이었다.

"가학적 성폭력의 범인은 백인 남자인 경우가 가장 많습니다. 여자도 아니고 흑인 남자도 아니고, 백인 남자예요."

"자넨 혐의를 벗었군, 조이너." 누군가의 말에 웃음이 터지면서 취조실을 짓누르던 긴장이 누그러졌다. 내 눈치를 살피는 사람이 한두 명 있었지만, 대부분은 나를 투명인간 취급했다. 그들은 프로였고, 범인을 파악하는 데 도움이 될 정보를 수집하는 일에 집중했다.

울프는 웃음이 멎기를 기다렸다. "성폭력 살인자의 최대 43퍼센트가 기혼자라는 연구 결과가 있습니다. 50퍼센트는 자녀가 있습니다. 미치광이 외톨이를 상대한다고 생각하는 건 실수입니다. 이자는 학부모 모임의 회장일지도 모르고, 어린이 야구팀의 감독일 수도 있습니다. 대중을 상대하는 직업에 종사해서 사교성이 뛰어나고, 그런 점을 악용해서 피해자를 고를지도 모릅니다. 어쩌면 과거에 반사회적 행동을 저질렀지만, 별로 위중하지 않은 것이어서 경찰에 기록이 남아 있지 않을 수도 있습니다.

가학성애자들은 경찰이나 무기에 광적으로 애착하는 경우가 많습니다. 수사과정을 면밀히 지켜보려고 할지도 모르므로, 단서가 있다며 전화를 하거나 정보를 교환하려는 사람을 예의주시할 필요가 있습니다. 그리고 자동차는 깨끗하고 관리상태도 좋을 겁니다. 깨끗해야 주목을 끌지 않고, 관리상태가 좋은 건 범죄현장이나 그 주변에서 고장 나는 일이 없어야 하기 때문이죠. 피해자를 운반하기 위해 차를 개조했을 수도 있습니다. 뒷자리의 문이나 창문의 손잡이를 제거하고, 트렁크에 방음장치를 했을 가능성도 있습니다. 용의자가 있다면 트렁크에 여분의 연료나 물, 밧줄, 수갑, 끈 같은 게 없는지 확인해보세요.

수색 영장을 신청할 경우 성이나 폭력 행위와 관련된 물건을 찾아야 할 겁니다. 포르노 잡지, 비디오, 조잡한 범죄도구, 바이브레이터, 격쇠, 여자 옷, 특히 속옷. 옷에는 피해자들의 것도 있을 테고, 그 밖에도 범인이 모아놓은 피해자들의 개인적인 물건도 있을지 모릅니다. 일기장과 메모지 같은 것도 찾아보세요. 피해자, 환상, 더 나아가 범죄 자체에 대한 자세한 기록이 담겨 있을지도 모르니까요. 이 자는 경찰용품을 수집해놨을 가능성이 있고, 경찰의 수사과정에 대한 지식을 갖고 있는 사람인 건 거의 확실합니다." 울프는 여기까지 말하고는 숨을 깊이 들이마시며 의자에 등을 기댔다.

"이자가 다시 범행을 저지를까요?" 월터가 물었다. 회의실엔 일순 침묵이 감돌았다.

"네, 그런데 지금 한 가지 추정을 하고 계시군요." 울프의 말에 월터는 어리둥절한 표정이었다.

"이번이 처음일 거라고 추정하고 계시잖아요. VICAP를 확인하셨나 봐요."

VICAP란 FBI에서 1985년에 도입한 흉악범 검거 프로그램을 말한다. VICAP에 따라 살인이나 살인미수는 특히 납치유괴, 무작위거나 뚜렷한 동기가 없거나 성적인 이유로 보이는 사건의 경우 해결/미해결을 막론하고 보고서를 작성한다. 흉악범죄가 의심되는 실종사건, 살인으로 보이거나 의심되는 신원 불명의 시체에 대해서도 마찬가지다. 그렇게 작성한 보고서를 콴티코 FBI 아카데미 산하의 폭력범죄 분석센터에 보내서 유사한 패턴이 존재하는지 확인하는 것이다.

"보고서를 제출해놓은 상태입니다."

"프로파일링을 요청했나요?"

"네, 하지만 아직 나오지 않았습니다. 비공식적으로 확인한 바에 따르면 수법이 일치하는 범죄는 없었습니다. 얼굴을 벗겨낸 것이 특이하잖아요."

"맞다, 얼굴을 벗겨낸 건 어떤 의미인가요?" 이번에도 조이너였다.

"그것에 대해서는 좀더 찾아보려고 합니다. 몇몇 살인자들은 피해자의 신체 일부를 기념품처럼 챙기기도 하죠. 이번 사건의 경우 사이비 종교의식이나 희생적인 요소가 개입됐을 수도 있습니다. 죄송해요. 아직은 확실히 말씀드릴 수가 없네요."

"전에도 이와 비슷한 짓을 저질렀을 가능성이 있다고 생각하세요?" 월터가 물었다.

울프는 고개를 끄덕였다. "그랬을 수도 있어요. 전에 살인을 했다면 시체를 유기했을 것이고, 이번 살인은 이전 행동 패턴의 변화를 의미할 수도 있습니다. 어쩌면 눈에 띄지 않게 조용히 살인을 저지르다가 좀더 드러난 곳으로 진출하고 싶었을지도 모릅니다. 자신의 행동에 관심을 끌고 싶었던 걸 수도 있어요. 범인의 입장에서 이번 살인이 불만족스럽다면 그로 인해 예전의 패턴으로 돌아갈 여지도 있습니다. 그런가 하면 한동안 잠복할 수도 있어요. 그것도 가능합니다.

하지만 과감하게 진단해본다면 그가 다음 범행을 신중하게 계획해왔다고 말하겠습니다. 지난번에는 실수를 저질렀고, 소기의 효과를 얻지 못했을 거예요. 다음번엔 실수를 하지 않을 겁니다. 여러분이 그를 먼저 체포하지 못할 경우, 다음번엔 정말로 상당한 파장을 일으킬 겁니다."

취조실 문이 열리더니 월터 콜이 두 사람을 데리고 들어왔다.

"이쪽은 FBI 특수요원 로스, 그리고 절도 전담 형사 바스. 바스는 와츠 사건을 수사하고 있었어. 여기 로스 요원은 조직범죄를 담당하고."

가까이서 보니 로스의 옷은 비싼 맞춤 양복 같았다. 그에 비하면 할

인매장에서 산 것 같은 바스의 재킷은 후줄근해 보였다. 서로 맞은편 벽에 기대서 있던 두 사람이 고개를 까딱거렸다. 월터가 앉자 바스도 따라서 앉았다. 로스는 그대로 자리를 지키고 서 있었다.

"우리한테 말하지 않은 게 더 있나?" 월터가 물었다.

"없어요. 제가 알고 있는 건 다 말씀드렸어요."

"로스 요원은 와츠와 그 여자친구의 죽음 뒤에 서니 페레라가 있고, 자네가 알면서도 말하지 않은 게 있다는 거야." 로스는 못마땅한 표정으로 셔츠 소매에서 뭔가를 집어 들더니 바닥에 버렸다. 그걸로 나를 상징하려는 것 같았다.

"서니한테는 올리 와츠를 죽일 이유가 없어요. 지금 이건 훔친 자동차와 가짜 번호판 문제인 걸요. 올리는 서니한테 사기를 쳐서 큼직한 건더기를 뽑아낼 위치가 아니었고, 서니의 활동에 대해서는 배심원 앞에서 10분 동안 얘기할 만큼도 아는 게 없었어요."

거기까지 얘기했을 때 로스는 심기가 불편한지 앞으로 나와 탁자 끝에 걸터앉았다. "당신이 이렇게 불쑥 나타난 게 이상하단 말이야. 얼마쯤 됐지? 6개월? 7개월? 그러자마자 우리는 느닷없이 시체 더미에 둘러싸인 판국이거든." 그는 내가 한 얘기를 한 마디도 듣지 않은 모양이었다. 마흔 살, 어쩌면 마흔다섯쯤 된 것 같지만 건강 상태는 좋아 보였다. 얼굴에는 주름이 깊이 파였는데, 많이 웃어서 생긴 주름 같지는 않았다. 울리치가 뉴욕을 떠나 뉴올리언스 부지국장으로 갔을 때, 그에게서 로스에 대해 들은 얘기가 조금 있었다.

그리곤 침묵이 흘렀다. 로스는 시선으로 나를 제압하려다가 지루해진 표정으로 고개를 돌렸다.

"여기 로스 요원은 자네가 우리에게 뭔가 숨기는 게 있다는 거야. 그럴 경우에 대비해서 잠시 심문을 하고 싶어해." 월터는 중립적인 표현을 썼고, 눈빛으로도 아무런 의중을 드러내지 않았다. 로스는 고개를 돌려서 다시 나를 쳐다봤다.

"로스 요원은 무서워요. 그가 나를 심문하면 내가 뭘 자백할지 알 수 없다고요."

"이래서는 아무것도 안 되겠군. 파커 씨는 도무지 협조를 하지 않고 나는……."

월터가 손을 들어 그의 말을 막았다. "잠시 우리끼리 얘기를 할 수 있도록 나가서 커피라도 한 잔 하시죠." 바스는 어깨를 으쓱하고는 밖으로 나갔다. 로스는 탁자에 걸터앉은 채로 뭔가 더 말할 게 있는 것 같은 표정을 지었지만, 벌떡 일어나더니 성큼성큼 밖으로 나가서 문을 꽉 닫았다. 월터는 숨을 길게 내쉬고는 넥타이를 느슨하게 하고, 셔츠의 윗단추도 풀었다. "로스를 자극하지 마. 그랬다간 자네 머리 위에 똥바가지를 쏟아부울 거야. 그리고 내 머리 위에도."

"이번 사건에 대해서는 아는 대로 전부 말씀드렸어요. 베니 로우는 뭘 좀더 알고 있을지도 모르지만, 내 생각엔 그럴 것 같지 않아요."

"베니 로우하고는 벌써 얘기해봤어. 베니가 얘기하는 걸 들으면 미국 대통령도 우리가 말해주기 전까지는 몰랐던 것 같더군." 월터는 손에 쥔 볼펜을 빙빙 돌렸다. "뉴욕 길바닥에서 흔히 있는 일상다반사 아니냐, 이러는 거야." 베니 로우의 말투를 아주 그럴듯하게 흉내 냈다. 슬그머니 웃음이 났고, 긴장감도 조금 가셨다.

"돌아온 지는 얼마나 됐어?"

"두 주 정도."

"그동안 뭐하고 지냈나?"

그에게 뭐라고 말할 수 있었을까? 정처 없이 길을 쏘다녔다고, 제니퍼와 수전과 내가 함께 갔던 곳들을 찾아다녔다고, 아파트 창가에 서서 그들을 죽인 자는 누구이며 지금 어디에 있을지 따져보는 일에 골몰했다고, 베니 로우의 일을 맡은 건 뭐든 분출구를 찾지 않으면 총구를 입에 물어버릴 것 같아 겁이 나서였다고?

"뭐 그냥저냥. 옛날 끄나풀들을 찾아가서 뭐 새로운 게 없는지 알아보려고요."

"없어. 우리 쪽엔 없어. 자네는 뭐 찾아낸 거라도 있나?"

"아뇨."

"그만 잊어버리라는 말은 못하겠지만……."

"안 돼요. 계속 알아봐요, 월터."

"지금으로선 자네가 여기 있는 건 좋지 않아. 그 이유는 자네도 잘 알겠지."

"모르는데요."

월터는 볼펜을 탁자에 힘껏 내던졌다. 펜은 탁자 끄트머리에 맞고 튀어 올랐다가 바닥에 떨어졌다. 순간적으로 나한테도 주먹을 날릴 것 같았지만, 그의 눈에서 분노가 사라졌다.

"이 얘기는 나중에 다시 하지."

"좋아요. 저한테 뭐 주실 건 없나요?" 탁자에 쌓인 서류 틈에서 탄도학과 화약에 대한 보고서가 눈에 띄었다. 다섯 시간이면 보고서를 작성하기엔 상당히 빠듯한데, 로스 요원은 원하는 것을 손에 넣고야

마는 사람인 게 틀림없었다.

내가 고갯짓으로 서류를 가리켰다. "킬러의 숨을 끊은 총알에 대해 탄도학 팀에서는 뭐라고 하던가요?"

"그건 자네가 걱정할 일이 아니야."

"월터, 나는 그 친구가 죽는 걸 봤어요. 킬러가 나한테 총을 쐈는데, 총알이 벽을 그냥 뚫고 들어가던데요. 무기에 대한 취향이 독특한 사람인 모양이에요."

월터는 아무 말도 하지 않았다.

"그런 종류의 무기를 손에 넣으려면 말이 돌기 마련이죠. 단서를 조금만 주시면 오히려 제가 나가서 더 많은 걸 알아낼 수 있을지도 몰라요."

월터는 잠시 고민하더니 서류를 뒤져서 탄도학 보고서를 꺼냈다. "기관단총 총알이 나왔어. 5.7밀리미터 탄인데, 무게는 10분의 1온스도 안 돼."

내가 휘파람을 불었다. "그러면 작은 라이플총 규격인데, 권총으로 쐈단 말이에요?"

"총알은 플라스틱으로 만들어서 전체적으로 금속 피복을 씌웠기 때문에 충격에도 형체가 변형되지 않아. 킬러의 몸에 맞으면서 대부분의 힘을 전이했기 때문에 밖으로 나왔을 땐 에너지가 거의 남아 있지 않았어."

"그렇다면 벽에 맞은 건요?"

"탄도학 팀에서는 초기 속도가 1초에 600미터를 상회했을 거라고 보고 있어."

믿을 수 없을 만큼 빠른 속도였다. 브라우닝 9밀리미터 탄은 4분의 1온스에 초속 335미터 수준이다.

"그리고 이 정도면 케블라 방탄복을 종잇장처럼 뚫을 수 있을 거라더군. 180미터 거리에서 거의 50겹을 뚫을 수 있을 거래." 매그넘 44라도 방탄복을 뚫으려면 아주 가까워야 한다.

"하지만 일단 푹신한 표적에 맞으면……."

"멈추지."

"미국산인가요?"

"아니야. 탄도학 팀 말로는 유럽이래. 벨기에. '파이브-세븐'이라나, 뭐라고 하던데. 제조사 이름을 따서 대문자 FN으로 통한다더군. FN 에르스탈에서 대(對)테러전과 인질 구출 작전용으로 개발한 견본이고, 외부에서 발견된 건 이번이 처음이야."

"제조사하고 얘기해보셨어요?"

"이제 연락해봐야지. 하지만 내 짐작으로는 중간 브로커 단계에서 물건이 새나간 게 아닌가 싶어."

나는 자리에서 일어섰다. "제가 좀 알아볼게요."

월터는 펜을 다시 집어 들고는 잔머리 굴리는 아이를 상대하는 데 지친 선생님처럼 그걸 흔들어댔다. "로스가 자네 엉덩이를 손봐주고 싶어하는 거 잊었어?"

나는 펜을 꺼내서 월터의 메모지 뒷장에 휴대전화 번호를 휘갈겨 적었다.

"항상 켜놔요. 그럼, 이제 가도 되죠?"

"한 가지만 더."

"말씀하세요."

"오늘 밤에 집으로 좀 와."

"죄송해요, 월터. 이제 더 이상 사교적인 방문은 하지 않아서."

그는 마음이 상한 눈치였다. "머저리처럼 굴지 마. 뭐가 사교적이라는 거야. 무조건 와. 안 그러면 로스가 자네를 심판의 날까지 가둬둔다고 해도 손 하나 까딱하지 않을 테니까."

자리에서 일어나서 문으로 걸어갔다.

"전부 다 말한 거 맞아?" 월터가 내 등 뒤에 대고 물었다.

나는 돌아보지 않았다. "말할 수 있는 건 전부 했어요, 월터."

그건 사실이었다. 아무튼 표면적으로는 그랬다.

에모 엘리슨을 찾아낸 건 24시간 전이었다.

에모는 이스트 할렘 변두리에 있는 시궁창 같은 호텔, 찾아오는 사람이라곤 매춘부나 경찰, 아니면 범죄자뿐인 그런 곳에서 살았다. 관리인 사무실엔 방탄유리를 쳐놓았고, 안엔 아무도 없었다. 계단을 올라가서 문을 두드렸다. 아무 대답이 없었지만, 권총의 공이치기를 젖히는 소리가 들린 것 같았다.

"에모, 나 버드야. 할 얘기가 있어."

문을 향해 다가오는 발걸음 소리가 들렸다.

"난 그거에 대해 아무것도 몰라." 에모가 문 뒤에서 말했다. "나는 할 얘기 없어."

"난 아직 묻지도 않았어. 에모, 이러지 말고 문 좀 열어봐. 뚱보 올리가 곤경에 처했어. 내가 도와줄 수 있을지도 몰라. 들어가서 얘기 좀 하자."

잠시 침묵이 흐르더니 사슬이 덜거덕거리는 소리가 들렸다. 문이 열리고, 내가 안으로 들어갔다. 에모는 창가로 물러났지만, 권총은 그대로 손에 쥐고 있었다. 들어가서 문을 닫았다.

"그런 건 필요 없어." 내가 말했다. 에모는 총을 들었다가 침대 옆 사물함 위에 내려놓았다. 총이 없으니까 한결 편안한 눈치였다. 총은 에모의 스타일이 아니었다. 왼손가락에 붕대를 감고 있는 게 눈에 들어왔다. 붕대 끝부분에 노란 얼룩이 진 것도 보였다.

에모 엘리슨은 마르고 창백한 얼굴의 중년 남자인데, 뚱보 올리 밑에서 들락날락하며 5년 넘게 일을 했다. 평범한 수리공이었지만, 의리가 있고 언제 입을 열고 언제 입을 다물어야 하는지를 알았다.

"지금 어디 있는지 알아?"

"연락이 안 돼."

그는 깔끔하게 정돈된 침대 끄트머리에 털썩 주저앉았다. 방은 깨끗했고 방향제 냄새가 났다. 벽에는 그림도 한두 점 걸려 있고, 책과 잡지, 몇몇 소지품이 선반에 가지런히 놓여 있었다. "베니 로우 밑에서 일한다는 얘기 들었어. 왜 그러는 거야?"

"그냥 일일 뿐이야."

"만약 올리를 넘겨주면 그는 죽어. 지금 당신 일이라는 게 바로 그거잖아."

나는 문에 몸을 기댔다. "안 넘겨줄 수도 있지. 베니가 그 정도 손해는 감수할 수 있으니까. 하지만 그러려면 타당한 이유가 필요해."

에모의 얼굴에는 마음속의 갈등이 고스란히 드러났다. 손을 비비고 비틀면서 한두 번쯤 총을 쳐다보기도 했다. 에모 엘리슨은 겁에 질려 있었다.

"왜 도망친 거야?" 내가 나직한 목소리로 물었다.

"올리는 늘 당신이 좋은 사람이라고, 정정당당한 사람이라고 말했어. 진짜야?"

"모르겠는데. 하지만 올리가 다치는 걸 보고 싶지는 않아."

에모는 한참 동안 나를 쳐다보더니 마음을 굳힌 것 같았다.

"필리, 필리 필라. 알아?"

"알지." 필리 필라는 서니 페레라의 오른팔이었다.

"한 달에 한두 번씩, 절대로 더도 말고 딱 그만큼만 와서 차를 가져가곤 했어. 두 시간 정도 쓰고는 다시 가져왔지. 매번 다른 차로. 올리는 그런 계약을 맺었고, 그래서 서니한테 돈을 갚지 않아도 됐던 거야. 올리는 언제든지 필리가 와서 가져갈 수 있도록 가짜 번호판을 달아놨어. 그리고 지난주에 필리가 와서 차를 몰고 갔어. 나는 그날 몸이 안좋아서 늦게 나갔거든. 궤양이 도져서. 그리고 내가 나갔을 땐 필리가 다녀간 후였지.

아무튼 자정이 지나서 나랑 올리랑 이런저런 얘기를 하며 필리가 차를 가지고 돌아오길 기다리고 있는데, 밖에서 쿵하는 소리가 나는 거야. 나가봤더니 필리가 입구를 들이박고 운전석에 너부러져 있었어. 차 앞머리도 움푹 들어갔기 때문에 우리는 필리가 사고를 내고 도망쳐 온 모양이라고 생각했어.

필리는 창문을 들이박아서 머리가 심하게 깨졌고, 차는 피범벅이었어. 올리랑 내가 일단 차를 밀어서 차고에 넣고, 아는 의사한테 전화를 했더니 필리를 데려오라고 했어. 필리는 움직이지도 않는데다 핏기라곤 없었기 때문에 올리가 자기 차로 의사한테 데려갔는데, 의사는 필리의 머리가 박살났다면서 병원에 가야 한다고 다그쳤어."

에모의 입에서는 이제 얘기가 술술 나오고 있었다. 한 번 입을 열자, 그걸 소리 내어 말하면 혼자만 알고 있었던 것에 대한 부담이 줄어들기라도 할 것처럼 끝을 보고 싶어했다. "어쨌거나 두 사람은 한참 실랑이를 벌였지만, 의사가 이것저것 캐묻지 않는 개인 의원을 알고 있다고 하니까 올리도 그러겠다고 했어. 의사가 병원에 전화를 걸었고, 올리는 차를 살펴보기 위해 차고로 돌아왔어.

서니한테 몇 번이나 전화를 했는데, 전화를 받지 않았어. 차를 들여놓기는 했지만 거기 두고 싶지는 않았지. 왜겠어. 경찰이 들이닥칠지도 모르니까. 그래서 노인네한테 전화를 해서 자초지종을 털어놨어. 그랬더니 노인네가 꼼짝 말고 있으라면서 사람을 보내겠다고 한 거야. 올리는 차를 눈에 안 띄는 곳으로 치우려고 밖으로 나갔는데, 다시 들어왔을 땐 필리보다 상태가 더 안 좋더라고. 하얗게 질려서 손을 바들바들 떨었어. 왜 그러냐고 물었지만, 나더러 그냥 가라면서 자기가 거기 있다는 말을 아무한테도 하지 말라고 했어. 다른 말은 없이, 그냥 가라고만 했어.

그러고는 들려온 얘기가 경찰이 들이닥쳤고, 올리가 보석으로 나왔다가 자취를 감췄다는 거야. 맹세하는데, 여기까지가 끝이야. 그 다음엔 더 들은 게 없어."

"그럼 저 총은 뭐야?"

"노인네의 부하가 어젠가 그젠가 여길 찾아왔어." 그는 침을 꿀꺽 삼켰다. "바비 시오라. 올리에 대해 알고 싶다면서, 필리의 사고가 있었던 날 나도 거기 있었냐고 물었어. 내가 아니라고 했지만, 그런 대답만으론 성에 차지 않았던 거야."

에모 엘리슨은 엉엉 울기 시작했다. 손을 들더니 천천히 조심스럽게 붕대를 풀었다.

"나를 차에 태우고는," 그가 손가락을 들었는데, 고리 모양의 자국이 나 있고, 보기만 해도 욱신거릴 것 같은 커다란 물집이 잡혀 있었다. "시거 라이터. 그걸로 나를 지졌어."

그리고 24시간 후에 뚱보 올리 와츠가 죽었다.

3

월터 콜은 퀸즈의 세븐시스터즈 지역에서 가장 오래된 리치몬드힐이라는 동네에 살았다. 1880년대에 조성된 이 동네엔 마을 센터와 공터가 있고, 2차 세계대전 직후에 월터의 부모님이 제퍼슨시티에서 이곳으로 처음 이주했을 무렵에는 맨해튼 입구에 중남미를 옮겨다놓은 것처럼 보였을 것이다. 부모님이 은퇴해서 플로리다로 내려가셨을 때 월터는 머틀 애비뉴 북쪽 113번가에 있는 이 집을 물려받았다. 금요일이면 으레 자메이카 애비뉴에 있는 오래된 독일 식당인 트라이앵글 하프브로에서 아내와 외식을 하고, 여름에는 포레스트 공원의 울창한 숲을 거닐었다.

월터의 집에 도착한 건 9시가 막 넘었을 때였다. 그가 문을 열었고, 가방 끈이 조금 짧은 사람이라면 소굴이라고 부를 만한 곳으로 나를 데려갔지만, 반세기 넘게 독서광으로 살면서 꾸민 작은 도서관을 소굴이라고 부르는 건 온당치 않았다. 키츠와 생텍쥐페리 전기 옆에는 법의학과 성범죄, 범죄심리학 책들이 꽂혀 있었다. 페니모어 쿠퍼(1789~1851, 미국 대중소설 1세대이며 모험소설과 해양소설로 사랑받았다—옮긴이)와 보르헤스가 나란히 놓여 있고, 헤밍웨이의 책에 둘러싸인 도널드 바셀미(1931~1989, 미국의 '보르헤스'라 불리는 미국 소설가—옮긴이)는 어쩐지 불편해 보였다.

상판에 가죽을 댄 책상엔 매킨토시 파워북이 놓여 있고, 옆엔 서류 캐비닛이 세 개 있었다. 이 지역 출신 화가들의 그림을 벽에 걸었고, 작은 유리 장식장엔 사격으로 받은 트로피를 담아놨는데 자랑스러우면서도 그걸 자랑스러워하는 게 민망했는지 되는 대로 던져놓은 것 같았다. 반쯤 열어놓은 창문으로는 얼마 전에 깎은 싱그러운 풀 냄새와 무더운 날씨에 날이 저물도록 거리에서 하키를 하는 아이들의 함성 소리가 넘어왔다.

문이 열리더니 리가 들어왔다. 두 사람은 24년을 함께 살았고, 수전과 내가 한창 좋았을 때조차 감히 흉내 낼 수 없었던 편하고 느긋한 태도로 서로를 대했다. 리는 블랙진에 흰 블라우스 차림으로 두 아이의 극성과 중국음식을 좋아하는 남편의 식성을 견뎌낸 몸매를 드러냈다. 검은 물에 비친 달빛처럼 어느새 희끗희끗한 검은 머리를 뒤로 넘겨서 질끈 묶었다. 내 어깨에 팔을 두르고 볼에 가볍게 입을 맞추는 그녀의 라벤더 향기가 베일처럼 나를 감쌌고, 그러자 새삼스러울 것도 없었지만 내가 그녀를 항상 사랑해왔다는 걸 다시 한 번 깨달았다.

"반가워요, 버드." 그녀가 오른손으로 내 뺨을 살짝 어루만지며 말했다. 입가엔 미소를 머금었지만, 이마엔 걱정으로 주름이 잡혔다. 그녀는 월터를 쳐다봤고, 둘은 눈빛으로 얘기를 주고받았다. "조금 있다가 커피를 가져다줄게요." 리는 밖으로 나가더니 조용히 문을 닫았다.

"아이들도 잘 지내죠?" 레드브레스트라는 아일랜드 위스키를 따르는 월터에게 내가 물었다. 뚜껑을 돌려서 열어야 하는 오래된 술이었다.

"잘 지내. 로렌은 여전히 고등학교를 싫어해. 엘렌은 이번 가을에 조지타운에서 법학을 전공할 예정이니까, 최소한 한 명은 제대로 살고 있다는 얘기지." 그는 숨을 깊이 들이마시며 잔을 입에 가져갔다. 나도 모르게 침이 넘어갔고, 갑자기 갈증이 밀려왔다. 월터가 내 기색을 눈치 채고는 얼굴을 붉혔다.

"빌어먹을, 미안하네." 그가 말했다.

"괜찮아요. 알코올중독 치료로는 효과만점인데요. 그나저나 집에서도 욕을 하시는군요." 리는 욕이라면 질색을 했고, 상스러운 표현을 섞지 않고는 말을 하지 못하는 건 천치들뿐이라는 얘기를 자주 했다. 그러면 으레 월터는 비트겐슈타인도 언젠가 철학 논쟁 중에 부지깽이를 휘둘렀다는 말로 반박을 했는데, 그가 생각하기에 그건 아무리 위대한 사람이라도 현학적인 토론만으론 충분하지 않을 때가 있다는 좋은 증거였다.

그는 빈 벽난로 앞의 가죽 소파로 가더니 내게 맞은편 소파를 가리켰다. 리가 커피를 담은 은주전자와 잔, 크림 등을 쟁반에 받쳐 들고 들어왔다가 다시 나가면서 월터에게 근심스러운 눈빛을 보냈다. 내가 오기 전에 두 사람이 얘기를 나눈 모양이었다. 그들은 서로에게 숨기는 게 없었고, 편치 않은 기색으로 볼 때 단순히 내 건강을 걱정하는 내용이 아니었던 눈치였다.

"조명 밑에 앉을까요?" 그러자 월터의 얼굴에 산들바람처럼 옅은 미소가 어리더니, 그 바람만큼이나 금세 자취를 감췄다.

"지난 몇 달 동안 들은 애기들이 있는데 말이야." 그는 마법사의 유리구슬이라도 되는 것처럼 술잔을 들여다보며 입을 열었다. 나는 잠자코 듣기만 했다. "연방수사관들과 애기를 하고, 그들에게 부탁해서 파일을 뒤져보기도 했다는 걸 알고 있네. 수전과 제니퍼를 죽인 자를 찾아내려고 애쓰는 거 알아." 애기를 시작한 후 처음으로 그가 내 눈을 쳐다봤다.

나는 할 말이 없어서 두 잔에 모두 커피를 따르고, 내 잔을 들어서 한 모금 마셨다. 진하고 강한 자바 커피였다. 숨을 깊이 들이마셨다.

"이런 애기를 하시는 이유가 뭔가요?"

"왜 여기에 왔는지, 왜 돌아왔는지 알고 싶어서 그래. 내가 들은 애기 중에 일부만이라도 사실이라면, 자네가 도대체 어디까지 변했는지 걱정도 되고." 그는 침을 삼켰고, 그에게 그런 말을 하고 그런 질문을 하게 만들었다는 사실이 미안해졌다. 거기에 대답할 말이 있다 하더라도, 내가 그 대답을 하고 싶은지, 또는 월터가 정말 그 대답을 듣고 싶어 할지는 의문이었다. 밤이 깊어서 놀던 아이들은 이제 집으로 돌아갔고, 주변의 고요함 때문인지 월터의 말이 불길한 징조처럼 들렸다.

"들리는 말로는 자네가 그자를 찾아냈다더군." 그는 이제 더 이상 머뭇거리지 않았는데, 할 말을 하자고 마음을 굳힌 것 같았다. "찾아내서 죽였다는 거야. 사실인가?"

과거란 올가미와 같다. 맴을 돌고 방향을 틀고 어느 정도 운신은 할 수 있지만, 결국에는 늘 다시 제자리로 끌어당긴다. 도시의 풍경들은 즐겨 가던 식당과 서점, 공원의 나무 그늘, 심지어 낡은 탁자에 손톱으로 새긴 하트 무늬마저도 내가 잃어버린 것을 일깨워줬다. 순간의 망각마저 그 기억을 해치는 죄처럼 느껴졌다. 나는 현재에서 과거로, 뱀의 머리를 단 기억을 타고 과거 속으로, 다시 돌이킬 수 없는 그 시간 속으로 미끄러졌다.

그렇게, 월터의 질문과 함께 나는 4월 말의 뉴올리언스로 굴러 떨어졌다. 두 사람이 죽은 지도 어느새 넉 달째였다.

울리치는 카페뒤몽드 안쪽의 풍선껌 자판기 옆 테이블에서 등을 벽에 기댄 채 앉아 있었다. 앞에는 김이 솟는 카페오레와 가루 설탕을 뿌린 따뜻한 베녜(프랑스의 영향을 많이 받은 뉴올리언스 특유의 도넛—옮긴이)가 놓여 있었다. 바깥의 디케이터 거리는 카페의 희고 푸른 천막 앞을 지나 성당이나 잭슨스퀘어(뉴올리언스 프렌치쿼터에 있는 유서 깊은 공원—옮긴이)로 향하는 사람들로 북적거렸다.

그는 싸구려 황갈색 양복을 입었고, 셔츠의 단추도 여미지 않은 채 늘어지고 색이 바란 실크 넥타이를 조기처럼 우울하게 축 늘어뜨렸다. 바닥엔 설탕 가루가 하얗게 떨어졌고, 그가 앉아 있는 녹색 비닐 의자의 옆 자리도 마찬가지였다.

울리치는 포이드라스 1250번지에 있는 FBI의 부지국장이었다. 그는 경찰 시절의 인연으로 만나서 개인적으로 연락을 하고 지내는 몇 안 되는 사람 가운데 한 명이었으며, 후버가 세상에 태어난 날을 저주하지 않게 만드는 유일한 FBI 요원이기도 했다(존 에드거 후버는 수사국 시절부터 FBI 창설에 중요한 역할을 했고 1972년에 죽을 때까지 국장으로 역임하며 범죄 수사의 현대화에 공헌했지만 수사권을 남용하고 불법 행위를 자행했으며 마피아 연루설에 시달리기도 했다—옮긴이). 그리고 모든 걸 떠나서 그는 내 친구였다. 살인사건이 일어났을 때도 아무것도 묻지 않고 의심하지도 않으며 내 곁을 지켰다. 커다란 중절모에서 물이 뚝뚝 떨어지도록 비에 흠뻑 젖은 채 묘지 옆에 서 있던 그의 모습이 지금도 생생했다. 그리고 얼마 지나지 않아 뉴올리언스로 발령이 났는데, 세 군데 이상의 지국을 돌며 수습 생활을 성공적으로 마쳤고 맨해튼 도심의 요동치는 뉴욕 지국에서도 냉정함을 유지한 대가로 얻은 승진이었다.

12년 넘게 이어온 그의 결혼생활은 상처투성이 이혼으로 종지부를 찍었다. 부인은 카렌 스콧이라는 처녀 때 이름을 되찾고, 마이애미에서 인테리어 디자이너와 살다가 얼마 전에 결혼했다. 엄마의 부단한 노력으로 스콧이라는 성을 갖게 된 외동딸 리사는 멕시코에 있는 종교단체에 들어갔다고, 그는 말했다. 그의 딸은 열여덟 살이었다. 엄마와 새아버지는 딸에게 별 관심을 기울이지 않는 것 같았고, 울리치는 관심이야 많지만 그런 마음을 행동으로 보여주며 아이를 챙겨줄 만큼 체계적이지 못했다. 가정의 붕괴가 그에겐 유난히 고통스럽다는 걸 나는 알았다. 그도 그렇게 무너진 가정에서 자랐기 때문이었다. 밑바닥 생활을 하는 백인 어머니와 심성은 착하지만 지지리도 못난 나머지 닳아빠진 부인을 감당하지 못했던 아버지. 울리치는 늘 그걸 뛰어넘고 싶어했다. 그렇기 때문에 수전과 제니퍼를 잃은 나의 상실감을 누구보다 잘 이해했다.

그는 마지막으로 봤을 때보다 몸이 불었고, 땀에 젖은 셔츠 사이로 가슴 털이 보였다. 하루가 다르게 회색으로 변하는 무성한 머리카락 속에서 접힌 목덜미로 땀이 줄줄 흘렀다. 이런 거구의 사내에게 루이지애나의 여름은 고문이나 다름없었다. 울리치는 광대처럼 보일지도 모르고, 필요하다면 얼마든지 광대처럼 굴 수도 있겠지만, 뉴올리언스에서 그를 아는 사람치고 그를 과소평가하는 사람은 아무도 없었다. 과거에 그랬었던 사람은 앙골라 교도소(수감자의 90퍼센트가 사형수거나 종신형 선고를 받은 강력범이어서 한때 미국 최악으로 손꼽혔던 루이지애나의 교도소—옮긴이)에서 썩어가거나, 소문을 곧이곧대로 믿는다면 흙 속에서 썩고 있었다.

"넥타이 멋진데." 밝은 빨간색에 양과 천사 무늬가 있는 넥타이였다.

"형이상학적인 넥타이지." 울리치가 응수했다. "조지 허버트(1593~1633, 영국의 목사. 형이상학파 시인—옮긴이) 넥타이라고나 할까."

우리는 악수를 했고, 울리치는 일어서면서 셔츠 앞섶에 묻은 부스러기를 털어냈다. "이 우라질 것들은 안 묻는 데가 없어. 내가 죽으면 내 똥구멍에서 베녜 부스러기가 나올 거야."

"고맙네. 웬만해선 잊기 힘든 이미지로군."

흰 종이 캡을 쓴 동양인 웨이터가 허둥지둥 다가왔고, 나는 커피를 주문했다. "베녜도 드시겠어요?" 웨이터의 어색한 발음에 울리치가 씩 웃었다. 나는 베녜는 괜찮다고 했다.

"어떻게 지내?" 보통 사람 같으면 목구멍을 델 정도로 뜨거운 커피를 한 모금 벌컥 들이켜며 울리치가 물었다.

"난 잘 지내. 자넨?"

"늘 그 모양이지. 예쁘게 포장하고 빨간 리본까지 묶어서 딴 사람한테 넘겨주는 짓이나 하고."

"요즘도 그…… 이름이 뭐더라? 주디? 간호사 주디?"

울리치는 얼굴을 우그러뜨렸는데 베녜을 먹다가 머리카락이라도 나온 것 같았다.

"미치광이 주디라고 해야지. 헤어졌어. 라호야에 갔어. 거기서 1년간 근무할 거래. 어쩌면 더 있을지도 모르고. 글쎄 내 말 좀 들어봐. 사실은 헤어지기 두어 달 전에 함께 낭만적인 여행을 가려고 계획을 세웠어. 스토 인근에 하루 200달러짜리 호텔도 예약했지. 창문을 열면 신선한 공기를 듬뿍 마실 수 있을 테니 그 정도 값은 할 거라고 생각했어. 아무튼 도착해보니 모세 거시기보다도 더 고풍스러운 거야. 짙은 색 목재에 골동품 가구, 치어리더 한 부대를 풀어놔도 될 만한 침대. 그런데 주디가, 글쎄 그녀가 북극곰 엉덩이보다 더 하얗게 질려서 뒷걸음질을 치며 나를 피하더라고. 그러면서 뭐라는지 알아?"

나는 잠자코 그의 다음 말을 기다렸다.

"내가 전생에 바로 그 방에서 자기를 살해했다는 거야. 주춤주춤 뒷걸음질을 쳐서 문고리를 움켜잡고 내가 샘의 아들(본명은 데이비드 리처드 버코비츠이며 1976년 7월부터 1977년 8월에 체포될 때까지 뉴욕 시를 공포에 떨게 만든 연쇄 살인범—옮긴이)로 변신이라도 할 것처럼 쳐다보는 거야. 두 시간을 달래서 겨우 진정을 시켰지만, 그런 다음에도 나랑 자려고 하지 않았어. 나는 결국 구석빼기의 소파에서 잤는데, 나 원 참, 그 빌어먹을 골동품 소파가 1백만 달러짜리처럼 보이고 실제로는 그보다 값이 더 나갈지도 모르지만, 꼭 콘크리트 바닥에서 자는 것 같더라니까."

그는 남은 베녜를 마저 먹고 냅킨으로 입가를 닦았다.

"밤중에 오줌을 누려고 일어났더니 침대에 눈을 동그랗게 뜨고 앉아서 램프를 거꾸로 쳐들고 있는 거야. 다가오면 그걸로 내 머리를 후려치겠다는 거지. 더 말할 것도 없잖아. 뜨거워야 했던 우리의 4박5일은 그걸로 끝이 나버렸어. 다음날 아침에 체크아웃을 했고, 난 1천 달러를 시궁창에 처넣은 꼴이 된 거야.

그런데 정말 웃긴 게 뭔지 알아? 그녀가 상담을 받는 전생치료사가 나를 고소하라고 했다는 거야. 전생에 상처를 줬다고. 하마터면 교육방송 다큐멘터리를 보면서 자기가 클레오파트라였거나 정복자 윌리엄이었다고 생각하는 떨떨이들의 시범 케이스가 될 뻔했다니까."

날려버린 1천 달러와 대자연의 섹스를 꿈꾸며 버몬트를 찾는 사람들을 조롱하는 운명의 장난을 떠올리는 울리치의 눈동자가 흐릿했다.

"리사한테서는 최근에 연락이 왔어?"

그의 얼굴이 어두워지더니 손을 내저었다. "아직도 그 '지저스 허거스'라는 종교 집단에 들어가 있어. 저번에는 전화를 했는데, 다리는 괜찮다면서 돈을 좀더 보내달라는 용건이더군. 아니 예수가 구원을 해준다면서, 현금은 전부 무슨 대출상환 계좌에라도 묶어놓은 모양이지?" 리사는 작년에 롤러스케이트를 타다 다리가 부러졌었는데, 그러고 나서 얼마 후에 종교에 빠졌다. 울리치는 리사가 아직도 뇌진탕 증세에 시달린다고 확신했다.

그가 눈을 가늘게 뜨고 나를 한참 쳐다봤다. "별로 잘 지내는 것 같지 않은데?"

"살아서 여기 앉아 있잖아. 그 얘기나 해봐."

울리치는 뺨에 바람을 넣어 부풀렸다가 천천히 내쉬면서 생각을 정리했다.

"세인트마틴 군(郡)에 크리올(유럽인과 흑인의 혼혈로 루이지애나 지방에서는 프랑스 혈통의 흑인을 뜻한다―옮긴이) 노파가 한 명 있는데, 거기 사람들 말로는 능력을 타고난 사람이야. 악귀를 물리쳐준다는 거지. 왜 있잖아, 악령이니 뭐 그런 헛소리들. 병든 아이를 고쳐주고 연인들을 이어주고. 환영을 본대." 그는 말을 멈추고 혀로 입술을 핥으며 나를 노려봤다.

"심령술사야?"

"여기 사람들 얘기를 믿는다면, 마녀지."

"자네 생각은 어떤데?"

"지금까지…… 과거에 한두 번쯤, 여기 경찰들이 도움을 받기도 했나봐. 나는 지금까지 전혀 얽힐 일이 없었어."

"그런데 지금은?"

내 커피가 나왔고, 울리치는 잔을 채워달라고 했다. 웨이터가 옆에 있는 동안에는 둘 다 입을 다물었고, 울리치는 김이 펄펄 나는 커피를 단숨에 반쯤 비웠다.

"자식이 열 명 정도 되니까 손자에 증손자까지 합하면 수천 명은 될 거야. 몇몇이 한 집에도 살고 근처에도 살기 때문에 혼자 지내는 일은 없어. 아브라함보다 더 대가족일걸." 그러면서 씩 웃었지만, 그 미소는 떠오를 때보다 더 금방 자취를 감췄.

"그런데 그 노파 말이 젊은 여자가 강어귀에 죽어 있다는 거야. 바라타리아 해적들이 출몰하곤 했던 늪지대에. 보안관한테 얘기를 했지만 어디 신경이나 썼겠어? 정확한 위치를 댄 것도 아니고, 그냥 웬 젊은 여자가 강어귀에서 살해당했다고만 했으니. 꿈에서 봤다고 말했다는 거야. 보안관은 전혀 손을 쓰지 않았어. 뭐, 엄밀히 말하면 그런 것도 아니지. 현지 경찰들한테 눈여겨보라고 말했는데, 그러고는 까맣게 잊어버리고 있었지."

"이제 와서 그 얘기가 왜 다시 나온 건데?"

"노파 말이 밤에 그 여자의 울음소리가 들린다는 거야."

울리치는 자기가 말하고도 민망한지, 아니면 으스스한 기분이 들어서 그러는지, 아무튼 창가로 눈을 돌리고는 너저분해 보이는 커다란 손수건으로 얼굴을 훔쳤다.

"그런데, 그게 다가 아니야." 그는 손수건을 접어서 바지 주머니에 쑤셔 넣었다.

"노파 말로는 여자의 얼굴을 뜯어냈대." 울리치는 숨을 깊이 들이마셨다. "그리고 죽기 전에 장님으로 만들었대."

I-10번 도로를 따라서 대형할인점을 지나고 웨스트 배턴루지를 향해 북쪽으로 차를 몰았다. 트럭 운전사들이 도박을 하는 곳들이 나오고, 정유공장 직원들, 그리고 당연하게도, 흑인들이 우글거리는 술집에서는 다들 하나같이 속을 뒤집어놓는 싸구려 위스키와 밍밍한 딕시 맥주를 마셨다. 강어귀의 썩는 냄새가 진동하는 눅눅하고 뜨거운 바람이 고속도로 변 나무를 흔들어서 가지들이 앞뒤로 채찍처럼 휘감겼다. 물속에 기둥을 박아서 세운 아차팔라야(미국 원주민 언어로 '기다란 강'이라는 뜻을 가진 미시시피 강의 지류—옮긴이) 고가도로를 건너 루이지애나의 아차팔라야 습지로 접어들었다.

더 젊고 행복했던 시절에 수전과 딱 한 번 와본 적이 있는 곳이었다.

그때 우리는 헨더슨 제방길을 따라 맥기스 부두의 간판 앞을 지나갔다. 거기서 나는 맛없는 닭고기를 먹고 수전은 악어라도 소화시키기 힘들 만큼 질긴 악어 튀김을 먹었다. 그리고는 낚싯배를 타고 사이프러스 숲이 물에 반쯤 잠겨 있는 습지를 구경했다. 저무는 햇살에 물이 핏빛처럼 붉고, 그 위로 솟구친 나무줄기는 죽어가는 사람이 하늘을 원망하며 뻗은 손가락처럼 보였다. 거기는 달나라만큼이나 도시에서 멀리 떨어진 별천지였고, 더위에 달라붙은 셔츠와 이마에서 뚝뚝 떨어지는 땀방울은 은근히 에로틱한 느낌을 자아냈다. 라파예트의 호텔로 돌아온 우리는 누가 쫓아오기라도 하는 것처럼 사랑을 뛰어넘는 열정에 휩싸여 수증기처럼 묵직하게 내려앉은 열기 속에서 땀으로 범벅이 된 몸을 맞추며 움직여댔다.

라파예트에는 모텔과 주유소, 랜돌보다 분위기는 떨어져도 음식 맛은 더 좋고, 케이준 밴드가 연주를 하면 현지인과 관광객들이 어우러져서 아비타 강의 차가운 맥주를 마시고 메기 요리를 즐기는 프리진스가 있지만, 이번에 울리치와는 라파예트까지 가지 않았다.

울리치는 고속도로를 벗어나더니 강어귀 마을의 구불구불한 2차선을 따라 한참을 달리다가, 바퀴 자국에 악취가 고약한 물이 고여 있고 그 주변으로 벌레들이 까맣게 꾀어 윙윙거리는 흙길로 접어들었다. 가장자리에는 사이프러스와 버드나무가 늘어서 있고, 그 사이사이로 습지의 수면을 뚫고 솟아오른 나무줄기가 보였다. 윗동은 지난 세기에 베어내고 없었다. 물가에는 수련 잎이 빽빽했고, 천천히 달릴 때 빛이 잘 맞아떨어지면 수련 잎이 드리운 그림자 속에서 느긋하게 움직이다가 한 번씩 수면에 파동을 일으키는 농어가 보였다.

장 라피트(19세기 초에 멕시코만을 무대로 활동했던 해적 두목—옮긴이) 무리가 여기를 본거지로 삼았다는 얘기를 들은 적이 있었다. 물론 지금은 다른 사람들이 그 자리를 차지했다. 이제 살인청부업자들과 밀수업자들이 수로와 늪지대에 헤로인과 마리화나를 숨겼고, 무성하게 자라는 자연을 짙푸른 무덤으로 삼아 개죽음당한 시체를 던져 넣으면 살이 썩더라도 고약한 풀 냄새와 구분이 가지 않았다.

다시 한 번 방향을 틀어 사이프러스 가지가 축 늘어진 길로 들어섰다. 페인트칠이 벗겨지면서 나무 본연의 색이 드러나기 시작한 목교를 덜컹이며 건너갔다. 저만치 침침한 그늘 속에서 거인의 그림자가 우리를 지켜보고 있는 것 같았다. 나무 그늘 속에서도 거인의 눈이 달걀 흰자위처럼 희번덕였다.

"봤어?" 울리치가 물었다.

"뭘?"

"노파의 막내아들이야. 티진이라고 부르지. 꼬맹이 진. 조금 덜떨어지긴 했지만, 제 엄마를 얼마나 끔찍이 여기는지 몰라. 전부 다 그렇지만."

"전부라면?"

"그 집에는 모두 여섯 명이 살고 있어. 노파와 지금 말한 그 아들, 둘째는 3년 전에 며느리랑 자동차 사고로 죽었는데 고아가 된 손주 세 명, 그리고 딸. 아들 다섯에 딸 셋이 더 있는데, 전부 멀지 않은 거리에 살아. 그리고 동네 사람들. 그들도 노파를 아껴. 이를테면 이 지역의 여자 족장 같은 존재랄까. 마법사 우두머리."

비아냥거리는 건가 싶어서 힐끗 그의 표정을 살폈지만, 그렇지 않왔다.

 길가의 나무들이 사라지고 길쭉한 단층집 앞의 공터가 나왔다. 집은 오래되어 보였지만 예쁘장했고, 앞에 댄 나무도 휘어진 곳 하나 없이 가지런하게 포개져 있으며 지붕널도 상한 데가 없었지만 군데군데 짙은 색이 섞여 있어서 교체한 티가 났다. 문은 열어놓은 채 그물문만 닫아놨고, 현관 앞 베란다에는 의자들과 아이들 장난감이 널려 있었다. 집 뒤에서 아이들 소리와 첨벙첨벙 물소리가 났다.

 그물문이 열리더니 작고 가냘픈 여자가 계단 앞에 나와 섰다. 서른 즈음의 여자는 이목구비가 오밀조밀했으며, 숱이 많은 검은 머리를 뒤로 질끈 묶어서 연한 커피색 살갗을 드러냈다. 하지만 차에서 내려 가까이 다가갔더니 살이 홈 자국으로 얽은 게 보였다. 어린 시절의 여드름 자국 같기도 했다. 여자는 울리치를 알아보는 기색이었는데, 우리가 뭐라고 하기도 전에 들어갈 수 있도록 문을 열어줬기 때문이었다. 울리치는 따라 들어오지 않았다. 고개를 돌려 그를 쳐다봤다.

 "안 들어와?"

 "누가 물어보면, 난 자네를 여기 데려온 적이 없는 거야. 노파를 보고 싶지도 않고." 그러더니 베란다에 자리를 잡고 앉아 발을 난간에 올리고는 햇볕에 너울지는 물을 바라봤다.

 집 안은 목재의 색이 더 짙고, 공기가 서늘했다. 양쪽으로 침실이 있고, 격식을 갖춘 것처럼 보이는 거실에는 손으로 직접 깎아 만든 티가 뚜렷한 낡은 가구들이 있었다. 소박하지만 섬세하고, 솜씨도 좋아 보였다. 다이얼에 불이 들어오고 띠처럼 이어지는 주파수에 낯선 지명이 적혀 있는 고풍스런 라디오에선 쇼팽의 야상곡이 흘러나왔다. 그 선율은 집 안 곳곳을 채우다가 노파가 기다리고 있는 맨 끄트머리 침실까지 흘러 들어갔다.

노파는 장님이었다. 커다란 보름달 같은 얼굴에 흰 눈동자가 박혀 있고, 턱살이 가슴까지 늘어졌다. 색이 요란한 홈드레스의 망사 소매 사이로 보이는 팔뚝은 나보다 굵었고 통통 부은 다리는 나무둥치 수준이었지만, 그 끝에 달린 발은 깜짝 놀랄 만큼 작았으며 심지어 우아하기까지 했다. 햇빛이 들어오지 않도록 커튼을 치고 허리케인 램프(바람이 불어도 꺼지지 않도록 유리 갓을 둘렀다고 해서 이렇게 부른다─옮긴이) 하나만 켜놓은 방에서 노파는 커다란 침대에 베개를 산처럼 쌓아놓고 기대 앉아 있었다.

"앉아요." 노파는 내 손을 잡고 손가락으로 가만히 어루만졌다. 손가락으로 내 손바닥의 손금을 읽는 그녀의 눈동자는 내가 아닌 정면을 향했다.

"왜 왔는지 알고 있어요." 목소리가 소녀처럼 가늘어서, 마치 큼지막한 말하는 인형과 자그마한 인형의 녹음테이프가 뒤바뀌기라도 한 느낌이었다. "상처를 받았군. 속이 타들어가고 있어. 어린 딸, 아내, 그들이 죽었어." 희미한 불빛 아래서 노파는 보이지 않는 불길을 이글거리는 것 같았다.

"부인, 늪에 있다는 여자 얘기를 해주세요. 눈이 없다는 그 여자."

"불쌍한 것." 노파는 복받치는 슬픔에 눈살을 찌푸렸다. "그녀는 여기가 초행이었어. 습지를 달리다 길을 잃었지. 그의 차를 탔다가 다신 돌아오지 못했어. 너무, 너무 심하게 다쳤어. 하지만 그녀를 건드리진 않았군. 칼만 댔을 뿐이야."

노파는 처음으로 눈동자를 내게 돌렸고, 그제야 그녀가 장님이 아니라는 걸 알았다. 그녀는 자기만의 눈이 있었다. 노파가 손끝으로 내 손금을 읽는 동안 이번엔 내가 눈을 감았고, 그녀가 여자의 마지막 순간에 함께 했으며 칼날이 바쁘게 움직이는 동안 여자를 위로했을 거라는 느낌이 들었다. "가만, 가만히. 이제 내가 함께 있어. 쉬. 내 손을 잡으렴. 이제 그는 너를 해치지 않아."

그리고 그림을 그리는 화가의 붓질처럼 칼날이 관절에서 근육을, 뼈에서 살을, 몸에서 영혼을 자르고 긁고 떼어내는 소리를 듣고 느꼈으며, 섬광처럼 번득이는 칼날에 춤추듯 꿈틀거리는 아픔이 루이지애나 늪 속에 누운 이름 모를 여자의 지옥 같은 노래처럼 내면 깊은 곳에서 차올랐다. 또한 여자의 고통에서 내 아이, 내 아내의 고통을 느꼈고, 같은 자의 소행이라는 걸 확신했다. 늪 속 여자의 아픔이 끊어지는 순간에도 여자는 어둠 속에 있었고, 나는 그가 여자를 죽이기 전에 눈을 파냈다는 걸 알았다.

"그는 누구죠?" 내가 물었다.

노파는 네 개의 목소리로 말했다. 아내, 딸, 짙은 포도주 같은 방의 침대에 앉은 늙고 뚱뚱한 여자, 그리고 루이지애나 늪의 흙탕물 속에서 홀로 잔인한 죽음을 맞은 이름 없는 여자의 목소리로.

"그는 떠돌이야."

월터는 의자에 앉아 몸을 뒤척였고, 도자기 잔에 부딪히는 찻숟가락 소리가 종소리 같았다.

"아니요. 못 찾았어요."

4.

월터는 한동안 말이 없었고 위스키는 이제 거의 바닥을 보였다. "부탁 하나만 들어주게. 내가 아니라 다른 사람의 일이야." 나는 잠자코 다음 말을 기다렸다.

"바튼 트러스트와 관련된 거야."

바튼 트러스트는 전쟁이 끝난 후에 항공사에 부품을 납품하며 재산을 모은 사업가 잭 바튼의 유지에 따라 설립한 단체인데, 아동 관련 연구의 기금을 지원하고 소아과를 후원하며, 주정부의 손길이 미치지 못하는 아동보호 시설에 자금을 제공한다. 서류상의 대표는 잭의 미망인인 이소벨 바튼이지만, 실질적인 업무는 앤드루 브루스라는 변호사, 그리고 트러스트의 이사장인 필립 쿠퍼의 소관이었다.

내가 이런 내용을 알고 있는 건 월터가 가끔씩 트러스트 기금 마련 행사라며 경품 추첨이니 볼링 대회같은 것을 주최했기 때문이고, 무엇보다 몇 주 전에 터무니없는 이유로 트러스트가 언론에 오르내렸기 때문이었다. 스테이튼 아일랜드에 있는 바튼 저택에서 자선 행사가 열렸을 때 에반 베인스라는 어린 소년이 사라졌다. 소년의 흔적은 끝내 찾을 수 없었고, 경찰에서는 거의 기대를 접은 상태였다. 소년이 저택 밖으로 나갔다가 유괴됐을 거라고 추정했다. 신문에서는 한동안 기삿거리가 될 만하다고 여겼지만, 어느 순간부터 더 이상 후속 기사가 나오지 않았다.

"에반 베인스 건인가요?"

"아니야. 아무튼 내 생각엔 아닌 것 같아. 그렇기는 해도 실종자 문제이긴 하겠군. 이소벨 바튼의 친구인 젊은 아가씨가 실종된 모양이야. 벌써 며칠이 지나서 바튼 부인의 심려가 큰 것 같아. 여자의 이름은 캐서린 드미터야. 베인스의 실종하고는 아무 관련이 없어. 그땐 이 여자가 바튼 가족을 만나기도 전이었으니까."

"바튼 가족이라고요?"

"스티븐 바튼하고 연애를 하고 있었던 모양이야. 그치에 대해 뭐 아는 것 좀 있어?"

"머저리라는 거. 그것 말고는, 서니 페레라 밑에서 자잘하게 마약을 밀매하고, 스테이튼 아일랜드에서 자랄 때 페레라 집안과 가까웠고, 서니 페레라와는 10대 시절부터 어울렸다는 것. 스테로이드하고 코카인에도 손을 대는 것 같지만, 자잘한 수준이에요."

월터가 이맛살을 찌푸렸다. "대체 그런 걸 언제부터 알고 있었던 거야?"

"기억이 안 나는데요. 체육관에서 수군거리는 얘기들을 주워들은 거라."

"제기랄. 쓸 만한 건 하나도 얘기를 안 해주고. 난 지난 화요일에야 알았는데."

"반장님은 알면 안 되는 내용이죠. 반장님은 경찰이잖아요. 반장님이 알아야 하는 걸 말해주는 사람은 없어요."

"자네도 경찰이었잖아." 월터가 투덜거렸다. "자네, 나쁜 버릇이 생겼어."

"왜 그러세요. 반장님이 무슨 사건을 다루고 있는지 제가 무슨 수로 알아요? 그럼 제가 어떻게 할까요? 일주일에 한 번씩 찾아가서 고해성사라도 드릴까요?" 나는 잔에 뜨거운 커피를 조금 따랐다. "어쨌거나, 이 여자가 사라진 것하고 서니 페레라 사이에 모종의 관련이 있을지 모른다고 생각하시는 건가요?"

"가능한 일이지. FBI는 오래전부터 스티븐 바튼을 주시하고 있었어. 한 1년쯤 될 거야. 캐서린 드미터를 만나기 한참 전이겠지. 이 꼬맹이를 이용해서 꼬리를 밟고 있던 거니까 그냥 내버려뒀던 거야. 마약 수사 파일을 보니 여자는 연루되지 않았던 것 같기는 해. 아무튼 드러난 바로는 그래. 하지만 걔네들이 뭘 알아. 그중에는 파이프라고 하면 수도배관 파이프인 줄 아는 사람도 있으니까. 어쩌면 보지 말았어야 하는 걸 그 여자가 봤을지도 모르지."

자기가 듣기에도 논리가 어설프다는 생각이 이미 그의 표정에 역력했지만, 결국 내가 재차 확인을 해줬다. "에이, 반장님. 스테로이드하고 자잘한 코카인인데요? 돈이 걸려 있긴 하지만, 그래도 말씀드렸다시피, 페레라가 벌이는 다른 사업에 비하면 정말 자잘한 수준이에요. 근육 키우는 약 때문에 사람을 해칠 정도라면, 우리가 아는 것보다 훨씬 더 멍청한 인간인 거겠죠. 그 집 노인네마저도 그가 열등한 유전자의 산물이라고 생각할 거예요."

페레라 1세는 이제 병들고 노쇠했지만, 여전히 영향력을 가진 인물이었고, 하나뿐인 아들을 가끔씩 '비리비리한 자식'이라고 일컫는 걸로 알려져 있었다. "그게 전부인가요?"

"자네 말대로 우리는 경찰이 아닌가. 쓸 만한 얘기는 아무도 우리한테 말해주지 않는단 말이야." 그가 퉁명스럽게 대답했다.

"서니가 성불구자인 건 알고 있었어요?"

월터는 자리에서 일어나더니 빈 잔을 들고 흔들며 그날 저녁 들어 처음으로 씩 웃었다. "아니, 아니, 몰랐어. 그런 게 알고 싶을 리도 없고. 자넨 그런 걸 어떻게 아는 거야? 비뇨기과 주치의라도 되는 거야?" 월터는 위스키 병을 집어 들며 나를 힐끗 쳐다봤다. 나는 손가락을 손목의 폭만큼 흔드는 것으로 대답을 대신했다.

"필리 필라가 아직도 그 밑에 있나요?" 내가 은근슬쩍 질문을 던졌다.

"내가 아는 바로는 그래. 몇 주 전에는 돈을 제때 내지 않았다고 니키 글래시즈를 창밖으로 밀어버렸다던데."

"안 됐군요. 불쌍한 니키. 100년이 지나도 빚이 남아 있을 텐데. 필리가 그 성질을 죽이지 않으면 조만간 창밖으로 내던질 사람이 남아나지 않겠네요."

월터는 웃지 않았다.

"부인을 만나 볼 테야?" 월터가 다시 자리에 앉으며 물었다.

"반장님, 실종자는……." 나는 한숨을 쉬었다. 뉴욕에서 실종되는 사람은 한 해에 1만4천 명이다. 이 여자가 실종된 거라는 확실한 증거도 없다. 만약 그럴 경우 본인이 발견되고 싶어하지 않거나, 또 다른 누군가가 그녀가 발견되는 걸 원치 않을 수도 있다. 그냥 떠난 걸지도 모른다. 절친한 친구라는 이소벨 바튼이나 사랑하는 애인인 스티븐 바튼에게 알리지 않은 채 판을 거두고 다른 곳으로 떠났을 수도 있다는 얘기다.

실종사건을 다루는 탐정들은 이런 점들을 따져봐야 한다. 탐정들에겐 사람을 찾는 일이 일상다반사지만, 나는 탐정이 아니었다. 내가 도망간 뚱보 올리의 추적을 맡은 까닭은 손쉬운 일이었기 때문에, 아무튼 그때 당시에는 그래 보였기 때문이었다. 올버니의 면허사무소에 가서 탐정 면허를 발급받을 생각은 없었다. 실종자 수색 업무에 발을 들이고 싶지도 않았다. 다른 데 너무 신경을 쓰게 될까봐 겁이 나는지도 몰랐다. 어쩌면 그냥 관심이 없었던 건지도 몰랐다. 그때는.

"부인은 경찰에 신고하지 않을 거야." 월터가 말했다. "공식적으로는 실종 상태가 아니야. 아무도 신고를 하지 않았으니까."

"그렇다면 반장님은 이 일을 어떻게 알게 된 거예요?"

"토니 루루라고 알지?" 나는 고개를 끄덕였다. 토니 루맥스는 말 더듬는 이류 탐정이었는데, 도망간 사람을 찾아주고 백인 떨거지들의 이혼이나 처리해주는 수준에서 좀처럼 벗어나지 못했다.

"루맥스한테 이소벨 바튼 같은 고객이라니, 영 어울리지 않는데요." 내가 말했다.

"한두 해 전쯤에 그 집 하인의 일을 맡아서 처리해줬던 모양이야. 은행에 저금해둔 돈을 빼들고 도망친 남편을 잡아줬다지. 바튼 부인이 그것과 비슷한 일이라면서, 단 조용히 처리해달라고 했대."

"반장님이 개입된 건 여전히 설명이 안 되는데요."

"루맥스하고 볼 일이 좀 있어. 법의 테두리를 조금 넘어서야 할 경우 내가 눈감아주길 원하니까. 루맥스는 이소벨 바튼이 조용히 처리하려 한다는 걸 나한테 알리는 게 좋겠다고 판단한 거지. 쿠퍼하고 얘기를 해봤는데, 그는 당연히 트러스트가 더 이상 이렇게 안 좋은 이미지로 언론에 오르내리면 안 된다는 입장이야. 그래서 내가 도와줄 수 있겠다고 생각했고."

"토니가 일을 맡았다면서, 왜 나한테 이런 얘기를 하는 거예요?"

"우리가 토니한테 일을 넘기라고 했어. 그는 이소벨 바튼한테 사정상 일을 맡을 수 없기 때문에 믿을 만한 사람한테 넘긴다고 얘기했고. 어머니가 갑자기 돌아가셔서 장례식에 가야 한다고 말했나봐."

"토니 루루한텐 어머니가 없어요. 고아원에서 자랐거든요."

"그러면 다른 누구네 어머니가 돌아가셨나 보지." 월터의 목소리에서 짜증이 느껴졌다. "그래도 장례식엔 갈 수 있는 거잖아."

그는 말을 멈췄고, 어디선가 들었던 소문이 마음속 깊은 곳에서 지느러미를 펄럭이는지 그의 눈동자에 의구심이 어렸다. "내가 이 얘기를 자네한테 하는 건 이런 이유 때문이야. 통상적인 채널을 이용할 경우 아무리 조용히 처리한다고 해도 누군가는 알게 될 거야. 그게 말야, 경찰서에서는 물 한 잔만 마셔도 열 사람이 수군거린다니깐."

"여자의 가족들은요?"

월터는 어깨를 들썩였다. "자세한 건 모르겠는데, 가족이 없는 것 같아. 이봐, 버드. 내가 자네한테 부탁하는 건 실력이 있기 때문이야. 자넨 영리한 경찰이었으니까. 경찰에 그대로 남아 있었다면 다른 친구들은 자네 구두나 닦고 배지에 광이나 내고 있었을 거야. 자넨 직감이 뛰어났지. 그건 지금도 여전한 것 같고. 뿐만 아니라 자네가 나한테 빚진 게 있잖나. 뉴욕에서 총격전을 벌인 사람이 이렇게 조용히 풀려나는 일은 흔치 않다고."

나는 한동안 말없이 앉아 있었다. 텔레비전 소리를 배경음 삼아 리가 부엌에서 이것저것 만지는 소리가 들렸다. 어쩌면 얼마 전에 일어났던 일, 뚱보 올리와 여자친구의 무자비한 살인의 충격을 털어내지 못했기 때문일지도 몰랐다. 하지만 어쩐지 세상이 뒤죽박죽이 됐고, 아무것도 제자리에 놓여 있지 않은 것 같은 느낌이 들었다. 이 일도 뭔가 석연찮았다. 월터가 나한테 숨기는 게 있다는 확신이 들었다.

초인종 소리가 들리고, 웅성웅성 얘기가 오갔다. 한 명은 리였고 또 한 명은 저음의 남자였다. 잠시 후 리가 방문을 두드렸고, 머리가 희끗희끗하고 키가 큰 50대 남자가 들어왔다. 그는 보스 제품처럼 보이는 짙은 청색 더블브레스트 양복을 입고 빨간색 바탕에 금색 CD 무늬가 겹쳐져 있는 크리스찬 디오르 넥타이를 맸다. 신발은 누가 침을 뱉어서 광을 낸 것처럼 반짝였지만, 필립 쿠퍼가 자기 침을 뱉어서 구두를 닦았을 리는 없었다.

아동 자선 단체의 이사장과 대변인을 맡을 만한 인물로는 보이지 않았다. 마르고 창백한 안색, 가늘면서도 비쭉 내민 것 같은 독특한 입술. 길쭉한 손가락은 끝으로 갈수록 가늘어서 거의 매의 발톱 형상이었다. 쿠퍼는 오로지 사람들을 불편하게 만들기 위해 땅에서 파낸 시체처럼 보였다. 트러스트의 어린이 행사에 그가 나타난다면, 아이들이 전부 울음을 터뜨리고 말 것 같았다.

"이자입니까?" 그는 술은 마시지 않겠다고 거절하며 월터에게 물었다. 나를 향해 고개를 까딱거리는 모습이 흡사 파리를 꿀꺽 삼키는 개구리 같았다. 나는 설탕 통을 만지작거리며 불쾌한 내색을 감추지 않았다.

"이쪽은 파커입니다." 월터가 고개를 끄덕이며 말했다. 쿠퍼가 악수를 청할지 지켜봤지만, 그러지 않았다. 그는 유난히 지루한 장례식에 참석한 직업 조문객처럼 배 앞에서 깍지 낀 손을 풀지 않았다.

"어떤 상황인지 설명했나요?"

월터는 다시 한 번 고개를 끄덕였지만, 민망한 눈치였다. 쿠퍼의 태도는 버릇없는 아이보다도 더 형편없었다. 나는 그대로 앉아서 아무 말도 하지 않았다. 쿠퍼는 코를 킁킁거리며 말없이 일어나서 나를 내려다봤다. 그에게는 대단히 익숙한 자세라는 인상을 풍겼다.

"민감한 상황이라는 걸 이해하시리라 믿습니다, 파커 씨. 이 사안에 대한 모든 논의는 바튼 부인에게 알리기 전에 우선 나하고 이루어져야 합니다. 아시겠어요?"

쿠퍼의 심기를 건드리기 위해 노력해볼 가치가 있을지 따져봤는데, 월터의 불편한 표정을 보자 그렇지 않겠다는 생각이 들었다. 아무튼 당장은 그럴 필요가 없었다. 하지만 이소벨 바튼 부인을 만나기도 전에 왠지 부인이 안 됐다는 마음이 들기 시작했다.

"저를 고용하는 건 바튼 부인인 걸로 아는데요." 결국 입을 열고 말았다.

"맞습니다. 하지만 경과보고는 나한테 하세요."

"제 생각은 다릅니다. 기밀유지라는 문제가 있지 않습니까. 더 살펴봐야겠습니다만, 베인스라는 꼬마나 페레라 집안하고 무관하다면 제가 찾은 내용은 이소벨 바튼과 저만 알 권리가 있습니다."

"유감입니다, 파커 씨." 쿠퍼가 말했다. 그의 뺨은 희미한 장밋빛으로 물들었고, 상기된 기운은 툰드라처럼 창백한 안색에서 한동안 떠나지 않았다. "어쩌면 내가 뜻을 제대로 전달하지 못한 모양이군요. 이 사안과 관련된 보고는 나한테 먼저 하세요. 내 주변엔 힘 있는 친구들이 있답니다, 파커 씨. 협조를 하지 않는다면 면허가 취소되도록 힘을 쓸 수도 있어요."

"친구분들의 힘이 아주 막강해야겠군요. 있지도 않은 면허를 취소시키려면." 내가 이렇게 말하고 자리에서 일어나는데, 쿠퍼가 주먹을 살짝 말아 쥐었다. "요가를 한번 해보시죠. 몸이 너무 경직되셨네요."

월터에게 커피를 잘 마셨다고 인사를 한 후 문으로 걸어갔다.

"잠깐만." 돌아봤더니 월터가 쿠퍼와 눈빛을 교환하고 있었다. 잠시 후, 쿠퍼는 보일락 말락 하게 어깨를 으쓱하더니 창가로 걸어갔다. 나에게는 눈길 한 번 주지 않았다. 쿠퍼의 태도에 월터의 표정이 더해지면서 내 판단력이 흐려졌고, 나는 결국 이소벨 바튼과 얘기를 해보기로 마음먹었다.

"부인은 내가 찾아갈 줄 알고 있나요?" 월터에게 물었다.

"토니한테 자네의 실력이 출중하다고 말하라고 했어. 여자가 살아있다면 틀림없이 찾아낼 거라고."

잠시 침묵이 흘렀다.

"만약 죽었으면요?"

"쿠퍼 씨도 같은 질문을 하셨네." 월터가 말했다.

"뭐라고 대답하셨나요?"

그는 남은 위스키를 마저 마셨다. 얼음이 오래된 뼈처럼 달그락 소리를 내며 잔에 부딪혔다. 창가에 서 있는 쿠퍼의 검은 실루엣은 나쁜 소식의 징조 같았다.

"그러면 자네가 시체를 가져올 거라고 했네."

* * *

결국은 그게 핵심이었다. 시체. 발견된 시체, 아직 발견되지 않은 시체. 울리치와 노파의 집 앞에 서서 강어귀를 굽어봤던 4월의 그날이 떠올랐다. 가볍게 물이 철썩이고, 출렁이는 작은 낚싯배의 양쪽 끝에서 낚싯대를 드리운 사람 두 명이 보였다. 하지만 울리치와 내가 찾는 것은 수면 아래에 있었고, 우리는 열심히 쳐다보면 깊은 수심을 꿰뚫어서 짙은 물속에 잠긴 이름 없는 여자의 시체를 볼 수 있기라도 한 것처럼 물을 응시했다.

"노파의 말을 믿어?" 그가 마침내 입을 열었다.

"모르겠어. 정말 모르겠어."

"만약 시체가 있다고 해도 그걸 찾을 길은 없어. 방법이라 봐야 뻔하잖아. 저인망으로 훑기 시작하면 뼈 무더기가 무릎까지 쌓일걸. 몇백 년 동안 저 늪에 시체들을 던져왔으니, 뭔가 나오지 않는다면 그게 기적이지."

그의 옆을 떠나 앞으로 걸어갔다. 물론 그의 말이 옳았다. 시체가 있다면 노파에게서 좀더 구체적인 얘기가 나와야 했다. 연기를 움켜잡으려는 것 같은 심정이었지만, 노파의 얘기는 제니퍼와 수전을 죽인 자에 대한 단서에 가장 근접했다. 꿈에서 목소리를 듣는다는 장님 노파의 말을 곧이곧대로 믿다니, 내가 드디어 미쳐버린 건가 싶었다. 어쩌면 그럴지도 몰랐다.

"그자가 어떻게 생겼는지 아십니까?" 그녀는 골똘한 표정으로 고개를 좌우로 흔들었다.

"그가 당신을 찾아올 때에야 보게 될 거야. 그러면 그를 알게 돼."

자동차로 걸어가서 뒤를 돌아보니 현관 앞에 누가 울리치와 함께 서 있었다. 얼굴이 얽은 여자였다. 그녀는 발끝을 세우고 자기보다 키가 큰 남자를 향해 우아하게 몸을 기울였다. 울리치는 손가락으로 그녀의 뺨을 가볍게 쓸어내리며 다정하게 이름을 불렀다. "플로렌스." 여자의 입술에 가볍게 입을 맞춘 울리치는 몸을 돌려 나를 향해 걸어왔고, 그녀를 다시 돌아보지 않았다. 뉴올리언스로 돌아가는 동안 우리 둘 다 그것에 대해서는 아무 말도 하지 않았다.

5

 그날은 밤새 비가 내렸고, 덕분에 도시를 에워싼 더위가 한풀 꺾이면서 이튿날 아침이 되자 맨해튼 거리도 한결 편하게 숨을 쉬는 것 같았다. 달리기를 하는데 거의 시원할 지경이었다. 포장도로를 달리는 건 무릎에 무리가 갔지만, 뉴욕의 이쪽 지역에는 넓은 풀밭이 드물었다. 신문을 사서 아파트로 돌아가 샤워를 한 후에 옷을 갈아입고, 신문을 읽으며 아침을 먹었다. 택시를 잡아타고 바튼 저택으로 향했을 땐 아침 11시를 막 넘긴 시각이었다.
 이소벨 바튼은 죽은 남편이 70년대에 토트힐 근처에 지은 외딴 집에 살았다. 고향인 조지아의 남북전쟁 이전 건축 스타일을 조금 작은 규모로 줄여서 동부의 풍경 속에 재현한 집은 비록 성공적이라고는 할 수 없었지만, 시도만큼은 높이 살 만했다. 어느 모로 보나 호감을 주는 사람은 아니었던 잭 바튼은 고상한 취향의 결여를 돈과 의지로 채워 넣었다.
 도착해서 보니 진입로로 들어가는 문이 열려 있고, 다른 자동차가 지나면서 뿜은 매연이 대기 중에 감돌았다. 택시는 전동문이 우르릉거리며 닫히기 직전에 안으로 들어갔고, 우리는 유리를 까맣게 칠한 흰색 BMW320i를 따라 집 앞의 작은 뜰이 펼쳐진 곳으로 올라갔다. 택시는 그곳의 전반적인 풍경과 어울리지 않았지만, 그렇다고 수리를 맡긴 내 낡은 머스탱을 몰고 왔으면 과연 바튼 저택과 어울렸을지도 장담할 수 없는 노릇이었다.

얌전한 회색 정장 차림의 호리호리한 여자가 BMW에서 내리더니 택시 값을 치르는 내 모습을 희한하다는 듯이 쳐다봤다. 백발을 둥글게 말아 올린 머리는 엄격해 보이는 인상을 누그러뜨리는 데 전혀 도움이 되지 않았다. 운전사 옷을 입은 거구의 흑인이 집에서 나와 택시를 보내고 돌아서는 나를 잽싸게 막아섰다.

"저는 파커라고 합니다. 약속이 되어 있어요."

운전사는 만약에 거짓말이면 오늘 아침에 침대에서 기어 나온 걸 후회하게 만들어주겠다는 표정으로 나를 쳐다봤다. 그는 나더러 잠깐 기다리라더니 회색 정장 여자한테 다가갔다. 여자는 흘낏, 하지만 그 잠깐 사이에도 불쾌한 기색이 역력한 표정으로 나를 쳐다보고는 운전사와 얘기를 주고받았고, 운전사를 집으로 들여보낸 다음 내게 다가왔다.

"파커 씨. 나는 크리스티라고 합니다. 바튼 부인의 개인 비서예요. 신분을 확인할 때까지 입구에서 기다리셨어야죠." 위층 창문에서 커튼이 살짝 움직이더니 잠잠해졌다.

"직원용 출입구가 있으면 앞으로는 거길 이용하죠." 크리스티 씨는 그럴 일이 아예 없길 바란다는 눈치였다. 차가운 눈으로 나를 잠시 쳐다보더니 몸을 휙 돌렸다. "따라오세요." 그녀는 문으로 가면서 어깨 너머로 말했다. 회색 정장의 가장자리가 해진 게 눈에 들어왔다. 바튼 부인이 내 수고비를 깎자고 드는 건 아닐지 궁금해졌다.

하지만 돈이 궁하다면 이소벨 바튼은 골동품 몇 개만 처분해도 충분했는데, 집 안은 경매 전문가들의 꿈이나 다름없는 수준이었다. 현관 양쪽으로 커다란 두 개의 공간이 있고 문은 모두 열어놓았는데, 대통령들이 죽을 때나 사용했던 것처럼 보이는 가구가 빼곡했다. 오른쪽에는 넓은 층계가 나선형을 그리며 올라가고, 바로 앞에 보이는 문은 닫혀 있었으며, 층계 아래에도 문 하나가 있었다. 내가 크리스티 씨를 따라 들어간 곳이 바로 층계 밑의 그 방이었는데, 작기는 해도 놀랄 만큼 환했고, 컴퓨터와 TV, 비디오까지 갖춘 현대식 사무실이었다. 바튼 부인이 내 수고비를 에누리할 걱정은 하지 않아도 되겠다는 생각이 들었다.

크리스티 씨는 소나무 책상 앞에 앉더니 손가방에서 서류를 꺼내 짜증스럽게 뒤적이다가 마침내 원하는 걸 찾아냈다.

"트러스트 법무팀에서 작성한 기밀유지 표준 계약서예요." 그녀는 그걸 한 손으로 내게 내밀며 다른 손으로는 볼펜을 딸깍거렸다. "이번 일과 관련된 모든 내용은 바튼 부인과 저, 그리고 당신만 알아야 합니다." 그녀는 펜으로 관련 조항을 가리켰는데, 어리바리한 사람한테 엉터리 계약을 뒤집어씌우려는 보험사 직원 같았다. "일단 서명부터 하고 얘기하시죠." 상황을 정리하는 말투였다.

트러스트는 신뢰라는 뜻이건만 바튼 트러스트에는 도무지 신뢰가 가는 사람이 없는 것 같았다. "그건 좀 곤란하겠는데요. 기밀유지 위반이 그렇게 걱정되시면 신부님한테 일을 맡기시죠. 그렇지 않을 경우 우리 사이에 오간 얘기를 밖으로 발설하지 않겠다는 제 말을 믿어주셔야겠습니다." 거짓말이었으니 양심의 가책을 느꼈어야 했다. 하지만 그렇지 않았다. 나는 거짓말에 능했다. 그건 신이 알코올중독자들에게 주는 선물이었다.

"그건 용납할 수 없습니다. 당신을 고용할 필요에 대해서도 납득할 수 없는데 기밀유지 계약도 없이……."

문이 열리는 바람에 그녀의 말은 중단됐다. 뒤를 돌아보니 큰 키에 매력적인 여자가 들어서고 있었는데, 관대한 세월과 화장술의 마법으로 인해 나이를 가늠하기 어려웠다. 얼핏 보기엔 40대 후반 정도 같았지만, 이 사람이 이소벨 바튼이라면 쉰다섯, 어쩌면 그 이상이어야 했다. 옅은 하늘색 드레스는 너무 은은하고 단순해서 오히려 값이 비싸 보였고, 수술의 힘을 빌렸는지는 몰라도 아무튼 대단히 잘 관리한 몸매를 드러냈다.

가까이서 봤더니 얼굴의 잔주름이 또렷했고, 나이는 아무래도 후자겠다는 생각이 들었다. 이소벨 바튼은 성형수술에 의존하는 그런 여자로는 보이지 않았다. 목에서는 금과 다이아몬드가 번쩍였고, 한 세트로 보이는 귀고리가 걸음을 옮길 때마다 찰랑거렸다. 하얗게 샌 머리는 어깨까지 늘어뜨렸다. 나이가 들어서도 여전히 매력적인 여자였고, 본인도 그 사실을 잘 알고 있다는 걸음걸이였다.

필립 쿠퍼는 베인스라는 소년이 사라진 후에 쏟아진 언론의 포화를 막아냈지만, 실질적인 관심은 사실상 그리 크지 않았다. 소년은 약기운에 빠져 희망 없이 살아가는 집안의 아이였다. 소년의 실종사건이 언론에 오르내린 건 순전히 트러스트가 관련되어 있기 때문이었고, 트러스트의 변호사와 후원자들이 호의를 남발하며 추측성 보도를 자제하도록 힘을 썼다. 소년의 엄마는 아버지와 별거 중이었고, 아들이 사라진 후에도 둘 사이는 나아지지 않았다.

경찰에서는 아직도 아버지가 아들을 데려갔을 가능성을 염두에 두고 있지만, 모든 정황으로 볼 때 잡범 수준의 아버지는 제 아들을 싫어했다. 그럴 경우 간혹 소원해진 아내에게 복수하려는 마음으로 아이를 납치해서 죽이는 일도 없지 않았다. 신참 시절에 무전을 받고 어떤 집에 갔더니 남자가 갓난쟁이 제 딸을 유괴해서 욕조에 빠뜨려 죽였는데, 별거한 아내가 자기한테 TV를 주지 않았다는 게 이유였다.

베인스의 실종 기사 중에서 기억에 남은 건 딱 하나였다. 허름한 연립주택으로 에반 베인스의 어머니를 찾아간 바튼 부인이 고개를 숙여 사죄하는 사진이었다. 원래 비공식 방문이었지만, 때마침 마약 살인사건 현장에 나갔다가 돌아오던 사진기자의 카메라에 포착됐다. 한두 군데의 신문에서 그 사진을 실었지만, 크게 나오지는 않았다.

"수고했어요, 캐롤라인. 잠시 파커 씨랑 둘이서 얘기를 나눌게요."

부인은 미소 띤 얼굴로 말했지만, 반대 의견을 용납하지 않는 억양이었다. 비서는 자리를 피해달라는 지시에 아무렇지 않은 듯이 굴면서도, 눈에서는 불을 뿜었다. 비서가 밖으로 나가자 바튼 부인은 책상 옆의 등받이가 딱딱한 의자에 앉았고 내게는 검정색 가죽 소파를 권하며 미소를 지었다.

"대신 사과드리죠. 저런 계약서는 내가 허락도 하지 않았는데, 가끔 보면 캐롤라인이 나를 과잉보호하려는 것 같아요. 커피 좀 드릴까요, 아니면 술을 한 잔 하시겠어요?"

"아니요, 됐습니다. 그 전에 말씀드릴 게 있는데, 저는 실종자 수색을 전문으로 하는 사람이 아니고, 제 경험상 실종자를 찾으려면 단서를 추적하고 행적을 쫓을 충분한 인력을 갖춘 전문업체에 맡기는 것이 최선입니다. 개인 탐정이 이런 일을 맡아봐야 장비가 불충분하기 일쑤고, 최악의 경우 별 성과도 없이 최소한의 노력만 기울이면서 사람들의 희망을 빨아먹는 기생충에 불과한 인간이 걸릴 수도 있어요."

"루맥스 씨는 당신이 이런 얘기를 할지 모른다면서 그건 겸손하기 때문이라고 하더군요. 개인적인 호의로 받아들이겠다는 말을 전해달라고 했습니다."

나도 모르게 웃음이 났다. 내가 토니 루맥스에게 줄 수 있는 호의란 그가 죽었을 때 무덤에 오줌을 싸지 않는 것뿐이었다.

바튼 부인의 얘기로는, 그녀가 캐서린 드미터를 알게 된 건 아들 때문이었고, 아들은 드브리스 백화점에서 일하는 그녀에게 데이트를 하자며 치근거렸다고 한다. 바튼 부인과 아들, 잭 바튼이 전부인과의 사이에서 얻은 아들이므로 엄밀히 말하면 의붓아들—잭 바튼이 결혼했던 남부 출신의 여자는 8년 만에 그와 이혼하고 어떤 가수를 따라 하와이로 갔다—의 사이는 썩 가깝지 않았다. 그녀는 아들이 "불미스러운" 짓을 벌이고 있다는 걸 알고 있었고, "본인이나 트러스트 모두를 위해" 다른 삶을 살게 하려고 노력했다. 나는 안 됐다는 뜻으로 고개를 끄덕였다. 스티븐 바튼과 엮인 사람에게는 동정심밖에 줄 게 없었다.

아들에게 새 애인이 생겼다는 얘기를 들은 그녀는 자리를 함께하자고 청했고, 만날 약속을 잡았다. 그런데 아들은 나타나지 않았고 캐서린만 그 자리에 나왔다. 처음엔 조금 어색했지만 두 사람은 금세 친구가 되었고, 여자와 스티븐 바튼 사이의 관계보다 오히려 더 돈독한 우정을 나눴다. 둘은 계속해서 가끔씩 만나 커피를 마시고 점심도 먹었다. 여러 번 청했지만 집에 오라는 바튼 부인의 초대는 정중하게 거절했고, 스티븐 바튼도 끝내 그녀를 집으로 데려오진 않았다.

그러다 캐서린 드미터가 홀연히 사라졌다. 다니던 일터에서는 토요일에 조퇴를 했다는데, 바튼 부인과 만나기로 했던 일요일의 이른 저녁 약속에는 나타나지 않았다. 그 후로 캐서린 드미터의 소식을 들은 사람은 아무도 없다는 게 바튼 부인의 설명이었다. 이제 이틀이 지났는데, 캐서린에게서는 아무 연락이 없었다.

"얼마 전에 안타까운 소년의 실종사건으로 인해 트러스트가 언론의 조명을 많이 받았기 때문에 더 이상 소란을 일으키거나 나쁜 이미지로 관심을 끌고 싶지 않습니다. 루맥스 씨에게 전화를 걸었더니 그는 캐서린이 그냥 다른 곳으로 떠나버렸을지 모른다고 생각하는 것 같더군요. 그런 일도 많겠죠."

"다른 사연이 있을 거라고 생각하시는 건가요?"

"잘은 모르겠지만, 일에 대해서도 무척 만족했고 스티븐과도 잘 지내는 것 같았거든요." 그녀는 아들의 이름을 말하면서 잠시 멈칫했는데, 얘기를 계속할지 말지를 고민하는 눈치였다. 그러다 결국 입을 열었다. "스티븐은 한동안 통제 불능이었어요. 실은 아버지가 돌아가시기 전부터. 페레라 가문에 대해 알고 계신가요, 파커 씨?"

"알고 있습니다."

"스티븐은 그 집 막내와 어울렸는데, 우리가 아무리 애를 써도 소용이 없었죠. 나쁜 친구들과 어울리고 마약에 손을 댄다는 것도 알고 있어요. 혹시 캐서린을 무슨 일에 끌어들인 건 아닌가 걱정이 돼요. 그리고……" 부인은 다시 한 번 말을 멈췄다. "그녀와 함께 있는 게 즐거웠어요. 상냥한 사람이었지만, 가끔씩 무척 슬퍼 보이기도 했죠. 너무 오랫동안 옮겨 다니며 살아서 이젠 여기 정착하고 싶다는 말도 했어요."

"전에는 어디 살았었는지 얘기한 적 있나요?"

"여기저기 돌아다녔나 봐요. 듣자니 수없이 많은 지역에서 일을 했더군요."

"과거 얘기를 한 적은 없나요? 그녀를 괴롭히는 게 뭔지 짐작해볼 만한 얘기는 없었습니까?"

"어렸을 때 집안에 무슨 일이 있었던 모양이에요. 언니가 있었는데 죽었다고 했어요. 그 이상은 말하지 않았습니다. 그것에 대해서는 차마 말을 하지 못하겠다고 했고, 그래서 더 캐묻지 않았어요."

"루맥스 씨 말이 맞을지 모르겠네요. 그냥 또다시 다른 곳으로 떠나버린 것일 수도 있어요."

바튼 부인은 고집스럽게 고개를 저었다. "아니에요. 그랬으면 틀림없이 말했을 거예요. 하지만 스티븐은 아무런 얘기도 듣지 못했고, 그건 나도 마찬가지예요. 그녀에게 무슨 일이 있는 게 아닌가 겁이 나고, 그녀가 무사한지 알고 싶어요. 그것뿐이에요. 내가 당신을 고용했다거나 심지어 걱정을 한다는 건 그녀가 알 필요도 없어요. 이 일을 맡아주시겠어요?"

월터 콜의 뒤치다꺼리를 하거나 이소벨 바튼의 걱정을 이용하는 건 마뜩찮았지만, 그 다음날 보험회사를 대신해서 법원에 가는 것 말고는 달리 할 일도 없었다. 그것 역시 시험 삼아 맡아본 일이었다.

캐서린 드미터의 실종이 서니 페레라와 관련이 있다면 문제는 심각했다. 서니가 뚱보 올리 와츠의 살인에 개입한 거라면 그는 지금 정상 궤도에서 이탈하고 있는 게 틀림없었다.

"며칠만 맡아보죠." 그리고는 "부탁이시라면"이라는 말을 덧붙였다. "수임료에 대해 말씀드릴까요?"

그녀는 이미 수표를 쓰고 있었는데, 트러스트의 계좌가 아닌 본인의 개인 계좌였다. "여기 선금 3천 달러. 그리고 이건 제 명함이에요. 뒷면에 제 개인 번호를 적어놨어요."

그녀는 의자를 앞으로 당겼다. "이제, 뭘 더 알고 싶으신가요?"

그날 저녁에는 70번가 옆으로 지나는 암스테르담 애비뉴의 '리버'라는 식당에서 저녁을 먹었다. 좋은 쇠고기로 최고의 베트남 요리를 만드는 곳인데, 직원들이 어찌나 조신하게 움직이는지 그림자나 산들바람의 시중을 받는 느낌이 들었다. 옆 테이블에 앉은 젊은 연인들이 손을 맞잡고 서로의 손가락과 마디를 어루만지며, 손바닥에 가볍게 원을 그리다가 다시 손을 마주 대는 모습이 눈에 들어왔다. 두 사람은 손으로 사랑을 나누는 중이었고, 웨이트리스 한 명이 바람처럼 지나가다가 내 시선을 눈치 채고는 내 마음을 안다는 듯이 미소를 지었다.

6

　이소벨 바튼을 만난 다음날은 보험사건과 관련해서 잠깐 법원에 나갔다. 전화회사의 계약직 전기기사가 지하에 매설된 케이블을 살펴보다 구멍에 빠지는 바람에 일을 못하게 됐다며 제기한 소송이었다.
　그는 일은 못하게 됐는지는 몰라도 보스턴의 한 체육관에서 실시한 역도 대회에서 500파운드를 번쩍 들어 올릴 수는 있었다. 나는 손바닥만 한 파나소닉 비디오카메라로 그 영광의 순간을 촬영했다. 보험사에서는 그걸 증거로 제출했고, 판사는 일주일 후로 심리를 미뤘다. 나는 증언을 할 필요도 없었다. 법원에서 나온 다음에는 커피를 마시며 신문을 읽다가 트라이베카에 있는 피터 헤이스의 오래된 체육관으로 향했다.
　스티븐 바튼이 그곳에서 가끔씩 운동을 한다는 걸 알고 있었다. 여자친구가 사라졌다면 그녀가 어디로 사라졌는지, 무엇보다 어째서 사라졌는지에 대해 바튼이 알고 있을 가능성이 농후했다. 어렴풋한 기억에 따르면 그는 북유럽 사람 같은 강한 인상을 지녔으며 스테로이드 복용으로 인해 몸이 거의 음란할 정도로 부풀어 올랐었다. 이제 겨우

20대 후반이었지만, 과도한 운동과 인공 선탠으로 얼굴이 낡은 가죽처럼 변했고, 그 바람에 10년은 더 늙어 보였다.

철과 돌로 지은 건물과 높은 공간에 매료된 예술가들과 월스트리트에서 일하는 변호사들이 트라이베카 지역으로 모여들기 시작하면서 피트의 체육관도 최고급을 지향하게 되었고, 침 자국에 톱밥 먼지만 수북하던 곳에 거울과 야자수 화분이 놓이고, 운동을 모독해도 유분수지, 글쎄 주스 바까지 들어섰다. 이제 머리가 텅 빈 헤비급 몸짱과 역도에 열을 쏟는 사람들 옆에서 배불뚝이 회계사, 그리고 비즈니스 정장과 휴대전화로 무장한 여성 중역들이 나란히 운동을 한다. 입구의 게시판에는 '스피닝' 강좌를 알리는 안내전단이 붙어 있었는데, 한 시간 동안 자전거에 앉아 몸이 시뻘겋게 달아오를 때까지 땀을 빼는 운동이었다. 10년 전에 여기가 이런 용도로 변할지 모른다고 했다면 단골 고객들이 체육관을 폭파시켰을지도 모른다.

빨간 타이츠 차림의 건강한 금발 아가씨가 호들갑스럽게 피트의 사무실로 나를 안내했다. 유일하게 체육관의 옛 모습을 간직한, 그야말로 최후의 보루였다. 역도 대회와 미스터 유니버스 대회를 알리는 낡은 포스터, 피트가 스티브 리브스와 조 베이더 같은 보디빌더, 그리고 무슨 영문인지 레슬링 선수인 헐크 호건 등과 함께 찍은 사진이 벽을 장식했다. 진열장엔 보디빌딩 트로피들이 놓여 있고, 피트는 낡은 소나무 책상 뒤에 앉아 있었다. 나이가 들면서 근육도 조금 느슨해졌지만, 여전히 강하고 인상적인 모습을 간직하고 있었으며 희끗희끗한 머리도 군인처럼 짧게 잘랐다. 형사로 승진한 후 나를 파괴하는 습관에 빠져들기 전까지 거의 6년 가까이 이 체육관에서 운동을 했었다.

피트가 손을 주머니에 찌른 채 자리에서 일어나며 고개를 끄덕였다. 헐렁한 윗도리로도 큼지막한 어깨와 팔을 감추기엔 역부족이었다.

"오랜만이군. 참 유감이야, 그 일은……." 그는 말꼬리를 흐렸고, 어깨와 턱을 동시에 들썩였는데 과거와 그 세월에 담긴 많은 것을 의미하는 몸짓이었다.

나도 고개를 끄덕이고는 건강보조제 홍보책자와 트레이닝 잡지가 들어 있는 짙은 회색 캐비닛에 몸을 기댔다.

"스피닝이 웬 말이야, 피트?"

그가 쓴웃음을 지었다. "그래, 나도 알아. 그래도 스피닝 덕분에 시간당 200달러씩 벌고 있어. 위층에 헬스용 자전거 40대를 가져다 놨지. 인쇄기와 녹색 잉크만으로 그만큼 벌기 쉽지 않아."

"스티븐 바튼 자주 와?"

피트는 낡은 나뭇바닥에 보이지 않는 장애물이라도 있는 것처럼 발길질을 했다. "안 보인 지 일주일쯤 됐는데. 무슨 문제라도 생겼어?"

"나야 모르지. 그런 거야?"

피트는 천천히 의자에 앉았고, 인상을 찌푸리며 다리를 앞으로 쭉 뻗었다. 토끼뜀을 너무 오래 한 나머지 무릎에 무리가 가고 관절염까지 생겼다. "이번 주에 여기서 그 친구에 대해 묻는 사람이 왜 이렇게 많아? 어제는 싸구려 양복 차림의 두 사람이 그를 찾던데. 한 명은 살바토레 인제릴로더라고. 라이트미들급에서 실력이 좋았는데, 내리막길로 접어들었지."

"나도 기억나." 나는 한 박자 쉬었다가 말을 이었다. "요즘은 페레라 노인네 밑에서 일한다고 들었어."

"그런 모양이야." 피트가 고개를 끄덕였다. "그런 모양이더라고. 들리는 얘기를 곧이곧대로 믿는다면, 링에 올랐을 때도 그 노인네를 위해 일했던 건지도 몰라. 뭣 때문에 그러는데? 마약하고 관련이 있는 거야?"

"몰라." 피트는 내가 거짓말을 하는 건지 확인하려고 힐끗 쳐다보더니, 그렇지 않다는 판단을 내리고는 다시 운동화로 시선을 돌렸다. "서니랑 노인네 사이의 갈등에 대해서 뭐 좀 들은 거 없어? 스티븐 바튼이 연루될 만한 그런 일?"

"둘 사이가 안 좋은 거야 다 아는 사실이잖아. 그렇지 않다면 인제 릴로가 체육관 바닥에 고무 밑창 자국을 내며 돌아다닐 일이 뭐가 있겠어. 하지만 바튼이 개입됐는지는 몰라."

화제를 캐서린 드미터로 옮겼다. "최근에 바튼이랑 같이 다니던 여자 기억나? 여기도 몇 번 왔을지 몰라. 짧은 검은 머리에 아래턱이 살짝 나왔고, 한 30대 초반쯤?"

"바튼한테는 여자가 많지만, 지금 얘기한 그런 여자는 기억나지 않아. 바튼보다 똑똑한 사람이 아니라면 대개 눈여겨보지 않지. 그런 여자는 왜 바튼이랑 붙어다니는지 이유가 궁금해서라도 쳐다보겠지만."

"그러면 어렵지 않겠네. 이 여자는 아마 더 똑똑한 경우일 거야. 바튼이 여자를 때리던가?"

"야비한 인간인 건 틀림없어. 약을 그렇게 집어삼키다 보니 뇌가 너덜너덜해지고 괴팍한 다혈질이 됐지. 여자랑은 싸우지 않으면 끌어안고 뒹구는 건데, 주로 뒹구는 쪽이지. 우리 마누라였다면 맞장 한 번 떴을 텐데." 그는 나를 똑바로 쳐다봤다. "그가 무슨 짓을 하는지는 알지만, 여기서는 팔지 않았어. 만약 그럴 낌새라도 보였다면 배가 터질 때까지 똥을 퍼먹였을 거야." 피트의 말을 믿지 않았지만, 토를 달지는 않았다. 스테로이드는 이제 몸만들기의 일부가 됐고, 피트가 할 수 있는 건 허세밖에 남지 않았다.

그는 입술을 삐쭉이며 다리를 천천히 접었다. "많은 여자들이 몸을 보고 그에게 끌렸지. 바튼은 거구인데다 말로도 그만큼 거드름을 피우니까. 그런 남자라면 자기를 보호해줄 것 같은 생각에 좋아하는 여자들도 있어. 큰 남자랑 뒹굴고 싶어하는 여자가 있는가 하면, 보호받고 싶어하는 여자들도 있지. 남자한테 원하는 걸 주면 그가 자신을 지켜줄 거라고 믿는 거야."

"그 여자가 스티븐 바튼을 선택했다니, 안 됐군." 내가 말했다.

"그러게." 피트도 동의했다. "어쩌면 그렇게 똑똑한 여자는 아니었던 모양이지."

운동복을 챙겨간 김에 90분 정도 운동을 했다. 체계적인 지도를 받은 건 오래전 일이었다. 민망한 장면을 연출하고 싶지 않아서 벤치프레스를 건너뛰고 어깨와 등, 가벼운 팔 운동만 했다. 등을 단련하는 벤트오버로우의 요동치는 힘, 이두박근을 압박하는 묵직한 느낌이 좋았다.

아직은 제법 괜찮아 보였지만, 그런 생각은 허영이라기보다 차라리 불안감의 발로였다. 180센티미터에 조금 못 미치는 키에 웨이트트레이닝을 했던 몸—넓은 어깨, 이두박근과 삼두박근, 최소한 모퉁이 식당에서 나오는 달걀프라이보다는 큰 가슴—이 완전히 사라지지는 않았으며, 그때 뺀 지방도 많이 붙지 않았다. 관자놀이부터 흰머리가 슬금슬금 번지면서 끝부분도 희끗거렸지만 숱은 아직 넉넉했다. 눈동자는 청회색을 분명히 확인할 수 있을 만큼 투명하고, 얼굴은 약간 길쭉하며, 고통스런 기억 탓에 눈매가 깊고 입가에도 주름이 졌다. 수염을 말끔하게 깎고 머리도 잘 다듬고 좋은 양복에 조명발까지 도와준다면 꽤 봐줄 만했다. 조명만 괜찮으면 서른두 살이라고 우기더라도 그렇게 큰 비웃음을 살 정도는 아니었다. 운전면허증에 적힌 나이에서 겨우 두 살을 뺐을 뿐이지만, 나이가 들면 사소한 것들이 점점 중요해지는 법이었다.

운동을 마친 후 옷을 챙기고, 피트가 주는 단백질 셰이크를 거절한 후—거기서는 썩은 바나나 냄새가 났다—대신 커피를 마시러 갔다. 이렇게 느긋한 기분은 몇 주 만에 처음이었다. 몸속에 엔도르핀이 솟구쳤고 어깨와 등의 뻐근함마저 기분 좋았다.

그 다음에 찾아간 곳은 드브리스 백화점이었다. 인사부장이라는 명칭이 구시대의 잔재라도 되는 것처럼 자신을 인력관리팀장이라고 소개한 남자는 정이 가는 구석이라고는 찾아볼 수 없는 사람이었다. 그와 마주 앉아 있자니, 인간을 아무렇지 않게 기름이나 벽돌, 또는 탄광의 카나리아처럼 취급할 수 있는 사람은 자물쇠와 쇠창살이 있는 곳을 제외하고는 어디서도 인간관계를 맺지 못하게 해야 마땅하다는 생각이 들었다. 티모시 캐리는 염색을 해서 바짝 자른 머리끝부터 에나멜 구두를 신은 발바닥까지 짜증스러웠다.

오기 전에 비서에게 전화해서 드미터 양의 유산상속 업무를 맡은 변호사의 심부름이라며 약속을 잡았다. 그 상사에 그 비서였다. 끈에 묶어놓은 들개도 캐리의 비서보다는 인생에 보탬이 되고, 앞을 지나가기도 훨씬 더 쉬울 것 같았다.

"저희 고객께서는 하루라도 빨리 드미터 양을 만나고 싶어하십니다." 작고 꼬장꼬장한 느낌의 사무실에 마주 앉아서 내가 말했다. "유언장이 워낙 상세해서 작성해야 할 서류들이 많거든요."

"고객이라는 분의 성함이……."

"죄송하지만 그건 말씀드릴 수 없습니다. 이해하시리라 믿습니다."

캐리는 이해하는 데는 문제가 없지만 썩 내키지 않는다는 표정이었다. 의자에 등을 기대고 앉아 값비싼 실크 넥타이를 손가락으로 가볍게 문질렀다. 그건 비싼 넥타이일 게 틀림없는데, 그렇지 않다고 보기엔 너무 천박했다. 셔츠는 조금 전에 포장을 뜯어낸 것처럼 주름이 빳빳했지만, 티모시 캐리가 비닐 포장처럼 저속한 물건을 손에 대는지는 알 수 없는 노릇이었다. 그가 매장을 방문한다면 그건 천사의 강림일 테지만, 그 천사는 고약한 냄새에 코를 찡그린 표정을 하고 있을 것이다.

"드미터 양은 어제 출근을 하기로 되어 있었죠." 캐리는 책상 위에 놓인 파일을 쳐다보며 말했다. "월요일에 휴가를 냈는데, 그 후로는 보지 못했습니다."

"월요일에 휴가를 내는 경우가 흔한가요?" 그다지 궁금하진 않았지만, 덕분에 캐리의 관심을 파일에서 떼어낼 수 있었다. 이소벨 바튼은 캐서린 드미터의 주소를 몰랐다. 으레 캐서린이 연락을 하거나, 아니면 바튼 부인이 비서를 시켜서 백화점에 메모를 남기곤 했다. 캐리는 익숙한 주제에 대해 말할 기회가 생기자 조금 반색했고, 그가 업무 스케줄에 대해 떠들어대는 동안 나는 캐서린의 주소와 사회보장번호를 외웠다. 그리고는 간신히 그의 말을 끊고 캐서린이 마지막으로 출근했던 날 몸이 안 좋았는지, 또는 어떤 식으로든 불편을 호소했는지 물어봤다.

"저는 아는 바가 없습니다. 드미터 양이 나오지 않아서 지금 그 자리는 충원 중입니다. 본인을 위해서라도 상속받는 유산이 많았으면 좋겠군요." 그는 밉살맞게 마무리를 지었지만, 진심인 것 같지는 않았다.

캐리는 빤한 핑계를 대며 이리저리 말을 돌리다가 마지못해 캐서린이 마지막 날 함께 일했던 직원과 얘기를 할 수 있도록 허락했다. 매장 관리사무실에서 만난 마사 프리드먼은 60대 초반의 여자였다. 뚱뚱한 몸매에 머리는 염색을 했고, 화장은 어찌나 두꺼운지 그 얼굴보다는 차라리 아마존 정글에 햇살이 더 많이 스며들 것 같았지만, 그래도 도움을 주려고 애썼다. 그녀는 토요일에 도자기 매장에서 캐서린 드미터와 함께 일을 했다. 두 사람이 함께 일을 한 건 그날이 처음이었는데, 평소에 일을 도와주던 사람이 병이 나서 폐점 전 몇 시간 동안 자리를 메워줄 사람이 필요했다.

"그녀의 태도에서 뭔가 석연찮은 낌새를 느끼지 못하셨나요?" 관리사무실에 들어올 일이 많지 않기 때문에 프리드먼 부인은 그 기회를 이용해서 은근슬쩍 책상의 서류를 살펴보는 중이었다. "딴 생각에 빠져 있다거나, 불안해하는 기색은 없었나요?"

프리드먼 부인은 이마를 살짝 찌푸렸다. "도자기를 하나 깨뜨렸어요. 앤슬리 꽃병이었죠. 매장에 오자마자 고객에게 보여주다가 떨어뜨렸어요. 그래서 내가 돌아봤더니 어느 틈에 매장에서 뛰쳐나가 에스컬레이터 쪽으로 달려가고 있더란 말이죠. 정말 프로답지 못하다고 생각했어요. 아무리 아프다고 해도 그렇지."

"아팠나요?"

"본인 말로, 속이 메슥거린다고 했어요. 하지만 왜 에스컬레이터로 달려가느냔 말이죠. 층마다 직원용 화장실이 있는데."

프리드먼 부인이 뭔가를 알면서도 털어놓지 않는 것 같다는 느낌이 들었다. 그녀는 오랜만에 자신에게 쏟아지는 관심을 즐기는 중이었고, 그 시간을 최대한 늘리고 싶어했다. 나는 비밀 얘기를 하듯이 몸을 기울였다.

"하지만 부인 생각은 어떤가요?"

그녀는 조금 우쭐대며, 이번엔 자기가 앞으로 몸을 기울이고는 생각을 강조하기 위해 내 손을 가볍게 건드렸다.

"누군가를 본 거지. 그리고는 그 사람이 백화점 밖으로 나가기 전에 붙잡으려고 한 거야. 동쪽 출입구 보안요원인 톰이 말해준 얘기인데, 그녀가 자기 옆으로 뛰어가더니 길거리에 서서 두리번거리더라는 거야. 원래 근무 시간에 백화점 밖으로 나가려면 허가를 받아야 하거든. 원칙대로라면 상부에 보고해야 하는 사안이었지만, 그냥 나한테만 얘기해준 거예요. 톰은 흑인인데, 그래도 사람은 좋아요."

"그녀가 누굴 봤을지, 짐작 가는 데는 없나요?"

"없어요. 얘기를 하려고 들지 않더라고. 내가 알기로는 직원 중에 친구가 전혀 없는데, 이제야 그 이유를 알겠어요."

보안요원이랑 관리책임자하고도 얘기를 나눠봤지만, 프리드먼 부인에게서 들은 내용에 더 보탤 건 없었다. 돌아오는 길에 식당에 들러 커피와 샌드위치를 먹은 다음 아파트로 가서 앙헬이 준 작은 검정색 가방을 챙겨 들고 다시 택시를 잡아타고 캐서린 드미터의 아파트로 갔다.

7

 4층짜리 붉은 벽돌 건물을 개조한 아파트는 그린포인트에 있었는데, 브루클린 일대에서도 이탈리아와 아일랜드, 그리고 폴란드 출신이 집중된 동네였고, 또 폴란드 사람 중엔 예전에 자유노조에서 활동했던 사람들이 많았다. 남군의 매리맥에 맞서 싸운 북군의 철갑선 모니터가 바로 그린포인트 콘티넨털 철강에서 만든 배였는데, 그 당시만 해도 그린포인트는 브루클린 산업활동의 중심지였다.
 이제 주물공장이나 요업소, 인쇄소 등은 하나도 찾아볼 수 없지만, 그때 그 시절 노동자들의 후손은 아직 이곳에 많이 남아 있었다. 작은 옷가게와 폴란드 빵집 옆에는 유서 깊은 코셔(유대인의 율법을 따르는 정결한 음식—옮긴이) 식품점과 중고 전자제품을 파는 가게가 나란히 붙어 있었다.
 캐서린 드미터의 아파트가 있는 구역은 조금 낙후됐고, 청바지를 엉덩이에 걸치고 스니커즈를 신은 아이들이 층계마다 버티고 앉아 담배를 피우며, 지나가는 여자들을 향해 휘파람을 불고 수작을 걸었다. 그녀의 아파트는 14호였는데, 꼭대기에 가까울 것 같았다. 벨을 눌렀지만 예상대로 인터폰에서는 아무 반응이 없었다. 그래서 대신 20호의 벨을 눌렀고, 웬 할머니가 누구냐고 묻기에 가스 누출 신고가 들어와서 나왔는데 관리인이 자리에 없어서 그런다고 둘러댔다. 할머니는 잠시 가만히 있다가 출입문을 열어주었다.

할머니는 관리인에게 확인을 해볼 게 틀림없었고, 그렇다면 시간이 촉박했지만, 캐서린 드미터의 아파트에서 그녀가 어디로 떠났는지 짐작해볼 만한 단서가 발견되지 않는다면 결국 관리인이나 이웃 사람들, 하다못해 우체부하고라도 얘기를 해봐야 할 판이었다. 로비에 있는 우편함에서 14호라고 적힌 덮개를 열고 손전등으로 안을 비춰봤지만 《뉴욕》이라는 잡지의 최신호와 홍보물로 보이는 편지 두 통뿐이었다. 나는 우편함을 닫고 계단을 이용해서 3층까지 올라갔다.

복도를 따라 양쪽으로 세 개씩 여섯 집이 있는데, 문에 새로 페인트칠을 한 지 얼마 안 되는 것 같았다. 조용했다. 소리를 내지 않고 14호 문 앞으로 가서 코트 안에 품고 간 검정 가방을 꺼냈다. 만약을 위해 문을 한 번 더 두드린 후, 가방에서 전동갈퀴를 꺼냈다. 앙헬은 내가 아는 사람 가운데 무단침입의 최고수였고, 경찰 시절에도 그의 도움이 필요할 때는 많았다. 도움을 받은 대가로 나는 앙헬을 건드리지 않았고, 그 역시 일과 관련해서 내 레이더망에 들어오지 않았다. 그런데도 결국 그가 감옥에 들어가게 됐을 땐 그 안에서 조금이라도 편하게 지낼 수 있도록 최선을 다해 손을 써주었다. 갈퀴는 일종의 감사 표시였다. 불법적인 감사 표시.

생긴 건 전동드릴과 비슷했지만 더 작고 날렵했으며 끝이 포크처럼 갈라져 있어서 뭔가를 찍어내거나 비틀어 여는 용도로 쓸 수 있었다.

예리한 끝부분을 자물쇠에 찔러 넣고 손잡이를 눌렀다. 갈퀴가 1~2초 정도 요란한 소리를 내며 달그락거리더니 자물쇠가 돌아갔다. 조용히 안으로 들어가서 문을 닫자마자 복도 아래쪽의 어느 집에선가 문이 열리는 소리가 들렸다. 그 문이 닫힐 때까지 가만히 기다렸다가 갈퀴를 가방에 넣고, 다시 문을 연 다음 주머니에서 이쑤시개를 꺼냈다. 그걸 네 조각으로 부러뜨려서 자물쇠에 쑤셔 넣었다. 이러면 내가 안에 있는 동안 다른 사람이 문을 열고 들어오려고 할 경우, 비상구로 도망칠 시간을 벌 수 있었다. 문을 닫고 불을 켰다.

좁은 입구에는 낡은 양탄자가 깔려 있고, 거기서 이어지는 깔끔한 거실은 오래된 텔레비전, 하나씩 사다 놓은 것처럼 짝이 맞지 않는 소파와 의자들로 저렴하게 꾸며져 있었다. 한쪽 구석에 작은 주방이 있고, 다른 쪽은 침실이었다.

우선 침실부터 살펴봤다. 침대 옆의 작은 책꽂이에 페이퍼백 소설이 몇 권 있었고, 그걸 제외하면 가구라고는 옷장과 화장대뿐이었다. 둘 다 이케아 조립품처럼 보였다. 침대 밑에서 빈 옷가방이 나왔다. 화장대 위에는 화장품이 하나도 없었는데, 그렇다면 작은 보스턴 가방 정도에 짐을 꾸려서 떠났을지도 모른다는 뜻이었다. 아무래도 오래 있을 생각은 아니었던 것 같았고, 확실히 영영 떠난 것처럼 보이지는 않았다.

옷장에는 옷과 구두 몇 켤레뿐이었다. 서랍장도 위쪽 두 곳에는 역시 옷뿐이었지만, 마지막 서랍엔 종이와 서류, 세금 고지서와 취업 증명서처럼 이 도시 저 도시 떠돌아다니며 여러 일자리를 전전해온 증거들이 담겨 있었다.

캐서린 드미터는 철따라 뉴햄프셔와 플로리다를 오가며 오랫동안 웨이트리스로 살았다. 서랍 속의 임금 명세서와 세금 관련 서류들로 보건데 시카고와 라스베이거스와 피닉스에서도 살았고, 수없이 많은 중소도시를 거쳤다. 은행계좌도 여러 개였다. 어느 도시의 계좌에는 3만9천 달러의 잔고가 있었고, 주식증서는 두꺼운 파란색 리본으로 정성스레 묶어놓았다. 마지막으로 여권이 나왔는데, 최근에 갱신을 했고 여분의 여권용 사진도 세 장 넣어놓았다.

캐서린 드미터는 이소벨 바튼이 묘사했던 그대로 30대 중반의 자그마하고 매력적인 여성이었다. 155센티미터의 키에 검은 단발머리, 흰 피부, 그리고 눈은 옅은 파란색이었다. 여권 사진 한 장을 챙겨서 지갑에 넣은 후 서랍에서 유일하게 개인적인 성격이 짙은 물건을 꺼냈다.

그건 모서리가 닳아서 헤진 두꺼운 앨범이었다. 그 안에는 드미터 집안의 역사가 오롯이 담겨 있는 것 같았다. 갈색 톤의 할아버지와 할머니 사진부터 부모님으로 보이는 분들의 결혼 사진, 그리고 두 자매의 성장 과정이 부모님이나 친구들과 더불어, 또는 두 자매끼리, 때로는 독사진으로 기록되어 있었다. 해변에서 찍은 사진, 명절을 맞아 가족들이 모두 한자리에 모인 사진, 생일과 크리스마스와 추수감사절의 사진. 소소한 통과의례를 하나씩 거쳐 나가는 두 자매의 사진들이었다. 둘이 닮았다는 건 한 눈에 알 수 있었다. 캐서린은 어렸을 때는 아래턱이 더 도드라졌었다. 한두 살 터울로 보이는 언니는 모래색 머리였고, 열한 살, 열두 살 무렵에도 아름다운 미모를 자랑했다.

그런데 그 이후로는 언니의 사진이 보이지 않았다. 캐서린이 혼자, 또는 부모님이랑 함께 찍은 사진들뿐이었다. 성장의 기록은 점점 드물어졌고, 즐거움이 넘치는 축제의 분위기는 아예 자취를 감췄다. 그러다가 캐서린의 고등학교 졸업 사진을 끝으로 기록은 더 이상 이어지지 않았다. 사회에 첫 발을 내딛는 아이의 표정은 진지했고, 눈 밑이 거뭇한 게 당장이라도 울 것 같았다. 사진 속 졸업장에는 버지니아 주 헤이븐 고등학교라고 적혀 있었다.

앨범 마지막 몇 장에서는 뭔가 빠진 것 같았다. 아랫부분에는 신문에서 오려낸 것 같은 종이조각들이 꽂혀 있었는데, 가로 세로 2.5센티미터인 것 하나를 제외하면 대부분 아주 가늘었다. 종이는 세월이 흐르면서 누렇게 변했는데, 한쪽엔 기상예보의 일부분이, 다른 쪽에 사진이 실려 있었다. 한쪽 끝으로 모래색 금발이 눈에 들어왔다. 마지막 페이지에는 출생 신고서 두 장이 끼워져 있었다. 하나는 1962년 3월 5일생인 캐서린 루이스 드미터, 또 하나는 1959년 12월 3일생인 에이미 엘렌 드미터의 것이었다.

앨범을 서랍에 다시 넣고 옆에 붙은 욕실로 들어갔다. 전체적인 인상처럼 욕실도 단정하고 깨끗했다. 욕조 옆의 흰 타일에는 비누와 샤워젤, 거품비누 등이 가지런히 놓여 있고, 세면대 밑의 작은 선반에는 수건을 접어서 보관했다. 벽에 붙은 수납장을 열어봤다. 치약과 치실, 양치액, 처방전 없이 살 수 있는 감기약과 수분저류(심부전이나 나트륨 과다 등으로 인해 전신부종, 저혈압, 신부전, 허혈 등의 증상이 일어나는 현상—옮긴이) 완화제, 달맞이꽃 오일 캡슐 등이 들어 있었다. 피임약이나 콘돔 같은 건 보이지 않았다. 그건 스티븐 바튼의 소관인 모양이었지만, 제대로 했을지는 의문이었다. 스티븐은 뉴에이지 타입으로는 보이지 않았다.

수납장의 다른 한쪽은 거의 소형 약국 수준이었다. 캐서린을 롤러코스터에 태울 만한 각성제와 진정제가 한가득이었다. 기분의 극심한 기복을 다스리는 리브리엄, 흥분을 가라앉히는 아티반, 불안을 해소시키는 바륨과 소리진과 로라제팜 같은 안정제도 보였다. 어떤 약병은 비어 있고, 어떤 약병엔 약이 반쯤 들어 있었다. 가장 최근 것은 정신과전문의 프랭크 포브스 박사가 처방해준 약이었다. 프랭크 포브스는 나도 아는 이름이었다. '우라질 프랭크' 포브스는 너무 많은 환자들을 망쳤거나 망치려들었기 때문에 고소를 해야 한다는 소리가 심심찮게 들려왔다. 면허를 잃기 직전까지 간 적도 여러 번이었지만 고소는 번번이 취하되어 법정까지 간 적은 한 번도 없었고, 우라질 프랭크의 돈이 중재를 맡기도 했다. 듣자니 프랭크를 만난 후 임질에 걸린 환자가 즉각 소송을 걸었고, 그래서 평소답지 않게 조용히 지낸다고 했다. 아무리 우라질 프랭크라도 이번 건 그냥 묻어버리기 힘들 것 같았다.

캐서린 드미터는 대단히 불행한 여자였던 모양이었지만, 프랭크 포브스를 만난다고 해서 조금이라도 더 행복해질 가능성은 희박했다. 그를 만나러 가는 건 썩 내키지 않았다. 예전에 그가 엘리자베스 고든이라는, 수전의 이혼녀 친구 딸한테 수작을 부렸다는 얘기를 듣고 내가 찾아가서 의사로서의 본분을 일러준 후 만약 이런 일이 다시 한 번 재발할 경우 창밖으로 던져버리겠다고 협박한 적이 있었다. 그때부터 나는 프랭크 포브스의 동향에 직업적인 관심을 유지해왔다.

캐서린의 집에서는 이렇다 할 실마리가 보이지 않았다. 그만 돌아가려다가 문득 수화기를 들고 재다이얼 버튼을 눌러봤다. 벨이 울리다가 누군가 전화를 받았고, 이런 소리가 들려왔다.

"헤이븐 카운티 보안관 사무소입니다."

수화기를 내려놨다가 전화회사에서 일하는 지인에게 연락을 했다. 그는 5분 만에 캐서린이 금요일부터 일요일 사이에 통화한 관내 전화번호 목록을 뽑아줬다. 통화를 한 곳은 단 세 군데였는데, 중국집과 세탁소, 영화정보 안내까지 전부 시시한 것들뿐이었다.

지역 전화회사에서는 장거리 전화 내역은 알아볼 수 없기 때문에 다른 곳으로 다이얼을 돌렸다. 거기서는 다시 사립탐정이나 타인의 사생활에 깊고 지속적인 관심을 지닌 사람들에게 불법적인 비밀 정보를 판매하는 업체로 나를 연결해주었다. 그리고 20분이 채 지나지 않아 캐서린 드미터가 일요일 저녁에 스프린트 통신사를 통해 버지니아 주 헤이븐으로 열다섯 통의 전화를 걸었으며, 그중 일곱 통은 보안관 사무소, 여덟 통은 헤이븐 소재의 개인 주택으로 걸었다는 사실을 알 수 있었다. 두 곳의 전화번호를 모두 넘겨받았고, 두 번째 번호로 전화를 걸었다. 자동응답기에 녹음된 메시지는 간결했다. "얼 리 그레인저입니다. 지금 저는 부재중입니다. 삐 소리 후에 메시지를 남겨주시거나, 경찰 업무와 관련된 일이라면 보안관 사무소로 전화주십시오. 번호는······."

그 번호로 전화를 걸었더니 다시 헤이븐 카운티 보안관 사무소가 나왔고, 이번엔 보안관을 바꿔달라고 했다.

그레인저 보안관은 자리에 없다기에 그러면 책임자를 바꿔달라고 했다. 가장 서열이 높은 부보안관은 앨빈 마틴이지만, 그는 수사차 외근 중이라는 대답이 돌아왔다. 전화를 받은 부보안관은 보안관이 언제 돌아올지 몰랐다. 그의 목소리로 미루어보건대 보안관이 가까운 곳으로 담배를 사러 나간 건 아닌 듯했다. 그는 내 이름을 물었지만, 나는 그냥 고맙다고 인사를 한 후 전화를 끊었다.

캐서린 드미터에겐 뉴욕 경찰청이 아닌 고향의 보안관에게 연락할 문제가 발생한 모양이었다. 다른 수가 생기지 않는다면 헤이븐에 다녀와야 할 판이었다. 하지만 그전에 먼저 우라질 프랭크 포브스를 찾아가보기로 했다.

8

 3번 애비뉴의 애저라는 가게에 들러서 비싸고 신선한 딸기와 파인애플을 산 다음, 그걸 들고 시티그룹 건물 지하에 있는 광장에 가서 먹었다. 나는 이 건물의 단순한 라인과 희한하게 각진 상단선이 마음에 들었다. 새로 짓는 건물 중에서 인테리어에 이런 상상력을 발휘하는 곳은 많지 않았다. 7층의 정원은 크고 작은 나무들로 여전히 싱그러웠고, 상점과 레스토랑에는 사람들로 빼곡했으며, 지하의 소박한 예배당에는 그곳을 찬미하는 신도들 몇몇이 조용히 앉아 있었다.
 우라질 프랭크 포브스의 멋들어진 진료실은 두 구역 떨어진 70년대 스모크 글래스(태양 관측 등의 용도로 연기를 쬐어 까맣게 만든 유리―옮긴이) 건물에 있었다. 아무튼 지금은 거기서 진료를 하고 있었다. 엘리베이터를 타고 위로 올라갔더니 안내데스크에 앉은 예쁜 갈색 머리 아가씨가 컴퓨터에 뭔가를 입력하는 중이었다. 내가 들어서자 여자는 고개를 들고 환한 미소를 지었다. 나는 너무 헤벌쭉한 인상을 주지 않으려고 애를 쓰며 함께 미소를 지었다.
 "포브스 박사님 좀 뵐 수 있을까요?"

"예약하셨나요?"

"다행히 저는 환자가 아니고, 프랭크와 오래전부터 아는 사이입니다. 찰리 파커가 찾아왔다고 전해주세요."

여자의 미소가 잠시 흔들리더니 프랭크의 진료실로 인터폰을 넣어서 메시지를 전했다. 그의 응답을 듣는 여자의 안색이 조금 창백해졌지만, 전반적으로 대단히 침착한 태도를 유지했다.

"죄송합니다만 포브스 박사님께서는 고객님을 만나실 수 없습니다." 여자의 미소는 이제 급속도로 자취를 감추고 있었다.

"그가 그렇게 말하던가요?"

여자의 얼굴이 살짝 상기되었다. "아니요, 꼭 그런 건 아니에요."

"여기 온 지 얼마 안 됐죠?"

"이번 주부터 나오기 시작했어요."

"프랭크가 직접 채용했죠?"

여자는 어리둥절한 표정이었다. "네에……."

"다른 일자리를 알아보세요. 저 인간은 성격이상자인데다 이 바닥에서 쫓겨나는 건 시간문제거든요."

여자가 내 말을 이해하려 애쓰는 사이에 나는 그 앞을 지나쳐서 진료실로 들어갔다. 진료실에는 환자가 없었고, 고매하신 의사 선생만 책상 앞에 앉아 메모지를 훑어보고 있었다. 그는 나를 만난 게 반갑지 않은 눈치였다. 가느다란 콧수염은 까만 벌레처럼 흉하게 말려 올라갔고, 목에서부터 높고 둥그스름한 이마까지 붉은 안색이 번지다가 억센 검은 머리 속으로 사라졌다. 그는 180센티미터가 넘는 키에 운동으로 다져진 몸의 소유자였다. 사실 허우대는 아주 멀쩡했지만, 겉모습이란 껍데기일 뿐이었다. 우라질 프랭크 포브스에게서는 장점이라곤 찾아볼 수 없었다. 만약 그가 1달러 지폐를 준다면, 그걸 지갑에 넣기도 전에 잉크가 날아가버릴 것이다.

"당장 꺼져, 파커. 잊어버린 모양인데, 자넨 더 이상 이렇게 함부로 쳐들어올 입장이 못 돼. 자넨 이제 경찰이 아니잖아. 그리고 누가 나가준 덕분에 경찰도 아마 훨씬 좋아졌겠지." 그가 인터폰을 누르려고 몸을 기울였지만, 안내데스크의 아가씨는 이미 나를 따라 진료실 안으로 들어와 있었다.

"경찰을 불러, 마시. 아니다. 내 변호사한테 전화하는 게 낫겠다. 무단침입으로 고소할 거라고 전해."

"듣자니 요즘 변호사한테 일거리를 많이 주고 있다더군, 프랭크." 나는 그의 책상 맞은편에 놓인 가죽 의자에 앉으며 말했다. "성병에 걸린 불쌍한 여자의 변론은 마이바움앤록 법률사무소에서 담당한다는 얘기도 들었어. 내가 예전에 그쪽 사람들이랑 일을 많이 해봐서 아는데, 실력이 아주 출중해. 나중에 가서 엘리자베스 고든 얘기나 해줄까 하는데. 엘리자베스 기억하지, 프랭크?"

프랭크는 본능적으로 어깨 너머의 유리창을 힐끗 바라보고는 의자를 반대쪽으로 틀었다.

"그만 나가봐, 마시." 그는 불편한 기색으로 여자를 보며 고개를 끄덕였다. 등 뒤에서 조용히 문이 닫히는 소리가 들렸다. "대체 원하는 게 뭐야?"

"캐서린 드미터라는 환자가 있을 거야."

"이봐, 파커. 환자에 대해서는 말해줄 수 없다는 거 잘 알잖아. 설사 말해줄 수 있다 하더라도, 자네한테 들려줄 마음은 눈곱만큼도 없지만."

"프랭크, 자넨 내가 아는 최악의 정신과의사야. 나는 집에서 키우는 개라도 자네한테는 치료를 맡기지 않을 거야. 틀림없이 개마저도 올라타려고 들 테니까. 그러니 도덕 같은 건 판사 앞에서나 들먹이라고. 이 여자가 곤경에 빠진 것 같은데, 내가 좀 찾아야겠어. 자네가 도와주지 않는다면 나한테 텔레파시의 능력이 있었나 의심할 정도로 순식간에 마이바움앤록에 연락할 테니 알아서 해."

프랭크는 양심의 갈등을 겪는 듯한 시늉을 했지만, 발굴허가서를 받아서 삽이라도 들고 파보지 않는 이상 양심 같은 걸 찾아볼 수 없는 인간이었다.

"어제 예약이 잡혀 있었는데 오지 않았어. 연락도 없었고."

"무슨 증상으로 치료를 받는 중이었지?"

"제일 큰 건 퇴행성 울증이었지. 흔히 우울증이라고 하는데, 인생의 중후반기에 들어선 사람들에게서 흔히 볼 수 있는 특징이야. 아무튼 처음에는 그렇게 보였어."

"그런데……?"

"파커, 이건 의사로서 엄수해야 할 비밀이야. 나한테도 수칙이라는 게 있다고."

"웃기고 있네. 얘기나 계속해."

프랭크는 한숨을 쉬며 연필을 만지작거리다가 서류함에서 파일을 꺼내 가지고 제자리로 돌아와 앉았다. 파일을 펼쳐서 훑어보더니 말을 이었다.

"캐서린이 여덟 살 때 언니가 죽었어. 정확하게 말하자면 살해당했지. 60년대 말부터 70년대 초까지 버지니아 주 헤이븐이라는 마을에서 아동 살인사건이 여러 건 있었는데, 그중 한 명이었어. 피해자 중엔 남자 아이와 여자 아이가 섞여 있었고, 유괴되어 고문을 당한 후에 시체는 마을 외곽에 있는 빈집 지하실에 유기됐어." 프랭크의 목소리엔 이제 감정이 섞여 있지 않았다. 어느새 옛날이야기만큼이나 감정적으로 무관한 사례를 소개하는 의사가 되어 있었다.

"그녀의 언니는 네 번째 피해자였고, 백인 아동으로는 첫 번째였어. 언니가 실종된 후에야 경찰에서는 이 사건에 본격적으로 관심을 갖기 시작했대. 현지의 어떤 돈 많은 여자가 용의 선상에 올랐어. 피해 아동 가운데 한 명이 실종됐을 때 그 여자의 차가 집 근처에서 목격됐고, 30~40킬로미터 떨어진 또 다른 도시에서 아이를 납치하려다 실패했거든. 그 아이는 사내애였는데, 손톱으로 여자의 얼굴을 긁고, 인상착의를 경찰에게 알렸어.

경찰이 체포에 나섰지만, 동네 사람들이 그 소식을 듣고 한 발 앞서서 그 집으로 몰려갔대. 여자의 오빠도 거기 있었다지. 동네 사람들에 따르면 오빠는 동성연애자였다더군. 경찰은 여자에게 공범이 있을 거라고 믿었어. 여자가 납치를 하는 동안 남자가 차를 운전했을 거라고 생각했지. 그리고 동네 사람들은 그 오빠가 유력한 용의자라고 판단했고. 오빠는 지하실에서 목을 맨 채로 발견됐어."

"여자는?"

"낡은 집에서 불에 타 죽었어. 그 사건은 그렇게 간단히…… 흐지부지됐지."

"그런데 캐서린은 그럴 수 없었다?"

"응. 그녀는 그러지 못했어. 고등학교를 졸업한 후에 고향을 떠났지만, 부모님은 그냥 거기 살았대. 그러다 10년쯤 전에 어머니가 돌아가셨고, 얼마 지나지 않아 아버지도 뒤를 따라가셨어. 캐서린 드미터는 계속 여기저기 전전하며 살았고."

"헤이븐에 돌아간 적은 없는 거야?"

"없어. 장례식을 치른 후로는 한 번도. 자기에겐 그곳의 모든 것이 죽었다고 했어. 따지고 보면 그렇지. 모든 것의 뿌리는 헤이븐이었으니까."

"애인은 있었어? 가볍게 만나는 사람이라도?"

"나한테 말한 건 없어. 그리고 질의응답 시간은 끝났어. 이제 나가. 만약 공적인 자리에서든 사적인 자리에서든 이 얘기를 다시 꺼내면 무단침입, 폭행, 내 변호사가 생각해낼 수 있는 모든 혐의를 붙여서 고소할 거야."

나는 자리에서 일어섰다.

"한 가지만 더. 엘리자베스 고든 얘기가 앞으로도 마이바움하고 록의 귀에 들어가지 않으려면."

"뭐야?"

"불에 타 죽었다는 여자 이름."

"모던. 아들레이드 모던. 그리고 여자의 오빠는 윌리엄. 자, 이제 제발 내 인생에서 꺼져줘."

9

윌리 브루의 정비소는 밖에서 보기엔 허름하고, 노골적으로 등을 치지는 않는다고 해도 어쨌거나 미덥잖은 곳처럼 보인다. 안으로 들어가도 사정이 많이 좋아지는 건 아니지만, 원래의 폴란드 이름을 도저히 제대로 발음할 수 없는 고객들이 벌써 몇 대째 브루로 줄여 부르는 윌리는 내가 아는 최고의 정비사였다.

롱아일랜드 고속도로를 질주하는 자동차 소음에서 너무 가까운 퀸즈의 이 지역은 아무리 해도 정이 가지 않았다. 어려서부터 여기를 생각하면 항상 중고차 판매소, 낡은 창고와 묘지가 연상됐다. 키세나 공원 옆에 있는 윌리의 정비소는 예전부터 쓸 만한 정보를 얻어들을 수 있는 소식통이었는데, 남의 얘기를 주워듣는 것 말고는 딱히 할 일도 없이 빈둥거리는 윌리의 친구들이 여기로 모여들기 때문이었다. 그래도 이 지역 자체는 여전히 불편했다. 나는 어른이 된 후에도 심지어 맨해튼에서 이 동네를 에둘러 JFK 공항으로 가는 길마저 싫었고, 허름한 집과 술집들의 모습이 질색이었다.

아버지가 돌아가신 후에 어머니는 우리를 데리고 당신의 고향인 메인 주 스카보로로 이사를 갔다. 나무가 고층빌딩을 대신하는 그곳에서는 스카보로 다운스 카레이스를 위해 보스턴과 뉴욕에서 몰려드는 자동차광들만이 어쩌다 한 번씩 대도시의 냄새와 풍경을 전해줬다. 맨해튼을 볼 때마다 관광객이 된 느낌을 받는 이유는 그 때문일지도 몰랐다. 나는 늘 새로운 눈으로 이 도시를 보는 것 같았다.

윌리의 정비소가 있는 지역은 도시미화를 빙자한 난개발과 필사적으로 싸우는 중이었다. 윌리네 구역은 옆집의 일본 국수집 주인이 전부 사들였다. 그는 시내에 있는 플러싱 리틀 아시아에도 지분이 있었고, 남쪽으로도 영역을 확장하려는 계획인 것 같았다. 아무튼 그래서 윌리도 문을 닫지 않기 위해 집단소송에 참여했다. 일본인은 윌리의 정비소와 연결된 환풍구로 생선 냄새를 흘려보내는 것으로 응수했다. 그러면 윌리는 어쩌다 한 번씩 정비공인 아르노에게 맥주와 중국음식을 먹인 다음 목구멍에 손가락을 넣어 국수집 앞에 게우게 만들어서 복수를 했다. "중국음식, 베트남음식, 일본음식. 몸 밖으로 나오면 다 똑같아." 윌리는 이렇게 말하곤 했다.

들어갔더니 작고 다부진 몸에 피부색이 까무잡잡한 아르노가 고물 다지의 엔진을 손보고 있었다. 생선과 국수 냄새가 진동했다. 내 69년식 머스탱은 플랫폼 위에 올라가 있고, 정체를 알 수 없는 부품들이 바닥에 어지러웠다. 꼴을 보아하니 며칠 내로 그걸 몰고 도로를 질주하는 건, 제임스 딘이 다시 살아 돌아오는 것만큼이나 요원한 일 같았다. 아침에 윌리에게 전화를 걸어서 들르겠다고 했더니 내가 도착하기 전에 뭐라도 하고 있는 것처럼 시늉을 해놓은 꼴이었다.

정비소 오른쪽으로 나무 층계 위에 올라앉은 사무실에서 욕하는 소리가 쩌렁쩌렁 울렸다. 문이 벌컥 열리더니 윌리가 우당탕퉁탕 층계를 내려왔다. 대머리에는 기름기가 번들거리고, 파란색 작업복은 허리까지 지퍼를 내려서 퉁퉁한 배를 간신히 감싸고 있는 너저분한 흰 티셔츠가 그대로 드러났다. 그는 환풍구 밑에 층계처럼 차곡차곡 쌓아놓은 상자에 힘겹게 올라가 쇠창살에 입을 바짝 댔다.

"눈구멍이 쭉 찢어진 이 빌어먹을 새끼야!" 그가 소리를 꽥 질렀다. "내 정비소에 그 더러운 생선 냄새 풍기는 걸 당장 그만두지 않으면 네 놈의 엉덩짝을 핵폭탄으로 날려버릴 테다." 환풍구 저쪽에서 일본말로 뭐라고 맞받아치는 소리가 들리더니 동양인 특유의 웃음소리가 터졌다. 윌리는 손바닥으로 쇠창살을 텅텅 두드리고는 내려왔다. 침침한 실내 불빛에 실눈을 뜨고 한참 노려본 후에야 나를 알아봤다.

"버드, 어떻게 지내? 커피 한잔할래?"

"커피 말고 자동차를 줘. 내 자동차. 벌써 일주일째 당신이 가지고 있는 내 차."

윌리는 풀이 죽은 표정이었다. "단단히 화가 났군." 그러더니 짐짓 달래는 투로 말했다. "당연히 화가 났겠지. 화를 내는 건 좋은 거야. 그런데 자네의 자동차는 좋지가 못해. 자네 차는 상태가 안 좋아. 엔진이 엉망이야. 그걸로 대체 어딜 돌아다닌 거야? 나사랑 낡은 못이 잔뜩 깔린 길이라도 달린 거야?"

"윌리, 나는 차가 필요해. 이제 아예 택시 운전사들이 나를 죽마고우처럼 생각할 지경이야. 몇 명은 심지어 바가지를 씌우려는 수작까지 그만뒀다니까. 민망해서 렌터카를 빌릴까도 생각해봤어. 실제로 내가 당신 정비소에 와서 차를 훔쳐가지 않은 건 수리하는 데 기껏해야 하루 이틀이면 충분하다고 그랬기 때문이야."

윌리는 어깨를 축 늘어뜨리고 발끝으로 원통처럼 생긴 쇳조각을 툭툭 찼다.

"아르노. 버드의 머스탱이 어떤 상태야?"

"개떡이에요. 폐차를 시킨다면 500달러를 주겠다고 하세요." 아르노가 말했다.

"아르노 말이, 폐차를 시킨다면 500달러를 주겠대."

"나도 들었어. 아르노한테 내 자동차를 고쳐놓지 않으면 집에 불을 질러버리겠다고 전해."

"내일모레." 자동차 후드 밑에서 그의 목소리가 들렸다. "늦어서 미안해요."

윌리가 기름때 묻은 손으로 내 어깨를 툭툭 쳤다.

"올라가세. 커피 한 잔 하면서 이 동네 얘기나 좀 듣고 가." 그리고는 조용히 덧붙였다. "앙헬이 자네를 보고 싶어해. 이 언저리에 있다고 내가 얘기해줬거든."

나는 고개를 끄덕이고 그를 따라 층계를 올라갔다. 깜짝 놀랄 만큼 깔끔한 사무실 안에서는 남자 네 명이 테이블 앞에 둘러앉아 양철 머그잔으로 커피와 위스키를 마시고 있었다. 해적판 비디오를 판매해서 나한테 붙잡혔던 적이 있는 토미 Q에게 아는 체를 했다. 콧수염이 무성하고 근육이 울끈불끈한 사내는 이름도 그럴 듯한 그라우초였다. 그 옆에는 정비소에서 일하는 제이가 앉아 있었는데, 예순넷이니까 윌리보다 열 살이 많지만, 거기서 열 살은 더 들어 보였다. 또 한 사람은 관장사 에드 해리스였다.

"관장사 에드 알지?" 윌리가 물었다.

나는 고개를 끄덕였다. "요즘도 시체 들치기를 하는 거야, 에드?"

"웬걸. 그만둔 지 오래됐어. 허리가 안 좋아서."

관장사 에드 해리스는 모든 유괴범을 압도하는 유괴범이었다. 관장사 에드에게 살아 숨 쉬는 인질은 고역이었다. 인질이 무슨 짓을 저지를지, 또 누가 인질을 구하러 올지 알 수 없는 노릇이었기 때문이다. 그보다 죽은 사람을 노리는 게 훨씬 수월했다. 그래서 관장사 에드는 시체 안치실을 털고 다녔다.

부고란을 꼼꼼히 챙겨보다가 부잣집 자식처럼 보이는 표적이 포착되면, 안치실이나 장례식장에서 시체를 훔쳤다. 관장사 에드가 휘젓고 다니기 전까지만 해도 장례식장의 보안이라는 건 허술하기 짝이 없었다. 관장사 에드는 지하실에 산업용 냉동고를 갖춰놓고 거기에 시체를 넣어둔 다음 몸값을 요구했다. 보통은 별로 많지 않은 액수를 불렀다. 그러면 대부분의 유족들은 시체가 썩기 전에 사랑하는 사람을 되돌려 받기 위해 기꺼이 돈을 치렀다.

죽은 아내의 시체에 몸값이 걸린 것에 분노한 늙은 폴란드 귀족이 사설 군대를 동원해서 관장사 에드를 찾아 나서기 전까지 장사는 제법 쏠쏠했다. 그는 잡히기 직전에 지하실의 뒷구멍을 이용해서 이웃집 마당으로 도망쳤다. 그리고 마지막으로 웃은 사람도 에드였다. 전기료 체납으로 사흘 전에 전기가 끊어지는 바람에 사람들이 늙은 폴란드 귀족 부인의 시체를 찾아냈을 땐 죽은 쥐처럼 악취를 풍겼다. 하지만 그 후로는 에드의 관장사도 내리막길에 접어들었고, 이제 윌리 브루의 정비소 뒷방에 찌그러져 앉아 있는 신세였다.

잠시 어색한 침묵이 흘렀다. 침묵을 깬 건 윌리였다.

"코 없는 비니 기억나?" 윌리가 블랙커피를 한 잔 건네며 물었다. 양철 잔이 빨갛게 달아오를 정도로 뜨거웠지만, 방 안 가득한 기름 냄새를 누를 수는 없었다. "토미 Q 얘기를 들어봐. 이런 얘기는 아마 처음일 거야."

코 없는 비니는 뉴와크의 절도범 출신인데, 교도소를 들락거리다가 갱생의 삶을 살기로 결심했다. 어쨌거나 40년을 남의 아파트 털이로 생계를 삼아온 사람이 할 수 있는 한도 안에서는 손을 씻고 살았다. '코 없는 비니'라는 별명이 붙은 건 발은 오래 담그고 있었지만 실력은 신통찮았던 아마추어 복싱 때문이었다. 체구가 왜소한 비니는 폭력이 만연한 뉴저지 빈곤층의 희생자라고 할 수 있었는데, 거친 동네에 사는 조그만 아이들이 대개 그렇듯이 주먹에서 구원의 잠재력을 포착했다. 그러나 안타깝게도 주먹을 휘두를 줄만 알았지 방어능력은 젬병이어서 코의 연골이 주저앉는 바람에 콧구멍이 거의 닫힌 채 푸딩에 얹는 건포도 꼬락서니가 되었다.

토미 Q는 비니와 인테리어 회사, 그리고 죽은 게이 클라이언트가 연루된 이야기를 계속했다. 그가 다니는 번듯한 직장에서 얘기를 했다간 감옥에 들어갔을 이야기였다. "그래서 그 바나나 놈은 결국 죽었지, 욕실에서. 이 의자를 엉덩이에 얹은 채. 그리고 비니는 그 사진을 찍어서 팔고, 죽은 남자의 비디오를 훔쳤다가 다시 교도소에 들어간 거야." 그는 이성애자가 아닌 사내들의 이상한 짓거리에 고개를 절레절레 흔들었다.

얘기를 마치고도 한참 웃던 그의 얼굴에서 미소가 사라지더니 웃음소리도 괜히 목이 막힌 것처럼 캑캑거리는 소리로 바뀌었다. 뒤를 돌아봤더니 어둠 속에 앙헬이 있었다. 파란 비니 밑으로 검은 머리가 곱슬거렸지만, 수염은 열세 살짜리도 비웃을 만큼 숱이 없었다. 검정 티셔츠 위에 항구 노동자들이 즐겨 입는 진한 청색 재킷을 걸치고, 청바지에 더럽고 헤진 랜드로버를 신었다.

앙헬은 기껏해야 165센티미터를 넘지 않았고, 영문을 모르는 사람이라면 토미 Q가 왜 겁에 질리는지 이해하기 힘들었다. 거기엔 두 가지 이유가 있었다. 첫 번째는 앙헬이 코 없는 비니를 훨씬 능가하는 권투 실력을 갖고 있어서 마음만 먹으면 토미 Q를 늘씬하게 패줄 수 있는데, 게이인 앙헬한테는 토미의 우스갯소리가 그렇게 재미있을 리 없으니 그건 충분히 일어날 수 있는 일이었다. 토미 Q가 겁에 질린 두 번째이자 더 설득력 있는 이유는 루이스라고만 알려진 앙헬의 애인 때문이었다. 루이스는 겉으로 드러난 돈벌이가 없었고, 그건 앙헬도 다르지 않았지만 올해 마흔에 이 바닥에서 반쯤 발을 뺀 앙헬이 최고의 도둑이며, 벌이만 짭짤하다면 대통령의 배꼽에 난 털이라도 뽑아올 수 있다는 건 널리 알려진 사실이었다.

하지만 큰 키에 패션 감각이 세련된 흑인인 루이스가 필적할 상대가 없는 킬러이며, 앙헬을 만나면서 마음을 고쳐먹고 요즘은 사회적 양심이라고 부를 수도 있는 기준에 따라 드물게 표적을 정한다는 사실은 그만큼 널리 알려져 있지 않았다. 들리는 소문에 의하면 작년에 시카고에서 건터 블로크라는 독일 컴퓨터 전문가를 해치운 게 루이스의 솜씨라고 했다. 블로크는 연쇄 강간범이었는데, 업무상 자주 찾는 동남아의 섹스 리조트에서 주로 젊은 여자, 때로는 어린아이를 상대로 범행을 저질렀다. 그리고 돈으로 자신의 죄를 덮었다. 포주와 부모, 경찰, 정치인에 돈을 건네면 일은 간단히 무마됐다.

블로크에게는 유감스럽게도 그런 나라의 어느 고위 관료를 매수할 수 없었는데, 블로크가 열한 살짜리 소녀를 목 졸라 죽인 뒤 사체를 쓰레기통에 유기한 뒤라 더 힘들었다. 블로크는 국외로 피신했고, 돈은 '특별 프로젝트'를 다시 겨냥했다. 그리고 루이스는 시카고에 있는 하룻밤에 1천 달러짜리 호텔 스위트룸에서 건터 블로크를 욕조에 익사시켰다. 아무튼 들리는 바로는 그랬다. 진실이야 알 길이 없었지만, 루이스는 아주 나쁜 소식이나 마찬가지였고, 토미 Q는 비록 그렇게 자주 하는 편은 아니었지만 앞으로도 익사의 두려움 없이 목욕을 할 수 있길 바랐다.

"재미난 얘기로군, 토미." 앙헬이 말했다.

"그냥 그렇다는 거야, 앙헬. 다른 뜻은 없었어. 마음 상하라고 한 소리 아니야."

"마음 상하지 않았어. 아무튼 나는 안 상했어."

그때 뒤의 어둠 속에서 뭔가 움직이더니 루이스가 모습을 드러냈다. 그의 대머리가 침침한 불빛에 번쩍이고, 날렵한 회색 양복 속에 받쳐 입은 검정색 실크 셔츠 위로 솟은 목은 근육질이었다. 앙헬보다 30센티미터는 족히 더 컸고, 그런 체구로 토미 Q를 한동안 뚫어져라 응시했다.

"바나나라. 그거 참…… 별스러운 표현이로군, Q씨. 그게 구체적으로 뭘 뜻하는 거요?"

토미 Q의 얼굴에서는 핏기가 가셨고, 입 안이 어찌나 바짝 말랐는지 한참 만에야 간신히 침을 삼키는 것 같았다. 그리고 골프 볼이라도 삼키는 것 같은 소리가 났다. 입을 열었지만 아무 소리도 나오지 않았고, 그래서 다시 입을 다문 채 차라리 바닥이 갈라져서 자신을 삼켜버렸으면 좋겠다는 표정으로 하릴없이 아래만 내려다봤다.

"괜찮아요, Q씨. 재미있었소." 루이스는 입고 있는 실크 셔츠만큼 매끄러운 목소리로 말했다. "얘기하는 방식에 신중을 기하기만 한다면 말이지." 그리고는 토미 Q를 보며 환하게 웃었는데, 고양이가 저승 가는 쥐한테 노잣돈 삼아 건네는 미소가 있다면 꼭 그럴 것 같은 미소였다. 토미 Q의 코끝에 땀 한 방울이 대롱대롱 걸려 있다가 바닥에 뚝 떨어졌고, 그때 루이스의 모습은 이미 보이지 않았다.

"내 차 고쳐놓는 것 잊지 마, 윌리." 나는 이렇게 말하고 앙헬을 따라 정비소를 떠났다.

10

우리는 두 구역쯤 걸어서 앙헬이 아는 심야영업 술집으로 갔다. 루이스는 몇 미터 앞에서 걸어갔는데, 야심한 밤거리를 지나던 사람들이 모세 앞의 홍해처럼 갈라졌다. 여자들 두어 명이 그에게 추파를 던지기도 했다. 남자들은 대체로 눈을 내리깔았고, 간판이나 밤하늘에서 뜬금없이 흥미로운 뭔가를 발견한 것처럼 고개를 돌리는 사람들도 있었다.

술집 안에서는 포크 스타일인 것 같기도 한 가수가 기타를 치며 닐 영의 〈사랑만이 가슴을 아프게 하네〉를 낱낱이 분해하고 있었다. 그렇게 분해된 노래는 영영 다시 조립될 것 같지 않았다.

"닐 영을 싫어하는 모양이네." 앙헬이 안으로 들어서면서 말했다.

앞에 가던 루이스가 어깨를 으쓱했다. "이 쓰레기 같은 노래를 들었다면 아마 닐 영도 자기 자신이 싫어졌을 걸."

우리는 칸막이를 두른 자리에 앉았다. 만성위염에 시달리는 뚱뚱한 주인이 어기적거리며 다가와 주문을 받았다. 보통은 웨이트리스가 하는 일이었지만, 앙헬과 루이스는 여기서도 일정한 대접을 받았다.

"어이, 어니스트. 장사는 좀 어때?" 앙헬이 물었다.

"내가 장의사라면, 사람들이 불로초라도 먹고 있는 것 같아. 그리고 미리 말하지만, 우리 마누라는 여전히 못났어." 그들이 늘 주고받는 레퍼토리였다.

"젠장, 결혼한 지 40년이나 됐으면서 이제 와서 더 예뻐지길 바라는 건 무리지."

앙헬과 루이스는 클럽샌드위치를 시켰고, 어니스트는 다시 어기적거리며 돌아갔다. "내가 아직 어린데 저렇게 생겼다면 내 물건을 잘라 버리고 카스트라토 가수로 돈을 벌었을 거야. 달고 있어봐야 아무짝에도 소용이 없을 테니까."

"못생겼다고 너한테 무슨 피해를 주는 것도 아니잖아." 루이스가 말했다.

"나야 모르지." 앙헬이 씩 웃으며 말했다. "나는 잘생겼기 때문에 백인 남자도 꼬실 수 있었거든."

두 사람이 투닥거리기를 멈췄고, 나는 가수가 닐 영을 그만 괴롭히길 기다렸다. 이제 경찰도 아닌데 이 두 사람을 만나려니 기분이 묘했다. 전에 앙헬이 쓸 만한 정보가 있다거나 아니면 그냥 얘기나 하자고, 또는 수전과 제니퍼의 안부나 물을 겸 윌리의 정비소나 커피숍, 또는 센트럴파크에서 만날 때면 왠지 어색했고 긴장감이 느껴졌다. 루이스가 옆에 있을 땐 특히 더했다. 나는 그들이 해온 짓, 루이스가 지금도 하고 있다고 믿어 의심치 않는 짓, 이런저런 식당들과 가게들, 물론 윌리 브루의 정비소와도 배후동업을 맺고 벌이는 짓들을 알고 있었다.

그런데 이번에는 그런 긴장감이 느껴지지 않았다. 오히려 알게 모르게 앙헬과 나 사이에 쌓인 끈끈한 우정의 힘이 처음으로 느껴졌다. 무엇보다 두 사람에게서 걱정, 슬픔, 인간미, 믿음 같은 게 전해졌다. 그렇지 않았다면 두 사람은 그 자리에 있지도 않았을 것이다.

하지만 어쩌면 뭔가가 더 있었다. 나는 이제야 서서히 그것의 정체를 알 수 있었다. 경찰들에게 나는 악몽 같은 존재였다. 경찰과 그 가족, 아내와 아이들은 건드리지 못하는 성역이었다. 경찰을 노리는 건 미친 짓이었고, 그들의 가족을 해치는 건 더 미친 짓이었다. 이건 우리들을 버티게 해주는 믿음이었다. 하루 종일 시체를 보고 도둑과 강간범과 마약 밀매업자와 포주를 심문하고서도 일상의 삶으로 돌아갈 수 있는 건 우리 가족만큼은 이 모든 것들과 아무 상관이 없으며 그들을 통해 우리도 이 세계와 거리를 유지할 수 있다고 믿기 때문이었다.

그런데 제니퍼와 수전의 죽음으로 그 믿음이 송두리째 흔들렸다. 누군가 그 규칙을 존중하지 않았고, 손쉬운 답이 나오지 않으니까 앙심을 품은 범인으로 모든 것을 설명하려 했지만 그것마저 여의치 않자, 다른 이유를 찾아내야 했다. 내가 자초했다고, 내가 사랑하는 가족들에게 이런 일이 일어나게 만들었다고. 나는 유능한 경찰이었지만 주정뱅이가 되기 일보직전이었다. 나는 무너지고 있었고, 그게 나를 약하게 만들었으며, 누군가 그 틈을 노렸다. 다른 경찰들은 나를 도움이 필요한 동료로 보는 게 아니라, 전염병을 옮기는 병균, 부패의 온상으로 여겼다. 내가 경찰복을 벗는 걸 아무도 안타까워하지 않았다. 어쩌면 월터조차.

그런 일련의 일들을 겪으면서 앙헬과 루이스, 이 두 사람이 괜히 더 가깝게 느껴졌다. 이들은 자신들이 발 딛고 있는 세계에 아무런 환상을 품지 않았다. 그것의 일부였다가 또 그것과 거리를 둘 수 있게 해주는 철학적인 해석 같은 건 존재하지 않았다. 루이스는 킬러였다. 그런 환상을 품을 여지가 없었다. 그리고 그와의 관계로 인해 앙헬도 그런 환상을 품을 수 없었다. 이제 눈에서 비늘이 떨어지기라도 한 것처럼 두 사람도 저만치 멀어졌고, 나는 내 힘으로 나 자신을 다시 세우고 새롭게 발 디딜 곳을 찾아야 했다.

앙헬이 옆자리에 떨어져 있던 신문을 주워들고 헤드라인을 훑었다.

"이거 봤어?" 나한테 묻기에 고개를 끄덕였다. 퀸즈의 플러싱에서 은행강도 사건이 일어났는데, 한 남자가 영웅이 되려다가 총알받이 벌집 신세가 되고 말았다. 신문과 뉴스에서는 온통 그 얘기뿐이었다.

"그냥 일을 하러 나선 것뿐인데. 그들은 아무도 해치고 싶어하지 않아. 그냥 들어가서 돈만 가지고 나오려 할 뿐이야. 은행은 보험에 들어놨는데 무슨 상관이야. 그들이 총을 드는 건 그걸 가지고 가지 않으면 아무도 진지하게 봐주지 않기 때문이야. 총이 아니면 어쩌란 말이야? 욕을 해? 그런데 꼭 이런 멍청이들이 있단 말이지. 아직 죽지 않았다는 이유로 자기가 불사조라도 된다고 착각하는 인간들. 이 친구도 젊고 건강하니까 은행강도를 일망타진해서 영웅이 되면 포르노배우처럼 여자들을 끼고 살 줄 알았겠지. 이 남자를 좀 봐. 부동산 중개업자, 나이는 스물아홉, 미혼, 연봉이 15만이었다는데 이젠 홀랜드 터널(뉴욕의 맨해튼과 뉴저지를 잇는 두 개의 터널 중 하나—옮긴이)보다 큰 구멍이 뚫렸으니 말야. 랜스 피터슨." 그는 어이가 없다는 듯이 고개를 절레절레 저었다. "랜스라는 이름을 가진 사람은 내 평생 한 번도 만나본 적이 없어."

"그야 다 죽었으니까." 루이스는 한가로운 눈빛으로 주변을 훑었다. "빌어먹을 놈들이 은행에서 괜히 나섰다가 총질을 당하거든. 이 친구가 아마 마지막으로 남아 있던 랜스였을 거야."

샌드위치가 나왔고 앙헬이 먹기 시작했다. 샌드위치를 먹는 건 앙헬뿐이었다.

"그건 그렇고, 어떻게 지내?"

"그럭저럭. 잠복했던 이유는 뭐야?"

"자네가 편지도 안 쓰고 전화도 안 하니까 그렇지." 그가 장난기 어린 미소를 지었다. 루이스는 나를 쳐다보며 가벼운 관심을 보이다가 문과 다른 테이블, 화장실 출입구 쪽으로 시선을 돌렸다.

"베니 로우 밑에서 일을 한다던데. 그 똥돼지 같은 놈 밑에서 무슨 일을 하는 거야?"

"시간이나 때우는 거지."

"정 시간을 때워야겠거든 차라리 손가락으로 눈이나 찔러. 베니는 이 세상의 공기를 축내는 놈이라고."

"앙헬, 그러지 말고 본론으로 들어가. 자네는 재잘재잘 수다를 떨고, 여기 루이스는 딜린저네 패거리라도 들이닥쳐서 총알 세례를 퍼부을 것처럼 굴고 있잖아."

앙헬이 반쯤 먹은 샌드위치를 내려놓고 거의 우아해 보이는 손짓으로 냅킨을 들고 입을 닦았다. "스티븐 바튼의 여자친구에 대해 캐고 다닌다며? 그 이유가 뭔지 대단히 궁금해하는 사람들이 있거든."

"이를테면?"

"이를테면 바비 시오라 같은."

바비 시오라가 정신병자인지 아닌지는 나도 알 수 없었지만, 어쨌거나 사람 죽이는 걸 좋아하는 인간이었고, 페레라 노인네 밑에 고용되어 있었다. 바비 시오라의 관심이 어떤 결과를 불러올 수 있는지에 대해서는 에모 엘리슨이 말해줄 수 있었다. 올리 와츠도 숨이 넘어가는 순간에 그걸 알게 된 게 아닌가, 의구심이 들었다.

"베니 로우가 노인네랑 서니 사이에 갈등이 있었던 것 같은 얘기를 하던데. 뭐라더라. '빌어먹을 악당들이 지들끼리 싸운다' 던가."

"베니는 늘 외교관 같다니까." 앙헬이 비아냥거렸다. "UN에서 왜 아직도 그를 스카우트하지 않는지 그게 놀라울 뿐이지. 뭔가 석연찮은 일이 벌어지고 있는 건 사실이야. 서니가 자취를 감췄고, 필리도 데려갔어. 아무도 이 두 사람을 보지 못했고 어디 있는지 아는 사람도 없는데, 바비 시오라가 눈에 불을 켜고 찾으러 다니거든." 그러고는 샌드위치를 크게 한 입 베어 물었다. "바튼은 어떻게 된 거야?"

"잠수를 탄 것 같기는 한데, 나도 모르겠어. 그는 마이너고, 자잘한 거래 외에는 서니나 노인네하고 업무상 많이 얽힐 일은 없었을 거야. 한때 서니랑 꽤 가깝게 지냈는지는 몰라도 어쩌면 그건 아무 관련이 없을 거야. 바튼은 관련이 없을지도 몰라."

"그럴지도 모르지. 하지만 자네한테는 바튼이나 그의 여자친구를 찾는 것보다 더 급한 일이 있어."

나는 잠자코 다음 말을 기다렸다.

"자네를 노리는 사람이 있거든."

"누군데?"

"여기 사람은 아니야. 외지인인데 루이스도 누군지 몰라."

"뚱보 올리 일 때문이야?"

"몰라. 아무리 서니라도 자네가 개입했다고 해서 반격을 당할 수도 있는 청부업자를 고용할 만큼 백치는 아니거든. 그 꼬마는 누굴 해치려고 한 게 아니었는데, 뚱보 올리는 죽었어. 내가 아는 건 아무튼 자네가 페레라 집안 위아래 세대의 심기를 건드렸고, 그게 신상에 좋을 리 없다는 것뿐이야."

월터 콜의 호의로 시작한 일은 단순한 실종사건에서 훨씬 복잡한 상황으로 변질되고 있었다. 물론 애초에 단순한 일이기는 했는지 알 수 없는 노릇이었지만.

"물어볼 게 있어. 무게가 10분의 1온스인 5.7밀리미터 총알로 돌에 구멍을 뚫을 수 있는 총을 가진 사람 알아? 기관단총인데."

"농담 좀 작작해. 그런 건 탱크의 포탑에나 걸려 있겠지."

"그런데 킬러를 죽인 게 바로 그거였거든. 그 친구가 총에 맞는 걸 내 눈으로 봤고, 내 뒤에 있던 벽에 구멍이 났어. 대테러부대 용으로 개발된 벨기에산 총이야. 누군가 그런 걸 손에 넣어서 사격 연습을 하러 나간 거지. 아마 얘기가 돌 거야."

"한번 물어볼게. 짐작 가는 데는 있어?" 앙헬이 물었다.

"내 짐작엔 바비 시오라 같아."

"내 생각도 그래. 만약 그렇다면 서니가 어지른 걸 왜 그가 치우는 걸까?"

"노인네가 하라고 시켰겠지."

앙헬이 고개를 끄덕였다. "아무튼 등 뒤를 조심해, 버드."

그는 샌드위치를 마저 먹고 자리에서 일어났다. "가자. 태워다줄

게."

"아니야. 좀 걷고 싶어."

앙헬이 어깨를 들썩였다. "총 가지고 있어?"

나는 고개를 끄덕였다. 그는 연락하겠다고 말했고, 우리는 문까지 함께 나갔다. 두 사람과 헤어져 걸어가는데, 팔 아래쪽의 총이 묵직하게 느껴졌고 지나는 사람들의 얼굴이며 발밑에서 고동치는 도시의 어두운 맥박이 자꾸 의식이 됐다.

11

바비 시오라. 사악한 악마, 노망과 죽음의 벼랑 끝에 선 노인네 스테파노 페레라 앞에 홀연히 등장한 잔혹하고 가학적인 시선. 시오라는 황량한 지옥의 한 모퉁이에서 노인네의 분노와 비통함이 빚어낸 인물, 그가 주변에 가하고 싶은 고통과 파괴의 현신처럼 보였다. 페레라는 바비 시오라에게서 고통과 고약한 죽음을 가할 완벽한 도구를 발견했다.

스테파노 페레라는 자신의 아버지가 브루클린의 벤슨허스트에 있는 소박한 집에서 작은 왕국을 일구는 걸 지켜봤다. 그레이브센드 만과 대서양에 둘러싸인 벤슨허스트는 당시만 해도 작은 읍 같은 느낌을 간직하고 있었다. 거리에는 식품점의 음식 냄새와 피자집의 나무 화덕 냄새가 어우러졌다. 사람들은 주물 울타리를 두른 연립주택에 살았고, 해가 좋은 날이면 현관 앞에 나와 앉아 작은 마당에서 뛰어노는 아이들을 지켜봤다.

스테파노 페레라의 야심은 뿌리를 뛰어넘었다. 사업을 물려받아야 할 때가 되자 그는 스테이튼 아일랜드에 큰 집을 지었다. 뒤로 난 창가에 서면 토트힐에 있는 350만 달러짜리 흰 저택인 폴 카스텔라노의 집

끄트머리가 보였고, 아마 제일 높은 창문에서는 바튼 가문의 사유지가 눈에 들어왔을 것이다. 스테이튼 아일랜드에는 감비노 가문의 우두머리인 너그러운 백만장자가 살았고, 그렇다면 스테파노 페레라가 살기에도 손색이 없었다. 카스텔라노가 맨해튼의 스파크스 레스토랑에서 여섯 발의 총알을 맞고 죽었을 때, 스테파노 페레라는 잠시 스테이튼 아일랜드의 최고 보스로 등극했다.

스테파노는 벤슨허스트 출신의 루이자라는 여자와 결혼했다. 루이자가 그와 결혼한 건 연애소설에 나올 법한 사랑 때문이 아니었다. 그녀는 그의 힘, 폭력, 무엇보다 돈 때문에 그를 사랑했다. 돈 때문에 결혼한 사람들은 으레 그걸 손에 넣기 마련이며, 루이자도 그랬다. 하지만 감정적으로는 황폐했고, 셋째 아들을 낳고 얼마 지나지 않아 세상을 떠났다. 스테파노는 재혼을 하지 않았다. 애틋한 슬픔 같은 건 없었다. 첫 번째 부인에게서 후사도 얻은 마당에 또다시 성가시게 부인 같은 걸 둘 필요가 없었을 뿐이었다.

첫째인 빈센트는 영리했고, 집안의 미래를 책임질 희망 같은 존재였다. 그랬던 아들이 스물셋의 나이에 수영장에서 뇌출혈로 죽자 아버지는 일주일 동안 입을 열지 않았다. 그 대신 빈센트가 키우던 래브라도 두 마리를 총으로 쏴 죽이고는 방으로 들어갔다. 루이자가 죽은 지 17년이 지났을 때였다.

니콜로, 또는 니키라는 애칭으로 통했던 둘째는 형과 두 살 터울이었고, 형이 죽은 후에 아버지의 오른팔이 되었다. 신참 경찰 시절에 나도 방탄 처리가 된 커다란 캐딜락에 경호원을 거느리고 시내를 돌아다니는 그를 본 적이 있다. 아버지에 버금가는 악당이라는 평판이 자자했다. 1980년대 초에 접어들자 페레라 집안은 마약 거래에 대한 거부감을 털어냈고, 손댈 수 있는 온갖 종류의 마약을 도시에 풀었다. 대부분은 그들을 건드리지 않았고, 잠재적인 라이벌들은 경고를 받거나 물고기밥이 되었다.

그런데 자메이카 갱을 뜻하는 야디는 문제가 달랐다. 이들은 기존의 조직이나 관행에 개의치 않았다. 이탈리아 사람은 죽은 고깃덩이쯤으로 봤다. 페레라 조직에게서 200만 달러 상당의 코카인 물량을 들치기 했고, 그 과정에서 조직원까지 두 명을 죽였다. 니키는 야디를 일망타진하라는 명령을 내렸다. 그들의 클럽을 치고, 그들의 아파트, 심지어 그들의 여자까지 공격했다. 사흘간의 전쟁 끝에 그쪽 조직원 열두 명이 죽어나갔다. 대부분 코카인 절도에 관여한 사람들이었다.

니키는 그걸로 모든 게 마무리되고 상황이 정상을 되찾을 거라고 생각한 모양이었다. 그래서 여전히 차를 타고 길거리를 활보하고, 같은 레스토랑에서 식사를 했으며, 이렇게 힘을 과시한 것으로 자메이카 갱들의 위협이 말끔히 사라져버린 것처럼 굴었다.

그가 자주 가던 다빈첸조는 아버지의 뿌리가 있는 벤슨허스트의 자그마한 식당이었다. 뿌리를 잊지 않는 건 기특한 행동이었다. 어쩌면 형과 비슷한 이름이어서 더 좋아했을지도 모르지만, 그의 편집증 때문에 창문과 문의 유리창까지 군대 수준, 대통령 경호에 사용하는 수준의 방탄유리로 바꿨다. 아무튼 그런 덕분에 니키는 금방이라도 누가 자신을 암살할까봐 걱정하지 않은 채 평화롭게 푸실리 파스타를 즐길 수 있었다.

11월의 어느 목요일에도 그걸 막 주문하는데, 건너편 골목에 검정색 밴이 나타나더니 뒤꽁무니를 창문 쪽으로 향한 채 멈춰 섰다. 니키는 그 차가 멈춰 서는 걸 얼핏 봤을지도 모른다. 어쩌면 뒷유리를 검정색 격자창살로 바꿔 끼웠다는 걸 알아차리고, 뒷문이 벌컥 열리더니 어두침침한 차 안에서 뭔가 하얀 섬광이 번쩍이며 격자창살이 덜컹이는 걸 보고 눈살을 찌푸렸을지도 모른다.

어쩌면 그는 RPG-7 탄두가 초속 182미터의 속도로 하얀 연기를 뿜으며 창문으로 돌진해서 굉음과 함께 그 두꺼운 유리를 뚫고 들어오는 모습을 볼 틈이 있었을지도 모른다. 유리조각과 고열로 달궈진 쇳조각과 미사일의 구리 파편에 니키 페레라는 그야말로 산산조각이 나버렸고, 사흘 뒤에 교회에서 운구된 그의 관은 무게가 채 27킬로그램도 되지 않았다. 이 일을 벌인 자메이카 조직원 세 명은 잠적했고, 노인네는 적과 친구를 가리지 않은 채 괴롭히고 때리고 죽이는 것으로 분풀이를 했다. 사업은 주저앉았고, 그가 미쳐 날뛰는 걸 보면서 지금이 그를 완전히 제거할 절호의 기회라고 생각한 라이벌들의 압박은 거세졌다.

그의 왕국이 그렇게 내부 파열로 무너져버릴 것 같던 찰나에 한 사내가 저택을 찾아와 노인네와의 면담을 요구했다. 사내는 경비원에게 야디와 관련한 소식을 가져왔다고 말했고, 경비원은 그 말을 전했다. 몸수색을 받은 바비 시오라가 문을 통과했다. 하지만 수색은 완벽하게 이루어지지 않았다. 시오라는 검정 비닐봉투를 가져왔지만 안을 보여주길 거부했다. 총구가 집으로 올라가는 그를 겨냥했고, 노인네가 서서 기다리던 계단 15미터 앞에서 멈추라는 명령이 떨어졌다.

"내 시간을 허비하려는 수작이라면 네놈을 죽여버리겠다." 노인네가 말했다. 바비 시오라는 말없이 웃으면서 햇볕을 받아 반짝이는 잔디밭 위에 비닐봉지의 내용물을 쏟았다. 머리 세 개가 와르르 굴러 떨어졌고, 바비 시오라가 음란한 페르세우스처럼 그 위에 버티고 서서 미소를 짓는 동안 사방엔 죽은 뱀의 똬리 같은 침묵이 감돌았다. 봉지 끝에서는 걸쭉한 피가 잔디밭으로 뚝뚝 떨어졌다.

바비 시오라는 그날 밤에 발판을 마련하고 1년도 채 지나지 않아 탄탄한 입지를 다졌는데, 조직의 서열을 치고 올라간 속도로 보나 변변찮은 시오라의 배경으로 보나 여간 놀랍지 않은 일이었다. FBI에는 그의 파일이 없었고, 페레라도 더 찾아낸 게 없는 것 같았다. 콜롬보 패밀리와 한 번 붙은 적이 있고, 한동안 플로리다에서 청부업자로 활동했다는 소문이 있었지만, 그뿐이었다. 그러나 자메이카 조직의 핵심을 제거했다는 것만으로 스테파노 페레라의 신임을 얻기에는 충분했고, 스테이튼 아일랜드 저택 지하실에서 열린 축하파티는 시오라가 이 신성한 가문에 발을 들이고 페레라 패거리에 입문하는 자리가 됐다.

그날부터 바비 시오라는 페레라의 권좌 뒤에 버티고 선 실세였다. 이른바 리코법(法)이라는 조직범죄 규제법이 통과된 뉴욕에서 그는 노인네와 조직을 이끌고 험난한 상황을 헤쳐나왔다. 그 법이 생기면서 FBI에서는 범죄를 저지른 당사자뿐만이 아니라 그 범죄로 인해 이익을 누리는 조직과 배후까지 처벌할 수 있게 됐다. 뉴욕의 대표적인 패밀리들, 감비노와 루체스, 콜롬보, 제노비스와 보나노를 합치면 마피아와 그 조직원의 수는 4천 명에 달했는데, 전부 심각한 타격을 입고 조직의 우두머리가 감옥에 가거나 목이 떨어져나갔다. 그런데 페레라 조직만은 달랐다. 바비 시오라는 잔챙이들을 희생해서 가문이 생존할 수 있게 손을 썼다.

서니만 아니었으면 노인네는 조직의 운영에서 손을 떼고 뒷전으로 물러나고 싶었을지도 몰랐다. 멍청한 주제에 성질만 고약한 서니는 머리는 형들을 따라가지 못했지만, 폭력성에서는 두 형을 다 합친 수준 이상이었다. 어떤 일이든 그의 손에 들어가면 피범벅이 되고 말았는데, 서니 본인은 그런 것에 전혀 개의치 않았다. 20대인데도 벌써 비만인 그는 폭력과 살인을 즐겼다. 특히 무고한 사람을 죽일 때면 거의 성적인 쾌감을 느끼는 것 같았다.

아버지는 서서히 아들을 사업에서 배제했고, 그러자 서니는 독자적으로 스테로이드와 소규모 마약 거래와 매춘에 손을 댔으며, 이따금 폭력을 저질렀다. 바비 시오라는 나름대로 그를 통제하려 했지만, 서니는 통제나 이성 같은 게 통하지 않는 인물이었다. 서니는 사악하고 악독했으며, 그의 아버지가 죽는다면 서니를 최대한 빨리 자기 패거리로 끌어들이려는 사람들이 줄을 설지도 몰랐다.

12

 내가 빌리지에 살게 될 줄은 정말 몰랐다. 수전이랑 제니퍼와는 브루클린의 파크슬로프라는 곳에 살았었다. 일요일이면 프로스펙트 공원을 산책하며 공놀이하는 아이들을 구경했고, 제니퍼가 자그마한 분홍색 운동화를 신고 잔디밭을 실컷 뛰어다닌 후에 레인트리에 가서 음료수를 마시고 있으면 색 유리창 너머 야외음악당에서 밴드의 연주소리가 들려왔다.
 그 시절에는 삶이 롱메도우의 푸른 풀밭만큼이나 넓고 즐거워 보였다. 제니퍼가 눈에 보이는 것마다 궁금해서 물어대고 그 나이의 아이들이나 이해할 수 있는 이상한 농담을 끊임없이 재잘거릴 때면 우리는 아이의 손을 한쪽씩 잡고 걸으며 아이의 머리 위에서 눈빛을 주고받았다. 제니퍼의 손을 잡으면 아이를 통해서 수전의 마음에 닿을 수 있었고, 점점 벌어지고 있던 우리 사이의 간극을 어떻게든 다시 이어서 이 상황을 잘 헤쳐나갈 수 있을 거라고 믿었다. 제니퍼가 앞으로 뛰어가면 나는 수전 옆으로 다가가서 손을 잡았고, 내가 사랑한다고 말하면 아내를 나를 보며 미소를 지었다. 하지만 그러고는 고개를 돌리거나 발끝을 내려다보거나 제니퍼의 이름을 불렀는데, 사랑한다는 말로는 어떻게 해볼 수 없는 상황이라는 걸 우리 둘 다 잘 알고 있었기 때문이었다.

몇 달 동안 살인범의 단서를 찾아다니다가 여름이 시작될 무렵에 뉴욕으로 돌아갈 결심을 했고, 변호사에게 전화를 걸어 부동산 중개업자를 추천해달라고 부탁했다. 뉴욕의 사무 공간은 무려 3억 평방피트에 달하지만, 그 공간에서 일하는 사람들을 수용할 집은 충분하지 않다. 왜 맨해튼에 살기로 했는지, 그 이유는 나도 콕 집어 말할 수가 없다. 어쩌면 그저 브루클린이 아니라는 그 한 가지 이유 때문이었는지도 모른다.

변호사는 부동산 중개업자 대신 친구들과 업무상 아는 지인들의 네트워크를 총동원했고, 그 덕분에 나는 빌리지의 붉은 벽돌 건물에 있는 아파트를 빌리게 됐다. 창문에는 흰색 덧문이 달려 있고, 입구의 계단을 올라가면 부채꼴 모양의 채광창이 있는 현관문이 나왔다. 세인트 마크스 플레이스가 지나치게 가깝다는 게 마음에 걸렸지만—W. H. 오든과 레온 트로츠키가 그곳에서 산 이후 세인트 마크스 플레이스는 빌리지를 대표하는 곳으로 급부상했고 지금은 술집과 카페, 값비싼 옷가게들로 넘쳐난다—그래도 꽤 괜찮은 조건이었다.

아파트에는 가구가 달려 있지 않았고, 나는 침대와 책상, 소파 몇 개, 스테레오와 작은 TV만 가지고 들어가서 그냥 그대로 살았다. 책과 테이프와 CD와 레코드판을 보관창고에서 꺼내왔고, 거기에 개인 소지품 몇 개만 더했으니 그렇게 꾸민 거실에 애착이 갈 리 없었다.

창밖은 어두웠고, 나는 총들을 책상에 주르륵 늘어놓은 채 하나씩 분해해서 꼼꼼히 닦았다. 페레라 패거리가 나를 노리고 있다면 대비를 해야 했다.

경찰에 몸담고 있는 동안 목숨을 지키기 위해 총을 꺼내야만 했던 적은 몇 번 안 된다. 근무 중에 사람을 죽인 적도 없었고, 사람에게 총을 쏜 적은 딱 한 번뿐이었다. 날이 긴 칼을 휘두르던 포주의 배를 맞혔다. 형사 시절에는 주로 강도와 살인사건을 맡았다. 경찰이 실질적인 폭력과 죽음의 가능성에 직면하는 폭력범죄와 살인사건의 업무는 전혀 달랐다. 첫 번째 파트너였던 토미 모리슨이 항상 했던 말이 있었는데, 살인사건에서 죽는 사람은 경찰이 도착했을 때 이미 죽어 있다는 것이었다.

수전과 제니퍼가 죽은 후에 콜트 델타 엘리트를 버렸다. 지금 가지고 있는 총은 세 개였다. 38구경 콜트 디텍티브 스페셜은 아버지 유품 중에서 내가 유일하게 챙긴 물건이었다. 둥그스름하게 다듬은 아랫부분 왼쪽면에 붙은 '뛰어오르는 조랑말' 배지는 닳았고, 여기저기 흠집이 가고 파였지만 여전히 쓸 만했다. 무게는 0.5킬로그램 정도에 불과했고, 발목의 총집이나 허리춤에 감추기도 쉬웠다. 단순하고 강력한 리볼버였고, 침대 밑에 보관했다.

헤클러앤코흐 VP70M은 사격장 밖에서는 한 번도 써본 적이 없었다. 9밀리미터 반자동인 이 총은 자기가 팔던 물건에 중독되어 죽음을 맞은 마약밀매꾼의 것이었다. 이웃에서 악취가 난다는 신고가 들어와서 아파트에 들어가 보니 이미 죽어 있었다. 열여덟 발이 들어가는 반소성 군용 피스톨인 헤클러앤코흐 VP70M이 케이스에서 꺼내지도 않은 채 고스란히 놓여 있었지만, 일련번호를 줄로 갈아서 지우는 정도의 주의는 기울였다. 38구경처럼 이것도 안전판이 없었다. 이 총의 매력은 별매품인 어깨판이었는데, 마약 밀매꾼은 그것도 함께 구입해놨다. 그걸 끼우면 내부의 발사장치가 달라지면서 전자동 기관단총으로 변했고, 분당 2천2백 발을 발사할 수 있었다. 만약 중국이 침공을 하더라도 가지고 있는 탄약을 전부 쓴다면 최소한 10초는 막을 수 있을 것이다. 그런 다음에는 가구를 집어던져야 할 테지만. 이건 으레 머스탱의 트렁크에 보관했는데 정비소에 맡길 때 다른 사람의 눈에 띄게 될까봐 꺼내왔다.

유일하게 소지하고 다니는 스미스앤웨슨은 3세대 권총이었다. FBI를 위해 특별히 개발한 10밀리미터 자동권총이었는데, 울리치가 힘을 써줘서 손에 넣을 수 있었다. 총을 깨끗이 닦은 후 조심스럽게 탄약을 채우고 어깨에 차는 견대에 넣었다. 창밖으로 빌리지의 술집과 레스토랑으로 향하는 인파가 보였다. 그 무리에 합류하려는데 옆에 있던 휴대전화가 울렸고, 30분 후에는 스티븐 바튼의 시체를 보고 있었다.

붉은 경광등이 반짝이며 주차장에 있는 모든 것을 따사로운 법질서의 불빛으로 물들였다. 옆에 있는 맥캐런 파크는 커다란 한 덩이의 어둠이었고, 남서쪽으로 놓인 윌리엄스버그 다리 위에는 브루클린-퀸즈 자동차 전용도로로 빠지려는 차량이 줄을 이었다. 경찰들은 주차장의 자동차 사이로 돌아다니며 호기심에 다가오거나 말썽의 소지가 있어 보이는 사람들의 접근을 막았다. 그중 한 명이 내 앞을 막아서려다가 ─"거기, 뒤로 물러나세요."─나를 알아봤다. 지미 벡시는 우리 아버지도 알았는데, 아직 경사밖에 달지 못했다. 벡시는 쳐들었던 손을 내렸다.

"업무상 온 거예요, 지미. 월터 콜의 일을 돕고 있어요." 벡시가 뒤를 돌아봤고, 월터는 경찰과 얘기를 나누다가 우리 쪽을 보며 고개를 끄덕였다. 벡시의 팔이 교통 차단막처럼 올라갔고, 나는 그 옆을 지나갔다. 하수구에서 한참 떨어진 곳인데도 악취가 진동했다. 주변에 텐트를 쳤고, 장화를 신은 연구원들이 맨홀에서 기어 나왔다.

"내려가 봐도 됩니까?" 내가 물었다. 어느 틈에 월터 옆에는 날렵한 양복 위에 런던포그 레인코트를 받쳐 입은 남자 두 명이 서 있었는데, 그 사람들이 보일 듯 말 듯 고개를 끄덕였다. 코트 뒤에 FBI라고 적어놓지 않은 걸 보니 신분을 숨기고 있는 모양이었다. "감쪽같네." 내가 옆을 지나가며 말했다. "누가 보면 일반인인 줄 알겠어." 월터가 인상을 썼고, 두 사람의 얼굴도 따라서 구겨졌다.

장갑을 끼고 사다리를 내려갔다. 하수구에서 숨을 들이키자마자 헛구역질이 쏠렸다. 가로수가 도열한 도시의 대로 밑을 흐르는 오물의 하천 속에서 내 목구멍으로 쓴물이 역류했다. "숨을 짧게 끊어서 쉬면 한결 나아요." 사다리 밑에 서 있던 하수도 관리직원이 말했다. 거짓말이었다.

나는 아래로 내려서지 않았다. 그냥 사다리를 붙들고 선 채 주머니에서 손전등을 꺼내 사람들이 무리지어 선 곳에 둥근 빛을 비췄다. 꿈에도 떠올리고 싶지 않은 것들 사이를 그 사람들은 첨벙첨벙 헤집고 다녔다. 경찰들이 나를 힐끗 쳐다보더니 다시 검시반원에게 지루한 시선을 던졌다. 스티븐 바튼은 사다리에서 5미터쯤 떨어져 쓰레기와 오물이 철썩이는 곳에 누워 있었고, 그럴 때마다 금발 머리가 이리저리 제멋대로 나부꼈다. 위에서 맨홀 아래로 던져 넣었는데, 바닥에 떨어지면서 조금 구른 모양이었다.

쪼그려 앉아 있던 검시반원이 일어나서 고무장갑을 벗었다. 사복 형사는 내가 모르는 사람이었는데, 어떻게 된 거냐는 눈빛으로 그를 바라봤다. 그러자 검시반원은 답답하고 짜증난다는 눈빛으로 그의 시선을 받았다. "가져가서 자세히 들여다봐야겠어. 이 똥물 속에서 뭘 어떻게 안단 말이야."

"거참, 그러지 말고 말해줘요." 형사는 쪼다처럼 칭얼거렸다. 검시관은 다닥다닥 붙어선 사람들 사이를 팔꿈치로 비집고 나가며 말했다. "일단 둔기로 뒤통수를 맞아서 의식을 잃었고, 그 다음에 질식사한 거야. 사망추정 시간 같은 건 물어볼 생각도 하지 마. 여기 내버린 게 하루쯤 됐을 수도 있고, 더 오래됐을 수도 있으니까. 시체가 상당히 흐늘흐늘하네." 사다리를 올라가는 그의 발소리가 하수구에 울려 퍼졌다.

형사는 어깨를 으쓱거리며 말했다. "재는 재로, 똥은 똥으로." 그러더니 시체가 있는 쪽으로 몸을 돌렸다.

검시관을 따라 지상으로 올라왔다. 내가 바튼의 시체를 들여다볼 필요는 없었다. 둔기로 머리를 맞았다는 게 이례적이지만, 특별할 건 없었다. 목을 졸라서 사람을 죽이려면 피해자가 중간에 몸을 빼서 달아나지 않는다고 하더라도 길게는 10분까지 걸릴 수 있다. 살인자가 발버둥치는 피해자한테 머리카락이 뽑히거나, 살점, 심지어 어떤 경우에는 귀까지 잃었다는 얘기도 들은 적이 있었다. 그러니 가능하다면 머리부터 먼저 내리치는 게 훨씬 나았다. 머리를 아주 세게 내리친다면 목을 조를 필요가 아예 없어질 수도 있다.

월터는 그때까지도 FBI 사람들하고 얘기를 하는 중이었고, 나는 경찰이 쳐놓은 차단선 앞까지 걸어가서 최대한 하수구와 멀리 떨어진 곳의 밤공기를 한껏 들이마셨다. 인간이 내버린 오물의 냄새는 모든 것을 압도하며, 음산한 죽음의 기운과 함께 옷에 찰싹 달라붙었다. FBI 요원들이 마침내 자동차로 돌아가자 월터는 손을 바지 주머니에 찔러 넣은 채 내가 있는 곳으로 천천히 다가왔다.

"서니 페레라를 소환하겠대." 그가 말했다.

나는 콧방귀부터 뀌었다. "무슨 명목으로요? 그가 입을 달싹이기도 전에 변호사가 와서 빼갈 텐데. 그것도 그가 확실하게 연루됐거나, 심지어 그를 찾아낼 수 있을 거라고 가정했을 때의 얘기지. 자기들이 넘어진 자리도 못 찾을 인간들이."

월터는 맞장구를 쳐줄 기분이 아니었다. "자네가 뭘 안다고 그래? 애는 페레라 밑에서 잔심부름을 했고, 그에게 물을 먹였다가 시체로 발견됐어. 게다가 목이 졸렸다고." 최근에 갱들이 가장 즐겨 사용하고 있는 처리 수단이 바로 교살이었다. 교살은 조용한데다 피도 튀지 않았다. "아무튼 FBI의 입장은 그래. 그 사람들이 판단하기에 말이 된다면 금연구역에서 담배를 폈다는 이유로는 서니 페레라를 잡아들이지 못하겠어?"

"왜 그래요, 월터. 이건 페레라의 짓이 아니에요. 하수구에 시체를 던져 넣다니……." 하지만 월터는 더 이상 왈가왈부하고 싶지 않다는 듯이 오른손을 치켜든 채 벌써 저만치 걸어가고 있었다. 뒤를 따라갔다. "여자는 어떤가요, 월터. 어쩌면 어떤 식으로든 연루됐을지 모르잖아요."

그가 뒤로 돌아서더니 한 손으로 내 어깨를 짚었다. "자네한테 전화를 걸었을 땐 자네가 이렇게 딕 트레이시처럼 돌아다닐 줄은 몰랐어." 월터는 FBI 쪽을 힐끗 쳐다봤다. "그래서, 그동안 뭐 좀 찾아낸 거라도 있나?"

"여길 떠난 것 같아요. 지금 말씀드릴 수 있는 건 그것뿐이에요."

"검시반원의 의견으로는 바튼이 빠르면 화요일에 죽었을 수도 있대. 만약 여자가 그 이후에 여길 떠났다면, 관련이 됐을 수도 있지."

"FBI 사람들한테 여자 얘기를 하실 건가요?"

월터는 고개를 저었다. "저치들은 서니 페레라를 쫓아다니게 놔둬. 자네는 계속 여자를 찾아보고."

"알겠습니다. 계속 찾아볼게요." 나는 FBI의 시선을 받으며 택시를 타고 어두운 밤거리를 달려갔다.

13

 노인네가 하나 남은 아들을 통제하지 못해 애를 먹는다는 건 모르는 사람이 없었다. 페레라는 이탈리아 본토의 마피아들이 점점 잔인하게 수사관들을 위협하고 해치우려다가 스스로 와해되는 모습을 지켜봤다. 그런 방법은 용감한 자들의 투지를 더 굳건하게 만들 뿐이었다. 마피아 조직은 인카프레타멘토, 이름 하여 '염소 목매달기'의 희생자 꼴이 됐다. 사지와 목에 밧줄이 걸린 염소처럼, 마피아가 발버둥을 치면 칠수록 밧줄은 더 단단히 옥죄고 들었다. 노인네는 조직이 그런 상황에 빠지게 해서는 안 된다고 판단했다. 그런데 서니는 폭력적이고 독재적인 시칠리아의 방식이 힘을 손에 넣으려는 자신의 열망과 맞아떨어진다고 생각했다.
 어쩌면 그게 이들 부자의 차이였을 것이다. 노인네는 가능하면 언제나 '흰 루페라'를 사용했다. 그건 암살을 해야만 할 경우, 피 한 방울의 단서도 남기지 않은 채 희생자를 말끔히 제거하는 걸 의미했다. 바튼의 교살은 그런 면에서 확실히 마피아의 전형적인 수법이었지만, 시체를 하수구에 유기한 건 그렇지 않았다. 만약 이 사건의 배후에 노인네가 있어서 바튼의 무덤으로 하수구를 선택했다면 산성용액에 녹여서 흘려보냈을 것이다.

이런 이유 때문에 나는 이소벨 바튼의 의붓아들을 살해하라고 지시한 사람이 페레라 노인네일 거라고는 믿지 않았다. 그의 죽음과 캐서린 드미터의 갑작스런 실종을 우연의 일치라고 보기엔 시기가 너무 가까웠다. 물론 어떤 이유로든 서니가 두 사람의 살해를 지시했을 가능성도 있었다. 그가 겉으로 보이는 것만큼 실제로도 미친놈이라면, 시체가 두 개쯤 더 생긴다고 해도 문제될 건 없었다. 그런가 하면 드미터가 남자친구를 살해하고 도망갔을 가능성도 있었다. 어쩌면 바튼에게 툭하면 폭행을 당하다가 더는 참지 못할 지경에 이른 건지도 몰랐다. 그렇다면 바튼 부인이 내게 찾아달라고 의뢰한 사람은 단순한 친구가 아니라 아들의 살인범일 수도 있었다.

페레라 저택은 울창한 나무 사이에 자리잡고 있었다. 입구는 자동으로 열고 닫히는 철문 하나뿐이었다. 왼쪽 기둥에 인터폰이 설치되어 있었다. 초인종을 누르고 신분을 밝힌 후 어르신을 뵙고 싶다고 말했다. 기둥 위의 원격조정 카메라가 택시에 초점을 맞췄고, 안에서 움직이는 기척이 보이지는 않았지만, 총 서너 개가 근거리에서 나를 겨누고 있을 게 틀림없었다.

100미터쯤 떨어진 곳에 검정색 세단이 한 대 서 있고, 남자 둘이 앞자리에 앉아 있었다. 아무래도 아파트로 돌아가자마자, 아니 어쩌면 그러기도 전에 FBI의 방문을 받게 될 것 같았다.

"걸어서 들어오세요. 입구 안쪽에서 대기하세요." 인터폰에서 목소리가 흘러나왔다. "경호원을 따라서 집까지 올라오세요." 나는 시키는 대로 했고, 택시는 돌아갔다. 짙은 색 정장에 전형적인 선글라스를 착용한 백발의 사내가 나무 뒤에서 모습을 드러냈다. 헤클러앤코흐 MP5를 들고 있었다. 그 뒤에는 비슷한 차림이지만 조금 젊은 남자가 있었고, 오른쪽에도 경호원이 두 명 더 눈에 띄었다. 역시 무장을 하고 있었다.

"손으로 벽을 짚으세요." 백발의 사내가 말했다. 다른 사람들이 지켜보는 동안 사내는 익숙한 손동작으로 내 몸을 수색하더니 허리띠에 차고 있던 스미스앤웨슨을 꺼냈다. 사내는 옆으로 몸을 틀어서 탄창을 제거한 다음 총은 다시 돌려주었다. 그리고는 집으로 올라가라는 몸짓을 하고, 오른쪽 뒤에서 내 손을 예의주시하며 나를 따라왔다. 그리고 길 양쪽에서도 한 사람씩 그림자처럼 따라붙었다. 페레라 노인네가 그렇게 오래 사는 데는 다 그럴 만한 이유가 있었다.

겉에서 보기에 집은 의외라고 여겨질 만큼 수수했다. 길쭉한 2층 건물의 전면에 좁은 창문이 나 있고, 아래층에는 테라스를 길게 둘렀다. 깔끔하게 정돈된 정원과 자갈을 깐 진입로에서도 경호원들이 순찰을 돌았다. 집 오른쪽엔 검정색 메르세데스가 있고, 운전사는 언제 있을지 모르는 호출에 대비해서 대기 중이었다. 우리가 아직 다 올라가기도 전에 현관문이 열리더니 바비 시오라가 앞으로 나와서 신에게 바칠 공물을 기다리는 사제처럼 오른손을 왼팔에 가볍게 대고 서 있었다.

시오라는 193센티미터는 될 것 같은 큰 키에 체중은 72~73킬로그램도 안 되어 보였고, 회색 싱글 정장 밑에서 길고 가는 팔다리가 칼날처럼 움직였으며, 힘줄이 도드라진 목도 길쭉한 것이 거의 여자 같은 인상을 주는데다, 순백의 셔츠 때문에 창백한 안색이 더 강조되었다. 검은 머리는 짧게 잘랐고, 정수리는 대머리인데다 거의 뾰족한 원뿔 모양이었다. 바비 시오라는 인간의 형상을 한 칼, 고통을 가하는 인간 병기, 메스를 휘두르는 의사이자 그 메스 자체였다. FBI에서는 그가 직접 저지른 살인의 피해자만 서른 명이 넘는다고 추정했다. 바비 시오라를 아는 사람들은 하나같이 FBI가 그를 너무 얕잡아 본다고 생각했다.

내가 다가가자 그는 미소를 지으면서 얇고 가느다란 입술 사이로 완벽하게 하얀 이를 드러냈지만, 파란 눈동자에서는 미소의 기색을 찾아볼 수 없었다. 미소가 왼쪽 귀에서 콧잔등을 거쳐 오른쪽 귓불 아래까지 들쭉날쭉 이어진 흉터에 걸려 눈동자까지 올라가지 못하는 모양이었다. 그 흉터는 마치 또 하나의 입처럼 그의 미소를 삼켜버렸다.

"여기까지 오다니 배짱이 두둑하시군." 그는 여전히 웃는 얼굴로 그렇게 말하며 고개를 가볍게 좌우로 흔들었다.

"그건 죄를 인정하는 건가, 바비?" 내가 물었다.

그의 미소는 조금도 흔들리지 않았다. "왜 우리 보스를 만나고 싶어 하는 거지? 그분은 자네처럼 하잘 것 없는 인간을 만나실 시간이 없어." 미소가 눈에 띄게 더 환해졌다. "그나저나 아내랑 아이는 잘 지내지? 아이가 이제 그러니까, 네 살이겠군."

머리로 피가 솟구치며 관자놀이에서 맥박이 쿵쾅거렸지만, 손을 옆구리에 붙인 채 울컥하는 심정을 간신히 가라앉혔다. 섣불리 행동했다간 손이 바비 시오라의 창백한 살에 닿기도 전에 죽은 목숨이 되리라는 걸 잘 알았다.

"오늘 저녁에 스티븐 바튼이 하수구에서 시체로 발견됐어. FBI에서는 서니를 찾고 있고, 어쩌면 당신도 찾을지 몰라. 두 사람이 정말 걱정돼서 그래. 내가 손을 쓰기도 전에 두 사람한테 안 좋은 일이 일어나는 건 원치 않거든."

시오라는 여전히 미소를 지었다. 그가 막 뭐라고 응수를 하려는데, 실내의 인터폰에서 나지막하지만 권위적인 목소리가 흘러나왔다. 시칠리아의 뿌리처럼 페레라의 내면 깊숙이 도사린 음산한 죽음의 기운 위로 세월의 메아리가 묵직하게 울리는 목소리였다.

"들여보내, 바비." 목소리가 말했다. 시오라는 한 걸음 뒤로 물러서더니 바람 한 점 새어 들어가지 못할 것 같은 이중문을 열었다. 백발의 경호원은 내가 시오라를 따라 안으로 들어갈 때까지도 내 옆에서 떠나지 않았고, 안으로 들어가서 이중문을 닫은 후에야 복도 끝에 있는 두 번째 문을 열었다.

페레라는 커다란 사무용 책상 뒤의 낡은 가죽 의자에 앉아 있었는데, 금박 장식의 차원이 다르긴 했어도 월터 콜의 책상과 큰 차이가 있다고는 할 수 없었다. 창에는 커튼을 쳤고, 벽과 탁상 램프가 사진과 책꽂이에 희미한 노란빛을 드리웠다. 고서의 모양새나 상태로 보건대 값이 상당할 것 같았지만, 한 번도 읽지 않았을 게 거의 틀림없었다. 벽에 붙여놓은 빨간색 가죽 소파들은 페레라가 앉아 있는 의자와 한 벌이었고, 방 한쪽의 길쭉하고 나지막한 테이블 주변의 소파들도 마찬가지였다.

의자에 앉아 있고 나이가 들어서 등이 휘긴 했어도 노인네의 카리스마는 여전했다. 성성한 은발은 관자놀이부터 기름을 발라 뒤로 넘겼고,

피부는 구릿빛이었지만 어딘가 창백한 병색이 감도는 듯했으며 눈에도 눈곱이 끼었다. 시오라는 문을 닫더니 조금 전처럼 사제 같은 자세로 서 있었다. 그림자처럼 졸졸 쫓아다니던 경호원은 들어오지 않았다.

"앉지." 노인네가 소파를 가리키며 말했다. 은으로 된 상자에서 금띠를 두른 터키 시가를 꺼내서 내게 권했지만, 나는 사양했다. 그러자 그는 한숨을 쉬었다. "그거 유감이군. 내가 이 냄새를 참 좋아하는데, 나는 피울 수가 없거든. 전부 금지야. 담배도, 여자도, 술도." 그는 상자를 닫고도 갈망하는 시선으로 잠시 바라보다가 깍지 낀 손을 책상에 내려놓았다.

"자네는 이제 직함이 없지." 신의를 존중하는 사람들 사이에서는 버젓이 직함이 있는데 그냥 '아무개 씨'라고 부르는 건 의도적인 모욕으로 간주됐다. FBI는 마피아 용의자를 자극하기 위해 가끔 의도적으로 그 방법을 쓴다. 격식을 갖추려면 이탈리아의 존칭인 '돈'이나 '티오(아저씨, 삼촌 등의 뜻을 가진 이탈리아어—옮긴이)'를 붙여줘야 한다.

"모욕이 아니라는 걸 알고 있습니다. 돈 페레라." 그는 고개를 끄덕였고 입을 다물었다. 형사 시절에도 나는 명예를 중시하는 사람을 다룰 때면 늘 조심했고, 오만하거나 주제넘는 짓을 하지 않았다. 상대가 존중하는 것을 존중해줘야 했고, 침묵에서 신호를 읽어야 했다. 그들에겐 모든 것에 의미가 있었고, 폭력을 쓸 때처럼 의사소통의 방식도 경제적이고 효율적이었다.

명예를 중시하는 사람들은 자신과 직접적으로 관련된 것에 대해서만 이야기하고, 구체적인 질문에만 대답하며, 거짓말을 하느니 차라리 침묵을 지킨다. 명예를 중시하는 사람들은 진실을 말하는 걸 절대적인 사명감으로 여기며, 다른 사람의 행위로 인해 어쩔 수 없을 경우에만 그 원칙을 깬다. 원칙에 따르면 포주와 살인자와 마약 밀매꾼도 처음에는 명예를 지니고 있다고 간주되는데, 악당과 살인자마저도 귀족처럼 대했던 근대의 관행을 능가하는 부조리였다.

나는 그가 침묵을 깨길 기다렸다.

그는 자리에서 일어서더니 천천히, 거의 고통스러운 몸짓으로 방 안을 거닐다가 흐린 빛을 받은 금 접시가 둔탁하게 번쩍이는 자그만 탁자 옆에서 걸음을 멈췄다.

"알카포네는 음식을 금 접시에 먹었다네. 자네도 그걸 알고 있었나?" 나는 몰랐다고 대답했다.

"부하들이 바이올린 케이스에 넣어가지고 다녔고, 알카포네가 레스토랑에 가면 그걸 테이블에 꺼내놓고 거기에 음식을 담아 먹었어. 사람들은 왜 금 접시에 음식을 담아 먹는 걸까?" 그는 접시에 비치는 내 얼굴을 쳐다보며 대답을 기다렸다.

"돈이 너무 많으면 독특한, 아니 이상한 취향이 생길 수도 있겠죠. 그러다 보면 고급 도자기나 금 접시에 담아내지 않은 음식은 제 맛이 나지 않을 수도 있고요. 돈이 그렇게 많고 막강한 힘을 가진 사람이 하찮은 사람들과 똑같은 그릇에 음식을 먹는 것도 말이 안 되잖아요."

"도가 지나친 것 같아." 그는 이렇게 말했지만 그건 나한테 한 말이 아니었고, 그가 접시에 비춰보는 것도 내가 아닌 자신의 모습이었다. "그건 뭔가 잘못된 거야. 세상엔 탐닉해선 안 되는 것들이 있는데, 너무 천박하기 때문이야. 음란한 것들. 자연의 질서를 거스르는 것들."

"이건 알카포네가 쓰던 접시는 아닌 것 같은데요."

"그래. 내 아들이 지난번 생일에 선물로 준 거야. 내가 이 얘기를 해 줬더니 접시를 만들어왔더군."

"요점을 잘못 이해한 모양이군요." 노인네의 얼굴은 지쳐 보였다. 한동안 잠을 제대로 못 잔 사람의 얼굴이었다.

"살해당한 그 아이, 자네는 내 아들이 연루됐다고 생각하는 건가? 그의 소행이라고 생각하는 거야?" 그는 마침내 속에 있던 질문을 던졌고, 몸을 돌려 내 정면에 섰지만 시선은 옆으로 비껴 멀리 있는 뭔가를 응시했다. 그가 뭘 보는 건지는 확인하지 않았다.

"저는 모르겠습니다. FBI에서는 그렇게 생각하는 것 같아요."

그는 미소를 지었지만, 공허하고 잔인한 그 미소는 잠시 바비 시오라를 떠올리게 만들었다. "그리고 자네가 이 일에 관심을 갖는 건 여자 때문이지, 안 그래?"

놀라지 말았어야 했는데, 놀라웠다. 바튼의 행적은 최소한 시오라에게는 손바닥 위의 일이었을 테고, 시체가 발견되자마자 보고를 받았을 것이다. 내가 피터 헤이스를 찾아갔던 것도 한몫했을지 모른다는 생각이 들었다. 노인네가 어디까지 알고 있을지 궁금했지만, 다음 질문이 그 궁금증을 풀어주었다. 그리 많이 알고 있는 건 아니었다.

"누구를 위해 일을 하고 있는 건가?"

"말씀드릴 수 없습니다."

"우리가 알아볼 수 있어. 체육관 늙은이한테도 충분히 알아냈고."

역시 그렇게 된 것이었다. 나는 가볍게 어깨를 들썩였다. 그는 또다시 한동안 말이 없었다.

"내 아들이 여자를 죽인 거라고 생각하는 건가?"

"그런 건가요?" 내가 되물었다. 돈 페레라는 나를 향해 고개를 돌리더니 침침한 눈을 가늘게 떴다. "마누라가 나가서 서방질을 한다고 믿는 어떤 남자 얘기를 해줄까. 고민하던 남자가 친구를 찾아갔어. 믿음직한 오랜 친구였지. 남자는 친구에게 털어놨어. '마누라가 바람을 피우고 있는 것 같은데 상대가 누군지는 모르겠네. 밤낮으로 감시를 해봤지만 그놈의 정체는 알아낼 수가 없어. 이 일을 어떻게 해야 하나?' 남자의 마누라와 바람을 피우고 있는 게 바로 그 친구였지만, 친구는 남자의 관심을 다른 데로 돌리기 위해 부인이 다른 남자와 함께 있는 걸 봤다고 말했어. 남의 집 부인들과 부적절한 관계를 맺는다는 소문이 자자한 남자였지. 그러자 서방질하는 마누라의 남편은 그 남자만 눈에 불을 켜고 지켜봤고, 그 사이에 친구와 마누라는 계속 바람을 피웠어." 페레라는 얘기를 마치고 나를 가만히 쳐다봤다.

모든 건 해석의 대상이며, 모든 건 암호이다. 상징으로 가득한 세상에서 살아가려면 얼핏 보기에 관련이 없는 정보들 속에서 의미를 읽어낼 필요가 있다는 걸 숙지해야 한다. 이 노인네는 그런 암호를 읽어내며 평생을 살았고, 다른 사람들도 그러리라고 여겼다. 그가 들려준 냉소적인 이야기 속에는 아들이 바튼의 죽음과 관련이 없으며, 누군가 경찰과 FBI의 관심을 자기 아들의 혐의에 돌려놓고 뒤에서 웃고 있다는 믿음이 담겨 있었다. 나는 바비 시오라를 힐끗 쳐다봤고, 돈 페레라가 과연 저 눈동자 뒤의 꿍꿍이속에 대해 과연 얼마나 알고 있는지 궁금했다. 시오라는 뭐든 할 수 있는 사람이었다. 자신의 이익을 위해서라면 보스의 뒤통수를 치는 짓도 마다치 않을 사람이었다.

"서니가 최근 들어 갑자기 제 안부에 관심을 갖게 됐다는 얘기를 들었습니다만." 내가 말했다.

노인네가 씩 웃었다. "자네의 안부에 대해 어떤 관심을 갖는다는 거지, 파커 씨?"

"저의 안부가 갑자기 평안하지 않아질 수도 있는 그런 종류의 관심이죠."

"나는 모르는 일일세. 서니가 나한테 일일이 보고를 하고 움직이는 건 아니니까."

"그럴 수도 있겠죠. 하지만 누구든 저를 건드린다면 저도 이판사판입니다."

"바비에게 알아보라고 하겠네." 그가 말했다.

기분이 상쾌해질 만한 소리는 아니었다. 그만 돌아가기 위해 자리에서 일어섰다.

"똑똑한 사람이라면 그 여자를 찾아보겠지." 노인네는 나를 따라 일어나더니 책상 뒤쪽 모퉁이의 문을 향해 걸어갔다. "살았든 죽었든, 열쇠는 그 여자가 쥐고 있으니까."

어쩌면 그 말이 옳을지도 몰랐지만, 노인네에게는 내 관심을 여자에게 돌려놓을 모종의 이유가 있는 게 틀림없었다. 바비 시오라를 따라 현관으로 가는데 문득 궁금했다. 캐서린 드미터를 찾고 있는 게 나 한 사람뿐일까?

페레라 저택의 입구에는 나를 빌리지로 태워갈 택시가 기다리고 있었다. FBI가 문을 두드렸을 땐 아파트로 돌아와 샤워를 하고 커피도 마신 후였다. 트레이닝복으로 갈아입어서 그랬는지, 특수요원인 로스와 헤르난데스 앞에서도 나는 마음이 한결 편안했다. 거실에는 블루 나일(영국의 얼터너티브 밴드—옮긴이)의 음악이 흐르고 있었다. 헤르난데스는 못마땅한 듯이 콧잔등에 주름을 잡았지만, 내가 미안해할 일은 아니었다. 얘기는 로스가 거의 도맡아 하고, 헤르난데스는 일부러 보란 듯이 책꽂이를 두리번거리면서 책을 꺼내 표지를 들여다보고 날개에 적힌 문구를 읽었다. 그는 그래도 되는지 양해를 구하지 않았고, 나는 그게 거슬렸다.

"그림책은 아래쪽에 있어요. 하지만 크레용은 없는데 이걸 어쩌죠. 챙겨 오셨으면 좋았을걸."

헤르난데스가 눈을 부라렸다. 그는 20대 후반이었고, 아마 아직도 버지니아 주 콴티코의 FBI 연수원에서 배운 게 전부 사실이라고 믿고 있을 것이다. 그를 보면 워싱턴 DC에 있는 FBI 본부인 후버 빌딩의 투어 가이드 생각이 났다. 미네소타에서 온 아줌마들을 이끌고 다니면서도 마음속으로는 마약 밀매범과 국제 테러조직을 소탕하는 꿈을 꾸는 투어 가이드. 헤르난데스는 후버가 드레스를 입었다는 걸 아직도 믿으려 하지 않을 게 틀림없었다.

로스는 얘기가 달랐다. 그는 70년대에 FBI의 트럭 강탈 수사팀 일원이었고, 그 후로 주요한 조직범죄 소탕 작전에 두루 참여했다. 실력은 있을지 모른다는 생각이 들었다. 인간이 형편없다는 게 탈이지. 그래서 나는 이미 그에게 어디까지 털어놓을지 마음을 정했다. 아무것도 말하지 않기로.

"저녁에 페레라는 왜 찾아간 거지?" 땅콩을 거절하는 원숭이처럼 주겠다는 커피를 마다한 채 그가 포문을 열었다.

"내가 신문 배달을 하는 구역인데, 오늘 자 신문이 안 들어왔다기에." 로스의 얼굴에서는 웃음기를 찾아볼 수 없었고, 헤르난데스는 이미 부라리고 있던 눈을 더 크게 떴다. 신경이 예민한 사람이었다면 그 긴장감을 견디지 못했을지도 모른다.

"멍청하게 굴지 마. 조직범죄 연루 혐의로 체포해서 한참 가둬뒀다가 풀어줄 수도 있어. 하지만 그래봐야 서로에게 득이 될 게 없잖아. 다시 한 번 묻지. 오늘 저녁에 페레라는 왜 찾아간 거지?"

"뭘 좀 조사하고 있는데, 페레라가 그 일과 관련 있을지 몰라서."

"뭘 조사하는데?"

"그건 비밀이야."

"당신을 고용한 사람은 누구야?"

"비밀." 멜로디를 넣어서 말하고 싶은 유혹을 느꼈지만 아무래도 로스가 그럴 기분이 아닌 것 같았다. 어쩌면 그의 말이 옳았을지도 모른다. 어쩌면 내가 멍청한 짓을 하고 있었던 건지도 모른다. 24시간이 지나도록 캐서린 드미터의 행방에는 한 발자국도 더 가까이 가지 못했고, 느닷없이 남자친구가 시체로 발견되면서 온갖 가능성이 돌출했는데, 그중에서 딱히 그럴 듯해 보이는 건 하나도 없었다. 로스가 서니 페레라나 그의 아버지를 콕 집어 노린다고 해도 그건 그의 문제였다. 나는 내 문제만으로도 벅찼다.

"페레라한테 바튼의 죽음에 대해 무슨 얘기를 했어?"

"그가 이미 알고 있지 않은 얘기는 하나도 하지 않았어. 핸슨이 당신보다 현장에 먼저 왔던 걸 보면 몰라?" 핸슨은 〈포스트〉의 기자였는데, 말 그대로 민완기자였다. 시체 냄새를 찾아내는 핸슨의 능력을 부러워할 파리들이 있을 정도였지만, 누군지는 몰라도 핸슨에게 귀띔을 해줄 시간이 있었다면 페레라한테는 그보다 먼저 알려주었을 게 틀림 없었다. 월터가 옳았다. 경찰 조직은 가난뱅이의 신발처럼 곳곳에서 줄줄 샜다.

"이봐. 당신이 모르는 건 나도 몰라. 그리고 나는 서니, 또는 그 노인네가 연루됐다고 생각하지 않아. 그 밖에 다른 사람에 대해서는……."

로스가 눈을 치뜨며 답답한 기색을 드러냈다. 그러더니 얼마 있다가 바비 시오라를 만났냐고 물었다. 영광스럽게도 그렇다고 대답했다. 로스는 자리에서 일어나서 넥타이에 묻은 티끌을 떼어냈다. 창고 대방출 세일을 하는 쇼핑몰에서 좋은 물건이 다 사라지고 난 후에 남은 걸 집어온 듯한 넥타이였다.

"듣자니 시오라가 자네한테 한 수 가르쳐줘야겠다고 떠들고 다니는 모양이던데, 자네가 꼬치꼬치 캐고 다니는 게 영 거슬리나봐. 그럴 만도 하지."

"당신이 가지고 있는 방법을 총동원해서 나를 보호해주면 좋겠군."

로스가 미소를 지었다. 입술을 씰룩여서 작고 뾰족한 송곳니를 드러내는 미소였다. 그건 마치 얼굴을 작대기에 찔린 쥐 꼬락서니였다.

"안심해. 자네한테 무슨 일이 일어나면 우리가 지닌 힘을 총동원해서 범인을 찾아줄 테니." 헤르난데스도 씩 웃더니 함께 문으로 걸어갔다. 부전자전 같았다.

나도 함께 웃어줬다. "그러면 잘들 가시고, 헤르난데스……." 그가 걸음을 멈추더니 뒤를 돌아봤다.

"내가 저 책들 다 세어볼 거야."

로스가 서니에게 에너지를 집중하는 데에도 타당한 이유가 있었다. 그가 여러 가지 방면에서 마이너리그에 불과했던 건 사실일지도 모른다. 항만청 근처의 포르노 살롱들, 전화기 위에 도청 위험 안내문을 써 붙여놓은 차이나타운 모트 스트리트의 사교클럽, 소소하고 자잘한 마약 거래들, 고리대금업과 매춘 정도로는 그를 공공의 적 1호로 만들기에 부족했다. 하지만 서니는 페레라 패밀리라는 사슬의 약한 고리였다. 그가 끊어진다면 그 다음은 시오라, 그리고 노인네까지 타격이 갈 수 있었다.

창가에 서서 FBI 요원 두 명이 차에 오르는 모습을 내려다봤다. 로스는 조수석에 타려다 말고 창문을 올려다봤다. 그는 긴장감에 짓눌리는 사람이 아니었다. 그건 나도 마찬가지였지만, 로스 요원은 아직 최선을 다하고 있는 것 같지 않았다. 아직까지는.

14

 다음날 아침 바튼 저택에 도착한 건 10시가 넘어갈 무렵이었다. 일하는 사람이 문을 열더니 전날 이소벨 바튼을 만났던 사무실로 나를 안내했고, 안으로 들어가자 크리스티 씨가 어제와 똑같은 책상에 어제와 똑같은 회색 정장처럼 보이는 옷을 입고 앉아 어제와 똑같이 달갑잖은 표정으로 나를 쳐다봤다.
 그녀는 앉으라고 권하지도 않았고, 나는 그 냉랭한 기운에 손가락이 얼까봐 주머니에 손을 찌른 채 그냥 서 있었다. 그녀는 책상 위에 수북한 서류를 처리하느라 바빠서 나한테는 더 이상 눈길도 주지 않았다. 나는 벽난로 앞에 서서 선반 한쪽에 놓인 파란색 도자기 강아지나 구경했다. 옆의 빈자리로 짐작컨대 원래는 두 마리가 한 쌍이었던 모양이었다. 친구를 잃은 녀석이 쓸쓸해 보였다.
 "이런 것들은 으레 두 개가 한 쌍으로 나오지 않나요?"
 크리스티 씨가 고개를 들어 나를 쳐다봤지만, 그녀의 얼굴에는 낡은 신문 속의 사진처럼 짜증에 겨워 잔뜩 찌푸린 표정이 담겨 있었다.
 "이 강아지 말이에요." 나는 다시 한 번 반복했다. "이런 도자기 인형들은 짝으로 나오지 않아요?" 강아지한테 특별히 관심이 있는 건 아니었지만, 크리스티 씨가 나를 무시하는 태도를 더 이상 참을 수 없었고, 그런 그녀를 살살 약 올리는 재미도 쏠쏠했다.

"원래 한 쌍이었어요." 그녀는 한참 만에 대답했다. "다른 하나는…… 얼마 전에 망가졌습니다."

"무척 속상했겠는데요." 나는 이렇게 말하면서 진심으로 안쓰러운 표정을 지으려고 최선을 다했지만, 도저히 그럴 수가 없었다.

"그랬어요. 특별한 의미가 있는 물건이라."

"당신한테요, 아니면 바튼 부인한테요?"

"둘 다한테요." 크리스티 씨는 아무리 애를 써봐야 내 존재를 무시할 수 없다는 사실을 인정해야 했고, 그래서 얌전하게 볼펜의 뚜껑을 닫은 후 깍지 낀 손을 한데 모으고는 사무적인 표정을 지었다.

"바튼 부인은 어떠신가요?" 내가 물었다. 크리스티 씨의 얼굴에 걱정하는 기색이 어리는가 싶더니, 절벽에서 활강하는 갈매기처럼 금세 사라졌다.

"지난밤부터 진정제를 복용하고 계십니다. 짐작하시다시피, 그 소식에 충격을 받으셨어요."

"의붓아들하고 그렇게 가까운 사이는 아니었던 걸로 아는데요."

크리스티 씨는 경멸 어린 눈초리로 나를 쏘아봤다. 그럴 만도 했다.

"비록 친아들은 아니었지만 바튼 부인은 스티븐을 사랑하셨어요. 당신은 고용된 처지에 불과하다는 걸 잊지 마세요, 파커 씨. 살아 있거나 죽은 사람의 명예를 훼손할 권리는 당신에게 없습니다." 그녀는 나의 냉정한 말에 고개를 절레절레 저었다. "그런데 무슨 일로 오신 거죠? 지금 할 일이 아주 많아요." 잠시 말을 멈춘 그녀의 얼굴에 먹먹한 표정이 어렸다. 나는 그녀가 말을 잇기를 기다렸다. "스티븐의 장례를 치르려면." 간밤의 사건으로 이렇게 비통해하는 데에는 단순히 고용인에 대한 걱정 이상의 마음이 담겨 있을 거라는 데 생각이 미쳤다. 도덕성이 망치상어 수준이었던 사람치고 스티븐 바튼은 많은 사랑을 받았던 모양이었다.

"버지니아에 가야겠어요. 어제 받은 선금보다 돈이 더 들지 모르겠습니다. 떠나기 전에 바튼 부인께 말씀드리려고요."

"살인사건과 관련이 있는 일인가요?"

"모르겠습니다." 이 말은 이제 거의 후렴구 수준이 되고 있었다. "캐서린 드미터의 실종과 바튼 씨의 죽음 사이에 어떤 관련이 있을지도 모르지만, 그건 경찰에서 뭔가를 찾아내거나 캐서린 양이 나타나봐야 알 수 있을 겁니다."

"그런 성격이라면 지금으로선 제 선에서 지출을 승인해드릴 수 없습니다. 일단 일을 치르고 나서……."

나는 그녀의 말을 중간에 끊었다. 솔직히 말해서 크리스티 씨한테 진저리가 나고 있었다. 나를 좋아하지 않는 사람이야 이제 이골이 났지만, 그런 사람들도 대부분은 잠깐이나마 나를 먼저 알고 나서 싫어하는 최소한의 예의는 보여주었다. "승인을 해달라고 당신한테 부탁하는 게 아닙니다. 그리고 바튼 부인과 말씀을 나눴기 때문에 당신은 이 일과 아무런 상관이 없어요. 다만 인간된 도리로 조의를 표하고 지금까지 진행된 상황을 말씀드려야겠다고 생각한 것뿐이에요."

"그래서 어디까지 진행되셨나요, 파커 씨?" 그녀는 이를 부득부득

가는 것 같은 소리를 냈다. 그녀는 어느 틈에 일어나 있었는데, 책상을 짚은 손가락의 관절이 하얗게 질렸다. 눈동자 속에서 뭔가 악의적이고 심술궂은 기운이 고개를 쳐들고 송곳니를 드러내는 것 같았다.

"여자는 이 도시를 떠난 것 같습니다. 고향으로 갔거나 예전에 살던 곳으로 돌아간 것 같은데, 이유는 모르겠어요. 아무튼 그렇다면 그녀를 찾아내서 무사한지 확인하고, 바튼 부인께 알려드리겠습니다."

"그녀가 무사하지 않으면요?"

그 질문에는 대답을 하지 않았다. 캐서린 드미터가 헤이븐에 없다면, 신용카드를 쓴다거나 그녀의 안부를 걱정하는 친구에게 전화라도 걸어서 행적을 드러내지 않는 이상, 지구 표면에서 자취를 감춘 것이나 다름없었으니 대답할 말도 없었다.

신경이 너덜너덜해진 것처럼 피곤했다. 이 사건은 조각조각 쪼개져서, 그 조각들이 빙빙 돌며 저만치 멀어지고 있는 것 같았다. 단순한 우연으로 치부하기엔 너무 많은 것들이 연결되어 있었지만, 그것들을 우격다짐으로 전부 한 그림 속에 집어넣기엔 내게 현장의 경험이 너무 많았다. 그래봐야 현실적인 그림은 그려지지 않았다. 살인과 죽음의 혼돈 속에서 질서를 찾아내야 했다. 그렇기는 해도 캐서린 드미터는 확실히 그 조각들 가운데 하나였고, 이 상황의 질서 속에서 그녀가 차지하는 자리를 알아내려면 일단 그녀를 찾는 게 급선무였다.

"오늘 오후에 떠날 겁니다. 뭐든 찾게 되면 전화할게요."

크리스티 씨의 눈동자에서 번뜩이던 빛이 사라졌는데, 내면의 신랄함이 잠시 몸을 둥글게 말고 잠이라도 자는 모양이었다. 그녀가 내 말을 들었는지조차 확신할 수 없었다. 그러거나 말거나 나는 손가락 관절을 여전히 책상에 댄 채 멍한 눈을 하고 있는 그녀를 남겨두고 사무실을 나섰다. 그녀는 자신의 내면을 응시하는 것 같았고, 그 안에서 본 게 심란했는지 얼굴이 창백하게 번들거렸다.

하지만 자동차가 또 내 발목을 잡았고, 오후 4시에야 머스탱을 몰고 아파트로 짐을 싸러 갈 수 있었다. 계단을 올라가서 현관 열쇠를 꺼내는 데 바람이 상쾌했다. 길거리에 과자봉지가 날리고, 빈 깡통이 구르는 소리는 마치 종소리 같았다. 버려진 신문 한 장이 죽은 연인이 속삭이는 것 같은 소리를 내며 거리를 스치듯 지나갔다.

4층으로 올라가서 방문을 열고 탁상 램프를 켰다. 커피를 내리는 동안 짐을 쌌다. 30분쯤 지났을 땐 커피도 다 마시고 가방도 꾸려서 발치에 내려놨는데, 그때 전화벨이 울렸다.

"안녕하시오, 파커 씨." 남자의 목소리였다. 인공적으로 들릴 만큼 감정은 한 오라기도 들어가 있지 않았고, 완전히 다른 대화에서 따다가 조합한 것처럼 희미하게 뚝뚝 끊어지는 소리가 들렸다.

"누구시죠?"

"아, 우리는 만난 적이 없지만 공통으로 아는 사람들이 있지. 당신의 아내와 딸. 그들의 마지막 순간에 내가 함께 있었다고 해도 좋아." 음색이 오락가락했다. 높았다가 낮아졌고, 처음엔 남자 목소리였는데 다시 여자 목소리로 바뀌었다. 한 번은 세 가지 음색으로 동시에 말하는 것처럼 들리기도 했고, 그러다가 다시 남자의 목소리만 남았다.

갑자기 기온이 떨어지고 아예 아파트가 밑으로 꺼지는 느낌이었다. 세상천지에 달랑 전화 하나, 수화기의 작은 구멍들, 그리고 그 너머의 침묵뿐이었다.

"장난전화도 이제 이골이 나서." 그래도 목소리는 생각보다 더 당당하게 나왔다. "당신도 장난칠 집을 노리는 그런 가련한 인간들 중에 하나로군."

"내가 얼굴을 뜯어냈는데. 부엌문 옆의 벽에 당신 부인의 코를 들이박아서 박살내고. 나를 의심하지 마. 내가 바로 당신이 찾아다니는 그 사람이야." 마지막 말은 음색이 높고 즐거움에 겨운 아이의 목소리였다.

눈이 뭔가에 찔린 것처럼 아프고, 관자놀이에서 뛰는 맥박 소리는 방파제에 부서지는 파도처럼 요란했다. 눈앞은 온통 황량한 회색이었다. 입 안의 침이 다 말라서 버석거리고, 간신히 침을 삼키는데 목구멍으로 흙이 넘어가는 것 같았다. 고통스럽고, 목소리도 나오지 않았다.

"파커 씨, 괜찮으신가?" 목소리는 차분하고 은근하며 거의 부드러웠지만, 네 개의 목소리를 조합해놓은 것처럼 들렸다.

"내가 찾아내고 말 거야."

그가 웃었다. 이제 합성한 티가 더 역력했다. TV 화면을 바짝 들여다보면 이미지가 작은 점으로 나뉘는 것처럼 그의 목소리도 그렇게 작은 단위로 쪼개지는 것 같았다.

"그런데, 내가 당신을 찾아냈어. 당신은 내가 당신을 찾길 원했어. 그들을 찾아가서 그런 짓을 하기를 원했고. 당신의 삶에 나를 끌어들인 건 당신이야. 나는 당신을 위해 불꽃처럼 나타난 거야. 나는 당신의 신호가 떨어지길 아주 오랫동안 기다렸어. 당신은 그들이 죽길 원했지. 내가 처리해주기 전에 아내를 싫어했잖아. 그리고 이따금씩 밤의 깊은 어둠 속에서 그녀의 죽음으로 얻은 자유를 만끽하다 죄책감에 움찔하지 않나? 내가 당신을 해방시켜준 거야. 그렇다면 최소한 감사의 인사 정도는 해야지."

"미친놈이로군. 하지만 그렇다고 무사할 수는 없어." 전화기의 발신자 확인 기능을 눌렀더니 번호가 떴다. 아는 번호였다. 모퉁이에 있는 공중전화의 번호였다. 문가로 가서 계단을 내려가기 시작했다.

"아니, 아니야. 마지막 순간에 당신의 아내는, 당신의 수전은, 입술과 입술이 마주 닿은 키스를 통해 내가 마지막 숨을 빨아들일 때 그걸 알고 있었어. 아, 그 마지막 순간, 붉게 타오르던 그때 나는 그녀를 갈망했지만, 그건 늘 우리 종족의 약점이 됐지. 우리의 죄는 교만이 아니라 인간을 향한 욕망이거든. 그리고 난 그녀를 선택했고, 내 방식대로 그녀를 사랑한 거야. 파커 씨." 이제 목소리는 남자의 깊은 저음이었다. 그건 신의 목소리, 아니 악마의 목소리처럼 내 귀에서 웅웅 울렸다.

"헛소리 집어치워." 쓴물이 넘어오고 이마에서는 땀이 줄줄 흘렀다. 목소리에서 울리는 분노와는 달리, 역겹고 두려움에 겨운 땀방울이었다. 계단을 한 번에 세 개씩 내려갔다. 이제 한 층이 남았다.

"아직은 아냐." 어느새 목소리는 내 딸 같은, 제니퍼 같은 여자아이의 것으로 바뀌었고, 그 순간 나는 이 '떠돌이'의 본성에 대해 어렴풋한 실마리를 잡았다. "조만간 다시 얘기를 하게 될 거야. 그때쯤이면 내 목적을 좀더 또렷하게 파악할 수 있을 테지. 내가 보낸 건 선물이라고 생각해. 그게 당신의 고통을 덜어주면 좋겠군. 얼추 도착할······ 때가······ 됐는데."

위에서 우리 집 초인종이 울렸다. 전화기를 바닥에 던지고 스미스

앤웨슨을 꺼내 들었다. 남은 계단을 한 걸음에 두 개씩 달려 내려갔
다. 아드레날린이 솟구쳤다. 소란스러운 기색에 놀란 다마토 부인이
문 앞에 나와 서 있었다. 현관에서 제일 가까운 집이었다. 부인은 실
내복의 옷깃을 단단히 여며 쥐고 있었다. 부인 앞을 지나쳐서 문을 비
틀어 열고는 몸을 낮추고 밖으로 나갔다. 엄지는 이미 안전핀을 내리
고 있었다.

 계단엔 기껏해야 열 살밖에 되지 않았을 것 같은 흑인 아이가 포장
지에 싼 원통 모양의 꾸러미를 들고 서 있었다. 얼이 빠지고 겁에 질린
눈동자였다. 아이의 옷깃을 움켜쥐고 집어던지듯이 안으로 끌어당긴
후에 다마토 부인한테 아이를 데리고 있고, 꾸러미는 건드리지 말라고
소리친 다음 길로 달려 내려갔다.

 거리엔 버려진 신문지와 깡통만 굴러다닐 뿐 인적을 찾아볼 수 없
었다. 그렇게 사람이 없는 것도 이상한 노릇이었다. 마치 빌리지의 주
민들이 전부 떠돌이와 작당이라도 한 것 같았다. 길 끄트머리 가로등
밑에 공중전화가 있었다. 공중전화 박스 안엔 아무도 없고, 수화기도
제자리에 놓여 있었다. 혹시 누가 숨어서 노리고 있을지도 몰랐기 때
문에 벽에서 조금 거리를 두고 달려갔다. 그쪽에는 지나가는 사람들이
꽤 있었다. 손을 꼭 잡고 걷는 동성연애자 커플, 관광객들, 부부들. 저
만치에서는 자동차 불빛이 꼬리를 잇고, 내가 빠져나온 평범하고 안전
한 세계의 소리가 들려왔다.

 그때 뒤에서 발소리가 들려서 휙 돌아봤다. 젊은 여자가 잔돈을 꺼
내기 위해 지갑을 뒤적이며 공중전화 박스로 걸어오고 있었다. 그녀는
무심코 나를 향해 고개를 돌렸다가 총을 보고는 뒤로 물러섰다.

"다른 데로 가요." 내가 말했다. 주위를 다시 한 번 둘러본 후, 안전핀을 다시 채우고 총을 허리춤에 끼웠다. 공중전화 박스의 기둥에 발을 대고 양손으로 전화선을 잡아 뽑았다. 전에 없던 힘이었다. 그 수화기를 끈에 매단 물고기처럼 들고 아파트로 돌아왔다.

엉엉 울며 버둥거리는 아이를 다마토 부인이 꼭 붙들고 있었다. 아이의 어깨를 손으로 짚고 쭈그려 앉아서 눈높이를 맞췄다.

"꼬마야, 괜찮아. 마음 편히 가져. 네가 잘못해서 이러는 거 아냐. 그냥 몇 가지만 물어보려는 거야. 이름이 뭐니?"

아이는 조금 진정이 된 듯했지만, 여전히 훌쩍거리며 고개만 저었다. 불안스레 두리번거리며 다마토 부인을 돌아보더니 문으로 냅다 달려갔다. 그리고 거의 성공할 뻔했다. 겉옷에서 몸을 빼냈지만, 힘이 지나친 나머지 제풀에 미끄러져 넘어졌고, 내가 얼른 아이를 붙잡았다. 아이를 끌어다가 의자에 앉혀놓고 다마토 부인에게 월터 콜의 번호를 알려주면서 급한 일이니 당장 오라는 말을 전해달라고 했다.

"이름이 뭐니, 꼬마야?"

"제이크."

"그래, 제이크. 이걸 누가 너한테 줬니?" 나는 옆의 테이블 위에 놓인 꾸러미를 가리켰다. 파란색 포장지에는 곰돌이 인형과 지팡이 모양의 사탕 무늬가 찍혀 있었고, 밝은 파란색 리본까지 묶어놓은 꾸러미였다.

제이크는 고개를 저었는데, 그 동작이 어찌나 격렬했던지 눈물 방울이 양쪽으로 날아갔을 정도였다.

"괜찮아, 제이크. 겁먹을 필요 없다니까. 남자였니, 제이크?" 제이크, 제이크, 제이크. 아이의 이름을 계속 반복하며 달래고, 집중하게 만들어야 했다.

아이가 고개를 틀더니 커다란 눈동자로 나를 쳐다봤다. 아이가 고개를 끄덕였다.

"어떻게 생겼는지 봤니, 제이크?"

아이의 턱이 움찔거리는가 싶더니, 다시 큰소리로 울기 시작했고, 그 소리를 들은 다마토 부인이 부엌 문가에 나타났다.

"나를 해치겠다고 했어요. 내 얼굴을 뜨, 뜯어내겠다고 했어요."

다마토 부인이 옆으로 다가오자 아이는 부인의 옷에 얼굴을 묻고 그 작은 팔로 부인의 굵은 허리를 꽉 끌어안았다.

"남자를 봤니, 제이크? 어떻게 생겼는지 봤어?"

아이가 부인의 옷에서 고개를 들었다.

"칼을 들고 있었어요. TV에 나오는 의사들처럼." 아이는 공포에 질려 입을 다물지 못했다. "그걸 보여주면서 여기에 댔어요." 아이가 손가락을 들어서 왼쪽 뺨을 가리켰다.

"제이크, 남자의 얼굴을 봤니?"

"전부 다 까맸어요." 제이크가 말했다. 신경이 날카로워지면서 목소리도 따라서 높아졌다. "거기엔 아무, 아무것도 없었어요." 이제 아이의 목소리는 거의 비명 수준이었다. "그 남자는 얼굴이 없었어요."

월터 콜이 도착할 때까지 다마토 부인한테 제이크를 데리고 부엌에 있으라고 한 뒤, 떠돌이의 선물을 살펴봤다. 높이는 25센티미터 정도에 지름은 20센티미터쯤 되는 유리 같았다. 주머니칼로 포장지 끄트머리를 살짝 들춰서 전선이나 압력판 같은 폭발장치가 있는지 살펴봤다. 포장지를 붙인 테이프 두 군데를 잘라서 웃는 곰들과 춤추는 사탕을 조심스레 떼어냈다.

유리병의 표면은 깨끗했고, 흔적을 지우기 위해 사용한 소독약 냄새가 났다. 노란 액체에는 내 얼굴이 처음엔 유리병의 표면에, 그리고 다시 안쪽에 두 겹으로 비쳤고, 그 속에는 한때 어여뻤던 내 딸의 얼굴이 담겨 있었다. 유리병 한쪽에 닿을 듯 떠 있는 그건 익사체의 얼굴처럼 퉁퉁 붓고 색이 바랬으며, 가장자리의 살점은 촉수처럼 너덜너덜하게 일어났다. 덮인 눈꺼풀은 잠을 자는 것 같았다. 고통과 두려움, 증오와 회한에 치받쳐 신음이 토해졌다. 부엌에선 제이크라는 아이가 흐느껴 울고 있었는데, 갑자기 아이의 울음소리에 내 울음소리가 섞여서 들려왔다.

시간이 얼마나 지났을까. 월터가 도착했고, 유리병에 담긴 걸 보고는 얼굴이 하얗게 질린 채 법의학 팀에 전화를 걸었다.

"손을 댔나?"

"아니요. 그리고 전화도 왔었어요. 수신번호가 떴지만, 위치를 추적할 수는 없을 거예요. 그자가 전화를 걸었는지도 확실하지 않아요. 어쩐지 합성한 목소리 같았어요. 정교한 소프트웨어를 통해서 말을 하는 것처럼. 음성인식과 목소리 변조를 해주는 그런 소프트웨어 있잖아요. 그리고 아무래도 가짜 번호를 사용한 것 같아요. 모르겠어요. 그냥 짐작이에요." 나는 더듬거리며 되는 대로 내뱉었고 말들은 서로 뒤엉켰다. 말을 멈추는 순간 무슨 일이 일어날 것만 같아 두려웠다.

"뭐라고 하던가?"

"다시 시작할 준비를 하는 것 같아요."

그는 털썩 주저앉아서 손으로 얼굴을 훑어 머리까지 쓸어 넘겼다. 그리고는 장갑 낀 손으로 포장지 끝을 들어서 유리병에 씌웠다.

"이제부터 뭘 해야 하는지 알지? 그자가 뭐라고 했는지 한 마디도 빠짐없이 알아야 해. 그자를 붙잡을 실마리가 될 만한 건 전부 다. 아이도 똑같이 해야지."

나는 월터를 쳐다봤다가 바닥을 봤다가, 테이블 위에 놓인 내가 잃어버린 그것만 피해서 이리저리 시선을 돌렸다.

"그자는 자기가 악마라고 생각해요, 월터."

월터는 포장지를 씌워놓은 유리병을 다시 한 번 바라봤다.

"실제로 그럴지도 모르지."

우리가 경찰서로 가기 위해 집을 나섰을 땐 경찰이 건물 앞에 진을 치고 이웃과 지나는 사람들, 떠돌이를 목격했을 가능성이 있는 모든 사람의 진술을 받기 위해 준비를 하고 있었다. 제이크는 우리와 함께 갔고, 아이의 부모는 자식이 경찰에 있다는 전화를 받은 이 도시의 모든 가난하고 선량한 사람들이 으레 그렇듯이 속이 울렁거릴 만큼 겁에 질린 표정으로 한걸음에 달려왔다.

떠돌이는 계획을 행동에 옮기기 위해 하루 종일 내 뒤를 따라다니며 행적을 주시한 모양이었다. 그날의 동선을 되짚으며 마주쳤던 얼굴들, 스쳐 지나간 사람들, 조금이라도 시선이 오래 머물었던 사람을 기억해보려 했다. 하지만 짚이는 게 아무것도 없었다.

경찰서에 도착한 나는 월터와 마주앉아 전화 통화의 내용을 되풀이하고 또 되풀이하면서 뭐든 도움이 될 만한 것, 이 살인마의 특징을 포착할 만한 것을 찾아내려 했다.

"목소리가 달라졌다는 얘기야?" 그가 물었다.

"계속 바뀌었어요. 중간에는 심지어 제니퍼의 목소리를 들은 것 같기도 했어요."

"뭔가 있을지도 모르겠군. 그런 종류의 목소리 합성은 컴퓨터 장치를 사용해야 할 거야. 젠장. 자네 말처럼 그 번호는 그냥 경유한 걸 수도 있어. 아이 말로는 그 꾸러미를 받은 게 오후 4시였고, 정확하게 4시 30분에 전달하라고 하더래. 그래서 골목에서 파워레인저 손목시계의 초침을 보면서 기다렸다는 거야. 그동안 이자는 제 소굴로 돌아가서 가짜 번호로 전화를 걸 시간을 벌 수 있었던 거지. 이런 건 어떻게 하는 건지 나도 잘 몰라. 교환을 거쳐야 했을 수도 있고. 알 만한 사람한테 확인해보라고 해야겠군."

어떻게 목소리를 합성한 건지는 알아낸다 하더라도, 굳이 목소리를 합성한 이유는 또 다른 문제였다. 떠돌이가 최대한 흔적을 남기지 않으려고 하는 건지도 몰랐다. 성문은 분석하고 저장하고 비교할 수 있으며, 언젠가는 그에게 불리한 증거로 사용될 수도 있었다.

"칼을 든 이 남자한테 얼굴이 없었다는 아이의 말에 대해서는 어떻게 생각해?" 월터가 물었다.

"인상착의가 드러나지 않도록 가면 같은 걸 썼을 수도 있죠. 어쩌면 일종의 표식으로 그렇게 했을 가능성도 있고, 정말로 얼굴이 없는 것처럼 보인다는 게 세 번째 가능성이겠죠."

"악마라는 거야?"

나는 대답하지 않았다. 악마가 뭔지는 나도 몰랐다. 비인간성으로 말미암아 한 개인이 어떤 식으로든 '경계를 넘어서' 인간 이하의 존재가 되는 게 악마인 건지, 인간의 특징, 이 세상에 존재하게 되어 있는 어떤 특징을 규정하는 통념을 거부하는 것처럼 보이는 뭔가가 있는 것인지, 나는 몰랐다.

밤에 아파트로 돌아왔더니 다마토 부인이 얇게 저민 편육과 이탈리아 빵을 접시에 담아 들고 올라와서 잠시 앉아 있다 내려갔다. 오후에 있었던 일 때문에 내가 어떻게 되지나 않을까 걱정스러운 눈치였다.

부인이 돌아간 뒤에 나는 한참 동안 샤워기 밑에 서 있었다. 물을 제일 뜨겁게 틀어놓고 손을 씻고 또 씻었다. 속이 뒤집힐 정도로 화가 나고 겁도 나서, 책상 위의 휴대전화를 쳐다보며 늦도록 잠을 이루지 못했다. 신경이 어찌나 바짝 곤두섰던지 머릿속에서 윙윙거리는 소리가 들릴 정도였다.

15

"아빠, 책 읽어주세요."
"어떤 얘기를 듣고 싶은데?"
"재미난 얘기. 곰 세 마리 얘기. 아기 곰 너무 재미있어."
"그래. 하지만 그런 다음엔 자야 돼."
"네."
"하나만이야."
"하나. 하나만 듣고 잘게요."

부검을 할 때는 먼저 시체의 사진을 찍는다. 처음엔 옷을 입은 채로, 그 다음엔 벗겨서. 몇몇 부분은 X선 촬영을 해서 뼈가 부러졌는지, 살에 이물질이 박히지 않았는지 확인한다. 외부로 드러난 특징을 전부 기록한다: 머리 색, 키, 몸무게, 몸의 상태, 눈동자의 색깔.

"아기 곰이 눈을 크게 떴어요. '누가 내 죽을 다 먹어치웠어! 하나도 없잖아!'"

"하나도 없잖아!"
하나도 없잖아.

몸속은 위부터 아래로 진행하지만, 머리는 맨 마지막에 검사한다. 가슴은 갈비뼈 골절 여부를 확인한다. 한쪽 어깨에서 다른 쪽 어깨까지 가슴을 거쳐 흉골 아랫부분부터 음부까지 자르는 Y자 절개를 실시한다. 심장과 폐가 드러난다. 심낭을 열어서 혈액 샘플을 채취하여 피해자의 혈액형을 확인한다. 심장, 폐, 식도, 그리고 호흡기를 떼어낸다. 각 장기의 무게를 측정하고, 검사하고, 단면을 자른다. 흉막강의 체액을 채취해서 분석한다. 조직 세포의 슬라이드를 만들어서 현미경으로 검사한다.

"그런 다음에 금발 머리는 도망쳐버렸고, 곰 세 마리는 소녀를 두 번 다시 보지 못했어요."
"또 읽어주세요."
"안 돼. 약속했잖아. 하나만 읽기로. 오늘은 여기까지밖에 읽을 시간이 없어."
"시간 많잖아요."
"오늘 밤엔 안 돼. 다른 날 읽자."
"아니야, 오늘 밤."
"아니야, 다른 날. 다른 날 밤에 다른 얘기 읽어줄게."

복부를 검사하고, 장기를 떼어내기 전에 부상 여부를 기록한다. 복부 내의 체액을 분석하고, 각 장기의 무게를 측정하고, 검사하고, 절단한다. 위장의 내용물을 확인한다. 샘플을 채취해서 독극물 분석을 한다. 일반적으로 장기를 떼어내는 순서는 다음과 같다: 간, 비장, 부신과 신장, 위장, 췌장, 그리고 창자.

"뭐 읽어줬어?"
"《금발 머리와 곰 세 마리》."
"또?"
"또."
"나한테도 읽어줄 거야?"
"어떤 이야기를 듣고 싶은데?"
"야한 거."
"아하, 그런 얘기야 내가 많이 알지."
"그럴 줄 알았어."

생식기의 부상이나 이물질 여부를 검사한다. 질과 항문을 면봉으로 닦아 표본을 채취하고, 이물질이 발견되면 유전자 검사실에 분석을 의뢰한다. 방광을 제거하고, 소변 샘플을 채취해서 독극물 검사를 한다.

"키스해줘."
"어디?"
"전부 다. 입술, 눈, 목, 코, 귀, 뺨. 전부 다 키스해줘. 당신이 키스해주는 게 너무 좋아."

"눈부터 시작해서 내려갈까?"
"좋아. 그것도 괜찮지."

두개골 검사의 목적은 부상의 증거를 찾기 위해서다. 돌기의 중앙을 지나는 인터마스토이드 절개법은 한쪽 귀에서 정수리를 거쳐 반대편 귀까지 자른다. 두피를 벗겨서 두개골을 드러낸다. 두개골을 자를 때는 톱을 사용한다. 뇌를 검사하고 들어낸다.

"우리는 왜 좀더 자주 이렇게 못하는 걸까?"
"모르겠어. 나도 이랬으면 좋겠지만, 그럴 수 없어."
"이런 당신이 좋아."
"제발, 수전……."
"안 돼……. 당신 숨에서 술 냄새가 나."
"수전, 지금은 그런 얘기 하지 마. 나중에 해."
"언제? 이런 얘기는 언제 하자는 거야?"
"나중에. 난 지금 나가야 돼."
"가지 마, 제발."
"안 돼, 나갔다 올게."
"제발."

* * *

델라웨어의 레호보스 해변에 가면 모래사장 한쪽으로 산책로가 길게 이어지고, 다른 쪽엔 어린 시절에 즐겨 가던 그런 오락장이 있다. 25센트를 내고 나무공을 구멍에 넣어서 점수를 올리는 게임, 쇠 말로 경사진 트랙을 질주해서 우승하면 유리눈이 박힌 곰인형을 주는 경마 게임, 유아용 낚싯대 끝에 자석을 달아서 물고기를 낚는 개구리 연못 게임.

지금은 요란한 컴퓨터 오락과 우주선 조종기가 추가됐지만, 레호보스는 아직도 해안선 위쪽에 있는 듀이나 심지어 베서니 같은 해변보다 훨씬 풍부한 매력을 간직하고 있다. 뉴저지의 케이프 메이에서 델라웨어의 루이스 항까지 간 다음 남쪽으로 8~9킬로미터쯤 내려가면 거기가 레호보스다. 하지만 1번 고속도로를 타고 가는 내내 햄버거 체인과 할인매장, 대형쇼핑몰이 이어지기 때문에 레호보스로 들어가는 최고의 길이라고는 할 수 없다. 그보다는 북쪽의 듀이를 거쳐 모래언덕들을 감상하며 가는 해안길이 더 낫다.

그쪽에서 오면 듀이와 대비되는 레호보스에 더 높은 점수를 주게 된다. 인공적으로 조성한 호수를 건너 읍내로 들어가면 교회를 지나 레호보스 중심가가 나오고, 커다랗고 오래된 목조건물의 서점과 옷가게, 술집과 레스토랑 등이 이어지는데, 테라스에 앉아 고즈넉한 저녁에 개를 데리고 산책하는 사람들을 구경하며 술을 마실 수 있다.

우리 넷은 토미 모리슨의 승진을 축하하기 위해 레호보스로 주말여행을 가기로 했다. 그곳이 게이들의 온상이라는 소문은 무시했다. 골동품 가구로 장식한 편안한 방에 들어서는 순간 옛날로 시간여행을 온 듯한 분위기가 물씬 풍기는 로드볼티모어라는 곳에 여장을 풀었다. 구릿빛으로 그을린 피부 위에 값비싼 옷을 차려입은 남자들이 밤늦도록 떠들썩하게 파티를 벌이는 블루문 술집에서 한 구역도 채 떨어지지 않은 곳이었다.

월터 콜의 파트너가 된 지 얼마 안 됐을 때였다. 월터가 나를 파트너로 삼으려고 힘을 쓴 것 같았지만, 별다른 말은 돌지 않았다. 월터는 리의 허락을 받아서 나를 데리고 델라웨어로 여행을 갔고, 토미 모리슨, 그리고 나랑 경찰학교를 같이 다녔고 이듬해에 술집에서 80달러를 훔쳐 달아나는 남자를 추격하다 총에 맞아 죽은 내 친구 조셉 본피글리올리가 동행했다. 월터는 밤 9시면 어김없이 리에게 전화를 걸어 아이들과 아내의 안부를 챙겼다. 그는 아버지로서는 한없이 약한 남자였다.

월터를 알고 지낸 지도 꽤 지났을 무렵이었다. 아마 4년쯤 됐던 것 같다. 그를 처음 만난 건 경찰들이 자주 가던 한 술집에서였다. 경찰학교를 졸업한 지 얼마 안 된 풋내기여서 아직도 배지가 신기하던 시절이었다. 나는 흔히 말하는 기대주였다. 다들 조만간 내 이름이 신문에 오르내릴 거라고 믿었다. 그런데 정말 그렇게 됐다. 누구도 상상하지 못했던 방식이긴 했어도. 아무튼 월터는 다부진 체구에 조금 후줄근한 양복을 입었고, 아무리 면도를 해도 한 시간만 지나면 뺨이며 턱에 다시 거뭇거뭇한 그림자가 생겼다. 그는 집요하고 신중한 형사, 발로 뛰어다녔어도 이렇다 할 결과가 나오지 않고 거의 모든 수사의 성패를 좌우하는 운조차 따라주지 않을 때 순간적인 기지로 상황을 반전시킨다는 평판이 자자했다.

그리고 월터 콜은 독서광이기도 했다. 더 용감해지고 싶은 마음에 적의 심장을 먹었던 원시부족 같은 열정으로 지식을 탐독했다. 우리에겐 러니언과 오드하우스를 좋아한다는 공통점이 있었다. 토비아스 울프와 레이먼드 카버, 도널드 바셀미, e. e. 커밍스의 시, 그리고 희한한 노릇이지만 왕정복고 시대의 멋쟁이였으며 자신의 실패에 번민했던 로체스터 백작, 알코올과 여자를 사랑했으며 부인에게 어울리는 남편이 되지 못하는 무능함으로 고민했던 그 천재 시인의 시도 똑같이 좋아했다.

손에 아이스크림을 든 채 카키색 반바지 위에 조잡한 셔츠를 걸쳐 입고 레호보스의 산책로를 거닐던 월터가 생각난다. 모래가 흩뿌려진 나무판 위에서 가볍게 찰싹거리던 샌들, 그때부터 이미 슬슬 벗겨지던 머리에 쓴 밀짚모자. 우리와 농담을 하고, 메뉴판을 들여다보고, 슬롯머신에서 푼돈을 잃고, 토미 모리슨의 커다란 종이봉투에서 감자튀김을 훔쳐 먹고, 시원한 대서양을 가르며 파도를 탈 때에도, 나는 그가 집에 있는 리를 보고 싶어한다는 걸 알았다.

그리고 월터 콜처럼 산다는 것, 소박한 행복과 익숙한 아름다움에서 즐거움을 누리는 게 흔하다 못해 모자라 보여도, 결코 평범하다고 할 수 없는 가치를 지닌 그런 삶이 선망의 대상이라는 것도 알고 있었다.

값비싼 치즈 옆에는 채소와 시리얼이 진열되어 있고, 한쪽에 빵집이 있던 링고스마켓이라는 구식 식품점에서 수전을 처음 만났다. 그 당시 이름은 수전 루이스였다. 링고스마켓은 백발에 체구도 작지만 테리어처럼 맹렬한 어머니가 남매를 데리고 가족끼리 운영하는 가게였다.

리조트에서 하룻밤을 보내고 아침에 일어나 커피와 신문을 사러 어기적어기적 링고스마켓으로 갔다. 간밤의 여파로 다리가 후들거리고 목이 탔다. 수전은 식품코너에서 커피콩과 호두를 사고 있었는데, 느슨하게 하나로 묶은 머리를 뒤로 늘였다. 노란색 여름 원피스를 입고 짙고 푸른 눈동자를 가진 그녀는 말할 수 없이 아름다웠다. 그런 반면에 나는 차림새가 형편없었고, 옆에 서서 술 냄새까지 풀풀 풍겼는데도 그녀는 나를 보며 가볍게 미소를 지었다. 그러더니 값비싼 향수의 냄새만을 남기고 사라져버렸다.

그날 그녀를 다시 본 건 YMCA에서였다. 술기운을 빼려고 로잉머신에서 땀을 흘리고 있는데, 그녀가 수영장에서 나와 탈의실로 들어갔다. 그 후로는 남은 이틀 동안 어딜 가나 그녀가 눈에 들어왔다. 서점에서 조잡한 표지의 법정 스릴러를 뒤적이는가 하면, 도넛 봉지를 손에 들고 빨래방 앞을 지나갔다. 여자 친구랑 아이리시아이스라는 술집의 창문을 들여다보기도 했다. 그러던 어느 날 밤, 뒤에서는 오락장의 소음이 시끄럽고 앞에서는 파도가 부서지는 산책로에서 마침내 그녀와 마주쳤다.

그녀는 혼자였고, 어둠 속에서 희게 부서지는 파도의 모습에 눈을 떼지 못했다. 해변엔 그런 그녀의 시야를 어지럽힐 사람들이 많지 않았고, 아케이드와 패스트푸드 가게들 주변을 제외하면 의외다 싶을 만큼 한산했다.

내가 옆에 서자 그녀가 나를 올려다봤다. 그녀의 얼굴에 미소가 어렸다. "이제 좀 괜찮으세요?"

"조금이요. 상태가 너무 나쁜 모습을 보여드렸죠."

"상태가 나쁜 냄새가 나긴 하더군요." 그녀가 콧잔등에 주름을 잡으며 말했다.

"죄송해요, 당신을 만날 줄 알았으면 제대로 차려입고 갔을 텐데." 빈말이 아니었다.

"괜찮아요. 저도 그럴 때가 있는 걸요."

그렇게 시작됐다. 그녀는 뉴저지에 살았고, 거기서 맨해튼에 있는 출판사로 출퇴근을 했으며, 2주에 한 번씩 주말에 매사추세츠로 부모님을 뵈러 갔다. 우리는 1년 뒤에 결혼했고, 다시 1년이 지났을 때 제니퍼가 태어났다. 상황이 악화되기 전까지 3년 정도는 행복했던 것 같다. 전부 내 잘못이었다. 우리 부모님은 결혼할 당시에 경찰이라는 직업이 결혼생활에 미치는 영향을 두 분 다 인식하고 있었다. 아버지야 경찰 생활을 하면서 주변에서 겪는 모습을 봤기 때문이었고, 어머니는 할아버지가 메인 주에서 부보안관으로 근무하셨기 때문이었다. 그런데 수전에게는 아무런 사전 지식이 없었다.

수전은 4남매의 막내였고, 아직 정정하신 부모님은 막내딸을 애지중지 아꼈다. 수전이 죽었을 때 두 분은 나한테 한 마디도 하지 않았다. 무덤 앞에서도 우리 사이에는 아무 말도 오가지 않았다. 수전과 제니퍼가 세상을 떠나자, 나는 삶이라는 흐름 속에서 나를 붙들어 매주었던 끈이 끊어져 고요하고 어두운 물 위를 부유하게 된 심정이었다.

16

 금세 잦아들기는 했지만, 수전과 제니퍼의 죽음은 엄청난 관심을 불러일으켰다. 살인의 자세한 수법들, 가죽을 벗기고 얼굴을 뜯어내고 눈알을 파낸 것 같은 내용은 일반에 공개하지 않았는데도, 그동안 다들 어디 틀어박혀 있었는지 온갖 기이한 인간들이 기어 나왔다. 살인 관광을 하는 사람들이 차를 몰고 집 앞까지 올라왔고, 마당에 들어와서 비디오를 찍었다. 수전과 제니퍼가 살해당한 의자에 앉아 사진을 찍기 위해 뒷문으로 무단침입을 시도하던 남녀 한 쌍이 순찰 중인 경찰에게 체포된 일도 있었다. 보도가 나간 다음부터 살인범의 부인을 자처하는 사람, 전생에 살인범을 만났다고 주장하는 사람의 전화가 심심찮게 걸려왔고, 단지 내 아내와 자식이 죽어서 기쁘다는 말을 하려고 전화를 건 사람도 두어 명 있었다. 나는 결국 집에서 나갔고, 집의 매각 업무를 의뢰한 변호사하고도 전화와 팩스로만 연락을 취했다.
 집을 떠난 뒤 메인 주 포틀랜드 인근의 공동체 마을에서 지내다가 실낱같은 모호한 단서를 쫓아갔던 시카고를 거쳐 맨해튼으로 돌아왔다. 바이런 에이블이라는 아동 살인범 용의자는 내가 도착했을 때 이미 현지 폭력배들과 시비 끝에 술집 주차장에서 죽은 후였다. 나는 익숙한 곳에서 마음의 평화를 얻고 싶었다. 그런데 할아버지가 유언장에서 내게 남겨주신 스카버러의 집에는 끝내 가지 못했다.

그때 나는 몸이 아팠다. 폐업한 전파사 앞에서 구역질을 하며 울고 있는데 웬 여자가 다가와 밤에 머물 잠자리를 마련해주겠다고 했고, 나는 간신히 고개만 끄덕였다. 여자와 같은 패거리였던 진흙투성이 부츠에 셔츠에서 땀과 솔잎 냄새를 풍기는 거구의 남자들이 나를 픽업트럭으로 끌고 가서 짐칸에 던져 넣었을 땐 차라리 죽여줬으면 좋겠다는 마음도 들었다. 그리고 거의 그럴 뻔했다. 6주 후에 세바고 호수 근처의 그 공동체를 떠났을 땐 체중이 6킬로그램 넘게 빠졌고, 배는 악어의 등가죽 같았다. 나는 그 사람들의 작은 농장에서 일을 했고, 나와 비슷한 사람들이 죄를 씻기 위해 안간힘을 쓰는 집단 토의에도 참석했다. 술을 마시고 싶은 마음은 여전했지만, 그들이 시키는 대로 그 유혹에 맞섰다. 저녁 기도를 했고, 일요일에는 금욕과 인내, 내면의 평화를 강조하는 목사의 설교를 들었다. 공동체에서는 농사지은 농작물을 팔아 생활했고, 가구도 만들었으며, 이곳의 도움으로 이제는 부자가 된 사람들에게서 기부금을 받았다.

하지만 나는 여전히 아팠다. 복수하고 싶다는 욕망에 미쳐 제정신이 아니었다. 연옥에 빠져 있는 것 같았다. 수사는 답보 상태였고, 유사한 범죄가 일어나서 패턴이 발견되지 않는 이상 재개되기 힘들었다.

내게서 아내와 딸을 앗아간 자는 죗값을 치르지도 않은 채 어디선가 버젓이 살아가고 있었다. 내면의 상처와 분노와 죄책감이 금방이라도 범람할 붉은 강물처럼 출렁였다. 급기야 몸까지 아파서 머리가 쪼개질 것 같고 속이 쓰라렸다. 그 고통은 나를 다시 도시로 불러냈고, 뉴욕으로 흘러드는 부랑자들의 등을 쳐서 호의호식하는 포주 자니 프라이데이를 그의 영업장격인 버스 터미널 화장실에서 무참히 죽여버렸다.

지금 생각해보면 나는 옛날부터 그를 죽일 마음을 갖고 있었지만 그런 의도를 마음속 한 귀퉁이에 꽁꽁 숨겨놨던 것 같다. 나는 내 행위에 자기합리화와 변명이라는 덮개를 씌웠다. 눈앞에 놓인 위스키를 입에 털어 넣거나 맥주캔 따는 소리를 들을 때마다 수없이 반복해온 바로 그런 합리화와 변명. 수전과 제니퍼의 살인범을 잡지 못한 나 자신과 다른 사람들의 무능함에 이성을 잃어버린 나는 돌파구를 모색했고 그 기회를 놓치지 않았다. 내가 총과 장갑을 챙겨서 버스 터미널로 떠난 순간부터 자니 프라이데이는 이미 죽은 목숨이었다.

프라이데이는 키가 크고 홀쭉한 흑인이었고, 트레이드마크인 짙은 색 쓰리버튼 양복에 차이나칼라 셔츠의 단추를 끝까지 채워 입으면 전도사처럼 보였다. 그는 뉴욕에 첫발을 디딘 사람들에게 작은 성경책과 복음이 담긴 팸플릿, 그리고 따뜻한 수프를 제공했는데, 거기에 탄 수면제가 효력을 발생하기 시작하면 터미널에서 데리고 나와 대기시켜놓은 승합차에 태웠다. 그러면 그들은 뉴욕 땅을 밟은 일조차 없었던 것처럼 쥐도 새도 모르게 사라졌다가 후줄근한 모습으로 뒷골목에 나타나 프라이데이가 터무니없이 부풀려서 팔아먹는 마약주사를 맞기 위해 매춘을 했고, 이들이 부리는 재주 덕에 프라이데이는 부자가 됐다.

그는 일을 '직접 처리하는' 스타일이었고, 박애의 허울을 덮어씌우지 않은 사업에서도 자니 프레이데이는 속죄의 여지가 없었다. 그는 소아성도착자들에게 아이들을 공급했다. 은밀한 안가의 문 앞에 배달된 아이는 그곳에서 강간과 비역을 당한 후 주인에게 반환됐다. 프라이데이는 의류공장이 밀집한 곳의 버려진 창고 '지하실'에 돈 많고 비열한 고객들을 들여보냈다. 현금으로 1만 달러만 내면 자니의 마굿간에서 남자든 여자든 10대든 아직 10대도 되지 않은 아이든 하나를 골라 고문하고 강간하고, 원한다면 죽일 수도 있었다. 시체는 프라이데이가 알아서 처리했다. 그 바닥에서 그는 신중하기로 정평이 났다.

나는 내 아내와 아이의 살인범을 추적하던 중에 자니 프라이데이의 존재를 알게 됐다. 그를 죽일 의도는 없었다. 아무튼 나 스스로는 그런 의도가 있었다고 인정하지 않았다. 경찰 시절의 끄나풀에게서 프라이데이가 성폭력 장면이 담긴 사진과 비디오를 거래한다는 얘기를 들었다. 그런 물건의 공급책 중에서는 최고여서 이런 쪽의 취향을 갖고 있는 사람이라면 언젠가는 프라이데이나 그의 하수인을 접촉하게 된다고 했다.

그런 연유로 나는 터미널의 오봉팽에 앉아 다섯 시간 동안 그를 지켜봤고, 화장실에 들어가는 그를 뒤따라 들어갔다. 화장실은 두 부분으로 나뉘어졌는데 앞쪽엔 거울과 세면대가 있었고, 뒤쪽으로 들어가면 끄트머리 벽에 소변기가 놓여 있고 통로를 사이에 둔 양쪽으로 칸막이 화장실이 있었다. 내가 자니 프라이데이를 쫓아 들어갔더니 꾀죄죄한 제복 차림의 노인이 세면대 옆쪽으로 유리를 두른 작은 칸막이 안에 앉아 있었지만, 잡지를 보느라 여념이 없었다. 두 사람이 세면대에서 손을 씻고, 두 사람이 소변기 앞에 서 있고, 화장실 세 칸에 사람이 들어가 있었다. 왼쪽 두 칸, 오른쪽은 한 칸. 스피커에서 노래가 나왔지만, 무슨 노래인지는 알 수 없었다.

 자니 프라이데이가 엉덩이를 흔들며 오른쪽 끄트머리의 소변기로 걸어갔다. 나는 두 칸 건너의 소변기 앞에 서서 다른 사람들의 용무가 끝나길 기다렸다. 그리고 그들이 일을 끝내자마자 자니 프라이데이 뒤로 다가가서 손으로 입을 틀어막고 스미스앤웨슨을 턱 아래쪽 여린 살에 찔러 넣은 채 맨 구석 칸, 그쪽 열의 사람이 들어 있는 곳에서 제일 먼 칸에 밀어 넣었다.

 "이봐, 이러지 마, 친구. 이러지 마." 그가 눈을 휘둥그레 뜨고는 나지막하게 속삭였다.

 무릎으로 사타구니를 힘껏 올려 찼더니 쿵 소리를 내며 무릎으로 바닥을 찍었다. 나는 얼른 화장실 문을 잠갔다. 힘겹게 일어서려는 그의 얼굴을 후려쳤다. 그리고 권총을 그의 머리에 댔다. "닥치고 뒤로 돌아."

 "제발, 친구. 제발."

 "닥치고 뒤로 돌아!"

 그가 무릎걸음으로 천천히 돌아섰다. 소매를 잡아당겨서 재킷을 벗기고 수갑을 채웠다. 가지고 간 헝겊과 짐 테이프를 꺼냈다. 헝겊으로 그의 입을 틀어막고 테이프로 머리를 두세 번 돌려 감았다. 그런 다음 일으켜 세워 머리를 변기에 처박았다. 그의 오른발이 들리면서 내 정강이를 세게 걷어찼다. 그는 일어서려 했지만 균형을 잃었고, 나는 다시 한 번 주먹을 날렸다. 이번에는 가만히 있었다. 그에게 총을 댄 채 시끄러운 소리를 듣고 다가오는 사람이 없는지 잠시 귀를 기울였다. 들리는 건 변기 물 내리는 소리뿐이었다. 아무도 오지 않았다.

자니 프라이데이에게 내가 뭘 원하는지 말해줬다. 내 정체를 파악한 그가 실눈을 떴다. 그의 이마에서 식은땀이 솟았고, 흘러내린 땀이 들어가지 않도록 연신 눈을 껌뻑였다. 코피가 조금 났고 짐 테이프 아래로 가느다란 핏줄기가 턱을 타고 흘렀다. 입으로 숨을 쉬지 못하니까 콧구멍을 벌렁거렸다.

"내가 원하는 건 이름이야, 자니. 고객들 이름. 그걸 나한테 넘겨."

그는 어이가 없다는 듯이 코웃음을 쳤고, 피로 콧방울을 불었다. 그의 눈빛은 어느새 싸늘해졌다. 기름을 발라서 뒤로 넘긴 머리와 가늘게 찢어진 파충류 같은 눈 때문에 길고 검은 뱀 같은 인상이었다. 내가 코를 박살냈더니 충격과 고통에 눈이 커졌다. 계속해서 주먹을 날렸다. 한 번 두 번, 배에 머리에. 그런 다음 테이프를 냅다 뜯어내고 그의 입에서 피범벅이 된 헝겊을 끄집어냈다.

"이름을 말해."

그가 이를 하나 뱉어냈다. "조까." 그가 말했다. "뒈진 네 기집년들까지 다 조까라 그래."

그때부터 일어난 일은 지금까지도 기억이 선명하지 않다. 그를 때리고 또 때려서 뼈가 으스러지고 갈빗대가 나가는 걸 느꼈으며, 내 장갑이 그의 피로 검붉게 변하는 걸 본 기억은 난다. 내 머리엔 먹구름이 끼었고, 그 위로 이상한 나라의 번개처럼 시뻘건 줄이 죽죽 그어졌다. 내가 주먹을 멈췄을 때 자니 프라이데이의 이목구비는 형체를 찾아볼 수 없게 녹아내려서 흐릿한 피범벅이 됐다. 입술에 피거품을 문 그의 턱을 손으로 움켜쥐었다.

"말해." 내가 이를 악물고 말했다. 그는 눈동자를 내 쪽으로 굴렸고,

지옥으로 들어가는 황량한 입구처럼 듬성듬성 빠진 이를 드러내 보이며 마지막 미소를 짜냈다. 그리고는 몸을 접더니 한두 번 발작하듯 몸을 떨었다. 코와 입과 귀에서 걸쭉한 먹피가 흘렀고, 숨이 끊어졌다.

나는 가쁜 숨을 쉬며 일어섰다. 얼굴에 튄 피를 되는 대로 닦아내고, 검정 재킷에 검정 청바지라서 잘 보이지는 않았지만 재킷 앞에 묻은 피도 닦았다. 장갑은 벗어서 주머니에 찔러 넣고, 변기의 물을 내린 다음 바깥의 동향을 살피면서 화장실의 문을 닫고 나왔다. 어느 틈에 피가 화장실 밖으로 흘러나와 타일 틈새에 고이고 있었다.

자니 프라이데이가 죽기까지 쏟아낸 소음이 화장실에 울려 퍼졌을 게 틀림없었지만, 개의치 않았다. 소변기 앞엔 늙수그레한 흑인이 서 있었다. 그러나 그는 쓸데없이 남의 일에 참견하면 안 되는 때를 잘 구분하는 선량한 시민답게 나를 거들떠보려고도 하지 않았다. 세면대 앞의 남자들은 거울을 통해 나를 힐끗 쳐다봤지만, 유리 칸막이 안에 앉아 있던 노인은 보이지 않았다. 위층에 있던 경찰들이 화장실로 달려갈 때 나는 빈 출구로 빠져나갔고, 터미널 아래에 늘어선 버스들 틈을 지나 거리로 나갔다.

어쩌면 자니 프라이데이는 죽어 마땅했다. 그의 죽음을 애도한 사람이 아무도 없었던 건 틀림없었고, 경찰에서도 수사하는 시늉만 하다 말았다. 그래도 소문이 돌았고, 그 소문은 월터의 귀에까지 들어갔다. 하지만 수전과 제니퍼의 죽음을 견디며 살아가듯이, 나는 자니 프라이데이의 죽음도 그렇게 감당했다. 그가 죽어 마땅했는지는 몰라도, 그렇게 죽어서 싼 인간이었는지는 몰라도, 그의 심판관이자 처형자의 역할은 내 몫이 아니었다. "정의는 내생에서 이루어진다." 언젠가 어떤 사람이 이런 말을 했다. "현생에는 그 대신 법이 있다." 자니 프라이데이가 숨을 거두는 순간에는 법이 존재하지 않았고, 주제넘게도 내 손으로 이루려고 나섰던 사악한 정의만이 그 자리에 있었다.

내 아내와 아이가 떠돌이의 손에 죽은, 만약 그 자가 범인이라면, 최초의 희생자라고는 믿지 않았다. 나는 여전히 루이지애나의 늪 어딘가에 또 다른 희생자가 누워 있고, 자신이 인간을 뛰어넘는 존재라고 믿는 이자의 신원을 파악할 실마리를 그 여자가 쥐고 있다고 믿었다. 그 여자는 인류 역사에 면면히 흐르는 무자비한 전통의 한 부분이었다. 저 옛날 그리스도와 그 이전의 시대로부터 자비를 모르는 신, 인간이 창조하여 그 행위를 따라하는 신들을 달래기 위해 주변 사람을 제물로 바쳐온 희생의 퍼레이드라는 전통.

루이지애나의 이름 모를 그 여자는 핏빛 행진의 한 부분, 50년대에 덴마크의 빈데비라는 토탄 산지의 야트막한 늪지에서 발굴된 신원을 알 수 없는 소녀의 현대판 후예였다. 빈데비 소녀는 그곳에 거의 2천 년 가까이 누워 있었는데, 발가벗은 몸에 눈을 가렸으며, 50센티미터 남짓한 물에 빠져 죽었다. 이 소녀의 죽음으로부터 또 한 여자의 죽음에 이르기까지 역사에는 꾸준한 선이 이어졌고, 떠돌이는 이 여자를 죽임으로써 내면의 마성을 잠재울 수 있다고 믿었지만 피가 흐르고 살이 찢기는 걸 보고는 거기서 만족하지 못하고 내 아내와 아이까지 살해했다.

인류는 더 이상 악마니 악마의 소행이니 하는 것들을 믿지 않는다. 그런 현상들은 이제 전부 과학으로 설명이 가능해졌다. 이제 악마 같은 건 존재하지 않으며, 그걸 믿는 건 밤에 침대 밑을 들춰보거나 어둠이 무섭다며 겁을 내는 것과 같은 수준의 미신이었다. 하지만 그렇게 쉽게 대답할 수 없는 자들도 있었다. 본성을 좇아 악마 같은 짓을 저지르는 자들. 악마 같은 자들.

자니 프라이데이나 그와 비슷한 부류의 인간들은 이 사회의 주변부에서 살아가는 사람들, 길을 잃어버린 사람들을 먹잇감으로 노린다. 현대 사회의 변두리에서는 어둠에 발을 잘못 들이기 쉽고, 그렇게 길을 잃고 혼자 헤매다 보면 어둠 속에서 우리를 기다리는 자들이 있다. 옛날 사람들이 미신을 괜히 믿었던 게 아니다. 어둠을 두려워하는 데에는 다 그럴 만한 이유가 있다.

덴마크의 늪에서 루이지애나의 늪까지 유구한 역사가 이어지듯이, 나는 악마의 행적 역시 인류의 역사 속에 면면히 이어진다고 믿는다. 도시의 길 아래로 하수도가 흐르듯, 인간의 삶 밑으로는 악마의 전통이 흐른다. 어느 한 부분이 망가지더라도 하수도는 계속 흐르는데, 그 부분은 더 크고 더 음산한 전체의 일부에 불과하기 때문이다.

내가 캐서린 드미터를 찾아내서 자초지종을 확인하고 싶었던 것도 바로 이런 이유 때문이었을 것이다. 이제 와서 돌아보면 그녀의 삶 속에도 악마가 틈입해서 그 삶을 돌이킬 수 없이 망가뜨렸다는 것이 분명해 보인다. 내가 떠돌이의 몸을 입고 횡행하는 악마와 맞서 싸울 수 있다면, 다른 마성들도 찾아낼 수 있을 것이다. 나는 진심으로 그렇게 믿는다. 나는 악마의 존재를 믿는다. 내가 그걸 접했고, 그것이 내 삶에 개입했으므로.

17

 다음날 아침에 레이첼 울프의 진료실로 전화를 걸었더니, 지금 콜롬비아 대학에서 열리는 세미나에 참석 중이라고 비서가 알려줬다. 빌리지에서 지하철을 타자 금세 캠퍼스 정문에 도착했다. 버나드 북포럼에 들어가 학생들 틈에 껴서 문학 코너의 책을 들척이며 시간을 보내다 천천히 본관으로 향했다.
 네모꼴로 조성된 커다란 뜰을 가로질러 갔는데 한쪽에 버틀러 도서관이 있고, 다른 쪽에는 행정 업무를 보는 건물이 있었으며, 그 두 건물 사이 풀밭 한 가운데에는 대학을 상징하는 동상이 학문과 행정을 중재라도 하는 것처럼 늠름하게 서 있었다. 뉴욕에 사는 대부분의 사람들처럼 나도 콜롬비아 대학을 찾는 일은 거의 없었지만, 부산한 길거리와 불과 얼마 떨어지지 않았는데도 캠퍼스에 감도는 차분한 면학 분위기는 번번이 놀라웠다.
 건물에 도착했더니 마침 레이첼 울프가 강연을 마무리하는 중이어서 세미나가 끝날 때까지 강당 밖에서 기다렸다. 그녀는 둥근 안경을 쓰고 마치 신과 대화하는 신도처럼 한 마디도 놓치지 않겠다는 듯이 진지한 얼굴로 그녀의 말을 경청하는 곱슬머리 남학생과 얘기를 하며 걸어 나왔다. 그러다 나를 보고는 걸음을 멈추더니 남학생에게 웃으며 잘 가라고 인사를 했다. 남학생은 속상한 기색이 역력한 표정으로 조금 얼쩡거리며 기다렸지만, 결국 고개를 푹 숙인 채 돌아섰다.

"여긴 어쩐 일이세요, 파커 씨?" 어리둥절하면서도 흥미롭다는 얼굴이었다.

"그가 돌아왔어요."

우리는 암스테르담 애비뉴에 있는 헝가리 제과점으로 걸어갔다. 학생들이 커피를 마시며 교재인 듯한 책을 열심히 읽고 있었다. 레이첼 울프는 청바지 위에 두툼한 하트 무늬 털 스웨터를 입었다. 전날 밤에 그런 일을 겪고도 그녀에게 호기심이 동했다. 수전이 죽은 후로는 한 번도 여자에게 마음이 끌린 적이 없었고, 아내와 마지막 잠자리를 한 후로 여자와 잠을 잔 적도 없었다. 긴 머리를 쓸어서 귀 뒤로 넘기는 레이첼 울프는 성적인 욕구 이상의 갈망을 자극했다. 마음 깊은 곳에서 외로움이 밀려왔고, 그러자 위에 통증이 느껴졌다. 그녀는 왜 그러냐는 표정으로 나를 쳐다봤다.

"죄송해요. 딴 생각을 좀 하느라고요."

그녀는 고개를 끄덕이더니 롤빵을 한 조각 크게 떼어 입에 넣으며 흡족한 듯이 한숨을 폭 쉬었다. 그걸 보고 내가 조금 의외라는 표정을 지었던지, 그녀가 손으로 입을 가린 채 가볍게 웃었다. "미안해요. 제가 이 빵을 참 좋아하거든요. 이것만 앞에 있으면 우아함이니 예절이니 하는 건 까맣게 잊어버려요."

"충분히 이해합니다. 저도 벤앤제리스 아이스크림을 그렇게 좋아했었는데, 어느 날 봤더니 제가 글쎄 거기에 그려진 캐릭터를 닮아가고 있더라고요."

그녀는 미소를 지으며 가장자리로 넘친 롤빵 조각을 입 안으로 밀어 넣었다. 대화가 잠시 끊어졌다.

"부모님이 재즈를 무척 좋아하셨나 봐요." 한참 만에 그녀가 입을 열었다.

그녀는 잠시 어리둥절하며 질문을 이해하려고 애쓰는 내가 재미있다는 듯이 활짝 웃었다. 사실은 전에도 여러 번 받은 질문이었지만 생각을 돌릴 수 있게 해줘서 고마웠고, 그녀도 그런 내 마음을 아는 것 같았다.

"웬걸요. 우리 아버지랑 어머니는 재즈의 재 자도 모르셨어요. 아버지가 그냥 그 이름을 좋아하셨어요. 아버지는 세례반 앞에서 신부님이 얘기하셨을 때에야 버드 파커에 대해 처음 들으셨대요. 재즈는 그 신부님이 좋아하셨다더군요. 아버지가 자식들의 이름을 카운트 베이시 오케스트라라는 재즈 밴드 단원들의 이름을 따서 붙이겠다고 선언하셨다면 무척 좋아하셨을 거예요. 오히려 아버지는 첫 아이에게 흑인 재즈 뮤지션의 이름을 붙였다는 게 별로 탐탁지 않았지만, 그땐 이미 다른 이름을 생각하기엔 너무 늦었던 거죠."

"형제분들에겐 어떤 이름을 붙여주셨나요?"

나는 어깨를 들썩이며 대답했다. "그럴 기회를 얻지 못하셨어요. 저를 낳으신 후로는 어머니가 더 이상 아이를 갖지 못하셨거든요."

"하나로 충분하다고 생각하셨나 보죠."

"그건 아닌 것 같아요. 어렸을 때 어머니한테 저는 걱정만 끼쳤거든요. 아버지가 늘 화를 내셨죠."

그녀의 눈동자에는 아버지에 대해 좀더 물어보고 싶은 마음이 가득했지만, 내 표정을 보곤 입을 다물었다. 그녀는 입술을 내밀며 빈 접시를 옆으로 치우고 의자에 등을 기댔다.

"무슨 일이 있었는지 말해주시겠어요?"

나는 전날 있었던 일을 하나도 빠짐없이 이야기했다. 떠돌이라는 말이 내 가슴에 화인처럼 찍혔다.

"왜 그를 그렇게 부르는 거죠?"

"친구를 따라서 어떤 노파를 만나러 갔었는데, 그 노파 말이 음…… 죽은 여자가 하소연을 한다는 거예요. 그 여자도 수전이랑 제니퍼와 같은 방식으로 죽었어요."

"시체가 발견됐나요?"

"찾는 사람도 없는 걸요. 노파의 심령 메시지만으로는 수사를 시작하기에 충분하지 않으니까요."

"설령 그런 여자가 있다 하더라도, 같은 자의 소행이라고 확신하는 건가요?"

"그렇다고 믿습니다, 네."

레이첼 울프는 좀더 묻고 싶은 눈치였지만, 그 문제는 그쯤에서 넘어갔다. "전화를 걸었다는 사람, '떠돌이'라는 자가 뭐라고 했는지 다시 한 번 얘기해주세요. 이번엔 좀 천천히."

그래서 말을 하는데 그녀가 도중에 손을 들어서 중단시켰다. "조이스의 말을 인용한 거군요. '입술과 입술이 마주 닿은 키스.'《율리시즈》에 나오는 '창백한 뱀파이어'의 묘사예요. 이제 보니 우리가 아주 유식한 사람을 상대하고 있네요. '우리 종족'이라고 한 부분은 성경의 느낌이 나지만 확실히는 모르겠어요. 한번 찾아봐야겠네요. 다시 한번 말해보세요." 나는 그녀가 스프링 공책에 받아 적을 수 있도록 반복했다. "신학을 가르치는 친구가 있어요. 이 말의 출처를 확인해줄 수 있을 거예요."

그녀가 공책을 덮었다. "저는 이 사건에 개입하면 안 된다는 거 알고 계시죠?"

나는 몰랐다고 대답했다.

"저번에 모여서 회의를 했을 때 누군가 청장한테 얘기를 전했나 봐요. 자기 형을 찬밥 취급하는 게 기분이 좋지는 않았겠죠."

"이 사건을 해결하려면 도움이 필요합니다. 최대한 많은 걸 알아야만 해요." 갑자기 헛구역질이 났고, 그걸 간신히 삼켰더니 목구멍이 쓰라렸다.

"그게 과연 현명한 일일까요. 어쩌면 경찰에게 수사를 일임하는 게 좋을지도 몰라요. 그런 일을 당한 입장에서 이런 얘기가 귀에 들어올 리 없겠지만, 자칫 잘못하다가 당신도 다칠 수가 있거든요. 제 말 뜻 이해하시죠?"

나는 천천히 고개를 끄덕였다. 그녀의 말이 옳았다. 나도 마음 한 구석에서는 뒤로 물러서고 싶었다. 다시 평범한 일상의 흐름에 몸을 맡기고 싶었다. 마음을 짓누르는 부담감을 다 내려놓고, 시늉일지언정 평범한 사람들 흉내를 내며 살고 싶었다. 그래서 생활을 되찾으려고 해봤지만, 이 일로 옴짝달싹 못하게 된 느낌이 들었다. 게다가 이제 떠돌이가 다시 나타나서 일상의 가능성을 송두리째 앗아갔고, 나는 예전처럼 아무 일도 하지 못하는 무능한 상태로 전락했다.

레이첼 울프는 이런 상황을 이해했던 것 같다. 그녀를 찾아간 것도 그 때문일 것이다. 이런 내 상황을 이해해줄 거라는 희망 때문에.

"괜찮아요?" 그녀가 팔을 뻗어서 내 손을 토닥거렸을 땐 하마터면 울음이 터질 뻔했다. 나는 다시 한 번 고개를 끄덕였다.

"당신은 지금 말할 수 없이 힘든 상황에 처해 있어요. 그자가 당신에게 연락을 했다는 건 당신이 개입하길 원한다는 뜻이고, 그와 당신 사이에 어떤 연결 고리가 있을지도 몰라요. 그가 다시 연락할 경우를 대비해서 일상의 테두리를 벗어나지 말아야 할지도 모르지만, 당신의 안전이라는 차원에서 생각해보면……." 그녀는 그 말을 끝맺지 않았다. "전문가의 도움을 받는 게 좋을지도 몰라요. 너무 노골적으로 얘기하는 것 같아 미안하지만, 말을 하지 않을 수 없네요."

"압니다. 그리고 고마워요." 이런 일을 겪으면서 누군가에게 마음이 끌린다는 것도 이상했지만, 그 사람한테서 정신과에 가보라는 조언을 듣는 것도 이상한 노릇이었다. 시간당으로 계산되지 않는 관계를 맺을 여지는 없어 보였다. "형사들은 제가 여기 얌전히 있기를 원하는 것 같아요."

"그런데 당신은 그럴 것 같지 않다는 예감이 드는군요."

"지금 누구를 찾는 중이거든요. 까다로운 사건이기는 한데, 아무래도 이 사람이 곤경에 빠진 것 같아요. 제가 여기 얌전히 있으면 정말로 그녀가 곤경에 빠졌을 경우 아무도 그녀를 도와줄 사람이 없어요."

"잠시 이 일을 내려놓고 바람을 쐬는 건 좋은 생각일 수도 있겠지만, 당신이 하는 얘기를 들어서는 글쎄……."

"계속해보세요."

"지금 말씀하시는 사람을 구하려고 애쓰는 것처럼 들리지만, 그녀가 구해줘야 하는 상태에 있는지조차 확신하지 못하잖아요."

"어쩌면 내가 그럴 필요를 느끼는 건지도 모르죠."

"어쩌면 그런 것 같네요."

아침이 지나기 전에 월터 콜에게 캐서린 드미터를 계속 찾아보겠으며, 그것과 관련해서 잠시 어딜 다녀와야겠다고 말했다. 우리는 빌리지에 있는 오래되고 한적한 술집에 마주 앉았다. 월터가 전화해서 만나자고 했을 때 그럼 첨리스(한때 밀주를 팔았으며 뉴욕에서 가장 오래된 무허가 술집으로 유명한 레스토랑—옮긴이)에서 보자고 내가 말해놓고도 속으로 깜짝 놀랐지만, 커피를 마시다 보니 왜 여길 선택했는지 알 것 같았다.

나는 이곳에 깃든 전통, 도시의 역사에서 이곳이 차지하는 위치, 눈가의 주름이나 오래된 흉터처럼 시간을 되짚어 살펴볼 수 있는 흔적들이 마음에 들었다. 첨리스는 금주령 시대를 무사히 넘겼다. 단속이 뜨면 손님들은 서둘러서 뒷문을 통해 배로우 스트리트로 빠져나갔다. 그리고 두 번에 걸친 세계대전과 주가폭락, 시민불복종 운동, 무엇보다 더없이 교활하고 꾸준하게 잠식해 들어오는 세월을 견뎌냈다. 나는 잠깐만이라도 이곳의 안정감에 몸을 맡기고 싶었다.

"여기 가만히 있어." 월터가 말했다. 그는 예의 그 가죽 코트를 입고 와서 의자 등받이에 걸었다. 월터가 그걸 입고 들어올 때 누군가 휘파람을 불었다.

"아니요."

"그건 무슨 뜻이야, 아니요라니?" 그가 역정을 내며 물었다. "그자가 말을 걸어왔어. 자네가 여기 있어야 전화를 도청하고 있다가 다시 전화가 왔을 때 위치를 추적할 거 아냐."

"다시 전화를 할 것 같지 않아요. 최소한 당분간은 걸지 않을 거예요. 그리고 어느 쪽이든 추적은 할 수 있을 것 같지 않고요. 그는 자신의 계획이 중단되는 걸 원치 않아요, 월터."

"그렇다면 더더욱 중단시켜야 할 이유가 있는 거지. 젠장, 그가 한 짓을 봐. 그가 또다시 무슨 짓을 벌이려고 하는지 생각해보라고. 그자 때문에 자네가 한 짓을⋯⋯."

나는 몸을 앞으로 기울이면서 낮은 목소리로 그의 얘기를 잘랐다.

"제가 무슨 짓을 했는데요. 말해봐요, 월터. 말해보라고요!"

그는 침묵을 지켰고, 입 밖으로 거의 다 나왔던 말을 꿀꺽 삼켰다. 우리는 벼랑 끝까지 다가갔지만, 그가 뒤로 물러섰다.

떠돌이는 내가 여기 그대로 있길 원했다. 오지 않을지도 모르는 전화를 기다리며 얌전히 아파트에 머물러 있길 원했다. 그가 나를 그런 식으로 조종하도록 내버려둘 수는 없었다. 하지만 그가 선수를 치며 시도한 이번 접촉이 첫 번째 고리가 되어 결국 그를 옭아맬 사슬이 될 수 있다는 건 월터도 알고 나도 알았다.

로스 오크스라는 내 친구는 벨 살인사건이 일어났을 때 사우스캐롤라이나 주 콜롬비아 경찰청에 근무했었다. 그건 래리 진 벨이 여자아이 둘을 납치해서 질식사시킨 사건이었는데, 열일곱 살짜리 여자아이는 우체통 근처에서 잡아챘고, 아홉 살짜리는 놀이터에서 유괴했다. 시신이 발견됐을 땐 이미 너무 부패한 뒤라 성폭행 여부를 확인하는 것조차 불가능했지만, 벨은 나중에 둘 다 성폭행을 했다고 시인했다.

벨이 덜미가 잡힌 건 열일곱 살짜리 소녀의 집에 전화를 걸었기 때문이었다. 그는 주로 피해자의 언니와 얘기를 했고, 그 소녀의 마지막 유서도 우편으로 보냈다. 전화통화를 할 때에는 소녀가 아직 살아 있는 것처럼 가족들을 속였지만, 그러고 나서 일주일 후에 시체가 발견되었다. 아홉 살짜리를 납치한 후에 그는 첫 번째 피해자의 언니에게 전화를 걸어서 어떻게 납치하고 살해했는지 그 과정을 묘사했다. 그리고 첫 번째 피해자의 언니에게 다음 차례가 될 거라고 말했다.

벨은 피해자가 편지에 눌러서 적은 내용 때문에 발각됐는데, 얼핏 봐서는 보이지 않는 그 전화번호를 가지고 차례차례 걸러내는 과정을 거친 끝에 결국 주소를 알아냈다. 래리 진 벨은 서른여섯 살의 백인 남자였고, 결혼했던 경력이 있었으며, 체포될 당시에는 부모와 함께 살고 있었다. 그는 FBI 요원들에게 '나쁜 래리 진 벨이 저지른 짓'이라고 말했다.

살인범이 피해자의 가족과 접촉했다가 체포된 비슷한 사례를 수십 건은 알고 있었지만, 이런 식의 심리적인 고문이 남은 사람에게 어떤 영향을 미치는지도 많이 목격했다. 벨의 첫 번째 피해자 가족들은 운이 좋았는데, 그의 역겨운 횡설수설을 들어야 했던 시간이 2주밖에 되지 않았기 때문이다. 이제 겨우 아장아장 걸어 다니는 어린 딸이 강간을 당한 후 절단된 사체로 발견된 가족은 범인인 남자 간호사의 전화를 2년 넘게 받았다.

전날 밤에 느꼈던 분노와 고통과 슬픔의 틈바구니에서 또 한 가지의 감정이 느껴졌는데, 그것 때문에 떠돌이와 접촉하는 게, 최소한 당분간은, 두려웠다.

그 감정은 안도감이었다.

7개월이 넘도록 아무것도 나오지 않았다. 경찰의 수사는 제자리를 맴돌았고, 내가 아무리 발버둥을 쳐봐도 아내와 아이를 죽인 살인범의 정체엔 한 걸음도 다가가지 못했다. 그러는 사이에 그가 자취를 감춰버렸을까 봐 겁이 났다. 그런데 그가 돌아왔다. 그쪽에서 먼저 제스처를 취했고, 그럼으로써 그를 찾아낼 수 있을지도 모른다는 가능성을 열어주었다. 그는 다시 살인을 저지를 것이고, 그 살인을 통해 패턴이 드러나면, 우리는 그에게 더 가까이 다가가게 될 것이다. 밤의 어둠 속에서 이런 생각들이 어지럽게 머릿속을 줄달음질쳤지만, 날이 밝자 내가 느낀 감정에 내포된 의미가 분명해졌다.

떠돌이는 의존적인 사이클 속으로 나를 끌어들이고 있었다. 그는 내게 전화통화와 내 아이의 흔적이라는 부스러기를 던져줬고, 그럼으로써 비록 잠깐이었지만 다른 사람의 죽음을 바라게 만들었다. 그래야 그에게 다가갈 수 있기 때문에. 이걸 깨닫고 나자 그자와 이런 식의 관계를 맺어서는 안 된다는 판단이 섰다. 그건 어려운 결정이었지만, 그가 나에게 연락을 하겠다고 마음먹으면 어떤 수를 써서라도 나를 찾아내리라는 걸 알았다. 그때까지 나는 뉴욕을 떠나서 캐서린 드미터 찾는 일을 계속할 것이다.

하지만 그 저변엔, 내가 반쯤 인정하고 레이첼 울프가 의심했던 것처럼, 캐서린 드미터를 계속해서 찾아다니는 또 다른 이유가 존재했다. 나는 참회가 수반되지 않는 후회의 진심을 믿지 않는다. 나는 내 아내와 아이를 지켜주지 못했고, 그 결과 그들은 목숨을 잃었다. 어쩌면 혼자만의 망상이었을지도 모르지만, 만약 내가 수색을 중단하는 바람에 캐서린 드미터가 죽게 된다면 나는 두 번 실패하는 거라고 믿었고, 두 개의 낙인을 찍은 채 살아갈 수는 없을 것 같았다. 착각이었을지는 몰라도 나는 그녀에게서 속죄의 기회를 포착했다.

이런 생각을 어느 정도까지는 월터에게 설명하려 했다. 이자에게 끌려다니는 의존적인 관계를 맺지 말아야 한다는 것, 캐서린 드미터를 위해, 그리고 나 자신을 위해 그녀를 계속 찾아야 한다는 것. 하지만 대부분은 입 밖에 내지 않았다. 우리는 서로 기분이 상한 채 불편한 마음으로 헤어졌다.

그렇게 아침을 보내면서 조금씩 쌓인 피로는 참기 힘든 지경이 됐고, 버지니아로 출발하기 전에 한 시간쯤 선잠을 잤다. 그러다가 얼굴 없는 살인자와 끝없는 대화를 하고 딸의 죽기 전 모습이 나오는 꿈을 꾸고는 땀으로 범벅이 된 채 헛소리를 내지르며 깨어났다.

그리고 깨기 직전에는 죽은 아이들의 뼈와 어둠과 화염에 휩싸인 캐서린 드미터의 꿈을 꿨다. 그 순간 뭔가 끔찍한 암흑이 그녀를 뒤덮었으며, 그 암흑으로부터 그녀를, 우리 둘을 구해내야 한다는 걸 깨달았다.

2부

Eadem mutata resurgo
비록 변하였으나 나는 똑같은 모습으로 소생하리니.
야곱 베르누이의 묘비명(유체역학과 나선수학의 연구자였던 스위스의 수학자)

18

오후에 차를 몰고 버지니아로 떠났다. 먼 길이었지만, 차를 오래 세워놨었기 때문에 속도를 내서 엔진을 돌려줄 필요가 있다고 생각했다. 운전을 하면서 지난 이틀 동안 벌어진 일들을 정리해보려 했지만, 포르말린에 담긴 딸아이의 얼굴만 자꾸 떠올랐다.

한 시간쯤 지났을 때 꽁무니를 계속 따라오는 차가 있다는 걸 알았다. 빨간색 닛산 사륜구동에는 두 사람이 타고 있었다. 중간에 다른 차를 네다섯 대 정도 끼워 넣어봤지만, 내가 빨리 달리면 똑같이 속도를 냈다. 내가 뒤로 처졌더니 시야에서 벗어나지 않을 만큼만 앞서 달리다가 결국 따라서 속도를 늦췄다. 번호판에는 교묘하게 진흙을 묻혀놨다. 운전대를 잡은 건 여자였다. 금발을 귀 뒤로 넘기고 선글라스를 꼈다. 옆에는 짙은 색 머리의 남자가 앉아 있었다. 둘 다 30대인 것 같았지만 얼굴을 본 기억은 나지 않았다.

그럴 리야 없지만, FBI라면 반편이들이었다. 그리고 만약 서니가 고용한 킬러였다면 어디서 싸구려를 골라온 모양이었다. 멍청이가 아니고서는 사륜구동으로 미행을 하지 않는다. 사륜구동은 무게중심이 높고, 비탈에서는 술주정뱅이보다 더 잘 구른다. 지나치게 예민해진 걸지도 몰랐지만, 그렇지 않을 공산이 컸다. 그들은 별다른 행동을 하지 않았고, 블루리지로 가던 중에 워렌턴과 컬피퍼 사이의 시골길에서 놓쳤다. 만약에 다시 나타난다면 모를 수가 없었다. 그들의 지프차는 눈 위에 떨어진 핏자국처럼 도드라졌다.

차를 몰고 가는 사이에 저문 해가 나무 그림자를 창처럼 길게 드리우고, 거미줄 같은 애벌레 고치가 햇볕을 받아 반짝였다. 고치 속에서는 하얀 유충이 투렛증후근(반복적인 근육경련과 불수의적 발성이 특징인 신경장애—옮긴이) 환자처럼 몸을 꼬고 비틀며 잎사귀를 갈색의 비생명체로 분해하고 있을 터였다. 가는 내내 날은 대체로 아름다웠고, 셰넌도어 인근 마을들의 이름에서는 어딘가 시적인 느낌이 들었다. 울프타운, 캥크, 리디아, 로즈랜드, 스윗브라이어, 러빙스톤, 브라이트우드. 그 끄트머리에 헤이븐이라는 이름을 더할 수도 있겠지만, 그 느낌을 망치고 싶지 않다면 그곳에 실제로 찾아가서는 안 된다.

헤이븐에 도착했을 땐 빗줄기가 거셌다. 헤이븐은 블루리지에서 남동쪽 줄기를 이루는 계곡에 있으며, 워싱턴, 리치몬드와 함께 이루는 삼각형의 꼭짓점에 해당했다. 마을 경계선에는 "계곡에 오신 걸 환영한다"는 간판이 서 있었지만, 헤이븐에서는 그렇게 반가운 구석이 많지 않았다. 그곳은 먼지가 뽀얗게 내려앉은 것 같은 소도시였고, 그 먼지는 퍼붓는 빗줄기로도 씻어낼 수 없는 듯했다. 몇몇 집 앞에 녹슨 픽업트럭이 서 있고, 패스트푸드점 한 곳과 자동차 정비소에 달린 편의점을 제외하면 '웰컴인' 술집의 희미한 네온사인과 맞은편 심야식당의 불빛만이 지나는 길손을 손짓했다. 여기는 해외파병용사 지부 회원들이 1년에 한 번씩 죽은 전우들을 기리겠다며 대절한 버스를 타고 어디론가 가기 위해 모이는, 그런 곳이었다.

나는 외곽에 있는 헤이븐뷰 모텔에 짐을 풀었다. 커다란 집을 기능적이고 개성 없는 3층짜리 여관으로 개조한 것 같은 그곳의 손님은 나뿐이었고, 입구부터 페인트 냄새가 났다.

"2층을 새로 단장하는 중이에요." 직원은 루디 프라이라고 자신을 소개했다. "그러니까 위층, 제일 꼭대기 층으로 모셔야겠네요. 원칙적으로는 손님을 받지 않는 게 옳지만……." 그는 나한테 방을 내주는 게 엄청난 호의라도 베푸는 것인 양 미소를 지었다. 루디 프라이는 작고 뚱뚱한 40대 남자였다. 겨드랑이는 땀자국이 말라서 누렇게 얼룩이 졌고, 전체적으로 소독용 알코올 냄새를 희미하게 풍겼다.

주변을 돌아봤다. 헤이븐뷰 모텔은 성수기에도 사람들이 몰려올 만한 곳으로는 보이지 않았다.

"무슨 생각 하시는지 잘 압니다." 남자가 미소를 짓자 입속에서 금니가 번쩍였다. "지금 이런 생각을 하고 계시죠? 이런 거지 같은 곳에 있는 모텔을 단장한답시고 아까운 돈을 내버리는 이유가 뭘까." 그는 눈을 찡긋하더니 비밀 얘기라도 하려는 것처럼 접수대 위로 몸을 숙였다. "손님께만 특별히 말씀드리는 건데, 여기도 얼마 있으면 거지 같은 곳이 아니게 될 전망이거든요. 일본 사람들이 오는데, 그러면 여기는 금광이 될 겁니다. 그 사람들이 이 근처에서 여기 말고 어디 묵겠어요?" 남자는 껄껄 웃었다. "젠장, 그러면 지폐로 똥을 닦게 될 겁니다." 그는 묵직한 나무토막을 사슬에 매단 열쇠를 건넸다. "23호실입니다. 계단으로 올라가세요. 엘리베이터가 고장이거든요."

먼지가 많았지만 방은 깔끔했다. 벽에는 옆방과 연결되는 문이 나 있었다. 주머니칼로 자물쇠를 따는 데는 5초도 걸리지 않았다. 샤워를 하고 옷을 갈아입은 다음 차를 몰고 다시 시내로 나갔다.

헤이븐은 70년대 경제 불황의 직격탄을 맞았고, 변변찮던 지역경제는 그나마도 완전히 파탄났다. 운명이 조금만 비껴갔더라도 훌훌 털고 일어나 재건의 길을 모색할 수 있었을 테지만, 살인사건의 오명을 뒤집어쓰면서 쇠락의 구렁텅이에 빠지고 말았다. 그 구렁텅이 위로 비가 내렸다. 가게로, 거리로, 사람들과 집들 위로, 나무와 픽업트럭과 자동차와 포장도로 위로 빗물이 흘렀고, 비가 그친 후에도 헤이븐에서는 상쾌함이라곤 찾아볼 수 없었는데, 여기서는 비마저도 우중충해야 한다는 무슨 규정이라도 있는 모양이었다.

보안관 사무소로 찾아갔지만, 보안관은 없고 앨빈 마틴도 만날 수 없었다. 월리스라는 이름의 부보안관 혼자 오만상을 쓴 채 책상 앞에서 과자를 입에 털어 넣고 있었다. 말이 통할 만한 사람을 만나려면 다음날 아침까지 기다려야 할 것 같았다.

시내를 가로질러 걸어가는데 식당이 문을 닫고 있었다. 남은 건 술집, 아니면 햄버거 가게뿐이었다. 바깥의 분홍색 네온사인 때문에 전기료가 너무 많이 나가서 그러는지 술집 안은 침침했다. '웰컴인'이라는 간판은 휘황찬란했건만 안으로 들어서자 전혀 다른 모순된 풍경이 펼쳐졌다.

스피커에서는 블루그래스(미국 남부의 컨트리뮤직—옮긴이) 음악이 흘러나왔고 바 위쪽에 달린 TV는 소리를 끈 채 농구 시합의 화면만을 보여줬지만, 음악을 듣거나 TV를 보는 사람은 아무도 없는 것 같았다.

스무 명쯤 되는 사람들이 테이블과 길쭉한 바에 여기저기 흩어져 있고, 셋째 곰을 베이비시터에게 맡기고 놀러 나온 것 같은 부부도 있었다. 내가 들어서자 웅성웅성 나직하게 이어지던 대화가 일순 주춤했지만 완전히 끊어지진 않았고 그러다가 다시 이전의 흐름을 되찾았다.

바 근처의 낡은 당구대에서는 검은 수염이 덥수룩한 거구의 남자와 큐대를 놀리는 솜씨가 예사롭지 않은 늙은 사내가 시합을 벌이는 중이었고, 주변을 어슬렁거리며 그걸 지켜보는 남자들이 또 몇 명 있었다. 그들도 나를 힐끗 쳐다봤지만 당구를 계속 쳤다. 그들 사이에서는 한마디의 말도 오가지 않았다. 웰컴인에서는 당구가 무척 중요한 문제인 모양이었다. 그에 비하면 술은 하찮았다. 당구대 주변의 우락부락한 사내들이 전부 버드라이트 병을 들고 있었는데, 진짜 술꾼들에게 그건 숙녀용 흰 우산을 들고 있는 것과 다르지 않았다.

나는 바 앞의 빈 의자에 앉아, 그런 곳치고는 의외다 싶을 만큼 눈이 부시게 깨끗한 흰 셔츠를 입은 바텐더에게 커피를 주문했다. 그는 보란 듯이 나를 무시하면서 농구 시합에만 집중했다. 커피를 달라고 다시 한 번 말했다. 그러자 내가 테이블 위를 기어 다니는 벌레이고 벌레를 죽이는 일에도 이젠 진력이 났지만 마지막으로 한 마리 더 죽일까 말까 고민하는 사람처럼 지리멸렬한 눈빛으로 나를 쳐다봤다.

"커피 없어요." 그가 말했다.

바에 앉은 사람들을 둘러봤다. 두 자리 건너 벌목꾼 스타일의 재킷에 낡은 야구모자를 쓴 중늙은이가 머그잔에 담긴 걸 홀짝이고 있었는데, 진한 블랙커피 냄새가 났다.

"저분은 마실 걸 챙겨 오신 모양이죠?" 내가 고갯짓으로 그 남자를 가리키며 물었다.

"그래요." 바텐더는 여전히 TV를 쳐다보며 말했다.

"그럼 콜라로 하죠. 당신 무릎 뒤쪽, 아래로 두 번째 선반. 허리 굽힐 때 조심하시고."

바텐더는 한참 동안 꼼짝도 않을 것처럼 굴더니 화면에서 눈을 떼지 않은 채 천천히 몸을 움직였고 카운터 끝에 있는 병따개도 직감으로 찾아냈다. 그는 얼음도 넣지 않은 빈 잔과 함께 콜라병을 내 앞에 내려놨다. 바텐터 뒤쪽의 거울을 통해 다른 손님들의 즐거워하는 미소가 보였고, 여자의 웃음소리가 들려왔다. 나지막하게 취기가 감도는 그 웃음소리엔 섹스의 예감이 어려 있었다. 천장의 거울로 웃음소리가 들린 곳을 따라가 봤더니 한쪽 구석에 검은 머리가 덥수룩하고 저속한 인상의 여자가 앉아 있었다. 억센 남자가 그 옆에 앉아 여자의 귀에 대고 병든 비둘기처럼 시시껄렁한 말을 구구거리고 있었다.

콜라를 따라서 잔을 입에 댄 채 오랫동안 천천히 들이켰다. 미지근하고 끈적거리는 느낌이 입천장과 혀와 이에 들러붙었다. 바텐더는 레이건 취임식 때 마지막으로 빨았던 것 같은 행주로 유리잔을 닦았다. 유리잔의 먼지를 이쪽에서 저쪽으로 재배치하는 일이 지루했는지, 어슬렁어슬렁 다가와서 내 앞에 행주를 내려놨다.

"지나는 길이오?" 그가 물었지만, 목소리에서는 호기심을 찾아볼 수 없었다. 그건 질문이라기보다 차라리 충고처럼 들렸다.

"아뇨." 내가 말했다.

그는 내가 뭐라고 더 말하길 기다렸지만, 나는 입을 다물었다. 일단은 그가 숙이고 들어왔다.

"그럼 무슨 볼일이 있어서 여기 온 거요?" 바텐더는 내 어깨 너머로 뒤쪽에서 당구를 치는 사람들을 쳐다봤고, 그러고 보니 어느새 당구공 부딪히는 소리가 더 이상 들리지 않았다. 그는 똥 씹는 듯한 미소를 지었다. "어쩌면 내가……" 그는 여기서 말을 멈추고는 더 환하게 웃었고, 짐짓 격식을 갖추면서 비아냥대는 투로 목소리가 바뀌었다. "도-와드릴 수 있을지도 모르잖아요."

"드미터라고 아시나요?"

똥 씹은 미소가 얼어붙고 잠시 침묵이 흘렀다. "아니요."

"그렇다면 도-와주실 수 없겠네요." 나는 2달러를 카운터에 내려놓고 자리에서 일어섰다. "환영해주신 게 고마워서. 새 간판 세우는 데 보태세요."

돌아섰더니 낡은 데님 재킷을 입은 쥐새끼 같은 인상의 자그마한 사내가 앞에 버티고 서 있었다. 코에는 여드름이 거뭇거뭇하고, 해마의 엄마처럼 툭 튀어나온 이는 누리끼리했다. 검정색 야구모자에는 '보이즈 앤 후드'라고 적혀 있었지만, 존 싱글톤(《보이즈 앤 후드》라는 영화의 감독—옮긴이)이 그 로고를 좋아했을 것 같지는 않았다. 어수룩한 시골내기를 다룬 영화와는 달리 그 로고 옆에는 후드를 뒤집어쓴 KKK단의 이미지가 박혀 있었기 때문이었다.

데님 재킷 안에는 무슨 인장 같은 것과 함께 풀라스키라는 글자가 보였다. 풀라스키는 KKK가 시작된 발상지로 빈털터리 백인우월주의자들이 해마다 모여서 집회를 여는 곳이지만, KKK의 고귀한 똥덩어리인 톰 롭의 쭈글쭈글한 얼굴이 쥐새끼의 저 덜떨어지고 옹색한 이목구비가 풀라스키에 도착해서 그곳의 공기를 들이마시는 것을 보고 환한 미소를 지을지는 의문이었다. KKK의 총재인 톰 롭은 교육 수준이 높은 엘리트, 이를테면 변호사나 교사들을 끌어들이기 위해 애를 쓰고 있었다. 대부분의 변호사들은 쥐새끼를 고객으로도 받아주지 않을 텐데, 그런 마당에 같은 단원으로 형제의 우의를 나누는 건 어림도 없었다.

그런데도 쥐새끼답게 새로운 변화를 모색하는 KKK에 들어갈 쥐구멍이 있는 모양이었다. 하긴 어느 조직이든 밑을 받치는 보병이 필요한 법이고, 이 사내는 온몸에 대포알 밥이라고 적혀 있었다. 소년들이 국회의사당으로 진군해서 유대인의 손아귀에 들어간 나라를 되찾을 때가 온다면 쥐새끼는 맨 앞에 서서 대의를 위해 한 목숨 기꺼이 바칠 것이다.

그 뒤에는 당구를 치던 수염 기른 남자가 서 있었다. 작은 눈에 돼지처럼 멍청한 인상이었다. 팔뚝 둘레는 어마어마했지만 볼품이 없었고, 불룩한 배를 티셔츠로 가리기엔 역부족이었다. 그 티셔츠엔 '섬멸하라—신의 이름으로 징벌하라'라고 적혀 있었지만, 해병대는 아니었다. 하루에 두 번씩 누가 와서 먹이를 주고 똥을 치워주지 않는 존재 중에서는 가장 덜떨어져 보이는 사내였다.

"안녕하쇼?" 쥐가 물었다. 바 주변은 고요했고, 당구대 옆에서 어슬렁거리던 사람들도 앞으로 벌어질 일이 궁금해서 그 자리에 붙박인 듯 다들 가만히 서 있었다. 한 사람은 씩 웃으며 옆 사람을 팔꿈치로 쿡 찔렀다. 쥐새끼와 그의 친구는 이 동네의 개그 듀엣인 모양이었다.

"지금까지는 무척 안녕합니다."

그는 내가 심오한 말을 했는데 그 말에 깊이 공감하기라도 하는 것처럼 고개를 주억거렸다.

"그런데 있잖아요. 내가 예전에 톰 롭의 마당에서 오줌을 눴거든요." 내가 말했다.

그건 사실이었다.

"지금 당장 차에 시동을 걸고 여길 떠나서 계속 앞으로 달려가는 게 좋을 것 같은데." 쥐는 톰 롭이 누군지 잠시 생각하더니 이렇게 말했다. "그러지 그래요."

"충고 고맙습니다." 내가 그의 앞을 지나쳐 가려는데 그의 친구가 삽 같은 손을 내 가슴에 대더니 손목을 살짝 구부리는 동작만으로 나를 뒤로 밀쳤다.

"그건 충고가 아니었소." 쥐가 말했다. 그러면서 엄지로 뒤쪽의 덩치를 가리켰다.

"여기 이 친구는 식스라고 하는데, 지금 당장 거지발싸개 같은 당신의 차로 돌아가서 먼지 나게 달려가지 않으면, 식스가 당신을 묵사발로 만들어줄 거야."

식스는 희미하게 미소를 지었다. 식스가 어떤 종에 속하는지는 몰라도 진화 곡선이 아주 완만한 게 틀림없었다.

"이 친구를 왜 식스라고 부르는지 알아?"

"어디 한번 맞춰볼까? 집에 똑같은 머저리가 다섯 명 더 있어서?"

식스가 어쩌다 그런 이름을 갖게 됐는지는 영영 알게 될 것 같지 않았다. 그의 얼굴에서 미소가 사라지더니 내 목을 움켜잡겠다고 달려들었기 때문이다. 그런 체구를 가진 사람치곤 제법 빨랐지만, 충분히 빠르지는 않았다. 오른발을 들어서 발꿈치로 식스의 왼쪽 무릎을 내리찍었다. 으스러지는 소리가 아주 그럴 듯했고, 식스는 고통에 겨워 입을 벌린 채 옆으로 비틀거리다 쓰러졌다.

친구들이 그에게 우르르 달려가는데 뒤쪽이 웅성거렸다. 작고 통통한 30대 후반의 부보안관이 손을 권총에 얹은 채 사람들 사이를 비집고 들어오는 중이었다. 월리스, 과자를 털어 넣던 부보안관이었다. 그는 겁에 질려서 안절부절못하는 기색이 역력했는데, 학창시절에 돈을 뺏고 아무 이유 없이 때리며 괴롭히던 친구들에게 복수할 마음으로 경찰에 입문했지만 경찰 유니폼만으로는 그들의 주먹을 막을 수 없다는 현실을 깨달아가고 있는 그런 종류의 경찰이었다. 하지만 이번엔 그에게 총이 있었고, 어쩌면 너무 겁에 질린 나머지 총을 뽑아들지 모른다고 다들 생각한 모양이었다.

"무슨 일이야, 클리트?"

잠시 침묵이 흐르더니 쥐새끼가 나섰다. "그냥 분위기가 조금 과열된 것뿐이야, 월리스. 법에 저촉될 만한 일은 없었어."

"자네한테 묻지 않았어, 게리브."

누군가 식스를 부축해서 의자에 앉혔다.

"분위기가 과열된 수준을 넘어선 것 같은데. 다들 경찰서에 가서 열기 좀 식히는 게 좋겠군."

"그냥 넘어가지, 월리스." 낮은 목소리가 이렇게 말했다. 호리호리하지만 강단 있어 보이는 체구에 검은 눈동자가 차가워 보이고 수염이 희끗희끗한 사내였다. 그에게서는 교활한 하수들을 능가하는 지성과 권위의 분위기가 풍겼다. 그는 말을 하면서도 나를 주시했다. 장의사가 관에 넣을 예비 고객을 살피는 그런 눈길이었다.

"좋아요, 클리트. 하지만……." 과자 전담 부보안관은 자기가 뭐라한들 이들한테 아무 의미가 없으리란 걸 깨닫고 말끝을 흐렸다. 그리고 더 이상 추궁하지 않겠다는 게 자신의 결정인 것처럼 사람들을 보며 고개를 끄덕였다.

"당신은 여길 떠나는 게 좋겠소, 선생." 그가 나를 보며 말했다.

나는 자리에서 일어나 천천히 문을 향해 걸어갔다. 내가 그곳을 나설 때까지 아무도 입을 열지 않았다.

모텔로 돌아온 나는 스티븐 바튼 살인사건의 수사에 진척이 있는지 알아보려고 월터 콜에게 전화를 걸었지만, 경찰서에서는 나갔고 집에서는 자동응답기가 받았다. 모텔 전화번호를 남긴 뒤 잠을 청했다.

19

다음날 아침에는 하늘이 흐리고 꾸물거렸다. 금방이라도 비를 쏟을 것처럼 무겁게 내려앉은 하늘이었다. 하루 종일 여행 가방에 담겨 구겨질 대로 구겨진 양복을 포기하고, 면바지와 검은 재킷, 그리고 그 안에 흰색 셔츠를 받쳐 입었다. 일없이 빈둥거리는 사람 같은 인상을 주지 않으려고 검정색 실크 넥타이도 맸다. 차를 몰고 시내를 지나갔다. 빨간 지프차도, 거기 타고 있던 남녀도 눈에 띄지 않았다.

헤이븐 식당 앞에 차를 세워놓고 건너편 주유소에서 〈워싱턴포스트〉를 한 부 사서 식당에 들어가 아침을 먹었다. 9시가 넘었건만 테이블에는 여전히 뭉개고 앉아 날씨 얘기를 주고받는 사람들이 있었다. 그리고 내 얘기도 하는 눈치였는데, 몇몇 사람들이 뭔가를 아는 듯한 시선으로 나를 힐끗거리고 동행에게 나를 가리키기도 했다.

구석 테이블에 앉아 신문을 훑었다. 왼쪽 가슴에 도로시라는 이름을 수놓은 파란색 유니폼과 흰색 앞치마를 입은 풍만한 여자가 메모지에 흰 빵 토스트와 베이컨, 커피라고 내 주문을 받아 적었다. 주문이 끝났는데도 여자는 바로 돌아서지 않고 서성거렸다. "당신이 어젯밤에 술집에서 식스를 때려눕힌 사람인가요?"

"접니다."

여자는 흡족한 표정으로 고개를 끄덕였다. "그렇다면 아침을 공짜로 대접하죠." 여자는 환하게 웃으면서 또 이렇게 덧붙였다. "하지만 내 호의를 여기 눌러앉으라는 말로 혼동하면 곤란해요. 당신이 그 정도로 잘생긴 건 아니니까." 여자는 카운터 뒤로 들어가서 내 주문서를 집게에 꽂았다.

헤이븐은 중심가에도 차량의 왕래가 많지 않았다. 자동차와 트럭은 대부분 다른 곳으로 가기 위해 여기를 스쳐 지나갈 뿐인 것처럼 보였다. 밝은 날 다시 본 헤이븐도 밤에 비해 별로 나을 게 없었다. 중고차 매장, 고등학교의 지붕, 저만치 상점들 몇 군데, 그리고 웰컴인이 눈에 들어왔다. 인적도 드물었다. 헤이븐의 풍경은 한산한 일요일 오후로 고정된 모양이었다.

식사를 마친 후에 팁을 테이블에 올려놨다. 도로시가 카운터 위로 가슴을 들이대며 말했다. "또 봐요." 다른 손님들이 어깨 너머로 나를 힐끗거리다가 다시 몸을 돌려 음식을 먹고 커피를 마셨다.

차를 몰고 헤이븐 공공도서관으로 갔다. 마을 한쪽에 새로 지은 단층 건물이었다. 30대 초반으로 보이는 예쁘장한 흑인 여자 옆에 머리카락이 쇠심줄 같은 늙은 백인 여자가 서 있었는데, 내가 들어서자 못마땅한 기색이 역력한 눈초리로 쳐다봤다.

"안녕하세요." 내가 말했다. 젊은 여자는 살짝 긴장한 것 같은 미소를 지었고 늙은 여자는 이미 티끌 한 점 없이 깨끗한 카운터를 닦는 시늉을 했다. "이 지역에서 발행되는 신문으로는 어떤 것들이 있나요?"

"예전에 〈헤이븐리더〉라고 있었죠. 지금은 폐간됐어요." 젊은 여자가 잠시 생각을 하더니 대답했다.

"옛날 신문을 좀 보고 싶은데요."

그녀는 어떻게 할지 가르쳐달라는 듯이 늙은 여자를 쳐다봤지만, 늙은 여자는 카운터 뒤에서 서류를 간추리기만 했다.

"신문은 마이크로피시(책의 각 페이지를 축소 촬영한 시트 필름—옮긴이)로 저장되어 있어요. 캐비닛 옆에 그걸 볼 수 있는 뷰어가 있고요. 얼마나 오래전 것을 찾으시나요?"

"그렇게 옛날은 아니에요." 나는 이렇게 대답하고 캐비닛으로 걸어갔다. 〈헤이븐리더〉 파일은 네모난 작은 상자에 연도순으로 정리되어 총 열 개의 서랍에 담겨 있었지만, 헤이븐 살인사건이 일어난 해의 상자 세 개는 있어야 할 자리에 있지 않았다. 엉뚱한 자리에 잘못 들어가 있나 싶어서 전부 뒤져봤지만, 그 파일은 아무한테나 공개하지 않는 모양이었다.

안내데스크로 돌아갔다. 늙은 여자는 보이지 않았다.

"제가 찾는 파일은 없네요." 젊은 여자가 어리둥절한 표정을 지었지만, 어쩐지 꾸며낸 듯한 느낌이 들었다.

"몇 년도 것을 찾으시는데요?"

"한 해가 아니라 여러 해예요. 1969년, 70년, 어쩌면 71년까지."

"죄송한데 그 파일들은……" 여자는 그럴 듯한 변명을 궁리하는 듯했다. "……보실 수가 없겠네요. 연구 때문에 대출 중이거든요."

"그렇군요." 나는 한껏 근사한 미소를 지어 보였다. "신경 쓰지 마세요. 여기 있는 것들을 살펴보죠."

여자는 안도한 눈치였고, 나는 뷰어로 돌아와서 쓸 만한 내용이 있을까 뒤적여봤지만, 지루하기만 할 뿐 아무런 소득이 없었다. 그러다 30분쯤 후에 기회가 찾아왔다. 아이들이 우르르 청소년 코너로 몰려갔다. 위쪽 절반에만 유리를 댄 칸막이를 쳐서 일반 열람실과 분리해놓은 곳이었다. 젊은 여자가 아이들을 따라 들어가더니 내게 등을 보인 채 뭔가를 설명했고, 금발의 인솔 교사는 대학을 갓 졸업한 풋내기 같았다. 일반 열람실에서 작은 로비로 나가는 갈색 문이 반쯤 열려 있었지만, 늙은 여자는 보이지 않았다. 슬금슬금 안내데스크 뒤로 가서 조용히 서랍과 선반을 뒤지기 시작했다. 몸을 웅크린 채 청소년 코너 입구를 지나가는데도 젊은 사서는 어린 독자들을 상대하느라 정신이 없었다.

빠진 파일은 맨 아래칸의 작은 동전상자 옆에 있었다. 그것들을 주머니에 넣고 안내데스크를 떠나려는 찰나에 사무실 문이 쾅하고 닫히더니 가벼운 발소리가 들렸다. 잽싸게 열람실로 몸을 날리는 순간 늙은 사서가 나타났다. 그녀는 안내데스크 옆에서 걸음을 멈추고는 내가 들고 있는 책에 불쾌한 시선을 던졌다. 나는 씩씩하게 웃어주고 다시 뷰어로 돌아갔다. 저 늙은 여우가 서랍을 살펴보고 직원을 부를 때까지 시간이 얼마나 남았을지 알 길이 없었다.

1969년도 파일부터 시작했다. 〈헤이븐리더〉가 주간으로 발행될 때였는데도 시간이 꽤 걸렸다. 실종사건을 다룬 기사는 없었다. 1969년까지도 흑인은 대수롭지 않게 취급한 것 같았다. 교회 모임과 역사 강연, 주민의 결혼 소식이 많았다. 교통사고나 음주, 소란행위가 대부분인 소소한 범죄 기사들이 있기는 했지만, 헤이븐에서 아이들이 실종되고 있다는 의구심을 갖게 할 만한 기사는 보이지 않았다.

그러다가 11월에 접어들었을 때 월트 타일러에 대한 언급이 나왔다. 기사 옆에 타일러의 사진도 실렸는데, 잘생긴 남자가 수갑을 찬 채 백인 부보안관에게 끌려가고 있었다. "보안관 폭행범 체포." 사진 위에 이런 헤드라인이 적혀 있었다. 기사는 개략적이었지만, 타일러가 보안관 사무소에 가서 집기들을 부수다가 급기야 보안관에게 주먹을 날린 것 같았다. 이유를 짐작할 수 있게 해주는 단서는 마지막 문단에서야 나왔다.

"타일러는 자신의 딸, 그리고 다른 두 아동의 실종과 관련하여 헤이븐 카운티 보안관 사무소에서 조사를 받은 다수의 깜둥이 중 한 명이었다. 그는 무혐의로 풀려났다."

1970년 파일에서는 소득이 좀더 많았다. 에이미 드미터는 1970년 2월 8일 밤에 엄마가 만들어준 잼을 가지고 친구의 집에 간다고 나갔다가 돌아오지 않았다. 에이미는 친구의 집에 오지 않았고, 잼은 집에서 약 500미터 떨어진 골목에서 깨진 채 발견됐다. 기사 옆에는 에이미의 사진이 실렸고, 실종 당시의 옷차림과 가족관계가 간략히 소개됐다. 아버지인 얼은 회계사이고, 어머니인 도로시는 가정주부이면서 학교 이사회에서 활동했으며, 여동생인 캐서린은 예술 방면에 소질이 많고 인기가 높은 아이라고 했다. 관련 기사는 두 주 정도 이어졌다. "헤이븐 소녀 수색 장기화," "드미터 미스터리의 다섯 가지 의문," 그리고 마지막으로 "에이미, 생존 가능성 희박."

30분쯤 〈헤이븐리더〉를 더 뒤졌지만, 살인사건 기사는 더 이상 찾아볼 수 없었고, 수사가 어떻게 종결됐는지도 알 수 없었다. 넉 달 후에 아들레이드 모딘의 화재 사망에 덧붙여서 오빠의 죽음을 함께 언급했을 때 짐작할 수 있는 암시가 딱 한 번 등장했다. 남매의 죽음에 얽힌 자세한 정황을 알려줄 만한 내용은 없었지만, 이번에도 맨 마지막 문단에 힌트가 있었다. "헤이븐 카운티 보안관 사무소에서는 에이미 드미트를 비롯한 아동들의 실종사건을 수사하는 과정에서 아들레이드와 윌리엄 모딘을 조사할 예정이었다."

바보가 아닌 이상 그 기사의 행간에서 아들레이드 모딘이나 그녀의 오빠인 윌리엄, 또는 어쩌면 두 사람이 모두 유력한 용의자였다는 걸 알 수 있었다. 지역 신문에서는 모든 소식을 전부 활자로 찍어내지 않는다. 현지인들이 다 알고 있는 건 생략하고, 외지인들은 무슨 일이 벌어지는지 모를 만큼만 보도하기도 한다. 늙은 여자가 자꾸 잡아먹을 것처럼 쳐다봐서, 나는 관련 기사를 프린트한 후 그걸 들고 도서관을 나왔다.

내 차 앞에는 갈색과 노란색이 어우러진 헤이븐 카운티 보안관 사무소의 순찰차가 버티고 있었고, 깨끗한 제복을 잘 다려 입은 부보안관이 내 차 운전석 문에 기댄 채 나를 기다리고 있었다. 가까이 다가갔더니 셔츠 속의 근육이 우람했지만 눈동자는 흐리멍덩하고 총기가 없었다. 머저리 같은 인상이었다. 몸 좋은 머저리.

"당신 차요?" 보안관의 연장이 눈부시게 번쩍이는 탄띠에 양쪽 엄지를 찌른 채 길게 늘어지는 버지니아 억양으로 그가 물었다. 한 치도 기울어지지 않은 채 똑바로 달린 배지에는 번스라는 이름이 새겨져 있었다.

"그렇소." 나는 그의 억양을 흉내 냈다. 그건 내 나쁜 버릇이었다.

그러자 그는 그렇잖아도 꽉 다물고 있던 이를 더 악물었다.

"옛날 신문을 찾고 있다던데."

"내가 십자말풀이를 좋아해서요. 옛날 게 수준이 뛰어나거든요."

"당신도 무슨 작가요?"

말투로 짐작하건대 책을 많이 읽는 사람은 아닌 것 같았다. 아무튼 그림이 없거나 신을 운운하지 않는 책은 읽을 것 같지 않았다. "아니요. 작가들이 많이 찾아오나 보죠?"

그는 작가가 아니라는 내 말을 믿지 않는 눈치였다. 어쩌면 그의 눈엔 내가 책깨나 읽게 생겼거나, 그가 직접 보지 못한 누군가가 몰래 책을 찾아 읽는다는 혐의를 받고 있는 모양이었다. 사서는 나를 헤이븐의 어두운 과거를 팔아서 푼돈을 챙기려는 글쟁이로 의심하고 보안관 사무소에 신고를 한 것이다.

"마을 밖까지 모셔다 드리죠. 가방은 내가 챙겨왔소." 그는 순찰차 앞자리에서 내 여행 가방을 꺼냈다. 번스 부보안관이 참을 수 없이 지겨워지기 시작했다.

"난 아직 여기를 떠날 마음이 없습니다. 그러니까 가방은 제 방에 다시 갖다놓으세요. 아 참, 난 양말을 서랍 왼쪽에 넣거든요. 짐을 풀 때 참고하세요."

그는 가방을 바닥에 툭 내려놓고 나를 향해 다가왔다. "저기." 내가 입을 열었다. "신분증을 보여드리죠." 나는 재킷 안주머니에 손을 넣었다. "난……."

멍청한 짓이었지만, 날은 뜨겁고 몸은 피곤했으며 번스 부보안관은 짜증스러웠고 머리가 제대로 돌아가지 않았다. 그는 내 권총 손잡이가 번쩍이는 걸 봤고, 그의 권총은 손에 들려 있었다. 번스는 빨랐다. 거울 앞에서 총을 뽑아드는 연습을 많이 한 모양이었다. 눈 깜짝할 사이에 나는 그의 차에 밀쳐졌고 총은 사라졌으며 손목엔 번스 부보안관의 반짝이는 수갑이 채워졌다.

20

유치장에 갇혀 있었던 건 서너 시간쯤 되는 것 같은데 번스 부보안관이 총과 지갑, 신분증, 내 공책과 시계까지 압수했기 때문에 그저 짐작만 할 따름이었다. 그는 내가 사서들을 괴롭힌 걸 후회하며 목이라도 맬까 봐 걱정이 됐는지 허리띠와 신발 끈까지 뽑아 갔다. 그것들은 월리스 부보안관이 안전하게 보관했고, 그러면서 전날 밤에 술집에서 벌어진 일을 번스에게 간략하게 설명했다.

그래도 유치장은 내가 살면서 들어가 본 중에 제일 깨끗했다. 심지어 컵도 나중에 페니실린 주사를 맞을 걱정 없이 마음 놓고 사용할 수 있을 것처럼 보였다. 도서관에서 마이크로피시로 확인한 내용들로 퍼즐의 조각들을 맞추면서, 떠돌이와 그가 저지를지 모르는 일로 생각이 흘러가려는 걸 애써 막았다.

마침내 밖에서 웅성거리는 소리가 들리고 유치장 문이 열렸다. 고개를 들었더니 유니폼을 입은 거구의 흑인이 나를 보고 있었다. 겉으로 보기엔 30대 후반 같았지만, 걸음걸이며 노련한 눈빛 때문에 보기보다 나이가 많을지 모른다는 생각도 들었다. 머리는 월리스와 번스를 합친 것보다 더 좋아 보였지만, 그렇다고 누가 금별을 달아줄 것 같지는 않았다. 이 사람이 앨빈 마틴인 모양이었다. 그래도 그렇게 멋지고 깨끗한 유치장을 싫어한다고 오해할까 봐 서둘러 일어나지는 않았다.

"한두 시간 더 있고 싶어요? 아니면 당신을 데리고 나갈 사람이라도 기다리는 거요?" 남부 억양이 아니었다. 오히려 디트로이트나 시카고 쪽에 더 가까웠다.

나는 몸을 일으켰고, 그는 내가 지나가도록 뒤로 조금 물러났다. 복도 끝에는 월리스가 서 있었는데, 엄지를 허리띠에 꽂은 모습이 꼭 어깨가 무거워서 그러는 것 같았다.

"소지품 내줘."

"총도요?" 월리스는 시키는 대로 냉큼 하지 않고 이렇게 되물었다. 흑인에게서 명령을 받는 데 익숙하지 않고, 마지못해 하기는 하지만 영 못마땅하다는 표정, 월리스에게서는 그런 표정이 보였다. 법을 집행하는 양심적인 경찰관보다 쥐새끼와 그의 친구들하고 공통점이 더 많을지도 모르겠다는 생각이 뇌리를 스쳤다.

"총도." 마틴의 대응은 침착했지만 피곤함이 묻어났고, 월리스를 노려봤다. 월리스는 출항을 준비하는 배들 중에서도 유난히 못난 배처럼 벽을 밀치며 몸을 떼어내더니 책상 뒤로 가서 한참 꾸무럭거린 후에야 갈색 봉투와 내 총을 꺼냈다. 내가 서류에 서명을 하자 마틴이 고갯짓으로 문을 가리켰다.

"차에 타시죠, 파커 씨." 밖으로 나갔더니 해가 뉘엿뉘엿 저물어갈 무렵이었고, 언덕에서 시원한 바람이 불었다. 픽업트럭 한 대가 덜컹거리며 뒤쪽 도로를 지나갔다. 짐칸에는 총기 거치대에 방수포를 씌우고 지저분한 사냥개 한 마리가 그걸 지켰다.

"뒤에 탈까요, 앞에 탈까요?" 내가 물었다.

"앞에 타요." 그가 말했다. "나는 당신을 믿으니까."

그는 순찰차에 시동을 걸었고, 한동안 아무 말 없이 달리기만 했다. 에어컨은 얼굴과 발을 향해 맹렬하게 찬바람을 쏟아냈다. 마을 경계선을 지나 나무가 빽빽한 숲으로 접어들었다. 굽이진 길을 달리다 보니 저 멀리 등불이 보였다. 흰 페인트를 칠한 식당 주차장에 차를 세웠다. 지붕에서는 그린리버 식당이라고 쓴 녹색 네온사인이 저만치 달려가는 차들을 향해 깜빡였다. 몇 안 되는 손님들과 떨어져 구석의 칸막이 자리에 앉았다. 사람들은 잠시 우리에게 호기심 어린 시선을 보냈지만, 이내 식사를 계속했다. 마틴은 모자를 벗더니 커피 두 잔을 시키고는 등받이에 몸을 기대고 나를 쳐다봤다. "사건을 조사하려거든 현지 경찰에게 권총을 맡기고 자초지종을 설명하는 게 바람직한 태도죠. 당구를 치는 마을 사람을 때려눕히거나 도서관에서 파일을 훔치기 전에."

"전화를 걸었는데 당신이 자리에 없었어요. 보안관도 마찬가지였고. 당신의 친구인 월리스는 과자를 먹어보라고 권하거나 인종차별 농담을 주고받기엔 눈치가 꽝이었고."

커피가 나왔다. 마틴은 설탕과 크리머를 탔고, 나는 우유를 넣었다.

"당신의 신원을 확인해보려고 몇 군데 전화를 걸었소." 마틴이 커피를 저으며 말했다. "월터 콜이라는 사람이 신원을 보장합디다. 당신을 추방하지 않는 이유는, 아무튼 당장 추방해버리지 않은 건 그런 이유 때문입니다. 간밤에 겁도 없이 쥐뿔도 없는 백인우월주의자한테 주먹을 날린 것도 가산점이 됐고. 시민의식을 가진 사람처럼 보여서. 그럼 이제 여기 왜 왔는지 말해줄 때가 된 것 같은데요."

"캐서린 드미터라는 여자를 찾고 있어요. 내 생각엔 그녀가 지난주에 헤이븐에 왔을 것 같거든요."

마틴이 미간에 주름을 잡으며 생각을 집중했다.

"에이미 드미터와 관계가 있는 사람인가요?"

"동생이에요."

"역시 그렇군요. 그 여자가 왜 여기 왔을 거라고 생각하는 거죠?"

"아파트에서 마지막으로 건 전화가 이곳 보안관인 리 그레인저더라고요. 같은 날 밤에 보안관 사무소로도 전화를 여러 번 걸었는데 그 후로 행방이 묘연해요."

"누가 찾아달라고 당신을 고용한 건가요?"

"그냥 찾고 있는 거예요." 나는 애매하게 대답했다.

마틴은 말을 하기 전에 한숨부터 쉬었다. "나는 6개월 전에 디트로이트에서 여기로 발령을 받았어요." 그리고 다시 1분쯤 입을 다물었다가 말을 계속했다. "아내와 아들도 같이 왔습니다. 아내는 도서관 보조사서예요. 아마 도서관에서 아내를 만났을 거예요."

나는 고개를 끄덕였다.

"도지사가 여기 경찰조직의 흑백 비율이 너무 불균형하다고 판단했고, 지역 내 소수인종하고 경찰 사이의 관계도 원만하지 않다고 생각한 거예요. 그래서 여기에 결원이 생겼을 때 내가 지원한 건데, 아이를 디트로이트에서 키우고 싶지 않은 이유가 제일 컸어요. 아버지 고향이 여기서 별로 멀지 않은 그레트나이기도 하고요. 여기 오기 전까지는 살인사건에 대해 전혀 몰랐지만, 지금이야 많이 알게 됐죠."

이 마을은 그때 아이들하고 같이 죽어버린 거나 마찬가지에요. 그 후로 새로 이주해온 사람이 한 명도 없고, 생각이 제대로 박혔거나 야심이 있는 사람들은 죄다 다른 곳으로 꽁무니를 뺐으니까. 그러니 지금은 쥐 한 마리 빠져 죽지 못할 만큼 얄팍한 유전자들만 남아서 복작거리는 판이죠.

그런데 지난 한두 달 사이에 변화의 조짐이 나타났어요. 한 일본 회사가 마을 경계선에서 800미터 떨어진 부지에 관심을 보인 거예요. 컴퓨터 소프트웨어 개발 회사라는데, 자기네 나라처럼 조용하고 한적한 시골 분위기가 마음에 들었다더군요. 그들이 큰돈을 투자해서 일자리도 많이 생겨나면 어두운 과거를 묻어버릴 기회가 될지도 모르죠. 솔직히 말하면 마을 사람들은 일본인 밑에서 일하는 걸 탐탁하게 여기지 않지만, 지금 이대로 가다간 다들 거지꼴을 못 면한다는 걸 알기 때문에 흑인만 아니라면 누구든 마다하지 않을 겁니다.

그러니 사람들이 제일 꺼리는 게 옛날 일을 들춰서 죽은 아이들의 뼈를 파내려는 사람이죠. 여기 사람들은 많은 면에서 멍청할지도 모릅니다. 인종주의자에 시골뜨기, 아동성애자일지도 몰라요. 하지만 재건의 기회를 간절히 원하고, 그걸 망치려는 사람이면 누구든 가만 두지 않을 겁니다. 설사 사람들이 가만히 있어도 리 그레인저가 두고 보지 않을 거예요."

마틴은 손가락 하나를 세워서 내 얼굴 앞에 대고 흔들었다. "내 말 알아들었어요? 30년 전의 아동 연쇄 살인사건에 대해 캐묻고 다니는 걸 좋아할 사람은 여기 아무도 없다고요. 캐서린 드미터가 여기 돌아왔다면, 솔직히 말해서 왜 그랬는지 이해할 수 없어요. 찾아갈 사람도 없고 환영해줄 사람도 없는데. 하지만 그녀는 여기 없어요. 만약 돌아왔다면 신발에 묻은 똥처럼 여기저기 흔적이 남아서 소문이 파다했을 테니까."

그는 커피를 한 모금 마시더니 이를 딱딱 부딪쳤다. "젠장. 왜 이렇게 추운 거야." 그는 웨이트리스에게 커피를 더 달라고 손짓했다.

"나도 여기 오래 머물 생각은 없어요." 내가 말했다. "하지만 캐서린 드미터는 여기에 왔거나, 오려고 했던 게 분명해요. 보안관하고 얘기를 하고 싶어한 건 틀림없습니다. 그리고 나도 그러고 싶은데, 지금 어디 계십니까?"

"이틀 휴가를 내서 지금 헤이븐에 없습니다." 마틴은 모자의 챙을 잡고 돌렸고, 모자는 탁자의 비닐 시트 위에서 빙그르 돌았다. "곧 돌아올 거예요. 사실 돌아오는 건 오늘이지만, 출근은 내일부터 할 거예요. 여기는 술 마시고 주정하거나 마누라를 때리거나, 그 밖에 이런 곳에서 흔히 벌어지는 그렇고 그런 자질구레한 일들 말고는 범죄율이 높지 않아요. 하지만 출근해서 당신이 기다리는 걸 보면 썩 좋아하지는 않을 겁니다. 나도 당신이 그렇게 반갑지는 않으니까요. 기분 나쁘라고 하는 소리는 아닙니다."

"괜찮아요. 그래도 보안관을 기다려서 만나야겠어요." 그리고 마틴이 좋아하든 싫어하든, 모던 남매의 죽음에 대해서도 좀더 알아봐야 했다. 캐서린 드미터가 과거로 되돌아갔다면, 나도 따라서 그 과거 속으로 들어가야 했다. 그렇지 않고서는 내가 찾고 있는 여자에 대해 아무것도 알 수 없었다.

"살인사건에 대해 얘기해줄 만한 사람을 만나봐야겠어요. 좀더 알아볼 필요가 있거든요."

마틴은 눈을 감더니 피곤하다는 듯이 손으로 눈두덩을 문질렀다. "지금까지 내가 한 얘기를 어디로 들은 거요?" 그는 얘기를 다시 되풀이할 기세였다.

"아니, 얘기를 듣지 않은 건 당신이에요. 나는 지금 곤경에 빠져 있을지도 모르는 한 여자를 찾고 있고, 그녀는 도움을 청하기 위해 여기의 누군가를 찾아왔을지도 몰라요. 실제로 어떻게 된 상황인지 확인하기 전에는 여기를 떠날 수가 없습니다. 설사 그러는 와중에 이 저주받은 시궁창을 온통 뒤집어엎고, 그 바람에 일본인 구세주들이 겁을 집어먹고 도쿄로 돌아가는 일이 벌어지더라도 어쩔 수 없어요. 하지만 당신이 도와준다면 조용히 일을 처리할 수 있고, 하루 이틀만 지나면 더 이상 당신을 괴롭힐 일도 없을 겁니다."

우리는 신경이 바짝 곤두서서 둘 다 테이블 위로 몸을 기울이고 있었다. 식사를 하던 사람들이 먹는 것도 잊어버린 채 우리를 쳐다보고 있었다.

마틴은 주위를 둘러보고는 다시 내게로 시선을 돌렸다. "좋아요. 그때 여기 살았고 도움이 될 만한 내용을 아는 사람은 대부분 다른 곳으로 떠났거나 죽었거나, 아니면 아무리 어르고 돈으로 회유해도 입을 열지 않을 거요. 하지만 기대해볼 만한 사람이 둘 있어요. 한 명은 그때 여기 살았던 의사의 아들인데 코넬 하이엄스라는 변호사예요. 그 사람은 직접 찾아가서 만나보세요. 또 다른 사람은 월트 타일러, 첫 번째 피해자의 아버지죠. 지금 마을 외곽에 살고 있어요. 그 사람한테는 내가 연락을 해둘게요. 아마 만나줄 겁니다." 그러면서 마틴은 자리에서 일어섰다. "볼일이 끝나면 바로 떠나고, 두 번 다시 얼굴 보는 일이 없었으면 좋겠소. 내 말 알아들었어요?"

나는 아무 말도 하지 않고 그를 따라 나갔다. 그는 문가에서 걸음을 멈추더니 나를 향해 돌아서면서 모자를 썼다. "한 가지 더. 당신이 술집에서 본 그 사내들하고 나도 얘기를 몇 마디 나눠봤지만, 그 사람들 입장에서는 당신을 좋아할 이유가 없어요. 마을 일을 꼬치꼬치 캐고 다닐 생각이라면 뒤를 조심하는 게 좋을 거요."

"그중에 한 사람, 이름이 게이브였던 걸로 기억이 나는데, KKK 셔츠를 입고 있더군요. 그런 정서가 일반적인가요?"

마틴은 뺨을 부풀렸다가 숨을 길게 내쉬었다. "가난한 동네의 어리석은 자들은 가난의 탓을 돌릴 누군가를 찾곤 하죠."

"하지만 그렇게 멍청해 보이지 않는 사람도 있던데요. 당신네 부보안관이 클리트라고 불렀던 것 같은데."

마틴은 모자 챙 밑의 눈을 반짝이며 나를 똑바로 쳐다봤다. "맞아요. 클리트는 멍청하지 않아요. 그는 시의원이고, 총의 힘을 빌리지 않고는 그를 의회에서 끌어내릴 방법이 없다고 할 정도죠. 그런데 당신까지 때려눕히면 거기서 20~30표는 더 얻을 수 있을 거예요. 아예 당신한테 선거운동 배지를 보낼지도 모르겠군요. 하지만 KKK 정서에 대해서라면, 여긴 조지아나 노스캐롤라이나, 심지어 델라웨어와도 또 달라요. 그걸 너무 확대해석할 필요는 없소. 그리고 커피값은 당신이 내지 그래요."

카운터에 2달러를 놓고 밖으로 나갔더니 마틴은 이미 차를 빼고 있었다. 모자는 그새 다시 벗었다. 빌어먹을 모자가 영 편치 않은 모양이었다. 나는 식당으로 돌아가서 헤이븐에 하나뿐이라는 택시회사에 전화를 걸고, 커피 한 잔을 다시 시켰다.

21

 마을로 돌아오니 6시가 넘어가고 있었다. 전화번호부에는 코넬 하이엄스의 사무실과 집 주소까지 실려 있었지만, 차를 몰고 지나가면서 봤을 땐 사무실에 불이 전부 꺼져 있었다. 모텔의 루디 프라이한테 전화해서 베일스팜로드로 가는 방향을 물어봤다. 확인해본 결과 그 길엔 하이엄스뿐만 아니라 리 그레인저 보안관도 살고 있었다.
 굽은 길에서 조심조심 차를 몰며, 프라이가 당부한 대로 잘 보이지 않는다는 입구를 찾아보고, 가끔씩 뒷거울로 빨간 지프차가 나타나지 않는지도 확인했다. 입구도, 지프차도 보이지 않았다. 베일스팜로드의 진입로는 역시나 그냥 지나쳤다가 다시 돌아와야 했다. 상록수가 우거진 구불구불한 흙길을 가리키는 이정표는 반쯤 가려져 잘 보이지 않았다. 그 길을 따라 갔더니 한참 만에 옹기종기 모여 있는 단정한 집들이 나타났다. 마당이 넓었고, 뒤쪽으로도 공간이 상당할 것 같았다. 길 끝에 있는 하이엄스의 집은 흰 페인트칠을 한 커다란 2층짜리 나무집이었다. 위쪽에 불투명한 유리로 부채꼴 창문을 낸 참나무 현관 앞에 등을 밝혀놓았고, 안쪽에도 불이 켜져 있었다.

차를 세우는데 문이 열리더니 머리가 희끗희끗하고 회색 바지에 맨 위 단추를 푼 줄무늬 셔츠와 빨간색 울 카디건을 입은 남자가 경계의 눈초리로 나를 쳐다봤다.

"하이엄스 씨 되시나요?" 내가 현관으로 다가가며 물었다.

"그렇소만."

"저는 파커라고 합니다. 어떤 일을 조사 중인데, 캐서린 드미터와 관련해서 잠깐 말씀을 나누고 싶습니다."

그는 그물문 뒤에 선 채 한참 동안 말이 없더니, 마침내 이렇게 물었다.

"캐서린에 대해서요, 아니면 그 애의 언니에 대해서요?"

"아마 둘 다겠죠."

"이유를 물어봐도 되겠소?"

"저는 지금 캐서린의 행방을 찾고 있습니다. 그녀가 이곳으로 돌아온 것 같은데, 그 이유에 대해서는 저도 잘 모르겠습니다."

하이엄스는 그물문을 열고, 내가 안으로 들어갈 수 있도록 한 걸음 물러섰다. 집 안에는 짙은 색 나무로 만든 가구가 있고, 고급스러워 보이는 커다란 양탄자가 깔려 있었다. 그를 따라 들어간 뒤쪽의 서재에는 책상에 컴퓨터가 켜져 있고 서류들이 어지러웠다.

"마실 것 좀 드릴까요?"

"아니요, 괜찮습니다."

그는 책상에서 브랜디 잔을 집어들며 내게 소파에 앉으라고 권했다. 마주앉고 나니 그를 좀더 자세히 살펴볼 수 있었다. 외모가 근엄하고 귀족적이며, 길고 가느다란 손에 손톱도 단정했다. 방은 따뜻했고 그에게선 향수 냄새가 났다. 값비싼 향수 같았다.

"전부 오래전 일입니다." 그가 입을 열었다. "대부분 이 얘기를 하고 싶어하지 않을 겁니다."

"선생님도 그 대부분에 해당되나요?"

그는 어깨를 들썩이며 미소를 지었다. "나는 이 지역사회의 유지이고, 여기서 일정한 역할을 맡고 있습니다. 대학을 다녔을 때와 리치몬드에서 변호사 생활을 했을 때를 제외하면 거의 평생을 여기서 살았어요. 아버지도 여기서 50년 동안 진료를 하셨고, 돌아가시는 날까지 일을 손에서 놓지 않으셨습니다."

"아버님이 의사셨다고 들었습니다."

"의사, 법의학자, 심리 상담, 법률 자문, 심지어 치과의사가 없을 때는 그 역할까지 도맡으셨죠. 전부 다 하셨어요. 그 살인사건은 아버지에게 특히 큰 충격이었습니다. 아버지가 부검을 하셨죠. 아마 꿈에서도 잊지 못하셨을 겁니다."

"선생님은 어떠신가요? 그 사건이 일어났을 때 여기 계셨나요?"

"리치몬드에서 변호사 생활을 할 때라 그곳과 헤이븐을 오가며 지냈습니다. 여기서 벌어진 일에 대해서는 당연히 알고 있습니다만 별로 얘기하고 싶지 않군요. 네 명의 아이가 죽었고, 아주 끔찍한 죽음이었어요. 이제 그냥 편히 쉬게 해주는 게 좋을 것 같습니다."

"캐서린 드미터를 기억하나요?"

"그 집안은 알죠. 하지만 캐서린은 저보다 한참 어릴 거예요. 제 기억으론 고등학교 졸업과 동시에 마을을 떠났고, 부모님의 장례식에 참석했을 때 말고는 한 번도 돌아오지 않았습니다. 마지막으로 왔던 게 벌써 10여 년 전이고, 가족들이 살던 집도 처분했어요. 제가 그 업무를 처리해줬기 때문에 잘 알고 있습니다. 그런 그녀가 왜 이제 와서 여기 돌아왔을 거라고 생각하시는 거죠? 그녀에겐 여기 남아 있는 게 아무것도 없어요. 좋은 기억이 있는 것도 아니고."

"저도 확실한 건 모릅니다. 다만 이번 주 초에 이곳으로 전화를 여러 통 걸었고, 그 이후로 자취를 감췄거든요."

"단서치고는 빈약하군요."

"네. 맞습니다." 나는 순순히 인정했다.

그는 손에 든 잔을 흔들어서 황갈색 액체가 일으키는 소용돌이를 물끄러미 바라봤다. 술의 맛을 음미하는 것처럼 입술을 살짝 내밀었지만, 시선은 잔을 통해 나를 향하고 있었다.

"아들레이드 모던 남매에 대해서는 해주실 말씀이 없으신가요?"

"제가 보는 시각에서는 그들을 아동 살인범으로 의심할 만한 혐의점이 없었다는 건 말씀드릴 수 있습니다. 남매의 아버지는 특이한 분이었어요. 일종의 자선사업가라고 할 수 있겠죠. 대부분의 재산을 신탁에 묶어놓고 세상을 떠났습니다."

"살인사건이 일어나기 전이었나요?"

"네, 5~6년쯤 전이었죠. 신탁기금에서 발생하는 이자수입을 영구히 몇몇 자선단체에 분배하라는 유언을 남겼어요. 그 이후에 기부금을 받는 자선단체의 수가 상당히 늘어났죠. 제가 소규모 위원회와 함께 신탁관리를 맡고 있기 때문에 잘 압니다."

"그러면 자식들은요? 그들은 아무것도 받지 못했나요?"

"생활을 영위하기에는 부족함 없이 받은 걸로 알고 있습니다."

"남매가 죽었을 때 그 돈, 그들의 재산은 어떻게 처리됐나요?"

"주정부에서 부동산과 금융자산을 압류하려 했어요. 마을사람들은 정부의 조치에 항의했고, 결국 적당히 타협을 봤습니다. 토지를 매각하고 자산은 신탁에 넣어서 그중 일부를 마을의 개발기금으로 사용했습니다. 이곳에 번듯한 도서관과 현대적인 보안관 사무소, 좋은 학교와 최고급 병원이 있는 건 다 그 때문이에요. 많은 시설을 갖춘 건 아니지만, 그나마 있는 것들은 그 신탁에서 나온 겁니다."

"좋은 것과 나쁜 게 모두 죽은 네 아이들로부터 비롯된 거로군요. 아들레이드와 윌리엄 모던에 대해 더 말씀해주실 건 없나요?"

하이엄스의 입술이 파르르 떨렸다. "말씀드렸다시피, 오래전에 있었던 일이고 그 얘기를 다시 꺼내고 싶지 않네요. 저는 둘 중 어느 쪽하고도 별로 얽힌 게 없어요. 모던 집안은 부유해서 사립학교에 다녔고, 그래서 많이 어울릴 기회가 없었어요."

"부친께서는 그 집안과 인연이 있으셨나요?"

"아버지가 윌리엄과 아들레이드, 둘 다 받으셨어요. 그러고 보니 한 가지 흥미로운 점이 기억나는데, 당신에게 크게 도움이 될 내용은 아닐 겁니다. 아들레이드는 쌍둥이였어요. 남자 아이는 태내에서 죽었고, 산모도 합병증으로 인해 출산을 하고 얼마 지나지 않아 세상을 떠났죠. 그 어머니의 죽음은 의외였습니다. 대단히 강인하고 위압적인 분이었거든요. 저희 아버지도 그분이 누구보다 오래 살 거라고 생각하셨을 정도로요." 하이엄스는 술을 천천히 오랫동안 들이켰고, 옛 기억에 눈동자가 반짝였다. "하이에나에 대해 잘 아십니까, 파커 씨?"

"아니요, 별로." 내가 대답했다.

"점박이 하이에나는 쌍둥이를 자주 낳습니다. 새끼들은 태어날 때부터 발육 상태가 아주 좋죠. 털도 나 있고, 송곳니도 날카로워요. 그런데 거의 예외 없이 쌍둥이 중 한 마리가 다른 새끼를 공격하고, 심지어 양막에 쌓인 상태에서 공격할 때도 있어요. 죽을 때까지 공격하는 게 일반적이죠. 이기는 건 으레 암컷이고, 만약 지도자 암컷의 새끼일 경우 그 암컷도 자라서 무리를 이끌게 됩니다. 하이에나는 모계사회거든요. 점박이 하이에나의 암컷 태아는 수컷 어른보다 테스토스테론 수치가 높고, 암컷은 심지어 태내에서부터 수컷 같은 특징을 갖습니다. 다 자란 후에도 하이에나들은 성별을 구분하기가 힘들죠."

그는 잔을 내려놓았다. "아버지는 취미로 자연을 연구하셨어요. 동물들의 세계에 매료되어, 늘 동물과 인간의 비슷한 점을 지적하시곤 했죠."

"아들레이드 모딘에게서도 동물과 닮은 점을 발견하셨나요?"

"아마 어떤 면에서는 그랬을지도 몰라요. 그녀를 좋아하지 않으셨거든요."

"모딘 남매가 죽었을 때 선생님은 여기 계셨나요?"

"아들레이드 모딘의 시체가 발견되기 전날 저녁에 집에 왔고, 부검을 참관했습니다. 기괴한 호기심이라고 할 수 있겠죠. 파커 씨, 죄송합니다만 이제 더 말씀드릴 게 없습니다. 그리고 제가 할 일이 좀 많아서요."

그는 현관까지 따라 나와서 그물문을 직접 열어줬다.

"캐서린 드미터의 행방을 찾을 수 있도록 돕는 데에는 큰 관심이 없는 것 같군요, 하이엄스 씨."

그는 숨을 크게 들이마셨다. "나를 찾아가서 얘기해보라고 누가 그러던가요, 파커 씨?"

"앨빈 마틴에게서 선생님 성함을 들었습니다."

"마틴 씨는 탁월하고 양심적인 부보안관으로 우리 마을의 귀중한 자산입니다만, 이곳에 온 지는 얼마 되지 않죠. 제가 얘기하길 꺼려하는 이유는 고객의 기밀유지 의무 때문입니다. 파커 씨, 저는 이 마을의 유일한 변호사거든요. 여기 사는 사람이라면 피부색과 재산 수준, 종교와 정치 성향에 관계없이 언젠가는 제 사무실 문을 두드리게 되어 있습니다. 그중에는 죽은 아이들의 부모들도 포함되어 있죠. 저는 여기서 일어난 일에 대해 많은 것, 차라리 몰랐으면 좋았을 것, 당신에게 말해줄 수 있는 수준보다 훨씬 많은 것을 알고 있어요. 죄송합니다만, 그게 제가 말씀드릴 수 있는 전부입니다."

"잘 알겠습니다. 그런데 한 가지만 더요, 하이엄스 씨."

"뭔가요?" 그는 진저리가 난다는 표정으로 물었다.

"그레인저 보안관도 이 길에 살고 계시죠?"

"그레인저 보안관은 저희 옆집에 삽니다. 여기 오른쪽 집이에요. 우리 집에 한 번도 도둑이 들지 않은 데는 보안관 옆집이라는 이유도 한몫을 했을 겁니다. 그럼 안녕히 가세요, 파커 씨."

내가 차를 몰고 떠날 때까지 그는 그물문 앞에 그대로 서 있었다. 지나면서 보안관의 집을 살펴봤지만, 집에는 불이 전부 꺼져 있고 마당에 차도 없었다. 헤이븐으로 돌아오는 길에 빗방울이 떨어지기 시작하더니 마을 외곽에 도착했을 때는 거센 빗발이 줄기차게 이어졌다. 빗줄기 사이로 모텔의 간판 불빛이 보였다. 루디 프라이가 문가에 서서 숲과 그 너머의 어둠을 바라보고 있더니 주차를 했을 땐 어느새 안내데스크 뒤로 돌아가 있었다.

"여기 주민들은 사람 쫓아내는 일 말고 남는 시간엔 주로 뭘 하나요?" 내가 물었다.

프라이는 내 질문에서 비아냥거림을 걸러내고 알맹이만 건져내려는 듯이 미간에 주름을 잡았다. "웰컴인에서 술을 마시는 것 말고는 할 일이 많지 않아요." 그가 한참 만에 이렇게 대답했다.

"나도 가봤는데, 별로던데요."

이번엔 생각에 잠긴 시간이 더 길었다. 대충 얼버무릴 줄 알았는데 의외의 대답이 돌아왔다. "동쪽으로 30킬로미터 떨어진 도리엔이라는 곳에 식당이 하나 있어요. 밀라노스라고, 이탈리아 식당이죠." 그는 이탈리아라는 말을 묘하게 발음했는데, 환풍구에서 기름이 뚝뚝 떨어지는 곳에서 만들어 납작하고 네모난 상자에 담겨 나오는 것 말고는 이탈리아 음식을 그다지 좋아하는 것 같지 않았다. "한 번도 먹어본 적은 없어요." 그는 유럽이라는 꼬리표가 붙은 것이면 전부 미덥지 않다는 듯이 콧방귀를 뀌었다.

그에게 고맙다고 말한 다음 방으로 올라가서 샤워를 하고 옷을 갈아입었다. 헤이븐이 내게 보내는 노골적인 적대감에도 진저리가 났다. 루디 프라이가 좋아하지 않는 곳이라면 가볼 만하겠다는 생각이 들었다.

헤이븐보다 훨씬 큰 건 아니지만 도리엔에는 서점이 있고, 레스토랑도 두 군데였다. 그것만으로도 문화의 오아시스를 만난 기분이 들었다. 서점에서 e. e. 커밍스의 《비바》를 한 권 사서 밀라노스로 갔다. 빨간색 체크무늬 식탁보와 콜로세움 모양의 촛대는 유치해 보였지만, 빈자리가 거의 없었고 음식도 맛있을 것 같았다. 빨간색 나비넥타이 차림의 날렵한 지배인이 다가와서 모퉁이에 있는 테이블로 나를 안내했다. 메뉴를 가져다주길 기다리는 동안 커밍스의 시집을 펼쳐서 〈가보지 않은 곳〉을 읽으며 시의 운율과 은근한 에로티시즘을 음미했다.

수전이 나를 만나기 전까지 커밍스를 읽어보지 않았다고 해서 데이트를 시작했을 무렵에 시집을 한 권 사준 적이 있었다. 어떻게 보면 커밍스의 입을 빌려서 그녀에게 구애를 한 셈이었다. 그녀에게 보낸 첫 번째 편지에서도 커밍스의 시구를 인용했다. 돌이켜보면 그건 연애편지라기보다 차라리 기도문이었다. 이토록 아름다운 그녀에게 부디 세월도 관대하길 기원하는 기도문.

웨이터에게 부르스케타(바게트 빵에 치즈나 과일, 야채, 소스 등을 얹은 이탈리아 요리—옮긴이)와 카르보나라를 주문하고 물을 시켰다. 어디를 돌아봐도 나를 힐끗거리거나 관심을 기울이는 사람은 없었고, 나로서는 그저 고마울 따름이었다. 나는 앙헬과 루이스가 해준 충고, 그리고 빨간 지프차 남녀가 본의 아니게 해준 경고를 잊지 않았다.

음식은 과연 훌륭했다. 너무 잘 먹어서 나 자신의 식욕에 깜짝 놀랐을 정도였다. 음식을 먹으면서 하이엄스의 말과 마이크로피시로 확인한 신문 내용을 정리해봤다. 경찰에 에워싸인 월트 타일러의 잘생긴 얼굴도 기억났다.

문득 떠돌이 생각이 났지만, 뒤이어 떠오른 이미지와 함께 얼른 머릿속에서 털어냈다. 그러나 그는 그렇게 쉽게 무시할 수 있는 존재가 아니었다. 물까지 다 마시고 계산을 한 후에 레스토랑을 나온 나는 뒷골목으로 가서 목구멍이 쓰라릴 때까지 속을 게워냈다. 그런 다음 차를 몰고 헤이븐으로 돌아왔다.

22.

할아버지는 세상에서 제일 무서운 소리가 자신을 겨누는 펌프액션 산탄총(전형적인 산탄총으로서 총기류 중 유일하게 재장전해도 이전 총기에 들어 있던 탄환을 버리지 않아도 되는 총으로, 사정거리가 짧고 연사속도는 약간 느리다—옮긴이)에 총알을 장전하는 소리라는 말씀을 자주 하셨다. 그런데 그 소리가 모텔에서 자고 있던 내 잠을 깨웠다. 그들은 계단을 올라왔고, 손목시계를 보니 새벽 3시 30분을 가리키고 있었다. 불과 몇 초 뒤에 방문을 열고 들어와서 내 침대에 몇 발인지 모를 총을 난사했을 때 그 소음은 밤의 정적 속에서 귀를 먹먹하게 할 지경이었고, 베개와 이불의 깃털이며 천 조각들이 흰 나방처럼 허공에 나부꼈다.

하지만 나는 그때 이미 자리에서 일어나 총을 찾아 쥔 후였다. 옆방으로 통하는 문을 닫았기 때문에 총소리가 그나마 조금 작게 들렸고, 그들 역시 내가 문을 열고 복도로 나가는 소리를 듣지 못했다. 내가 침대에 없다는 걸 확인하고 눈이 휘둥그레졌을 때까지도 그들의 귀에서는 총성이 메아리쳤다. 옆방에서 자면 손쉬운 표적이 되지 않을 거라는 판단은 적중했다.

얼른 복도로 나가서 몸을 돌려 총을 조준했다. 빨간 지프차 옆자리에 탔던 남자가 복도에 서서 이서카 12-구경 펌프 총신을 얼굴에 바짝 대고 있었다. 복도의 희미한 조명 속에서도 그의 발치에 탄피 케이스가 없다는 걸 알 수 있었다. 총을 쏜 건 여자였다. 방에서 여자가 욕을 내뱉는 것과 동시에 남자가 나를 향해 몸을 돌렸다. 내 쪽으로 몸을 트느라 산탄총의 총신이 아래로 내려갔다. 내가 총을 발사했고, 남자의 목에서 검붉은 장미 한 송이가 피어나더니 흰 셔츠로 핏빛 꽃잎이 소나기처럼 떨어졌다. 그는 총을 카펫 바닥에 떨어뜨린 채 목을 움켜쥐었다. 이어 무릎을 접으며 바닥에 고꾸라졌고, 물 밖으로 나온 고기처럼 몸을 파드득거렸다.

여자는 문설주 뒤에서 총구만 내밀고는 어디라고 할 것도 없이 복도를 향해 총을 난사해서 석고 부스러기가 정신없이 튀어 올랐다. 오른쪽 어깨가 뒤로 젖혀지는가 싶더니 예리하고 뜨거운 통증이 팔을 뚫고 지나갔다. 총을 놓치지 않으려고 안간힘을 썼지만 바닥에 떨어뜨리고 말았다. 여자가 쉬지 않고 쏘아대는 총알은 허공에서 갈지자를 그리며 사방의 벽을 펑펑 터뜨렸다.

복도를 질주해서 비상문으로 빠져나가 허겁지겁 계단을 내려가는데 총성이 멈췄다. 여자는 파트너의 상태를 확인 중인 모양이었고, 그가 죽은 걸 확인하는 순간 곧바로 나를 쫓아올 게 틀림없었다. 만약 남자에게 살아날 가망이 조금이라도 있다면 여자는 그를, 그리고 자기 자신을 구하려고 했을지도 모른다.

2층으로 내려가는데 바로 위에서 쿵쿵 울리는 여자의 발소리가 들렸다. 팔의 통증이 심했고, 1층까지 내려가기도 전에 여자에게 따라잡힐 게 분명했다. 문을 열고 2층 복도로 들어섰다. 바닥엔 비닐 시트를 깔았고, 2단으로 된 발판 사다리가 양쪽 벽에 첨탑처럼 서 있었다. 페인트와 독한 알코올 냄새가 진동했다.

비상문에서 6미터쯤 떨어진 곳에 옴폭 들어간 반침 같은 공간이 있었는데, 바로 앞까지 오지 않고서는 거의 보이지 않는 그곳에 소방호스와 물을 사용하는 무거운 구식 소화기가 놓여 있었다. 내가 쓰던 방 근처의 반침과 동일했다. 일단 그곳에 몸을 숨기고, 벽에 몸을 기댄 채 가쁜 숨을 진정시켰다. 왼손으로 소화기를 들어서 그걸 오른팔 밑에 끼고 공격 무기로 사용하려 했지만 부질없는 짓이었다. 피가 줄줄 흐르는 팔은 제구실을 할 수 없었고, 효과적인 무기가 되기에 소화기는 너무 거북했다. 여자의 발소리가 느려지는가 싶더니 비상문이 슬그머니 열리고 비닐 시트를 밟는 소리가 들렸다. 제일 가까운 방의 문을 걷어찼는지 요란하게 쾅 소리가 났고, 이어서 두 번째 쾅 소리가 났다. 여자는 이제 내가 있는 곳에 거의 다가왔고, 조용히 걸으려고 애를 썼지만 비닐이 서걱거리는 건 어쩔 수 없었다. 소방호스를 풀어서 여자가 다가오길 숨죽인 채 기다리는데, 팔에서 쾰쾰 솟구친 피가 손가락 끝으로 흐르는 게 느껴졌다.

여자가 거의 정면에 왔을 때 호스를 채찍처럼 휘둘렀다. 끝에 달린 묵직한 황동 노즐이 얼굴을 강타하면서 뼈가 으스러지는 소리가 들렸다. 뒷걸음질 치던 여자는 본능적으로 왼손을 얼굴에 댔고, 그와 동시에 총이 발사됐지만 총알은 어딘지 알 수 없는 곳으로 날아가버렸다. 나는 호스를 다시 한 번 휘둘렀고, 앞으로 뻗은 그녀의 손을 스치면서 노즐이 관자놀이를 때렸다. 여자가 신음을 내뱉었고, 나는 재빨리 반침에서 빠져나왔다. 황동 노즐을 왼손에 쥐고 뱀이 똬리를 틀 듯 호스로 그녀의 목을 감았다.

여자는 총을 쥔 손을 움직이려 했다. 만신창이가 된 얼굴에서 흐르는 피가 오른손가락 사이로 흐르는데도 개머리판을 허벅지에 댄 채 탄창을 끼우려 했다. 나는 그 총을 냅다 걷어찼고, 등을 벽에 기댄 채 여자를 바짝 끌어당겨서 여자가 달아나지 못하도록 한쪽 다리로 여자를 휘감고, 다른 쪽 다리로는 호스를 팽팽하게 당겼다. 우리는 흡사 연인처럼 서 있었고, 손에 쥔 노즐은 피로 뜨뜻했다. 손목으로 호스를 팽팽하게 감아쥐었다. 여자는 발버둥을 치더니 내 품 안에서 축 늘어졌다.

한참을 움직이지 않기에 잡고 있는 손을 놨더니 여자가 바닥에 풀썩 쓰러졌다. 여자의 목에 감고 있던 호스를 풀고, 팔을 잡고서 1층까지 끌고 내려왔다. 여자의 얼굴은 불그스름한 보라색이었고 죽기 일보 직전이었지만, 그래도 얼굴을 볼 수 있는 데까지 끌고 가야 했다. 루디 프라이는 사무실 바닥에 잿빛이 된 채 쓰러져 있었다. 얼굴과 박살난 두개골에서 흐른 피가 꾸덕꾸덕 굳어가는 중이었다. 나는 보안관 사무소로 전화를 걸었고, 몇 분 후 사이렌 소리가 들렸다. 어두운 로비에서 경광등의 빨갛고 파란 불빛이 번갈아가며 번쩍였는데, 피와 그 불빛을 보자 또 다른 밤과 또 다른 죽음들이 떠올랐다. 앨빈 마틴이 총을 들고 들어왔을 때 나는 쇼크가 와서 구역질이 났고 제대로 서지도 못할 지경이었다. 빨간 빛이 내 눈엔 꼭 활활 타오르는 불 같았다.

"운이 좋았네요." 중년의 여의사는 이렇게 말하며 가볍게 웃었는데, 그 미소에는 놀라움과 걱정이 섞여 있었다. "몇 센티미터만 더 깊었으면 여기 있는 앨빈이 장례식에서 읽을 조사를 준비하고 있었을 겁니다."

"그거 들어줄 만했겠는데요." 내가 대꾸했다.

헤이븐의 병원은 규모는 작아도 시설은 훌륭했고, 나는 응급실 검사대에 앉아 있었다. 팔의 상처는 크지 않다는데 피가 많이 흘렀다. 소독을 한 후 붕대를 감고 멀쩡한 손에 진통제 한 병을 받아 쥐었다. 달리는 기차에 부딪힌 느낌이었다.

앨빈 마틴이 옆에 서 있었다. 월리스, 그리고 처음 본 또 다른 부보안관은 여자가 누워 있는 병실 앞에서 보초를 섰다. 여자는 의식불명이었고, 의사와 마틴이 황급하게 나누던 대화로 미루어보건대 혼수상태인 모양이었다. 루디 프라이도 의식이 없었지만, 그는 회복할 여지가 있는 것 같았다.

"범인들에 대해 뭐 좀 밝혀진 게 있나요?" 내가 마틴에게 물었다.

"아직. FBI에 사진과 지문을 전송해놨어요. 이따가 리치몬드에서 누굴 보낼 거라더군요." 시계를 보니 아침 6시 45분이었다. 밖에는 여전히 비가 내리고 있었다.

마틴이 의사를 보며 말했다. "앨리스, 우리 둘이 얘기하게 잠깐만 자리 좀 비켜줄래요?"

"그래요. 하지만 저분은 무리하면 안 됩니다." 마틴은 밖으로 나가는 앨리스를 보며 미소를 지었지만, 나한테 고개를 돌렸을 때 그 미소는 어느 틈에 사라지고 없었다. "여기 왔을 때 당신 머리에 현상금이 걸려 있었나요?"

"소문은 들었지만, 확인된 바는 없어요."

"소문이고 나발이고. 루디 프라이는 거의 죽을 뻔했고, 신원을 알 수 없는 시체 하나는 목에 구멍이 뚫린 채 안치소에 들어가 있어요. 누가 시킨 짓인지 알아요?"

"누가 했는지 알아요."

"나한테 말해주지 않을 겁니까?"

"네, 아직은 안 돼요. FBI한테도 말하지 않을 겁니다. 얼마 동안 그 사람들을 따돌릴 수 있게 당신이 좀 도와줘야겠어요."

마틴은 어이없다는 듯이 웃었다. "아니, 내가 왜 그래야 하죠?"

"여기 온 목적을 달성해야 하니까. 나는 캐서린 드미터를 찾아야 해요."

"그녀가 이 사건과 관련이 있나요?"

"모르겠어요. 그럴 수도 있지만, 어느 지점에서 관련이 되는지는 모르겠어요. 그러니까 당신이 도와줘야 해요."

마틴이 입술을 깨물었다. "시의회에서 지금 난리가 났어요. 일본 투자자들 귀에 이 얘기가 들어가면 화이트샌즈에 공장을 지을 거라는 거예요. 다들 당신이 사라져주길 원해요."

간호사가 들어오자 마틴은 입을 다물고 속으로 부글거렸다. "파커 씨를 찾는 전화가 왔는데요. 뉴욕의 콜 형사시랍니다."

나는 검사대에서 내려서려다가 팔의 통증에 인상을 찌푸렸고, 간호사는 그런 내가 안쓰러운 눈치였다. 그때는 내게도 동정의 여지가 없지 않았다.

"그냥 거기 계세요." 간호사가 미소를 지으며 말했다. "선을 이어서 전화를 연결해드릴게요."

잠시 후 간호사는 전화기를 들고 와서 벽에 있는 콘센트에 꽂았다. 앨빈 마틴은 옆에 서서 어떻게 할지 잠시 고민하더니, 내가 혼자 통화를 할 수 있도록 쿵쾅거리며 밖으로 나갔다.

"월터?"

"부보안관이라는 사람이 전화를 했던데. 무슨 일이야?"

"두 사람이 모텔로 저를 처리하러 왔어요. 남자 한 명, 여자 한 명."

"심하게 다쳤어?"

"팔에 흠집이 난 정도예요. 심각하지 않아요."

"범인들은 도망쳤고?"

"웬걸요. 남자는 죽었고 여자는 혼수상태인 것 같아요. 사진이랑 지문을 확인 중이래요. 그쪽에서는 무슨 소식 좀 없어요? 제니퍼와 관련해서?" 병에 담겨 있던 딸아이의 얼굴을 지워버리려 했지만, 그건 시선의 언저리에서 얼쩡거리는 사람의 모습처럼 내 의식의 주변에서 사라지지 않았다.

"유리병에는 지문이 없었어. 일반적인 의료용 유리병이더군. 일련번호를 확인하려고 했는데, 회사가 1992년에 문을 닫았어. 그래도 계속 알아보고 있어. 옛날 기록에서 나오는 게 없는지도 확인해보겠지만 가능성은 희박해. 포장지는 이 나라의 모든 선물가게에서 파는 건가 봐. 거기에도 지문은 없었고. 연구실에서 피부 조직 샘플을 찾고 있는 중이야. 전화는 역시 가짜 번호를 경유해서 추적할 길이 없는 모양이고. 뭐든 더 발견되는 대로 알려줄게."

"스티븐 바튼 사건은요?"

"그쪽도 아직 제자리야. 어찌나 드러나는 게 없는지; 이게 내 천직이 아니라는 생각이 들 정도라니까. 처음에 검시관이 말했던 것처럼 머리의 충격으로 의식을 잃었고 그런 다음에 질식사한 거야. 그런 다음엔 차에 싣고 주차장으로 가서 하수구에 던져 넣은 것 같아."

"FBI에서는 아직도 서니의 행방을 찾고 있나요?"

"생각이 바뀌었다는 얘기는 듣지 못했으니까. 하지만 그쪽도 운이 따르지 않기는 마찬가지인 것 같아."

"요즘은 어째 운이 바닥나기라도 한 것 같네요."

"돌파구가 나타나겠지."

"바튼 트러스트의 쿠퍼 이사장도 여기 일에 대해 알고 있나요?"

수화기 저쪽에서 입을 가린 채 숨죽여 웃는 것 같은 소리가 들렸다. "아직은 몰라. 상황을 지켜보다가 알려주게 되면 알려주고. 트러스트가 언급되지만 않으면 그의 입장에서는 문제될 게 없겠지만, 자기가 고용한 사람이 모텔 방 밖에서 사람들을 두들겨 패는 것에 대해 어떻게 생각할지는 나도 모르겠네. 지금까지는 이런 일이 없었을 테니까. 그쪽 상황은 어때?"

"현지 사람들이 쌍수를 들고 꽃목걸이를 걸어주며 나를 반긴다고는 할 수 없어요. 아직까지 여자의 행적은 발견하지 못했지만, 여기에 뭔가 석연찮은 구석이 있어요. 뭐라고 설명은 할 수 없는데 모든 게 잘못되어 있는 느낌이에요."

그가 한숨을 쉬었다. "계속 연락하세. 여기서 뭐 도와줄 건 없나?"

"로스 요원이 저한테서 떨어져나가게 해줄 방법은 없겠죠?"

"전혀. 자기 엄마랑 자고 남자 화장실에 자기 엄마 이름을 휘갈겨 쓴 사람이라도 이렇게까지 싫어할 수는 없을 거야. 지금 거기로 가는 중이야."

월터가 전화를 끊었다. 그리고 몇 초 후에 딸깍 소리가 들렸다. 마틴 부보안관은 신중한 사람인 모양이었다. 전화를 엿듣고 있었다는 인상을 주지 않기 위해 한참 기다렸다가 들어왔다. 하지만 표정은 아까와 사뭇 달랐다. 엿들은 내용이 그다지 나쁘지 않았던 모양이었다.

"난 캐서린 드미터를 찾아야만 합니다. 내가 여기 온 이유는 그거예요. 그 일만 마치면 나도 떠날 겁니다."

그가 고개를 끄덕였다.

"번스한테 인근 모텔에 확인해보라고 했는데, 캐서린 드미터라는 이름으로 투숙한 사람은 없더군요."

"그건 저도 출발하기 전에 알아봤습니다. 다른 이름을 쓸 수도 있죠."

"그 생각도 했어요. 인상착의를 설명해주면 번스를 시켜서 모텔마다 돌아다니며 물어보라고 하죠."

"감사합니다."

"마음에서 우러나오는 호의는 아니니까 오해하지 말아요. 그저 당신이 하루빨리 여기를 떠나는 걸 보고 싶을 뿐이에요."

"월트 타일러는 언제 만나죠?"

"시간이 나면, 있다가 내가 태워다 드리리다." 그는 범인을 지키고 있는 부보안관들과 얘기를 하러 밖으로 나갔다. 나이 든 의사가 다시 들어와서 팔의 붕대를 점검했다.

"병원에서 얼마 동안 쉬는 게 낫지 않겠어요?" 의사가 물었다.

말씀은 고맙지만 그럴 수 없다고 대답했다.

"그렇게 나올 거라고 짐작은 했어요." 의사는 진통제 병을 고개로 가리키며 말을 이었다. "약을 먹으면 졸릴지도 몰라요."

나는 말해줘서 고맙다고 다시 인사를 한 후 병을 주머니에 넣고, 의사의 도움을 받아 셔츠도 입지 않은 몸 위에 재킷을 걸쳤다. 진통제를 먹을 생각은 전혀 없었다. 의사의 표정을 보니 그것도 이미 짐작하고 있는 듯했다. 마틴의 차를 타고 보안관 사무소로 갔다. 모텔은 수사를 위해 봉쇄됐고, 내 짐은 보안관 사무소에 옮겨다 놨다. 붕대를 감은 팔을 비닐로 덮은 다음 샤워를 하고, 비가 그칠 때까지 유치장에서 선잠을 잤다.

정오를 막 넘겼을 때 FBI 요원 두 명이 와서 사건의 정황을 물었다. 심문이 너무 형식적이라 조금 놀랐지만, 그날 저녁에 로스 요원이 오기로 되어 있다는 게 기억났다. 마틴은 오후 5시에 헤이븐 식당에 들어섰고, 여자는 그때까지도 의식을 회복하지 못했다.

"번스가 캐서린 드미터에 대해 뭐 좀 알아낸 게 있나요?"

"번스는 오후 내내 FBI한테 붙들려 있었어요. 퇴근하기 전까지 모텔 몇 군데를 돌아보겠다고 했습니다. 여자의 흔적이 나타나면 나한테 연락을 할 거예요. 아직도 월트 타일러를 만나고 싶은 마음이 있다면, 지금 출발해야 할 겁니다."

23

월트 타일러의 집은 허름하지만 깨끗한 흰 판잣집이었는데, 한쪽에 위태롭게 쌓아올린 자동차 타이어 앞엔 '판매'한다는 간판을 세워놓았다. 자갈길 진입로와 바짝 깎은 잔디밭에도 판매 가능성에 편차가 심해 보이는 물건들을 늘어놨는데, 여러 종류의 엔진과 자동차 부속품, 역기를 필두로 한 각종 운동기구들도 녹이 슨 채 놓여 있었다.

타일러는 키가 크고 허리가 조금 굽었으며, 머리는 희끗희끗했지만 숱은 덥수룩했다. 신문에 실린 사진에서 봤던 것처럼 젊어서는 잘생겼었고, 외동아이를 잃은 부모의 한없는 슬픔과 근심으로 인해 이제 거의 사라졌어도 여전히 느긋한 기품을 내비쳤다. 그는 앨빈을 따뜻하게 맞이했지만 나하고 악수하는 손에서는 다정한 기색이 훨씬 덜했고, 우리를 집 안으로 맞아들이는 게 내키지 않는 듯했다. 금방이라도 비가 쏟아질 것 같은 날씨인데도 그는 현관 앞의 테라스에 자리를 권했다. 타일러는 편해 보이는 등나무 의자에 앉았고, 마틴과 나는 철제 장식이 요란한 야외의자에 앉았다. 의자 등받이에 '판매'라고 써 붙인 걸 보니, 원래 세트였는데 일부만 남은 모양이었다.

열 살은 족히 어려 보이는 여자가 타일러에게 물어보지도 않은 채 깨끗한 도자기 잔에 커피를 내왔다. 여자도 예전엔 더 아름다웠을 것 같았지만, 그녀의 경우엔 젊었을 때의 아름다움이 완숙한 매력으로 변한 것 같았다. 나이가 들면서 두려움은 사라지고, 가늘고 굵은 주름으로도 지워지지 않는 온화한 우아함을 발산했다. 여자와 눈이 마주치자 타일러는 우리가 도착한 후 처음으로 희미하게나마 미소를 지었다. 여자도 마주 보며 웃어준 후 집 안으로 들어갔다. 그리고 우리가 떠날 때까지 여자는 현관에 다시 나오지 않았다.

마틴이 입을 열었지만 타일러는 손을 아주 살짝 움직이는 동작만으로 그의 말을 막았다. "왜 왔는지 압니다, 부보안관. 당신이 내 집에 외지인을 데리고 오는 이유는 하나뿐이지." 타일러는 강렬한 눈빛으로 나를 쳐다봤는데, 가장자리께가 불그스름한 그의 노란 눈동자에서는 흥미롭다는, 거의 즐겁다는 기색이 엿보였다.

"댁이 모텔에서 총격전을 벌였다는 그 친구요?" 그가 이렇게 물으면서 살짝 웃었다. "신나게 사는구려. 어깨를 다친 거요?"

"조금이요."

"나도 딱 한 번 총에 맞아봤지. 한국전에 참전했을 땐데, 허벅지에 맞았어. 조금 아픈 정도가 아닐 텐데. 난 죽을 것처럼 아팠거든." 그는 그때의 기억을 떠올리며 과장되게 눈살을 찌푸리다가 다시 잠잠해졌다. 머리 위에서 우르릉거리는 소리가 들리고 사위가 어두워지는 것 같았지만, 월트 타일러는 여전히 나에게서 눈을 떼지 않았다. 미소는 이미 사라진 후였다.

"파커 씨는 어떤 사건을 조사하고 있어요, 월트. 예전에 형사셨고요." 앨빈이 말했다.

"지금 사람을 찾고 있습니다. 타일러 씨." 내가 말을 받았다. "여자예요. 아마 기억하실지 모르겠습니다. 캐서린 드미터라고, 에이미 드미터의 동생이거든요."

"댁이 글 쓰는 사람이 아닐 거라는 건 짐작했소. 그랬으면 앨빈이 여기까지 데려오지도 않았겠지, 그……" 타일러는 적당한 말을 찾느라 잠시 머뭇거렸다. "……그 거머리 같은 인간들." 그리고는 잔을 들고 그 얘기가 이어지는 걸 막으려는 듯이, 그리고 내가 한 말을 생각할 시간을 벌려는 듯이 한참을 잠자코 커피만 마셨다. "기억은 하지만, 아버지가 돌아가신 후로는 두 번 다시 돌아오지 않았고, 그게 벌써 10년도 넘은 일이요. 여기 다시 돌아올 이유가 없을 텐데."

이 마지막 말은 이제 거의 메아리처럼 여기저기서 반복되는 느낌이었다. "그런데 제 생각엔 아무래도 돌아온 것 같고, 이유는 전에 일어났던 사건밖에 없는 것 같습니다. 지금 남은 분은 선생님뿐이시죠. 여기서 일어났던 일과 관련된 사람은 이제 선생님과 보안관, 그 밖에 한두 명 정도입니다."

그가 이 얘기를 입 밖으로 꺼내는 건 오랜만인 것 같았지만, 어쩌다 다른 고민으로 잠시 밀어놓는 적은 있어도 번번이 다시 돌아오는 해묵은 상처처럼, 희미하거나 강렬하거나의 차이는 있더라도 그 생각을 머릿속에 담지 않은 채 지나는 시간은 결코 길지 않았으리라는 걸 나는 알았다. 그리고 그렇게 시간을 되돌릴 때마다 섬세한 대리석 조각 같았던 외모에 조금씩 금이 가고 바스라지면서 예전의 모습은 기억에만 남게 된다.

"지금도 딸아이의 목소리가 들려요. 밤이면 현관에서 걸어 다니는 아이의 발소리가 들리고, 마당에서 노래 부르는 소리도 들을 수 있어요. 처음엔 그런 소리가 들리면 꿈인지 생신지 허위허위 달려나가곤 했지. 하지만 아이의 모습은 찾을 수 없었고, 그런 날들이 반복되다 보니 지금은 아이의 꿈을 꾸다 깨더라도 달려나가지 않아요. 그리고 요즘은 예전만큼 자주 꿈에 보이지도 않고."

어둠이 짙어지고 있었지만, 그는 내 얼굴의 표정을 읽고 어떤 낌새를 차린 것 같았다. 확실치는 않았고, 알아야 하거나 말하고 싶은 것 이상의 뭔가가 우리 사이에 존재한다는 눈치를 준 것도 아니었지만, 그는 잠시 말을 멈췄고, 그 침묵 속에서 우리는 멀고 험한 길을 걷다가 서로 위로를 건네는 두 명의 여행자처럼 마음을 움직이는 뭔가를 느꼈다.

"외동딸이었죠." 타일러가 말을 이었다. "그해 가을에 시내에 나갔다 돌아오는 길에 실종됐고, 그 후로 살아서는 두 번 다시 보지 못했어요. 마지막으로 봤을 땐 종이에 싸인 뼈뿐이었고, 알아볼 수도 없었지. 아내, 죽은 아내가 경찰에 실종신고를 했지만 하루가 지나고 이틀이 지나도록 아무도 찾아오지 않았고, 그동안 우리끼리 야산이며 마을이며 갈 수 있는 곳은 전부 뒤지고 다녔어요. 집집마다 찾아다니면서 우리 딸을 보지 못했냐고 물었지만, 딸애를 봤다거나 어디 있는지 알 만한 사람은 아무도 없었죠. 아이가 실종되고 사흘이 지났을 때 부보안관이 와서 나를 내 아이의 살인범이라며 체포했어요. 이틀이나 가둬둔 채 구타하면서, 아이를 학대하고 강간했다고 주리를 틀었지만 나는 내가 아는 진실만을 말했고, 일주일이 지나서야 나를 풀어줬습니다. 내 어린 딸은 끝내 나타나지 않았죠."

"아이의 이름이 뭐였나요?"

"아이의 이름은 에타 메이 타일러, 아홉 살이었습니다."

부는 바람에 나무들이 소곤거리고 집의 판자가 뒤척이며 자리를 잡는 소리가 들렸다. 마당에 있는 그네가 바람에 흔들렸다. 얘기를 하는 내내 오랫동안 잠자던 것들이 우리의 말소리를 듣고 일어나기라도 한 것처럼 주변에서 뭔가 계속 움직이는 것 같았다.

"석 달이 지났을 때 아이 두 명이 더 실종됐어요. 둘 다 흑인 아이였고, 일주일 상간이었죠. 추울 때였고. 둘 중 첫 번째인 도라 리 파커는 얼음 위에서 놀다가 얼음이 깨져서 빠졌을 거라고 생각했어요. 그 애가 얼음 위에서 노는 걸 무척 좋아했거든. 하지만 강을 샅샅이 뒤지고, 연못의 물을 전부 퍼냈는데도 아이가 나오지 않았어요. 경찰이 또 들이닥쳐서 나를 심문했고, 한동안은 이웃들마저도 미심쩍은 눈으로 나를 쳐다봤어요. 하지만 그러다가 경찰의 관심은 다시 잦아들었어요. 둘 다 흑인 아이였던데다 둘의 실종을 연관지어 생각할 만한 근거가 없었거든.

세 번째는 헤이븐 아이가 아니었어요. 여기서 60킬로미터쯤 떨어진 윌스빌에 사는 애였지. 이번에도 흑인이었고 남자애였는데, 이름이……." 그는 말을 멈추더니 손바닥을 이마에 대고 지그시 누르며 눈을 꼭 감았다. "바비 조이너였어요." 타일러는 보일 듯 말 듯 고개를 끄덕이며 조용히 말을 이었다. "그러자 사람들도 겁을 내기 시작했고, 마을 대표를 뽑아서 보안관과 시장을 찾아가 면담을 했어요. 아이들을 집 밖으로 잘 내보내지 않았고, 날이 저문 후에는 더 말할 것도 없었죠. 경찰은 몇 킬로미터 반경 안에 사는 흑인을 전부 심문했고, 백인 중에도 몇 명을 데려다 조사했는데 주로 동성연애자라고 알려진 가난한 남자들이었죠.

일종의 대기시간이 아니었나 싶어요. 그 인간들은 흑인들이 다시 마음을 놓고 부주의해지기를 기다렸던 거지. 그런데 안 그랬거든. 그렇게 시간이 흘러서 몇 달이 지나고, 1970년으로 넘어갔어요. 그때 드미터네 딸이 실종되면서 상황이 완전히 달라졌지. 경찰은 일정한 거리 안에 사는 사람들을 전부 조사하고 진술을 받고 조직적인 수색을 벌였어요. 하지만 아무것도 찾지 못했죠. 아이는 마치 허공으로 증발한 것처럼 사라졌어요.

흑인으로 살기 힘들던 시절이었어요. 결국 경찰에서는 실종사건 사이에 연관성이 있다고 판단하고, FBI에 알렸죠. 그때부터 해가 진 다음에 시내를 돌아다니는 흑인들은 임의대로 잡아 가두거나 구타를 해도 아무 문제가 없었죠. 하지만 그 인간들은……" 타일러는 이 표현을 또다시 사용했는데, 그 목소리에서는 인간의 끔찍한 태도에 고개를 절레절레 젓는 심정이 느껴졌다. "그 인간들은 자기들의 행동에 맛이 들려서 멈출 수가 없었던 거예요. 그 여자가 베이츠빌에서 어린 남자아이를 유괴하려 했는데, 그때는 여자 혼자였고 아이가 발버둥을 치면서 여자의 얼굴을 할퀴고는 도망을 쳤어요. 여자는 아이를 쫓아가다 포기했지. 무슨 일이 벌어질지 알았을 거야. 남자애는 영리했어요. 자동차의 종류를 기억했고, 여자의 인상착의를 설명했을 뿐만 아니라 일부분이긴 해도 자동차 번호까지 기억한 거예요. 하지만 누군가가 그 차를 떠올리고 아들레이드 모딘을 찾아간 건 다음날이었어요."

"경찰이요?"

"아니, 경찰이 아니라 남자들. 헤이븐하고 베이츠빌, 옌시밀 사람도 두세 명 섞여 있었죠. 그때 보안관은 마을에 없었고, FBI 수사관들도 떠난 후였어요. 당시에 부보안관이었던 리 그레인저는 사람들이 모딘의 집에 도착했을 때 같이 있었어요. 하지만 여자는 도망친 후였죠. 집엔 여자의 오빠뿐이었는데 지하실에 숨어 있는 걸 사람들이 문을 부수고 들어갔어요."

잠시 침묵이 흘렀고, 짙어가는 어둠 속에서 그가 힘겹게 침을 삼키는 소리가 들렸다. 그가 그 무리에 섞여 있었다는 걸 알 수 있었다. "그는 동생이 어디 있는지 모른다고, 죽은 아이들에 대해서는 아무것도 모른다고 말했어요. 사람들이 그를 천장 들보에 매달고 자살로 위장했죠. 지하실의 천장 높이는 4미터가 넘어서 벽을 타지 않고서는 혼자서 목을 맬 재간이 없는데도, 하이엄스 박사한테 확인서를 쓰게 만들었어요. 사람들은 나중에 모딘네 아들이 아무 도움 없이 목을 매다니 정말 죽고 싶었던 모양이라고 농담을 했죠."

"그런데 조금 전에 말씀하시기론, 마지막 남자아이를 납치하려고 했을 땐 여자 혼자였다면서요. 사람들은 어떻게 오빠가 연루됐다는 걸 알았죠?"

"몰랐어요. 아무튼 확신하지는 못했습니다. 그래도 여자가 그런 짓을 하려면 누군가는 도와줘야 했어요. 아이들이란 다루기 힘들 때가 많거든요. 발버둥을 치고 발길질을 하면서 사람 살리라고 소리를 지르니까. 마지막에 실패한 이유도 그 때문이었잖아요. 아무도 도와주는 사람이 없었기 때문에. 아무튼 사람들은 그렇게 판단했습니다."

"선생님 판단으로는요?"

테라스에는 또다시 침묵이 흘렀다. "나는 그를 알았고, 살인범이 아니었어요. 그는 약하고…… 계집애 같았어요. 동성연애자였죠. 사립학교에 다닐 때 남자애와 함께 있다가 들켜서 퇴학을 당했어요. 우리 누나가 마을 백인의 집으로 청소 일을 다닐 때 그 얘기를 들었어요. 소문이 돌았지만 다들 쉬쉬했죠. 아마 바로 그것 때문에 그 전에도 몇몇 사람들이 한동안 그를 의심했던 것 같아요. 그러다 여동생이 아이를 납치하려 했으니 오빠가 모를 리 없다고 판단한 거예요. 그도 틀림없이, 아마 최소한 의심은 했을 거예요. 확실히는 모르지만……."

타일러가 마틴을 쳐다봤고, 마틴은 그의 눈을 마주 바라봤다. "말씀하세요, 월트. 저도 아는 게 있어요. 전부 제가 생각했거나 짐작했던 얘기일 겁니다."

타일러는 여전히 편치 않은 기색으로 고개를 한 번 끄덕였다. 우리에게라기보다 자신을 향해 끄덕이는 고갯짓 같았다. "리 그레인저 부보안관, 그는 모딘네 아들이 관계가 없다는 걸 알고 있었어요. 바비 조이너가 납치되던 날 둘이 함께 있었거든요. 그리고 다른 날 밤에도."

앨빈 마틴을 쳐다봤더니, 그는 바닥을 내려다보며 천천히 고개를 끄덕였다. "그걸 어떻게 아셨죠?" 내가 물었다.

"둘이 있는 걸 내가 봤으니까." 그의 대답은 단순했다. "바비 조이너가 납치된 날 밤에 두 사람의 차가 마을 밖 나무 밑에 세워져 있었어요. 나는 어딜 갈 때 종종 들을 가로질러 가곤 했거든. 당시의 상황을 감안하면 위험한 일이었지만. 어쨌거나 차가 서 있기에 슬그머니 다가갔더니 두 사람이 있었어요. 모딘네 아들이…… 보안관……을 껴안고, 두 사람이 뒷자리로 들어가더니 보안관이 올라탔어요."

"그 다음에도 두 사람이 함께 있는 걸 봤나요?"

"같은 장소에서, 두 번쯤."

"그런데 사람들이 그를 매다는 걸 보안관이 그냥 나뒀어요?"

"그는 아무 말도 하지 않았을 거예요." 타일러가 침을 뱉았다. "사람들이 자기에 대해 알게 될까 봐. 그래서 사람들이 그를 매다는 걸 지켜만 봤죠."

"여동생은요? 아들레이드 모딘은 어떻게 됐습니까?"

"그녀도 잡으러 다녔죠. 집을 뒤지고 들도 뒤졌지만, 완전히 사라졌어요. 그러다 마을에서 16킬로미터쯤 떨어진 이스트로드의 뼈대만 남았던 낡은 집에서 불이 났는데, 순식간에 불길에 휩싸였어요. 토머스 파커가 애들 손에 닿지 않도록 오래된 페인트와 인화성 물질을 거기에 보관하곤 했거든요. 불을 껐을 때 거기서 심하게 탄 시체가 나왔는데, 그게 아들레이드 모딘이었어요."

"신원을 어떻게 확인했나요?"

그건 마틴이 대답했다. "시체 근처에서 가방이 나왔는데, 거액의 지폐와 은행계좌 관련 서류의 타고 남은 잔해가 들어 있었어요. 시체에서도 그녀의 보석 장신구가 발견됐고요. 금과 다이아몬드 팔찌는 어머니에게서 물려받아 그녀가 늘 차고 다녔던 거였거든요. 치과 기록도 일치했어요. 하이엄스 박사가 진료기록을 공개했죠. 그는 치과의사와 진료실을 함께 썼는데, 마침 그 주에 치과의사는 마을에 없었어요. 그 집에 몸을 숨기고 오빠든, 다른 사람이든, 아무튼 누가 데리러 오길 기다리다가 손에 담배를 든 채 잠이 든 것처럼 보였어요. 사람들 말로는 술을 마시고 있었다던데, 아마 추워서 그랬겠죠. 집은 전부 소실됐어요. 근처에서 차가 발견됐고, 트렁크에 옷가방이 있었습니다."

"아들레이드 모딘에 대해 뭐 기억나는 건 없나요? 설명이 될 만한……"

"설명? 무슨 설명?" 그가 내 말을 중간에 끊었다. "왜 그런 짓을 했는지 알려줄 설명? 왜 누군가가 그녀의 그런 짓을 도와줬는지 알려줄 설명? 그런 건 설명할 수 없어요. 나 자신에게조차 설명이 되지 않아요. 그녀에겐 뭔가, 내면에 강렬한 뭔가가 있었던 건 틀림없지만, 그건 음산하고 사악한 거였지. 파커 씨, 내가 당신에게 해줄 수 있는 말이라곤 아들레이드 모딘은 내가 살면서 본 중에 가장 순수한 악에 가까웠다는 것뿐입니다. 나는 내 형제들이 나무에 목매달려, 그렇게 흔들리며 불에 타는 것도 본 사람이오. 그런데 아들레이드 모딘은 내 형제들을 나무에 매단 사람들보다 더 심했는데, 아무리 애를 써도 그런 짓을 한 이유를 알 수가 없기 때문이에요. 악마와 지옥을 믿지 않고서는 그건 설명이 불가능해요. 그러니 그녀를 설명할 수 있는 길은 하나뿐이지. 그녀가 지옥에서 온 존재였다는 것."

나는 잠자코 앉아서 지금까지 들은 말을 정리해보려고 애를 썼다. 월트 타일러는 머릿속에서 복잡한 생각이 오가는 나를 지켜봤고, 내가 무슨 생각을 하는지도 아는 것 같았다. 보안관과 모딘네 아들 사이를 알면서도 아무 말도 하지 않은 걸 놓고 그를 비난할 수는 없었다. 그건 기껏해야 억측에 불과할 테고 그런 억측은 그의 목숨을 위태롭게 만들 수 있었다. 타일러가 제대로 봤다면 윌리엄 모딘은 아동 연쇄 살인범이었을 가능성이 희박하지만, 그가 살인에 직접 연루되지 않았다는 확실한 증거도 없었다. 하지만 제 자식의 죽음에 관련된 사람이 법망을 빠져나갔을지 모른다는 생각은 오랫동안 타일러의 마음을 괴롭혔을 게 틀림없었다.

아직 이야기는 끝나지 않았다.

"다음날 아이들을 찾아냈어요. 수색을 시작하자마자. 사냥을 하러 갔던 남자가 모딘네 부지에 있는 안 쓰는 집에서 밤을 보냈는데, 사냥개가 지하실 문을 긁어대더라는 거예요. 뚜껑문처럼 마루에 덮어놓은 트랩도어였어요. 남자는 총을 쏴서 자물쇠를 뜯어내고, 개를 앞세운 채 아래로 내려갔죠. 그리고는 집으로 달려가서 경찰에 전화를 걸었어요.

거기엔 시체 네 구가 있었어요. 내 딸과 다른 세 아이. 그들은……." 그는 말을 멈췄고, 얼굴이 구겨졌지만 울지는 않았다.

"그만하셔도 됩니다." 내가 나직하게 말했다.

"아니요. 아셔야 되요." 그가 말했다. 그러더니 큰 소리로, 상처 입은 동물이 울부짖듯이 말을 이었다. "그들이 무슨 짓을 했는지, 그 아이들과 내 아이에게 무슨 짓을 했는지 아셔야 되요. 그들은 아이들을 강간하고 고문했어요. 내 어린 딸은 손가락이 모두 부러져서 으스러졌고, 뼈가 전부 탈골이 됐어요." 그는 어느새 엉엉 울고 있었다. 신에게 애원이라도 하듯 그 큰 손을 앞으로 모으고. "어떻게 그런 짓을 할 수 있죠? 아이들한테? 어떻게." 그리고는 마음의 빗장을 닫아버린 것처럼 보였고, 창문에서 여자의 얼굴을, 유리창을 쓸어내리는 그녀의 손가락을 얼핏 본 것 같았다.

우리는 한동안 그렇게 앉아 있다가 자리에서 일어났다. "타일러 씨. 한 가지만 더 여쭤보겠습니다. 아이들이 발견된 집이 어디 있나요?" 내가 나직하게 물었다.

"여기서 길을 따라 5~6킬로미터쯤 됩니다. 거기서부터가 모딘의 부지였죠. 거기서 샛길이 시작되는 곳에 돌 십자가가 있어요. 집은 이제 거의 사라져버렸죠. 벽 조금하고 지붕 일부만 남아 있어요. 주에서는 부숴버리고 싶어했지만, 사람들이 반대했어요. 우리는 그 집을 통해 여기서 일어났던 일이 기억되길 원했고, 그래서 그 상태로 아직 남아 있습니다."

그렇게 얘기를 끝내고 테라스 층계를 내려가는데 뒤에서 그의 목소리가 들렸다.

"파커 씨." 목소리는 힘을 되찾았고 파르르 떨리지도 않았지만, 비통함의 여운이 감돌았다. 몸을 돌려서 그를 바라봤다. "파커 씨, 여기는 죽은 마을입니다. 죽은 아이들의 영혼이 떠돌아요. 드미터네 딸을 찾으면 돌아가라고 말해주세요. 여기서 그녀를 기다리는 건 슬픔과 불행뿐이니까. 내 말을 꼭 전하세요. 그녀를 찾거들랑 꼭 말해주세요. 아셨어요?"

어지러운 마당 구석에서 수군거리는 나무들의 속삭임은 점점 커졌고, 더 이상 꿰뚫을 수 없는 어둠 너머에서 뭔가 움직이는 것 같았다. 집의 불빛이 미치는 경계 너머에서 사람의 형상이 떠다녔고, 아이들의 웃음소리가 허공에 울렸다. 하지만 돌아보면 어둠 속에서 팔을 벌리고 있는 건 상록수의 가지였고, 마당에 늘어놓은 것들을 묶은 사슬이 공허하게 찰랑거릴 뿐이었다.

24

 인도네시아령 뉴기니 아이리안 삼각지의 카수아리나 해안에는 아스마트라는 부족이 산다. 2만 명에 달하는 그들은 인근의 모든 부족에게 공포의 대상이다. 그들의 언어로 아스마트는 '인간-인류'를 의미하고, 그들은 오로지 자신들만을 인간으로 규정해서 그 밖의 사람들은 전부 비(非)인간의 수준으로 전락하며, 그에 상응하는 대우를 받는다. 아스마트 부족에겐 이들을 지칭하는 말이 따로 있다. 마노웨. '식용'이라는 뜻이다.
 하이엄스는 아들레이드 모던이 왜 그런 짓을 저질렀는지 가르쳐줄 대답을 내놓지 못했고, 월트 타일러도 마찬가지였다. 어쩌면 그 여자, 그리고 그와 비슷한 사람들은 아스마트 부족과 뭔가 공통점을 갖고 있는 건지도 모른다. 어쩌면 그들도 다른 사람들을 인간 이하로 인식하기 때문에 그들의 고통은 문제가 되지 않고, 그로 인해 자신들이 얻는 쾌락 외에는 아랑곳할 이유가 없는 건지도 모른다.
 마리 아귈라르 부인을 만나고 나와서 울리치와 나눈 대화가 떠올랐다. 뉴올리언스로 돌아온 우리는 옛날에 노예에게 족쇄를 채워 다락방에 가두고 고문하던 마담 르로리의 저택이 있는 로열 스트리트를 말없이 지나갔다. 노예들은 결국 소방관들에게 발견됐고, 마담 르로리는 폭도에게 쫓기어 이곳을 떠났다. 한참을 걷던 우리는 매거진 스트리트에 있는 티에바에 들어갔고, 울리치는 고구마케이크와 잭스 맥주 한 병을 시켰다. 그는 엄지로 병을 훑어서 물기를 쓸어내렸고, 젖은 손가락으로 윗입술을 문질렀다.

"지난주에 내부 문건을 하나 읽었는데 국내 연쇄 살인범의 현황을 다룬 것 같더군. 연쇄 살인과 관련한 현재의 상황과 앞으로의 전망."

"그래서 앞으로의 전망이 어떤데?"

"지옥, 그게 앞으로 우리가 나아갈 전망이지. 이 인간들은 바이러스와 같아. 그들은 박테리아처럼 확산되고, 그들에게 이 나라는 하나의 거대한 배양접시인 셈이지. FBI에서는 해마다 연쇄 살인범에게 살해되는 피해자가 5천 명에 달하는 것으로 추산하고 있어. 하루에 열네 명꼴이지. 오프라와 제리 스프링어 쇼를 보고, 제리 팔웰(미국의 극우성향 기독교 근본주의자—옮긴이)의 얘기나 듣는 사람들은 그런 사실을 알고 싶어하지 않아. 잡지에서 범죄 관련 기사를 읽고 TV에서도 보긴 하지만, 연쇄 살인범이 또 한 명 잡혔을 때, 그때 잠깐뿐이야. 그때를 제외하면 자기 주변에서 무슨 일이 벌어지고 있는지 털끝만큼도 몰라."

그는 맥주를 벌컥벌컥 들이켰다. "지금 이 순간에도 희생자를 노리는 이런 살인마들이 최소한 200명은 있어. 최소한 200명." 그는 숫자를 늘어놓으면서 통계를 언급할 때마다 그걸 강조하듯이 맥주병을 앞으로 내밀었다. "열에 아홉은 남자고, 열에 여덟은 백인이고, 다섯에 하나는 끝내 잡히지 않아. 끝끝내. 그리고 제일 이상한 점이 뭔지 알아? 그런 인간들이 이 나라에 제일 많다는 거야. 이 잘난 미합중국이 이 빌어먹을 새끼들을 그 빌어먹을 엘모 인형처럼 찍어내고 있는 셈이라고. 그런 인간들의 4분의 3이 이 나라에서 살고 이 나라에서 일을 해. 우리는 연쇄 살인범을 양산하는 세계 1등국이야. 곪아서 썩고 있다는 증거지. 바로 그거야. 우리는 썩어 문드러졌고, 이 살인마들은 우리 내면의 암적인 존재야. 우리가 빨리 성장할수록 그들도 그만큼 더 빨리 번식하지.

그리고 인구가 많을수록 사람들 사이의 거리감이 멀어진다는 거 알아? 현대인들은 사실상 위아래로 포개진 채 살아가지만, 정신적으로나 사회적으로, 그리고 도덕적으로 그 어느 때보다 서로 괴리되어 있어. 그러다 이자들이 칼과 밧줄을 챙겨들고 그 틈으로 들어오는 거야. 이들은 다른 누구보다 더 소외된 자들이야. 개중엔 경찰의 직관을 가진 자들도 있어. 서로를 냄새로 알아보지. 2월에 앙골라에서 한 명을 체포했는데, 성경 속의 암호를 이용해서 시애틀의 아동 살해 용의자와 연락을 주고받고 있더라고. 두 미치광이가 어떻게 서로 만나게 됐는지는 모르겠지만, 하여간 그랬어.

이상한 노릇은, 그런 인간들의 대부분은 나머지 사람들보다도 훨씬 못 산다는 거야. 그들은 부적응자, 성적으로든 감정적으로든, 아니면 신체적으로든 아무튼 부적응자이고, 그 분풀이를 주변에 해대는 거야. 그들에겐……" 울리치는 적당한 표현을 찾으려는 듯이 양손을 쳐들고 흔들어댔다. "그들에겐 인생의 비전이 없어. 자신들의 행위를 좀더 큰 맥락에서 보지 않아. 거기엔 아무 목적도 없어. 그저 거스를 수 없는 결함의 표출일 뿐이야. 그리고 그들의 손에 죽는 사람들, 그 사람들은 너무 멍청해서 주변에서 무슨 일이 벌어지고 있는지 모르는 거야. 이 살인마들의 존재는 주위를 환기시키는 경보여야 마땅한데, 아무도 그 소리에 귀를 기울이지 않고, 그게 간극을 더 벌리는 거야. 그들은 사람들 사이의 거리를 포착하고, 그 간극을 넘어와서 우리를 한 명씩 한 명씩 노리는 거지. 우리가 할 수 있는 거라곤 우리가 패턴을 발견할 수 있도록 그들이 그 짓을 자주 하길 바라는 것뿐이야. 그러면 우리와 그들 사이에 연결고리, 간극을 이어주는 다리가 생기니까." 그는 맥주를 다 들이켜더니 병을 들어서 하나를 더 주문했다.

"그 거리는," 울리치는 창밖의 길을 내다봤지만 그의 시선은 그 너머를 응시했다. "삶과 죽음의 거리, 천국과 지옥의 거리, 우리와 그들 사이의 거리지. 그들이 우리를 처치하려면 그걸 건너서 가까이 다가와야 하지만, 그건 순전히 거리의 문제야. 그리고 그들은 그 거리를 사랑해."

그리고 창문을 두드리는 빗방울을 보면서 나는 아들레이드 모딘과 떠돌이, 그리고 이 나라를 배회하고 있는 수천 명의 그와 비슷한 자들이 평범한 인류와 괴리된 그 간격으로 인해 전부 하나가 된 것 같다는 생각이 들었다. 그들은 괴로워서 몸부림치며 숨을 헐떡이는 모습을 보기 위해 동물을 괴롭히거나 어항에서 물고기를 끄집어내는 꼬마들과 같았다.

하지만 아들레이드 모딘은 수많은 다른 자들보다 더 심해 보였는데, 그녀가 여자였고, 우리를 하나로 묶어서 서로 해치지 못하게 하는 일반적인 끈을 뭐라고 부르건 하여튼 그런 법과 도덕을 어겼을 뿐만 아니라 여자로서 그런 행위를 했다는 건 자연을 거스르는 것이었기 때문이다. 아이를 죽이는 여자는 혐오감이나 경악의 수준을 초월하는 감정을 자극한다. 그런 일은 일종의 절망감을 안겨주며 우리의 삶이 놓인 토대에 대한 믿음마저 흔들어버린다. 맥베스 부인이 왕을 죽일 수 있게 성별을 지워달라고 애원했던 것처럼, 아이를 죽이는 여자는 천성이 지워진, 자신의 성별을 상실한 존재처럼 보인다.

아이들의 죽음을 알리는 소식은 도저히 대수롭지 않게 넘어갈 수가 없다. 아이를 살해한다는 건 희망의 소멸, 미래의 소멸처럼 보인다. 제니퍼의 숨소리에 귀를 기울이고, 그 작은 가슴이 오르내리는 걸 지켜보던 일, 아이가 숨을 들이쉬고 내쉴 때마다 감사하고 안도감을 느꼈던 기억이 났다.

아이가 울면 그 흐느낌이 고른 리듬의 숨결로 잦아들길 기다리며 품에 안고 어르곤 했다. 그러다 마침내 아이가 조용해지면 허리가 끊어져나갈 것 같은데도 몸을 아주 천천히 조심조심 기울여서 아이를 요람에 눕혔다. 그랬던 아이를 잃었을 땐 온 세상이 죽은 것이나 다름없었다. 무수하던 미래에 남김없이 종지부가 찍혔다.

모텔이 가까워오자 절망감이 몸을 짓눌렀다. 하이엄스는 모던 남매에게서 내면에 존재하는 악의 깊이를 짐작할 만한 징후를 전혀 보지 못했다고 말했다. 월트 타일러는, 그의 말이 옳다면, 아들레이드 모던에게서만 마성을 봤다. 그녀는 이 사람들과 어울려서 살았고, 그 속에서 자라났으며, 그들이 결혼해서 아이를 낳는 걸 지켜봐놓고도 그들을 먹잇감으로 노렸는데, 아무도 그녀를 의심하지 않았다.

그때 나는 가질 수 없는 힘을 원했던 것 같다. 악마를 알아보는 능력, 사람들로 빼곡한 방에서 부패와 타락의 징후를 파악할 수 있는 능력. 이런 생각을 하려니 몇 년 전에 뉴욕 주에서 일어난 한 살인사건이 떠올랐다. 열세 살짜리 소년이 자기보다 어린 아이를 숲에서 돌멩이로 때려 숨지게 한 사건이었다. 그때 범인의 할아버지가 했던 말이 오래도록 잊히지 않았다. "오 맙소사. 이걸 알아차렸어야 했는데, 어떤 식으로든 알았어야 했는데. 이런 일이 벌어지리라고 말해주는 게 있었어야 했는데."

"아들레이드 모던의 사진이 있나요?" 나는 결국 이렇게 물어봤다.

마틴이 이맛살을 찌푸렸다. "당시 수사 파일에 있을지도 몰라요. 도서관에도 자료가 있을 수도 있고요. 도서관 지하에 일종의 마을 자료 보관실이 있거든요. 연감, 신문에 실린 사진 같은 것들을 보관하죠. 거기에 뭔가 있을지도 몰라요. 그건 왜 찾으시죠?"

"호기심이죠. 이 마을에 그렇게 엄청난 일을 저지른 사람인데 그런 여자의 사진을 통 볼 수가 없는 것 같아서요. 그 여자의 눈이 어떻게 생겼는지 궁금하기도 하고."

마틴은 속을 알 수 없다는 눈초리로 나를 쳐다봤다. "로리한테 도서관 자료실을 찾아보라고 부탁해보죠. 번스한테는 수사 파일을 뒤져보라고 하겠지만, 시간이 걸릴 겁니다. 전부 상자에 담아놨는데, 체계 없이 보관해놨거든요. 어떤 파일은 심지어 날짜순으로도 정리되어 있지 않아요. 당신의 한가로운 호기심을 충족시키려면 손이 굉장히 많이 가요."

"어쨌거나 감사합니다."

마틴은 목구멍에서 무슨 소리를 냈지만, 한동안 다른 말은 하지 않았다. 그러다가 오른쪽으로 모텔이 보이자 길가에 차를 세웠다. "리 그레인저에 대해 할 말이 있어요." 그가 말했다.

"계속하세요."

"보안관은 좋은 사람이에요. 듣자니 모던 살인사건 이후에 이 마을을 하나로 화합시킨 게 그였다고 하더군요. 그와 하이엄스 박사와 두어 사람의 힘이었데요. 그는 공정한 사람이고, 나는 그에게 아무 불만이 없어요."

"타일러의 말이 옳다면, 그래서는 안 되는 거 아닌가요?"

마틴이 고개를 끄덕였다. "그럴지도 모르죠. 만약 그가 한 말이 사실이라면, 보안관은 자신의 행동에 따른 죄책감을 안고 살아왔을 겁니다. 그는 고통받은 사람이에요, 파커 씨. 과거의 고통, 자기 자신으로 인한 고통. 힘을 빼면 그에게서는 아무것도 부러운 게 없어요." 그는 양손을 활짝 벌리고 어깨를 가볍게 들썩였다. "어떻게 생각하면 당신이 그를 기다렸다가 얘기를 하는 게 옳은 것 같지만, 또 한편으로는 당신이 일을 최대한 빨리 마무리 짓고 이곳을 떠나는 게 모두를 위한 최선이라는 생각이 들어요. 이쪽이 현명한 생각이겠죠."

"그에게서 무슨 연락이 왔었나요?"

"아니요, 없었어요. 그는 오랜만에 휴가를 냈고, 복귀 시점을 조금 늦추는 모양인데 그걸 탓하고 싶은 마음은 없습니다. 그는 외로운 사람이에요. 다른 남자와 어울리는 걸 좋아하는 남자는 여기서 위안을 찾기 힘들죠."

"맞아요." 저 너머에서 웰컴인의 네온 불빛이 번쩍였다. "그럴 거예요."

마틴이 다시 출발하자마자 전화벨이 울렸다. 간밤에 나를 죽이려다

혼수상태에 빠졌던 신원불명의 여자가 죽었다는 병원의 전갈이었다. 우리가 도착했더니 순찰차 두 대가 주차장 입구를 막았고, FBI 요원 두 명이 입구에서 얘기를 나누고 있었다. 마틴은 주차장으로 진입했고, 우리가 차에서 내리는데 요원 두 명이 총을 뽑아든 채 동시에 우리를 향해 다가왔다.

"진정해요, 진정하라고!" 마틴이 소리쳤다. "이 사람은 계속 나랑 함께 있었어요. 그러니까 그것 좀 저리 치워요."

"로스 요원이 도착할 때까지 그의 신병은 우리가 접수하겠어요." 윌록스라는 요원이 말했다.

"우리가 사태를 파악하기 전까지 어느 누구의 신병을 접수하지도, 체포하지도 못해요."

"부보안관, 경고하는데, 지금 이건 당신이 낄 자리가 아니에요."

그때 고성에 놀란 월리스와 번스가 병원 밖으로 달려나왔다. 그들은 기특하게도 마틴 옆에 버티고 섰고, 금방이라도 총을 꺼낼 수 있도록 손을 몸에 바짝 붙였다.

"내 말대로, 가만히 계세요." 마틴이 조용히 말했다. FBI 요원들은 이 문제를 좀더 밀어붙일 것 같더니 총을 총집에 넣고 뒤로 물러섰다.

"로스 요원에게 보고할 거요." 윌록스가 마틴에게 으르렁거렸지만 부보안관은 무시한 채 그냥 지나갔다.

월리스와 번스도 우리를 따라 여자가 있던 병실로 갔다.

"어떻게 된 거야?" 마틴이 물었다.

월리스는 얼굴이 시뻘개져서 횡설수설했다. "젠장, 앨빈, 밖에서 소동이 일어났는데요……."

"무슨 소동?"

"자동차 엔진에 불이 붙었어요. 간호사의 차라더군요. 원인은 모르겠어요. 차에는 아무도 타고 있지 않았고, 오늘 아침에 출근한 후로는 그냥 세워만 뒀다는데. 아무튼 문 앞의 자리를 비운 건 5분밖에 안 될 거예요. 다시 돌아왔더니 여자가 이 지경이더라고요……."

우리는 병실에 도착했고, 열린 문틈으로 밀랍처럼 창백한 여자의 몸과 왼쪽 귀 옆의 베개를 흠뻑 적신 피가 보였다. 그 안에서는 나무 손잡이가 달린 쇠 같은 게 번쩍였다. 범인이 침입한 창문은 열린 채였는데, 걸쇠를 푸느라 유리를 깨뜨렸다. 바닥엔 작은 갈색 종이가 한 장 떨어져 있었고, 거기에 깨진 유리조각이 붙어 있었다. 여자를 죽인 게 누군지는 몰라도 유리를 깨뜨리고 조각이 바닥에 떨어질 때의 소음을 흡수하기 위해 미리 풀인지 시럽인지를 이용해서 유리에 종이를 바르는 수고를 아끼지 않았다.

"자네 말고 여기 출입한 사람은 누가 있지?"

"의사, 간호사, 그리고 FBI 요원 두 명이요." 월리스가 대답했다. 엘리스라는 나이 든 의사가 뒤에서 다가왔다. 여의사는 겁에 질리고 넋이 나간 것 같았다.

"여자는 어떻게 된 건가요?" 마틴이 물었다.

"날카로운 흉기, 내 생각엔 제빙용 송곳 같은 것을 이용해서 귀부터 뇌까지 찌른 것 같아요. 우리가 도착했을 땐 이미 숨을 거둔 상태였어요."

"송곳을 꽂아놓은 채 떠났군." 마틴이 생각에 잠겼다.

"그쪽이 깔끔하고 간단하죠. 혹시 잡히더라도 사건과 연루될 만한 걸 아무것도 소지하고 있지 않으니까." 내가 말했다.

마틴은 내게 등을 돌린 채 다른 부보안관들과 의논하기 시작했다. 그들이 얘기를 나누는 동안 나는 화장실에 갔다. 윌리스가 돌아보기에 우스꽝스러운 표정을 지어줬더니 경멸에 찬 눈초리로 고개를 돌렸다. 나는 화장실에서 5초 정도 머물다가 뒷문으로 병원을 빠져나왔다.

남은 시간이 많지 않았다. 마틴은 범인을 찾기 위해 나를 심문하려 들 것이다. 로스도 거의 도착할 때가 됐다. 아무튼 그는 원하는 정보를 얻을 때까지 나를 잡아두기라도 할 테고, 그러면 캐서린 드미터를 찾을 희망은 사라지고 말았다. 나는 모텔에 돌아가서 차를 몰고 헤이븐을 떠났다.

25

　폐허가 된 오두막으로 올라가는 길은 진창이었고, 내가 접근하는 걸 원하는 않는 것 같은 자연에 맞서 안간힘을 써야 했다. 빗방울은 다시 굵어졌고, 거센 바람까지 합세하니 와이퍼는 무용지물이었다. 눈을 부릅뜬 채 돌 십자가를 찾았고 반대 방향에서 차를 돌렸다. 처음엔 집을 못 보고 지나갔다가, 진흙탕으로 변한 길에 나무들이 쓰러져서 썩어가는 걸 보고서야 실수를 깨닫고 다시 차를 돌려서 천천히 돌아오는데 왼쪽으로 허물어진 작은 기둥 두 개가 눈에 들어왔다. 지붕이 거의 사라진 오두막의 벽이 어두운 하늘을 배경으로 희미한 실루엣을 그리고 있었다.
　나는 퀭한 눈 같은 창문들과 한때는 현관이었겠지만 지금은 상인방의 부스러기들만 썩은 이처럼 바닥에 뒹구는 문틀 앞에 차를 세웠다. 의자 밑에서 묵직한 손전등을 꺼내 들고 차에서 내렸다. 실내라고 해봐야 비를 피할 수 있을 곳도 없겠지만, 그래도 집을 향해 달려가는 그 짧은 사이에 머리를 때리는 굵은 빗방울의 기세가 사나웠다.
　지붕은 반 너머 사라졌고, 남은 부분도 거의 숯처럼 검게 그을린 상태였다. 구석의 낡은 스토브로 미뤄보건대 음식을 만들고 식사를 한 것 같은 부엌, 더러운 매트리스 언저리에 빛바랜 피임도구들만 뱀의 허물처럼 어지러운 휑뎅그렁한 침실, 그리고 한때는 아이들 방이었을지 몰라도 지금은 낡은 목재와 녹슨 쇠창살, 그리고 아직까지도 치우지 않은 페인트 통만 어지러운 공간, 실내는 이렇게 세 부분으로 나뉘어져 있었다. 집 안에서는 낡은 나무, 오래전의 화재, 그리고 인분 냄새가 났다.

부엌 한쪽에는 낡은 소파가 있었는데, 곰팡이가 핀 쿠션 틈으로 스프링이 빠져나왔다. 소파는 벽의 모서리와 삼각형을 그렸고, 그 위에는 낡은 꽃무늬 벽지가 악착같이 매달려 있었다. 소파 가장자리를 손으로 짚고 등받이 뒤쪽을 손전등으로 비췄다. 소파는 눅눅했지만, 그나마 남은 지붕이 비바람을 막아줘서 젖지는 않았다.

소파 뒤에는 지하실 통로처럼 보이는 트랩도어가 벽에 바짝 붙어 있었다. 크기는 가로 세로 90센티미터 정도였다. 문은 잠겨 있었으며, 가장자리는 더럽고 먼지 더께가 끼었다. 빗장을 건 걸쇠에는 핏빛 녹이 슬고, 표면은 나뭇조각이며 낡은 쇳조각으로 뒤덮여 있었다.

좀더 자세히 보려고 소파를 잡아끄는데 발치에서 쥐 한 마리가 후다닥 도망가는 소리가 들렸다. 쥐는 어둠 속에 몸을 감춘 채 움직이지 않았다. 문 앞에 쪼그리고 앉아 걸쇠와 자물쇠를 점검하고, 걸쇠에 묻은 때를 주머니칼로 긁어냈더니 은을 녹여 붓기라고 한 것처럼 흙먼지 밑에서 한 줄기 쇠가 반짝였다. 문도 똑같이 긁어봤지만, 녹 부스러기만 떨어졌다.

걸쇠를 좀더 자세히 들여다봤다. 그러고 보니 처음에 녹인 줄 알았던 것은 문과 잘 어우러지도록 정교하게 칠한 페인트였다. 으스러진 것처럼 꾸미는 것쯤이야 뒷바퀴 차축에 붙들어 맨 다음 인근의 시골길을 조금 달리면 그만이었다. 사람이 죽어나간 흉가에서 스릴을 맛보려고 힐끗거리는 10대나 유령의 집에서 담력 경쟁을 벌이는 꼬마들을 속이려는 의도였다면 나쁘지 않은 솜씨였다.

차에 쇠 지렛대가 있었지만, 거센 빗줄기를 뚫고 차에 다녀올 엄두는 나지 않았다. 손전등으로 주변을 비춰봤더니 60센티미터 정도의 쇠막대가 눈에 들어왔다. 그걸 들고 무게를 가늠하면서 U자 모양의 자물쇠 틈에 꽂고 비틀었다. 처음에는 힘을 이기지 못해서 쇠막대가 구부러지거나 부러져버릴 것 같았지만, 날카롭게 우지끈거리는 소리가 나더니 자물쇠가 부서졌다. 자물쇠를 뜯어내고 걸쇠를 연 다음 힘겨운 신음소리를 내며 버티는 경첩을 벌려서 문을 들어올렸다.

밑에서 올라오는 묵직한 악취에 머리가 지끈거리고 속이 뒤집어졌다. 얼른 입을 막고 고개를 돌렸지만, 기어이 소파 옆에서 속을 게우고 말았다. 내 토사물과 아래에서 올라오는 지하실 악취에 콧구멍이 막힐 지경이었다. 집 밖의 신선한 공기를 마시며 기운을 차리고, 차로 달려가서 유리창 닦는 헝겊을 꺼냈다. 헝겊에 서리 제거제를 잔뜩 뿌린 다음 얼굴을 동여맸다. 서리 제거제 냄새에 머리가 어질어질했지만, 좀 더 필요할지 몰라 주머니에 찔러 넣고 오두막으로 다시 돌아갔다.

입으로 숨을 쉬는데도 서리 제거 스프레이 맛과 부패의 악취는 참기 힘들었다. 나무 계단을 조심조심 내려갔다. 왼손으로는 난간을 움켜쥐고, 오른손에 든 손전등으로 발치를 비췄다. 부서진 계단을 헛디뎌서 암흑의 심연으로 곤두박질치고 싶진 않았다.

계단 아래로 내려와서 비춘 손전등 불빛에 쇠가 번득이는 섬광과 청회색 덩어리가 보였다. 건장한 체구의 60대 남자가 계단 근처에서 무릎을 꿇고 손은 등 뒤로 돌려 수갑을 찬 자세로 누워 있었다. 얼굴은 잿빛이고 이마에 상처가 있었다. 별 모양으로 파열된 검은 구멍이었다. 처음에 불빛을 비췄을 땐 거기로 총알이 빠져나오면서 생긴 구멍인 줄 알았는데, 뒤통수로 손전등을 돌려봤더니 두개골에 구멍이 큼지막하게 나 있고, 그 안에서 썩어가는 뇌와 하얀 척추가 드러났다.

총을 머리에 바짝 들이댄 모양이었다. 이마의 상처에 탄약 가루가 묻어 있었고, 별 모양의 파열은 뼈 옆의 피부 아래로 압력이 가해지면서 이마가 폭발하듯 찢어졌기 때문에 생긴 것이었다. 총알은 두개골 뒤쪽을 거의 날려버리면서 어지럽게 빠져나갔다. 진입부위의 상처는 이례적인 자세도 설명해줬다. 그는 무릎을 꿇은 채 총구를 정면으로 보고 있었고, 옆으로 쓰러지다가 총에 맞으면서 뒤로 넘어간 것이다. 재킷에는 지갑이 그대로 있었고, 그 안에는 운전면허증과 경찰관 신분증이 있었으며, 거기에는 얼 리 그레인저라는 이름이 적혀 있었다.

캐서린 드미터는 계단을 거의 정면으로 바라보는 맞은편 벽에 축 늘어져 있었다. 그레인저는 들어왔을 때, 또는 밀려서 내려왔을 때 그녀를 봤을 것이다. 드미터는 다리를 쭉 뻗고 손바닥으로 바닥을 짚은 채 인형처럼 벽에 기대어 있었다. 한쪽 다리는 무릎 아래가 부러져서 부자연스러운 각도로 꺾였는데, 그 모습을 보니 지하실로 던져 넣은 다음에 벽으로 끌고 간 것 같았다.

그녀는 얼굴 바로 앞에서 총을 한 발 맞았다. 벽에는 그녀의 머리를 중심으로 마른 피와 뇌수와 뼛조각으로 핏빛 후광이 그려져 있었다.

길이와 폭이 위에 있는 집과 그대로 일치하는 것 같은 지하실에서 두 구의 시체는 빠른 속도로 부패하기 시작했다.

캐서린 드미터의 살에는 수포가 생겼고 코와 눈에서 진물이 흘렀다. 거미와 지네가 얼굴 위를 기어 다니고 머리카락 사이를 들락거리며 어느 틈에 시체를 파먹고 있는 구더기와 진드기들을 잡아먹었다. 파리 떼도 들끓었다. 죽은 지 2~3일은 되는 것 같았다. 지하실을 재빨리 훑어봤지만 곰팡이 슨 신문뭉치, 낡은 옷가지를 담아놓은 종이 상자, 굽은 목재들, 오래전에 스러진 생활의 잔해들뿐이었다.

머리 위의 마루에서 뭔가 움직이는 소리가 들렸다. 조심스레 걸으려고 애쓰는 것 같았지만 나무가 삐걱거리며 들통이 났고, 그 소리를 듣자마자 얼른 몸을 돌려서 계단을 뛰어 올라갔다. 위에서도 내 소리를 들었을 텐데, 계단이 내 걸음보다 더 빨리 움직이며 있는 대로 소리를 냈기 때문이었다. 맨 위까지 올라갔을 때 트랩도어의 경첩이 삐걱거리더니 네모꼴로 걸려 있던 밤하늘의 크기가 점점 작아지며 문이 닫혔다. 그 틈으로 조준이랄 것도 없이 총이 두 발 발사됐고, 뒤쪽 벽에 총알이 날아가 박히는 소리가 들렸다.

트랩도어가 닫히기 직전에 손전등을 들이밀었다. 위에서 끙끙거리는 소리가 났고, 손전등을 계속 발로 걷어차기에 그걸 놓치지 않으려고 있는 힘껏 움켜잡았다. 손전등은 굳게 자리를 지켰지만, 안간힘을 쓰고 버티느라 부상당한 오른쪽 어깨가 욱신거렸다.

위에서도 트랩도어에 온몸을 싣고 열심히 손전등을 걷어찼다. 지하실의 쥐들이 놀라 허둥대는 소리가 들렸지만, 그 지하실에 갇힐지도 모른다는 생각을 하자 그게 쥐 소리 같지가 않았다. 급기야 캐서린 드미터가 으스러진 다리를 끌고 나무 계단을 올라와 하얀 손가락으로 내 다리를 움켜쥐고 끌어당기는 느낌마저 들었다.

나는 결국 그녀를 구하지 못했다. 네 명의 아이가 비명 한 번 제대로 지르지 못한 채 끔찍한 죽음을 맞은 이 지하실에서 고통스럽게 숨이 끊어진 그녀를 지켜주지 못했다. 그녀는 언니가 죽음을 맞은 곳으로 돌아왔고, 고약한 운명의 도돌이표처럼 지금까지 살면서 끊임없이 머릿속으로 떠올렸을 그 죽음을 되풀이하고 말았다. 죽기 직전에 그녀의 머릿속에는 언니의 끔찍한 마지막 순간이 스쳐 갔을 것이다. 그래서 나를 옆에 끌어다 앉혀놓고, 자신의 죽음 앞에서 내가 느끼는 나약함과 무기력함을 위로하며, 내가 죽을 때 내 옆에 누워 있으려는 것 같았다.

이를 악물고 그 사이로 숨을 쉬는데도 죽은 손으로 내 입과 코를 틀어막기라도 한 것처럼 썩는 냄새가 진동했다. 또다시 헛구역질이 올라왔지만 애써 삼켜야 했다. 문을 미는 힘을 잠깐이라도 멈췄다간 꼼짝없이 이 지하실에 갇힌 채 생을 마감할 게 틀림없었기 때문이었다. 순간적으로 위에서 누르는 힘이 약해진 것 같기에 있는 힘을 다해서 문을 밀었는데, 그게 패착이었는지 상대도 남은 힘을 전부 쏟아냈다. 한 번의 거센 발길질에 손전등이 밀려나갔다. 관 뚜껑을 닫듯이 트랩도어가 닫혔고, 지하실 벽에 울리는 메아리는 나를 조롱하는 듯했다. 절망에 겨운 신음을 토해내며 부질없이 문을 밀기 시작했는데, 그때 위에서 뭔가 폭발하는 소리가 들리더니 내리누르던 힘이 사라지면서 문이 위로 솟구쳐 올라 뒤집혔다.

몸을 위로 날리고 손으로 총을 찾아 쥐었다. 온몸으로 통증을 느끼며 바닥을 구르는 동안, 손전등 불빛이 어지러이 찬장과 벽을 비췄다. 그 빛에 문설주 옆의 벽에 몸을 기대고 있는 코넬 하이엄스 변호사가 잡혔다. 그는 왼손으로 다친 어깨를 부여잡고, 오른손으로 총을 들어 올리려 했다. 양복이 비에 젖었고, 깨끗한 흰 셔츠가 몸에 찰싹 달라붙었다. 나는 그에게 손전등을 비추며 다른 손으로 총을 겨냥했다.

"멈춰." 내 말에도 아랑곳없이 코넬 하이엄스는 총을 들었고, 두려움과 고통에 입을 일그러뜨리며 안간힘을 다해 방아쇠를 당겼다. 두 발의 총성이 울렸다. 그러나 그 소리는 하이엄스의 총구에서 나온 게 아니었다. 그의 몸은 총알이 박힐 때마다 움찔하더니 고개가 뒤로 돌아갔다. 나는 얼른 돌아서서 손전등 불빛이 향하는 곳을 조준했다. 유리가 없는 창틀 너머로 양복 차림의 마른 체구가 팔다리를 칼날처럼 휘두르며 사라지고 있었다. 얼핏 마르고 수척한 얼굴을 가로지르는 흉터가 보였다.

그 자리에서 바로 마틴에게 전화를 걸어 경찰과 FBI에게 모든 걸 넘겨줘야 했을지도 모른다. 속이 울렁거리고 모든 것에 진저리가 났으며, 참을 수 없는 상실감에 휩싸여 겁쟁이가 되어버릴 것 같았다. 캐서린 드미터의 죽음에 나는 몸까지 아팠고, 배를 부여잡은 채 코넬 하이엄스의 시체 맞은편에 드러누웠다. 바비 시오라가 차를 몰고 떠나는 소리가 들렸다.

이를 악물고 일어선 건 그 소리 때문이었다. 병원에서 암살자를 처리한 건 시오라였다. 서니가 연루됐을까 봐 염려한 노인네의 지시였을 것이다. 하지만 그가 무엇 때문에 하이엄스를 죽였는지, 왜 나를 살려쳤는지, 그 이유를 이해할 수 없었다. 욱신거리는 어깨를 움켜잡고 비틀비틀 차로 돌아가 하이엄스의 집으로 갔다.

26

　운전을 하면서 지금까지 벌어진 일들의 조각들을 한데 맞춰봤다. 캐서린 드미터는 그레인저 보안관을 만날 생각으로 헤이븐에 돌아왔고, 하이엄스가 끼어들었다. 캐서린이 여기 왔다는 걸 우연히 알게 됐을지도 모르지만, 누군가 그녀가 올지 모른다는 사실을 그에게 알려준 후 행여 여기서 누구를 만나 무슨 말을 하지 못하도록 단도리를 하라고 부추김질을 했을 가능성도 없지 않았다.

　하이엄스는 캐서린과 그레인저를 살해했다. 거기까지는 확실해 보였다. 짐작컨대, 그는 보안관이 돌아온 걸 보고 그의 집으로 따라 들어갔을 것이다. 하이엄스는 이웃인데다 지역사회에서 신망을 얻고 있으니까 평소에 열쇠 정도는 충분히 맡겨놓을 수 있었을 테고, 그래서 만약 보안관의 집 열쇠를 갖고 있었다면 자동응답기에 녹음된 캐서린 드미터의 메시지를 듣고 행방을 파악했을 것이다. 보안관이 도착했을 때 캐서린 드미터는 이미 죽어 있었다. 그레인저의 사체는 드미터의 것보다 부패 정도가 덜했다.

　하이엄스는 메시지를 삭제했을 테지만, 그레인저가 밖에서 원격조정으로 그걸 듣지 않았으리라는 것까지 확신할 수는 없었다. 어느 쪽이건 요행에 맡길 수는 없는 일이었으니, 직접 처리해야 했을 것이다. 아마도 보안관을 때려 의식을 잃게 한 후 수갑을 채워서 캐서린 드미터가 이미 죽어 있는 오두막으로 데려갔을 것이다. 보안관의 자동차는 보이지 않는 곳에 내버리거나 다른 마을로 몰고 가서 한동안 사람들의 관심을 끌지 않을 만한 곳에 세워뒀을 것이다.

오두막이라는 장소는 퍼즐을 완성하는 또 하나의 조각이 됐다. 코넬 하이엄스는 아들레이드 모딘의 공범이었을 게 거의 확실했다. 죄 없는 윌리엄 모딘이 대신 교수형을 당해야 했던 인물. 그렇다면 왜 지금 이 시점에서 그가 손에 총을 들어야 했는지 의문이 생기지만, 그 대답에도 거의 근접했다는 확신이 들었다. 비록 그 가능성을 생각한다는 것만으로도 속이 울렁거릴 지경이었지만.

하이엄스의 집은 불이 다 꺼진 채 어두웠다. 인근에 서 있는 자동차는 한 대도 없었지만, 그래도 총을 꺼내들고 집으로 다가갔다. 어둠 속에서 바비 시오라와 마주 선다고 생각하니 소름이 돋았고, 하이엄스의 시체에서 꺼내온 열쇠로 문을 여는 손이 덜덜 떨렸다.

집 안은 고요했다. 쿵쾅거리는 가슴으로 방아쇠에서 손가락을 풀지 않은 채 일단 방마다 돌아다니며 아무도 없는지 확인했다. 바비 시오라의 흔적은 찾을 수 없었.

하이엄스의 집무실로 들어가서 커튼을 치고 탁상 램프를 켰다. 컴퓨터에는 암호가 걸려 있었지만, 하이엄스 같은 사람은 컴퓨터에 저장한 파일을 전부 출력해서 정리해뒀을 게 틀림없었다. 내가 뭘 찾고 있는지조차 정확히 알 수 없었지만, 하이엄스와 페레라 집안 사이를 연결해줄 뭔가가 있을 것만 같았다. 하지만 사실상 두 집안의 연결고리는 어처구니없는 비약처럼 느껴졌고, 이제 그만 헤이븐으로 돌아가서 모든 사실을 마틴과 로스에게 알려주고 싶은 마음도 들었다. 페레라 패거리들이 온갖 나쁜 짓을 저지르고 돌아다니긴 해도, 아동 살인범 집단은 아니었다.

하이엄스의 서류함 열쇠도 그의 옷에서 꺼내온 열쇠 꾸러미에 함께 묶여 있었다. 서둘렀다. 지역의 사안, 사소하거나 관련성이 없어 보이는 파일은 무시했다. 신탁 관련 파일이 없는 게 이상했는데, 그건 읍내에 있는 그의 사무실에 보관했을 거라는 데 생각이 미쳤고, 그러자 가슴이 철렁 내려앉았다. 신탁 파일이 집에 없다면 다른 파일들도 여기에 없을 가능성이 높았다. 만약 그렇다면 이렇게 뒤지는 게 아무 소용이 없었다.

그래서 결국 두 집안 사이의 연결고리를 찾으려는 노력을 거의 포기하려는데, 어디서 본 것 같은 이탈리아 단어가 눈에 띄었다. 그건 하이엄스가 키르케라는 회사의 대리인 자격으로 퀸즈의 플러싱에 위치한 창고 건물과 맺은 임대 계약서였다. 계약 시점은 5년 전이었고, 건물주는 만치노 주식회사였다. 만치노가 이탈리아어로 '왼손잡이'라는 뜻이라는 게 기억났다. 그건 사기라는 뜻을 지닌 또 다른 단어에서 유래된 말이었으며, 서니 페레라의 말장난이었다. 서니는 왼손잡이였고, 만치노 주식회사는 그가 페레라의 조직 전체를 위험에 빠뜨릴 수 있는 위험한 어릿광대 수준으로 전락하기 전에 세웠던 서류상의 유령회사 가운데 하나였다.

하이엄스의 집에서 나와 차를 몰았다. 마을에 접어들 때쯤 길가에 픽업트럭 한 대가 서 있는 게 보였다. 뒷자리에 남자 둘이 앉아서 갈색 종이봉투로 감싼 맥주 캔을 들이켰고, 또 한 남자는 주머니에 손을 찌른 채 운전석에 기대 서 있었다. 헤드라이트 불빛에 잡힌 남자는 클리트였고, 뒷자리에 앉은 남자 중에 하나는 게이브였다. 마르고 수염을 기른 또 다른 남자는 누군지 모르는 사람이었다. 옆을 지나칠 때 클리트와 눈이 마주쳤고, 게이브가 그에게 뭔가 얘기하려는 걸 클리트가 손을 들어 제지했다. 그는 내가 지나치는 동안 나를 계속 응시했고, 픽업트럭의 헤드라이트 속에 검은 그림자처럼 서 있었다. 그에게 미안한 마음이 들 지경이었다. 헤이븐이 리틀 도쿄가 될 가능성은 이제 끝장났다고 보는 게 옳았다.

샬롯빌에 도착해서 마틴에게 전화를 걸었다.
"파커입니다. 근처에 누구 있어요?"
"나는 지금 사무실인데, 당신은 이제 큰일났소. 어쩌자고 그런 식으로 도망을 친 겁니까? 로스가 와서 다들 가만두지 않겠다고 길길이 뛰고 있지만, 그중에서도 제일 노리는 건 당신이지. 이봐요, 리 그레인저가 돌아오면 한바탕 난리가 날 거요."
"내 말 잘 들어요. 그레인저는 죽었어요. 캐서린 드미터도요. 하이엄스가 둘을 죽인 것 같습니다."
"하이엄스?" 마틴은 거의 외마디 비명을 지르듯이 그 이름을 외쳤다. "그 변호사? 당신 미쳤군요."
"하이엄스도 죽었어요." 내 말은 이제 거의 역겨운 농담처럼 들리기 시작했지만, 웃을 기분은 아니었다. "그 오두막에서 그가 나를 죽이려고 했어요. 그레인저와 캐서린 드미터의 시체는 그 집 지하실에 버렸더군요. 내가 그 시체들을 찾아냈는데, 하이엄스는 나를 거기 가둔 채 문을 잠가버리려고 했어요. 총을 주고받았고, 하이엄스가 죽었어요. 한 사람이 더 끼어들었는데, 병원에서 여자를 죽인 자예요." 바비 시오라의 이름을 거론하고 싶지는 않았다. 아직은 그럴 때가 아니었다.

마틴은 한참 동안 말이 없었다. "돌아와요. 지금 어디에요?"

"아직 끝나지 않았어요. 당신이 그 사람들을 좀 붙들고 있어줘요."

"붙들긴 뭘 붙들란 말입니까. 당신 때문에 이 마을 전체가 시체 안치실이 됐고, 도대체 몇 명이나 죽었는지 알 수도 없는 살인사건에서 이제 당신은 유력한 용의자예요. 돌아와요. 지금까지 벌인 일만으로도 당신은 충분히 곤경에 빠졌어요."

"미안하지만 그럴 수 없어요. 내 말 좀 들어봐요. 하이엄스는 드미터가 그레인저를 만나는 걸 막으려고 그녀를 죽였어요. 내 생각엔 하이엄스가 아들레이드 모던의 공범이었던 것 같아요. 만약 그렇다면, 그가 교묘히 빠져나와 도망친 것처럼 아들레이드 모던 역시 그랬을지 몰라요. 그녀를 죽은 것처럼 조작했을 수도 있죠. 아버지의 수술실에 들어가서 그녀의 치과 기록을 빼낼 수 있었잖아요. 다른 여자, 이를테면 이민 노동자나 다른 마을에서 납치해온 여자의 기록하고 바꿔치기를 했을지도 모릅니다. 하지만 무슨 이유 때문인지 캐서린 드미터는 도망을 쳤고, 바로 그 이유 때문에 여기로 돌아왔어요. 내 생각엔 그녀가 그 여자를 본 것 같아요. 드미터가 아들레이드 모던을 본 거예요. 그렇지 않고서는 그녀가 여기로 돌아올 이유, 그렇게 오랜 세월이 지났는데 이제 와서 그레인저를 찾아갈 이유가 없어요."

 수화기 너머에서는 침묵이 흘렀다. "로스는 리넨 양복을 입은 화산 같아요. 당신에게 모든 걸 덮어씌울 거예요. 모텔 숙박계에서 당신의 지문을 떴어요."

 "당신 도움이 필요해요."

 "하이엄스가 연루됐다고요?"

 "네. 왜요?"

 "번스한테 수사 파일을 확인해보게 했잖아요. 생각했던 것만큼 오래 걸리지 않더군요. 리 그레인저가…… 살인사건과 관련된 파일을 갖고 있었어요. 그걸 시시때때로 들여다보곤 했나봐요. 하이엄스가 그저께 그걸 찾으러 왔었어요."

 "모르면 몰라도 파일에서 사진이 전부 사라졌을 겁니다. 하이엄스는 보안관의 집에서도 그걸 뒤졌을 거예요. 아들레이드 모던의 모든 흔적, 그녀의 새로운 신분이 폭로될 만한 흔적을 전부 지워야 했을 테니까요."

 사라지는 건 쉽지 않다. 공적인 서류든, 사적인 기록이든, 수많은 흔적들이 태어난 순간부터 우리를 따라다닌다. 그걸로 정부와 사법기관은 우리의 존재를 규정한다. 하지만 사라지는 방법이 없는 건 아니다. 우선 출생 신고서를 새로 발급받는다. 사망 신고서를 보고 고르거나 다른 누군가의 이름과 생년월일로 출생 신고서를 만든 다음 일주일 동안 신발 속에 넣고 다니면서 오래된 것처럼 보이게 만든다. 그걸로 도서관 대출증을 신청하고, 그걸로 유권자 등록카드를 만든다. 가까운 면허시험장에 가서 그 서류와 신분증을 휘리릭 보여주면 운전면허증도 만들 수 있다. 이건 도미노 효과 같아서, 제대로 된 서류를 하나만 만들어놓으면 그 다음 단계는 저절로 이뤄진다.

제일 쉬운 건 다른 사람 행세를 하는 것이다. 아무도 찾지 않을 사람, 사회의 언저리에서 살아가는 인생. 내 짐작으론 아들레이드 모딘이 하이엄스의 도움을 받아 버지니아에서 불태워 죽인 여자의 신분으로 가장했을 것 같았다. "그게 전부가 아니에요." 마틴이 말했다. "모딘 남매에 대한 별도의 파일이 있었어요. 거기서도 사진은 전부 사라졌고요."

"하이엄스가 그 파일들을 볼 수 있었나요?"

수화기 너머에서 마틴의 한숨 소리가 들렸다.

"당연하죠." 그는 한참 만에 입을 열었다. "그는 우리 마을의 변호사잖아요. 모두의 신임을 받는 사람이었어요."

"모텔들을 다시 한 번 확인해주세요. 캐서린 드미터의 짐이 어딘가에 있을 거예요. 거기에 뭔가가 있을지도 몰라요."

"이봐요. 당신이 여기 와서 이 사태를 해결해야 해요. 지금 여기 시체가 잔뜩 쌓여 있는데, 전부 당신의 이름이 꼬리표처럼 달려 있어요. 더 이상은 나도 어쩔 수가 없어요."

"최선을 다해봐요. 나는 못 가니까."

전화를 끊고, 다른 번호를 눌렀다. "네." 남자의 목소리가 대답했다.

"앙헬. 나 버드야."

"대체 어디 있는 거야? 여기는 난리도 아니야. 지금 휴대전화로 거는 거야? 일반 전화로 다시 걸어."

나는 조금 있다가 편의점 앞의 공중전화에서 다시 전화를 걸었다.

"노인네의 부하들이 필리 필라를 잡아갔어. 바비 시오라가 어딜 갔다는데, 그가 돌아올 때까지 붙잡아두고 있어. 페레라 소유의 어딘가에 격리되어 있는데, 누구든 그와 얘기를 하면 머리에 구멍을 내버리나봐. 오로지 바비만이 얘기를 할 수 있는 거야."

"서니는 찾았어?"

"아니, 아직 잡히지 않았어. 하지만 이제 아무도 없이 혼자야. 뭐가 됐든 노인네하고 담판을 지어야 할 거야."

"내가 지금 좀 곤란한 상황에 빠졌어, 앙헬." 그리고는 그동안의 일을 간단히 설명했다. "지금 가는 중인데, 자네랑 루이스가 좀 도와줘야겠어."

"말만 해."

창고의 주소를 알려줬다. "거길 좀 감시해줘. 최대한 빨리 거기로 갈게." 일단 리치몬드로 가서 장기 주차장에 머스탱을 세웠다. 그런 다음 여기저기 전화를 몇 통 걸었다. 나는 1천5백 달러에 고요를 샀고, 사설 비행장에서 소형비행기를 타고 뉴욕으로 돌아왔다.

27

"정말 여기서 내리려는 거 확실해요?" 퉁퉁한 몸집의 택시 운전사는 뺨에서 굵은 목주름을 지나 때가 꼬질꼬질한 셔츠 속까지 땀을 줄줄 흘렸고, 땀에 젖은 머리가 곱실거렸다. 그의 몸은 택시의 앞좌석을 꽉 채웠고, 이제 문은 그 몸이 통과하기에 너무 작아 보였다. 오랜 세월 택시 안에서 먹고 자며 살이 쪄서 더 이상 나갈 수도 없는 지경에 이른 게 아닌가 싶었다. 택시는 그의 집이며 성이고, 체구로 볼 때 그의 무덤이 될 것 같았다.

"네." 내가 대답했다.

"여기는 거친 동네에요."

"괜찮아요. 나한테는 거친 친구들이 있거든요."

만치노 와인 창고는 플러싱 북쪽 대로의 서쪽 끝으로 어두침침한 길을 따라 길게 이어진 어슷비슷한 시설들 가운데 하나였다. 빨간 벽돌 건물이었고, 지붕 아래쪽에 흰색 페인트로 적어놓은 이름은 칠이 벗겨져서 희미한 흔적만 남았다. 아래층과 위층 창문에는 전부 철망을 씌워놨다. 벽에는 전등 하나 달려 있지 않아서 입구부터 건물까지는 거의 칠흑 같은 어둠이었다.

길 맞은편은 넓은 야적장 입구였는데, 저장함과 화물 컨테이너들이 빼곡했다. 땅에는 곳곳에 웅덩이가 파여 오물이 고여 있고, 버려진 담요들도 보였다. 야적장을 비추는 허름한 불빛 속에서 갈비뼈가 털을 뚫고 나올 것처럼 앙상한 들개 한 마리가 뭔가를 잡아 뜯고 있었다.

택시에서 내려서는 순간 창고 옆의 뒷골목에서 헤드라이트가 짧게 번쩍였다. 그리고 얼마 후, 택시가 돌아갈 때 앙헬과 루이스가 검은색 세비 승합차에서 모습을 드러냈다. 앙헬은 무거워 보이는 트레이닝 가방을 들고 있었고, 루이스는 검은색 가죽 코트에 검은 양복과 검은색 터틀넥으로 멋을 냈다.

거리가 좁혀질수록 앙헬의 인상이 구겨졌다. 이유를 짐작하기란 어렵지 않았다. 오두막에서 하이엄스와 드잡이를 하느라 옷이 찢어지고, 진흙과 오물로 뒤범벅이 됐기 때문이다. 팔에서 다시 피가 흘러서 오른쪽 소매가 진한 붉은색으로 변했다. 온몸이 쑤셨고, 죽어 나뒹구는 사람을 보는 것도 이제 지겨웠다.

"신수가 훤한데. 댄스파티가 열리는 데는 어디야?" 앙헬이 말했다.

나는 만치노 창고를 바라봤다. "저기. 그동안 또 무슨 일 없었어?"

"여기서는 없었어. 하지만 루이스가 페레라 저택에 갔다가 방금 돌아왔지."

"바비 시오라가 한 시간쯤 전에 헬리콥터로 도착했어. 아마 지금쯤이면 필리 필라와 흉금을 털어놓고 얘기를 하고 있을 거야." 루이스가 말했다.

나는 고개를 끄덕였다. "들어가자."

창고 주변에는 돌담을 높이 쌓고, 그 위에 뾰족한 울타리를 세운 다음 가시철망까지 둘러놓았다. 담이 안으로 약간 말려들어간 곳에 문을 냈고, 그 위에도 역시 철망을 둘렀다. 문은 중간에 묵직한 자물쇠와 사슬로 두 쪽을 연결한 구멍을 제외하면 빈틈을 찾아볼 수 없는 철판이었다. 루이스가 태연한 척 망을 보는 동안 앙헬이 가방에서 작은 드릴을 꺼내 자물쇠에 찔러 넣었다. 손잡이를 움켜잡자 밤의 정적을 찢는 날카로운 소리가 울렸다. 인근에 있는 개들이 일제히 짖기 시작했다.

"맙소사, 앙헬. 거기다 호루라기라도 집어넣은 거야?" 루이스가 숨죽인 목소리로 외쳤다. 앙헬은 대꾸를 하지 않았고, 잠시 후에 자물쇠가 열렸다.

안으로 들어간 후에 앙헬은 자물쇠를 조심스레 풀어서 문 안쪽에 다시 채웠다. 안에서 잠근 게 이상하긴 했겠지만, 무심코 지나가는 사람에게는 문단속을 잘해놓은 것처럼 보였다.

창고는 30년대에 지은 건물이었는데, 그때 당시에도 실용적으로 보였을 것 같았다. 오른쪽과 왼쪽의 오래된 문은 폐쇄해서 이제는 오로지 앞의 문으로만 출입을 할 수 있었다. 뒤쪽 비상구마저 용접을 해서 고정시켰다. 한때는 구내를 밝혔을 보안등에 더 이상 불이 들어오지 않았고, 가로등 불빛은 이곳의 어둠을 뚫지 못했다.

앙헬은 손전등을 입에 문 채 준비해온 일종의 만능키를 이것저것 꽂아서 돌려봤고, 1분도 되지 않아 문이 열렸다. 우리 셋은 저마다 묵직한 손전등으로 내부를 비췄다. 창고가 제 기능을 하던 시절에 사용했을 작은 경비실이 문 안쪽에 있었다. 벽에는 텅 빈 선반이 길게 이어졌고, 중간에도 비슷한 선반을 나란히 세워서 두 개의 통로가 만들어졌다. 선반은 와인 병을 담기에 적당한 공간으로 구획되어 있었다. 바닥은 돌이었다. 방문객이 와인의 종류를 구경할 수 있도록 조성한 전시실인 모양이었다. 와인 상자는 아래의 지하실에 보관했다. 한쪽 끝에는 바닥에서 조금 간격을 띠운 사무실이 있었다.

몇 개 안 되는 사무실 계단 옆에 지하실로 내려가는 널찍한 층계가 있었다. 낡은 화물용 엘리베이터는 잠가놓지 않았다. 앙헬이 들어가서 손잡이를 당기자 승강기가 30~60센티미터 정도 내려갔다. 다시 원래의 높이로 올라온 앙헬이 밖으로 나오더니 한쪽 눈썹을 치켜세우고 나를 쳐다봤다.

우리는 층계를 내려가기 시작했다. 네 번이 꺾였으니 두 층에 해당되는 높이였지만, 매장과 지하실 사이에 중간층은 없었다. 밑에 있는 문도 잠겨 있었지만, 나무문에 난 유리창으로 손전등을 비췄더니 아치형의 지하실이 눈에 들어왔다. 자물쇠를 따는 건 이번에도 앙헬의 몫이었고, 몇 초도 걸리지 않았다. 지하실로 들어가는 그의 표정이 불편해 보였다. 손에 들고 있는 트레이닝 가방도 갑자기 더 무거워 보였다.

"내가 좀 들어줘?" 루이스가 물었다.

"빨대로 음식을 먹일 만큼 늙으면." 앙헬이 받아쳤다. 지하실은 서늘했지만, 그는 입술 위에 맺힌 땀을 핥았다.

"사실상 지금도 빨대로 먹여주고 있잖아." 그가 뒤에서 따라오며 중얼거렸다.

우리 앞쪽으로는 동굴처럼 움푹한 아치형의 공간이 몇 줄씩 이어졌다. 입구에는 각각 천장부터 바닥까지 수직으로 창살이 세워져 있고, 중간에 문이 나 있었다. 오래된 와인 저장실이었다. 쓰레기며 낡은 포장지가 어지러운 걸로 보아 사용하지 않는 게 확실했다. 손전등 불빛에 바닥 가장자리가 눈에 들어왔는데, 다른 곳들과 차이가 있었다. 오른쪽으로 우리와 가장 가까운 저장실이었고, 시멘트 바닥을 들어낸 곳에 흙을 덮어놓았다. 그곳의 문도 조금 비낀 채 열려 있었다.

그곳으로 다가가는 우리의 발자국 소리가 돌 벽에 울려 메아리쳤다. 안으로 들어갔더니 바닥이 깨끗하고 흙도 얌전하게 쓸어놓았다. 한쪽 구석에는 녹색 철제 테이블이 있고, 양쪽에는 홈을 파서 가죽 홀더를 걸어놓았다. 다른 쪽 구석에는 산업용처럼 보이는 커다란 비닐 한 롤이 세워져 있었다.

벽엔 선반이 두 줄 달려 있지만, 비닐로 단단하게 말아서 맨 구석에 처박아놓은 꾸러미 말고 다른 것은 없었다. 그 꾸러미를 향해 걸어가면서 손전등을 비춰봤더니 데님과 녹색 체크 셔츠가 보였다. 이어서 자그마한 신발 두 짝과 더벅머리, 살이 터지고 색이 변한 얼굴과 탁하고 흐리멍덩한 눈동자. 썩는 내가 진동했지만 비닐로 싸놔서 그나마 조금 덜했다. 옷차림이 익숙했다. 에반 베인스, 바튼 저택에서 사라졌던 아이였다.

"세상에 맙소사." 앙헬의 목소리였다. 루이스는 조용했다.

더 가까이 다가가서 손가락과 얼굴을 살펴봤다. 자연스러운 부패 외에 몸은 상한 데가 없었고, 아이의 옷도 찢어지지 않은 것 같았다. 에반 베인스는 죽기 전에 고문을 당하지는 않았지만, 관자놀이 부분의 변색이 심했고, 귀에 피가 말라붙었다.

왼손은 손가락을 쫙 펼쳐서 가슴에 댔는데, 조그만 오른손은 주먹을 단단히 말아 쥐었다.

"앙헬. 이리 좀 와. 가방 가지고."

내 옆에 와서 선 그의 눈에 분노와 절망이 이글거렸다.

"에반 베인스야. 방진 마스크 가져왔어?"

그가 몸을 숙이더니 방진 마스크 두 개와 아라미스 애프터셰이브 한 병을 꺼냈다. 마스크 하나에 애프터셰이브를 뿌려서 내게 주고 자기도 썼다. 그런 다음 비닐장갑도 건네줬다. 루이스는 저만치 뒤에 서 있었고, 마스크도 쓰지 않았다. 앙헬이 손전등으로 시체를 비췄다.

내가 주머니칼을 꺼내서 아이의 오른손 옆의 비닐을 찢었다. 마스크를 썼는데도 악취는 점점 심해졌고, 가스가 빠져나오면서 슉슉거리는 소리가 났다. 칼등으로 아이의 주먹을 비틀어 열었다. 살이 터지고 손톱 하나가 떨어졌다.

"전등 좀 똑바로 비춰봐, 젠장." 내가 이를 악물고 말했다. 아이의 주먹에서 작고 파란 뭔가가 보였다. 이제는 손이 상하는 것을 신경 쓸 여지가 없었다. 힘을 줘서 주먹을 비틀어 열었다. 알아야 했다. 나는 여기서 벌어진 일들의 대답을 찾아야만 했다. 마침내 아이가 손에 쥐고 있던 물건이 바닥에 떨어졌다. 몸을 숙여서 그걸 집어들고 손전등을 비춰봤다. 파란 도자기에서 깨진 조각이었다.

내가 도자기 조각을 살펴보는 동안 손전등으로 지하실을 구석구석 비추던 앙헬이 밖으로 나갔다. 도자기 조각을 챙기는데 드릴 소리가 들리더니 위에서 우리를 부르는 그의 목소리가 들렸다. 계단을 올라갔더니 딱 옷장만 한 크기의 방에 들어가 있었는데, 아이의 시체가 놓인 곳 바로 위의 공간이었다. 선반 같은 것 위에 서로 연결된 비디오 레코더 세 개가 차곡차곡 포개어져 있고, 가느다란 케이블이 벽 아래쪽 구멍을 통해 창고 바닥으로 사라졌다. VCR 하나에서 초침이 정신없이 째깍거리는 소리가 나는 걸 앙헬이 꺼버렸다.

"아까 그 지하실 구석에 작은 구멍이 있더라고. 내 손톱만 했지만 어안렌즈와 동작감지센서를 달기엔 충분한 크기였지. 보통 사람이라면 그게 거기 있다는 걸 알고, 어디 있는지까지 알지 않는 이상 발견하지 못할 거야. 환풍구 시스템을 통해 선을 이어놓은 것 같아. 누군지는 모르지만 그 방에서 벌어지는 일을 언제든 녹화하고 싶었던 모양이야."

누군지는 모르지만, 방에 그 아이들과 함께 들어갔던 사람은 아니었다. 일반 비디오카메라를 설치했다면 화질이 훨씬 좋았을 것이다. 들키지 않고 숨어서 보고 싶은 게 아니었다면 굳이 감출 이유가 없었다. 방에 모니터가 없다는 건 이걸 설치한 사람이 테이프를 자기 집에 가져가서 편안하게 보고 싶었거나, 테이프를 전달하는 사람이 미리 내용을 볼 수 없게 하려는 의도였다. 나는 그런 식의 모략을 꾸밀 수 있는 사람을 여럿 알았고, 그건 앙헬도 마찬가지였지만, 특별히 떠오르는 사람이 한 명 있었다. 필리 필라.

다시 지하실로 내려갔다. 앙헬의 가방에서 휴대용 삽을 꺼내 땅을 파기 시작했다. 금세 무른 부분이 나왔다. 폭을 넓혀가며 흙을 쓸어내기 시작했고, 앙헬도 작은 모종삽을 가지고 합세했다. 비닐 한 장이 나오더니 그 밑으로, 식별하기가 쉽지는 않았지만, 갈색의 쪼글쪼글한 살갗이 보였다. 흙을 다 쓸어내고 보니 왼팔로 머리를 감싸고 태아처럼 웅크린 아이의 시체가 나왔다. 부패했어도 손가락이 부러진 건 알 수 있었다. 하지만 사내아이인지 여자아이인지는 한눈에 분간이 가지 않았다.

앙헬은 지하실 바닥을 천천히 돌아봤는데, 그가 무슨 생각을 하는지 알 것 같았다. 이것보다 훨씬 더 끔찍할 수도 있었다. 15센티미터도 파지 않아서 아이가 나왔는데, 그렇다면 그 밑으로 다른 아이들이 더 있을지도 모른다는 뜻이었다. 이 창고를 사용하지 않은지는 한참 됐다.

루이스가 손가락을 입에 댄 채 조용히 안으로 들어왔다. 아이를 한 번 흘깃 쳐다보더니 오른손으로 천천히 머리 위를 가리켰다. 숨죽인 채 가만히 있었더니 조용히 층계를 내려오는 소리가 들렸다. 앙헬이 선반 옆의 어둠으로 몸을 숨기며 손전등을 껐다. 내가 몸을 일으켰을 때 루이스는 이미 보이지 않았다. 문 반대쪽으로 자리를 옮겨서 총을 꺼내려는데, 손전등 불빛이 얼굴에 쏟아졌다. 바비 시오라의 목소리가 짧게 한 마디 했다. "멈춰." 나는 천천히 손을 내렸다.

그는 재빠르게, 놀랍도록 민첩하게 몸을 움직였다. 어둠 속에서 몸을 드러낸 그는 매끈한 파이브-세븐을 들고 있었고, 열린 문을 향해 나가오는 동안 손전등 불빛을 내 얼굴에서 떼지 않았다. 그는 3미터쯤 거리를 둔 채 걸음을 멈췄고, 미소를 짓는 그의 얼굴에서 반짝이는 이가 보였다.

"이제 죽은 목숨이군. 네 뒤의 그 방에 들어간 애들만큼이나 죽은 목숨이야. 거기 그 오두막에서 네놈을 죽이려고 했는데, 노인네가 살려두길 원하더라고. 선택의 여지가 없어질 때까진 말이야. 그런데 이제 선택의 여지가 바닥이 났어."

"아직도 페레라의 더러운 뒷설거지를 하고 있군. 아무리 당신이지만 이런 일에는 양심의 가책을 느껴야지."

"사람은 누구에게나 사족을 못 쓰는 부분이 있기 마련이지." 그가 어깨를 들썩였다. "서니한테는 그게 아동성폭행이야. 보는 걸 좋아하지. 흐느적거리는 그 물건으론 달리 할 수 있는 게 없으니까. 역겨운 변태 새끼지만 아빠가 아들을 너무 사랑하고, 그 아빠가 이제 아들이 어질러놓은 난장판을 치우려는 거지."

그러니까 아이들이 괴로움에 몸부림치며 죽어가는 걸 녹화한 사람은 서니 페레라였다. 그는 하이엄스와 아들레이드 모딘이 아이들을 고문하고 죽이는 걸 지켜봤다. 아이들의 비명이 지하실에 울려 퍼질 때 카메라 렌즈는 눈 한 번 깜빡하지 않은 채 조용히 그 모습을 담아다가 그의 거실에서 다시 토해냈다. 그는 살인자가 누군지 알았고, 그들이 죽이고 또 죽이는 모습을 지켜봤지만 그 모습을 보는 게 좋고 그 장면이 끝나지 않기를 원했기 때문에 아무런 조처도 취하지 않았다.

"노인네는 이 사실을 어떻게 알게 됐지?" 몰라서 물어본 건 아니었다. 필리가 차를 들이받았을 때 그 차에 뭐가 있었을지 이젠 알 것 같았다. 안다고 생각했다. 하지만 다른 것들처럼 나는 거기서도 엉뚱한 데를 짚었다.

저장실 구석에서 뭔가 움직이는 소리가 나자 시오라는 고양이처럼 민첩한 반응을 보였다. 불빛이 뒤쪽의 더 넓은 곳을 비췄고, 그가 뒤로 물러서면서 나를 겨누던 총구가 살짝 옆으로 벗어났다. 그 불빛에 고개를 숙인 앙헬이 잡혔다. 그가 고개를 들더니 바비 시오라의 눈을 보면서 씩 웃었다. 시오라는 어리둥절한 표정이더니, 서서히 상황을 깨달으면서 입이 점점 벌어졌다. 그가 고개를 돌리면서 루이스를 찾으려 했을 땐 어느새 주변의 어둠이 살아 움직이기 시작했고, 자신에게도 죽음이 닥쳤다는 사실을 파악하고는 눈이 휘둥그레졌지만 이미 때늦은 깨달음이었다.

 손전등 불빛에 루이스의 살이 번득이고 눈이 희게 빛나더니 왼손으로 시오라의 턱을 움켜잡았다. 시오라는 몸이 뻣뻣해져서 경련을 일으켰고, 고통과 두려움에 눈을 부릅떴다. 그는 발끝으로 서서 팔을 옆으로 뻗었다. 한 번인가 두 번쯤 고개를 세차게 저었는데, 그러자 숨이 다 빠져나갔는지 팔과 몸이 축 늘어졌지만, 머리는 여전히 뻣뻣했고 부릅뜬 눈도 감지 않았다. 루이스는 시오라의 뒤통수에서 길고 가느다란 칼을 뽑으며 몸을 앞으로 밀쳤다. 시오라는 내 발치에 고꾸라져서 부르르 몸을 떠는가 싶더니 이윽고 미동조차 없어졌다. 방광과 창자에서 비운 내용물의 냄새가 났다.

 앙헬은 어둠에서 완전히 몸을 드러냈다.

 "나는 옛날부터 저 빌어먹을 도깨비 같은 놈이 싫었어." 그가 시오라의 두개골 아래쪽에 난 작은 구멍을 보며 말했다.

 "그러게." 루이스가 맞장구를 쳤다. "이렇게 누워 있는 꼴이 훨씬 마음에 드는군." 그가 나를 쳐다봤다. "이놈을 어떻게 할까?"

 "그냥 놔둬. 자동차 열쇠나 찾아줘."

 루이스가 시오라의 몸을 뒤지더니 열쇠를 내게 던졌다.

 "그는 마피아야. 무슨 문제가 되지 않을까?"

 "나도 모르지. 내가 알아서 할게. 근처에 몸을 숨기고 있어. 내가 봐서 월터한테 전화를 걸게. 사이렌 소리가 들리면 여길 떠나."

 앙헬이 몸을 숙여서 스크루드라이버 끝으로 바닥에 떨어진 FN을 조심스레 집어들었다.

 "이걸 여기에 두고 갈 거야? 자네 말이 사실이라면, 이건 엄청난 총이잖아."

"그냥 놔둬." 내가 말했다. 내 짐작이 맞다면 바비 시오라의 그 총은 올리 와츠, 코넬 하이엄스, 그리고 페레라 패거리를 잇는 고리, 30년 동안 지속된 아동 살해와 그보다 두 배는 더 오래된 마피아 왕국 사이의 연결고리였다.

바비 시오라의 시체를 넘어서 창고를 빠져나왔다. 그의 검정색 셰비는 안으로 들어와서 트렁크가 건물을 향하도록 세워놓았고, 문은 잠겨져 있었다. 그러고 보니 뚱보 올리 와츠의 살인범을 해치웠던 그 차와 비슷해 보였다. 문을 다시 열고 만치노 창고를 나와 퀸즈를 벗어났다. 창고와 무덤이 모여 있는 것 같은 퀸즈, 창고가 무덤이 되기도 하는 퀸즈를.

28

 이제 끝이, 모종의 결말이 머지않았다. 30년 넘게 이어지며, 버려진 창고의 지하묘지를 채울 만큼의 어린 생명을 앗아간 끔찍한 사건의 결말을 목도하기 직전이었다. 하지만 어떤 식으로 결론이 나더라도, 벌어진 일을 설명하기에는 충분하지 않았다. 끝은 나겠지. 대단원의 막은 내리겠지. 하지만 어디에서도 이 의문의 해답은 찾을 수 없을 것이다.
 하이엄스가 그 말쑥한 변호사의 옷차림에, 비싸지만 요란하지 않은 여행 가방을 들고서, 또 한 아이의 영혼을 갈기갈기 찢기 위해 해마다 뉴욕을 몇 번이나 오갔을지 궁금했다. 역무원에게 표를 보여주며 기차에 오를 때, 비행기 수속대에서 여직원에게 미소를 지을 때, 아니면 가죽 냄새가 진동하는 캐딜락을 몰고 톨게이트를 지날 때, 혹시라도 그의 표정에서 희끗희끗한 머리를 단정하게 정돈하고 점잖은 정장을 차려입은 이 예의바르고 정중한 남자를 다시 보게 만들 만한 어떤 낌새가 포착됐을까?
 그리고 오래전에 헤이븐에서 불에 타 죽은 여자의 신원도 궁금했다. 그 사람이 아들레이드 모딘이 아니었던 게 이제는 확실해졌기 때문이다. 시체가 발견되기 전날 헤이븐으로 돌아왔다던 하이엄스의 말이 떠올랐다. 사건들의 고리를 연결하는 건 어렵지 않았다. 아들레이드 모딘의 급박한 전화, 하이엄스 박사의 진료카드에서 적당한 희생자 선정, 그에 맞춰서 치과 기록 바꿔치기, 시체 옆에 보석과 지갑 가져다 놓기. 그런 다음 타오르는 불꽃. 돼지고기 굽는 냄새를 풍기며 타들어 가기 시작하는 시체.

그런 다음 아들레이드 모딘은 어둠 속에 몸을 숨긴 채 잠수에 들어가서, 살인을 계속할 수 있도록 새로운 신분을 확보할 시간을 벌었다. 아들레이드 모딘은 한구석에 몸을 움츠리고 있다가 먹잇감이 사정권 안에 들어오면 잽싸게 달려나가 비닐로 둘둘 말아버리는 검은 거미와 같았다. 무려 30년이라는 오랜 시간 동안 멀쩡한 얼굴로 거리낌 없이 세상을 활보하며, 또 다른 얼굴을 아이들에게 드러냈다. 그녀는 아이들에게만 모습을 드러내는 존재, 아이들을 잡아간다는 고약한 도깨비, 세상이 잠들기를 기다리며 어둠 속에 몸을 움츠린 괴물이었다.

이제 그녀의 얼굴을 볼 수 있을 것 같았다. 그리고 왜 서니 페레라의 아버지가 아들의 뒤를 쫓았는지, 바비 시오라는 왜 나를 따라서 헤이븐까지 왔었는지, 뚱보 올리 와츠가 어째서 목숨이 두려워 달아났다가 늦여름의 백주대낮에 길 한복판에서 총에 맞아 죽었는지도 알 것 같았다.

가로등 불빛이 권총의 섬광처럼 번쩍였다. 운전대를 쥔 손톱 밑에 까맣게 흙이 끼어서 어디 주유소에라도 들어가 씻어내고 싶은, 쇠 수세미로 살이 벗겨져 피가 날 때까지 벅벅 문지르며 지난 24시간 동안 나한테 들러붙은 죽음과 오물의 더께를 전부 걷어내고 싶은 충동을 억누르기 힘들었다. 입에 쓴물이 고였지만 간신히 꿀꺽 삼키고 앞에 펼쳐진 길과 그 길을 달리는 자동차들의 미등에만 정신을 집중했고, 어두운 밤하늘에서 무심히 반짝이는 별을 한두 번쯤 보기도 했다.

페레라 저택에 도착했더니 문이 열려 있고, 저번에 여길 찾았을 때 집을 감시하고 있던 FBI 요원들의 모습은 보이지 않았다. 바비 시오라의 차를 몰고 진입로를 올라가서 나무 그늘 밑에 세웠다. 이제 어깨의 통증을 참기 힘들었고, 한 번씩 속이 울렁거리면서 온몸에 진땀이 돋았다.

살짝 열린 현관문 틈으로 집 안에서 돌아다니는 남자들이 보였다. 앞쪽으로 난 창문 밑에는 짙은 색 정장을 입은 남자가 기관총을 옆에 내팽개쳐 두고 손으로 머리를 감싸 쥔 채 주저앉아 있었다. 그는 내가 거의 앞까지 다가가서 내려다봤을 때에야 고개를 들었다.

"바비가 아니었잖아." 그가 말했다.

"바비는 죽었어."

그는 예상했다는 듯이 고개를 주억거렸다. 그리고는 자리에서 일어나더니 재빨리 내 몸을 수색해서 총을 압수했다. 집 안에서는 무장한 남자들이 한쪽에 모여 수군거리고 있었다. 장례식의 분위기, 충격을 간신히 억누르고 있는 듯한 기운이 감돌았다. 경호원을 따라 노인네의 서재로 갔다. 경호원은 나더러 직접 문을 열게 하고는 뒤에 서서 지켜봤다.

바닥에는 피와 뇌수가 흥건하고, 두꺼운 페르시아 양탄자에 검붉은 얼룩이 졌다. 아들의 머리를 무릎에 받쳐 들고 있는 노인네의 황갈색 바지에도 피가 묻었다. 그는 왼손, 왼손의 피 묻은 손가락으로 서니의 길고 부드러운 머리를 쓰다듬었다. 오른손에는 총이 들려 있었지만 총구는 힘없이 바닥을 향했다. 서니는 눈을 채 감지 못했고, 검은 동공에 램프의 불빛이 반사됐다.

 아들이 무릎을 꿇고 뭔가를 애원하고 있을 때 무릎에 아들의 머리를 끌어안은 상태에서 총을 쏜 모양이었다. 하지만 뭘 애원했을까? 도움을? 선처를? 용서를? 뚱뚱하고 타락한 서니. 고무 같은 두툼한 입술과 미친 개 같은 눈, 싸구려 크림색 양복을 입고 풀어헤친 셔츠 앞섶 사이로 보이는 금목걸이는 죽어서도 번지르르했다. 노인네는 무표정하게 굳은 얼굴을 하고 있었지만, 나를 돌아보는 눈동자는 죄책감과 절망으로 나약한, 아들과 함께 자신의 내면도 같이 죽어버린 남자의 눈동자였다.

 "나가." 노인네는 나직하지만 또렷하게 말하고 내게서 눈을 돌렸다. 정원으로 이어지는 유리문에서 가벼운 바람이 불었고, 꽃 이파리와 낙엽들은 상황에 확실한 종지부를 찍는 것 같았다. 그때 누군가 들어왔다. 그의 부하, 얼굴은 익숙하지만 이름은 알지 못하는 나이 든 심복이었다. 노인네가 총을 들더니 떨리는 손으로 그를 겨눴다.

 "나가!" 그가 으르렁거렸고, 심복은 나가면서 본능적으로 문을 닫았다. 하지만 바람에 문이 다시 열렸고, 밤공기는 제 세상을 만난 듯이 방 안을 휘젓고 다녔다. 페레라는 잠시 동안 총을 들고 있었지만, 이윽고 손이 꺾이며 총이 떨어졌다. 부하가 들어오는 바람에 동작을 멈췄던 왼손은 다시 죽은 아들의 머리를 쓰다듬기 시작했는데, 그 리듬은 갇힌 우리 안에서 어슬렁거리는 야수의 차분하고도 광기 어린 단조로

움을 연상케 했다.

"내 아들이지." 그는 나를 쳐다보지 않았다. 그가 응시하고 있는 것은 지나간 과거, 그리고 올 뻔했던 미래였다. "내 아들이지만, 뭔가 잘못됐어. 아팠어. 머리가, 마음이 썩었어."

뭐라고 할 말이 없었다. 그냥 잠자코 있었다.

"왜 온 거지? 이제 다 끝났어. 내 아들은 죽었어."

"많은 사람들이 죽었습니다. 아이들······" 노인네가 순간적으로 움찔했다. "······올리 와츠······."

그는 눈을 깜빡이지 않은 채 고개를 천천히 저었다. "빌어먹을 올리 와츠. 그는 도망가지 말았어야 했어. 그가 달아났을 때 우리는 알았어. 서니가 알았어."

"뭘 아셨나요?"

내가 몇 분만 늦게 들어왔더라도 노인네는 나를 당장 죽이라고 명령했거나, 어쩌면 자기 손으로 직접 나를 죽였을지도 모른다. 그런데 지금은 그러는 대신 나를 통해 자신의 속내를 털어놓고 싶어하는 것 같았다. 나한테 죄를 고백하고, 어깨의 짐을 내려놓으려 했고, 그가 이런 얘기를 입 밖에 내는 건 마지막일 터였다.

"그가 자동차 안에서 본 것. 보지 말았어야 했지. 그냥 지나갔어야 했어."

"그가 뭘 봤는데요? 차 안에서 뭘 찾아냈는데요? 비디오? 사진?"

노인네는 눈을 질끈 감았지만, 자신이 본 것을 피해 달아날 수는 없었다. 눈가의 자글자글한 주름으로 눈물이 번지더니 뺨을 타고 흘러내렸다. 그러면서 입으로 소리 없는 말을 뱉어냈다. 아니. 아니. 그 이상.

더 심한 것. 다시 눈을 떴을 때 그의 내면은 죽어 있었다. "테이프. 그리고 아이. 자동차 트렁크에 아이가 있었어. 내 아들이, 나의 서니가, 그가 아이를 죽였어."

페레라가 다시 한 번 고개를 돌려서 나를 쳐다봤는데, 이번엔 얼굴이 움직였다. 아니, 경련했다고 하는 게 옳았다. 눈으로 본 것의 그 엄청난 의미를 머리로는 도저히 감당할 수 없다는 뜻 같았다. 이 남자, 제 손으로 살인하고 고문했으며 제 이름으로 살인과 고문을 지시했던 이 남자는 제 아들에게서 형언할 수 없는 암흑, 아이들이 죽어 너부러진 빛 한 줄기 들어오지 못하는 어두운 공간, 모든 죽은 것들의 검은 심장을 발견했다.

서니는 더 이상 보는 것만으로 만족하지 못했다. 그는 그들이 가진 권력, 아이들의 숨을 천천히 끊으며 그들이 만끽하는 쾌락을 지켜봤고, 그걸 직접 경험해보고 싶었다.

"바비한테 그를 데려오라고 했는데 도망친 거야. 필리 얘기를 듣자마자 달아났지." 그의 얼굴이 단단하게 굳었다. "그래서 바비한테 전부 죽여버리라고 했어. 하나도 남김없이 쓸어버리라고." 그러더니 다시 바비 시오라에게 지시를 내리듯이 시뻘건 얼굴에 노기가 등등해서 말했다. "테이프를 없애버려. 애들을 찾아내. 어디 있는지 찾아서 절대 발견되지 않을 곳에 버려. 빌어먹을 바다 밑바닥에라도 내다버리란 말이야. 이런 일이 다시는 일어나지 않도록 해. 일어난 적이 없었던 것처럼 흔적을 지워버리라고." 그러다가 자신이 지금 어디에 있으며 무슨 일을 저질렀는지, 잠시나마, 기억이 돌아온 것 같았다. 머리를 다시 쓰다듬기 시작했다.

"그런데 네놈이 나타나서 여자의 행방을 찾는다며 질문을 해댄 거야. 그 여자는 어떻게 안 거지? 나는 네놈이 그 여자를 쫓아가게 놔뒀어. 여기를 떠나도록, 서니에게서 멀어지도록."

그런데 서니는 킬러를 고용해서 내 뒤를 쫓았고, 그나마도 실패했다. 그들의 실패가 아버지로 하여금 행동에 나서게 만들었다. 여자가 살아서 증언을 하게 된다면 서니가 다시 궁지에 몰릴 테니까. 그렇게 해서 시오라를 급히 내려보냈고, 여자를 처리했다.

"하지만 시오라가 왜 하이엄스를 죽인 거죠?"

"뭐라고?"

"시오라가 버지니아에서 변호사를 죽였어요. 저를 죽이려던 남자를요. 왜죠?"

순간적으로 페레라의 눈에 경계심이 어리더니 총을 쳐들었다. "도청 장치를 차고 있나?" 나는 힘없이 고개를 저었고, 통증을 참으며 셔츠 앞섶을 찢어서 보여줬다. 총구가 다시 아래를 향했다.

"테이프에서 봤던 사람이란 걸 알았거든. 그러다가 네놈도 발견하게 된 거지. 바비가 차를 몰고 시내를 지나가는데 그자가 반대편에서 마주 오고 있었던 거야. 테이프에서 본 남자였지. 테이프에서 그……" 페레라는 말을 다시 멈췄고, 침이 말라붙어서 더 이상 얘기를 할 수 없는 것처럼 혀로 입술을 축였다. "모든 흔적을 지워야 했어. 전부 다."

"그런데 저는 아니었나요?"

"어쩌면 네놈도 죽였어야 했어. 기회가 있었을 때. 네놈의 경찰 친구들이 어떻게 나오건 상관없이."

"그래야 한 것 같네요. 그는 죽었습니다."

페레라가 눈을 깜빡였다. "자네가 죽였나?"

"네."

"바비는 마피아야. 그게 무슨 뜻인지 알아?"

"아드님이 무슨 짓을 했는지 아세요?"

그러자 그가 다시 입을 다물었다. 아들이 저지른 죄의 엄청난 의미가 다시 한 번 그를 흔들고 지나가는 듯했다. 하지만 다시 입을 열었을 땐 분노를 간신히 억제하는 듯한 목소리였고, 그와의 면담 시간이 끝나간다는 걸 알 수 있었다.

"네놈이 뭐라고 내 아들을 심판하는 거야?" 그가 포문을 열었다. "자식을 잃었다고 해서 네놈이 죽은 아이들의 수호성인이라도 되는 줄 알아? 닥쳐. 나도 아들을 둘이나 땅에 묻었고, 하나 남은 놈을 내 손으로 죽였어. 나를 심판할 생각은 하지 마. 내 아들을 심판하지 말란 말이야." 그리고는 다시 총을 들어서 내 머리를 겨눴다.

"이제 다 끝났어." 그가 말했다.

"아니요. 테이프에 또 누가 있었습니까?"

그가 눈을 껌뻑였다. 테이프라는 말이 그에겐 뺨을 후려치는 것과 같았다.

"여자. 바비에게 여자도 찾아서 죽이라고 했지."

"그래서 죽였나요?"

"그가 죽였지."

"테이프를 갖고 계신가요?"

"없어. 전부 태워버렸어."

그가 입을 다물었다. 내 질문에 대답하느라 자신의 행동, 아들의 죄와 그 죽음에 따른 책임의 현실을 잠시 잊고 있었는데 이제 자신이 처한 현실이 다시 기억난 것 같았다.
"나가. 두 번 다시 내 눈에 띄는 날엔 죽은 목숨일 줄 알아."
떠날 때는 아무도 나를 막아서지 않았다. 총은 현관 옆의 작은 테이블에 올려놓았고, 바비 시오라의 자동차 열쇠는 아직도 내가 가지고 있었다. 차를 몰고 집을 떠나는데, 뒷거울로 보이는 집의 풍경은 무슨 일이 있었냐는 듯이 조용하고 평화로웠다.

29

제니퍼와 수전이 죽은 후로 아침마다 나는 이상하고 어지러운 꿈에서 깼고, 그러면 순간적으로 두 사람이 아직도 내 곁에 있는 것 같았다. 아내는 내 옆에서 새근새근 잠을 자고 아이는 옆방에서 장난감을 가지고 놀고 있을 것 같았다. 두 사람이 아직 살아 있는 것 같은 그 순간이 지나면, 잠에서 깰 때마다 그들의 죽음은 새로운 상실감으로 가슴을 쳐서, 내가 죽음의 꿈을 꾸고 일어난 건지 상실의 꿈에 빠져들고 있는 건지, 불행한 꿈을 꾸고 있는 건지 꿈에서 깨어 불행에 직면한 건지 분간이 가지 않았다. 그리고 죽기 전까지 수전을 온전히 몰랐으며, 살아생전에도 죽은 후처럼 그림자를 사랑했었다는 뼈저린 후회는 어느 때건 항상 떠나지 않았다.

여자와 아이가 죽었다. 끊어지지 않는 것 같은 폭력과 소멸의 사이클 속에서 또 한 여자와 아이가 죽었다. 살았을 때 한 번도 만난 적이 없는 젊은 여자와 한 소년. 나는 거의 아무것도 알지 못하는 두 사람의 죽음을 애도했고, 그들을 통해 내 아내와 아이의 죽음을 애도했다.

바튼 저택의 출입문은 열려 있었다. 누군가 급히 다시 나올 생각으로 들어갔거나, 아니면 누군가 이미 떠난 것 같았다. 자갈이 깔린 진입로에 차를 세우고 집으로 올라가는 사이에 눈에 들어오는 자동차는 없었다. 현관 윗부분의 창문으로 불빛이 보였다. 벨을 눌렀지만 아무 기척이 없어서 창가로 다가가 안을 들여다봤다.

거실 문이 열려 있고, 틈 사이로 여자의 다리가 보였다. 한쪽은 맨발이고 다른 쪽에는 발가락 끝에 검정색 구두가 대롱대롱 걸려 있었다. 다리는 허벅지 윗부분까지 맨살이 드러나 있고, 거기서부터 검은 드레스 끝자락이 엉덩이를 덮었다. 몸의 다른 부분은 보이지 않았다. 총의 손잡이로 창문을 깼다. 경보음이 울릴 줄 알았는데 유리조각이 마룻바닥에 차르르 떨어지는 소리뿐이었다.

조심스레 팔을 뻗어서 빗장을 풀고 창문을 넘어 안으로 들어갔다. 현관의 조명이 거실까지 밝히고 있었다. 살짝 열려 있는 문을 밀어 여는데 혈관을 흐르는 피의 맥박이 느껴지고 관자놀이에서 쿵쾅거리는 소리가 들릴 지경이었다. 거실로 들어가 여자의 몸을 바라볼 때는 긴장감에 손가락 끝까지 찌릿했다.

여자의 다리에는 파란 핏줄이 대리석 무늬를 그리고, 허벅지는 살결이 고르지 않고 조금 늘어졌다. 얼굴은 으스러져서, 찢어진 살에 희끗희끗한 머리카락이 엉겨 붙었다. 눈은 미처 감지 못했고, 입에는 검붉은 피를 물고 있었다. 안에 남은 건 이의 밑동뿐이라 거의 알아보기 힘들었다. 에메랄드가 박힌 금목걸이, 짙은 빨간색 매니큐어, 단순하면서도 고급스런 오스카 드 라렌타의 드레스만이 그 몸뚱이가 이소벨 바튼이라는 걸 알려주었다. 목을 짚어봤다. 맥은 뛰지 않았고, 그럴 거라고 짐작도 하지 않았지만, 그래도 몸에는 아직 온기가 남아 있었다.

우리가 처음 만났던 사무실로 들어가서 에반 베인스가 움켜쥐고 있던 도자기 조각과 벽난로 선반에 한 짝만 남아 있는 파란색 강아지 인형을 비교해봤다. 무늬가 일치했다. 에반 베인스는 이걸 깨뜨린 게 발각되는 순간 그 자리에서 바로 죽었을 것이다. 집안 대대로 내려온 유물을 깨뜨린 것에 순간적으로 화가 치민 아들레이드 모던의 희생자가 된 것이다.

복도 끝에 있는 부엌에서 뭔가 단속적으로 달그락거리는 소리가 났고, 냄비를 불에 올려놓고 잊어버린 것처럼 희미하게 타는 냄새도 났다. 그리고 그 위로 지금까지는 인식하지 못했던, 희미한 가스 냄새가 보태졌다. 부엌으로 다가가는 동안 닫힌 문틈으로 불빛은 전혀 새어나오지 않았지만, 시큼한 냄새는 더 명확하고 맹렬해졌으며 가스 냄새도 더 강해졌다. 조심스럽게 문을 열면서 옆으로 몸을 틀어서 문 뒤에 붙였다. 손가락은 방아쇠에 가볍게 얹었고 비록 압박감이 심하긴 했어도 만약 가스가 새고 있는 상황이라면 총이 무용지물이라는 걸 잘 알고 있었다.

부엌에서는 아무런 움직임도 포착되지 않았지만, 냄새는 이제 아주 강렬했다. 불규칙하게 달그락거리는 그 이상한 소리와 함께 낮게 웅웅거리는 소리가 들려왔다. 숨을 깊이 들이마신 다음 몸을 던지듯 안으로 들어갔고, 움직이는 것이면 뭐든 쏠 기세로 쓸모없는 총을 겨눴다.

부엌에는 아무도 없었다. 공간을 비추는 빛이라곤 창문, 현관, 그리고 세 개가 나란히 놓인 커다란 산업용 전자레인지에서 나오는 불빛뿐이었다. 투명 창을 통해 다양한 금속 물체 위로 파란 번갯불이 번쩍였다. 춤추듯 휘날리는 시퍼런 불꽃에 냄비와 칼, 포크, 프라이팬이 살아 움직였다. 점점 커지는 소음과 가스 냄새에 머리가 지끈거렸다. 달려 나갔다. 현관문을 여는 순간 부엌에서 둔탁하게 쿵 소리가 나더니 더 커다란 2차 폭발음이 뒤를 이었고, 그 힘에 떠밀려 허공을 날아간 몸이 자갈밭에 내동댕이쳐졌다. 유리 깨지는 소리가 들리고 집이 화염에 휩싸이면서 마당이 환해졌다. 열기를 느끼며 비틀비틀 자동차로 걸어가는데 창문 너머로 넘실넘실 춤추는 불길이 보였다.

바튼 저택 입구에서 빨간 브레이크 등 한 쌍이 보이는가 싶더니 차 한 대가 길로 접어들고 있었다. 아들레이드 모딘이 다시 한 번 자신의 행적을 지우고 어둠 속으로 자취를 감추려는 순간이었다. 집은 화염에 휩싸였고, 불길은 열정에 들뜬 연인들처럼 벽을 타고 흘러넘쳤다. 나는 얼른 도로로 접어들어서 빠르게 멀어지는 미등을 뒤쫓았다.

그녀는 구불구불한 토트힐 도로를 질주했고, 커브를 돌 때마다 브레이크를 밟으며 끼이익거리는 소리가 밤의 정적 속에 울려 퍼졌다. 스테이튼 아일랜드 고속도로로 향하는 그녀를 오션 테라스에서 따라잡았다. 왼쪽은 아래의 서섹스 애비뉴까지 뚝 떨어지는 가파른 비탈에 나무가 울창했다. 옆으로 따라붙은 나는 왼쪽으로 핸들을 힘껏 틀었고, 세비의 무게에 BMW는 점점 가장자리로 밀렸다. 유리를 어둡게 칠한 창으로는 운전자의 모습을 전혀 볼 수 없었다. 앞에서 토트힐 로드가 오른쪽으로 급하게 꺾이는 걸 본 나는 커브를 틀기 위해 안으로 차를 뺐지만, BMW는 앞바퀴가 도로에서 이탈하면서 비탈 아래로 곤두박질쳤다.

BMW는 잡동사니와 자갈 위를 구르며 나무 두 그루를 들이받은 후에야 어린 너도밤나무 둥치에 걸리면서 낙엽으로 어수선한 비탈 중간쯤에 간신히 멈춰 섰다. 나무는 뿌리가 반쯤 뽑히면서 뒤로 기우뚱했고, 가지는 비탈 아래쪽의 다른 나무 줄기에 어정쩡하게 걸친 상태가 됐다.

갓길에 차를 세웠다. 헤드라이트를 켜둔 채 비탈을 달려 내려갔다. 풀 위에서 발이 주르르 미끄러지는 통에 성한 쪽 팔로 균형을 잡아야 했다. BMW에 거의 다가갔을 때 운전석 문이 열리더니 아들레이드 모딘이었던 여자가 비틀거리며 밖으로 나왔다. 이마는 찢어져서 크게 파이고 얼굴에서는 피가 철철 흘러, 헤드라이트의 황량한 불빛을 받은 나무들과 잎사귀들 속에서 그 모습을 보려니 이상한 야수를 보는 듯했다. 포악한 자연의 상태로 돌아가려면 어울리지 않는 장신구와 옷부터 벗어야 할 것 같았다. 그녀는 운전대를 들이받은 가슴을 부여잡고 몸을 조금 웅크렸지만, 내가 다가가자 힘겹게 몸을 세웠다.

그런 고통에도 불구하고 이소벨 바튼의 눈동자는 맹렬한 기운으로 이글거렸다. 입을 열자 피가 쏟아졌고, 혀로 뭔가 더듬는 것 같더니 피범벅이 된 이 하나를 땅에 뱉어냈다. 표정에서는 교활함이 느껴졌는데, 그 지경이 되어서도 도망갈 궁리를 하는 것 같았다.

그녀의 내면엔 아직도 악마가 있었다. 궁지에 몰린 야수의 맹렬함을 뛰어넘는 사악함이 있었다. 정의니 도덕이니 권선징악 같은 개념은 그녀와 거리가 멀었다. 그녀는 아이들을 살해하고 그 아이들을 고문해서 사지를 절단하는 게 공기이자 물과 같은 고통과 폭력의 세계에 살았다. 그게 없이는, 틀어막은 입에서 터져 나오는 비명과 절망에 겨워 부질없이 비트는 몸부림이 없이는 존재해도 아무 의미가 없었고, 세상이 끝난 것이나 다름없었다. 그런 그녀가 지금 나를 바라봤고, 그 표정은 거의 미소를 짓는 것처럼 보였다. "씨팔." 그녀는 침을 뱉듯이 말했다.

크리스티 씨는 거실에서 그렇게 죽기 전에 어디까지 알고 있었을까, 어디까지 의심했을까. 문득 궁금했지만, 목숨을 건질 만큼은 아니었던 게 분명했다.

그러자 아들레이드 모딘을 죽이고 싶은 충동이 들었다. 그녀를 죽이는 건 지하실의 다른 아이들과 함께 내 자식의 목숨을 앗아간 끔찍한 마성의 한 부분, 떠돌이와 자니 프라이데이와 백만 명의 그런 인간을 낳은 바로 그 마성의 한 부분을 짓밟아 뭉개는 게 될 것이다. 나는 악마와 고통의 존재를 믿었다. 나는 고문과 강간과 사악하고 고통스러운 죽음의 힘을 믿었다. 나는 아픔과 번뇌, 그리고 그것들이 그것을 야기한 자들에게 안겨주는 쾌락을 믿었으며, 그 모든 것을 일컬어 마성이라고 지칭했다. 그리고 아들레이드 모딘에게서 나는 타닥타닥 타오르다가 핏빛 화염으로 폭발하는 마성의 붉은 불꽃을 봤다.

총의 안전핀을 젖혔다. 그녀는 눈도 깜빡이지 않았다. 그러기는커녕 오히려 소리 내어 웃다가 통증에 얼굴을 찌푸렸다. 그러더니 조금 전처럼 몸을 싸안으면서 거의 태아 같은 자세로 땅에 주저앉았다. 연료탱크에서 흘러나온 휘발유 냄새가 났다.

드브리스 백화점에서 이 여자를 봤을 때 캐서린 드미터가 어떤 심정이었을지 궁금했다. 거울에서, 진열창에 비친 모습에서 낌새를 차렸을까? 누가 꽉 움켜잡기라도 한 것처럼 배가 딱딱하게 굳는 느낌으로 눈을 의심하며 돌아섰을까? 눈이 마주쳤을 때, 이 여자가 자기 언니를 죽인 사람이라는 걸 알았을 때, 그녀가 느낀 건 증오였을까, 분노였을까, 아니면 그저 두려움이었을까? 오래전 옛날에 언니를 노린 것처럼 이 여자가 자기에게도 달려들 수 있다는 두려움이었을까? 캐서린 드미터는 순간적으로 예전의 겁에 질린 아이로 다시 돌아갔을까?

아들레이드 모딘은 드미터를 바로 알아보지 못했겠지만, 앞에 앉은 여자의 눈동자에서 자신을 알아보는 기색을 느꼈을 것이다. 약간 돌출한 아래턱이 단서가 됐을지도 모른다. 어쩌면 캐서린 드미터의 얼굴을 들여다보는 순간 헤이븐의 어두운 지하실에서 그녀의 언니를 죽이던 장면이 머릿속을 스쳐 갔을지도 모른다. 그러다 캐서린이 자취를 감추자 문제를 해결할 방법을 모색하기 시작했다. 그녀는 그럴싸한 구실을 내세워서 나를 고용했고 의붓아들을 살해했다. 그래야 의붓아들 때문에 자신의 이야기가 거짓이라는 게 폭로될 위험이 없었을 뿐만 아니라, 그건 결국 크리스티 씨의 죽음과 집의 폭발로 이어진 행적 지우기의 첫 걸음이 됐다.

어쩌면 스티븐 바튼도 이런 사태에 일말의 책임이 있을지도 모른다. 하이엄스가 아이들을 끌고 갈 만한 곳, 이것저것 캐묻지 않을 사람이 소유한 시설을 찾았을 때 서니 페레라와 코넬 하이엄스, 그리고 의붓어머니 사이의 유일한 연결고리를 그가 제공했기 때문이었다. 바튼은 자신의 주변에서 벌어지는 일들의 진실을 끝내 알지 못했고, 그 몰이해 탓에 결국 목숨을 잃고 말았다.

아들레이드 모딘이 하이엄스가 죽었다는 소식을 언제 들었을지 궁금했다. 그래서 이제 자기 혼자 남았고, 버지니아에서 신원미상의 여자를 자기 대신 불태웠던 것처럼 이번에는 크리스티 씨를 가짜 떡밥으로 남겨놓고 다시 떠나야 할 때가 됐다는 사실을 깨달은 건 언제였을까?

하지만 이걸 다 무슨 수로 증명할 것인가. 비디오테이프는 사라졌다. 서니 페레라는 죽었고, 필리 필라도 죽은 게 확실했다. 하이엄스, 시오라, 그레인저, 캐서린 드미터도 전부 죽었다. 30년 전의 아동 살인범을 누가 기억할 것인가? 내 눈앞에 있는 저 여자가 그 살인범이라고 알아볼 사람이 누가 있을까? 월트 타일러의 증언만으로 충분할까? 저 여자가 크리스티 씨를 죽였다. 그건 틀림없다. 하지만 그것조차 끝내 입증되지 않을지도 모른다. 와인 저장실에서 그녀의 죄를 입증해줄 법의학적인 증거가 충분히 확보될까?

공처럼 몸을 말고 있던 아들레이드 모딘이 거미줄의 움직임을 감지한 거미처럼 나한테 달려들었다. 오른손 손톱을 내 얼굴에 박고 눈을 할퀴면서 왼손으로 총을 빼앗으려 했다. 손바닥 아랫부분으로 그녀의 얼굴을 후려치는 것과 동시에 무릎으로 밀어냈다. 다시 달려드는 그녀를 향해 총을 발사했다. 총알이 그녀의 오른쪽 가슴 위를 관통했다. 그녀는 비틀비틀 뒷걸음질을 치며 자동차까지 물러서더니 열린 문에 몸을 기대고 손으로 가슴의 상처를 움켜쥐었다.

그러면서 미소를 지었다.

"나는 당신을 알아." 그녀는 아픔을 무릅쓰며 힘겹게 말을 토해냈다. "당신이 누군지 알아."

차의 무게를 못 이긴 나무뿌리가 들리면서 커다란 BMW가 앞으로 조금 쏠렸다. 아들레이드 모딘이 비틀거렸고, 가슴의 상처에서 피가 콸콸 솟구쳤다. 그 순간에도 그녀의 눈동자에는 뭔가 반짝이는 기운이 어렸고, 그걸 보는 나는 속이 뒤틀렸다.

"누구한테 들었지?"

"나는 알아." 그녀는 이렇게 말하며 다시 한 번 미소를 지었다. "나는 누가 당신의 아내와 아이를 죽였는지 알아."

내가 앞으로 다가갔고 그녀가 무슨 말인가를 하려고 했지만, 나무가 끝내 버티지 못하고 뽑히면서 차체가 긁히는 소리에 모두 묻히고 말았다. BMW는 비탈을 미끄러지더니 언덕 아래로 곤두박질쳤다. 차가 나무와 돌에 부딪히면서 불꽃이 튀었고, 차가 펑하고 불길에 휩싸였다. 그 모습을 보고 있자니, 늘 이런 식으로 끝나게 되어 있다는 생각이 들었다.

아들레이드 모던의 세계는 휘발유에 불이 붙으면서 노란 화염으로 폭발했다. 이윽고 그녀도 불길에 싸였고, 머리를 뒤로 젖히며 입을 벌리는가 싶더니 앞으로 고꾸라져서 부질없이 불길을 털어내려 하다가 결국 활활 타며 암흑 속으로 사라졌다. 차는 비탈 아래쪽에서 타올랐고, 검은 연기가 뭉게뭉게 하늘로 치솟았다. 길에서 내려다보는데도 얼굴에 열기가 느껴졌다. 그리고 더 아래쪽 나무들 사이의 어둠 속에서는 그보다 작은 불길이 타고 있었다.

30

 나는 예전과 똑같은 취조실의 예전과 똑같은 나무 테이블 앞에 앉아 그때 그 하트 무늬를 보고 있었다. 하지만 팔의 붕대는 새로 감고, 샤워를 했고, 이틀 만에 처음으로 면도도 했다. 로스가 애를 썼지만 나를 유치장에 집어넣지는 못했다. 조사는 철저했다. 처음에는 월터와 또 다른 형사가, 그 다음에는 월터와 형사팀장이, 마지막으로 로스와 그의 동료가 심문을 했는데, 행여 로스가 분을 못 삭이고 나를 때려죽이는 불상사가 발생하지 않도록 월터가 배석했다. 그리고 한두 번쯤, 필립 쿠퍼가 장의사를 고소하기 위해 무덤에서 뛰쳐나온 시체 같은 모습으로 밖에서 서성거리는 모습이 보인 것도 같았다. 트러스트의 대외적인 이미지는 심각한 타격을 면할 길이 없었다.
 나는 경찰에서 거의 모든 걸 털어놨다. 시오라에 대해, 하이엄스에 대해, 아들레이드 모던에 대해, 서니 페레라에 대해 내가 알고 있는 것을 대부분 말했다. 물론 월터 콜의 권유로 그 일을 맡게 됐다는 얘기는 하지 않았다. 그 밖에 몇 가지 빈틈들도 그들이 알아서 채우도록 놔뒀다. 그럴 때면 그저 상상력이 작용한 모양이라고 대답했다. 그리고 그럴 때마다 로스를 간신히 눌러 앉혀야 했다.

그런 끝에 이제 월터와 나, 그리고 커피 두 잔만이 남았다.

"거기 가봤어요?" 내가 침묵을 깨고 물었다.

월터가 고개를 끄덕였다. "잠깐. 오래 있지는 않았어."

"몇 명이에요?"

"지금까지 여덟. 계속 파고 있어."

계속 파야 할 것이다. 거기만이 아니라 뉴욕 주 전역, 어쩌면 더 많은 지역에 걸쳐 여러 곳에서 아들레이드 모딘과 코넬 하이엄스는 30년 동안 누구의 방해도 받지 않은 채 살인을 자행했다. 만치노 창고를 대여한 기간은 그 긴 세월 중에서 잠깐에 불과하고, 그렇다면 또 다른 창고, 어딘가에 버려진 또 다른 지하실, 낡은 헛간과 빈 공간에 실종된 아이들의 시체가 방치되어 있을지 모른다는 뜻이었다.

"언제부터 의심한 거예요?" 내가 물었다.

그는 내가 다른 것에 대해, 이를테면 버스 터미널의 화장실에 죽어 너부러진 남자에 대해 묻는다고 생각했는지, 깜짝 놀라서 나를 쳐다봤다. "뭘 의심해?"

"바튼 집안 사람이 베인스의 실종에 연루됐다는 거요."

그는 안도하는 눈치였다. 거의 그렇게 보였다. "베인스를 납치한 사람이 누군지는 몰라도 그곳, 집의 구조를 잘 알아야 했거든."

"집에서 납치됐고, 길을 잃어서 밖으로 나간 게 아니라고 추측했군요."

"추측이었지. 그래."

"그리고는 그걸 알아보도록 나를 보낸 거였고요."

"자네를 보냈지."

나는 캐서린 드미터의 죽음에 일말의 책임감을 느꼈는데, 목숨이 붙어 있는 상태로 그녀를 찾지 못했을 뿐만 아니라 본의 아니게 모던과 하이엄스를 그녀에게 데려간 셈이라고 볼 수 있었기 때문이었다.

"내가 그들을 캐서린 드미터에게 안내한 셈이에요." 나는 한참 만에 월터에게 이렇게 말했다. "크리스티 씨한테 그녀를 찾아 버지니아로 가겠다고 말했거든요. 그것 때문에 드미터의 행적이 폭로된 것일지도 몰라요."

월터는 고개를 저었다.

"그 여자가 자네를 고용한 건 일종의 보험이었어. 드미터에게 정체가 드러난 순간 틀림없이 하이엄스에게 그 사실을 알렸을 거야. 그리고 그는 이미 드미터가 나타날 것에 대비를 하고 있었을 거야. 드미터가 헤이븐에 나타나지 않았다면, 자네가 그녀를 찾아내길 기다렸겠지. 그리고 찾아내는 순간 둘 다 죽였을 테고."

오두막 지하실에 늘어져 있던 캐서린 드미터의 시체, 피로 원을 그렸던 그녀의 머리가 떠올랐다. 그리고 비닐에 칭칭 동여맨 에반 베인스, 땅에 묻힌 채 썩어가던 아이의 시체, 만치노의 지하실과 또 다른 곳에서 지금도 계속 파내고 있는 시체들이 눈에 선했다.

그리고 그 속에서 내 아내가, 내 아이가 보였다.

"다른 사람을 보낼 수도 있었잖아요." 내가 말했다.

"아니, 자네뿐이었어. 에반 베인스가 살해된 거라면 자네가 꼭 찾아낼 줄 알았어. 자네가 찾아낼 줄 알고 있었어. 자네도 살인자니까."

그 말은 잠시 허공에 떠 있다가 우리가 공유한 과거를 칼날처럼 가르며 우리 사이로 떨어졌다. 월터가 고개를 돌렸다.

나는 한동안 잠자코 있었지만 월터가 끝내 입을 열지 않아서 내가 말했다. "그 여자가 제니퍼와 수전을 누가 죽였는지 안다고 했어요."

월터는 침묵이 깨진 것을 거의 고마워하는 눈치였다.

"그 여자는 알 수 없어. 그 여자는 마음이 병들고 사악한 여자야. 죽고 난 다음에도 자네를 괴롭히려는 수작이지."

"아니요, 그녀는 알고 있었어요. 죽을 때 내가 누군지 알고 있었는데, 나를 고용할 당시에는 알았던 것 같지 않아요. 뭔가 있을 거라는 의심이 들었겠죠. 요행에 일을 맡기는 사람이 아닐 테니까."

"그렇지 않아. 그냥 잊어버려."

더 이상 말을 잇지는 않았지만, 아들레이드 모딘과 떠돌이의 어두운 세계가 하나로 합쳐졌다는 걸 알았다. 어떻게 알았는지는 모르지만 하여간, 알았다.

"은퇴를 고민 중이야." 월터가 말했다. "이제 더는 죽음을 목격하고 싶지 않아. 요즘에 토마스 브라운 경의 책을 읽었거든. 토마스 브라운을 읽어본 적 있나?"

"아니요."

"《기독교인의 도덕성Christian Morals》에 이런 구절이 나오지. 죽음이 보이기까지 죽음의 머리를 보지 마라. 죽어가는 것을 들여다보지 말고 외면하라." 그는 내게 등을 돌리고 서 있었지만 창문에 반사된 그의 얼굴이 보였고, 그의 눈은 아주 먼 곳을 응시하는 것 같았다. "너무 오랫동안 죽음을 지켜봐왔어. 이제 더 이상은 그걸 억지로 보고 싶지 않아."

그리고는 커피를 한 모금 마셨다. "자네는 이걸 벗어나야 해. 유령들을 잊고 지낼 수 있는 일을 찾아봐. 자네는 이제 예전의 자네가 아니지만, 아직은 발을 뺄 수 있을지도 몰라. 자네 자신을 영원히 잃어버리기 전에 아직 시간이 있을지도 몰라."

입도 대지 않은 커피에 하얗게 더껑이가 앉았다. 내가 아무 대꾸가 없자 월터는 한숨을 쉬었다. 그리고 이렇게 말하는 그의 목소리엔 전에 한 번도 접하지 못했던 아련한 슬픔이 어려 있었다. "자네를 다시 볼 일이 없었으면 좋겠네. 윗선에 얘기해서 자네를 풀어줄 수 있도록 해볼게."

내 안에서 뭔가 변하긴 했다. 그건 사실이었다. 하지만 월터가 그걸 있는 그대로 볼 수 있었는지는 모르겠다. 무슨 일이 있었는지 제대로 이해할 수 있는 사람, 아들레이드 모딘의 죽음으로 나의 내면에서 풀려나온 게 뭔지 진정으로 이해할 수 있는 사람은 아마도 나뿐일 것이다. 그녀가 오랜 세월 동안 저지른 잔혹함, 세상에서 가장 순수한 존재들에게 가한 고통과 아픔의 죄는 이 세계에서는 상쇄될 수 없는 성질의 것이었다.

하지만 그래도 끝이 났다. 내가 끝을 냈다.

모든 건 썩고, 모든 건 끝이 나야 한다. 선한 것이든 악한 것이든, 아들레이드 모딘의 죽음은, 시뻘건 화염에 싸여 끝을 맞은 그 끔찍한 죽음은 그게 진실이라는 것을 내게 확인시켜주었다. 내가 아들레이드 모딘을 찾아내서 그녀를 끝낼 수 있었다면, 다른 악마도 그렇게 할 수 있었다. 떠돌이에게도 똑같이 할 수 있었다. 그러자 어딘가에서, 어딘가 어두운 곳에서, 떠돌이의 끝을 향해 시계가 째깍거리기 시작했다.

모든 건 썩는다. 모든 건 끝이 나야 한다.

그리고 월터의 말, 나를 향해 의심을 드러내던 그의 말을 생각하자, 아버지의 기억이 떠올랐다. 아버지에 대해서는 단편적인 기억밖에 없었다. 얼굴이 새빨개져서 크리스마스트리를 들고 들어오던 거구의 남자, 낡은 증기기관차처럼 하얗게 뿜어대던 숨. 어느 날 저녁에 무심코 부엌에 들어갔더니 아버지가 엄마를 더듬고 있었고, 엄마가 민망해서 웃던 것도 기억난다. 책을 읽어주던 밤, 나중에 나 혼자 다시 읽을 수 있게 한 자씩 짚어주던 커다란 손이 기억난다. 그리고 그의 죽음이 기억난다.

아버지는 유니폼을 늘 새로 다려 입었고, 총은 기름칠을 해서 깨끗하게 보관했다. 아버지는 경찰로 사는 삶을 사랑했다. 아무튼 겉으로 보기엔 그랬다. 그때는 무엇이 아버지를 그렇게 만들었는지 이해하지 못했다. 어쩌면 월터 콜은 아이들의 시체를 보면서 그걸 조금 이해하게 됐을지도 모른다. 어쩌면 나도 그걸 알고 있는지도 모른다. 어쩌면 나는 아버지 같은 사람이 되어버린 건지도 모른다.

분명한 건 아버지의 내면에서 뭔가 죽었고, 아버지가 보는 세상이 달라졌다는 것, 더 어두운 색으로 채색됐다는 것이었다. 아버지는 죽음의 머리를 너무 오랫동안 바라봤고, 자신이 본 것의 닮은꼴이 되었다.

일상적인 무전이었다. 야심한 시각에 인적 없는 공터에서 아이들 둘이 손전등을 비추고 경적을 울리며 떠든다는 신고였다. 아버지가 도착했더니 잡범으로 껄렁거리다가 슬금슬금 중범죄의 세계로 접어들게 빤한 인근 불량배가 암흑세계의 스릴과 성적 쾌락이 좋아서 따라다니는 중산층 여자친구와 함께 있었다.

아버지는 남자가 애인에게 으스댈 양으로 당신에게 했던 얘기를 기억하지 못했다. 말이 오갔고, 아버지의 목소리에 경고의 뜻이 담기면서 낮고 딱딱하게 변했을 거라는 상상이 간다. 남자는 아버지가 움찔하는 것을 즐기고 찰싹 달라붙은 젊은 여자가 까르르 웃는 소리를 듣기 위해서 재킷 안주머니에 손을 집어넣는 시늉을 했다.

그러다 아버지가 총을 꺼내들자 웃음이 멈췄다. 남자가 손을 번쩍 쳐들고 고개를 절레절레 저으며 총 같은 건 없다고, 그냥 장난친 거라고, 미안하다고 애원하는 모습이 눈에 선하다. 아버지는 남자의 얼굴을 쐈고, 자동차 안과 창문과 조수석에 앉은 여자의 얼굴, 그리고 충격에 벌어진 남자의 입가에도 피가 흘렀다. 아버지가 총을 쏠 때까지 여자는 비명조차 지르지 못했을 것이다. 그런 다음 아버지는 그곳을 그대로 떠났다.

아버지가 라커룸에서 옷을 벗고 있을 때 경찰 내사팀에서 찾아왔다. 그리고는 동료들이 보는 앞에서 아버지를 데려갔다. 일벌백계 차원이었다. 아무도 길을 막지 않았다. 그땐 이미 다들 알고 있었다. 또는, 안다고 생각했다.

아버지는 모든 걸 곧바로 시인했지만, 설명은 하지 못했다. 사람들의 질문에 어깨만 으쓱했을 뿐이었다. 아버지는 총과 경찰 배지를 압수당했지만—지금 내가 가지고 있는 여분의 배지는 아버지 침실에 있던 것이다—범죄 발생 후 48시간이 지나기 전에는 경찰을 심문하지 못하게 한 뉴욕경찰청 내규 때문에 집에 돌아왔다. 집에 돌아온 아버지는 넋이 나간 것 같았고, 어머니와도 말을 하지 않았다. 나는 내사팀

직원 두 명이 자동차를 세워놓고 담배를 피우는 모습을 내 방 창문에서 내려다봤다. 그들은 무슨 일이 일어날지 알고 있었다. 총성이 울렸을 때에도 그들은 차가운 밤공기 속에 메아리가 전부 가라앉은 다음에야 차에서 내렸다.

나는 그 아버지의 아들이었다.

취조실 문이 열리더니 레이첼 울프가 들어왔다. 청바지에 하이탑 운동화, 검정색 캘빈 클라인 면 후드를 입은 캐주얼한 차림이었다. 풀어 내린 머리가 귀를 덮고 어깨에 찰랑거렸다. 콧잔등과 목덜미에는 주근깨가 점점이 박혀 있었다.

그녀는 맞은편 의자에 앉더니 우려와 연민이 섞인 표정으로 나를 바라봤다. "캐서린 드미터가 죽었다는 얘기 들었어요. 안됐어요."

나는 고개를 끄덕였고, 오두막 지하실에 늘어져 있던 그녀의 모습을 떠올렸다. 유쾌한 기억은 아니었다.

"기분이 어때요?" 그녀가 물었다. 목소리에는 호기심과 함께 다정함이 어려 있었다.

"모르겠어요."

"아들레이드 모딘을 죽인 걸 후회해요?"

"본인이 자초한 일이에요. 나로서는 선택의 여지가 없었어요." 나는 모딘의 죽음, 변호사를 죽인 것, 뒤통수에 칼이 들어가는 순간 바비 시오라가 발끝으로 섰던 모습을 떠올려도 무덤덤했다. 내가 덜컥 겁이 난 건 바로 그런 무덤덤함, 내면의 차분함 때문이었다. 하지만 가슴을 채운 또 다른 느낌이 아니었다면 더 겁에 질렸을지도 모른다. 그건 순진무구한 아이들의 죽음, 아직 시체조차 나오지 않은 그 죽음들이 불러일으킨 깊은 고통이었다.

"왕진까지 다니시는 줄은 몰랐는데요. 왜 당신을 부른 거죠?"

"안 불렀어요." 그녀는 대수롭지 않게 말했다.

내 손을 잡아주는 그녀의 손길에서, 묘하게 머뭇거리는 그 동작에서 전문가의 이해를 넘어서는 뭔가가 느껴졌다. 내 희망사항이었을까? 나는 그 손을 꼭 잡고 눈을 감았다. 지금 생각해보면 그건 일종의 첫 걸음, 다시 세상 속에 들어와 자리매김하려는 어설픈 첫 시도였다. 이틀 동안 무수한 일을 겪은 다음이라, 잠시나마 뭔가 긍정적인 것을 만지고 싶었고, 내면에 잠재되어 있는 선한 것들을 깨워 일으키고 싶었다.

"캐서린 드미터를 구하지 못했어요." 마침내 입을 열어서 이렇게 말했다. "그래도 노력했고, 그 시도를 통해 뭔가 얻은 것 같기도 해요. 이제 수전과 제니퍼를 살해한 자를 찾아내야죠."

레이첼은 천천히 고개를 끄덕이며 내 눈을 바라봤다. "그럴 거예요."

레이첼이 나가고 얼마 지나지 않아 휴대전화가 울렸다.

"네."

"파커 씨?" 여자 목소리였다.

"네, 제가 찰리 파커입니다."

"제 이름은 플로렌스 아귈라르예요, 파커 씨. 마리 아귈라르 부인이 저희 어머니예요. 저희 집에 한 번 오셨었죠."

"기억합니다. 무슨 일이시죠, 플로렌스?" 뱃속이 울렁거렸지만 이번엔 우리 둘을 따라다니며 괴롭히던 그 여자의 신원을 알아낼 만한 단서를 마리 부인이 찾아냈을지도 모른다는 기대감 때문이었다.

수화기 너머에서 재즈 피아노 선율, 남자와 여자가 웃는 소리, 당밀처럼 끈적끈적하고 육감적인 소리들이 들려왔다.

"오후 내내 전화를 했어요. 엄마가 선생님께 전화를 하라고 하세요. 지금 여기로 오셔야 한다고 하세요." 그녀의 목소리에서 뭔가 느껴졌다. 입 밖으로 내뱉는 말을 더듬게 만드는 어떤 기운이 느껴졌다. 그건 두려움이었고, 사물의 상을 왜곡시키는 안개처럼 그녀의 말 위에 자욱하게 내려앉았다.

"파커 씨, 지금 오셔야 하고, 아무에게도 여기 오는 걸 말씀하지 말라고 하세요. 아무한테도요."

"무슨 영문인지 모르겠군요, 플로렌스. 대체 무슨 일이죠?"

"몰라요." 그녀는 울고 있었고, 흐느끼느라 목소리가 뭉개졌다. "하지만 어머니 말씀이 여기 오셔야 한대요, 당장 오셔야 한대요." 그녀는 마음을 가라앉혔고, 다시 말을 잇기에 앞서 깊이 심호흡하는 소리가 들렸다.

"파커 씨, 어머니 말씀이 떠돌이가 오고 있대요."

우연 같은 건 없다. 패턴이 있는데도 우리가 알아보지 못할 뿐이다. 그 전화는 아들레이드 모딘의 죽음과 연결된, 내가 아직 파악하지 못한, 패턴의 일부였다. 나는 그 전화에 대해 아무에게도 얘기하지 않았다. 취조실에서 나와 책상에 있던 총을 챙긴 다음 밖으로 나가서 택시를 잡아타고 아파트로 갔다. 뉴올리언스 공항까지 1등석 비행기 표를 끊었다. 그날 저녁에 루이지애나로 가는 항공편 중에 유일하게 남아 있는 좌석이었다. 출발 직전에야 체크인을 했고, 총기를 신고했다. 내 짐은 혼돈 속으로 사라졌다. 비행기는 만원이었고, 8월 염천에는 뉴올리언스에 가지 말아야 한다는 걸 모르는 관광객이 그중 절반이었다. 승무원이 감자튀김을 곁들인 샌드위치와 건포도 한 봉지를 동물원으로 소풍 가는 아이들이 들고 갈 법한 쇼핑백에 담아서 나눠줬다.

아래로는 온통 어둠뿐이었고, 기압이 상승한다는 느낌이 코로 전해졌다. 음료수와 같이 나눠준 냅킨을 집어드는데 이미 후드득 떨어지기 시작하더니 압력은 어느새 통증으로 변했고, 몸을 관통하는 격렬한 통증에 나도 모르게 몸이 뒤로 와락 젖혀졌다.

비행기가 이륙할 때 노트북 사용을 자제하라는 주의를 받았던 옆자리의 사업가가 놀라서 쳐다보다가 피를 보고는 겁을 집어먹었다. 승무원 호출 버튼을 눌러대는 그의 손가락을 보고 있는데, 어디선가 주먹이라도 날아온 것처럼 고개가 뒤로 넘어갔다. 코피가 왈칵 쏟아져서 앞좌석의 뒷면이 흥건히 젖었고, 어떻게 해볼 도리가 없이 손이 덜덜 떨렸다.

그때, 기압과 통증에 머리가 터져나갈 것 같았던 바로 그 순간, 목소리가 들려왔다. 루이지애나 늪에 사는 늙은 흑인 노파의 목소리였다.

"찰리. 찰리, 그가 여기 있어."

그러더니 목소리가 사라지고 온 세상이 검게 변했다.

3부

내 몸의 구멍들은 그 용량 면에서
또 하나의 지옥과 같소.
— 라블레외 《가로강튀아》

31

 벌레 한 마리가 앞 유리에 부딪히면서 쿵 소리를 냈다. '모기 사냥꾼'으로 통하는 왕 잠자리였다.
 "깜짝이야, 무슨 잠자리가 새만 하네." 운전대를 잡은 오닐 브루사드라는 젊은 FBI 요원의 말이었다. 바깥 날씨는 이미 30도를 훌쩍 넘었지만, 루이지애나의 습기 때문에 훨씬 덥게 느껴졌다. 에어컨 바람에 마른 셔츠가 살에 닿는 부분이 차갑고 불편했다.
 유리창에 묻은 핏자국과 잠자리 날개를 와이퍼로 어렵게 쓸어냈다. 그 핏자국은 내 셔츠에 얼룩진 방울과 비슷했는데, 여전히 골치가 아프고 콧잔등은 손이 닿기만 해도 시큰거렸기 때문에 꼭 그게 아니라도 비행기에서 있었던 일이 머릿속에서 떠나지 않았다.
 브루사드 옆에 앉은 울리치는 시그사우어 권총에 새 클립을 끼우느라 아무 말이 없었다. 부지국장은 평소처럼 싸구려 황갈색 양복에 구겨진 넥타이를 맸다. 내 옆에도 FBI라는 글자가 선명한 검정색 바람막이가 구겨박질러져 있었다.
 비행기에서 위성전화로 울리치에게 연락을 했을 땐 연결이 되지 않았다. 공항에서 다시 전화를 걸어 자동응답기에 전화번호와 함께 즉시 연락 바란다는 메모를 남긴 후, 렌터카를 몰고 I-10번 도로를 따라 라파예트로 출발했다. 배턴루지(루이지애나 주 남동부에 위치한 항구도시로 이스트배턴루지 군의 군청소재지—옮긴이)에 못 미쳤을 때 휴대전화가 울렸다.

"버드?" 울리치였다. "여긴 무슨 일이야?" 목소리에 근심이 가득했다. 뒤에서 자동차 엔진 소리가 들렸다.

"내가 남긴 메시지 들었어?"

"들었어. 사실은 우리도 지금 그쪽으로 가는 중이야. 누가 집 앞에서 플로렌스를 봤는데, 옷에 피가 묻고 손에 총을 들었더래. 121번 진입로에서 현지 경찰이랑 합류할 예정이거든. 자네도 거기서 기다려."

"울리치, 그랬다간 너무 늦을지……"

"잔말 말고 기다려. 지금은 호기 부릴 때가 아니야, 버드. 이건 나한테도 중요한 일이야. 플로렌스가 관련됐으니까."

앞에는 다른 두 차의 미등이 보였다. 세인트마틴 보안관 사무소의 순찰차량들이었다. 뒤에서 헤드라이트로 FBI 셰비의 내부와 앞 유리의 핏자국을 비추며 따라오는 낡은 뷰익에는 세인트마틴의 두 형사가 타고 있었다. 그중 한 명인 존 찰스 모피는 라피트에 있는 술집에서 울리치와 한 번 만난 적이 있는 사이였다. 릴리 후드의 노랫소리에 맞춰 조용히 몸을 흔들던 모습이 기억에 남았다.

모피는 1859년에 스물두 살 젊은 나이로 은퇴를 선언한 체스 챔피언 폴 찰스 모피의 후손이었다. 폴 찰스는 안대를 하고도 동시에 서너 게임을 둘 수 있다는 말이 돌 정도의 천재였다. 그에 비해 보디빌더처럼 다부진 몸을 가진 존 찰스는 체스와 영 거리가 멀어 보였다. 역도 대회라면 모를까, 체스는 어림도 없었다. 울리치에 따르면 그는 과거가 있는 남자였다. 뉴올리언스 경찰청에 근무했던 2년 전에 사르트르 호텔 옆의 야적장에서 루터 보들런이라는 젊은 흑인을 살해해서 내사를 받았고, 그것 때문에 세인트마틴 보안관 사무소로 자리를 옮겼다고 했다.

고개를 돌렸더니 모피가 나를 빤히 쳐다보고 있었는데 민머리는 실내등을 받아 번쩍거리고 강어귀를 따라 울퉁불퉁한 길을 달리느라 운전대를 꽉 움켜쥐었다. 그의 파트너인 튀샹은 윈체스터 모델 12 펌프를 가랑이 사이에 곧추 세운 채 옆자리에 앉아 있었다. 개머리판이 군데군데 파이고 긁힌데다 총신이 낡은 걸로 보아, 사무소에서 발급받은 게 아니라 튀샹 개인 소유인 것 같았다. 바이유 코르타블로와 I-10 도로가 교차하는 곳에서 창문을 열고 모피와 얘기를 하는데 총에서 기름 냄새가 풍겼다.

자동차 불빛에 야자나무와 층층나무, 가지가 늘어진 버드나무가 보이고, 스페인이끼에 뒤덮인 아름드리 사이프러스, 그리고 저 멀리 늪의 수면 위로 솟은 오래된 나무들의 줄기도 한 번씩 눈에 들어왔다. 방향을 틀자 사이프러스 가지가 지붕처럼 별빛을 차단해서 터널처럼 어두운 길이 나왔고, 그런 다음 마리 아퀼라르 부인의 집으로 이어지는 다리를 덜컹거리며 지나갔다.

앞에 가던 보안관 순찰차 두 대가 서로 엇갈려 방향을 틀더니 대각선으로 차를 세웠다. 한쪽 차의 불빛은 늪의 제방으로 이어지는 어둑한 덤불을 밝혔고, 또 한 대의 헤드라이트는 집을 비춰서 땅 위로 솟은 나무둥치와 집의 판자, 그물문으로 이어지는 층계 위로 그림자를 드리웠다. 현관의 그물문은 열려 있어서 밤의 날벌레들이 집 안을 자유롭게 오갔다.

차를 세울 때 울리치가 몸을 뒤로 틀면서 물었다. "준비됐어?"

나는 고개를 끄덕였다. 스미스앤웨슨을 손에 들고 후텁지근한 대기 속으로 내려섰다. 식물이 썩는 내가 진동하고 희미하게 담배 냄새도 났다. 오른쪽 덤불 속에서 뭔가 바스락거리더니 가볍게 첨벙 소리를 내며 물속으로 들어갔다. 모피와 그의 파트너가 우리 옆으로 다가왔다. 펌프에 탄창 끼우는 소리가 들렸다.

부보안관 두 명은 차 옆에 어정쩡하게 서 있었다. 두 번째 팀이 총을 꺼내 든 채 깔끔한 정원을 천천히 가로질렀다.

"어떻게 하실 겁니까?" 모피가 물었다. 그는 180센티미터의 키에 상체가 역도선수처럼 역삼각형이었고, 머리를 완전히 민 대신 콧수염과 턱수염을 길러서 입 주변에 둥그렇게 원을 그렸다.

"우리가 제일 먼저 들어갈 거야." 울리치가 말했다. "저기 저 어릿광대 두 명은 뒤쪽으로 보내고, 집에는 얼씬도 하지 못하게 해. 또 다른 두 명은 앞을 지키고, 자네 둘은 우리를 엄호해줘. 브루사드, 자네는 차 옆에서 다리를 지켜봐."

잔디밭에 여기저기 널려 있는 아이들 장난감을 피해 마당을 가로질렀다. 집 안의 불은 전부 꺼져 있고 인기척을 전혀 느낄 수 없었다. 관자놀이에서 뛰는 맥박 소리가 들릴 지경이었고 손바닥은 땀이 나서 미끈거렸다. 현관 계단까지 3미터쯤 남겨뒀을 때 안전핀을 젖히는 소리가 나더니 오른쪽에 있던 부보안관이 이렇게 중얼거렸다.

"아, 맙소사. 이런 맙소사. 어떻게 이런 일이……."

물가에서 10미터쯤 떨어진 곳에 죽은 나무 한 그루가 서 있었다. 어떤 것은 잔가지 수준이고 그런가 하면 어른 남자의 팔뚝만 한 가지가 90센티미터쯤에서 시작해서 2.5미터 높이까지 뻗었다. 그리고 그 나무줄기에 노파의 막내아들인 티진 아퀼라르가 기대 서 있었다. 손전등 불빛에 벌거벗은 그의 살갗이 번뜩였다. 왼팔은 굵은 가지에 걸어서 팔뚝과 손이 수직으로 늘어졌다. 머리는 또 다른 가지가 뻗어나간 홈에 걸쳐놓았고, 훼손된 눈은 껍질을 벗겨서 살과 힘줄이 드러난 얼굴에 파인 검은 구렁 같았다.

티진의 오른팔도 가지에 얹혀 있었지만, 그쪽은 빈손이 아니었다. 그쪽 손가락은 펄럭이는 살가죽을 쥐고 있었고, 그 베일을 벗겨낸 자리에는 갈비뼈부터 페니스 윗부분까지 몸속이 드러났다. 위장과 뱃속의 장기는 대부분 제거해서 왼팔 옆의 바위에 올려놨는데, 흰색과 파란색과 붉은색이 어우러진 장기 속에 내장이 뱀처럼 똬리를 틀고 있었다.

옆에서 부보안관 한 명이 헛구역질을 시작했다. 돌아봤더니 울리치가 그의 목덜미를 움켜쥐고 물가로 끌고 가고 있었다. "여기선 안 돼." 그가 말했다. "여기선 안 돼." 물가에 쪼그려 앉은 부보안관을 내버려둔 채 그는 집을 향해 돌아섰다.

"플로렌스를 찾아야 해." 그렇게 말하는 그의 얼굴이 핼쑥하고 창백해 보였다. "그녀를 찾아야 해."

집으로 이어지는 다리에 서 있는 플로렌스 아퀼라르를 동네 낚시가게 주인이 봤는데, 피범벅이 된 채 손에 콜트 리볼버를 들고 있었다고 했다. 낚시가게 주인이 차를 세웠더니 플로렌스가 총을 쳐들고 운전석

앞 유리를 향해 총을 한 발 쐈고, 정말 간발의 차이로 낚시가게 주인을 비켜갔다고 했다. 그가 주유소에서 세인트마틴 경찰에 신고를 했고, 마리 부인에게 무슨 일이 생기면 즉시 연락하라는 당부에 따라 현지 경찰이 울리치에게 이 사실을 알렸다.

울리치는 계단을 한달음에 뛰어 올라갔고, 문을 들어서려는 찰나에 내가 따라잡았다. 그의 어깨를 잡았더니 눈을 부릅뜬 채 몸을 뒤로 획 돌렸다.

"침착해." 내가 말했다. 그러자 그의 눈에서 사나운 기색이 사라지더니 천천히 고개를 끄덕였다. 내가 모피를 돌아보며 따라 들어오라는 신호를 보냈다. 모피는 튀상에게서 윈체스터 펌프를 받아들고, 파트너가 헛구역질을 하고 있는 부보안관과 함께 움직였다.

집은 중앙에 길게 나 있는 복도가 뒤쪽의 커다란 부엌까지 이어지는 형태였다. 가운데의 대동맥을 중심으로 양쪽에 세 개씩 모두 여섯 개의 공간이 방사형을 이뤘다. 마리 부인의 방이 오른쪽 끝이라는 걸 알고 있었던 나는 거기로 곧장 가고 싶었지만, 차례차례 살펴보며 신중하게 전진했다. 손전등이 낫처럼 어둠을 가르고, 불빛이 지나가는 자리마다 나방이 펄럭이고 먼지 알갱이가 일어났다.

오른쪽 첫 번째 침실은 비어 있었다. 침대는 두 개였는데, 하나는 정돈을 했지만 아이용인 두 번째 침대에서는 담요가 반쯤 바닥으로 흘러내렸다. 반대편의 거실도 비어 있었다. 그다음 두 곳은 모피와 울리치가 각각 살펴봤다. 둘 다 침실이었고, 역시 아무도 없었다.

"아이들은 다 어디 있는 거지? 어른들은?" 내가 울리치에게 물었다.

"여기서 3킬로미터쯤 떨어진 어느 집에서 누군가의 열여덟 번째 생일 파티가 있다나 봐. 집에는 티진하고 노파만 있다고 했어. 그리고 플로렌스랑."

마리 부인의 맞은편 방문은 활짝 열려 있었고, 되는 대로 쌓아올린 가구와 옷상자, 장난감 더미가 눈에 들어왔다. 창문도 열려 있었고, 밤바람에 커튼이 가볍게 펄럭였다. 이제 마리 부인의 방문을 열어볼 차례였다. 빠끔히 열린 문틈으로 방 안에 드리운 달빛과 뒤엉켜 얼룩진 나무 그림자가 보였다. 뒤에서 모피가 엽총을 치켜들고, 울리치는 두 손으로 움켜쥔 시그 사우어를 뺨에 댔다. 나도 스미스앤웨슨의 방아쇠에 손가락을 걸고 발로 문을 밀면서 몸을 낮게 날렸다.

문가의 벽에는 핏빛 손도장이 하나 찍혀 있고, 창문 너머의 어둠 속에서 밤벌레 소리가 들렸다. 길쭉한 선반과 엇비슷한 무늬의 옷들로 빼곡한 커다란 옷장, 그리고 문 옆의 바닥에 놓인 나지막한 궤짝 위로 드리운 그림자가 바람에 흔들렸다. 하지만 방의 공간을 독차지하다시피 한 건 안쪽 벽에 붙인 커다란 침대, 그리고 그 침대의 주인인 마리 아퀼라르 부인이었다.

마리 부인. 칼날이 얼굴을 자르는 순간에 죽어가는 여자에게 도움의 손길을 내밀었던 노파. 내가 이곳을 찾아왔을 때 내 아내의 목소리로 나를 부르며 슬픔을 달래주었던 노파, 그리고 숨이 끊어지는 고통 속에서 나를 찾았던 노파.

그런 그녀가 발가벗겨진 채, 죽어서도 변함없는 거구로 침대에 앉아 있었다. 첩첩이 쌓아올려 머리와 상체를 기댄 베개는 피로 검게 얼룩이 졌다. 얼굴은 붉은색과 보라색의 덩어리였다. 벌어진 턱으로 담뱃진에 누렇게 찌든 길쭉한 이가 드러났다. 손전등에 그녀의 허벅지와 굵은 팔뚝, 그리고 몸의 중앙을 향해 뻗은 양손이 보였다.

"오, 하느님 맙소사." 모피가 말했다.

마리 부인의 몸은 흉골부터 사타구니까지 잘라서 살을 벗겼고, 그렇게 벗긴 가죽을 당겨서 양손에 붙들어 맸다. 아들처럼 대부분의 장기를 걷어내서 배는 갈비뼈 속의 텅 빈 동굴뿐이었고, 그 안으로 손전등을 비추자 희미하게 척추뼈가 드러났다. 울리치의 손전등이 사타구니로 내려갈 때 내가 손을 뻗어서 중간에 멈추게 했다.

"그만. 그만해."

그때 밖에서 밤의 정적을 가르며 기겁해서 외치는 함성이 들렸고, 우리는 누가 먼저랄 것 없이 집 앞으로 달려나갔다.

플로렌스 아귈라르가 남동생의 시체 앞에서 휘청거리며 서 있었다. 입꼬리가 말려 내려간 채 비쭉 내민 아랫입술이 비통함을 짓이겼다. 오른손에 총신이 긴 콜트를 들고 있었다. 총구는 땅을 가리켰다. 파란 꽃무늬의 흰 드레스는 어머니의 피로 군데군데 얼룩이 졌다. 몸으로 말 없는 비명을 내지르며 몸부림을 치고 있었지만, 정작 그녀에게서는 아무 소리도 나지 않았다.

울리치와 내가 천천히 계단을 내려갔다. 모피와 부보안관 한 명은 현관에 그대로 남아 있었다. 또 다른 부보안관 두 명이 집 뒤쪽에서 나와 플로렌스를 마주보고 섰고, 튀상은 그들보다 조금 오른쪽에 처져 있었다. 플로렌스 왼쪽으로 나무에 걸린 티진의 시체가 보였고, 그 뒤로 네 번째 부보안관과 시그를 꺼내든 브루사드가 눈에 들어왔다.

"플로렌스." 울리치가 가만히 말하면서 총을 어깨의 총집에 다시 집어넣었다. "플로렌스, 총 내려놔."

그녀는 몸을 흔들며 왼손으로 자기 허리를 감싸 안았다. 몸을 앞으로 조금 숙이고 머리를 천천히 좌우로 흔들었다.

"플로렌스." 울리치가 다시 한 번 말했다. "나야."

플로렌스가 우리를 향해 고개를 돌렸다. 눈동자에 참담한 심정이 고스란히 담겨 있었다. 참담함과 고통, 죄책감과 분노가 심란한 마음속에서 앞서거니 뒤서거니 어지럽게 다투고 있는 것 같았다.

그녀가 천천히 총을 들어 우리가 있는 방향을 겨눴다. 부보안관들이 재빨리 총을 꺼내들었다. 튀상은 팔을 앞으로 들고 저격수의 자세를 취했다. 그의 총은 미동도 없이 정확하게 표적을 조준했다.

"하지 마." 울리치가 오른손을 쳐들며 소리쳤다. 경찰들이 영문을 모르겠다는 듯이 울리치를 쳐다보다가 모피를 바라봤다. 모피가 고개를 끄덕이자 바짝 긴장했던 태도는 조금 느슨해졌지만, 그래도 플로렌스를 겨눈 총을 내려놓지는 않았다.

콜트의 총구는 울리치에게서 나를 향해 움직였고, 그러는 동안에도 플로렌스 아귈라르는 계속해서 천천히 고개를 저었다. 그녀의 목소리가 들렸다. 밤처럼 부드럽게 울리치의 말을 주문처럼 되뇌는 그 목소리. "하지 마, 하지 마, 하지 마 하지 마 하지 마······." 그러더니 총을 자신에게 돌려 총구를 입에 물고 방아쇠를 당겼다.

밤의 고요 속에서 그 소리는 마치 대포의 굉음 같았다. 플로렌스의 몸이 풀썩 넘어지면서 머리가 깨질 때 새들이 날갯짓을 하고 덤불 속에 있던 작은 동물들이 후다닥 땅속으로 몸을 숨기는 소리가 들렸다. 울리치는 그녀 옆에 무릎을 꿇고 왼손으로 얼굴을 만지면서 오른손으로는 본능적으로 하릴없이 목의 맥을 짚었다. 그러다 그녀의 얼굴을 들어서 땀으로 얼룩진 셔츠로 감싸듯 끌어안았다. 그의 입은 견딜 수 없는 고통에 벌어진 채 다물 줄 몰랐다. 멀리서 빨간 불빛이 반짝였다. 그리고 더 먼 곳에서 어둠을 가르며 헬리콥터 소리가 들려왔다.

32

뉴올리언스의 아침은 습기로 눅눅했고, 대기 중에 미시시피 강의 냄새가 진동했다. 나는 머리와 뼛속에서 피곤함을 털어내기 위해 게스트하우스에서 나와 프렌치쿼터를 거닐었다. 그러다가 로욜라로 가게 됐는데, 찌는 듯한 더위에 교통체증까지 가세했다. 머리 위의 하늘은 회색으로 묵직하게 내려앉아 금방이라도 비를 쏟아낼 듯했고, 도시를 내리누르는 먹구름이 열기를 가두고 있는 것 같았다. 자판기에서 〈타임스-피카윤〉을 사서 시청 앞에 선 채로 신문을 읽었다. 처음부터 끝까지 어찌나 부패 기사가 넘쳐흐르는지 신문지가 썩지 않는 게 용할 지경이었다. 경찰 두 명이 마약 거래 혐의로 체포됐고, FBI에서는 지난 상원의원 선거의 불법 여부를 조사 중이었으며, 전 주지사에 대한 의혹이 제기됐다. 뉴올리언스의 낡은 건물들과 포이드라스의 황폐한 쇼핑센터, '폐업' 공고가 나붙은 울워스의 가게들은 이런 부패를 고스란히 담고 있는 것처럼 보였고, 그러자 도시가 이곳의 주민들을 물들인 건지, 이곳의 주민들이 도시를 부패의 썩은 물속으로 끌고 들어가는 건지 가늠할 수 없었다.

쳅 모리슨은 2차 세계대전에서 돌아오자마자 백만장자인 마에스트리를 시장 자리에서 끌어내렸고, 20세기에 어울리는 도시를 건설하겠다는 마음으로 웅장한 시청을 지었다. 비록 그 정겨움이라는 게 그의 재임 시절에 횡령과 매춘, 도박과 더불어 만연했던 경찰의 부패에 뿌리를 내리고 있기는 해도 울리치의 선배들 중에는 모리슨을 정겹게 회상하는 사람들이 많았다. 그리고 30년이 흐른 지금까지 뉴올리언스 경찰청은 그가 남긴 흔적을 지우느라 골머리를 앓았다. 뉴올리언스는 관내 경찰에 대한 불만접수 신고가 해마다 1천여 건에 달하며, 거의 20년 가까이 미국 내 1위를 달리고 있다.

뉴올리언스 경찰청은 '배당'의 원칙 위에 세워졌다. 남부의 다른 도시들—사바나, 리치몬드, 찰스턴과 모바일—처럼 이곳의 경찰도 노예를 통제하고 감시하려는 목적으로 18세기에 창설됐고, 도망친 노예를 체포하면 보상금의 일부를 챙겼다. 19세기에는 경찰이 강간과 살인, 린치와 절도, 도박과 매춘을 할 수 있도록 뒤를 봐주고 뇌물을 챙긴다는 비난이 거셌다. 해마다 선거를 치른다는 사실은 경찰이 양대정당에 지지를 표명하지 않을 수 없다는 뜻이었다. 경찰은 선거를 조작하고, 유권자들을 위협하고, 심지어 1866년에는 기술전문학교에서 온 건파의 대량학살에 가담하기도 했다.

뉴올리언스 최초의 흑인 시장인 더치 모리얼은 80년대에 들어서면서 경찰 정화에 팔을 걷어붙였다. 모리얼보다 사반세기 앞서 독립적인 도시범죄위원회가 경찰 조직의 부패를 소탕하지 못했는데 흑인 시장에게 무슨 희망이 있었겠는가? 조직을 장악한 백인 경찰 노조에서 파업에 돌입했고 사육제가 취소됐다. 질서 유지를 위해 주 방위군이 투입됐다. 그 이후로 상황이 나아졌는지는 모르겠다. 그랬기를 바랄 뿐이다.

뉴올리언스는 또한 살인의 온상이어서 해마다 코드30—뉴올리언스 경찰청의 살인사건 코드—이 400건씩 발생한다. 그중에 범인을 검거하는 경우는 절반 정도에 그치기 때문에 뉴올리언스의 거리에는 손에 피를 묻힌 채 활보하는 사람들이 많다. 이런 얘기는 관광객들의 귀에 들어가지 않지만, 설사 이런 사정을 알게 되더라도 개의치 않을지도 모른다. 유람선에서 도박을 하고 24시간 영업하는 술집과 스트립바가 있어서 매춘이 용이하며 마약을 쉽게 손에 넣을 수 있는 도시에서 그에 따른 부작용이 전혀 없을 거라고 기대하는 건 무리다.

한참을 걷다가 분홍색 뉴올리언스 센터 앞의 화분 가장자리에 앉았다. 뒤로 하얏트가 탑처럼 솟아오른 그곳에서 울리치를 기다렸다. 전날 밤, 그 혼란스러운 상황 속에서 우리는 아침에 만나 식사를 함께 하기로 약속했다. 나는 라파예트나 배턴루지에 그대로 있을 생각이었는데, 울리치는 내가 수사 현장과 그렇게 가까이 있는 걸 현지 경찰에서 좋아하지 않을 거라고 했고, 그래서 자기도 뉴올리언스에 있다고 말했다.

20분을 기다렸는데도 울리치가 오지 않아서 포이드라스 스트리트를 거닐기 시작했다. 양쪽으로 사무실 건물들이 계곡을 이루는 그 거리에는 회사원들뿐만 아니라 미시시피 강으로 향하는 관광객들이 북적거렸다.

잭슨 광장의 라마들렌에는 아침을 먹는 사람들로 빈자리가 없었다. 만화에서처럼 빵 굽는 냄새가 뱀처럼 긴 손을 뻗어 사람들을 끌어당기는 것 같았다. 패스트리와 커피를 시키고, 〈타임스-피카윤〉을 처음부터 끝까지 다 읽었다. 뉴올리언스에서 〈뉴욕타임스〉를 사는 건 불가능에 가까웠다. 미국의 도시 중에서 〈뉴욕타임스〉 판매율이 가장 떨어지는 곳이 바로 뉴올리언스이고 그 대신 다른 곳보다 정장을 더 많이 구입한다는 통계를 어디선가 읽은 적이 있었다. 저녁마다 차려입고 만찬 모임에 참석한다면 〈뉴욕타임스〉를 읽을 시간이 많지 않을 것 같기는 했다.

광장의 목련과 바나나 나무들 틈에서 탭댄스와 팬터마임, 플라스틱 통 두 개로 무릎을 치며 육감적인 리듬을 연주하는 호리호리한 악사의 공연마다 관광객들이 모여들었다. 강에서 가벼운 바람이 불었지만 아침부터 달아오른 열기를 당해낼 수는 없었고, 바람은 광장의 검정색 쇠 울타리에 그림을 거는 화가들의 머리를 흩트리고 성당 앞에서 타로점을 치는 사람들의 카드를 흩날리는 정도로 만족해야 했다.

마리 부인의 집에서 벌어진 일이 나하고 거리가 멀게 느껴지는 건 이상한 노릇이었다. 나는 그 사건이 우리 집 부엌의 풍경, 살과 힘줄과 뼈만 남았던 내 아내와 아이의 기억을 다시 불러낼 줄 알았다. 그런데 의식을 짓누르는 어둡고 축축한 담요처럼 묵직함 느낌뿐이었다.

신문을 다시 한 번 뒤적여봤다. 살인사건 기사는 1면 하단에 실렸지만, 시체의 훼손 상태에 대한 자세한 내용은 언론에 공개하지 않았다. 그걸 언제까지 덮어둘 수 있을지는 알 수 없었다. 장례식장에서 소문이 돌기 시작할지도 몰랐다.

안쪽의 상세 기사에는 사진 두 장이 곁들여졌다. 플로렌스와 티진의 시체를 앰뷸런스에 싣기 위해 다리 위로 옮기는 모습이었다. 왕래가 너무 많아 다리의 상태가 악화됐고, 앰뷸런스가 건너다가 무너질지 모른다는 지적 때문이었다. 마리 부인의 시체는 특수한 들것에 담아 옮겼고, 다행히 그 사진은 신문에 실리지 않았다. 그녀의 어마어마한 부피는 검은 천에 싸여서도 죽음을 조롱하는 것 같았다.

고개를 들었더니 테이블로 다가오는 울리치가 보였다. 늘 입고 다니던 황갈색 정장을 벗고 연회색 리넨으로 갈아입었다. 황갈색 정장은 플로렌스 아귈라르의 피로 뒤덮였다. 수염도 깎지 않았고 눈 밑이 퀭했다. 나는 그가 먹을 커피와 패스트리를 주문했고, 그는 잠자코 아침을 먹었다.

처음 만났을 때 이후로 그가 많이 변한 것 같다는 생각이 들었다. 얼굴 살도 많이 빠졌고, 빛의 각도에 따라 다르긴 하지만 광대뼈가 칼날처럼 날카로워 보일 때도 있었다. 문득 몸이 아픈 걸지도 모른다는 생각이 들었지만, 물어보지는 않았다. 얘기를 하고 싶으면 울리치가 먼저 말을 꺼낼 거라고 생각했다.

아침을 먹는 그를 보는데 제니 오바흐의 시체 옆에서 처음 만났던 때가 떠올랐다. 젊었을 때는 예뻤고, 규칙적인 운동과 신중한 식이요법으로 몸매를 유지했으며, 이렇다 할 수입이 없는데도 상당히 화려한 생활을 영위했던 서른 살의 여자였다.

여자의 시체는 어퍼웨스트사이드의 아파트에서 발견됐고, 1월의 추운 밤이었다. 79번가와 강을 굽어보는 작은 발코니로 나가는 커다란 퇴창 두 개가 열려 있었다. 브로드웨이의 자바르 델리에서 두 구역 거리였다. 담당 구역이 아니었는데도 월터 콜과 내가 출동한 이유는 당시에 우리가 조사하고 있던 두 건의 강도사건과 수법이 일치하는 것처럼 보여서였다. 젊은 회계 담당 중역이었던 데보라 모런도 비슷한 강도사건으로 살해되어 수사 중이었다.

아파트에 있는 경찰들은 전부 코트를 입었고, 몇몇은 목도리까지 둘렀다. 아파트 안이 따뜻하다 보니 아무도 차가운 바깥으로 서둘러 나갈 생각을 하지 않았다. 우리의 예상과는 달리 강도치사보다는 용의주도한 살인사건 같았지만, 월터와 나도 비슷한 이유로 남아 있었다. 아파트 안에서는 건드린 게 없는 것처럼 보였고, 세 장의 신용카드와 700달러 남짓한 현금이 든 지갑도 텔레비전 아래쪽의 서랍에 그대로 있었다. 누군가 자바르 델리에서 커피를 사왔고, 다들 컵을 감싸 쥔 채 손가락에 전해지는 드문 온기를 만끽하며 커피를 마셨다.

검시반의 조사가 끝나서 시체를 이송하려는데 너저분한 사람 하나가 어슬렁거리며 아파트로 들어왔다. 긴 갈색 오버코트는 때에 절은 고깃국물 색깔이었고, 구두 밑창은 떨어져서 덜렁거렸는데 그 틈으로 빨간색 양말도 모자라 커다란 엄지발가락까지 드러났다. 황갈색 바지는 이틀 전의 신문지처럼 구겨졌고, 흰 셔츠는 원래의 색을 간직하려는 노력을 포기한 채 황달에 걸린 사람처럼 누런 병색을 띠었다. 그리고 중절모를 눌러썼다. 안젤리카 극장에서 재개봉한 느와르 영화 특별전을 본 이후로 범죄현장에 중절모를 쓰고 나타난 사람을 보기는 처음이었다.

하지만 그중에서도 내 시선을 잡아끈 건 그의 눈동자였다. 그의 눈은 명민하고 명랑하며 냉소적이었고, 바다 속을 헤엄치는 해파리처럼 끝이 가늘었다. 어수선한 외모에도 불구하고 면도는 깔끔하게 했고, 주머니에서 비닐장갑을 꺼내서 끼는 손도 티 한 점 없이 깨끗했다.

"바깥은 창녀의 가슴처럼 춥네." 그는 제니 오바흐의 시체 옆에 쪼

그리고 앉아 손가락을 턱 밑에 가만히 대며 중얼거렸다. "죽음처럼 추워."

누군가 다가오는 것 같아서 고개를 돌렸더니 옆에 월터가 서 있었다. "어디 소속이요?" 월터가 물었다.

"좋은 사람들 소속이죠. 음, 나는 FBI니까 그건 당신 좋을 대로 생각하시고." 그는 신분증을 꺼내서 우리에게 보여줬다. "특별수사관 울리치입니다."

그는 일어서서 한숨을 쉬고는 장갑을 벗었고, 장갑과 손을 코트 주머니에 깊숙이 찔러 넣었다.

"이런 밤에 여기까지 왜 오신 거죠, 울리치 요원?" 내가 물었다. "연방 건물로 들어가는 열쇠를 잃어버리셨나?"

"뉴욕 경찰들은 역시 위트가 넘친다니까." 울리치는 어정쩡하게 웃으며 말했다. "웃다가 옆구리가 끊어질 지경이지만 앰뷸런스가 대기하고 있으니 다행이군." 그는 고개를 한쪽으로 틀어서 시체를 다시 쳐다봤다. "이 여자가 누군지 알아요?"

"이름은 알죠. 하지만 그게 다요." 나랑 일면식이 없는 형사가 대답했다. 나는 그때까지 여자의 이름도 모르고 있었다. 다만 한때 예뻤지만 이제 더 이상 예쁘지 않다는 것만 알았다. 여자는 속이 빈 동축케이블로 얼굴과 머리를 구타당했고, 범행도구는 시체 옆에 버려져 있었다. 머리 주변의 크림색 카펫에는 짙은 암적색 얼룩이 졌고, 값은 비싸지만 그렇게 편하지는 않을 것 같은 흰색 가죽 소파와 벽에도 피가 튀었다.

"이 여자는 토미 로건의 애인이요." 울리치가 말했다.

"쓰레기 수거 대행업자?" 내가 말했다.

"바로 그 사람이지."

토미 로건의 회사는 앞선 두 해에 걸쳐 뉴욕에서 거액의 쓰레기 수거 계약을 여러 건 따냈다. 그러다가 유리창 청소로도 사업을 확장했고 토미의 직원들이 건물의 유리창을 닦아주지 않는 사람이라면 유리창이 없는 건물에 살거나 건물이 없는 사람일 가능성이 높았다. 그리고 그런 계약을 따내는 사람에겐 연줄이 없을 수가 없었다.

"조직범죄 수사팀에서 토미한테 관심을 갖고 있나 보죠?" 월터였다.

"많은 사람들이 토미한테 관심을 갖고 있죠. 이제 그의 여자가 죽어서 카펫에 누워 있으니 예전보다 관심이 더해질 테고."

"누군가 그에게 메시지를 전하려는 거라고 생각하는 건가요?" 내가 물었다.

울리치가 어깨를 으쓱했다. "그럴 수도 있죠. 하지만 그 전에 엘비스 시절의 취향에서 벗어난 인테리어 업자를 고용하라는 메시지부터 보냈어야 하는 건 아닌가 모르겠네. 이건 원, 오스몬즈가 인테리어를 한 것 같잖아."

그의 말이 옳았다. 제니 오바흐의 아파트는 과하게 복고풍이어서 통이 넓은 치마를 입고 염소수염을 길러야 할 것 같았다. 물론 이제 더 이상 제니 오바흐가 신경 쓸 일이 아니었다.

그녀의 살인범은 끝내 잡히지 않았다. 애인이 살해됐다는 소식을 들은 토미 로건은 정말로 충격을 받은 것 같았다. 어찌나 충격이 심했던지 애인의 존재를 부인이 알게 될까 봐 걱정할 여력마저 없었을 정도였다. 토미는 제니 오바흐의 죽음을 계기로 사업 파트너들에게 좀더 관대해지겠다고 결심했을지도 모른다. 하지만 그랬어도 그들의 관계는 오래가지 못했다. 이듬해에 퀸즈의 보든 다리 옆에서 목이 잘린 토미 로건의 시체가 발견됐다.

하지만 울리치는 자주 만났다. 우연히 마주칠 때가 종종 있었고, 그러다가 일을 끝낸 후 나는 집으로 가고 그는 트라이베카의 빈 아파트로 돌아가기 전에 한두 번쯤 술을 함께 마시기도 했다. 그가 닉스의 농구 경기 입장권을 구해오고 우리 집으로 저녁도 먹으러 왔다. 제니퍼의 생일에는 커다란 코끼리 인형을 선물로 줬다. 내가 술을 절제하지 못하는 걸 봤지만 섣부른 비난을 하거나 간섭을 하지는 않았다.

제니퍼의 세 번째 생일 파티가 특히 기억에 남았다. 그는 마분지로 만든 광대 모자를 쓰고 체리 아이스크림이 담긴 커다란 통을 들고 있었다. 구겨진 양복을 입고 서너 살짜리 아이들과 그 부모들 사이에 앉아 있는 게 민망한 눈치였지만, 어린아이들과 함께 풍선을 불고 귀 뒤에서 동전을 꺼내는 시늉을 하는 게 묘하게 행복해 보이기도 했다. 동물 흉내도 내고, 코에 숟가락을 거는 법을 가르쳐주기도 했다. 중간에 먼저 가야 했을 땐 섭섭한 기색이 완연했다. 그때 그는 다른 아이의 생일, 인생의 길을 잃기 전에 자기 아이에게 열어줬던 생일을 떠올렸을 것이다.

수전과 제니퍼가 죽었을 때 그는 경찰서에 와서 조사가 끝날 때까지 네 시간 동안 밖에서 기다렸다. 집으로는 돌아갈 수 없었고, 첫째 날에는 병원 로비에서 울며 지샜지만 월터의 집에 머물 수도 없었다. 그가 수사에 관여하고 있다는 이유 때문만은 아니었다. 평범한 가족들 사이에서 지낼 자신이 없었다. 그때만큼은 그러고 싶지 않았다. 그래서 울리치의 작고 아담한 아파트로 갔다. 벽에는 시집이 빼곡했다. 앤드루 마블, 헨리 본, 리처드 크래쇼, 조지 허버트, 벤 존슨, 그리고 가끔 암송하던 〈열정적인 자의 순례〉를 쓴 월터 롤리. 그는 자신의 침대를 내줬다. 장례식 날에는 내리는 비에도 아랑곳 않은 채 내 옆을 지켰고, 모자챙에서는 눈물 같은 빗방울이 뚝뚝 떨어졌다.

"기분이 어때?" 내가 마침내 이렇게 물었다.

그는 뺨을 부풀렸다가 숨을 내쉬며 차 뒤쪽에서 고개를 까딱거리는 강아지 인형처럼 머리를 좌우로 가볍게 움직였다. 귀 위의 은발에서 희끗희끗한 기운이 머리 전체로 퍼졌다. 눈과 입가에도 도자기의 잔금 같은 주름이 자글거렸다.

"별로 안 좋아. 20분마다 한 번씩 빨간 경광등 불빛에 깨어나는 걸 '잠'이라고 부를 수 있다면 세 시간쯤 잤어. 플로렌스와 총, 그걸 입에 물던 그녀의 모습이 자꾸 떠올라."

"그녀를 계속 만나고 있었던 거야?"

"그렇게 자주는 못 봤어. 만나다 안 만나다 했지. 한두 번쯤 같이 지냈고, 며칠 전에도 아무 일이 없는지 집에 찾아갔었는데. 맙소사, 어떻게 이런 끔찍한 일이."

그는 신문을 끌어당겨서 살인사건 기사를 훑어봤다. 손가락으로 기사 옆을 쓸어서 까맣게 잉크가 묻었다. 신문을 다 읽은 그는 까만 손가락 끝을 엄지로 가볍게 문지르더니 종이 냅킨에 닦았다.

"지문이 나왔어. 부분이기는 하지만." 자신의 지문을 보고 문득 생각난 모양이었다.

바깥의 관광객들과 소음이 뒤로 물러나고 오직 울리치와 그의 어두운 눈동자만 남은 것 같았다. 그가 커피를 다 마시고는 냅킨으로 입을 닦았다.

"그래서 늦은 거야. 한 시간 전에야 확인이 됐거든. 플로렌스의 지문과 대조해봤는데, 그녀의 것은 아니었어. 지문에 노파의 피가 묻어 있었고."

"지문이 어디서 나왔는데?"

"침대 아랫부분에서. 칼을 쓰면서 균형을 잡으려고 했거나, 아니면 미끄러졌는지도 모르지. 지우려고 애쓴 흔적은 없었어. 현지 경찰이 확보하고 있는 자료와 우리 쪽 파일을 확인하는 중이야. 기록이 있다면 나오겠지." FBI 파일에는 범죄자뿐만 아니라 연방정부 직원, 외국인, 군인, 그리고 신원조회의 목적으로 지문 날인을 해야 하는 개인들의 기록이 전부 저장되어 있었다. 현장에서 발견된 지문은 이제 24시간 안에 파일에 담긴 2억 개의 지문과 대조작업을 거치게 될 것이다.

그게 떠돌이의 지문으로 밝혀진다면 수전과 제니퍼의 살인사건에서 최초의 진정한 돌파구가 되겠지만, 그걸 숨죽인 채 기다리지는 않았다. 내 아내를 죽인 후 아내의 손톱을 닦아냈을 정도의 인간이라면 범죄현장에 지문을 남길 정도로 부주의할 턱이 없었다. 나는 울리치를 쳐다봤고, 그도 같은 생각이라는 걸 알았다. 그는 커피를 더 달라고 손을 들면서 잭슨 광장의 인파를 내다봤다. 관광마차를 끄는 조랑말이 내뿜는 콧김 소리가 들렸다.

"플로렌스는 낮에 배턴루지로 쇼핑을 하러 나갔다가 생일 파티에 가기 전에 옷을 갈아입으려고 집에 갔어. 6촌 동생의 생일이었거든. 집에 들어가기 전에 브로 다리에 있는 술집에서 나한테 전화를 했어.

아마 술집에서 8시 30분쯤까지 있다가 9시쯤에 브로 다리에서 열리는 생일 파티에 갔을 거야. 현지 경찰에서 확보한 증언에 따르면, 그녀는 뭔가에 정신이 팔려 있는 것 같았고 금방 돌아갔대. 아마 거기도 엄마가 가라고 등을 떠밀어서 갔던 것 같아. 티진이 있으니까 신경 쓰지 말고 다녀오라고. 그녀는 한 시간이나 한 시간 반 정도 자리를 지키다가 일어났어. 그리고 30분쯤 후에 브레넌, 그 낚시가게 주인이 그녀를 본 거야. 그러니까 살인사건이 벌어진 시간은 기껏해야 한 시간이나 두 시간이고, 그 이상은 아니라는 얘기지."

"이 사건은 누가 맡았어?"

"공식적으로는 모피의 팀에서 맡았지만. 실제로는 대부분의 수사가 우리에게 이송될 가능성이 높아. 수전하고 제니퍼의 경우와 수법이 일치하고, 내가 맡고 싶기도 하거든. 브릴로가 자네 전화에 도청장치를 설치할 거야. 우리가 노리는 그 자가 전화를 걸어올 경우를 대비해서. 얼마 동안 자네의 호텔 방에서 작업을 해야 하겠지만, 우리로서는 다른 방도가 없어." 그가 내 눈을 피했다.

"나를 쳐내려는 거로군."

"자네는 이 사건에 너무 깊이 개입하면 안 돼, 버드. 자네도 알잖아. 전에도 말했지만 한 번 더 말할게. 자네가 개입할 수 있는 범위는 우리가 정해."

"그런데 그 범위가 접근금지라는 거잖아."

"그래 맞아, 접근금지야. 잘 들어 버드. 자네는 이자와 우리를 이어주는 연결고리야. 그는 자네한테 전화를 걸었었고, 아마 또 걸 거야. 기다려봐야지." 그가 손가락을 쫙 펼쳤다.

"마리 부인은 그 여자 때문에 죽었어. 그 여자를 찾아볼 건가?"

울리치는 답답하다는 듯이 눈동자를 굴렸다. "어딜 찾을까? 그 빌어먹을 강어귀를 전부 찾을까? 그 여자가 실제로 존재하는지조차 확실치 않아. 일단 지문을 찾았고, 그게 어디까지 밝혀줄지 기다려봐야지. 돈 내. 그리고 밖으로 나가지. 할 일이 많아."

나는 에스플라나드에 있는 그리스풍 르네상스 건물인 플레상스 하우스라는 곳에 머물고 있었다. 죽은 사람들의 가구들로 채워진 흰 저택이었다. 나는 마차를 보관하던 곳을 개조한 뒤쪽 건물을 선택했는데, 조금 떨어져서 조용하다는 이유도 있었지만 커다란 개 두 마리가 마당을 거닐다가 투숙객이 아닌 사람을 보면 으르릉거리며 자연스럽게 경호원 역할을 해준다는 이유도 한몫을 했다. 그런데 야간 당직을 보던 직원의 말과는 달리 낡은 분수 그늘에서 잠을 자는 게 개들의 주된 활동인 것처럼 보였다. 내 방은 넓고 발코니가 있으며, 천장에 황동 선풍기가 달려 있고, 묵직한 가죽 소파 두 개와 작은 냉장고가 있었다. 생수를 사다가 냉장고에 채웠다.

플레상스에 도착한 후 울리치는 TV를 틀어서 아침 게임쇼를 봤고, 별 말 없이 브릴로가 오기만을 기다렸다. 20분 후 털사 출신의 여자가 마우이 여행권을 탔을 때 노크 소리가 들렸다. 브릴로는 옷차림이 단정했고, 머리가 슬슬 벗겨지기 시작한 게 신경이 쓰이는지 몇 분에 한 번씩 손가락으로 머리를 문질렀다. 아직 머리카락이 남아 있는지 확인하려는 듯했다. 그를 따라 민소매 셔츠를 입은 남자 둘이 쇠로 만든 들것에 도청장치를 잔뜩 싣고 나무 계단을 조심조심 올라왔다.

"얼른 시작해, 브릴로." 울리치가 말했다. "뭐 읽을 것 좀 없어?" 민소매 남자 한 명이 들것 아래쪽에서 잡지 몇 권과 가장자리가 너덜너덜한 페이퍼백 소설책을 꺼내 흔들었다.

"혹시 물어볼 게 있을지도 모르는데 어디 계실 거예요?" 브릴로가 물었다.

"내가 늘 있는 곳." 울리치가 대답했다. "근처."

울리치를 따라서 FBI 뉴욕지부에 있는 익명의 방에 들어가 본 적이 있다. 장기적인 수사—조직범죄와 방첩 활동—를 담당하는 사람들이 첨단 장치를 설치해놓고 감청 내용을 듣는 곳이었다. 늘어선 음성 기동 녹음기 앞에 요원 여섯 명이 주르륵 앉아서 녹음기가 돌아갈 때마다 통화 내역서를 작성하고, 시간과 날짜, 대화의 주제를 꼼꼼하게 기록했다. 방 안은 딸각딸각 윙윙 돌아가는 기계음과 종이 위에서 사각거리는 볼펜 소리 외엔 거의 고요했다.

FBI는 워낙에 도청을 좋아했다. 법무부 산하의 소규모 수사국이었던 BOI 시절인 1928년에 대법원에서는 거의 무제한적인 도청을 허락했다. 1940년에는 당시 법무장관이었던 앤드루 잭슨이 도청을 금지하려 했지만, 루스벨트가 압력을 행사해서 '국가 전복 행위' 수사에 도청을 활용할 수 있도록 오히려 범위를 확대했다. '국가 전복 행위'는 후버의 자의적인 해석을 거치면서 중국인의 세탁소 운영부터 남의 집 부인과 바람을 피우는 것까지 모든 것을 포함하게 됐다. 후버는 도청의 신이었다.

이제 FBI 요원들은 접속함 옆에 쪼그리고 앉아 비를 피하며 통화 내용을 받아 적을 필요가 없어졌다. 대부분의 경우엔 사법부의 허가를 받은 후 통신사에 공문을 보내서 신호를 전환하면 그만이었다. 도청 대상자에게 협조할 용의가 있다면 일은 더 쉬웠다. 내 경우에는 브릴로와 그의 팀원들이 감시 차량 안에서 서로의 땀 냄새를 맡으며 다닥다닥 붙어 앉아 있을 필요조차 없었다.

브릴로가 휴대전화와 방의 유선전화에 도청장치를 설치하는 동안 본관에 있는 식당에 다녀오겠다며 방을 나섰다. 마당을 어슬렁어슬렁 지나가는데 그늘에 붙어 앉아 있던 개들 중에 한 마리가 지루한 표정으로 쳐다봤다. 나는 한 구역 떨어진 식품점 옆의 공중전화로 갔다. 거기서 앙헬에게 전화를 걸었다. 자동응답기가 받았다. 상황을 설명한 후 내 휴대전화로 전화하지 말라는 당부를 남겼다.

규칙을 엄밀히 적용한다면 FBI의 도청과 감시는 최소한으로만 실시해야 한다. 이론적으로는 수사와 무관한 사적인 내용일 때는 녹음기의 정지버튼을 누르고, 이따금 확인할 때만 제외하곤 통화 내용을 듣지 말아야 옳다. 그러나 도청되는 사람의 사적인 통화가 정말 사적인 내용만으로 이루어질 거라고 간주한다면 그건 바보천치였고, FBI가 듣고 있다는 걸 알면서 도둑이나 킬러와 얘기를 나누는 건 현명하지 않은 처사일 것 같았다. 메시지를 남긴 후 커피 네 잔을 사서 방으로 올라갔다. 브릴로는 초조한 표정으로 문가에 서서 기다리고 있었다.

"커피는 전화로 주문해도 되는데요, 파커 씨." 그가 못마땅한 목소리로 말했다.

"그러면 맛이 없어요." 내가 대답했다.

"익숙해지셔야 합니다." 그는 단호하게 말하고는 나를 따라 들어와서 문을 닫았다.

　재미도 없는 TV 프로그램을 몇 시간이나 보고 《코스모》 과월호의 퀴즈까지 풀고 난 오후 4시에 첫 번째 전화가 왔다. 브릴로가 잽싸게 침대에서 일어나며 손을 튕겨서 기술자에게 신호를 보냈다. 그중 한 명은 이미 헤드폰을 쓰고 있었다. 그는 손가락으로 셋을 세고 나에게 휴대전화를 받으라고 했다.
　"찰리 파커?" 여자 목소리였다.
　"네?"
　"레이첼 울프예요."
　나는 FBI 요원들을 보면서 고개를 저었다. 숨을 내쉬는 소리가 들렸다. 손으로 수화기를 덮고 말했다. "최소한의 원칙, 몰라요?" 딸깍, 녹음기 끄는 소리가 났다. 브릴로는 내가 새로 깐 깨끗한 침대보 위에 누워서 손으로 머리를 받치고 눈을 감았다.
　레이첼은 수화기 너머에서도 무슨 일이 벌어지고 있다는 걸 눈치 챈 것 같았다.
　"얘기할 수 있어요?"
　"사람들이 와 있어서요. 내가 다시 전화할게요."
　그녀는 내게 번호를 알려주고는 오후 7시 30분에 돌아올 예정이니 그때 전화를 하라고 했다. 나는 알겠다고 하고 전화를 끊었다.
　"숙녀 친구분이 있군요." 브릴로가 말했다.
　"주치의예요. 내가 인내심 부족 증후군이거든요. 몇 년만 치료를 받으면 사람들의 쓸데없는 호기심을 참아낼 수 있게 된다고 하더군요."

브릴로는 큰 소리로 콧방귀를 뀌었지만, 눈은 뜨지 않았다.

두 번째 전화는 6시에 왔다. 습도가 높은데다 관광객들의 소음 때문에 발코니 창을 닫았더니 방 안에서 남자들의 시큼한 땀 냄새가 진동했다. 이번 전화의 발신인에 대해서는 의문의 여지가 없었다.

"뉴올리언스에 온 걸 환영한다, 버드." 합성장치를 통과한 저음은 안개처럼 이리저리 쓸려다니며 가물거리는 듯했다.

나는 숨을 멈추고 FBI 요원들에게 고개를 끄덕였다. 브릴로는 벌써 울리치에게 삐삐를 치고 있었다. 발코니 옆에 있는 모니터에서 지도가 움직이는 게 보였고, FBI 요원들의 헤드폰에서 가늘게 흘러나오는 떠돌이의 목소리도 들렸다.

"당신의 FBI 친구들을 환영하는 건 별 의미가 없겠지." 목소리가 말했다. 이번엔 어린 여자의 높고 발랄한 억양이었다. "울리치 요원도 같이 있나?"

나는 이번에도 대답하기 전에 한 박자를 쉬며 시간을 끌었다.

"날 엿 먹일 생각은 하지 마, 버드." 여전히 아이의 목소리였지만, 이번에는 밖에 나가서 친구랑 놀고 싶은 걸 못하게 해서 신경질이 난 말투였고, 욕설 때문에 음란한 효과가 한층 더 강화됐다.

"아니, 그는 여기 없어."

"30분." 그 말과 함께 전화는 끊어졌다.

브릴로가 어깨를 들썩였다. "이자는 알고 있어요. 위치를 추적당할 만큼 통화를 오래 끌지 않을 거예요." 그는 다시 침대에 누워서 울리치를 기다렸다.

울리치는 기진맥진해 보였다. 수면부족으로 눈에는 빨갛게 핏줄이 섰고, 입 냄새가 고약했다. 신발에 비해 발이 너무 크기라도 한 것처럼 계속 발의 위치를 바꿨다. 그가 도착하고 5분이 지났을 때 전화벨이 울렸다. 브릴로가 숫자를 세고 내가 전화를 받았다.

"네."

"내 말 끊지 말고 그냥 듣기만 해." 여자의 목소리, 애인에게 은밀한 환상을 말할 것 같은 그런 목소리였지만, 비틀린 기계음이었다. "울리치 요원의 애인 일은 안됐지만, 그건 순전히 내가 그녀를 그리워했기 때문이야. 그녀는 거기 있었어야 했어. 그녀를 위해 특별한 걸 준비했었는데, 그녀에게 나름대로 생각이 있었던 모양이야."

울리치는 눈을 꾹 감았다 떴지만, 그것 외에는 수화기에서 들리는 소리 때문에 심란해하는 기색은 없었다.

"내 선물이 마음에 들었는지 모르겠군." 목소리가 말을 이었다. "어쩌면 이제 자네도 이해를 하기 시작했겠지. 그렇지 못하다고 해도 걱정하지 마. 앞으로도 많은 게 기다리고 있으니까. 불쌍한 버드. 불쌍한 울리치. 함께 비통에 잠겼군. 그 마음을 함께 나눌 사람들을 찾아주지."

그러더니 목소리가 다시 바뀌었다. 이번에는 위협적인 저음이었다.

"다시는 전화하지 않겠어. 사적인 대화를 엿듣는 건 무례한 짓이지. 다음에 받게 될 메시지에는 피가 묻어 있을 거야." 통화는 끝났다.

"젠장. 제발 뭐든 알아냈다고 말해." 울리치가 말했다.

"아무것도 없어요." 브릴로가 헤드폰을 벗어서 침대 위로 던지며 말했다.

* * *

FBI가 장비를 철수해서 흰색 포드 밴에 싣는 동안 프렌치쿼터의 나폴레옹 하우스로 걸어가서 레이첼 울프에게 전화를 걸었다. 휴대전화를 이용하고 싶지 않았다. 살인범과 접촉할 수단으로 활용되면서 어쩐지 더럽혀진 기분이 들었다. 방에 너무 오랫동안 갇혀 있은 후라 몸을 움직이고 싶기도 했다.

그녀는 세 번째 벨이 울렸을 때 전화를 받았다.

"찰리 파커예요."

"네……." 그녀는 나를 뭐라고 부를까 잠시 고민하는 것 같았다.

"버드라고 부르세요."

"귀신이네요."

잠시 어색한 침묵이 흘렀다. "어디에요? 굉장히 시끄럽네요."

"그렇죠. 지금 뉴올리언스에 있어요." 그런 다음 지금까지 있었던 일을 최선을 다해 설명했다. 그녀는 잠자코 듣기만 했고, 한두 번쯤 볼펜을 리듬에 맞춰 탁탁 내리치는 소리가 들렸다.

"뭔가 짚이는 게 없나요?" 설명을 마친 후에 내가 물었다.

"잘 모르겠어요. 학생 시절에 봤던 뭔가가 떠오르는 것 같기는 한데, 너무 오래전 일이라 찾을 수 있을지 모르겠어요. 이 사람과 나눴던 지난번 통화에 대해서는 뭔가 얘기해줄 게 있는 것 같아요. 조금 모호하기는 하지만." 그러더니 잠시 아무 말이 없었다. "어디에 묵고 있어요?"

플레상스의 번호를 알려줬다. 그녀는 내가 부르는 대로 반복하면서 이름과 번호를 받아 적었다.

"거기로 전화하려고요?"

"아니요. 예약하려고요. 거기로 갈게요."

전화를 끊고 나폴레옹 하우스를 둘러봤다. 현지인들, 그리고 어딘가 보헤미안 느낌을 주는 손님들로 가득했다. 그중 일부는 침침한 이 술집 위층에 머물고 있는 관광객들이었다. 스피커에서는 제목을 알 수 없는 클래식 음악이 흘러나왔고, 담배 연기가 자욱했다.

떠돌이의 전화에서 뭔가 찜찜한 구석이 있었는데, 그게 정확하게 뭔지 짚어낼 수가 없었다. 전화를 걸었을 때 그는 내가 뉴올리언스에 있다는 걸 알았다. FBI가 옆에 있다는 걸 알고 있었으니까 내가 어디에 묵는지도 알았다. 그건 그자가 경찰의 절차를 잘 알고 수사 상황을 지켜보고 있다는 뜻이었다. 레이첼의 프로파일링과 일치했다.

그는 우리가 도착했을 때, 또는 그 직후에 범죄현장을 지켜보고 있었을 것이다. FBI의 감청을 감안하면 통화를 길게 하지 않으려는 건 충분히 이해할 수 있지만 두 번째 전화는…… 나는 두 번째 통화 내용을 머릿속으로 되짚어보면서 찜찜한 이유를 찾아보려 했지만, 아무 소득이 없었다.

나폴레옹 하우스에 자리를 잡고 싶은 유혹을 느꼈다. 오래된 술집에서 생기와 흥겨움을 호흡하고 싶었지만, 마음을 다잡고 플레상스로 돌아갔다. 열기를 무시한 채 커다란 유리문을 열고 발코니로 나갔다. 프렌치쿼터의 낡은 건물들과 쇠 울타리를 두른 발코니를 건너다보며 담배 연기와 매연에 섞여 근처 레스토랑에서 풍기는 음식 냄새를 깊이 들이마셨다. 거버너 니콜스 스트리트에 있는 술집에서 재즈의 선율,

버번 스트리트의 싸구려 술집으로 몰려가는 사람들의 왁자한 웃음소리, 노래하는 것 같은 이곳 특유의 억양과 거기에 섞여드는 외지인들의 목소리, 창문 아래로 지나가는 사람들의 소리에도 귀를 기울였다.

그리고 레이첼 울프를 떠올렸다. 어깨에 찰랑이던 그녀의 머리와 하얀 목덜미에 점점이 찍혔던 주근깨를 생각했다.

33

그날 밤에 원형극장의 꿈을 꿨다. 가파르게 기울어진 통로에 늙은 남자들이 가득했다. 벽에는 능직 천을 둘렀고, 높이 걸린 두 개의 횃불이 중앙에 놓인 네모난 테이블을 밝히고 있었는데, 가장자리를 곡선으로 둥글리고 다리는 뼈 모양이었다. 그 테이블 위에 플로렌스 아퀼라르가 놓였고, 검정색 가운을 입고 수염을 기른 남자가 상아색 손잡이의 메스로 드러난 자궁을 절개했다. 그녀의 목과 귀 뒤쪽으로 밧줄에 쓸린 자국이 보였다. 머리는 불가능한 각도로 돌아갔다.

의사가 절개하자 자궁에서 뱀장어가 미끄러져 나와 바닥에 떨어졌고, 죽은 여자가 눈을 뜨더니 비명을 지르려 했다. 의사가 천으로 그녀의 입을 틀어막았고, 노인들은 그 모습을 지켜보고 해골들이 어둠 속에서 뼈를 달그락거렸다. 의사는 계속해서 몸을 절개했고, 발목까지 검은 뱀장어가 차올랐으며, 결국 그녀의 눈에서 빛이 사라졌다.

그리고 원형극장 한 구석에서 어둠 속에 몸을 반쯤 가린 채 그 모습을 지켜보는 사람들이 있었다. 어둠을 벗어나 내게 다가온 그들은 내 아내와 아이였는데, 그 옆에 세 번째 사람, 조금 뒤쪽으로 희미한 실루엣을 그리며 거의 보일 듯 말 듯한 또 다른 인물이 있었다. 그 여자는 차갑고 축축한 곳에서 나왔고 강렬한 진흙 냄새, 식물이 썩는 냄새, 진한 연못 냄새, 썩으며 기포가 생겨서 형체를 알아볼 수 없게 된 살 냄새를 풍겼다. 여자가 누운 곳은 비좁고 옆으로 옴짝달싹할 수 없으며, 그녀가 기다리는 동안 물고기가 와서 들이박았다. 잠에서 깬 후에도 그 냄새가 코끝에 맴도는 것 같았고, 여자의 목소리가 들렸다.

살려주세요.

귀에서 피가 찰랑거리는 것 같은 그 소리.

추워요 살려주세요.

그녀를 찾아야만 했다.

전화벨 소리에 잠이 깼다. 커튼 사이로 흐릿한 빛이 스며들고, 디지털 시계에 8:35 AM이라는 글자가 깜빡였다. 수화기를 들었다.

"파커? 모피예요. 얼른 준비해요. 한 시간 후에 라마르퀴스에서 만납시다."

샤워를 하고 옷을 입은 후, 아침 일찍부터 세인트루이스 성당으로 향하는 신도들을 따라 잭슨 광장을 걸어갔다. 성당 앞에서는 잡상인이 불을 삼키는 쇼를 하며 사람들의 시선을 끌었고, 흑인 수녀들 몇 명이 노란색과 녹색 파라솔 밑에 옹기종기 모여 있었다.

수전과 나도 이 성당의 미사에 참석한 적이 있었다. 천장엔 목자들에게 둘러싸인 그리스도의 그림이 그려져 있고, 작은 제단 위에는 프랑스의 루이 9세가 일곱 번째 십자군 전쟁을 선포하는 그림이 있다. 성당은 1724년에 목조건물로 완성됐지만, 1788년도 예수수난 금요일의 화재로 인근 800여 채의 건물과 함께 전소된 후 두 차례 재건됐다. 지금의 건물은 150년도 되지 않았고, 요한 바오로 2세 광장을 내다보는 스테인드글라스는 스페인 정부의 선물이었다.

그렇게 많은 세월이 흘렀는데도 이런 자질구레한 내용들이 또렷이 기억나는 게 이상했다. 하지만 이런 것들을 기억하는 건 내용이 흥미로워서가 아니라 수전과 관련된 것이기 때문이었다. 이런 내용을 접했을 때 수전이 내 옆에 있었고, 그녀가 내 손을 잡고 있었고, 머리를 뒤로 모아 청록색 리본으로 묶고 있었기 때문이었다.

그 자리에 서서 그때 나눴던 말을 떠올리고 있자니, 불현듯 그때로 돌아가 내 옆에 선 아내를 느끼고, 그녀의 손을 맞잡고, 내 입술에 닿는 그녀의 달콤함과 내 목에 감도는 그녀의 향기를 느낄 수 있을 것만 같았다. 눈을 감으면 성당의 통로를 거닐던 그녀가 떠오르고, 그녀의 팔이 내 몸에 닿는 것 같았다. 꽃 내음이 어우러진 향냄새를 맡으며 창가를 따라 어둠에서 빛으로 나왔다가 다시 빛에서 어둠으로 들어가던 그녀의 모습이 눈에 선했다.

성당 뒤쪽에 악마를 밟고 서서 세례반을 손에 든 아기천사 상 옆에 무릎을 꿇고 내 아내와 아이를 위해 기도했다.

모피는 벌써 라마르퀴스에 와 있었다. 그곳은 샤르트르에 있는 프랑스 스타일의 제과점이었다. 그는 뒤쪽 정원에 있었는데, 머리를 깨끗하게 새로 밀었다. 위아래로 회색 트레이닝복에 나이키 운동화를 신고, 팀버랜드 플리스 재킷을 위에 걸쳤다. 테이블에는 크루아상과 커피 두 잔이 있었다. 내가 맞은편 의자에 앉을 때 그는 크루아상을 반으로 잘라 포도잼을 구석구석 꼼꼼하게 바르는 중이었다.

"당신 커피도 미리 시켰어요. 크루아상 좀 드세요."

"커피면 됐어요. 고마워요. 쉬는 날인가요?"

"웬걸요. 새벽 순찰만 건너뛰었죠." 그는 크루아상 반쪽을 한입에 넣고 넘치는 부분을 손가락으로 밀어 넣었다. 그는 뺨이 불룩한 채 씩 웃었다. "집에서는 아내가 이렇게 못하게 해요. 생일 파티에서 돼지처럼 아구아구 먹는 애 같다나요."

그는 그걸 꿀꺽 삼키고는 남은 크루아상을 마저 들고 잼 바르기 작업에 들어갔다. "세인트마틴은 이번 수사에서 밀려났어요. 돌이나 들추면서 피 묻은 옷을 수색하는 일을 빼면요. 울리치의 팀에서 수사의 전권을 거의 다 가져갔거든요. 발품을 파는 걸 제외하면 이제 이번 수사에서 우리가 할 일은 별로 많지 않아요."

나는 울리치가 뭘 하려는지 알고 있었다. 마리 부인과 티진의 살인으로 이제 연쇄 살인범의 존재가 입증됐다. 취조기술과 인질협상을 담당하는 FBI 수사지원팀에 상세한 보고서가 전달되고, VICAP, ABIS—방화와 폭발 프로그램—와도 협력하며, 이런 사건 같은 경우엔 범죄 프로파일링이 특히 중요했다. 서른여섯 명의 요원 중에서 프로파일링 작업을 하는 사람이 열 명이었다. 그들은 콴티코에 있는 FBI 본부의 방진벙커였던 지하 18미터의 복작거리는 사무실에서 작업을 한다.

FBI에서 증거를 분석하며 떠돌이의 그림을 그리는 동안, 현지 경찰에서는 마리 부인의 집 근처에서 살인범이 남긴 자취를 계속 수색했다. 그들의 모습은 직접 보지 않아도 머릿속에 훤했다. 나무들 사이로 뜨거운 녹색의 빛이 내리쪼이는 가운데 줄지어 서서 덤불을 훑는 경찰들. 발은 진흙에 빠지고 옷은 찔레 덤불에 걸려가며 발밑을 수색하는 모습. 아차팔라야의 갈색 물속에서 셔츠 밑으로 땀을 줄줄 흘리며 날벌레를 찰싹찰싹 때려대기도 할 것이다.

아귈라르의 집은 피범벅이었다. 일을 마쳤을 땐 떠돌이도 피칠갑을 했을 것이다. 작업용 덧옷을 입었을 텐데, 그걸 갖고 있는 건 그의 입장에선 너무 위험했다. 늪에 버렸거나 땅에 묻었거나 파기했을 것이다. 내 짐작엔 파기했을 것 같았지만 그래도 수색을 하지 않을 수는 없었다.

"나도 이번 사건과 관련해서는 이제 할 일이 많지 않아요." 내가 말했다.

"들었어요." 그는 크루아상을 조금 더 먹고 커피를 비웠다. "다 드셨으면 일어나죠." 그는 테이블에 돈을 내려놨고, 나는 그를 따라 밖으로 나갔다. 마리 부인의 집으로 갈 때 우리 뒤를 따라왔던 낡은 뷰익은 반 구역 밖에 세워놨다. '공무수행 중'이라고 손으로 쓴 종이를 붙여놨지만 와이퍼 밑에 주차위반 딱지가 끼워져 있었다.

"젠장." 모피가 주차위반 딱지를 휴지통에 버리며 말했다. "요즘은 도무지 법을 존중하는 놈들이 없단 말이야."

우리는 도심의 험한 동네인 디자이어 프로젝트로 갔는데, 쓰레기가 널린 공터에서 어슬렁거리거나 철망을 두른 코트에서 농구를 하는 흑인 젊은이들이 보였다. 막사처럼 줄지어 선 2층 건물에 신앙심이나 풍요, 인류애 같은 의미의 말들이 붙어 있는 걸 보니 헛웃음이 났다. 요새처럼 바리케이드를 친 술집 근처에 차를 세웠는데, 경찰 냄새가 나는지 젊은 남자들이 우리를 비켜갔다. 모피의 트레이드마크인 민머리는 여기서도 금세 눈에 띄는 모양이었다.

"뉴올리언스에 대해 많이 알아요?" 모피가 한참 있다가 이렇게 물었다.

"아뇨." 플리스 재킷 밑의 불룩한 총도 그의 트레이드마크였다. 아령과 역기를 하도 들어서 손바닥에 군살이 박혔을 정도였고, 손가락마저 근육이 우람했다. 머리를 움직이면 목덜미의 살갗 밑에서 힘줄과 근육이 뱀처럼 꿈틀거렸다.

보디빌딩을 하는 대부분의 사람들과는 달리, 모피에게서는 억제된 위험의 분위기가 풍겼다. 근육을 눈요깃감으로 키운 게 아니라는 느낌이 들었다. 나는 그가 먼로(루이지애나 주 북동부에 있는 도시—옮긴이)의 술집에서 사람을 죽였다는 걸 알고 있었다. 라파예트의 호텔방에서 데리고 있던 창녀와 그 창녀의 기둥서방을 죽인 포주였다. 체중이 100킬로그램에 육박하는 크리올이었던 포주는 붉은 죽음이라는 뜻의 '르 모르 루즈'라는 별명을 갖고 있었는데, 깨진 병으로 모피의 가슴을 찌르고는 땅에 쓰러진 그의 숨통을 졸랐다. 주먹으로 얼굴과 몸을 쳐서 그를 떼어낸 모피가 포주의 목을 움켜잡았고, 한참 그렇게 서로의 목을 움켜쥔 채 대치하다가 결국 포주의 머리에서 뭔가 터지면서 옆으로 쓰러지며 바에 부딪혔다. 앰뷸런스가 도착했을 땐 이미 숨이 끊어진 상태였다.

그건 정당한 싸움이었지만, 루터 보들런의 경우는 어땠는지 궁금했다. 그자는 악당이었다. 거기까지는 확실했다. 청소년 시절부터 폭력 전과를 주르륵 달았고, 젊은 오스트리아 관광객을 강간했다는 혐의도 받았다. 여자는 줄 세운 용의자들 중에서 보들런을 지목하지 못했고,

콘돔을 사용한데다 생수로 음모를 씻게 해서 강간의 흔적도 남아 있지 않았지만, 뉴올리언스 경찰청에서는 범인이 보들런이라는 걸 알았다. 가끔은 그냥 알 때도 있다.

이 세상에서 마지막 날이 된 그 밤에 보들런은 프렌치쿼터에 있는 한 아일랜드 술집에서 술을 마시고 있었다. 흰색 티셔츠에 흰색 나이키 반바지를 입었고, 술집에는 손님이 세 명이었다. 보들런과 당구를 친 그들은 나중에 보들런에게 무기가 없었다고 진술했다. 하지만 모피와 그의 파트너였던 레이 가르자는 일상적인 심문을 했더니 보들런이 총을 쐈고, 정당방위 차원의 맞사격에 의해 죽은 거라고 보고했다. 20년은 족히 넘은 낡은 스미스앤웨슨이 그의 옆에서 발견됐고, 총알은 두 발이 발사된 상태였다. 일련번호를 줄칼로 갈아서 총기 기록을 확인할 수 없었고, 뉴올리언스 수사 파일에서도 사용 전력이 나오지 않았다.

총은 현장에 심어놓은 것처럼 보였고, 뉴올리언스 경찰청 내사과에서도 그렇다고 확신했지만, 가르자와 모피는 진술을 번복하지 않았다. 1년 뒤 가르자는 아이리시채널이라는 동네에서 시비에 휘말렸다가 칼에 맞아 죽었고, 모피는 세인트마틴으로 전보발령을 받은 후 이곳에 집을 샀다. 그게 끝이었다. 이야기는 그렇게 끝이 났다.

모피는 한데 모여 있는 흑인 남자아이들을 가리켰다. 청바지는 엉덩이를 거의 무릎까지 내려 입고, 커다란 운동화는 걸을 때마다 철벅거렸다. 그들은 우리의 시선을 피하지 않고 맞받았는데, 어디 한번 건드려보라고 도발하는 것 같았다. 그들이 들고 다니는 스피커에서는 우탱클랜(무당파武當派라는 뜻을 가진 미국의 힙합그룹—옮긴이)의 노래가 나왔다. 혁명을 시작하자는 노래였다. 그 음악을 들으니 묘하게 심술궂은 즐거움이 느껴졌다. 찰리 파커, 너는 이곳의 명예시민이야.

그런데 모피는 이렇게 말했다. "저런 빌어먹을 소음은 처음이네, 젠장. 이래봬도 여기가 블루스의 산실인데 말이야. 로버트 존슨이 저런 쓰레기를 들었다면 자기가 영혼을 악마한테 팔고 지옥으로 직행했다는 걸 알겁니다."(로버트 존슨은 뛰어난 음악적 재능으로 델타 블루스, 또는 컨트리 블루스의 제왕으로 불리지만 젊은 나이에 요절한 후 미스터리한 행적이 부각되면서 악마에게 영혼을 팔았다는 괴소문이 돌았다—옮긴이) 그는 못마땅한 표정으로 라디오를 틀고 채널을 돌리다가 포기했다는 듯이 테이프를 밀어 넣었다. 50년대를 풍미한 블루스 가수인 리틀 윌리 존의 끈적거리는 목소리가 차 안을 가득 채웠다.

"이 도시에 개발 붐이 일어나기 전에 나는 메타리(뉴올리언스의 위성도시—옮긴이)에서 자랐어요. 흑인이나 뭐 그런 애들과 친하게 지냈다고는 할 수 없지만, 흑인들은 대부분 공립학교를 다니고 나는 아니었으니까. 그래도 아무 문제없이 살았어요. 그런데 개발 프로젝트가 진행되면서 그런 시절도 끝이 나버렸죠. 디자이어, 이버빌, 라피트. 단단히 무장을 하지 않고서는 발을 들여놓지 않는 게 좋은 곳들이죠. 그러다가 빌어먹을 레이건이 등장했고, 상황은 더 열악해졌어요. 글쎄 매독 환자가 50년 전보다 더 늘었다니 말 다했죠. 여기 애들은 대부분 홍역 예방주사조차 맞지 않아요. 시내에 있는 집은 똥값보다도 못하죠. 차라리 썩든 말든 내버리는 게 더 나을 거예요." 그는 손바닥으로 운전대를 찰싹 내리쳤다.

"그 정도로 가난한 곳에서는 사람이 마음만 먹으면 거액을 벌 수 있어요. 많은 사람들이 프로젝트의 이권 한 조각을 얻기 위해 땅, 시설, 술, 도박, 뭐든 한 조각을 차지하기 위해 싸움을 벌여요."

"이를테면 어떤 사람들이 그러나요?"

"이를테면 조 보나노 같은 사람들. 그의 패거리는 지난 10여 년 동안 이곳을 장악하고 마약과 헤로인, 그런 것들의 공급을 도맡아왔어요. 다른 지역으로의 확장도 시도했죠. 라파예트와 배턴루지 사이에 대규모 위락센터를 열고 싶어한다는 말도 들립디다. 호텔을 지을지도 모르죠. 어쩌면 그냥 벽돌만 쓱쓱 쌓아서 시늉만 해놓고 그걸 통해 탈세와 돈세탁을 하려는 건지도 몰라요."

그는 감정 평가사 같은 시선으로 주변을 돌아봤다. "그리고 여기가 조 보나노, 일명 조 본스가 자란 곳이에요." 그는 이 말을 하면서 어떻게 자기가 자라고 성장한 곳을 망칠 수 있는지 도저히 이해할 수 없다는 듯이 한숨을 내쉬었다. 그는 다시 차를 몰고 가면서 조 본스에 대해 들려주었다.

조의 아버지인 살바토레 보나노는 아이리시채널에서 술집을 운영했는데, 아이들에게 아일랜드 성인의 이름을 붙이고 아일랜드 정서가 팽배한 동네에서 이탈리아 사람이 술집을 한다는 것을 용납할 수 없었던 현지 폭력배들과 갈등이 심했다. 살바토레가 특별히 명예를 중시하는 사람이었던 건 아니다. 그에게는 단지 실질적인 문제일 뿐이었다. 전후에 챕 모리슨이 이끌던 뉴올리언스에서는 당장의 어려움을 견디고 적절한 주머니를 찾아 뇌물을 찔러줄 준비만 되어 있다면 큰돈을 만질 기회는 얼마든지 있었다.

살바토레는 그 술집을 시작으로 여러 군데의 가게와 클럽을 인수했다. 그는 돈을 빌렸고, 아이리시채널의 술집 한 곳에서 버는 수입으로는 채권자들을 만족시킬 수 없었다. 돈을 모은 그는 샤르트르에 두 번째 술집을 매입했고, 거기서부터 작은 왕국을 키워갔다. 금전 거래만으로 원하는 시설을 손에 넣기도 했지만, 좀더 강압적인 권유가 필요한 경우도 있었다. 그걸로 효과가 없더라도 아차팔라야 강에는 수많은 죄를 묻고 숨기기에 충분한 물이 흘렀다. 가게의 영업을 맡고, 시청의 공무원과 경찰과 시장의 측근들까지 전부 섭섭하지 않게 관리하고, 먹이사슬의 아래쪽에서 살바토레의 돈으로 제 배를 불리려는 시도를 처리해줄 조직원도 점점 늘어갔다.

살바토레 보나노는 뉴올리언스 동쪽에 있는 그레트나 출신이며 오른팔의 여동생이었던 마리아 쿠파로와 결혼했다. 딸을 낳았지만 일곱 살 때 결핵으로 죽었고, 아들은 베트남에서 사망했다. 아내도 58년에 유방암으로 세상을 떠났다.

하지만 살바토레의 진짜 약점은 로셀 하인스라는 여자였다. 로셀은 흔히 '하이 옐로우'라고 부르는 흑인이었는데, 몇 세대에 걸친 혼혈로 인해 피부가 거의 흰색에 가까운 흑인을 뜻했다. 모피의 표현을 빌자면 살색은 버터기름 같았지만, 출생증명서에는 '흑인, 사생아'라고 적혔다. 키가 크고 길게 늘어뜨린 검은 머릿결이 아몬드 같은 눈과 부드럽고 크고 매력적인 입술을 감쌌다. 그녀의 아름다움에는 시계조차 숨을 죽일 정도였다. 한때 창녀라는 소문이 돌았지만, 설사 그게 사실이었다고 해도 살바토레 보나노가 즉시 그만두게 만들었다.

보나노는 그녀에게 가든 디스트릭트에 집을 사주었고, 마리아가 세상을 떠나자마자 로셀을 아내라고 소개하기 시작했다. 1950년대 말의 루이지애나에서는 인종차별이 엄연한 현실이었다. 루이지애나 주정부에서 흑백 혼합 밴드의 공연을 금지했기 때문에 이 도시에서 자란 루이 암스트롱조차 뉴올리언스에서는 백인 연주자와 공연을 할 수 없었다. 그러니 백인 남자가 흑인 정부를 거느리고 흑인 창녀를 살 수는 있었지만, 피부색이 아무리 하얗다고 해도 흑인 여자를 '아내'라고 말하는 건 스스로 제 구덩이를 파는 격이었다. 그런데도 로셀이 아이를 낳자 살바토레는 자기 성을 붙이겠다고 고집을 피웠고, 잭슨 광장에서 밴드 공연이 열렸을 땐 아이 엄마를 대동한 채 커다란 흰색 유모차를 밀고 잔디밭을 휘저으며 아이의 재롱에 어쩔 줄 몰랐다.

살바토레는 돈이 지켜줄 거라고 믿었을 것이다. 어쩌면 신경을 쓰지 않았을지도 모른다. 그는 항상 로셀이 안전하게 지낼 수 있도록 조처했고, 행여 누가 달려드는 일이 없도록 혼자 걸어 다니지 못하게 했다. 그리고 그들은 로셀을 노리지 않았다.

아들이 다섯 살이던 1964년 7월의 어느 무더운 밤, 살바토레 보나노가 실종됐다. 그리고 사흘 뒤에 카타우체 호숫가의 나무에 묶인 채 발견되었다. 머리가 거의 떨어져나갈 정도로 잘린 상태였다. 누군가 로셀 하인스와의 관계를 빌미로 그의 구역을 차지하려 했을 가능성이 높았다. 클럽과 술집의 소유권은 르노와 라스베이거스에 지분을 가진 컨소시엄에 넘어갔다.

남편의 시체가 발견되자 로셀 하인스는 누가 들이닥치기 전에 약간의 보석과 현금을 챙겨서 아들을 데리고 자취를 감췄다. 그리고 1년이 지났을 때, 나중에 디자이어라는 이름으로 개발되는 지역에 다시 나타났다. 거기 의붓여동생이 살고 있었다. 살바토레의 죽음은 그녀의 삶을 망쳐놓았다. 그녀는 술 없이는 살지 못했고 모르핀에까지 중독되었다.

곳곳에서 진행된 개발 프로젝트 중에서도 바로 이곳이 조 본스가 자란 곳이었다. 그는 엄마보다 살색이 더 희었고, 그것 때문에 흑인과 백인 어느 쪽에서도 그를 받아주지 않으면서 양쪽에 모두 앙심을 품게 됐다. 조 본스의 내면에서는 분노가 들끓었고, 세상에 대한 적대감이 커져갔다. 자신의 어머니가 더러운 병상에서 숨을 거둔 지 10년 후인 1990년엔 아버지가 소유했던 것보다 더 많은 술집을 거느렸고 매달 멕시코에서 비행기로 공수한 코카인을 뉴올리언스의 거리에 풀었으며 북쪽과 동쪽과 서쪽으로 확장을 꾀했다.

"현재 조 본스는 스스로 백인을 자처하고, 누구도 그의 말에 토를 달지 않죠." 모피가 말했다. "하기야 배알 없는 인간들이 무슨 말을 하겠어요. 조는 이제 '브라더'를 돌볼 시간이 없어요." 모피는 이렇게 말하면서 가볍게 웃었다. "가족들과 잘 지내지 못하는 남자보다 더 형편없는 인간도 없지."

우리는 주유소에 들어갔고, 모피는 기름을 채운 후 음료수 두 개를 들고 돌아왔다. 주유 펌프 옆에서 그걸 마시며 지나는 차들을 지켜봤다.

"그리고 폰테노라는 또 다른 패거리가 있는데, 그들도 프로젝트에 눈독을 들였어요. 데이비드와 라이오넬이라는 형제가 중심이죠. 내가 알기론 원래 라파예트 출신이고 지금도 그곳에 연고가 있지만, 20년대에 뉴올리언스로 넘어왔어요. 폰테노 형제는 야심이 대단하고, 폭력적이며, 보나노가 사라질 때가 됐다고 생각해요. 이런 상황이 극단으로 치달은 건 1년쯤 됐고, 폰테노 쪽에서 조 본스를 해치울 계획을 세우고 있을지도 몰라요."

폰테노 형제는 어리지 않았다. 둘 다 40대였다. 하지만 루이지애나에서 조금씩 입지를 다져왔고, 지금은 철조망과 개와 무장한 부하들의 호위 하에 델라크루아의 본거지에서 조직을 운영한다. 부하들 중에는 아카디아에서 온 정통 케이준(지금의 노바스코샤인 캐나다 아카디아에서 살다가 프렌치인디언 전쟁 중에 루이지애나로 강제 이주된 프랑스계 사람들을 뜻하며, 특유의 음악이나 음식을 의미하기도 한다—옮긴이)들도 있었다. 그들은 도박과 매춘, 그리고 마약에도 손을 뻗었다. 배턴루지에 술집 여러 군데가 있고, 라파예트에서도 한두 곳을 더 운영했다. 조 본스를 처리할 수 있다면 시장을 크게 잠식할 가능성이 높았다.

"케이준에 대해 뭐 좀 알아요?" 모피가 물었다.

"아니요. 그냥 음악이나 조금 들어본 정도죠."

"그 사람들은 여기 루이지애나와 텍사스에서 박해받는 소수인종이에요. 석유 개발 붐이 일었을 때에도 텍사스 사람들이 깜둥이 새끼들은 쓰지 않겠다고 뻗대서 일자리를 얻지 못했어요. 경기가 안 좋을 때야 똑같이 벅벅 기며 살았죠. 흑인들하고 충돌이 잦았는데 제한된 일자리를 놓고 흑인과 케이준이 경쟁을 했기 때문이에요. 험한 일도 많았지만 대부분의 사람들은 법의 테두리 안에서 몸과 영혼을 보전하려고 노력했죠.

롤런드 폰테노, 그가 형제들의 할아버지인데, 이 사람은 아무것도 없는 맨손으로 일가의 먼 친척을 따라 뉴올리언스에 왔어요. 그래도 형제는 뿌리를 잊지 않았죠. 70년대에 경기가 좋지 않았을 때 주변에서 겉도는 무리들을 규합했어요. 젊은 케이준을 중심으로 흑인도 조금 섞였지만, 무슨 수를 썼는지 서로 주먹다짐하는 일 없이 잘 끌고 왔어요. 가끔은 폰테노 패거리를 만든 게 우리들 책임이라는 생각도 들어요. 그 사람들을 그런 식으로 다룬 벌로 우리에게 내려진 천형인 거죠. 그리고 어쩌면 조 본스도 천형이라는 생각이 들어요. 사람들을 갈아서 땅에 묻으면 어떻게 되는지 일깨워주는 천형."

모피는 조 본스에게 사악한 기질이 있다고 말했다. 한번은 어떤 남자를 오후 내내 염산으로 천천히 태워 죽이기도 했는데, 뇌의 일정한 부분, 이를테면 대부분의 사람들의 뇌에서 비이성적인 행동을 통제해주는 부분이 그에겐 결여됐다고 생각하는 사람들도 있다. 폰테노 형제는 달랐다. 그들도 사람을 죽이기는 했지만, 이유를 내지 못하거나 만족스럽지 못한 사업장을 폐쇄하는 사업가처럼 살인을 했다. 즐거움을 누리기 위해서가 아니라, 프로답게 죽였다. 모피 생각에는 폰테노 형제와 조 본스는 전부 거기서 거기였다. 그저 사악함을 표출하는 방법이 다를 뿐이었다.

음료수를 다 마시고 깡통을 버렸다. 모피는 그냥 재미있자고 얘기를 늘어놓는 스타일은 아니었다. 그가 지금까지 이런 이야기를 한 데에는 이유가 있었다.

"요점이 뭐예요, 모피?" 내가 물었다.

"요점은, 마리 부인의 집에서 나온 지문이 토미 르마의 것인데 그가 조 본스의 부하라는 거예요." 그가 자동차의 시동을 걸고 차량의 흐름에 합류하는 동안, 나는 혹시 뉴욕에서 사건을 수사할 때 한 번이라도 그 이름을 접했던 적이 있는지, 어떤 식으로든 나와 르마를 연결해줄 고리가 있는지 기억을 더듬었다. 하지만 아무것도 찾지 못했다.

"그자의 짓이라고 생각해요?" 모피가 물었다.

"그렇게 생각해요?"

"아니요. 어림없죠. 처음에는 뭐, 어쩌면 그럴 수도 있겠다고 생각했어요. 그 노파, 그 여자가 거기 땅을 소유했으니까. 거기서 뭘 짓는다면 배수시설이 많이 필요 없겠죠."

"큰 호텔을 세우고 위락센터를 지으려고 하는 사람이라면."

"그러니까요. 또는 거기에 벽돌을 쌓아서 자신의 계획이 진지하다는 걸 누군가에게 입증하고 싶어하는 사람이거나. 내 말은, 늪은 늪이라는 거예요. 건축허가를 받을 수 있다고 하더라도, 신조차 만들어놓은 걸 후회했을 놈들하고 이 더운 저녁 공기를 함께 마시고 싶어할 사람이 누가 있겠어요?

어쨌거나 노파는 땅을 팔려고 하지 않았을 거예요. 그녀는 영리한 사람이었어요. 여러 세대에 걸쳐 조상의 뼈를 이곳에 묻었죠. 원래의 지주는 선대가 버번까지 이어지는 남부 사람이었는데 69년에 죽었어요. 죽으면서 경작하던 소작농들한테 땅을 합리적인 값에 팔라는 유언을 남겼죠. 그런데 소작농의 대부분이 아퀼라르 집안사람이었고, 있는 돈 없는 돈 다 털어서 땅을 샀어요. 노파가, 그녀가 앞장서서 모든 걸 결정했죠. 조상들이 묻힌 땅이고, 발목에 사슬이 묶인 채 맨손으로 수로를 파던 시절부터 집안의 역사가 어린 곳이었으니까요."

"그러니까 보나노가 그녀한테 땅을 넘기라고 압력을 넣었는데, 그녀가 말을 듣지 않으니까 다른 수를 쓰기로 한 거다?"

내 말에 모피가 고개를 끄덕였다. "내 생각엔 단순한 압력 이상을 행사하기 위해 르마를 보냈던 것 같아요. 딸이나 다른 자식을 협박하거나, 여의치 않으면 그중 한 명을 죽이거나. 그런데 도착해보니 노파가 이미 죽어 있었던 거죠. 르마가 그 모습을 보고 놀란 나머지 부주의해졌고, 흔적을 남긴 줄도 모르고 어둠 속으로 도망친 거예요."

"울리치도 이런 것들을 모두 알고 있나요?"

"대부분은, 네."

"보나노를 소환할 건가요?"

"지난밤에 불러들였다가 한 시간 만에 돌려보냈어요. 루퍼스 티보도라는 멋쟁이 변호사를 달고 왔더라고요. 자신은 아무 짓도 하지 않았고 르마를 본 지도 사나흘쯤 됐다나요. 웨스트배턴루지에서 체결한 계약금 때문에 자기야말로 르마를 보고 싶은 사람이라고 하더군요. 개수작이지만, 그 입장을 고수하고 있으니까. 울리치는 공갈 및 향정신성 약물 거래법 위반 쪽으로 압력을 넣을 거래요. 그쪽을 밀어붙이면 생각이 달라질지도 모른다면서."

"시간이 꽤 걸릴 수도 있겠군요."

"더 좋은 아이디어가 있어요?"

나는 어깨를 으쓱했다. "있을 수도 있고."

모피가 눈을 가늘게 떴다. "조 본스는 설불리 건드리면 안 돼요. 내 말 알아들었어요? 조는 당신이 뉴욕에서 상대하던 패거리와는 달라요. 리틀 이탈리아의 사교클럽에 앉아 손가락 끝으로 에스프레소 잔을 집어서 홀짝거리며 모든 사람들로부터 존경받던 시절을 꿈꾸는 그런 부류랑은 다르다고요. 조는 그런 짓거리를 할 시간이 없어요. 사람들한테서 존경 따위를 바라지도 않아요. 오줌을 지릴 정도로 겁을 집어먹길 바라지."

에스플라나드로 방향을 틀었다. 모피는 깜빡이를 넣고 플레상스에서 두 구역 정도 떨어진 곳에 차를 세웠다. 그러고도 창밖을 내다보며 머릿속의 리듬에 맞춰 오른손 검지로 운전대를 톡톡 두드렸다. 뭔가 할 얘기가 더 남아 있는 눈치였다. 재촉하지 않고 기다리기로 했다.

"그자, 당신 부인과 아이를 살해한 자하고 얘기를 했다면서요."

내가 고개를 끄덕였다.

"동일인인가요? 티진과 노파를 죽인 사람하고?"

"어제 나한테 전화를 걸었어요. 그자예요."

"뭐라던가요?"

"FBI에서 통화 내용을 녹음했어요. 일을 더 벌일 거라더군요."

모피가 손으로 목덜미를 쓸어내리면서 눈을 꼭 감았다. 머릿속에 마리 부인의 모습이 떠오른 모양이었다.

"여기 계속 있을 거예요?"

"당분간은, 네."

"FBI에서 좋아하지 않을지도 몰라요."

나는 미소를 지었다. "알아요."

모피도 따라서 미소를 지었다. 의자 밑으로 손을 뻗더니 길쭉한 갈색 봉투를 꺼내서 내게 건넸다. "연락할게요." 그가 말했다. 나는 봉투를 재킷 안에 찔러 넣고 차에서 내렸다. 그는 짧게 손을 흔들고 한낮의 인파 속으로 사라졌다.

방에 들어와서 봉투를 열었다. 현장사진들과 경찰 내부 보고서의 요약 복사본을 스테이플러로 찍어놨다. 의료팀 보고서는 따로 묶었다. 노란색 형광펜으로 강조한 부분이 눈에 띄었다. 마리 부인과 티진의 시체에서는 소량의 케타민 염산염이 나왔다. 체중 1킬로그램당 1밀리그램에 해당되는 양이었다. 보고서에 따르면 케타민은 특수한 종류의 마약으로, 국소 수술에 사용되는 마취제였다. 그게 PCP(펜시클리딘, 환각효과가 있어서 마약으로 관리되는 마취제—옮긴이) 유사물이며 뇌에 작용해서 중앙신경체계에 영향을 미친다는 사실을 제외하고는 구체적인 작용에 대해 아무도 뚜렷한 결론을 내리지 못했다.

경찰에 몸담고 있던 시절에 그건 뉴욕과 LA의 클럽에서 최고로 치는 마약이었는데, 마취액을 가열해서 액체를 증발시킨 후 케타민 결정만을 추출해서 캡슐이나 정제로 만들었다. 케타민 효과는 흔히 "K 수영장에서 헤엄친다"는 식으로 표현됐는데, 감각이 뒤틀리면서 몸을 뭔가가 부드럽게 떠받쳐주는 느낌이 들기 때문이었다. 환각과 시공간 인식의 왜곡, 유체이탈 등의 부작용도 있다고 알려져 있었다.

의료팀 보고서에서는 케타민이 동물용 화학 억제제로 사용할 수 있다는 걸 지적했는데, 정상적인 인두-후두 반응은 지속시키면서 마취를 유발해서 고통을 경감시키기 때문이었다. 의료팀에서는 범인이 마리 부인과 티진 아궐라르에게 이 약물을 주사한 이유도 그 때문일 거라고 추측했다. 살갗을 뜯어내고 몸을 해부했을 때 마리 부인과 아들은 의식이 온전한 상태였다고 보고서에서는 단정했다.

34

 의료팀 보고서를 다 읽은 후 트레이닝복에 운동화를 신고 리버프론트 공원으로 나가 유람선을 타려고 줄지어 기다리는 사람들 옆을 지나 왕복 7킬로미터를 달렸다. 건반악기처럼 씩씩거리는 증기선 소리가 미시시피 강을 오가는 전령 같았다. 달리기를 하고 났더니 온몸이 땀으로 뒤덮이고 무릎이 욱신거렸다. 3년 전만 됐어도 고작 7킬로미터에 이렇게 힘이 들지는 않았을 것이다. 늙는 건 어쩔 수 없었다. 이러다간 머잖아 휠체어에 앉아 관절이 쑤시니 비가 오겠다고 중얼거리고 있을 것 같았다.
 플레상스로 돌아왔더니 그날 저녁 늦게 비행기로 출발하겠다는 레이첼 울프의 메모가 있었다. 메모지 아래쪽에 항공기 번호와 도착 시간이 적혀 있었다. 문득 조 본스가 떠올랐고, 레이첼 울프의 뉴올리언스 나들이에 동행이 있으면 좋겠다는 생각이 들었다.
 앙헬과 루이스에게 전화를 걸었다.

 그날 오후에 가족들이 마리 부인과 티진, 그리고 플로렌스의 시신을 수습해갔다. 라파예트의 장의사에서 넓은 영구차에 마리 부인의 관을 실었다. 티진과 플로렌스의 관은 두 번째 영구차에 나란히 실었다. 큰아들 레이먼드를 필두로 아귈라르 일가의 가족과 친지들이 픽업트럭 세 대에 나눠 타고 영구차 뒤를 따랐다. 까무잡잡한 피부를 가진 사람들이 농기계와 기구들 사이에 자루를 펼쳐놓고 앉았다. 고속도로를 벗어나 흙길을 달려서 경찰 차단선이 바람에 나부끼는 마리 부인의 집을 지나 레이먼드 아귈라르의 집에 도착할 때까지 그 뒤를 따라갔다.

레이먼드는 키가 크고 기골이 장대한 40대 후반, 어쩌면 50대 초반의 사내였고, 나이가 들면서 살이 붙는 것 같았지만 여전히 위압적인 풍채를 자랑했다. 검은색 면 정장에 흰색 셔츠, 그리고 가느다란 검은색 넥타이를 매고 있었다. 하도 울어서 눈에 핏발이 섰다. 시체가 발견되던 날 밤에 마리 부인의 집에서 얼핏 그를 본 기억이 났다. 폭력적인 불행 속에서도 가족들을 다독이던 강인한 남자였다.

관을 영구차에서 내려 집 안으로 옮길 때 그가 나를 봤다. 장정들 몇이서 마리 부인의 관을 들고 쩔쩔맸다. 나 혼자만 얼굴이 하얗기 때문에 눈에 띌 수밖에 없었다. 마리 부인의 딸로 보이는 사람이 나이 든 여자들의 부축을 받으며 지나가다가 싸늘한 눈빛으로 나를 쳐다봤다. 단을 높이 세워서 널빤지를 잇대어 지은 집은 마리 부인의 집과 크게 다르지 않았다. 시신을 집 안으로 옮긴 후에 레이먼드가 목걸이에 걸린 작은 십자가를 들어 입을 맞추며 나를 향해 천천히 걸어왔다.

"당신이 누군지는 알고 있습니다." 그가 말했고, 내가 손을 내밀었다. 그는 한 박자 쉬었다가 짧고 힘 있게 악수를 했다.

"애도를 표합니다. 모든 것이 전부, 안타깝습니다."

그가 고개를 끄덕였다. "그래요." 그는 앞으로 걸어가더니 마당 끝에 두른 흰 울타리 옆에 서서 길게 이어지는 텅 빈 길을 내다봤다. 청둥오리 한 쌍이 날아오다가 날개를 접으며 천천히 물에 내려앉았다. 레이먼드가 부러운 시선으로 새들을 바라봤다. 비통함에 잠긴 사람이 그 슬픔과 아무 관련이 없는 것들을 보며 느끼는 부러움이었다.

"제 여동생들은 당신이 그자를 여기로 불러들였다고 생각합니다. 당신은 여기 있을 자격도 없다고 생각하고 있어요."

"당신 생각도 그런가요?"

그는 대답하지 않았다. 그러더니 이렇게 말했다. "어머니는 그자가 오고 있다는 걸 느꼈어요. 아마 그래서 플로렌스도 파티에 보냈을 거예요. 그자를 피할 수 있도록. 어머니가 당신을 부른 것도 그 때문이에요. 어머니는 그자가 오고 있다는 걸 느꼈고, 그가 누군지 아셨던 것 같아요. 마음속 깊은 곳에서 아셨던 것 같아요." 그의 목에서 걸쭉한 소리가 넘어왔다.

그는 십자가를 가볍게 만지작거리며 엄지로 문질렀다. 원래는 장식 조각이 있었던 것 같았고, 지금도 가장자리에는 나선무늬가 보였지만, 오랜 세월 그렇게 문지르다 보니 매끈할 정도로 지워진 듯했다.

"나는 어머니와 내 동생들에게 일어난 일이 당신 탓이라고는 생각하지 않아요. 어머니는 늘 옳다고 믿는 대로 행동하셨죠. 어머니는 그 여자를 찾아내고 싶었고, 여자를 죽인 자를 중단시키고 싶었던 거예요. 티진은……" 그는 슬픈 미소를 지었다. "경찰 말로는 뒤에서 세 번, 또는 네 번 가격을 했다고 하더군요. 티진은 그자와 맞서 싸우려다 손마디에 멍이 들었어요."

레이먼드 아귈라르는 다시 말을 잇기 전에 한참 기침을 했고, 달리기를 오래 해서 힘이 부친 것처럼 고개를 조금 뒤로 젖힌 채 숨을 깊이 들이마셨다.

"그가 당신의 부인, 당신의 아이를 해쳤죠." 그의 질문이라기보다 단언에 가까웠지만, 그래도 대답을 했다.

"네. 그가 해쳤습니다. 당신 말처럼 어머니께서는 그자가 또 한 여자를 죽였다고 믿으셨어요."

레이먼드는 오른손의 엄지와 검지로 눈가를 짓눌렀고, 눈을 깜빡이며 눈물을 참았다.

"알아요. 내가 그 여자를 봤어요."

새들이 울고 바람이 나무 사이를 지나고 멀리 늪에 물이 찰랑거리는 소리마저 사라지고, 온 세상이 고요해지는 느낌이었다. 오로지 레이먼드 아귈라르의 목소리만 듣고 싶었다.

"그 여자를 봤다고요?"

"네, 그렇게 말씀드렸어요. 사흘 밤 전에 하니 아일랜드의 저습지 아래쪽에서. 어머니가 돌아가시기 전날 밤에. 다른 때도 봤고. 여동생의 남편이 그 곳에 덫을 여러 개 만들어놨거든요." 그가 어깨를 들썩였다. 하니 아일랜드는 자연보호구역이었다. "미신을 믿나요, 파커 씨?"

"점점 믿게 되는 것 같습니다." 내가 대답했다. "그러니까 당신은 거기, 하니 아일랜드에 그 여자가 있다고 생각하시는 건가요?"

"그럴 수도 있어요. 어머니는 여자가 있는 곳을 모른다고 하셨어요. 정확히 어디 있는지는. 그저 저기 어딘가에 있다는 것만 아셨죠. 어떻게 그렇게 됐는지는 나도 모릅니다. 파커 씨. 어머니가 타고난 재능은 언제나 내가 이해할 수 있는 범위 너머에 있었어요. 그런데 내가 여자를 본 거예요. 사이프러스 나무들 옆으로, 손으로 가린 것처럼 얼굴에 어둠이 드리운 모습. 그리고 그게 그 여자라는 걸 알았죠."

그가 고개를 숙이고는 흙에 묻힌 돌을 발끝으로 파내기 시작했다. 한참 만에 기어이 돌을 파서 풀 숲 사이로 차버리자 검은 개미들이 허둥지둥 굴 밖으로 빠져나왔다. 개미굴 입구가 고스란히 드러났다.

"다른 사람들도 여자를 봤어요. 그렇다는 얘기를 들었어요. 낚시를 하러 나가거나 오두막에서 담그고 있는 위스키를 살펴보러 갔던 사람들이죠." 그는 발치에서 우글거리는 개미 떼를 물끄러미 쳐다봤다. 몇 마리가 그의 구두에 올라왔다. 그는 가만히 발을 흔들어서 개미들을 쫓았다.

하니 아일랜드는 7만 에이커라고 레이먼드는 설명했다. 길이 64킬로미터에 폭이 128킬로미터인 그곳은 루이지애나에서 두 번째로 큰 습지였다. 펄 강이 만들어낸 범람원의 일부였고, 루이지애나와 미시시피 사이의 경계선 역할을 했다. 하니 아일랜드는 플로리다의 에버글레이즈 국립공원보다 더 보전이 잘됐다. 준설을 허용하지 않았고, 물을 빼거나 벌목을 할 수도 없었다. 개발도 없고 댐도 없고, 일부 구역은 심지어 들어가지도 못하게 했다. 절반은 주정부의 소유였고, 그중 일부를 자연보호공단에서 관리했다. 발견될 가능성이 희박한 곳에 시체를 유기한다면, 관광용 보트를 제외하고는 하니 아일랜드만 한 곳이 없을 것 같았다.

레이먼드는 저습지로 가는 길을 설명하고, 말보로 담뱃갑의 속지를 펼쳐서 약도를 그려주었다.

"파커 씨, 나는 당신이 선량한 사람이고 이런 일이 일어난 걸 안타까워한다는 것도 잘 압니다. 하지만 여기엔 두 번 다시 발걸음을 하지 않으셨으면 감사하겠습니다." 그는 부드럽게 말했지만, 목소리에 담긴 억양에는 오해의 여지가 없었다. "그리고 장례식에도 오지 않으셨으면 좋겠습니다. 우리 가족이 이 슬픔을 이겨내려면 오랜 시간이 걸릴 거예요."

그러더니 한 개비 남았던 담배에 불을 붙였고, 고개를 끄덕여 인사를 한 후 연기를 뒤로 길게 늘이며 집으로 돌아갔다.

걸어가는 그의 뒷모습을 바라봤다. 머리가 철사처럼 회색인 여자가 집에서 나오더니 그가 손을 내밀자 팔로 그의 허리를 감았다. 그는 큰 팔로 여자의 어깨를 감싸 안았고, 함께 집 안으로 들어갔다. 그 뒤로 그물문이 가벼운 소리를 내며 닫혔다. 그리고 나는 하니 아일랜드와 그곳의 녹색 물속에 감춰진 비밀을 생각하며 레이먼드 아퀼라르의 집을 떠났다. 자동차 뒤로 먼지가 일어났다.

늪은 이미 비밀을 보여줄 준비를 하고 있었다. 그때부터 24시간이 지나기 전에 하니 아일랜드는 시체 한 구를 건네줬지만, 그건 여자의 시체가 아니었다.

35

 뉴올리언스 공항에 조금 일찍 도착했기 때문에 잠시 서점에 들러서 잔뜩 쌓아놓은 앤 라이스(영화 〈뱀파이어와의 인터뷰〉의 원작자인 미국 소설가—옮긴이)의 책 더미에 걸려 넘어지지 않도록 조심하며 책을 둘러봤다.
 출구 앞에 앉아 한 시간쯤 기다렸을 때 레이첼 울프가 나왔다. 짙은 색 청바지에 흰색 운동화를 신고, 빨간색과 흰색 줄무늬가 들어간 폴로의 스포츠 재킷을 입고 있었다. 빨간 머리는 풀어서 어깨에 찰랑거렸고, 메이크업은 한 듯 안 한 듯 자연스러웠다.
 그녀가 들고 있는 짐이라곤 갈색 가죽 숄더백뿐이었는데, 나머지는 그녀의 양쪽에서 괜스레 사람들의 시선을 의식하며 걷고 있는 앙헬과 루이스가 맡은 모양이었다. 루이스는 크림색 더블브레스트 양복에 눈처럼 하얀 드레스셔츠의 깃을 풀어헤쳤고, 앙헬은 청바지와 헤진 리복 하이탑에 몇 해 전 공장에서 출고된 후론 다림질을 한 번도 하지 않은 것 같은 녹색 체크 셔츠를 입었다.
 "브라보, 브라보." 그들이 내 앞에 섰을 때 내가 말했다. "이런 모습이 인간답게 사는 거겠지."

앙헬이 오른손을 치켜드는데, 두툼한 책 세 덩이를 끈으로 묶어서 들고 있는 손가락 끝이 거의 보라색을 띠었다. "뉴욕 공공 도서관의 절반을 떼어왔어." 그가 구시렁거렸다. "끈에 묶어서. 〈초원의 집〉 재방송 이후로 끈으로 묶은 책 더미는 처음 봐." 루이스는 여자용 분홍색 우산과 화장품 케이스를 들고 있었다. 자기 다리에 매달려 회포를 풀려는 개를 애써 외면하는 남자의 표정이었다. "아무 말도 하지 마." 그가 미리 엄포를 놨다. "한 마디도 하지 마."

그 밖에도 수트케이스 두 개와 가죽 여행 가방 두 개, 그리고 캐리어 하나가 있었다. "밖에 차가 있어요." 나는 레이첼과 함께 밖으로 나가면서 말했다. "다행히 저 짐들을 실을 공간은 넉넉할 겁니다."

"두 사람이 공항에서 나한테 삐삐를 쳤어요." 레이첼이 소곤거리는 목소리로 말했다. "얼마나 친절한지 몰라요." 그녀는 까르르 웃으면서 어깨 너머로 뒤를 돌아봤다. 가방에 걸려 넘어지고는 큰 소리로 욕을 내뱉는 앙헬의 목소리가 들렸다.

루이스는 유니버시티 플레이스에 있는 페어몬트가 좋다고 말했지만, 플레상스에 짐을 풀었다. 페어몬트는 뉴올리언스를 찾은 공화당원들이 주로 애용하는 시설이었고, 그게 루이스가 그곳에 관심을 가진 이유이기도 했다. 그는 내가 아는 유일한 게이 흑인 공화당원 범법자였다.

"제럴드 포드가 페어몬트에 묵었었는데." 그는 앙헬과 함께 쓰게 된 작은 스위트룸을 살펴보며 한탄했다.

"그래서 어떻다는 거야. 폴 매카트니는 리슐리외(매카트니가 뉴올리언스에 올 때 머문다고 알려진 호텔—옮긴이)에 묵었지만, 내가 거기에 가야겠다고 떼쓰는 소리 들어봤어?" 나는 방 문을 열어놓은 채 샤워를 하러 내 방으로 돌아갔다.

"폴, 누구?" 루이스가 말했다.

그래도 저녁은 루이스의 바람대로 그라비에 스트리트에 있는 윈저코트의 그릴룸에서 먹었다. 프렌치쿼터의 편안하고 작은 식당 분위기에 익숙해졌던 터라 대리석 바닥과 묵직한 오스트리아 커튼(일정한 간격으로 장식용 주름이 잡혀서 줄을 당기면 올라가게 되어 있는 무대용 커튼—옮긴이)이 괜스레 불편하게 느껴졌다. 레이첼은 검정색 정장 바지에 빨간 블라우스를 입고 검정색 재킷을 걸쳤다. 보기엔 좋았지만 밤늦도록 더운 열기 때문에 고생을 했고, 주요리를 기다릴 때까지도 눅눅하게 들러붙은 블라우스를 몸에서 떼어내느라 여념이 없었다.

식사를 하면서 조 본스와 폰테노 형제에 대해 설명했다. 그 문제는 앙헬과 루이스, 그리고 나의 관심사였다. 레이첼은 우리가 나누는 대화를 잠자코 듣다가 울리치나 모피의 말을 확인하고 싶을 때만 한 번씩 말을 끊었다. 작은 스프링노트에 메모를 하는 그녀의 필체는 깔끔하고 단정했다. 그러다가 그녀의 손이 내 맨살에 살짝 닿았지만 화들짝 떼어내는 대신 잠시 그대로 뒀는데, 팔에 닿은 그녀의 살갗이 따뜻했다.

앙헬은 내 이야기를 곰곰이 따져보며 입술을 비죽 내밀었다. "르마라는 이 인간은 굉장히 멍청한 모양이네. 아무튼 우리가 상대하고 있는 그자보다 멍청한 건 틀림없어." 그는 한참 만에 결론을 내리듯 이렇게 말했다.

"지문 때문에?" 내가 말했다.

앙헬이 고개를 끄덕였다. "경솔해. 너무 경솔해." 그러면서 예수를 이방인으로 규정해서 자신의 천직에 먹칠을 하는 사람을 떠올리는 저명한 신학자처럼 못마땅한 표정을 지었다.

레이첼도 그의 표정을 눈여겨봤다. "여간 못마땅하지 않은 모양이네요." 그녀를 쳐다봤더니 얼굴엔 재미있다는 표정이 담겨 있었지만, 눈매는 예리하고 차가워 보였다. 그녀는 앙헬의 이야기를 하면서도 머릿속으로는 내가 한 이야기를 따져보고 있었다. 앙헬은 대체로 레이첼이 던지는 미끼를 무시했지만, 이번엔 어떤 반응을 보일지 궁금했다.

앙헬은 레이첼을 향해 미소를 지으며 고개를 한쪽으로 기울였다. "이 분야에 대해서는 전문가적인 관심이 있어서요." 그는 순순히 인정했다. 그리고는 앞에 놓은 그릇들을 치우고 손을 올려놨다.

"전문적인 용어로는 B&E라고 하는데, 풀어 말해서 무단침입을 하려면 일정한 주의를 기울여야 하거든요. 그 남자가 됐건 그 여자가 됐건, 무단침입은 남녀를 차별하지 않는 작업이니까. 첫 번째이자 가장 명백한 주의사항은 바로 지문을 남기지 말아야 한다는 거예요. 그러려면 어떻게 해야겠어요?"

"장갑을 껴야죠." 레이첼은 머릿속의 복잡한 생각들은 잠시 옆으로 밀어둔 채 몸까지 앞으로 숙이고 앙헬의 강의를 열심히 들었다.

"맞았어요. 누구도, 아무리 멍청한 인간이라도 장갑을 끼지 않은 채 무단침입을 하면 안 됩니다. 그럴 경우 보이게 찍건, 보이지 않게 찍건 현장에 서명을 하고 죄를 시인하는 것과 마찬가지니까요."

보이게 찍힌 가시적 지문은 표면에 손자국이나 핏자국이 찍힌 경우이고, 잠복성 지문은 몸에서 분비되는 땀이나 기름기로 인해 보이지 않는 자국이 남은 경우이다. 가시적 지문은 사진을 찍거나 접착테이프를 붙여서 떼어낼 수 있지만, 잠복성 지문의 경우 가루분을 뿌리고, 주로 요오드 분무기나 닌히드린 용액(암모니아와 아민의 존재 여부를 알아낼 수 있는 성질 때문에 지문을 찾는 데 사용되는 물질로, 닌히드린을 에탄올에 녹여 스프레이로 분사한 후 열을 가하면 보이지 않던 지문이 나타난다―옮긴이) 같은 화학 시약을 사용한다. 정전기와 형광 기법도 유용하며, 사람의 몸에서 잠복성 지문을 확인할 때는 특수 X-선 촬영을 이용하기도 한다. 하지만 앙헬의 말이 맞다고 하더라도, 장갑도 끼지 않은 채 작업을 하러 가서 잠복성도 아닌 가시적 지문을 남겼다고 보기에는 르마가 너무 프로였다. 장갑은 꼈지만, 뭔가 의도대로 되지 않은 게 틀림없었다.

"머리를 무지하게 굴리고 있는 눈치인데, 버드?" 앙헬이 능글맞게 웃었다.

"계속해보시지, 셜록 홈즈. 기발한 통찰력으로 우리의 코를 납작하게 해달라고." 내가 응수했다.

앙헬은 더 활짝 웃으면서 말을 이었다. "장갑 안에서도 지문을 채취하는 건 가능해. 장갑을 찾아낸다면 말이야. 지문을 채취하기엔 고무나 비닐장갑이 제일 좋지. 그걸 끼고 있으면 손에서 땀이 나니까. 하지만 대부분의 사람들이 모르고 있는 게 한 가지 있어. 장갑의 바깥쪽 표면도 지문과 똑같은 역할을 할 수 있다는 거야. 가죽 장갑을 생각해봐. 주름이 잡히고, 구멍도 뚫리고, 흠집이 나고 찢어지기도 하지. 세상에 똑같은 가죽 장갑은 하나도 없어. 다시 이 르마라는 사람의 경우로 돌아가 보면, 지문이 있고 장갑은 없어. 르마가 자빠지지 않고는 신발끈도 묶지 못하는 얼간이가 아닌 이상, 그가 장갑을 꼈으리라는 건 누구나 짐작할 수 있는 일이지만, 그런데도 지문이 남았다는 거, 그게 미스터리란 말이야." 그는 연기와 함께 토끼를 사라지게 만든 마법사처럼 꽃봉오리가 벌어지는 것 같은 손동작을 해보였고, 어느새 표정이 진지하게 바뀌었다.

"내 짐작엔 르마가 장갑을 한 장만 낀 것 같아. 아마 라텍스 장갑이었겠지. 그는 이 일을 만만히 본 거야. 노파와 아들을 없애거나, 아니면 노파를 공갈협박하기 위해 집에 명함 정도만 놓고 오는 정도로. 듣자니 그 아들이 누가 자기 엄마를 협박하는 걸 두고 보는 사람은 아니었다니까, 르마도 피를 묻히게 될지 모른다고 생각하면서 갔을 거야. 그런데 도착해보니 이미 죽었거나, 살해되는 도중이었단 말이지. 이번에도 짐작이지만, 벌써 죽어 있었을 것 같아. 르마가 살인자와 마주쳤다면 그도 죽었을 테니까.

정리하자면, 르마는 집에 갈 때 장갑을 한 장만 꼈고, 아마 아들을 발견하곤 기겁을 했을 거야. 식은땀을 흘려대기 시작했겠지. 그리고 집 안으로 들어갔더니 노파가 쿠쿵! 두 번째 쇼크였겠지. 그래도 자세히 보기 위해 다가갔고 몸을 기울이다가 중심을 잃지 않기 위해 뭔가를 잡았을 거야. 손에 피가 묻은 걸 보고 닦아야겠다고 생각했지만, 그걸 닦으려고 했다가 괜히 거기에 관심이 집중될지 모른다고 판단했어. 자기는 장갑을 꼈으니까 안전하다고 생각했겠지.

문제는 라텍스 장갑이 한 장으로는 충분하지 않다는 거야. 그건 오래 끼고 있으면 겉으로 지문이 도드라지기 시작하거든. 땀을 흘리면 더 빨리 드러나고. 르마는 작업을 하러 가기 전에 식사를 했을지도 몰라. 과일이나 식초를 가미한 파스타 같은 것. 그럴 경우 피부가 더 촉촉해지고, 그 바람에 르마가 이런 곤란한 지경에 처하게 된 거지. 그는 자기도 모르는 사이에 지문을 남겼고, 이제 경찰과 FBI와 우리처럼 까다로운 사람들이 그를 붙잡아다 앉혀놓고 질문공세를 하고 싶어 혈안이 된 거야. 짜잔." 그는 설명을 마치고는 허리를 숙여서 가볍게 절을 했고, 레이첼이 박수를 쳤다.

"대단한데요." 레이첼이 말했다. "책을 굉장히 많이 읽으신 모양이에요." 비아냥거리는 투가 역력했다.

"물론이죠. 도둑맞은 책이 이렇게 좋은 용도로 쓰인다는 걸 알면 서점에서도 고마워할 겁니다." 루이스가 거들었다.

앙헬은 그의 말을 무시했다. "왕년에 이런 분야의 책들을 조금 들쳐보긴 했죠."

"왕년에 또 뭘 배우셨나요?" 레이첼이 웃으며 물었다.

"많죠. 수업료를 톡톡히 지불한 것들도 있고." 앙헬은 진지했다. "내가 배운 최고의 교훈은 아무것도 지니지 말 것. 갖고 있지 않으면 그걸 내가 훔쳤다는 사실을 아무도 입증할 수 없으니까. 그런데 유혹을 안 느낄 수가 있나요. 한번은 기마 동상이 있었는데, 17세기 프랑스 물건이었죠. 금박을 입히고 다이아몬드와 루비로 장식한 것이, 크기는 이만했어요." 그가 테이블 위로 손바닥을 들어 올린 높이는 15센티미터 정도였다. "그렇게 아름다운 물건은 난생 처음이었죠." 옛날 기억에 눈동자를 반짝이는 그의 모습은 꼭 어린아이 같았다.

그는 의자에 등을 기댔다. "하지만 포기했어요. 결국은 포기해야 해요. 집착하면 후회하게 되죠."

"그렇다면 집착할 만한 가치가 있는 건 아무것도 없나요?" 레이첼이 물었다.

앙헬은 루이스를 한참 쳐다봤다. "어떤 것들은 있죠, 물론. 하지만 그런 건 금으로 만든 게 아니에요."

"너무 낭만적인걸." 내가 말했고, 루이스는 물을 마시다가 사래 걸린 소리를 냈다.

앞에 놓인 커피가 식어가고 있었다. "뭔가 덧붙이거나 해주고 싶은 말이 없나요?" 앙헬의 쇼가 끝났을 때 내가 레이첼에게 물었다.

그녀는 메모한 내용들을 훑어보면서 미간에 가볍게 주름을 잡았다. 한 손에 레드와인 잔을 쥐었는데, 거기서 반사된 빛이 그녀의 가슴에 생채기처럼 빨간 줄을 그었다.

"사진, 범죄현장을 찍은 사진이 있다고 하셨죠?" 그녀가 물었다.

내가 고개를 끄덕였다.

"그러면 제 의견은 그걸 본 다음에 말씀드릴게요. 전화로 설명을 들었을 때 한 가지 생각이 떠오르긴 했지만, 사진을 보고 보충조사를 하기 전까지는 섣부르게 말씀드리고 싶지 않네요. 그래도 한 가지 보여드릴 게 있긴 해요." 그녀는 가방에서 또 다른 공책을 꺼내 노란색 포스트잇을 붙여놓은 데를 펼쳤다. "나는 그녀를 갈망했지만, 그건 늘 내 종족의 약점이었지. 우리의 죄는 교만이 아니라, 인간을 향한 욕망이다."

그녀는 나를 쳐다봤지만, 나는 이미 그 말을 알고 있었다. "떠돌이가 당신에게 전화를 걸었을 때 한 말이에요." 앙헬과 루이스의 몸이 앞으로 쏠리는 게 보였다. "대주교 관저에 있는 신학자가 출처를 찾아줬어요. 신학자가 아니고서는 상당히 찾기 힘들겠더라고요." 그녀는 한숨 돌리고는 이렇게 물었다. "악마가 천국에서 왜 쫓겨났죠?"

"교만." 앙헬이 대답했다. "아그네스 수녀님이 그렇게 말씀하시던 게 기억나네요."

"교만이에요." 루이스가 앙헬을 힐끗 쳐다보며 말했다. "밀턴이 그렇게 말했던 게 기억나네요."

"어쨌거나." 레이첼이 날카롭게 끼어들 듯이 말했다. "맞아요. 아무튼 부분적으로는 맞아요. 아우구스티누스 이후로 악마의 죄는 교만이었죠. 하지만 아우구스티누스 이전에는 다른 시각이 있었어요. 4세기까지는 에녹서(에녹은 창세기에 나오는 인물로 그리스도교 문헌상 최초의 승천자이다. 그의 말을 기록한 저작물인 에녹서書는 모두 3서까지 있으며, 지금은 위경으로 간주된다—옮긴이)를 정경으로 쳤어요. 출처에 대해서는 논란의 여지가 있고, 헤브루어나 아람어(서西 셈족에 속하는 아람인의 언어—옮긴이), 아니면 그 두 언어가 섞여서 쓰였다지만, 지금의 성경에서 찾아볼 수 있는 몇몇 개념의 근거를 제공해주는 것 같은 부분들이 담겨 있어요. 최후의 심판은 비유의 서(書)에 근거를 두고 있는 걸지도 몰라요. 사탄이 지배하는 불타는 지옥도 에녹서에 처음으로 등장하죠. 우리가 관심을 가질 부분은 에녹이 악마의 죄에 대해 다른 시각을 가졌다는 점이에요."

레이첼은 공책을 넘겨서 메모해놓은 것을 다시 읽었다. "그리고 시간이 가매, 인간이 지상에서 번식하기 시작하여 딸을 낳았고 신의 아들들이 인간의 딸을 보니 곱더라; 그리고 그중에서 선택하여 모두 아내로 삼으니……."

그녀가 고개를 들었다. "이건 창세기의 구절인데, 에녹과 출처가 유사해요. '신의 아들들'은 천사였는데, 신의 뜻에 반해서 성적 욕망에 굴복했죠. 죄를 지은 천사들의 우두머리인 악마가 사막의 어두운 구렁텅이에 빠졌고, 그의 공범들은 불에 던져지는 벌을 받았어요. 그들의 자손인 '지상의 사악한 기운들'도 함께 떨어졌죠. 순교자 저스틴은 천사와 인간 여자가 결합하여 낳은 자식들이 살인을 포함한 지상의 모든 악행에 책임이 있다고 믿었어요. 다시 말해서 욕망이 악마의 죄였던 거죠. 인간을 향한 욕망, '우리 종족의 약점.'" 그녀는 공책을 덮고, 의기양양하게 살짝 웃었다.

"그러니까 이자는 자기가 악마라고 믿는군요." 앙헬이 말했다.

"또는 천사의 자손이거나. 보는 시각에 따라 다를 수도 있지." 루이스가 덧붙였다.

"그가 누구이고 자신을 뭐라고 생각하건, 에녹서가 오프라 북클럽에 선정되는 책은 아니잖아." 내가 말했다. "그는 대체 어디서 이런 것들을 접한 걸까요?"

레이첼은 다시 공책을 펼쳤다. "내가 찾은 가장 최근의 책은 1983년에 뉴욕에서 발행된 《구약성서 위전: 에녹서》였는데, 공교롭게도 편집자의 이름이 이삭이었어요. 더 오래된 것으로는 1913년에 옥스퍼드에서 R. H. 찰스가 출간한 번역본도 있고요."

제목을 받아 적었다. "모피나 울리치한테 뉴올리언스 도서관에서 알려지지 않은 성경에 관심을 가진 현지인이 있는지 알아보라고 해야겠군요. 울리치한테 말하면 다른 대학에서도 확인해볼 수 있을 거예요. 그렇게 수사를 착수해보죠."

계산을 하고 밖으로 나왔다. 앙헬과 루이스는 게이들이 가는 술집을 알아보겠다며 프렌치쿼터 아래쪽으로 향했고, 레이첼과 나는 걸어서 플레상스로 돌아갔다. 서로 가까워지는 야릇한 느낌을 의식해서인지 한동안은 아무도 말이 없었다.

"저 두 사람한테 요즘 무슨 일을 하느냐고 물어보면 안 되겠죠?" 건널목에서 걸음을 멈췄을 때 레이첼이 말했다.

"안 물어보는 게 좋을 거예요. 그냥 프리랜서라고 생각하고, 더 이상 깊은 관심을 갖지 않는 게 최선이죠."

레이첼이 미소를 지었다. "당신에 대한 의리가 대단한 것 같아요. 흔한 일은 아니잖아요. 내 입장에서는 잘 이해가 되지 않아요."

"옛날에 내가 두 사람을 도와준 적이 있지만, 그걸 빚이라고 친다 하더라도 이미 오래전에 갚고도 남았어요. 이젠 내가 두 사람한테 훨씬 많은 빚을 진 셈이죠."

"어쨌거나 두 사람은 지금 여기 와 있잖아요. 도움을 청하면 여전히 도와주고."

"전적으로 나 때문에 그러는 거라고는 생각하지 않아요. 그냥 좋아서 하는 일도 있어요. 위험한 상황에서 나오는 스릴을 즐기는 거죠. 둘 다 저마다 나름대로 위험한 사람들이거든요. 그들이 여기 온 건 그것 때문이라고 생각해요. 위험을 감지했고, 그 속에서 스릴을 즐기고 싶었기 때문에."

"어쩌면 당신한테서 그런 점들을 느끼는 걸지도 몰라요."

"나야 알 수 없지만, 그럴 수도 있겠죠."

플레상스로 들어선 우리는 중간에 개를 쓰다듬느라 딱 한 번 걸음을 멈춘 걸 제외하곤 곧장 마당을 가로질렀다. 그녀의 방은 내 방에서 아래쪽으로 세 번째였다. 중간에 앙헬과 루이스가 함께 쓰는 방이 하나 있고, 한 곳은 빈 방이었다. 그녀가 문을 열고 입구에 섰다. 에어컨을 최대로 틀어놓은 소리가 들리고 시원한 기운이 느껴졌다.

"그런데 당신이 여기 온 이유는 아직 잘 모르겠어요." 내가 말했다. 목이 탔고, 한편으로는 대답을 듣고 싶지 않았다.

"나도 아직 잘 모르겠어요." 그녀는 발꿈치를 들어서 가볍게 입을 맞추고는 안으로 들어갔다.

방으로 온 나는 월터 롤리 경의 책을 꺼내들고 나폴레옹 하우스로 가서 꼬마 하사(나폴레옹의 별명—옮긴이)의 초상화 옆에 자리를 잡고 앉았다. 바로 옆에 있는 레이첼 울프의 존재를 의식하면서 침대에 누워 있고 싶지 않았다. 그녀의 입맞춤, 어쩌면 다음 수순이 될지도 모르는 것들 때문에 설레고, 또 심란했다.

수전과 나는 관계가 틀어지기 전까지 환상적인 애무를 즐겼다. 그게 허물어진 건 내 술 문제 때문이었다. 그 후로는 사랑을 나눌 때도 더 이상 모든 걸 쏟아내며 몰입하지 못했다. 경계를 풀지 않은 채 겉돌았고, 늘 숨기고 망설였으며, 언제라도 갈등이 벌어지면 각자의 내면으로 숨어버리는 걸 당연시했다. 하지만 나는 아내를 사랑했다. 마지막까지 그녀를 사랑했고, 지금도 사랑한다. 떠돌이가 아내를 살해했을 때 그는 우리 사이의 물리적이고 감정적인 끈을 잘랐지만, 나는 아직도 그 끈의 남은 가닥이 내 모든 감각의 말단에서 거칠게 고동치는 걸 느낄 수 있었다.

　마음 깊이 사랑했던 누군가를 잃은 사람이면 누구나 마찬가지일 것이다. 또 다른 반려자, 또 다른 애인이 될 만한 사람을 만나는 건 일종의 재건, 관계만이 아니라 삶을 다시 세우는 일이었다. 하지만 나는 아내와 아이의 존재를 털어내지 못했다. 어딜 가나 그들이 나와 함께 있다고 느꼈다. 공허함이나 상실감의 차원만이 아니라, 실제로도 그들의 모습을 느꼈다. 잠에 빠져들 때, 그리고 잠에서 깨어날 때, 의식의 가장자리에서 언뜻언뜻 그들이 보였다. 가끔은 그저 죄의식이 만들어내는 허상, 심리적인 불균형이 그려내는 유령이라고 나 자신을 설득해보기도 했다.

　하지만 마리 부인을 통해 수전이 말하는 걸 들었고, 또 한 번은 몽롱한 기억처럼 어둠 속에서 내 얼굴을 어루만지는 아내의 손길에 잠이 깼고 옆의 빈자리에서 아내의 냄새를 맡은 적도 있다. 그리고 길에서 지나치는 모든 젊은 아내와 어린 딸에게서 그들의 모습을 봤다. 어린 여자아이가 뛰어가면 내 딸의 발소리가 메아리쳤다.

　레이첼 울프에게 느끼는 감정이 없지는 않았다. 끌림과 고마움, 그리고 욕망이 뒤섞인 감정이었다. 그녀와 함께 있고 싶었지만, 우선 내 아내와 아이가 편히 눈을 감는 게 먼저라는 생각이 들었다.

36

 그날 밤에 데이비드 폰테노가 죽었다. 젠슨 인터셉터라는 그의 빈티지 자동차가 하니 아일랜드 옆을 지나 펄 강으로 이어지는 190번 도로에서 발견됐다. 앞 타이어 두 개는 모두 펑크가 났고 문이 열려 있었다. 앞 유리가 박살났고, 내부에는 9밀리미터 총알 구멍이 곰보처럼 뚫려 있었다.
 세인트 태머니의 경찰 두 명이 부러진 나뭇가지와 납작하게 눌린 덤불을 따라 들어갔더니 부유목으로 지은 오두막이 나왔는데, 양철지붕이 스페인이끼로 뒤덮여 거의 보이지 않을 정도로 오래된 그 오두막은 덫을 놓아서 사냥을 하는 사람들이 사용하던 곳이었다. 오두막에서는 고무나무가 줄지어 선 강어귀가 보였고, 좀개구리밥으로 뒤덮인 라임색 강물에서는 청둥오리와 원앙 소리가 메아리쳤다.
 오두막은 오랫동안 쓰지 않은 채 버려져 있었다. 이제 하니 아일랜드에서 덫을 놓는 사람은 거의 없었다. 대부분은 더 깊이 들어가서 비버와 사슴을 잡았고, 종종 악어를 사냥하기도 했다.
 경찰들이 다가갔을 때 오두막에서 소음이 들렸다. 난투를 벌이는 것처럼 끌고 내리치고 씩씩거리는 소리가 활짝 열린 문을 통해 흘러나왔다.

"멧돼지야." 부보안관이 말했다.

경찰에 신고를 했던 현지 은행 직원이 뒤를 따라오다가 루거 라이플의 안전핀을 풀었다.

"젠장, 그 따위로는 멧돼지한테 어림도 없다고." 또 다른 부보안관이 말했다. 툴레인(뉴올리언스에 있는 대학교—옮긴이)의 그린 웨이브 티셔츠 위에 한 번도 제 용도를 발휘해본 적 없는 사냥용 재킷을 입은 대머리 뚱보 남자의 얼굴이 벌게졌다. 그는 망원가늠자가 붙은 77V를 지니고 있었는데, 메인 주에서는 '여우 라이플(고성능 공기총—옮긴이)'이라고 부르던 총이었다. 작은 사냥감을 잡기엔 좋았고 경찰에서 저격용으로 사용하기도 했지만, 정확히 명중시키지 않는다면 사나운 멧돼지를 한 번에 저지하기엔 역부족이었다.

오두막 1~2미터 앞까지 다가갔을 때 멧돼지가 낌새를 챘다. 열린 문을 박차고 나온 멧돼지는 작고 심술궂은 눈을 부라리고 주둥이에서 피를 뚝뚝 흘렸다. 루거를 들고 있던 남자는 멧돼지가 달려들자 강물로 뛰어들었다. 무장한 경찰들에게 쫓겨 강가에 몰린 멧돼지는 방향을 틀더니 고개를 숙이고 다시 돌진했다.

강에서 폭발음이 울리고, 또다시 같은 소리가 반복됐을 때 멧돼지가 쓰러졌다. 머리 위쪽은 거의 날아갔고, 땅에 쓰러져서도 몸을 부르르 떨며 앞발로 흙을 긁어대더니 이윽고 모든 움직임이 멈췄다. 부보안관은 영화에서처럼 콜트 아나콘다의 긴 총신을 세우고 포연을 불어내는 시늉을 하더니 44구경 매그넘 카트리지를 뽑아버리고 새 카트리지를 끼웠다.

"맙소사." 그때 파트너의 목소리가 들렸다. 그는 총을 옆에 내린 채 오두막 입구에 서 있었다. "멧돼지 때문에 훼손되긴 했어도 이건 틀림없이 데이비드 폰테노야."

멧돼지는 폰테노의 얼굴을 거의 망가뜨리고 오른쪽 팔도 뜯어먹었지만, 멧돼지의 난장질로도 누군가 차에서 도망친 데이비드 폰테노를 따라 숲속의 이 오두막까지 쫓아와서 사타구니와 무릎, 팔꿈치, 그리고 머리에 총을 쐈다는 사실을 감출 수는 없었다.

"이 소식이 라이오넬 폰테노의 귀에 들어가면 피비린내가 진동하겠는걸." 멧돼지를 잡은 부보안관이 한숨을 내쉬며 말했다.

모피는 급하게 전화를 걸어 대강의 자초지종을 전해주었고, 지역방송국인 WDSU의 뉴스로도 내용을 접했다. 그러고 나서 앙헬, 루이스와 함께 포이드라스 스트리트에 있는 마더스라는 식당에서 아침을 먹었다. 레이첼의 방으로 전화를 걸었더니 그녀는 전화를 받을 기력조차 없는 것 같았고, 잠을 좀더 자다가 아침은 나중에 먹겠다고 했다.

아이보리색 리넨 정장 안에 흰 티셔츠를 받쳐 입은 루이스는 내 베이컨과 직접 구운 비스킷을 나눠 먹고 진한 커피로 입가심을 했다. 앙헬은 햄과 에그, 그리고 옥수수 죽을 선택했다.

"옥수수 죽은 노인네나 먹는 거야, 앙헬. 노인네들하고 정신 나간 사람들." 루이스가 시비를 걸었다.

앙헬은 턱에 묻은 하얀 죽을 닦아내고 루이스에게 가운데 손가락을 세워 보였다.

"아침 댓바람이라 말버릇이 형편없군. 아침만 아니었으면 어림도 없지." 루이스가 말했다.

앙헬은 다시 한 번 손가락을 세우곤 마지막까지 다 긁어먹은 그릇을 옆으로 밀어냈다. "그러니까, 조 본스가 폰테노 형제한테 선방을 날렸다는 거야?"

"그렇게 보이잖아." 내가 대답했다. "모피는 그가 르마한테 이번 일을 맡겼다고 생각하고 있어. 은신처에서 끌어냈다가 다시 안 보이게 치웠다는 거지. 이런 일을 다른 사람한테 맡기진 않았을 거라네. 하지만 데이비드 폰테노가 뒤를 받쳐줄 부하 한 명 없이 하니 아일랜드에서 뭘 하고 있었냐는 거지. 조 본스가 자신을 해치울 기회만 호시탐탐 노린다는 걸 알았을 텐데."

"패거리 중에 누군가가 함정을 파놓고 도저히 무시하지 못할 구실로 유인한 다음, 조 본스에게 그의 행방을 알려준 건 아닐까?" 앙헬이 물었다.

그럴 듯했다. 누군가 폰테노를 하니 아일랜드까지 불러냈다면, 그걸 무릅쓸 만큼 신뢰한 사람일 게 틀림없었다. 더 그럴 듯한 설명은 그 사람이 폰테노가 원하는 것, 한밤중에 자연보호구역까지 달려가는 모험을 감행할 만큼 간절한 것을 제시했으리라는 것이었다.

앙헬과 루이스에겐 아무 말도 하지 않았지만, 레이먼드 아귈라르에 이어 하루도 지나기 전에 데이비드 폰테노까지 내 관심을 하니 아일랜드로 돌려놨다는 사실이 못내 찜찜했다. 조 본스와 얘기를 해본 다음, 상중인 라이오넬 폰테노의 마음을 뒤집어놔야 할지도 모르겠다는 생각이 들었다.

휴대전화가 울렸다. 플레상스의 안내데스크에서 '루이스 씨' 앞으로 화물이 도착했으며, 택배기사가 서명을 받기 위해 기다리고 있다고 전해줬다. 우리는 택시를 타고 호텔로 돌아갔다. 앞에는 검정색 화물차가 인도에 한쪽 바퀴를 걸친 채 세워져 있었다.

"택배 차량이군." 루이스가 말했지만 화물차엔 아무런 표시도 없었다. 그게 택배 차량이라는 걸 짐작할 만한 구석은 전혀 찾아볼 수 없었다.

로비에 들어섰더니 1인용 소파에 거구를 끼워 넣은 채 앉아 있는 흑인을 안내데스크 직원이 불안한 눈초리로 바라보고 있었다. 택배기사는 머리를 밀고 가슴에 하얗게 'KKK 킬러'라고 적힌 검정 티셔츠를 입고 있었다. 검정색 전투복 바지 밑단은 끈을 묶는 구멍이 양쪽으로 아홉 개씩인 군용부츠에 집어넣었다. 그의 발치에 길쭉한 금속 상자가 놓여 있고, 빗장에 자물쇠가 채워져 있었다.

"브라더 루이스." 남자가 자리에서 일어나며 말했다. 루이스가 지갑에서 300달러를 꺼내서 그에게 건넸다. 남자는 지폐를 전투복의 허벅지 주머니에 쑤셔 넣고, 같은 주머니에서 레이밴 선글라스를 꺼내 쓰더니 어슬렁어슬렁 햇빛 속으로 나갔다.

루이스가 상자를 가리켰다. "신사분들께서 이걸 제 방으로 좀 옮겨다 주시겠어요?" 앙헬과 내가 한쪽씩 들고 그를 따라 방으로 올라갔다. 무게가 상당했고, 걸을 때마다 안에서 달그락거리는 소리가 났다.

"택배산업이 날로 번창하고 있는 게 틀림없군." 그가 문을 열기를 기다리며 내가 말했다.

"이건 특수 서비스야. 항공사에서 용납하지 못하는 물건들이 있거든." 루이스가 말했다.

그는 우리를 따라 들어와서 문을 잠그더니, 양복 주머니에서 열쇠를 꺼내 상자를 열었다. 상자를 열자 도구함처럼 세 칸으로 벌어졌다. 첫 번째에는 총구 브레이크와 섬광막이 장착된 묵직한 3연발 저격용 라이플인 마우저 SP66의 부품이 각각 1회용 케이스에 포장되어 담겨 있었다. 그 옆에는 시그 P226 피스톨과 총집이 딱 맞는 홈 안에 들어앉아 있었다.

두 번째 칸에는 칼리코 M-960A 미니서브 두 자루가 들어 있었다. 미국제였고, 전상(前床)에서 3센티미터가 넘지 않는 짧은 총신이 특징인 휴대용 기관총이었다. 개머리판을 집어넣으면 길이가 60센티미터 남짓에 불과했고, 탄창을 장착하지 않은 무게는 2킬로그램 정도였다. 분당 750발을 발사하는 치명적인 무기치고는 상당히 작았다. 세 번째 칸에는 기관단총에 장착하는 9밀리미터 파라벨룸 100발짜리 탄창 네 개를 포함해서 다양한 탄약이 담겨 있었다.

"크리스마스 선물이야?" 내가 물었다.

"응." 루이스는 이렇게 말하면서 50발짜리 탄창을 시그에 끼웠다. "그리고 생일 선물로는 레일건(전자기 유도 원리를 이용해서 그 힘에 의해 물체를 가속하여 포탄을 발사하는 장치—옮긴이)을 받고 싶어."

그는 앙헬에게 마우저 케이스를 넘겨주고, 총집을 허리띠에 찬 다음 거기에 시그를 넣었다. 그리고는 상자에 다시 자물쇠를 채우고 욕실로 들어갔다. 그는 우리가 지켜보는 앞에서 드라이버로 세면대 아래쪽 나무판을 뜯어내더니 상자를 그 틈에 밀어 넣고 다시 판자를 덮었다. 판자가 감쪽같이 제자리를 잡았을 때 우리는 다시 밖으로 나왔다.

"생판 모르는 사람들이 우르르 찾아오는 걸 조 본스가 좋아할까?" 렌터카로 걸어갈 때 앙헬이 물었다.

"생판 모르는 사람이라고는 할 수 없지. 아직 만나보지 않은 친구라는 말이 더 정확하지 않겠어?" 루이스가 말했다.

조 본스는 사이퍼모트 포인트의 별장을 포함해서 루이지애나 일대에 모두 세 채의 집을 소유하고 있었는데, 별장에 들락거리는 그의 존재가 값비싼 별장에 아시스의 물가니 세상 끝의 길이니 하는 멋들어진 이름을 붙인 명망가들에겐 불편했을 게 틀림없었다.

도시에 머물 때는 오두본 공원 건너, 뉴올리언스 동물원에 가려는 관광객들이 셔틀버스를 기다리는 정거장 맞은편에 있는 집에서 지냈다. 그의 집을 살펴보려고 세인트찰스 전차를 탔는데, 검은색 주물 울타리를 두른 발코니와 돔 지붕에 금 풍향계를 얹은 모습이 눈부시게 하얀 과자로 만든 집 같았다. 그 안에서 조 본스를 찾는 건 웨딩케이크에서 바퀴벌레를 찾으려는 것과 같았다. 섬세하게 관리된 정원에는 이름을 알 수 없는 꽃이 흐드러졌다. 꽃향기가 너무 진해서 머리가 아플 정도였고, 지나치게 크고 붉은 꽃들은 활짝 폈다기보다 차라리 썩은 것처럼 보였다. 마치 꽃이 느닷없이 망울을 터뜨리고 걸쭉한 유액을 흘려서 잔디를 죽게 만드는 것 같았다.

여름에는 이 집을 놔두고 뉴올리언스 북쪽으로 160킬로미터 거리에 있는 웨스트 펠리시아나의 대농장에 머물렀다. 폰테노 패거리와 갈등이 고조되는 요즘 같은 상황에서는 웨스트 펠리시아나 시골에 있는 게 도시에서보다 보호태세를 더 철저하게 갖출 수 있다.

기둥 여덟 개가 제일 먼저 눈에 들어오는 그곳의 하얀 저택은 두 면이 미시시피를 향해 남쪽으로 흐르는 너른 강줄기에 접한 40에이커의 부지에 놓여 있었다. 앞쪽의 넓은 회랑을 향해 커다란 창문 네 개가 나 있고, 맨 위에는 돌출된 지붕창을 두 개 얹었다. 검은색 주물 울타리를 두른 입구에서 동백과 진달래가 어우러지고 떡갈나무가 도열한 길을 통과하면 가로수가 사라진 곳에 넓은 잔디밭이 펼쳐졌다. 그 잔디밭에서 사람들이 바비큐를 구워 먹고 있었다.

차를 세우면서 보니 입구 안쪽으로 3미터 이내에만 카메라가 세 대였다. 집 주변을 미리 돌아본 후 앙헬은 800미터 뒤에서 내려놨다. 지금쯤이면 입구를 내려다보는 맞은편 사이프러스 언덕으로 올라가고 있을 것이다. 조 본스를 만나는 중에 예기치 못한 상황이 벌어진다면 앙헬보다는 루이스와 함께 대처하는 편이 나을 거라고 판단했다.

네 번째 카메라는 입구를 감시했다. 인터폰은 없었고, 루이스와 내가 차에 기대서서 손을 흔들어봐도 문은 열릴 생각을 하지 않았다. 그렇게 2~3분쯤 지났을 때 골프 카트를 개조한 것처럼 보이는 전동 카트가 나타나더니 떡갈나무 길을 따라 윙윙 소리를 내며 다가왔다. 카키색 면바지와 스포츠 셔츠를 입은 세 사람이 카트에서 내렸다. 슈타이어 기관총을 애써 숨기려 하지 않았다.

"안녕하쇼. 조 본스 좀 만나러 왔는데." 내가 말했다.

"여긴 조 본스라는 사람 안 살아." 그중에 한 남자가 말했다. 구릿빛 피부에, 키는 기껏해야 165센티미터를 넘지 않을 것처럼 작았다. 두피가 드러나도록 가닥가닥 촘촘하게 땋은 머리는 마치 무슨 파충류 같았다.

"그럼 조셉 보나노 씨, 그분은 계신가?"

"당신들 누구요, 경찰?"

"우린 세상 돌아가는 걸 걱정하는 시민들인데, 본스 씨가 데이비드 폰테노 장례기금에 보탬을 주셨으면 하는 바람으로 찾아왔수다."

"그 돈이라면 이미 냈는데." 카트 옆에 선 남자가 말했다. 도마뱀 남자를 조금 뻥튀기해놓은 것 같은 체구였다. 옆에 있던 사람들이 호탕하게 웃음을 터뜨렸다.

입구로 조금 다가섰다. 도마뱀 남자가 재빨리 총을 들었다.

"조 본스한테 가서 찰리 파커라는 사람이 왔는데, 일요일 밤에 아귈라르의 집에 있었고 지금은 르마를 찾고 있는 중이라고 전해. 저 뒤의 개그맨 양반이 내 얘기를 다 기억하려나 모르겠지만."

그는 우리에게서 눈을 떼지 않은 채 뒷걸음으로 카트 옆의 사내에게 다가가 내 말을 전했다. 사내는 뒷자리에서 무전기를 집어들고 잠시 얘기를 하더니 도마뱀 남자에게 고개를 끄덕였다. "들여보내랍니다, 리키."

"알았어." 리키가 주머니에서 리모컨을 꺼냈다. "문에서 물러나고 뒤로 돌아서서 손을 차에 얹어. 무기가 있으면 지금 얘기해. 숨기고 있다가 나오면 머리통에 총알을 박아서 악어 먹이로 던져버릴 테니."

우리는 스미스앤웨슨과 시그를 가져왔고, 루이스는 발목에 단도를 차고 있었다. 차는 입구에 세워둔 채 카트를 따라 걸어서 올라갔다. 카트 뒤에 앉은 남자가 우리에게 총을 겨눴고, 리키는 우리 뒤에서 따라왔다. 잔디밭이 가까워오자 새우와 닭고기 굽는 냄새가 났다. 한쪽의 테이블에 다양한 종류의 술과 잔이 놓여 있었다. 아비타와 하이네켄은 얼음을 채운 철제 아이스박스에 따로 담아놨다.

집 옆에서 낮게 으르렁거리는 소리가 났다. 맹렬하고 위협적인 저음이었다. 콘크리트에 박은 굵은 쇠사슬 끝에 거대한 맹수가 묶여 있었다. 털이 늑대처럼 무성하고 색깔을 보면 꼭 독일 셰퍼드 같았다. 눈동자가 영리하게 빛났는데, 그래서 더 사납고 위협적으로 보였다. 81~82킬로그램은 족히 넘을 것 같았다. 쇠사슬을 당길 때마다 콘크리트에 박힌 고리가 빠질 듯한 기세였다.

녀석은 주로 루이스에게 관심을 보였다. 맹렬한 시선을 집중하며 그에게 달려들겠다고 뒷다리로 일어서기도 했다. 루이스는 배양접시에서 흥미로운 신종 박테리아를 발견한 과학자 정도의 무심한 눈빛으로 쳐다볼 뿐이었다.

조 본스는 양념을 발라 구운 닭고기 한 조각을 긴 포크로 찍어서 사기 접시에 얹었다. 리키보다 조금 큰 키에, 긴 검은 머리를 전부 쓸어 넘겨서 이마를 드러냈다. 코는 최소한 한 번 이상 부러졌던 것 같고 입술 왼쪽 위로 작은 흉터가 구불거렸다. 가슴까지 풀어헤친 흰 셔츠를 라이크라 트레이닝 반바지 위로 늘어뜨렸다. 복근이 단단했고 가슴과 팔의 근육도 그 정도 키의 남자에게는 지나치다 싶을 만큼 발달했다. 쇠사슬에 묶인 맹수처럼 야비하고 명민해 보였는데, 뉴올리언스에서 10년 동안 세력을 지켜온 데는 그만한 이유가 있었다.

그는 닭고기 옆에 토마토와 양상추, 그리고 고추로 맛을 낸 밥을 담아서 옆에 있는 여자에게 건넸다. 여자는 조 본스보다 나이가 많았다. 얼핏 보기에 40대 초반이나 중반쯤 되는 것 같았다. 머리는 뿌리 쪽으로 금발이 드러났고, 화장은 전혀, 또는 거의 하지 않았지만 눈은 선글라스로 가렸다. 흰색 블라우스와 흰색 반바지를 입고 짧은 소매의 실크 가운을 걸쳤다. 조 본스처럼 여자도 맨발이었다. 두 사람 옆에는 셔츠와 면바지 차림의 남자 둘이 서 있었는데, 각각 기관총으로 중무장을 했다. 발코니에 둘이 더 있고, 현관 앞에도 한 사람이 앉아 있었다.

"뭐 좀 드시겠소?" 조 본스가 물었다. 그의 목소리는 낮았고, 루이지애나 억양은 거의 찾아보기 힘들었다. 그는 내가 대답을 할 때까지 나를 쳐다봤다.

"아니오, 괜찮습니다." 하지만 루이스에게는 권하지 않았다. 루이스도 그걸 의식했을 것 같았다.

조 본스는 자기가 먹을 새우와 샐러드를 담고, 경호원들에게도 남은 걸 먹으라고 손짓했다. 그들은 차례대로 음식을 담았고, 전부 손으로 닭가슴살을 집어 먹었다.

"아귈라르 살인사건. 끔직한 일이야." 조 본스가 말했다. 그는 자리에 앉더니 하나 남은 의자를 내게 가리켰다. 나는 루이스와 눈빛을 나눈 다음 어깨를 으쓱하고는 의자에 앉았다.

"잘 알지도 못하는 사이에 이런 얘기해서 안됐소만, 듣자니 당신 가족을 죽인 자와 동일범의 소행일지 모른다던데." 그는 안됐다는 듯이 미소를 지었다. "끔찍한 일이야." 그러더니 다시 한 번 같은 말을 반복했다. "끔찍한 일이야."

나는 그의 눈을 똑바로 쳐다보며 말했다. "제 개인사를 잘 알고 있군요."

"동네에 뉴페이스가 등장한 것과 때 맞춰 나무에서 시체가 발견되기 시작하면 좀 알아보는 편이지. 친하게 지내게 될지도 모르니까." 그는 접시에서 새우를 집어서 살짝 돌려보고는 먹기 시작했다.

"아귈라르 집안의 땅을 구입하는 데 관심이 있으셨다고요." 내가 말했다.

조 본스는 새우 꼬리를 빨아서 접시 한쪽에 내려놓고 대답했다. "관심이 많지. 그리고 그건 아귈라르의 땅이 아니었어. 어떤 정신 나간 새끼가 깜둥이들 손에 땅을 쥐어주는 것으로 잘못 산 인생을 만회하려 했다고 해서 그게 깜둥이들 땅이 되는 게 아니거든." 그는 깜둥이라고 할 때마다 침을 뱉듯이 그 말을 내뱉었다. 얄팍한 예의를 갖추려는 시늉조차 하지 않았고, 오히려 일부러 루이스를 자극하려는 것처럼 보였다. 주변에 아무리 총이 많아도 그건 결코 현명한 행동이 아니었다.

"당신 부하인 토니 르마가 살인사건이 일어난 날 밤에 아귈라르의 집에 있었던 것 같더군요. 그와 얘기를 좀 나눠보고 싶은데."

"토니 르마는 더 이상 우리 조직에 관여하지 않아요." 조 본스는 있는 대로 막말을 하더니 다시 격식을 갖췄다. "우리는 서로 다른 길을 가기로 합의했고, 그를 못 본 지도 벌써 몇 주째에요. 경찰한테 듣기 전까지는 그가 아귈라르 집에 갔을 거라고는 꿈에도 생각 못했소."

그가 나를 보며 미소를 지었다. 나도 미소로 화답했다.

"르마가 데이비드 폰테노의 죽음과 관련이 있나요?"

조 본스의 턱에 힘이 들어갔지만, 미소는 사라지지 않았다. "나야 모르지. 데이비드 폰테노에 대해서는 오늘 아침 뉴스로 들었어요."

"그것도 끔찍한 일인가요?" 내가 물었다.

"젊은 목숨을 잃는 건 언제나 끔찍한 일이죠. 그리고 당신의 부인과 아이에 대해서도 유감입니다. 진심이에요. 하지만 내가 어쩔 수 있는 일이 아니잖아. 그리고 솔직히 말해서, 슬슬 무례하게 굴고 있는데, 이만 저 깜둥이를 데리고 내 집에서 썩 꺼져줬으면 좋겠군."

루이스의 목 근육이 출렁거렸다. 조 본스가 하는 소리를 들었다는 유일한 신호였다. 조 본스는 그를 노려보다가 쇠사슬에 묶인 맹수에게 닭고기 한 점을 던져줬다. 녀석은 고기를 본 척도 하지 않다가 주인이 손가락을 튕기고서야 달려들어서 한입에 삼켜버렸다.

"저게 뭔지 알아요?" 조 본스는 내게 말하고 있었지만, 몸짓은 루이스를 겨냥했다. 지독한 경멸을 드러내는 몸짓이었다. 내가 아무 대꾸도 하지 않자, 그가 말을 이었다.

"저건 보어불이라는 품종인데 남아프리카공화국의 군대와 대테러 특공대를 위해 페터 게르첸이라는 독일 사람이 러시아 늑대하고 독일 세퍼드를 교배해서 개발한 거예요. 백인의 감시견이지. 깜둥이 냄새를 찾아내는." 그는 루이스에게 시선을 돌리며 미소를 지었다.

"조심하세요." 내가 말했다. "혼선이 일어나서 당신에게 달려들지도 모르니까." 조 본스는 전기에 감전되기라도 한 것처럼 의자에서 몸을 움찔했다. 내가 작정하고 이중적인 뜻으로 말한 것인지 알아보려는 듯이 실눈을 뜨고 내 표정을 살폈다. 나는 그 눈을 피하지 않았다.

"이제 그만 돌아가지." 조 본스의 목소리는 조용하지만 노골적인 협박이 담겨 있었다. 나는 어깨를 들썩이며 자리에서 일어섰고, 루이스가 내 옆으로 다가왔다. 우리는 시선을 주고받았다.

"얼른 나가라시는군." 루이스가 말했다.

"그러게. 하지만 이런 식으로 나가면 저 양반이 우리를 존중하지 않을 텐데."

"존중받지 못한다면 그건 남자도 아니지." 루이스가 맞장구를 쳤다.

루이스가 테이블 위에 쌓인 접시 한 장을 들어서 머리 위로 치켜들었다. 300구경 윈체스터 총알이 그걸 뚫고 지나서 뒤의 집까지 날아가 박혔고, 산산이 부서진 사기조각이 소나기처럼 흩날렸다. 의자에 앉아 있던 여자가 잔디로 몸을 던졌고, 부하 둘이 달려들어 조 본스를 몸으로 덮었다. 총성이 울리자 집 옆에서 남자 셋이 뛰어 나왔다.

제일 먼저 우리에게 달려든 건 도마뱀 리키였다. 권총을 치켜들고 금방이라도 방아쇠를 당길 기세였지만, 조 본스가 그의 팔을 위로 밀쳤다.

"안 돼! 이 멍청한 새끼. 누구 죽는 꼴 보고 싶어?" 그는 집 너머의 나무들을 훑어보더니 고개를 내게 돌렸다. "내 집에 들어와서 나한테 총을 쏘고 내 여자를 겁에 질리게 만들어? 지금 네놈이 누굴 상대하는지 알고 이러는 거야?"

"당신이 깜 어쩌구 운운했잖아." 루이스가 조용히 말했다.

"그랬지." 내가 맞장구를 쳤다. "글쎄 그러더라고."

"뉴올리언스에 친구가 있다고 들었다." 조 본스의 목소리는 위협적이었다. "FBI가 들러붙지 않아도 골치 아픈 일이 많지만, 네놈이나 네놈의……" 그는 한 박자 쉬고는 목구멍에서 넘어오려는 말을 꿀꺽 삼켰다. "……친구가 또 한 번 내 주변에서 얼쩡거린다면, 나도 어쩔 수 없을 거야. 알아들었어?"

"잘 들었어. 조, 나는 이제 르마를 찾아볼 거야. 만약 당신이 우리한테 뭔가 숨기는 게 있고 그것 때문에 그자가 도망친 거라면, 그때 다시 올게."

"우리가 다시 돌아왔을 땐 당신의 강아지가 다치게 될 거야." 루이스가 안타깝다는 시늉을 하며 말했다.

"네놈들이 다시 돌아오면 말뚝에 묶어놓고 저 녀석 먹이로 삼을 테다." 조 본스가 으르렁거렸다.

우리는 조 본스와 그의 부하들을 예의주시하며 떡갈나무가 늘어선 길까지 뒷걸음질로 걸어갔다. 여자가 조 본스 옆으로 다가가 그를 위로했다. 여자의 흰 옷에는 풀물이 들어 녹색 얼룩이 졌다. 여자는 매니큐어를 바른 섬세한 손으로 그의 등을 가만히 쓰다듬었지만, 본스는 여자의 어깨를 세게 밀쳐냈다. 그의 턱에 침이 번들거렸다.

떡갈나무 아래로 들어섰더니 뒤에서 문이 열리는 소리가 들렸다.

"앙헬이 그렇게 명사수인 줄은 몰랐네. 레슨이라도 해준 거야?" 차에 도착해서 내가 물었다.

"웬걸." 루이스도 정말 놀랐다는 투였다.

"조 본스를 맞힐 수도 있었을까?"

"아니. 나를 맞히지 않은 게 놀라운걸."

앙헬이 슬그머니 뒷좌석에 올라타서 문을 닫는 소리가 들렸다. 마우저는 이미 케이스에 넣은 뒤였다.

"자, 그럼 우리 이제부터 조 본스랑 어울려 다니는 건가? 수영장에 가서 지나는 여자들한테 뻐꾸기도 날리고?"

"여자들한테 뻐꾸기는 언제 날려봤어?" 그곳을 떠나 세인트프랜시스빌로 향할 때 루이스가 어리둥절한 기색으로 물었다.

"남자들은 다 그러잖아." 앙헬이 말했다. "남자들이 하는 건 나도 다 해."

37

플레상스로 다시 돌아왔을 땐 늦은 오후였다. 모피의 메모가 있었다. 보안관 사무소로 전화를 걸었더니 휴대전화 번호를 알려줬다.

"어디 갔었어요?" 그가 물었다.

"조 본스 만나러요."

"제길. 왜 그런 짓을 했어요?"

"말썽 좀 피워볼까 해서."

"내가 말했잖아요. 조 본스 건드리지 말라고. 혼자 갔어요?"

"친구랑 같이 갔어요. 조가 내 친구를 좋아하지 않던데."

"친구가 어쨌길래요?"

"흑인 부모 밑에서 태어났거든."

모피가 웃음을 터뜨렸다. "조는 워낙 자기 혈통에 민감한 편이지만, 이렇게 한 번씩 일깨워줄 필요도 있겠죠."

"내 친구를 개 먹이로 던져주겠다고 협박하던데요."

"그래요. 그 개를 무척 사랑하죠."

"뭐 좀 알아냈어요?"

"그런 것 같기도 해요. 해산물 좋아해요?"

"아니요."

"잘 됐네요. 그러면 벅타운에 갑시다. 해산물이 끝내주고, 근방에서 새우가 제일 맛있거든요. 두 시간 후에 데리러 갈게요."

"해산물 말고 벅타운에 가는 또 다른 이유가 있나요?"

"르마. 그의 옛날 여자 중에 한 명이 거기 살아요. 한번 가보는 것도 나쁘지 않을 거예요."

방문을 두드렸지만 레이첼은 안에 없었다. 안내데스크 직원 말로는 아침 일찍 대학에 간다며 나갔다고 했다. 그러면서 그녀 앞으로 들어 온 팩스가 산더미라고 덧붙였다. 직원은 둘둘 말린 팩스 종이를 보기 만 해도 속이 울렁거리는 눈치였다. 그걸 훑어보고 싶은 유혹을 뿌리 치고 다시 방에 올라와 샤워를 한 후 옷을 갈아입었다. 레이첼에게는 나중에 전화하겠다는 메시지를 남겼다. 앙헬과 루이스에게 행선지를 얘기하고 레이첼이 오면 좀 챙겨달라고 부탁했다. 루이스는 바닥에서 요가를 하고, 앙헬은 텔레비전을 보고 있었다.

모피는 약속한 시간에 딱 맞춰 도착했다. 캐널 대로를 타고 북쪽으 로 가다가 서쪽으로 방향을 틀어서 레이크쇼어 드라이브로 접어들었 다. 폰차트레인 호수의 수면이 초저녁 빛에 반짝였고, 앞에는 넓은 폰 차트레인 호숫길을 따라 맨드빌과 코빙턴으로 가는 차들이 줄을 이었 다. 웨스트엔드 공원의 산책길을 지나갈 때 모피가 남부요트 클럽의 널찍한 가로수 길을 가리켰다. 모피는 미국에서 두 번째로 오래됐다는 저 클럽에 딱 한 번 들어가 본 적이 있는데, 사업 파트너가 자기 부인 이랑 바람을 핀다는 사실을 알고 그의 요트에 불을 지른 남자를 체포하러 갔었다고 했다. 요트가 활활 타고 있을 때, 방화범은 술집에서 시바스 한 잔을 시켜놓고 경찰이 잡으러 오길 차분히 기다렸단다.

생선 냄새를 좋아한다면 벅타운은 나름대로 매력적인 곳이었다. 나는 어떻게든 냄새를 막으려고 창문을 끝까지 올렸지만, 모피는 창문을 내리고 그 고약한 냄새를 한껏 들이마셨다. 전체적으로 봤을 때 벅타운은 르마 같은 사람이 은신할 만한 곳과는 거리가 멀었지만, 어쩌면 그렇기 때문에 그곳을 선택할 수도 있었다.

캐럴 스턴의 집은 벅타운 중심가에서 얼마 떨어지지 않은 곳에 있었는데, 앞은 단층이지만 뒤는 두 층이어서 흔히 낙타등이라고 부르는 스타일의 집이었다. 작은 정원이 있고 집의 크기도 자그마했다. 모피의 설명에 따르면, 세인트찰스의 술집에서 일을 하던 스턴은 판매 목적으로 마약을 소지했다가 지금 복역 중이었다. 여자가 나올 때까지 르마가 월세를 내주고 있다는 소문이 있었다. 우리는 집 옆의 모퉁이에 차를 세웠고, 차에서 내리면서 둘이 동시에 총의 안전핀을 풀었다.

"여기는 당신 구역이 아니잖아요." 내가 모피에게 물었다.

"에이. 우리는 근처에 저녁을 먹으러 왔던 길에 혹시나 싶어서 확인차 들러본 거잖아요." 그는 선수끼리 왜 그러냐는 표정이었다. "절대로 남의 구역에서 설치는 게 아니라고요."

그는 나한테 현관으로 가라는 손짓을 하더니, 자신은 뒷문으로 향했다. 낮은 계단 위의 현관으로 올라가 유리창으로 가만히 안을 들여다봤다. 손을 보지 않고 방치된 느낌의 집답게 안쪽에도 먼지가 수북히 내려앉았다. 다섯까지 센 다음 문고리를 돌려봤다. 나지막하게 삐걱거리는 소리가 나면서 문이 열렸다. 조심스럽게 안으로 들어갔다. 저쪽 끝에서 유리창 깨지는 소리가 나더니, 모피의 손이 쑥 들어와 뒷문을 열었다.

희미하지만 무시할 수 없는 냄새가 났다. 더운 날 햇볕에 내놓은 고기에서 풍기는 것 같은 냄새였다. 부엌, 소파와 낡은 TV가 있는 작은 거실, 그리고 싱글 침대와 옷장뿐인 아래층의 작은 방은 비어 있었다. 옷장엔 여자의 옷가지와 신발이 들어 있고, 침대에는 헤진 매트리스만 얹혀 있었다. 모피가 먼저 계단을 올라갔고, 내가 뒤를 바짝 따라갔다. 둘 다 총구는 2층을 겨눴다. 냄새가 더 강해졌다. 욕실을 지나가는데 샤워 꼭지에서 물이 똑똑 떨어졌고, 그것 때문에 세라믹 욕조의 그 부분이 누렇게 변했다. 작은 거울 밑의 세면대에는 면도거품과 면도칼, 그리고 보스의 애프터셰이브 병이 있었다.

방은 세 개였고, 다들 문이 조금씩 열려 있었다. 오른쪽에 여자의 침실이 있었다. 하얀 침대보, 시들거리는 화분, 모네의 그림 몇 점. 길쭉한 화장대에 화장품이 놓여 있고, 한쪽 벽을 따라 역시 흰색으로 맞춘 옷장이 있었다. 맞은편 창문으로 풀이 우북한 작은 마당이 보였다. 옷장에는 역시 여자의 옷이 걸려 있고, 신발도 보였다. 캐럴은 쇼핑 중독에 필요한 자금을 마련하기 위해 마약을 팔았던 모양이었다.

두 번째 방이 냄새의 근원지였다. 길로 난 창문 옆에 캠핑용 스토브가 있고, 그 위에 커다란 솥을 올려놨다. 무슨 스튜 같은 걸 낮은 불에서 오래 끓였는지, 물에 더껑이가 끼어 있었다. 악취로 미뤄보건대 고기를 한참, 거의 하루 종일 끓인 것 같았다. 썩은 내장처럼 고약한 냄새였다. 새로 깐 빨간 카펫 위에 소파가 두 개 있었다. 작은 테이블 위에는 옷걸이 안테나가 달린 휴대용 TV가 무심하게 놓여 있었다.

세 번째 방도 집 앞쪽으로 창이 났는데, 문은 거의 닫혀 있었다. 모피가 문 한쪽 벽에 등을 붙이고 섰다. 나는 다른 쪽에 붙어 섰다. 그는 셋을 센 후 발로 문을 밀면서 오른쪽 벽으로 잽싸게 들어갔다. 나는 몸을 낮추고, 방아쇠에 손가락을 건 총을 가슴에 붙인 채 왼쪽으로 들어갔다.

저무는 햇살이 방을 황금빛으로 물들였다. 정리하지 않은 침대, 벌어진 채 바닥에 놓인 옷가방, 화장대, 네빌 브라더스의 사인이 적힌 콘서트 포스터. 발에 닿는 카펫의 느낌이 축축했다. 천장은 석고를 거의 다 걷어내서 들보가 전부 드러났다. 캐럴 스턴이 집을 손보려던 중에 교도소에 들어가서 어쩔 수 없이 보수 계획을 뒤로 미룬 모양이었다. 한쪽 끝의 들보에 등산용 로프처럼 보이는 게 걸려 있는데, 그건 토니 르마의 몸을 고정하는 용도로 사용되었다.

그의 몸은 저물어가는 햇볕에 불이라도 붙은 것처럼 묘한 빛을 발했다. 다리 근육과 핏줄, 목의 힘줄, 허리에서 새어나오는 누런 비계, 배의 근육, 오그라든 페니스도 보였다. 맨 안쪽 벽에 큼직한 콘크리트 못을 박고, 몸을 거기 반쯤 걸쳐놓았다. 대부분의 무게를 지탱하는 건 로프였지만, 팔을 못 위에 한쪽씩 걸어놓았다.

오른쪽으로 갔더니 목덜미 쪽에 그의 머리를 고정하고 있는 세 번째 못이 보였다. 머리는 오른쪽으로 틀어서 옆모습을 보이게 했고, 또 다른 못으로 턱을 받쳤다. 핏자국 사이로 군데군데 두개골이 희게 번득였다. 눈구멍은 거의 휑했고, 이는 거의 잇몸만 남도록 하얗게 갈았다. 르마의 가죽을 완전히 벗겼고, 용의주도하게 자세를 잡아서 벽에 걸어났다. 왼손은 몸에서 45도쯤 벌어진 채 아래로 사선을 그렸다. 그 손에서는 푸주한이 쓰는 것처럼 날이 길쭉하지만 폭이 넓고 무거운 칼이 늘어졌다. 접착제로 고정시켜놓은 것 같았다.

하지만 우리의 시선은 토니 르마의 사라진 눈동자가 바라보는 곳으로 자연스럽게 이동했는데, 그건 바로 오른손이었다. 손은 몸과 직각을 이루며 팔꿈치에서 팔뚝을 수직으로 들어올렸다. 그 손가락과 팔에 자기 몸에서 벗겨낸 가죽이 널려 있었다. 팔과 다리의 형태, 두피의 머리털, 가슴과 젖꼭지의 윤곽까지 확인할 수 있었다. 거의 무릎께에 늘어진 두피 아래쪽에는 피로 얼룩진 얼굴 가죽이 붙어 있었다. 침대와 바닥과 벽은 온통 피투성이였다.

왼쪽으로 고개를 돌렸더니, 모피가 성호를 그으며 토니 르마의 영혼을 위한 기도를 나지막하게 웅얼거리고 있었다.

FBI와 뉴올리언스 경찰이 스턴의 집을 정신없이 들락거리는 동안 우리는 모피의 차에 기대앉아 커피를 마셨다. 동네 사람들과 벅타운으로 해산물을 먹으러 온 사람들이 경찰 차단선 앞에서 시신이 나오길 기다리고 있었다. 그들은 실망한 채 발길을 돌릴 가능성이 높았다. 살인범은 현장을 주도면밀하게 꾸며놓았고, 경찰과 FBI는 시신을 옮기기 전에 현장을 철저하게 기록하려고 노심초사했다.

어느새 예전의 후줄근한 상태를 되찾은 황갈색 양복 차림의 울리치가 우리에게 다가오더니 양복 주머니에서 먹다 남은 도넛 봉지를 내밀었다. 차단선 밖에 세워놓은 그의 빨간색 96년도 셰비 노바가 새것처럼 빛났다.

"자, 배고플 텐데." 모피와 나는 둘 다 거절했다. 내 머릿속에서는 르마의 모습이 사라지지 않았고, 창백한 안색의 모피는 속이 울렁거리는 듯했다.

"여기 경찰들하고 얘기해봤어?" 울리치가 물었다.

우리는 둘 다 고개를 끄덕였다. 올리언스 군의 살인사건 담당 형사 두 명에게 장황하게 설명을 늘어놓은 터였다. 그중 한 명은 모피의 처남이었다.

"그러면 그만 가도 될 거야." 울리치가 말했다. "하지만 나중에 두 사람 다 나랑 얘기 좀 해." 모피가 운전석으로 갔다. 조수석 문을 여는데, 울리치가 내 팔을 잡았다.

"괜찮아?" 그가 물었다.

"그런 것 같아."

"모피의 육감은 정확했지만, 그래도 자네를 데려오지 말았어야 했어. 이번에도 자네가 현장을 처음 목격했다는 걸 알면 듀런드가 나를 엄청 들볶을 거야." 듀런드는 FBI의 뉴올리언스 지국장이었다. 직접 만나본 적은 없지만 FBI 지국장들이 어떤 스타일인지는 잘 알았다. 각자의 지국을 왕국처럼 통치하면서 요원들에게 임무를 할당하고 명령을 내렸다. 지국 간의 경쟁도 치열했다. 듀런드가 다른 건 몰라도 비위를 맞추기 힘든 사람일 건 틀림없었다.

"아직도 플레상스에 있어?"

"아직도 거기 있어."

"한번 들를게. 확인할 것도 있고."

그는 몸을 돌려서 스턴의 집으로 향했다. 현관에 들어서기 전에 으스러진 도넛이 담긴 봉지를 순찰차에 앉은 경찰들에게 내밀었다. 그들은 마지못해 그걸 받았고, 그런 다음에도 마치 폭탄이라도 되는 것처럼 한참 들고 있었다. 그리고 울리치가 집으로 들어가자마자 한 명이 차에서 내려서 쓰레기통에 던져 넣었다.

모피는 나를 플레상스에 내려주었다. 그에게 내 휴대전화 번호를 알려주었다. 그는 그걸 고무밴드가 달린 작은 수첩에 적었다. "내일 시간이 있으면 저녁 때 앤지가 해주는 음식을 먹으러 와요. 먼 길을 달려온 보람이 있을 거예요. 아내의 음식을 먹고 후회하는 사람은 없으니까." 그러더니 조금 다른 목소리로 덧붙였다. "의논할 것도 있고."

나는 좋은 생각이라고 말했지만, 모피건 울리치건, 경찰이라면 두 번 다시 만나고 싶지 않은 마음도 있었다. 시동을 걸고 막 출발하려는 차의 지붕을 손바닥으로 두드렸다. 모피가 몸을 기울여서 창문을 내렸다. "이러는 이유를 물어봐도 될까?" 모피는 진행되는 상황을 알려주고 나를 이 사건에 개입시키기 위해 필요 이상 노력해왔다. 나는 그 이유를 알아야 했다. 그를 신뢰할 수 있는지 확인할 필요가 있었다.

그는 어깨를 으쓱했다. "아퀼라르 사람들은 내 구역에서 죽었어요. 그들을 죽인 게 누군지 알고 싶어요. 그런데 당신은 그에 대해 알고 있는 게 있잖아요. 그가 당신을, 당신 가족을 노렸으니까. FBI는 자체적으로 조사를 하면서 우리에게는 최소한의 정보만 주니까. 내가 기댈 건 당신뿐이에요."

"그게 전부인가요?" 나는 그의 표정에서 뭔가 더 있다는 걸 알았다. 그건 아주 익숙한 표정이었다.

"아니. 나한테는 아내가 있어요. 이제 곧 아이도 태어날 예정이고.

무슨 말인지 알죠?"

나는 고개를 끄덕이고 그쯤에서 얘기를 정리했지만, 그의 눈동자엔 뭔가 다른 게 있었고, 그게 내 마음속의 뭔가를 건드렸다. 나는 다시 한 번 지붕을 두드려서 작별 인사를 대신했고, 사라져가는 그의 모습을 보면서 예전에 저질렀을지도 모르는 어떤 일의 용서를 모피가 얼마나 간절히 바라는지 생각하다가 가슴이 먹먹해졌다.

38

　플레상스로 들어가는데 참을 수 없이 강렬한 부패의 기운이 콧구멍을 파고들어와 숨을 쉬기 힘들 지경이었다. 그 기운이 내 손톱 밑에 박히고 내 살에 달라붙었다. 등줄기를 타고 흐르는 땀에서도 느껴졌고, 길의 균열을 비집고 자라난 잡초에서도 보였다. 방에 들어와서 살이 빨갛게 익을 때까지 뜨거운 물로 샤워를 한 다음 스웨터와 면바지로 갈아입고 앙헬과 루이스의 방으로 전화를 걸어 5분 후에 레이첼의 방에서 만나자고 했다.

　문을 여는 레이첼의 손에는 잉크가 묻어 있었다. 귀 뒤에 연필을 꽂고, 뒤로 말아 올린 머리도 연필 두 자루로 고정했다. 책을 너무 읽었는지 눈이 충혈되고 눈 밑이 거무스름했다. 방은 딴판으로 변했다. 방에 하나 있는 테이블에는 매킨토시 파워북을 펼쳐놓고, 그 옆에는 종이와 책과 공책이 어지러웠다. 테이블 위쪽의 벽면에는 각종 도표와 노란색 포스트잇과 해부도처럼 보이는 그림들이 붙어 있었다. 의자 옆 바닥엔 팩스 종이가 수북하고, 그 옆의 쟁반에는 반쯤 먹다 남은 샌드위치와 커피포트와 커피로 얼룩진 컵이 담겨 있었다.

뒤에서 문을 두드리는 소리가 들렸다. 앙헬과 루이스가 들어왔다. 앙헬은 이게 다 무슨 일이냐는 표정으로 벽을 훑어봤다. "안내데스크의 직원은 그렇잖아도 당신이 미쳤다고 생각하고 있어요. 팩스가 토해낸 쓰레기 더미들 때문에. 그런데 이 광경을 보면 경찰을 부르겠는데요."

레이첼은 의자에 등을 기대더니 연필을 뽑아서 머리를 내렸다. 왼손으로 머리를 흩트리고는 목을 비틀며 뭉친 근육을 풀었다.

"자, 누구부터 시작할래요?"

내가 르마 얘기를 하자 레이첼의 얼굴에서 피곤한 기색이 단박에 사라졌다. 그녀는 시체의 자세를 두 번이나 반복해서 말하게 하더니, 책상 위의 종이를 한참 뒤적였다.

"여깄다." 그러고는 여봐란 듯이 종이 한 장을 내밀었다. "이런 자세던가요?"

흑백으로 그린 그림이었는데, 위에 고풍스러운 글씨체로 이렇게 적혀 있었다. "TAB. Primera del Lib. Segvndo." 그리고 밑에는 레이첼이 손으로 "발베르데 1556"이라고 써놓았다. 살가죽을 벗긴 남자의 그림이었는데, 왼발을 돌에 얹고 왼손에는 손잡이가 구부러진 긴 칼을 쥐었으며, 오른손에는 벗겨낸 피부가 들려 있었다. 그 피부를 통해 남자의 얼굴 윤곽을 볼 수 있었고 눈구멍에 눈알이 그대로 있는 걸 제외하면 르마가 발견됐을 때의 자세와 거의 흡사했다. 몸의 각 부위는 그리스어로 표시되어 있었다.

"맞아요. 우리가 발견했을 때의 모습이에요." 내가 조용히 말했다.

앙헬과 루이스는 내가 건네준 그림을 말없이 들여다봤다.

"《인체구성의 역사Historia de la Composicion del Cuerpo Humano》. 발베르데라는 스페인 사람이 1556년에 쓴 의학 교재예요. 이 그림은……" 레이첼은 루이스에게서 그림을 받아 모두가 볼 수 있게 들었다. "신화에 등장하는 마르시아스를 그린 그림이죠. 마르시아스는 땅의 여신 키벨레를 숭배하는 사티로스였지만, 아테네가 버린 피리를 집어든 게 화근이 됐죠. 뼈로 만든 그 피리는 저절로 연주가 됐는데, 아테네의 기운이 그대로 어려 있었기 때문이에요. 그리고 선율이 어찌나 아름다운지 농부들 사이에서 아폴로보다 근사하다는 말이 나올 정도였어요.

아폴로는 마르시아스에게 시합을 벌여서 뮤즈들의 심판을 받자고 했고, 마르시아스가 졌어요. 피리를 거꾸로 불 수도 없고 피리를 불면서 노래를 부를 수도 없었기 때문이었죠. 아무튼 감히 신에게 도전한 죄로 마르시아스는 아폴로에게서 벌을 받았는데, 그 벌이라는 게 산 채로 껍질을 벗기고 그 껍질을 소나무에 못 박아놓는 것이었죠. 시인 오비디우스는 죽는 순간에 마르시아스가 이렇게 외쳤다고 기록했어요. '퀴드 메 미히 데트라히스(Quid me mihi detrahis)?' 내게서 나를 벗기는 것이 누구냐는 뜻이에요. 화가인 티치아노는 이 신화를 그림으로 그렸어요. 라파엘도 그렸고. 제 짐작엔 아마 르마의 시신에서도 케타민이 검출될 거예요. 신화를 충실하게 재현하려면 살아 있는 상태에서 껍질을 벗겼어야 할 테니까. 대상이 계속 움직이면 예술작품을 완성하기 힘들지 않겠어요?"

루이스가 그녀의 말을 끊었다. "하지만 이 그림을 보면 자신이 직접 껍질을 벗기는 것 같잖아요. 손에 칼과 껍질이 들려 있으니까. 그렇다면 범인은 왜 이 그림을 선택한 걸까요?"

"짐작일 뿐이지만 그건 어쩌면, 어떤 면에서, 르마가 직접 자신의 껍질을 벗겼기 때문일 거야." 내가 대답했다. "그는 있지 말았어야 하는 순간에 아귈라르의 집에 있었어. 떠돌이는 그가 봤을지도 모르는 것에 신경이 쓰였겠지. 르마는 있어서는 안 될 곳에 있었고, 그러니까 그 후로 그에게 벌어진 일에 대한 책임은 그 자신에게 있는 거지."

레이첼이 고개를 끄덕였다. "흥미로운 지적이에요. 하지만 티진 아귈라르의 경우를 생각해보면 거기에 뭔가 더 있을지도 몰라요." 레이첼이 내게 종이 두 장을 건넸다. 첫 번째는 티진의 시신이 발견된 현장 사진을 복사한 것이었다. 두 번째는 그림이었는데, 이번엔 "DE Dissect. Partivm"이라고 적혀 있고 밑에는 1545년이라고 쓴 레이첼의 글씨가 보였다.

뒤의 돌담을 배경으로 나무에 못 박힌 남자의 그림이었다. 머리를 나무의 갈래에 얹고 팔을 뻗어서 멀리 있는 가지로 받쳤다. 가슴 아래쪽의 껍질을 벗겨서 폐와 신장과 심장이 드러났다. 위처럼 보이는 정체를 알 수 없는 장기는 옆쪽 단상에 올려놓았다. 얼굴은 그대로 놔뒀지만, 이번에도 그림은 티진 아귈라르의 자세와 정확하게 일치했다.

"이번에도 마르시아스예요. 어쨌거나 최소한 신화의 내용을 빌려온 건 똑같아요. 이 그림의 출처는 에티엔의 《신체의 해부De Dissectione Partium Corporis Humani》인데, 역시 초기 의학 교재였죠."

"이자가 그리스 신화를 따라서 살인을 하고 있다는 얘기예요?" 앙헬이 물었다.

레이첼은 한숨부터 쉬었다. "그렇게 단순하지는 않아요. 일단 두 번이나 사용했으니, 그것만 보면 그가 신화에서 영감을 얻는 것 같기는 해요. 하지만 마리 부인, 그리고 버드의 부인과 아이의 경우에는 마르시아스 이론이 들어맞지 않죠. 마르시아스 그림은 정말 우연찮게 발견했지만, 다른 죽음과 일치하는 그림은 아직 찾지 못했어요. 계속 찾고 있는 중이에요. 그것들도 초기 의학 교재를 기본으로 삼았을 가능성이 높아요. 그렇다면 찾을 수 있겠죠."

"그러면 의학적인 배경을 가진 사람일 가능성이 있겠군요." 내가 말했다.

"아니면 희귀본에 대한 지식을 갖고 있는 사람이거나. 우리는 그가 에녹서, 또는 그걸 인용한 책들을 읽었다는 사실을 이미 확인했잖아요. 지금까지 발견된 정도의 시체 훼손에는 의학적인 지식이 많이 필요하지 않겠지만, 수술 방법을 알고 있거나 의료상의 절차에 익숙한 사람일 거라는 추정도 완전히 빗나간 건 아닐 거예요."

"눈을 파내고 얼굴의 껍질을 벗긴 건 뭔가요?" 수전과 제니퍼의 모습이 떠올랐지만 애써 밀어냈다. "그건 어떻게 설명할 수 있을까요?"

내 질문에 레이첼이 고개를 저었다. "아직 더 알아봐야 해요. 이자에게 얼굴은 일종의 징표가 아닌가 싶어요. 제니퍼의 얼굴을 돌려보낸 건, 내 짐작에 작업을 시작하기 전에 제니퍼가 죽었기 때문인 것 같지만, 개인적으로 당신에게 충격을 주고 싶어서이기도 해요. 얼굴을 제거하는 건 살인범이 피해자를 개인적으로 무시한다는 뜻, 피해자가 인간으로서 지닌 위상을 무시한다는 신호일 수도 있어요. 어쨌거나 사람한테서 얼굴을 제거한다는 건 그 사람의 가장 뚜렷한 개성, 신체에서 가장 대표적인 특징을 없애버리는 거잖아요.

눈의 경우엔, 죽은 사람의 망막에 살인자의 모습이 남는다는 속설이 있죠. 그런 식으로 몸과 관련된 속설은 많아요. 지난 세기 초까지도 살인자와 같은 방에 있으면 살해당한 시신의 몸에서 피가 난다는 이론을 연구했을 정도니까요. 여기에 대해서는 좀더 알아볼 필요가 있겠어요. 그건 다음에 얘기하기로 하죠."

레이첼이 자리에서 일어나 기지개를 폈다. "냉혈인간처럼 보일지 모르겠지만, 나는 샤워를 좀 해야겠어요. 그런 다음에는 나가서 음식다운 음식을 먹고 싶어요. 그리고 나서는 열두 시간쯤 잘래요."

밖으로 나가려는데 레이첼이 손을 들어서 우리를 막았다. "얘기할 게 한 가지 더 있어요. 폭력적인 이미지를 모방하는 변태 정도로 이 자를 인식하면 곤란해요. 그런 식의 판단을 내리기에는 내 지식이 부족하기 때문에 이 분야에서 경험이 많은 전문가에게 물어보고 싶어요. 하지만 그의 범행 뒤에 어떤 철학이 자리잡고 있다는 느낌, 그가 어떤 패턴을 따르고 있다는 느낌은 떨칠 수가 없네요. 그게 뭔지 알아내기 전에는 아마 그를 잡을 수 없을 거예요."

문고리를 잡으려는데 밖에서 누가 문을 두드렸다. 나는 천천히 문을 열었고, 레이첼이 서류를 치우는 동안 방 안을 볼 수 없도록 시선을 차단했다. 내 앞에는 울리치가 서 있었다. 방에서 나오는 불빛에 그의 얼굴을 한 꺼풀 덮고 있는 수염이 보였다. "안내데스크 직원 말이 자네가 방에 없으면 여기 있을 거래서. 들어가도 되나?"

나는 잠시 망설이다가 옆으로 비켜섰다. 레이첼은 벽에 붙여놓은 것들을 가리려고 애를 썼지만, 울리치는 그녀에게 관심이 없었다. 그의 시선은 루이스에게 고정됐다.

"어디서 본 적이 있는데." 그가 말했다.

"그럴 리 없는데요." 루이스가 말했다. 그의 눈동자는 차가웠다.

울리치가 내게 고개를 돌렸다. "내 구역에 청부 킬러를 데려온 거야, 버드?"

나는 대꾸하지 않았다.

"말씀드렸다시피, 사람을 잘못 보신 것 같습니다. 나는 사업가예요." 루이스가 말했다.

"그래요? 어떤 사업을 하시죠?"

"해충박멸이요."

긴장으로 터져나갈 것 같은 분위기가 한참 이어지다가 울리치가 몸을 돌려 밖으로 나갔다. 복도에서 걸음을 멈춘 그가 내게 손짓을 했다. "자네하고 할 얘기가 있어. 카페 뒤 몽드에서 기다릴게."

나는 그의 뒷모습을 지켜보다가 루이스에게 시선을 돌렸다. 그는 한쪽 눈썹을 치켜세웠다. "내가 보기보다 유명한 모양이지."

"그런 모양이야." 나는 이렇게 말하고 울리치를 따라갔다.

길에서 따라잡았지만, 그는 카페에 자리를 잡고 앉아서도 주문한 베네가 나온 다음에야 비로소 입을 열었다. 그는 양복에 가루 설탕을 흩뿌리면서 빵을 한 조각 떼어 먹었고, 커피를 한참 들이켰다. 내려놓은 커피는 거의 반 가까이 비었고, 잔 옆에 갈색 줄이 갔다. "왜 이래, 버드." 그가 입을 뗐다. "여기서 대체 뭘 하려는 거야?" 그의 목소리에서는 지친 기색과 실망감이 역력했다. "그 남자, 내가 분명히 아는 얼굴이야. 뭘 하는지도 알아." 그는 베네를 한 조각 더 떼어서 입에 넣고 우물거렸다. 나는 아무 대꾸도 하지 않았다. 서로의 눈을 응시하다가, 울리치가 먼저 시선을 돌렸다. 그는 손가락에 묻은 설탕을 털어내고 커피를 한 잔 더 시켰다. 나는 커피를 거의 입에도 대지 않았다.

"에드워드 바이런이라고 들어봤어?" 루이스는 우리의 대화 주제가 되지 못하리란 걸 깨달았는지, 울리치가 느닷없이 물었다.

"전혀 기억이 없는데. 왜?"

"파크 라이즈의 수위야. 수전이 거기서 제니퍼를 낳았잖아?"

"맞아." 파크 라이즈는 롱아일랜드에 있는 개인 병원이었다. 장인어른이 의료진 수준이 세계 최고라며 꼭 거기서 아이를 낳아야 한다고 고집을 피웠다. 진료비가 세계 최고 수준인 건 틀림없었다. 제니퍼를 받은 의사의 한 달 월급이 내 연봉보다 많았다.

"그게 어떻다는 거야?" 내가 물었다.

"올 초에 거기서 시체가 절단되는 일이 있었는데 그 사건 직후에 바이런이 해고됐어. 조용히 쫓겨났지. 누군가 여자의 시신을 제멋대로 부검한 거야. 배를 열고 난소와 나팔관을 제거했어."

"소송을 걸지 않았어?"

"병원 당국에서 소송을 고민했지만 결국 하지 않는 쪽으로 결정을 내렸어. 죽은 여자의 피와 조직이 묻은 수술용 장갑이 바이런의 라커에 있는 봉투에서 발견됐어. 그는 누군가 자기를 모함하는 거라고 주장했지. 증거가 불충분하긴 했어. 이론적으로 생각하면 누군가 그 물건을 그의 라커에 심어놓은 걸 수도 있으니까. 그래도 병원측에서는 그를 내보냈어. 소송도 하지 않고 경찰 수사도 하지 않고, 아무것도 없었어. 우리가 이 기록을 확보한 건 순전히 현지 경찰에서 같은 시기에 병원에서 일어난 약물 도난사건을 수사하고 있었기 때문인데, 그 보고서에 바이런의 이름이 언급됐거든. 바이런은 도난사건이 일어난 후에 해고됐고, 그런 다음에는 도난이 거의 일어나지 않았지만, 약품이 사라질 때마다 그에겐 번번이 알리바이가 있었어. 그 후로는 바이런의 소식을 들은 사람이 없어. 그의 사회보장번호를 알고 있기는 한데. 해고된 후로 실업급여를 받지도 않고 세금을 납부하지도 않고 주정부와 얽히거나 병원에 간 적도 없거든. 1996년 10월 이후로는 신용카드 사용내역도 없어."

"그런데 지금 그의 이름이 거론되는 이유는 뭐야?"

"에드워드 바이런의 고향이 배턴루지야. 그의 부인, 전부인인 스테이시는 아직도 거기 살고."

"전부인하고 얘기해봤어?"

"어제 조사를 받았어. 작년 4월 이후로는 본 적이 없고, 이혼 수당도 6개월이나 밀렸다더군. 마지막으로 받은 수표가 텍사스 동부에 있는 은행에서 발행된 것이었지만, 전부인 말로는 배턴루지나 인근 지역에 살고 있을지도 모른대. 그는 늘 여기로 돌아오고 싶어했고, 뉴욕을 싫어했다는 거야. 파크 라이즈 직원 명부에서 가져온 사진도 있어."

그가 확대한 사진을 내게 내밀었다. 준수한 용모였다. 턱이 조금 들어간 게 유일한 흠이었다. 입과 코가 가늘고, 눈매가 날카롭고 눈동자는 검은색이었다. 진한 갈색 머리를 왼쪽에서 오른쪽으로 넘겼다. 서른다섯 살 때 찍은 사진이라는데, 그 나이보다 어려 보였다.

"지금으로선 최고의 실마리야. 이 얘기를 하는 건 자네한테 알 권리가 있다고 생각했기 때문이야. 하지만 또 한 가지 당부할 게 있어. 바이런 부인한테 접근하지 마. 언론에서 낌새를 챌지 모르기 때문에 아무하고도 얘기하지 말라고 부인에게 당부해놨어. 그리고 조 본스도 건드리지 마. 그의 조직원인 리키의 통화 내용이 우리 감청팀에 잡혔는데, 자네가 오늘 벌인 무모한 행동에 대해 시퍼렇게 날이 선 욕을 퍼부어댔다는 거야. 두 번은 그냥 빠져나가지 못할 거라면서."

그가 돈을 꺼내서 테이블 위에 내려놨다. "자네의 소수정예 수사팀에서 찾아낸 것 중에 우리에게 도움이 될 만한 건 없나?"

"아직은. 의학적인 배경, 어쩌면 성적 병리학과 관련이 있을 것 같아. 뭐든 더 찾아내면 자네한테도 알려줄게. 그런데 자네한테 물어볼 게 있어. 파크 라이즈에서 도난당한 약품이 뭐야?"

그가 고개를 한쪽으로 기울이고 입술을 살짝 비틀었는데, 이걸 말해줄지 말지 갈등하는 눈치였다.

"케타민 염산염. PCP와 비슷한 거야." 그 약에 대해 이미 알고 있다는 내색은 하지 않았다. 만약 모피가 그런 시시콜콜한 것까지 나한테 고해바친다는 걸 FBI에서 알게 되는 날이면 모피는 몸에 똥구멍이 하나 더 뚫릴지도 몰랐다. 이미 그럴 거라고 의심은 하고 있겠지만. 울리치는 한 박자 쉬었다가 말을 이었다. "마리 아퀼라르 부인과 그의 아들의 몸에서 검출됐어. 살인범이 이걸 마취제로 사용했어."

그는 받침 위에 놓인 커피 잔을 빙그르 돌렸고, 멈춰 선 커피 잔의 손잡이가 나를 가리켰다.

"이자가 두려워, 버드?" 그가 조용히 물었다. "나는 그렇거든. 나랑 마리 부인을 만나러 갔을 때, 연쇄 살인범에 대해 우리가 나눴던 얘기 기억해?"

나는 고개를 끄덕였다.

"그때는 내가 산전수전 다 겪었다고 생각했어. 그런 살인범들은 폭력과 강간을 일삼고 넘어서는 안 될 선을 넘어버린 사회부적응자지만, 너무 병신 같아서 오히려 인간적이었거든. 그런데 이자는……"

그는 관광마차를 타고 가는 가족을 바라봤다. 마부는 고삐를 잡고 말을 몰면서 잭슨 광장의 역사를 들려주고 있었다. 까만 머리의 꼬마 아이가 한쪽 끝에 앉아 등받이에 얹은 팔뚝에 턱을 괴고 우리를 가만히 쳐다봤다.

"우리는 늘 보통의 살인범과 다른 자, 비틀리고 억눌린 성적 욕망이나 저열한 사디즘 이상의 동기를 가진 자가 나타날까 봐 두려웠어. 우리는 지금 고통과 죽음의 문화 속에 살고 있어, 버드. 대부분의 사람들은 그렇다는 것조차 인식하지 못한 채 살아가지. 어쩌면 그걸 우리보다 잘 아는 사람, 이 세상을 인류가 희생양인 커다란 제단으로 이해하는 사람, 우리를 본보기로 삼아야겠다고 확신하는 사람이 우리 앞에 등장하는 건 시간문제였을지도 몰라."

"이자가 그렇다는 거야?"

"'나는 죽음이요, 세계의 파괴자다.' 힌두 경전인 바가바드기타에 나오는 말이지? '나는 죽음이요.' 어쩌면 이자가 그럴지도 몰라. 죽음 그 자체."

그가 밖으로 나갔다. 그를 따라 나가다가 전날 밤에 적어놓은 메모가 생각났다. "울리치, 한 가지가 더 있어." 내가 에녹서 얘기를 꺼내자 그는 짜증스러운 눈치였다.

"빌어먹을 에녹서가 대체 뭐야?"

"성경의 외경 가운데 일부야. 내 생각엔 이자가 그걸 알고 있는 것 같아."

울리치는 메모지를 접어서 바지 주머니에 넣었다. 그러고는 거의 미소라고 볼 수도 있을 만한 표정을 지었다. "버드, 가끔은 돌아가는 상황을 자네한테 알려줄지 말지 엄청 갈등이 심해." 그러더니 이런 소리가 다 무슨 소용이냐는 듯이 쓴웃음을 짓다가 한숨을 내쉬었다. "말썽 좀 일으키지 마, 버드. 자네 친구들한테도 그렇게 전하고." 그는 걸어가더니 이윽고 저녁의 인파 속으로 사라졌다.

레이첼의 방문을 두드렸는데 아무 대꾸가 없었다. 조금 더 세게 두드렸더니 안에서 무슨 소리가 났다. 그녀는 몸에 타월을 감았고, 머리에도 그보다 조금 작은 타월을 둘렀다. 샤워의 열기 때문에 얼굴이 발그레했고 살에서 빛이 났다.

"미안해요. 샤워한다고 그랬던 걸 깜빡했네요."

그녀는 미소를 지으며 들어오라고 손짓했다.

"앉으세요. 옷을 입고 나와서 당신한테 저녁을 살 기회를 드리죠." 그녀는 침대 위에 있던 회색 바지와 흰 면셔츠, 그리고 옷가방에서 흰 속옷을 챙겨서 욕실로 들어갔다. 옷을 입으면서 얘기를 할 수 있도록 문을 완전히 닫지는 않았다.

"무슨 얘기가 오고갔는지 물어봐야 하나요?"

나는 발코니 창문으로 다가가서 아래의 거리를 내려다봤다.

"울리치가 루이스에 대해 한 말은 사실이에요. 어쩌면 그렇게 단순하게 정리할 수 있는 문제는 아닐지도 모르지만, 과거에 사람을 죽이긴 했어요. 지금은 나도 잘 몰라요. 물어보지도 않을뿐더러 내가 그를 비판할 처지도 못 되니까. 하지만 난 앙헬과 루이스를 모두 신뢰해요. 그들이 뭘 잘 하는지 알기 때문에 와달라고 부탁한 거였고."

레이첼이 젖은 머리를 찰랑거리고 셔츠의 단추를 채우며 욕실에서 나왔다. 여행용 드라이어로 머리를 말리더니 가볍게 화장을 했다. 수전의 그런 모습을 천 번도 더 봤지만 레이첼이 내 앞에서 그렇게 하는 걸 보니 묘하게 가까워진 느낌이 들었다. 마음속에서 뭔가 꿈틀대는 느낌이었다. 그녀를 향한 내 감정이 살짝, 그러나 분명하게, 움직였다. 그녀는 침대 끄트머리에 걸터앉아 검정색 샌들을 신었다. 신발 뒤꿈치에 손가락을 걸고 한 짝씩 신었고 몸을 앞으로 숙이자 등허리의 오목한 부분에서 물기가 반짝였다. 그녀는 자신을 보고 있는 내 눈길을 눈치 채고는 조심스럽게 미소를 지었다. 혹시라도 자신이 오해하는 걸까 봐 걱정이 되는 눈치였다. "갈까요?" 그녀가 말했다.

그녀가 나가도록 문을 잡아주는데 그녀의 셔츠가 내 손에 닿으면서 마치 뜨겁게 달군 쇠에 물방울이 떨어졌을 때처럼 지글거리는 소리가 났다.

우리는 로열 스트리트에 있는 미스터B라는 식당에 갔다. 마호가니 나무를 댄 널찍한 공간은 시원하고 어두웠다. 나는 연하고 맛있는 스테이크를 주문했고, 그녀는 구운 연어를 먹었는데, 향신료 맛이 너무 강하다며 한 입 먹자마자 혀를 내둘렀다. 식사를 하면서 연극과 영화, 음악과 독서 같은 가벼운 얘기들을 나눴다. 얘기를 하다 보니 우리 둘 다 91년에 메트에서 〈마법 피리〉를 관람했다는 사실을 알게 됐다. 그것도 둘 다 혼자서. 와인을 마시는 그녀의 얼굴에서 빛과 어둠이 어우러져 춤을 추고, 눈동자가 호수에 비친 달그림자처럼 빛났다.

"그나저나, 잘 알지도 못하는 남자를 따라서 잘 알지도 못하는 곳에 자주 가나 봐요?"

그녀가 빙긋이 웃었다. "그 대사를 읊으려고 평생 기다려온 사람 같네요."

"자주 쓰는 말이에요."

"거참, 이젠 웨이터가 다가와도 몽둥이를 휘두르며 가까이 오지 말라고 할 것 같은데요."

"알았어요. 저의 죄를 인정합니다. 요즘은 통 안 그랬어요."

얼굴이 달아오르는 느낌이었고, 그녀의 눈빛에서 어딘가 장난스러우면서도 불확실한 기운을 느꼈다. 일종의 슬픔, 상처를 주고받을까봐 두려운 마음. 내 마음속에서 뭔가 몸을 비틀며 발톱을 세웠고, 그 발톱에 내 마음이 조금 찢어진 느낌이었다.

"미안해요. 나는 당신에 대해 아는 게 거의 없어요." 내가 나직하게 말했다.

레이첼은 손을 뻗어서 내 왼손을 손목부터 새끼손가락 끝까지 부드럽게 어루만졌다. 손가락의 굴곡에 맞춰 움직이며 지문의 곡선을 섬세하게 따라 그렸다. 그녀의 손길은 나뭇잎처럼 부드러웠다. 그러다가 손을 테이블에 내려놓고 손가락 끝만 내 손에 얹은 채 이야기를 하기 시작했다.

그녀는 애디론댁 산맥 인근에 있는 칠슨이라는 곳에서 태어났다. 아버지는 변호사였고 어머니는 유치원 교사였다. 농구와 달리기를 좋아했고, 학교 댄스파티에 같이 가기로 했던 파트너가 파티를 이틀 앞

두고 토라지는 바람에 절친한 친구의 오빠와 함께 갔는데 〈온리 더 론리〉라는 노래가 나올 때 그녀의 가슴을 더듬으려 했다. 그녀에게도 열 살 터울의 커티스라는 오빠가 한 명 있었다. 커티스는 삶의 마지막 5년을 경찰로 재직했는데, 스물아홉 번째 생일을 2주 남겨두고 세상을 떠났다. "보안관 사무소의 형사로 승진한 지 얼마 안 됐을 때에요. 그날은 심지어 비번이었어요." 그녀는 너무 느린 건 아니지만 그렇다고 너무 빠르지도 않게, 그 이야기를 천 번도 더 되뇌면서 오류를 바로잡고 시작과 끝부분을 가다듬고 불필요한 내용을 걸러내며 오롯한 핵심만을 남겨놓은 것처럼, 오빠의 빈자리를 만든 사건의 공허한 핵심만을 남겨놓은 것처럼, 서두르지 않고 이야기를 이어갔다.

"화요일 오후 2시 15분이었어요. 오빠는 모리아에 사는 여자를 만나러 가는 길이었죠. 오빠한테는 따라다니는 여자가 항상 두세 명씩 있었어요. 여자를 울리는 남자였죠. 아무튼 은행에서 다섯 집 떨어진 꽃가게에서 분홍색 꽃다발을 사들고 나오는 길이었어요. 고함소리가 들리더니 은행에서 두 사람이 뛰어나왔는데, 둘 다 무장을 했고 복면을 썼어요. 남자 한 명, 여자 한 명. 그리고 또 다른 사람이 차에 시동을 건 채 기다리고 있었죠.

오빠가 총을 꺼냈을 때 그들도 오빠를 봤어요. 둘 다 총신이 짧은 엽총을 들고 있었는데, 망설임이라곤 없었어요. 남자는 총알을 다 쏟아냈고, 죽어가던 오빠의 숨을 끊은 건 여자였어요. 여자는 오빠의 얼굴에 총을 쐈죠. 그렇게 잘생기고 사랑스러운 사람한테."

그녀는 말을 멈췄고, 나는 이 얘기가 지금껏 속으로만 되뇌어졌다는 걸 알았다. 이건 입 밖으로 꺼내서 사람들과 주고받을 얘기가 아니

라. 마음 깊은 곳에 간직하는 그런 얘기였다. 가끔은 자신만의 고통이 필요했다. 자신만의 것이라고 부를 아픔이 필요했다.

"그들이 붙잡혔을 때 그들에겐 3천 달러가 있었대요. 그게 은행에서 털어가지고 나온 돈의 전부였어요. 그 돈 때문에 우리 오빠를 죽인 거예요. 여자는 한 주 전에 교도소에서 가석방으로 출소했어요. 그 여자가 이 사회에 더 이상 위험한 인물이 아니라고 누군가 판단했던 거죠."

그녀는 와인 잔을 비웠다. 나는 와인을 더 달라고 손짓했고, 웨이터가 잔을 채워주는 동안 그녀는 입을 다물고 기다렸다.

"그리고 나는 지금 이러고 있어요." 그녀가 다시 입을 열었다. "이해하려고 안간힘을 쓰고, 가끔은 근접하기도 해요. 그리고 가끔, 운이 좋으면, 다른 사람들에게 이런 일이 일어나지 않도록 막을 수 있죠. 가끔은."

정신을 차리고 보니 그녀가 내 손을 꽉 쥐고 있었는데, 어떻게 해서 그렇게 됐는지는 도무지 기억이 나지 않았다. 그녀의 손을 잡고서 몇 년 만에 처음으로 뉴욕을 떠나 어머니와 함께 메인 주로 이사 갔던 얘기를 했다.

"어머니는 아직 살아 계세요?"

나는 고개를 저었다. "내가 그 동네의 거물인 대디 헴스라는 사람의 심기를 거슬렸어요. 할아버지와 엄마는 여름 동안 어디 가서 일을 하며 상황이 잠잠해지기를 기다리는 게 좋겠다고 판단하셨죠. 할아버지 친구분 중에 필리에서 가게를 하시는 분이 있어서, 한동안 거기서 일을 했어요. 물건을 정리하고 밤에는 청소도 하고. 잠은 가게 위에 있는 방에서 잤죠.

어머니는 어깨의 신경압박증후군 때문에 물리치료를 받기 시작했는데, 알고 보니 그건 오진이었어요. 실제로는 암이었거든요. 내 생각에 당신은 그 사실을 알고 있었지만 가족들에게 알리지 않은 것 같아요. 어쩌면 당신이 인정하지 않으면 몸도 착각을 일으켜서 시간을 더 벌 수 있을 거라고 생각했는지도 몰라요. 하지만 그러기는커녕 물리치료를 받고 나오다가 폐에 문제가 일어났죠.

나는 이틀 후에야 고속버스를 타고 도착했어요. 두 달 만에 뵙는 거였는데, 병실을 아무리 돌아다녀도 찾을 수가 없는 거예요. 알고 보니 너무 변해서 알아보지 못한 거였어요. 침대에 붙은 이름을 보고서야 알았죠. 그리고 6주 후에 돌아가셨어요. 진통제를 맞으면서도 마지막 순간에는 의식이 또렷해졌어요. 그런 일이 많다더군요. 그러면 병세가 호전되는 걸로 착각하게 되죠. 하지만 그건 암이 치는 작은 장난 같은 거예요. 어머니는 돌아가시기 전날 밤에 병원의 그림을 그리려고 했어요. 때가 됐을 때 어디로 가는지 알 수 있도록."

물을 조금 마셨다. "미안해요. 왜 갑자기 이런 것들이 떠오르는지 모르겠네요."

레이첼이 미소를 지었고, 다시 한 번 내 손을 힘주어 잡았다.

"할아버지는요?"

"8년 전에 돌아가셨어요. 메인 주에 집 한 채를 제 앞으로 남기셨는데, 그걸 손보려고요." 나는 그녀가 아버지에 대해서 묻지 않는다는 걸 눈치 챘다. 이미 알고 있는 모양이었다.

잠시 후에 우리는 인파 사이를 천천히 걸어서 호텔로 돌아왔다. 술집에서 틀어대는 노래들은 서로 섞이기도 하고, 그중에 가끔 알아들을 수 있는 선율도 있었다. 그녀의 방 앞에서 우리는 포옹한 채 한참을 서 있다가 가볍게 입을 맞췄다. 그녀의 손이 내 뺨에 가볍게 어루만졌고, 그런 다음에야 잘 자라고 인사를 했다.

르마와 조 본스, 울리치와의 언쟁에도 불구하고, 그날 밤엔 보이지 않는 그녀의 손을 꼭 쥔 채 편안하게 잤다.

39

 서늘하고 청명한 아침이었고, 세인트찰스 전차 소리를 들으며 달리기를 했다. 성당으로 가는 웨딩 리무진 꼬리에 리본이 나풀거렸다. 나는 노스램파트 길을 따라 서쪽으로 페르디도까지 갔다가 샤르트르를 지나 다시 프렌치쿼터로 돌아왔다. 날은 금세 달아올라 마치 스팀 타월을 얼굴에 뒤집어쓴 채 달리는 기분이었다. 폐는 공기를 조금이라도 더 빨아들이기 위해 안간힘을 쓰고 몸은 그걸 받아들이지 않으려 거부했지만, 아랑곳 않고 달렸다.
 나는 보통 일주일에 서너 번씩 체력단련을 했는데, 부위별로 보디빌딩 훈련을 하며 한 달에 한 번 정도씩 웨이트트레이닝에 변화를 줬다. 그렇게 체력단련을 하지 않고 며칠이 지나면 몸에 독소가 가득한 것처럼 푸석푸석하고 삐걱거리는 느낌이 들었다. 운동과 장청소의 선택 앞에서 나는 덜 불편한 방법인 운동을 택했다. 플레상스로 돌아와 샤워를 하고 어깨에 붕대를 새로 감았다. 아직도 조금 아팠지만 상처 부위는 아물었다. 그런 다음 빨래를 근처 세탁소에 맡겼다. 뉴올리언스에 이렇게 오래 있게 될 줄은 몰랐고, 남은 속옷이 얼마 없었다.

스테이시 바이런의 번호는 전화번호부에 수록되어 있었다. 그녀는 이혼을 하고도 처녀 때 이름으로 되돌리지 않은 모양이었다. 아무튼 전화번호부에는 그대로였다. 앙헬과 루이스가 자동차를 빌려서 그녀에게, 또는 그녀에 대해 뭐 좀 알아낼 게 있는지 배턴루지에 다녀오겠다고 자청했다. 울리치가 좋아할 소리는 아니었지만, 그녀를 가만히 놔두길 원했다면 애초에 나한테 말을 말았어야 했다.

레이첼은 찾고 싶은 일러스트레이션에 대해 자세한 설명을 적은 이메일을 콜롬비아 대학의 연구조교 두 명과 뉴올리언스 로욜라 대학에서 르네상스 문화를 가르치다가 은퇴한 후 보스턴에서 지낸다는 에릭 워드 신부님에게 보냈다. 답신이 올 때까지 손 놓고 기다리는 일밖에 없는 형편이라 나를 따라 메테리(뉴올리언스 근교의 도시―옮긴이)에 가기로 했다. 아침에 데이비드 폰테노의 장례식이 있었다.

차를 타고 가는 내내 침묵이 흘렀다. 조금씩 가까워지는 관계와 거기에 내포된 의미에 대해 이야기를 나눈 적은 없지만, 우리 둘 다 그걸 예민하게 인식하고 있는 것 같았다. 나를 바라보는 레이첼의 눈동자에서 뭔가 보였다. 그리고 그녀도 아마 내 눈에서 똑같은 걸 볼 수 있었을 것이다.

"나에 대해서 더 알고 싶은 거 없어요?" 그녀가 물었다.

"당신의 개인적인 삶에 대해서는 아는 게 별로 없어요."

"내가 아름답고 똑똑하다는 것 말고는?"

"그것 말고는." 내가 순순히 동의했다.

"개인적인 삶이라면, 성생활을 의미하는 건가요?"

"완곡하게 표현한 거죠. 너무 들이대는 것처럼 보이고 싶지 않으니까. 괜찮다면 나이부터 시작해도 좋아요. 어젯밤에 나이를 말해주지 않았더라고요. 나머지야 그에 비하면 아무것도 아니지 않겠어요?"

그녀는 입을 삐죽거리며 미소를 짓더니 손가락을 세웠다. 손가락은 그냥 무시하기로 했다.

"서른세 살이지만 조명이 좋으면 서른으로도 통해요. 고양이 한 마리를 키우고, 어퍼웨스트사이드의 방 두 개짜리 아파트에 살고, 현재 동거인은 없어요. 일주일에 세 번 스텝에어로빅을 하러 가고, 중국음식과 소울 음악과 크림에일을 좋아해요. 6개월째 연애를 쉬고 있어서 처녀막이 다시 자라지 않았을까 싶네요."

내가 한쪽 눈썹을 치켜세웠더니 그녀가 웃음을 터뜨렸다. "충격을 받으신 모양인데요. 바깥나들이를 더 자주 하실 필요가 있겠어요."

"당신도 그런 것 같은데요, 뭐. 어떤 남자였어요?"

"증권사에 다녔어요. 1년 넘게 만나다가 시험 삼아 같이 살아보기로 했죠. 그는 침대가 싱글이었고 나는 더블이었기 때문에 그가 우리 집으로 들어왔고, 하나 더 있는 방은 공동 서재로 사용했어요."

"그림 같은 생활이었을 것 같은데요."

"그랬죠. 일주일 동안은. 그런데 알고 봤더니 그는 고양이라면 질색을 했고, 내가 계속 뒤척이는 바람에 잠이 깬다며 나랑 같은 침대를 쓰는 것도 싫어했어요. 그리고 내 옷에서는 전부 담배 냄새가 나기 시작했죠. 냄새가 달라붙어서 떨어지질 않았어요. 옷뿐만이 아니라 가구, 침대, 벽, 음식, 화장실 휴지, 심지어 고양이한테서도 고약한 냄새가 났어요. 그러더니 어느 날 저녁에 퇴근해서 비서랑 사랑에 빠졌다고 털어놨고, 3개월 후에 그 여자랑 시애틀로 갔어요."

"듣자니까 시애틀이 살기 좋다더군요."

"빌어먹을 시애틀. 바다에 확 가라앉아버려라."

"그래도 앙심은 품지 않았나 봐요?"

"하나도 안 재미있거든요." 그녀는 한동안 창밖을 내다봤고, 나는 손을 뻗어 그녀를 만지고 싶은 충동을 느꼈다. 그녀가 이런 말을 하자 그런 마음이 더 강해졌다. "난 아직도 당신한테 이것저것 물어보기가 꺼려져요. 그런 일이 있었으니까."

"알아요." 나는 천천히 오른손을 뻗어서 그녀의 뺨을 가볍게 어루만졌다. 살갗이 매끄럽고 촉촉했다. 그녀는 고개를 기울여서 내 손을 지그시 눌렀다. 하지만 어느새 차는 공동묘지 입구에 닿았고, 그 순간은 지나갔다.

폰테노 집안 사람들은 19세기 말, 라이오넬과 데이비드네 가족이 이사 오기 전부터 뉴올리언스에 살았으며, 이 도시에서 가장 큰 메테리 공동묘지에 커다란 가족묘가 있었다. 메테리 로드와 폰차트레인 대로가 교차하는 곳에 자리 잡은 옛날 메테리 경마장 부지에 조성된 묘지의 면적은 약 150에이커였다. 생전에 도박을 즐기던 사람이라면 마지막 안식을 취할 곳으로 적당했지만, 돈은 언제나 도박장이 벌게 되어 있다는 건 입증된 사실이었다.

뉴올리언스의 공동묘지들은 조금 특이하다. 대도시에 있는 대부분의 공동묘지는 잔디를 깔끔하게 다듬고 수수한 묘석을 세우는 게 일반적인데, 뉴올리언스 망자들은 누대에 걸쳐 화려한 묘와 웅장한 능에서 영면에 들었다. 그걸 보면 파리의 페르 라셰즈나 사람들이 시신 틈에서 살아가는 카이로의 죽은 사람의 도시(이집트 수도에 위치한 중세의 공동묘지로 술탄과 왕가의 무덤에서 이집트 중세 건축의 정수를 볼 수 있는 한편, 갈 곳 없는 빈민들이 들어와 살면서 한쪽에 무허가촌이 형성되어 있다—옮긴이)가 떠올랐다. 피라미드처럼 만들어서 스핑크스까지 세워놓은 브런스윅의 묘에서도 비슷한 느낌이 메아리쳤다.

묘지가 그런 식으로 조성된 건 단순히 스페인과 프랑스 장례 문화의 영향 탓은 아니었다. 이 도시는 대부분의 지역이 해수면보다 낮기 때문에 지금처럼 현대적인 배수 시스템이 구축되기 전까지는 땅을 파서 무덤을 만들면 금세 물이 찼다. 땅 위에 세우는 능 형태의 묘지가 자연스러운 해법이었다.

우리가 도착했을 때 폰테노의 장례 행렬은 이미 공동묘지 안으로 들어간 뒤였다. 다른 차들이 모여 있는 곳에서 조금 떨어진 곳에 주차를 해놓고 걸어서 들어갔다. 입구 근처에는 순찰차 두 대가 있었는데, 안에 탄 경찰들은 전부 선글라스로 눈을 가리고 있었다. 우리는 행렬을 따라 길쭉한 모리애리티 묘 아래쪽에 믿음과 희망, 자비와 기억을 상징하는 네 개의 동상을 지나 마침내 도리아식 기둥 두 개가 세워진 그리스 부흥양식의 묘에 도착했다. 문 위쪽 상인방에 새긴 '폰테노'라는 글자가 눈에 들어왔다.

가족묘 안에 몇 명의 폰테노가 잠들어 있는지는 알 수 없었다. 시신을 1년하고도 하루 동안 놔뒀다가 관을 다시 열어서 남은 유골을 뒤쪽으로 옮기고, 그 다음에 들어올 사람을 위해 썩은 관을 치우는 게 뉴올리언스의 전통이었다. 메테리의 묘들은 이제 상당히 비좁아진 상태였다.

천사의 머리를 상감으로 새겨 넣은 철문을 열어놓고 소수의 문상객들이 가족묘를 중심으로 반원을 그렸다. 라이오넬 폰테노임직한 남자가 사람들 위로 도드라졌다. 검정색 싱글브레스트 정장에 두툼한 검정색 넥타이를 매고 있었다. 햇볕에 그을린 얼굴은 불그스름한 갈색이었고, 이마에 깊은 주름이 파였으며 눈가도 자글자글했다. 머리는 검정색이었지만 관자놀이 옆으로 흰 줄이 갔다. 최소한 180센티미터가 넘는 키에 체중도 110킬로그램에 육박할 것 같은 거구였다. 터져나가려는 몸을 감싸고 있는 양복이 힘겨워 보였다.

가족묘 주변에 적당한 간격으로 모여 섰거나 나무 밑에서 묘지를 훑어보는 문상객들 말고 검은 재킷과 바지를 입은 험상궂은 표정의 남자 넷이 보였다. 권총 때문에 재킷이 살짝 볼록했다. 아름드리 사이프러스 옆으로 어깨에 검정색 오버코트를 느슨하게 걸친 다섯 번째 남자가 나타났고, 코트 밑에 감춘 M16 기관단총이 얼핏 눈에 들어왔다. 라이오넬 폰테노 양옆에 두 명이 더 있었다. 이 거구의 사나이는 모험을 즐기는 스타일이 아니었다.

세련된 검정색 정장을 입은 젊은 백인 남자들과 목선을 레이스로 처리한 검정색 드레스를 입은 흑인 노파들. 흑백이 섞인 문상객들은 신부가 가장자리를 금빛으로 칠한 낡은 기도서를 펼치고 망자를 위한 구절을 읽기 시작하자 잠잠해졌다. 신부의 목소리를 멀리 실어 날라줄 바람이 불지 않아서 말은 가까운 대기 중에 떠돌며 마치 망자들의 목소리인 양 묘비 사이에서 메아리쳤다.

"하늘에 계신 우리 아버지……"

관을 운구할 사람들이 앞으로 나왔고, 가족묘의 좁은 입구를 통과할 때는 힘겹게 안간힘을 썼다. 관을 안으로 옮겼을 때 문상객들 서쪽으로 25미터쯤 떨어진 둥근 납골묘들 사이에 뉴올리언스 경찰 두 명이 모습을 드러냈다. 동쪽에도 두 명이 나타났고, 한 팀은 북쪽의 나무 밑을 어슬렁거렸다. 레이첼이 내 시선을 따라갔다.

"호위를 해주는 걸까요?"

"그럴 수도 있고요."

"당신의 뜻이 하늘에서 이루어진 것같이 땅에서도 이루어지리다……"

뭔가 꺼림칙했다. 행여 조 본스가 문상객들을 해칠 마음을 먹지 못하도록 나왔을 수도 있겠지만, 뭔가 잘못된 느낌이었다. 움직이는 모습이 마음에 걸렸다. 셔츠 깃이 조이거나 신발이 끼거나, 하여간 경찰복을 입은 모습이 불편해 보였다.

"우리의 죄를 사하여 주옵시고……"

폰테노의 부하들도 그들을 봤지만 별로 걱정하는 눈치가 아니었다. 경찰들은 팔을 내려서 몸 옆에 붙였고, 총은 총집에 꽂혀 있었다. 뭔가 뜨뜻한 것이 내 얼굴에 튀었을 때, 그들은 12미터 앞까지 다가와 있었다. 내 옆에서 달덩이 같은 얼굴에 딱 붙는 검정 드레스를 입고 조용히 흐느끼던 중년 여자가 옆으로 빙그르 돌더니 땅에 쓰러졌다. 여자의 관자놀이에는 시커먼 구멍이 하나 뚫렸고, 그 주변의 머리가 축축하게 젖어 번쩍였다. 가족묘에서 대리석 조각이 튀고, 그 주변이 선홍빛으로 물들었다. 총성은 거의 동시에 울렸는데, 주먹으로 샌드백을 치는 것처럼 둔탁한 소리였다.

"다만 우리를 악에서 구하옵소서……"

문상객들이 상황을 파악하기까지는 몇 초가 흘렀다. 그들은 쓰러진 여자를 멍청히 쳐다보기만 했다. 내가 레이첼을 납골묘 사이의 공간에 밀어 넣고 몸으로 감쌀 때 여자의 머리 주변에는 피가 웅덩이처럼 흥건히 고였다. 누군가 비명을 질렀고, 쏟아지는 총알에 요란하게 튀어 오르는 대리석과 돌조각을 피해서 사방으로 흩어지기 시작했다. 라이오넬 폰테노의 경호원들이 그를 보호하기 위해 달려와서 땅에 넘어뜨렸다. 묘에 맞은 총알이 다시 튀어 오르고, 철문을 후두두 두드려댔다.

레이첼은 팔로 머리를 감싸고 몸을 최대한 작게 움츠렸다. 어깨 너머로 고개를 돌렸더니 북쪽에 있던 경찰 두 명이 서로 떨어져서 길 양쪽 덤불에 숨겨놨던 기관총을 꺼내는 모습이 보였다. 소음기를 장착한 슈타이어였다. 조 본스의 부하들이었다. 여자 한 명이 천사상 날개 밑으로 몸을 숨기기 위해 달려가다가 검정색 코트가 맨다리에 감겼다. 어깨가 두 번쯤 풀썩이더니, 팔을 쫙 벌린 채 얼굴부터 땅으로 곤두박질쳤다. 넘어져서도 앞으로 기어가려 했지만, 코트가 다시 한 번 풀썩이고는 숨이 끊어졌다.

이제 폰테노의 부하들이 반격을 가하면서 권총과 기관단총 소리가 요란했다. 나도 스미스앤웨슨을 꺼내들고 레이첼 옆으로 갔는데, 그때 경찰 유니폼을 입은 사람이 납골묘 사이에서 슈타이어를 두 손으로 받쳐 들고 나타났다. 내가 그의 얼굴을 맞혔고, 그는 땅으로 고꾸라졌다.

"하지만 이 사람들은 경찰이잖아요!" 레이첼의 목소리는 빗발치는 총소리에 묻혀 거의 들리지 않았다.

손을 뻗어서 그녀를 더 안으로 밀어 넣었다. "저들은 조 본스의 부하들이에요. 라이오넬 폰테노를 죽이러 온 거라고요." 하지만 조 본스의 노림수는 거기서 그치지 않았다. 조 본스는 혼란의 씨를 뿌려서 피와 두려움과 죽음을 그 과실로 거두고 싶어했다. 또한 다른 사람들, 여자와 아이들, 라이오넬의 가족과 그의 동업자들이 죽기를 바랐고, 산 자들은 이 일을 두고두고 기억해서 그로 인해 조 본스를 더욱 두려워하길 바랐다. 폰테노 가문을 풍비박산내고 싶어했고, 바로 여기서, 그들이 대대로 가족들을 묻은 가족묘 옆에서 그걸 시도했다. 그건 이성의 한계를 넘어 불꽃이 타오르는 어둠에 빠진 자, 피에 눈이 멀어버린 자의 행동이었다.

뒤에서는 난투극이 벌어졌는지 뒤엉켜 쓰러지는 소리가 났고, 폰테노의 부하 한 명, 기관단총을 들고 있던 오버코트의 사나이가 무릎이 꺾이면서 레이첼 옆으로 쓰러졌다. 입에서 피가 부글부글 거품처럼 솟구치는 머리가 발 옆에 떨어지자 레이첼이 비명을 질렀다. M16이 옆의 잔디에 떨어졌다. 내가 손을 뻗는데, 레이첼이 먼저 집어들었다. 레이첼은 어느새 거부할 수 없는 강한 생존본능의 지배를 받고 있었다. 그녀는 눈을 크게 뜨고 입까지 벌린 채 쓰러진 경호원의 몸 위로 총구의 불을 뿜었다.

나는 묘의 반대쪽으로 몸을 날려서 같은 곳을 겨냥했지만, 조 본스의 부하는 이미 쓰러진 후였다. 그는 하늘을 보고 누워서 왼쪽 다리를 부르르 떨었고, 가슴에는 피가 무늬를 그렸다. 레이첼은 눈이 휘둥그레졌고, 아드레날린이 폭주하면서 손을 덜덜 떨었다. M16이 손에서 미끄러지기 시작했다. 휘감긴 끈을 털어내려고 미친 듯이 팔을 흔들어댔다. 그 뒤로 몸을 낮춘 채 묘지 사이로 도망치는 문상객들이 보였다. 백인 여자 둘이 젊은 흑인 남자의 팔을 한쪽씩 움켜잡고 끌 듯이 잔디밭을 달려갔다. 흰 셔츠의 배 부분이 피로 얼룩졌다.

나는 조 본스 수하의 네 번째 팀이 남쪽에서 접근하면서 첫 발을 발사했을 거라고 판단했다. 그중 최소한 세 명은 쓰러졌다. 둘은 레이첼과 내가 죽였고, 세 번째는 아름드리 사이프러스 옆에 뻗어 있었다. 폰테노의 부하가 한 명을 해치운 후에 총을 맞았다.

레이첼을 부축해서 녹슨 울타리를 두른 허름한 납골묘로 갔다. M16으로 내리치자 자물쇠는 금방 떨어졌다. 레이첼을 안에 집어넣은 후 내 스미스앤웨슨을 쥐어주고 내가 돌아올 때까지 꼼짝하지 말라고 당부했다. 그런 다음 나는 M16을 들고 묘를 엄폐물 삼아 폰테노의 가족묘 뒤를 지나 동쪽으로 내달렸다. M16에 총알이 몇 개나 남았는지는 나도 몰랐다. 스위치는 3연발에 맞춰져 있었다. 탄창의 용량에 따라 열 발에서 스무 발 사이일 것 같았다.

잠든 아이의 동상에 거의 다 왔을 무렵, 뭔가 뒤통수를 세게 내리치는 바람에 앞으로 고꾸라지며 M16을 놓쳤다. 정신을 차릴 틈도 없이 옆구리를 걷어차였고, 그 통증이 어깨까지 뻗쳤다. 이어서 배를 차였고, 그 바람에 등을 대고 돌아누웠다. 눈을 떴더니 리키가 나를 내려다보고 있었다. 도마뱀 같은 머리와 작은 체구에 뉴올리언스 경찰 유니폼은 전혀 어울리지 않았다. 모자는 어디선가 잃어버렸고, 돌에서 튄 파편에 얼굴 한쪽이 살짝 긁힌 듯했다. 슈타이어 총구가 내 가슴을 겨눴다.

침을 삼키려 했지만 목구멍이 오그라든 것 같았다. 손 밑에 닿는 풀의 감촉, 옆구리의 지독한 통증, 생명과 존재와 생존의 느낌 같은 것들이 머릿속에 어지러웠다. 리키가 슈타이어를 들어서 내 머리를 조준했다.

"조 본스가 안부를 전하더군." 방아쇠에 얹은 손가락을 당기려는 찰나에 그의 머리가 뒤로 젖혀졌고, 배를 앞으로 내밀면서 등이 휘었다. 슈타이어에서 발사된 총알은 내 머리 옆의 풀에 박혔고, 리키가 무릎을 꺾으며 옆으로 쓰러졌다. 그의 몸이 내 왼쪽 다리에 가로놓였다. 셔츠 뒤에 붉은 구멍이 뚫렸다.

그 뒤에서 라이오넬 폰테노가 저격수 같은 자세로 서 있다가 손을 천천히 내렸다. 왼손에서 피가 흘렀고, 양복의 왼쪽 소매에 총알구멍이 뚫려 있었다. 장례식 때 옆에 서 있던 경호원 두 명이 폰테노의 가족묘 쪽에서 잰걸음으로 다가왔다. 그들은 나를 힐끗 쳐다보더니 다시 폰테노에게 관심을 돌렸다. 서쪽에서 사이렌 소리가 들렸다.

"한 명은 놓쳤어요, 라이오넬. 나머지는 죽었고요." 한 명이 말했다.

"우리 쪽은?"

"최소한 셋이 죽었습니다. 다친 사람은 더 많아요."

리키가 몸을 조금 꿈틀거리며 손을 힘없이 움직였다. 내 다리 위에서 그의 몸이 움직이는 게 느껴졌다. 라이오넬 폰테노가 다가오더니 잠시 서서 내려다보다가 뒤통수를 향해 총을 쐈다. 그는 다시 한 번 내게 호기심 어린 눈빛을 보내고는 M16을 집어 부하에게 던져줬다.

"가서 다친 사람들을 도와줘." 그는 오른손으로 왼팔을 감싸 쥐고 폰테노 가족묘 쪽으로 걸어갔다.

리키의 시체를 밀어내고 레이첼이 있는 곳으로 돌아가는데 갈비뼈가 욱신거렸다. 그녀에게 스미스앤웨슨이 있다는 걸 기억하고 조심스레 다가갔다. 하지만 막상 묘에 들어가 보니 레이첼은 보이지 않았다.

그녀는 50미터 떨어진 곳에서 간신히 스무 살이나 됐을까 싶은 어린 여자 옆에 웅크리고 있었다. 내가 다가가자 레이첼이 옆에 있던 총으로 손을 뻗으며 몸을 휙 돌렸다.

"나예요. 괜찮아요?"

그녀는 고개를 끄덕이고는 총을 있던 자리에 내려놓았다. 그러면서도 여자 아이의 배를 손으로 계속 누르고 있었다.

"여자는 어떤 상태예요?" 하지만 그녀의 어깨 너머로 여자를 보는 순간, 이미 대답은 필요 없었다. 상처에서는 거의 까만 피가 흘렀다. 간에 총을 맞은 모양이었다. 몸을 주체할 수 없이 덜덜 떨고 고통에 이를 부득부득 가는 여자는 목숨을 부지할 가능성이 없어 보였다. 숨어 있던 문상객들이 하나둘씩 나타났다. 흐느껴 우는 사람도 있고, 충격에 몸을 부들부들 떠는 사람도 있었다. 라이오넬 폰테노의 부하 두 명이 우리 쪽으로 달려왔다. 둘 다 권총을 들고 있었다. 내가 레이첼의 팔을 잡았다.

"어서 가요. 경찰이 오기 전에 여기를 떠나야 해요."

"나는 있을래요. 이 여자를 두고 갈 수는 없어요."

"레이첼." 그녀가 나를 쳐다봤다. 나는 그녀의 눈을 응시했고, 우리는 여자가 어차피 곧 죽을 거라는 사실을 말없이 확인했다. "우리는 여기 있으면 안 돼요."

어느새 폰테노의 부하들이 우리 옆까지 왔고, 그중 젊은 남자가 여자 옆에 무릎을 꿇고 앉더니 여자의 손을 잡았다. 여자도 남자의 손을 꽉 쥐었고, 남자가 여자의 이름을 나직이 속삭였다. "클라라. 힘을 내. 클라라. 힘내."

"제발, 레이첼." 내가 다시 말했다.

레이첼이 젊은 남자의 손을 잡아다가 클라라의 배에 댔다. 압박하는 힘이 다시 느껴지자 클라라가 고통에 겨운 신음을 내뱉었다.

"손을 대고 있어요. 응급요원들이 올 때까지 떼지 말아요."

그녀가 권총을 집어서 내게 건네줬다. 나는 그걸 받아 안전핀을 채운 다음 총집에 넣었다. 우리는 폭력의 현장을 벗어났고, 고함 소리가 잦아드는 곳에서 잠시 걸음을 멈췄더니 그녀가 나를 꽉 끌어안았다. 나는 그녀를 품에 안고 머리에 입을 맞추며 그녀의 냄새를 한껏 들이마셨다. 하지만 그녀가 팔에 힘을 주자 참을 수 없이 극심한 갈비뼈의 통증에 숨이 멎을 지경이었다.

레이첼이 얼른 뒤로 물러났다. "다쳤어요?"

"걷어차였어요. 다른 건 아니에요."

그녀의 얼굴을 손으로 감싸 쥐었다. "당신은 그 여자를 위해 할 수 있는 최선을 다했어요."

레이첼이 고개를 끄덕였지만 입술이 파르르 떨렸다. 레이첼에게 그 여자는 단순히 사람의 생명을 구해야 한다는 의무감 이상의 의미를 가졌다. "내가 그 남자를 죽였어요."

"그렇지 않았으면 그가 우리 둘 다 죽였을 거예요. 선택의 여지가 없었어요. 그렇게 하지 않았으면 당신이 죽었을 테니까. 그리고 어쩌면 나도 죽고." 물론 사실이었지만 그걸로는 부족했다. 지금으로선 그 무엇으로도 역부족이었다. 흐느껴 우는 그녀를 힘껏 끌어안았다. 그녀의 괴로움에 비하면 내 옆구리의 통증쯤은 아무것도 아니었다.

40

레이첼에게 얘기를 하느라 대디 헴스의 이름을 몇 년 만에 입에 올렸다. 그가 어머니의 오랜 투병에 일말의 책임이 있다는 사실도 새삼 떠올랐다. 대디 헴스는 내가 살면서 본 가장 추악한 사내였다. 그는 60년대 말부터 80년대 초까지 포틀랜드를 거의 장악했으며, 대디 헴스 주류 창고부터 시작해서 작은 왕국을 구축하더니 세 개 주에 걸쳐 마약거래에까지 손을 뻗쳤다.

대디 헴스는 130킬로그램이 넘는 체중에, 피부 질환을 앓아서 온몸에 오톨도톨 작은 혹 같은 게 돋았는데 그중에서도 얼굴과 손이 제일 심했다. 그건 짙은 빨간색인데다 얼굴에 각질까지 일어나서 그를 보고 있으면 항상 붉은 연무가 낀 것처럼 흐릿한 느낌이 들었다. 그러면서도 쓰리피스 정장에 파나마모자를 썼고, 늘 윈스턴 처칠처럼 시가를 물고 다녔기 때문에 대디 헴스는 등장하기 전에 냄새부터 피웠다. 그래서 머리가 조금이라도 돌아가는 사람이라면 그가 나타나기 전에 자리를 피할 시간을 벌 수 있었다.

대디 헴스는 비열한데다 괴물이었다. 그가 조금만 덜 지능적이고 사악함과 폭력성이 조금만 적었더라도 메인 숲속에 오두막을 짓고 살면서 가가호호 돌아다니며 동정심에 호소해서 크리스마스트리나 팔고 다녔을지 모른다. 그런데 그의 추악함은 깊은 내면의 정신과 도덕의 질환이 겉으로 표출되어 나온 증상처럼 보였고, 내면의 타락에 비하면 대디 헴스의 피부는 아무것도 아니라고 생각될 정도였다. 그의 내면에는 분노, 세상에 대한 울화가 도사리고 있었다.

우리 할아버지는 부보안관 시절에 당신 손으로 체포할 수밖에 없었던 사람에게까지 늘 연민을 품었지만, 그런 할아버지마저도 어려서부터 지켜본 대디 헴스에게서는 사악함 이외의 면을 찾아내지 못했다. "예전에는 추한 외모 때문에 그렇게 됐을 거라고 생각했었지." 언젠가 할아버지는 이렇게 말씀하셨다. "그가 그런 식으로 행동하는 건 외모 때문이라고, 세상에 반격할 방법을 찾아내려는 거라고." 그때 우리는 할아버지 댁 베란다에 앉아 있었다. 할아버지와 할머니, 엄마, 그리고 나였다. 아버지가 돌아가신 후로 우리는 그 집에서 함께 살았다. 할아버지의 발치에는 〈앨버타〉라는 노래가 좋다는 이유만으로 그 노래를 부른 닥 왓슨의 이름을 따서 '닥'이라고 부르는 바셋하운드가 누워 있었다. 잠이 깊이 들었는지 갈비뼈가 가볍게 오르내렸고, 개꿈이 마음에 흡족할 때면 한 번씩 나직하게 칭얼거렸다.

할아버지는 파란색 양철 머그에 담긴 커피를 한 모금 마시고는 발치에 내려놨다. 닥이 움찔하더니 한쪽 눈꺼풀을 힘겹게 들어 올리고 뭔가 재미있는 일이 일어난 건지 확인하곤 다시 꿈나라로 돌아갔다.

"하지만 대디 헴스는 그런 게 아니야. 그는 뭔가, 꼭 집어낼 수는 없지만 하여튼 뭔가 잘못돼 있어. 오히려, 외모가 그렇게 추하지 않았다면 뭐가 됐을까, 그게 궁금할 뿐이지. 그가 마음만 먹었다면, 그리고 사람들이 용납할 수 있는 외모만 지녔다면 그는 미국 대통령도 될 수 있었을 거야. 물론 그렇더라도 케네디보다는 스탈린에 가까웠겠지만. 그와 얽히는 일이 없도록 해라. 어제 톡톡히 수업료를 치렀잖니. 고약한 인간에게서 고약한 방법으로 교훈을 얻었다고 생각하렴."

뉴욕에서 그곳으로 갔을 땐 내가 터프가이라고 생각했다. 내가 더 똑똑하고 재빠르며, 길고 짧은 걸 대보지는 않았어도 실제로 상대를 해본다면 메인의 시골뜨기들보다 내가 더 강할 거라고 생각했다. 어림도 없었다. 그걸 대디 헴스가 내게 가르쳐줬다.

지금은 메인 몰 로드가 깔린 동네에서 술주정뱅이 아버지와 살던 클래런스 존스도 같은 교훈을 함께 배웠다. 클래런스는 상냥하지만 덜 떨어진, 이를테면 천상 똘마니였다. 우리는 한 1년쯤 붙어 다니면서 나른한 여름 오후에는 그의 공기총을 쏘고, 그의 아버지가 꿍쳐놓은 맥주를 몰래 꺼내 마시곤 했다. 우리는 무료했고, 그 사실을 동네방네, 급기야 대디 헴스에게까지 알리고 말았다.

대디 헴스는 컨그레스 스트리트에 있는 낡고 허름한 술집을 매입해서 딴에는 고급스러운 곳으로 바꾸겠다고 조금씩 작업을 하던 중이었다. 때는 항구 일대가 개발되기 전, 티셔츠 가게와 선물의 집, 예술영화 상영관, 5~7시에 관광객들에게 무료 안주를 제공하는 술집들이 들어서기 전이었다. 어쩌면 대디 헴스는 그런 미래를 내다본 걸지도 몰랐다. 술집의 낡은 유리창을 교체하고 지붕을 새로 얹었으며, 철거하는 낡은 벨파스트에서 가구들을 사들였다.

어느 일요일 오후, 그날따라 유난히 세상이 못마땅했던 클래런스와 나는 반쯤 공사를 끝낸 대디 헴스의 술집 뒷담에 걸터앉아 새로 끼운 유리창을 새총으로 죄다 깨뜨렸다. 그걸로도 모자랐는지 낡은 물탱크를 보고는 파괴 행위의 정점을 찍듯이 뒤쪽의 커다란 아치형 창문에 집어던졌다.

그리고 나서 며칠 동안 클래런스를 보지 못했고, 그 일에 대해서도 별로 대수롭지 않게 생각하다가 오랜만에 둘이 만나서 여섯 개들이 맥주를 몰래 사들고 세인트존 거리를 활보하는데, 대디 헴스의 부하 셋이 느닷없이 달려들더니 우리를 검정색 캐딜락 엘도라도로 끌고 갔다. 손에는 수갑이 채워졌고 입에는 테이프를 붙였으며, 더러운 헝겊으로 눈을 가린 다음 트렁크에 집어넣었다. 클래런스 존스와 나는 트렁크에 나란히 누워 어딘가로 끌려갔다. 클래런스에게서 오래 씻지 않은 시큼한 냄새가 난다고 생각하다가 나한테서도 똑같은 냄새가 날 거라는 사실을 깨달았다. 하지만 트렁크에서는 휘발유와 더러운 헝겊과 두 10대 소년의 땀 냄새 말고 또 다른 냄새가 났다. 사람의 똥과 오줌, 토하고 게워낸 냄새가 났다. 임박한 죽음이 불러일으키는 두려움의 냄새를 맡으며 이미 많은 사람들이 그 캐딜락에 실려 갔다는 걸 알 수 있었다.

차의 어둠 속에서는 시간마저 퇴색하는 것 같았고, 차가 멈출 때까지 얼마나 갔는지도 가늠할 수 없었다. 트렁크가 열리고 머리 위에서는 천국에라도 온 것처럼 별이 빛났다. 왼쪽에서 파도소리가 들리고 공기에서 짠맛이 났다. 트렁크에서 끌려나온 우리는 덤불을 지나 돌길을 걸어갔다. 발바닥에 모래가 느껴지고, 뒤에서 클래런스 존스가 훌쩍이는 소리가 들렸지만, 그건 어쩌면 내가 훌쩍이는 소리였을지도 모른다. 그러다 얼굴부터 모래로 곤두박질쳤고, 누군가 내 옷과 구두를 벗겼다. 셔츠가 찢기고 허리 아래가 발가벗겨졌다. 보이지 않는 상대를 향해 미친 듯이 발길질을 하는데 누가 내 등허리에 주먹을 힘껏 날렸고, 내 발길질은 거기서 멈췄다. 눈을 가리고 있던 헝겊이 사라졌다. 고개를 들었더니 대디 헴스가 나를 내려다보고 있었다. 그의 뒤쪽으로 커다란 건물의 실루엣이 보였다. 블랙 포인트 인이었다. 우리는 스카보로를 지나 프라우츠넥이라는 어촌 마을의 웨스턴 해변에 와 있었다. 몸을 돌렸다면 올드 오처드 해변의 불빛이 보였겠지만, 몸을 돌릴 수가 없었다.

대디 헴스는 추한 손에 시가 꽁초를 끼우고, 나를 향해 미소를 지었다. 칼날이 번득이는 것 같은 미소였다. 그는 흰색 쓰리피스 양복을 입었다. 조끼 주머니에서는 금장 시곗줄이 뱀처럼 구불거리고, 빨갛고 흰 점이 박힌 나비넥타이가 흰 셔츠 깃 위에 가지런히 내려앉았다. 옆에서 클래런스 존스가 일어나려고 버둥거렸지만, 대디 헴스의 부하인 타이거 마틴이라는 잔인한 금발이 가슴을 걷어차서 다시 주저앉혔다. 그제야 클래런스는 옷을 입고 있다는 걸 알았다.

"네가 밥 워렌의 손자냐?" 대디 헴스가 한참 만에 입을 열었다. 내가 고개를 끄덕였다. 숨이 막힐 것 같았다. 콧구멍에 모래가 가득해서 공기를 충분히 들이마실 수 없었다.

"내가 누군지 알아?" 대디 헴스가 여전히 나를 쳐다보며 물었다.

나는 또 한 번 고개를 끄덕였다.

"아니, 넌 내가 누군지 알 리가 없어. 나를 안다면 내 건물에 그런 짓을 할 수가 없지. 네가 바보가 아니라면 말이야. 그리고 그건 모르는 것보다 더 나빠."

그는 잠깐 클래런스에게 시선을 돌렸지만, 클래런스에겐 아무 말도 하지 않았다. 클래런스를 바라보는 대디 헴스의 눈빛에서 얼핏 동정심이 보였던 것 같기도 했다. 클래런스가 바보라는 건 의문의 여지가 없었다. 그 순간, 잠깐이지만, 클래런스를 전에 없던 새로운 시각으로 봤던 것 같다. 마치 클래런스만이 대디 헴스의 패거리가 아니고, 우리 다섯이 그에게 몹쓸 짓을 하려는 것처럼. 그러나 나 역시 대디 헴스와 한패가 아니었고, 몹쓸 짓이라는 대목에서 퍼뜩 정신이 들었다. 살갗에 닿는 모래를 느끼면서 타이거 마틴이 다가오는 걸 바라봤다. 그는 무거워 보이는 검정색 쓰레기봉투를 들고 있었다. 타이거 마틴이 대디 헴스를 바라봤고, 대디 헴스가 고개를 끄덕이자 봉투를 뒤집어서 그 안에 들어 있는 내용물을 내 몸 위에 쏟아부었다.

그건 흙이었지만, 흙 말고도 다른 뭔가가 있었다. 수천 개의 작은 다리가 다리털과 사타구니 사이를 기어 다니고, 자그만 연인들처럼 내 몸의 빈 곳들을 구석구석 탐험하는 게 느껴졌다. 질끈 감은 눈 위로도 스멀거리는 느낌에 머리를 흔들어 떨어냈다. 그러자 물기 시작했다. 불개미들이 공격을 개시하자 팔과 눈꺼풀, 다리, 심지어 페니스에까지 침으로 쏘는 듯한 따끔한 통증이 느껴졌다. 하다못해 콧구멍 속까지 기어 들어가서 거기도 물기 시작했다. 몸을 비틀고 몸부림을 치며 다만 몇 마리라도 죽이려는 마음에 모래에 대고 몸을 비볐지만, 그건 모래를 한 알씩 털어내려는 것만큼이나 부질없는 짓이었다. 발길질을 하고 빙글빙글 맴돌이를 하는데 뺨으로 눈물이 흘렀다. 더는 참을 수 없는 지경에 이르렀을 때, 장갑을 낀 손이 내 발목을 잡더니 바다로 끌고 갔다. 손목의 수갑을 풀고 바다에 풍덩 내던졌다. 나는 접착제에 입술이 찢어지는 것쯤은 무시한 채 입에 붙인 테이프부터 뜯어내고 몸을 벅벅 긁었다. 밀려오는 파도에 머리를 담갔지만, 여전히 가는 실 같은 다리들이 스멀스멀 몸 위를 기어 다니는 것 같았고, 녀석들은 물에 쓸려가기 전에 마지막으로 한 번 더 나를 물어댔다. 나는 그 고통과 공포에 소리를 지르고, 그러다가 엉엉 울었다. 수치심과 아픔과 분노와 두려움이 뒤섞인 울음이었다.

그러고도 며칠이 지나도록 머리에서 개미가 나왔다. 가운데 손가락의 손톱보다 긴 것들도 있고, 살을 움켜잡을 수 있도록 앞으로 구부러지고 가시 돋친 집게발이 달려 있었다. 나는 온몸에 오톨도톨 돌기가 돋아서 거의 대디 헴스의 판박이처럼 보였고, 콧구멍 안쪽이 붓고 쓰라렸다.

물에서 몸을 일으켜서 비틀거리며 모래밭으로 올라왔다. 대디 헴스의 부하들은 차로 돌아갔고, 그 해변에는 클래런스와 나, 그리고 대디 헴스뿐이었다. 클래런스는 건드리지 않았다. 대디 헴스는 내 표정을 읽었고, 시가를 피우면서 씩 웃었다.

"어젯밤에 네 친구를 찾았지." 그가 녹은 밀랍 같은 두툼한 손을 클래런스의 어깨에 얹으며 말했다. 클래런스는 움찔했지만 움직이지는 않았다. "네 친구가 모든 걸 말해줬어. 우리는 손가락 하나 까딱할 필요가 없었어."

아직도 몸 위에서 뭔가 스멀거리는 느낌, 따끔거리고 가려운 그 느낌을 밀어낸 자리에 배신감이 들어찼다. 나는 새로운 눈, 어른의 눈으로 클래런스 존스를 쳐다봤다. 클래런스는 팔로 몸을 감싼 채 바들바들 떨며 모래밭에 서 있었다. 그의 눈에는 존재의 밑바닥에서부터 울리는 고통으로 가득했다. 나는 그런 짓을 한 클래런스를 미워하고 싶었고, 그건 대디 헴스가 바란 바이기도 했지만, 어찌된 영문인지 깊은 공허함과 연민을 닮은 느낌뿐이었다. 그리고 대디 헴스에게도 일종의 연민을 느꼈다. 흉한 피부가 혹으로 뒤덮인 그는 깨진 유리 때문에 어린 남자아이들에게 이런 벌을 내려야 했다. 육체적인 체벌뿐만 아니라 그들의 우정까지 갈라놓고 있었다.

"너는 오늘 두 가지 교훈을 배웠다, 꼬마야. 나를 엿 먹이면 절대 안 된다는 걸 배웠고, 우정에 대해서도 뭔가 깨달았을 거야. 결국 친구란 너 자신뿐인데, 왜냐하면 다른 사람들을 전부, 결국에는 너를 배반할 테니까. 우리는 결국 전부 혼자인 거야." 그리고는 몸을 돌리더니 해변의 풀과 모래 사이를 뒤뚱뒤뚱 걸어서 자동차로 돌아갔다.

우리는 걸어서 돌아와야 했다. 내 옷은 찢어지고 바닷물에 흠뻑 젖었다. 우리는 아무 말도 하지 않았다. 우리 할아버지 댁 앞에서 헤어질 때조차 한 마디도 하지 않았다. 클래런스는 싸구려 슬리퍼를 길바닥에 찰싹이며 밤의 어둠 속으로 사라졌다. 그 후로 우리는 같이 어울리지 않았고, 15년 후에 그가 오스틴 외곽의 컴퓨터 물류창고에서 일어난 절도 미수사건으로 숨을 거뒀을 때까지 클래런스를 거의 잊고 지냈다. 클래런스는 그곳의 경비였고, 위탁받은 컴퓨터를 지키려다가 범인들의 총에 맞았다.

집으로 들어간 나는 의약품을 보관하는 캐비닛에서 소독약을 꺼낸 다음, 옷을 벗고 욕조 안에 서서 물린 곳마다 약을 발랐다. 쓰라렸다. 약을 다 바른 후에는 빈 욕조에 주저앉아 울었고, 그 모습을 할아버지에게 들켰다. 할아버지는 한참 동안 아무 말씀이 없더니 밖으로 나갔다가 빨간 그릇에 베이킹소다와 물을 개어서 들고 왔다. 할아버지는 그걸 내 어깨와 가슴, 다리와 팔에 꼼꼼히 문질렀고, 남은 것을 내 손에 부어주며 사타구니에 문지르라고 했다. 흰 침대보를 가져다가 몸을 감싼 뒤 부엌 의자에 앉혀놓고 브랜디를 두 잔 따랐다. 내 기억에 그건 레미 마르탱 XO, 좋은 술이었다. 나는 한참 만에야 그걸 다 마셨지만, 그때까지 둘 다 한 마디도 하지 않았다. 자러 올라가려고 일어났더니 할아버지는 내 머리를 가볍게 쓰다듬었다.

"고약한 인간." 할아버지는 남은 커피를 마저 마시면서 같은 말을 반복했다. 할아버지가 일어서자 개도 따라서 일어섰다.

"개를 산책시키러 갈 건데, 같이 갈래?"

나는 거절했다. 할아버지는 어깨를 들썩였고, 나는 현관 계단을 내려가는 할아버지를 바라봤다. 개는 벌써 저만치 달려가서 컹컹 짖으며 냄새를 맡고 할아버지가 따라오고 있는지 돌아보고는 다시 앞으로 달려갔다.

대디 헴스는 10년 후에 위암으로 죽었다. 그는 죽을 때까지 직간접적으로 40여 건의 살인에 연루됐던 것으로 추정되는데, 그중에는 심지어 플로리다에서 일어난 사건도 있었다. 그의 장례식에는 몇 사람만이 참석했다.

메테리에서 돌아오는 길에 대디 헴스가 떠올랐다. 왜 그랬는지는 나도 모르겠다. 어쩌면 조 보나노에게서 그의 분노를, 타락한 내면에 뿌리박은 세상을 향한 증오를 느껴서인지도 모르겠다. 나는 할아버지를 떠올렸고, 대디 헴스를 떠올렸고, 그들이 내게 가르치려고 했던 교훈, 내가 아직도 완전히 터득하지 못한 교훈을 떠올렸다.

41

묘지 입구에서는 뉴올리언스 경찰이 목격자를 수배하고, 부상자를 신속하게 후송할 수 있도록 길을 정리하는 중이었다. WWDL과 WDSU 같은 지방방송국의 기자들이 생존자들과 인터뷰를 하기 위해 뛰어다녔다. 나는 라이오넬 폰테노가 M16을 집어서 넘겨줬던 부하 옆에 바짝 붙은 채 비스듬히 정문을 향해 다가갔다. 그는 고속도로 옆의 부서진 울타리 틈으로 빠져나가더니 기다리고 있던 링컨에 올라탔다. 그의 차가 사라져갈 때 레이첼과 나도 울타리를 넘어서 말없이 자동차로 걸어갔다. 어수선한 장소에서 조금 떨어진 곳에 세워놨기 때문에 사람들의 주목을 받지 않은 채 그곳을 빠져나올 수 있었다.

"어떻게 이런 일이 있을 수 있죠?" 도시로 들어설 때에야 레이첼이 조용히 물었다. "경찰이 있었어야죠. 그런 일이 일어나지 않도록 막아줄 누군가가 있었어야죠……." 그녀는 말꼬리를 흐렸고, 프렌치쿼터로 돌아갈 때까지 다시는 입을 열지 않았다. 손은 깍지를 낀 채 가슴에 바짝 붙였다. 나는 그녀를 가만 내버려뒀다.

여러 가지 가능성을 따져볼 수 있었다. 책임자가 메테리에 경찰력을 충분히 배치하지 않은 게 실수였다. 설마하니 조 본스가 목격자들이 그렇게 많은 상황에서 동생의 장례식 중에 라이오넬 폰테노를 치려고 들지는 않을 거라고 믿었을 것이다. 총은 전날 밤 늦게, 또는 당일 아침 일찍 심어놨을 텐데, 묘지를 수색하지 않은 것도 패착이었다. 라이오넬은 동생의 장례식을 서커스로 만들고 싶지 않은 마음에 언론의 접근을 차단했고, 같은 마음에서 경찰의 접근을 막았을 수도 있다. 조 본스가 메테리 경찰의 일부, 또는 전부에게 뇌물을 줬거나 협박을 했고, 그래서 본스의 부하들이 일을 벌이는 동안 모르는 척했을 가능성도 있었다.

호텔에 도착한 나는 레이첼을 내 방으로 데려갔다. 자기 방으로 가서 벽에 붙여놓은 그런 이미지들을 보게 하고 싶지 않았다. 레이첼은 곧장 욕실로 들어가서 문을 닫았다. 샤워기에서 물 떨어지는 소리가 들렸다. 그녀는 한참 동안 나오지 않았다. 그러다가 커다란 흰 목욕수건으로 가슴부터 무릎까지 감싸고, 작은 수건으로 머리를 만 채 밖으로 나왔다. 나를 바라보는 그녀의 눈동자는 붉게 충혈되었고, 턱이 떨리더니 또다시 울음을 터뜨렸다. 그런 그녀를 안고 머리에, 이마에, 뺨에, 그리고 입술에 키스를 했다. 내 키스에 반응하는 그녀의 입술이 따뜻했고, 그녀의 혀가 내 입 속으로 들어와 내 혀와 뒤엉켰다. 달아오르기 시작하는 몸을 바짝 붙이며 그녀의 몸을 감싸고 있던 수건을 풀어냈다. 그녀의 손가락은 내 허리띠와 지퍼 위로 분주히 움직이더니 손을 집어넣어서 그걸 움켜잡았다. 다른 손으로는 내 셔츠의 단추를 풀었고, 내 목에 입을 맞추며 내 가슴과 젖꼭지를 혀로 핥았다.

나는 신발을 팽개치듯 벗고 양말을 벗으려고 몸을 어정쩡하게 기울였다. 빌어먹을 양말 같으니. 왼쪽 양말을 벗으려다 거의 넘어질 뻔했을 때 레이첼은 가볍게 미소를 지었고, 내가 몸 위에 올라타자 내 바지와 속옷을 밀어 내렸다. 그녀의 가슴은 작고, 엉덩이는 약간 펑퍼짐했으며, 작은 삼각형 모양의 음모 한가운데에서는 깊고 뜨거운 불이 이글거렸다. 그녀에게서 달콤한 맛이 났다. 절정에 올랐을 때 그녀는 등을 둥글게 휘며 다리로 내 허벅지를 휘감았는데, 이렇게 꽉 조여진 적이, 이렇게 격렬하게 사랑을 나눈 적이 없는 것 같았다.

그러고 나서 그녀는 단잠을 빠졌다. 나는 침대를 빠져나와 티셔츠와 청바지를 입고 그녀의 백에서 열쇠를 꺼냈다. 맨발인 채로 그녀의 방에 갔고, 문을 잠근 후 벽의 그림 앞에 한참 동안 서 있었다. 레이첼은 범행의 패턴을 찾고 생각을 정리하기 위해 커다란 제도용 노트를 구입했다. 거기서 두 장을 뜯어서 테이프로 연결한 다음 벽에 붙였다. 그리고는 사인펜을 들고 마르시아스의 신화를 형상화한 그림들, 마리 부인과 티진의 현장 사진들 속에서 도표를 그리기 시작했다.

한쪽 구석에 제니퍼와 수전의 이름을 적었다. 수전의 이름을 쓸 때는 후회와 죄책감이 들었지만 마음의 가책을 애써 털어냈다. 다른 쪽 구석에는 마리 부인과 티진의 이름을 적고, 조금 간격을 두고 플로렌스를 추가했다. 세 번째 구석에는 르마, 네 번째에는 물음표와 함께 '여자'라고 적었다. 가운데에는 '떠돌이'라고 쓰고, 별을 그리는 아이처럼 가운데에서 뻗어나가는 선을 그려넣은 다음, 이 살인마에 대해 내가 아는, 내가 안다고 생각하는 모든 걸 적었다.

다 끝나자 목록이 완성됐다. 음성 변조 프로그램, 또는 그런 장치, 에녹서, 그리스 신화와 초기 의학서적에 대한 지식, 제니퍼와 수전이 죽었을 때 레이첼이 했던 말들, FBI에서 내 전화를 도청한다는 걸 알고 있었던 사실, 그리고 르마의 살인 등에서 확인된 경찰 내부 동향 파악 능력. 처음에는 만약 그가 아귈라르의 집에서 르마를 봤다면 그 자리에서 죽였을 거라고 생각했었다. 하지만 떠돌이라는 자가 현장에 남아 있는 걸 원치 않거나 바짝 경계한 르마를 상대하고 싶지 않아서 다른 기회를 노리기로 했을 거라고 생각을 바꿨다. 살인자가 지문에 대해 알게 됐고, 어떤 경로를 통해서든 나중에 르마를 찾아냈을 가능성도 있었다. 기본적인 추론에 따른 요소들도 추가했다. 백인 남자 살인범으로 아마도 20대에서 40대 사이, 르마와 아귈라르 가족을 살해한 것으로 볼 때 루이지애나에 근거지가 있고, 피가 튀는 것을 막기 위해 옷을 갈아입거나 작업복을 덧입었을 것이며, 케타민에 대한 지식과 그것을 확보할 방법을 갖고 있다는 점까지.

나는 떠돌이와 아귈라르 가족 사이에 선을 하나 더 그었다. 살인범은 마리 부인이 무슨 얘기를 해왔는지 알고 있었다. 그와 르마 사이에도 두 번째 선을 그었다. 제니퍼/수전과는 점선으로 연결했고, 그 옆에 에드워드 바이런이라고 적은 뒤 물음표를 찍었다. 그런 다음, 충동적으로 세 번째 점선을 긋고 아귈라르와 르마 사이에 데이비드 폰테노의 이름을 적었다. 순전히 하니 아일랜드라는 고리, 그리고 만약 떠돌이가 그를 하니 아일랜드로 유인하고 조 본스에게 데이비드 폰테노가 거기로 온다는 사실을 귀띔했을 경우 살인범은 폰테노 집안과 안면이 있는 자일 가능성이 있다는 추정 때문이었다. 마지막으로 별도의 종이에 에드워드 바이런이라고 적은 후 도표 옆에 따로 붙였다.

레이첼의 침대 끄트머리에 앉아 방 안에서 나는 그녀의 냄새를 맡으며 정리한 도표를 보고, 머릿속으로 이리저리 자리를 옮겨가며 다른 형태로도 연결을 지을 수 있을지 따져봤다. 없었다. 하지만 내 방으로 돌아가 앙헬과 루이스가 배턴루지에서 돌아오길 기다리기 전에 도표에 한 가지를 더 추가했다. 데이비드 폰테노와 늪에 빠진 의문의 여자를 가는 선으로 연결했다. 그때는 미처 몰랐지만, 결과적으로 그 선을 그으면서 나는 떠돌이의 세계 속으로 크게 도약한 셈이 됐다.

 방으로 돌아온 나는 발코니 옆에 앉아 뒤척이며 불안한 잠을 자는 레이첼을 지켜봤다. 그녀의 눈꺼풀이 빠르게 움직이고, 한두 번인가 나직하게 신음소리를 내면서 손으로 밀어내는 시늉을 하고 이불 속에서 발을 휘저었다. 앙헬과 루이스는 소리부터 등장했다. 앙헬은 화가 난 것처럼 목소리를 높였고, 루이스의 차분한 대꾸에는 은근히 놀리는 기미가 역력했다.
 두 사람이 문을 두드리기 전에 내가 먼저 문을 열고 그들의 방으로 가서 얘기를 하자고 손짓을 했다. 앙헬은 렌터카 안에서 라디오를 듣지 않았기 때문에 메테리 총격전은 금시초문이었다. 그는 얼굴이 빨갛게 달아오르고, 입술이 하얗게 질렸다. 그가 그렇게 화난 모습은 처음 보는 것 같았다. 방에 들어가자마자 언쟁을 다시 시작했다. 머리를 금발로 염색하고 40대 초반치고는 몸매를 상당히 잘 유지한 스테이시 바이런이 묻는 말에 대답을 하면서 루이스에게 꼬리를 쳤는데 루이스도 적당히 맞장구를 쳐준 모양이었다.
 "정보를 빼내려고 부추긴 거야." 루이스가 해명했다. 그는 앙헬을 곁눈질하며 재미있다는 듯 입을 삐죽거렸다. 앙헬은 그 정도 해명에는 전혀 물러서지 않았다.

"부추기려고 그랬다고? 좋다 이거야. 그런데 그렇게 해서 정보랍시고 빼낸 게 고작 브라 사이즈하고 엉덩이 크기뿐이잖아." 앙헬이 냅다 소리를 질렀다. 루이스는 어이가 없다는 듯이 과장되게 눈동자를 굴렸고, 나는 순간적으로 앙헬이 그를 한 대 때리는 줄 알았다. 그는 주먹을 말아쥐고 몸을 움찔하다가 가까스로 억눌렀다.

그런 앙헬이 나는 안쓰러웠다. 루이스가 에드워드 바이런의 아내하고 시시덕거렸더라도 딴 마음이 있어서 그런 건 아닐 테고, 그저 그녀를 부추기면 전남편에 대해 조금이라도 더 알 수 있지 않을까 싶어 그랬을 뿐이겠지만, 나는 앙헬에게 루이스가 얼마나 중요한 존재인지 잘 알았다. 앙헬의 이력은 모호하고 루이스는 더 모호했지만, 내가 앙헬에 대해 기억하고 있는 걸 루이스는 가끔 잊어버리는 것 같았다.

앙헬이 라이커스 아일랜드 교도소에 수감됐을 때, 윌리엄 밴스라는 남자가 그에게 관심을 가졌다. 밴스는 브루클린에서 어설프게 도둑질을 하려다가 한국인 종업원을 살해해서 라이커스에 들어왔지만, 그것 외에 다른 혐의도 많았다. 유티카(뉴욕 주 중부에 위치한 도시―옮긴이)에서 중늙은이 노파를 강간한 후 살해했는데, 여자의 숨이 끊어지기 전에 사지를 절단했으며, 델라웨어에서도 비슷한 살인사건에 연루됐을지 모른다는 혐의였다. 그동안은 소문과 추측만 무성할 뿐 증거가 없었지만, 밴스가 한국인 살인범이라는 게 확실해지자 검찰에서도 이번만큼은 그를 집어넣을 기회를 놓치지 않았다.

그리고 무슨 연유에서인지 밴스는 앙헬을 죽이려 했다. 밴스가 올라타려 했을 때 앙헬이 그를 물리쳤고, 샤워실에서 밴스의 이까지 하나 날려버렸다. 하지만 밴스 같은 인간은 종잡을 수 없었다. 증오와 사무치는 갈망으로 인해 밴스의 사고방식은 불분명하고 혼란스러웠다. 이제 밴스는 앙헬을 강간하려는 게 아니라 그를 죽이고 싶어했다. 그것도 천천히 죽이고 싶어했다. 앙헬은 3년에서 5년을 살아야 했다. 하지만 라이커스에서 일주일을 지내고 나자, 한 달을 살아서 버티기도 힘들 것 같았다.

앙헬은 교도소 안에 친구가 없었고 밖에는 더 없었기 때문에 나한테 전화를 걸었다. 그러기가 쉽지 않았으리라는 걸 나는 잘 알았다. 그는 자존심이 강한 사람이었고, 일반적인 상황이었다면 혼자 힘으로 문제를 해결할 방법을 찾아냈을 것이다. 하지만 팔에 피가 뚝뚝 떨어지는 칼 문신을 새기고 가슴에는 거미줄을 그려넣은 윌리엄 밴스는 일반적인 상황과 거리가 멀었다.

나는 내가 할 수 있는 일을 했다. 밴스의 파일을 구해다가 유티카 살인과 그 밖의 몇 가지 유사한 사건의 심문 기록을 복사했다. 그에게 불리한 증거들, 밴스가 전화를 걸어서 만약 검찰측 증인으로 나설 경우 아이들까지 강간하고 죽여버리겠다고 협박하자 증언을 철회한 목격자의 진술도 옮겨 적었다. 그런 다음 라이커스로 갔다.

투명 차단막을 사이에 두고 밴스와 얘기를 나눴다. 그는 왼쪽 눈 밑에 눈물 모양의 문신을 추가했는데, 눈물방울은 모두 세 개였고, 그건 그가 살해한 사람의 수였다. 목덜미에 거미의 실루엣이 보였다. 나는 그를 앉혀놓고 10분 정도 조곤조곤 이야기를 했다. 만약 앙헬에게 무슨 일이, 어떤 일이라도, 일어날 경우, 그가 늙고 힘없는 여자들을 성폭행하고 살해한 혐의를 간발의 차이로 모면했다는 사실을 여기 수감

된 모든 죄수들에게 알리겠다고 공언했다. 밴스는 5년을 복역해야 가석방 대상자가 될 자격이 생겼다. 만약 동료 수감자들이 이런 사실을 알게 된다면 5년 동안 독방이나 특수감옥에서 지내야 목숨을 유지할 수 있을 터였다. 거기서도 혹시 유릿가루가 섞여 있지 않은지 끼니때마다 음식을 확인하고, 운동장에 나가거나 스트레스로 건강이 악화되어 검진을 받고 돌아오는 길에 간수가 잠깐이라도 한눈을 파는 일이 없도록 기도해야 했다.

밴스는 이런 것들을 다 알고도 우리가 얘기를 나누고 이틀 후에 못으로 앙헬을 거세하려 들었다. 앙헬은 뒤꿈치로 밴스의 무릎을 걷어차서 간신히 목숨을 구했지만, 밴스가 쓰러지며 마구잡이로 팔을 휘두른 탓에 배와 허벅지를 스무 바늘이나 꿰매야 했다. 밴스는 그 다음날 샤워장으로 끌려갔다. 누군지 끝내 밝혀지지 않은 자들이 그를 찍어 누른 채 입을 억지로 벌려서 세제를 퍼부었다. 독한 성분에 위장이 찢어졌고 그는 거의 목숨을 잃을 뻔했다. 그는 남은 일생을 껍데기로만 살아야 했고, 창자가 끊어질 것 같은 아픔으로 밤마다 울부짖었다. 그 일은 전화 한 통으로 처리됐다. 그것도 내가 안고 살아야 할 죄였다.

앙헬이 루이스와 연인이 된 건 교도소에서 나온 다음이었다. 외로운 두 사람이 구체적으로 어떻게 만났게 됐는지는 나도 모르지만, 둘이 함께 지낸 지도 얼추 6년이 됐다. 앙헬에게는 루이스가 필요했고 루이스도 나름대로 앙헬을 필요로 했지만, 관계의 균형이 앙헬 쪽으로 기울어져 있다는 생각이 가끔씩 들었다. 남녀든 남남이든, 모든 관계는 결국 한쪽이 더 간절하기 마련이었고, 간절한 만큼 괴로움도 컸다.

스테이시 바이런한테서 알아낸 건 많지 않았다. FBI나 현지 경찰이 현관에서 집을 지키고 있었기 때문에 루이스, 그리고 한 벌뿐인 정장을 차려입은 앙헬은 뒷문을 이용했다. 루이스는 상관도 없는 헬스클럽 회원증을 휙 보여준 다음 환한 미소를 지으며 규정상 마당을 수색해야 한다고 설명했고, 전남편에 대해, 루이스의 체력단련에 대해, 그리고 급기야 백인 여자랑 사귄 적이 있는지에 대해 한 시간 동안 이야기를 나눴다. 앙헬이 본격적으로 발끈하기 시작한 건 마지막 부분이었다.

"여자 말로는 넉 달 동안 그를 보지 못했대." 루이스가 말했다. "마지막으로 만났을 때도 별 얘기는 없었고, 그냥 그녀랑 아이들의 안부를 묻고는 다락에서 헌 옷가지를 조금 챙겨갔다는 거야. 오펄루서스(루이지애나 주 중남부에 위치한 소도시―옮긴이)의 약국에서 준 쇼핑백을 들고 있었던 모양이라, FBI에서 지금 그곳을 집중적으로 수색하고 있대."

"FBI에서 왜 그를 찾는지 여자도 알아?"

"아니. 미제사건과 관련해서 그의 진술이 필요할 것 같다고 둘러댄 모양이야. 하지만 그 여자도 바보는 아니고, 그래서 미끼를 좀 던져봤지. 여자 말이, 그는 늘 의학 분야에 관심이 있었대. 한때는 의사가 되고 싶은 꿈이 있었던 것 같아. 물론 나무를 돌봐줄 만큼의 교육도 받지 못했지만."

"남편이 살인을 할 만한 사람이라고 생각하는지 물어봤어?"

"물어볼 필요가 없었어. 이혼 조건 때문에 말다툼을 하다가 그녀를 죽여버리겠다고 위협했던 모양이야."

"그가 뭐라고 했는지 기억한대?"

루이스는 고개를 크게 한 번 끄덕였다.

"응. 빌어먹을 얼굴 껍데기를 확 벗겨버리겠다고 했대."

앙헬과 루이스는 앙금이 남은 채로 헤어져서 앙헬은 레이첼 방으로 가고, 루이스는 두 사람이 쓰는 방의 발코니에 앉아 뉴올리언스의 소리와 냄새를 만끽했다. 그렇다고 그것들이 전부 유쾌하다는 뜻은 아니었다.

"뭐 좀 먹을까 하는데, 생각 있어?"

나는 조금 놀랐다. 얘기를 하고 싶은 모양이었지만, 앙헬 없이 루이스하고만 시간을 보낸 적은 지금껏 한 번도 없었기 때문이었다.

레이첼이 뭘 하고 있는지 살펴봤다. 침대는 비어 있었고, 샤워 소리가 났다. 욕실 문을 가볍게 두드렸다.

"열려 있어요." 그녀가 말했다.

내가 들어갔더니 그녀는 샤워 커튼으로 몸을 감쌌다. "잘 어울리네요. 요즘 투명한 비닐 옷이 유행이라던데."

잠도 소용이 없었다. 그녀의 눈 밑에는 여전히 검은 그림자가 드리워서 아프고 수척해 보였다. 애써 어정쩡한 미소를 지어 보였지만, 아파서 얼굴을 찡그리는 것처럼 보였다.

"나가서 뭘 좀 먹을래요?"

"배고프지 않아요. 일 좀 하다가 수면제 두 알 먹고, 이번엔 꿈 때문에 어지럽지 않은 잠을 자볼까 해요."

레이첼에게 나랑 루이스는 나갈 거라고 말한 다음, 앙헬에게 갔더니 레이첼이 정리한 공책을 뒤적이고 있었다. 그는 내가 벽에 붙여놓은 도표를 가리켰다. "여백이 너무 많은데."

"아직 한두 가지 더 정리해야 해."

"한두 가지라면, 누가 했고 왜 했는지?" 그가 심술궂게 웃어 보였다.

"응. 하지만 사소한 문제에는 너무 연연하지 않으려고. 괜찮은 거지?"

그가 고개를 끄덕였다. "이런 것들이 나를 너무 예민하게 만든 모양이야. 이것들." 앙헬은 팔을 크게 휘둘러서 벽의 그림들을 가리켰다.

"루이스하고 나는 뭘 좀 먹으러 나가려고 하는데. 같이 갈래?"

"아니야. 내가 있으면 분위기만 어색해질걸. 그냥 자기 혼자 독차지하게 해줄게."

"고마워. 내일 〈스포츠 일러스트레이티드〉의 수영복 특집호 모델들한테 내 성 정체성 자각에 대한 안타까운 소식을 전해야겠군. 다들 상심이 크겠는데. 레이첼 좀 부탁할게. 오늘 무척 힘들었어."

"한달음에 달려갈 수 있는 거리에 있을게."

* * *

루이스와 나는 버번과 이버빌 끄트머리에 있는 펠릭스 굴 전문점에 갔다. 그곳은 관광객으로 넘쳐나지 않았다. 관광객은 길 건너의 애크미 오이스터 하우스나 프렌치쿼터에 있는 놀라 같은 클래식한 식당에 몰렸다. 그에 비하면 펠릭스는 수수한 편이었다. 관광객은 원래 수수한 걸 좋아하지 않는다. 수수한 거라면 굳이 집을 떠나지 않고도 얼마든지 누릴 수 있으니까.

루이스는 오이스터 포보이(프랑스 빵 사이에 양상추와 토마토를 넣고 다양한 주 메뉴를 끼운 샌드위치—옮긴이)에 핫소스를 듬뿍 뿌리고 아비타 맥주를 곁들어 먹었다. 나는 감자튀김과 치킨 포보이를 시키고, 생수를 마셨다.

"웨이터가 자넬 동성애자라고 생각해." 내가 물을 마시는데 루이스가 말했다. "만약 발레단이 와서 공연 중이었다면 티켓을 얻으려고 자네한테 치근덕거렸을 거야."

"그렇게 생각하니까 그렇게 보이는 거겠지. 자네야말로 고정관념에 부합하지 않으니까 혼선이 초래되잖아. 자신의 정체성을 좀더 드러내야 하는 거 아냐?"

그는 입을 삐죽이고는 손을 들어서 아비타를 한 병 더 시켰다. 맥주는 금세 도착했다. 웨이터는 현명하게도 우리에게 더 필요한 게 없는지 챙기면서도 테이블 근처에서 필요 이상 얼쩡거리지 않았다. 다른 손님들은 우리 옆으로 가로지르는 대신 멀리 돌아갔으며, 어쩔 수 없이 우리 근처에 앉을 경우 다른 사람들보다 조금 빨리 식사를 마치는 것 같았다. 그런 현상의 근원은 루이스였다. 그에게는 잠재된 폭력성의 분위기가 감돌았고, 거기서만 그치지 않았다. 이를테면 그 폭력성이 분출할 경우, 그게 처음이 아닐 거라는 느낌이 들었다.

"울리치라는 자네 친구 말이야." 그는 한 번에 아비타를 반쯤 비우고는 이렇게 말했다. "그를 신뢰해?"

"모르겠어. 그에게도 나름대로 꿍꿍이가 있으니까."

"그는 FBI야. 그들에겐 오로지 자기들 꿍꿍이뿐이지." 그는 맥주병 너머로 나를 바라봤다. "내 생각엔 말이지, 자네가 그 친구랑 암벽을 타다가 미끄러져서 그에게 연결된 로프를 붙들고 매달린다면 그는 로프를 끊어버릴 것 같아."

"자네는 너무 냉소적이야."

그가 다시 입을 삐쭉거렸다. "죽은 자들이 말을 할 수 있다면, 냉소적인 사람을 보고 현실주의자라고 할걸."

"죽은 자들이 말을 할 수 있다면 할 수 있을 때 섹스를 더 많이 하라고 할 거야." 내가 감자튀김을 집어 먹으며 말했다. "FBI에서 자네를 눈여겨볼 만한 이유가 있는 거야?"

"혐의 수준이지. 그 이상은 아니야. 내가 신경이 쓰이는 건 그 때문이 아냐."

루이스는 눈도 깜빡이지 않았고, 그의 눈동자에서는 이제 따뜻한 기운이라곤 찾아볼 수 없었다. 만약 울리치가 자신을 노린다는 판단이 설 경우 루이스는 그를 죽일 테고, 그것 때문에 행여 밤잠을 설치는 일은 없을 것이다.

"울리치가 왜 우리를 돕는 거지?" 그는 한참 만에 이렇게 물었다.

"나도 그걸 생각해봤는데, 잘 모르겠어. 돌아가는 상황을 파악해야 하는 필요 때문일 수도 있지. 나한테 정보를 흘리면 내가 개입하는 범위를 그가 통제할 수 있고."

하지만 나는 그게 전부가 아니라는 걸 알고 있었다. 루이스의 말이 옳았다. 울리치는 그만의 꿍꿍이가 있었다. 그의 내면에 숨겨진 깊은 구덩이는 표면의 색깔로 바다 밑바닥의 가파른 경사와 깊은 공간을 짐작하듯이 나도 어쩌다 한 번씩만 그 존재를 엿볼 뿐이었다. 어떤 면에서 그는 어울리기 힘든 사람이었다. 우리의 우정도 그의 방식을 따랐고, 몇 달씩 연락 한 번 없이 지나갈 때도 많았다. 그러다가 묘한 의리,

보이지 않을 때조차 가까운 사람들을 결코 잊지 않는다는 느낌으로 그 공백을 상쇄했다.

그러나 FBI로서는 적극적이었다. 범인 체포에 공을 올리고, 굵직굵직한 사건에 자기 이름을 추가하고, 앞길에 거치적거리는 요원이 있으면 톡톡한 대가를 치르게 하는 식으로 부지국장까지 올랐다. 그는 야심이 대단했고, 어쩌면 떠돌이를 승진의 발판으로 생각하고 있는 건지도 몰랐다. 지국장, 부국장, 궁극적으로는 요원 출신 최초의 국장을 노리고 있을지도 몰랐다. 떠돌이 사건에서 그는 이미 교묘하게 경찰을 배제했고, 내가 촉각을 곤두세울 만큼의 정보를 나한테 흘리면서도 나의 직접적인 개입을 제한하기 위해 노력했다. 그만큼 본인의 부담은 커지겠지만, 울리치가 떠돌이 사건에 종지부를 찍게 된다면 FBI 내에서 밝고 강력한 미래가 보장되리라는 건 두말할 나위가 없었다.

거기에서 내가 일정한 역할을 맡았고, 울리치도 그 점을 알고 있었으며, 우리 사이에 우정이라는 이름으로 존재하는 감정을 이용해서라도 끝장을 내고 싶을 만큼 열의가 대단했다. "그는 나를 미끼로 이용하는 것 같아. 그리고 낚싯줄은 그가 쥐고 있지."

"그가 틀어쥐고 보여주지 않는 정보는 얼마나 될까?" 루이스는 맥주를 다 비우고 아쉬운 듯이 입맛을 다셨다.

"그는 빙산 같은 사람이야. 우리가 보는 건 수면 위로 솟은 10퍼센트뿐이야. FBI에서 뭘 알고 있건 현지 경찰과 정보를 공유하지 않고, 울리치가 우리하고 그걸 공유하지 않는다는 건 분명해. 틀림없이 뭔가 더 있는데, 울리치하고 기껏해야 FBI의 몇 명 정도만 알고 있지. 체스 둘 줄 알아?"

"내 방식대로." 루이스가 건조하게 대꾸했다. 어쩐지 그의 방식에는 일반적인 체스판이 포함되지 않을 것 같았다.

"이건 전체적으로 체스 게임과 비슷해. 다만 우리는 말을 잃어야만 상대의 수를 읽을 수 있지. 나머지 시간은 어둠 속에서 체스를 두는 것과 같아."

루이스가 손가락을 세워서 계산서를 달라고 했다. 웨이터는 안도한 표정이었다.

"그렇다면 바이런이라는 이 사람은?"

나는 어깨를 으쓱했다. 이상하리만치 냉담한 느낌이 들었다. 우리가 수사의 변방에 밀려나 있기 때문이기도 하겠지만, 어쩌면 그런 냉담한 거리가 필요하기 때문이기도 했다. 생각을 하려면 그만큼의 거리가 필요했다. 어떤 면에서 그날 오후에 레이첼과 있었던 일, 그리고 그것이 수전을 잃은 나의 상실감에 미치는 의미도 내게 그런 거리를 만들어주었다.

"나도 모르겠어." 우리는 바이런이라는 그림을 이제야 맞추기 시작했고, 그를 중심으로 이 조각그림의 주변에 다른 조각들이 들어맞을 수도 있었다. "우리는 우리 방식대로 그에게 접근해야 돼. 우선, 마리 부인과 티진이 살해되던 날 밤에 르마가 뭘 봤는지 알고 싶어. 그리고 데이비드 폰테노가 왜 혼자서 하니 아일랜드에 갔는지도 궁금하고."

이제 라이오넬 폰테노가 조 본스에게 설욕을 하리라는 건 기정사실이나 마찬가지였다. 조 본스도 그걸 알고 있었고, 그가 메테리에서 총격전을 감행한 것도 그 때문이었다. 라이오넬이 자기 구역으로 돌아가면 조 본스의 사정권에서 벗어나게 되니까. 다음은 라이오넬의 차례였다.

계산서가 도착했다. 음식값은 내가 내고, 루이스가 팁으로 20달러를 내려놨다. 음식값보다 많은 액수였다. 웨이터는 그 돈을 집으려 했다간 거기 그려진 앤드루 잭슨이 손가락을 물기라도 할 것처럼 지폐를 쳐다봤다.

"라이오넬 폰테노하고 얘기를 해봐야겠어." 내가 밖으로 나오면서 말했다. "그리고 조 본스하고도."

루이스는 미소를 지었다. "조는 자네하고 얘기하고 싶어하지 않을 텐데. 그의 부하가 자네를 묻어버리려고 했던 걸로 봐서."

"그 정도는 나도 짐작하고 있어. 그 부분은 라이오넬 폰테노가 도와줄 수 있지 않을까 싶어. 아무튼 조 본스가 두 번 다시 나를 보고 싶어하지 않는다면 그의 잔디밭에서 자네가 왈츠를 추며 그의 세계를 환히 밝혀줄 수도 없을 텐데. 그 미니서브를 써봐야 할 거 아냐."

루이스와 나는 플레상스까지 걸어갔다. 뉴올리언스의 거리가 세상에서 가장 안전하다고는 할 수 없지만 우리를 귀찮게 굴 사람은 없을 것 같았다.

내 짐작은 옳았다.

42

다음날 아침엔 늦잠을 잤다. 레이첼은 자기 방에서 잤다. 문을 두드렸더니 피곤에 갈라진 목소리가 들렸다. 그녀는 좀더 누워 있고 싶다면서 기분이 나아지면 로욜라 대학에 다시 가볼 생각이라고 했다. 나는 앙헬과 루이스에게 그녀를 잘 돌봐달라고 부탁한 후, 차를 몰고 플레상스를 나섰다. 메테리에서의 총격전은 나를 긴장하게 만들었고, 또다시 조 본스를 마주한다는 건 내키지 않았다. 레이첼을 이런 일에 끌어들여서 하지 않아도 될 일들을 하게 만들고, 급기야 그런 상황까지 겪게 했다는 사실 때문에 마음에 가책도 느꼈다. 나는 잠깐이라도 뉴올리언스를 벗어날 필요가 있었다. 머리를 정리하고, 다른 각도에서 이 상황을 보고 싶었다. 나는 세인트피터에 있는 검보샵이라는 식당에서 치킨 검보(오크라를 넣은 진한 수프—옮긴이)를 한 그릇 먹고 도시를 벗어났다.

모피는 라파예트 북서쪽에 있는 세실리아에서도 다시 6~7킬로미터 더 들어간 곳에 살았다. 작은 강가의 농장을 구입해서 깨끗하게 단장했는데, 집은 프랑스 식민지와 서부 인디언, 유럽 건축의 영향이 어우러진 19세기 말의 클래식한 루이지애나 옛날 집의 저렴한 버전이었다. 집의 구조는 묘했다. 지상으로 올라온 반지하실 위에 살림집의 공간이 놓였는데, 지하실은 창고 겸 홍수 대피용으로 사용하던 곳이었다. 그 부분은 벽돌이었고, 손으로 직접 깎은 것 같은 아치형 창문은 모피가 새로 손을 댔다. 위의 살림집은 비 막이 판자나 석고를 바르는 게 보통이지만 얇은 판자로 바꿔 붙였다. 군데군데 기와를 교체한 맞배지붕이 회랑 위까지 이어졌다.

앤지에게 미리 전화를 해서 가는 중이라고 알렸다. 내가 도착했더니 모피도 막 돌아온 직후였다. 그는 선선한 저녁 공기 속에 뒷마당의 벤치에 누워 200파운드짜리 역기를 들고 있었다.

"집을 본 소감이 어때요?" 내가 다가갔더니 그는 운동을 계속하며 이렇게 물었다.

"멋져요. 하지만 마무리를 하려면 한참 남은 것 같던데."

그는 힘겹게 마지막 동작을 마치고 역기를 제자리에 내려놓았다. 그는 일어나서 스트레칭을 하면서도 집의 뒤편을 바라보며 감탄스러운 표정을 애써 숨기지 않았다.

"1888년에 프랑스 사람이 지은 집이에요. 아주 제대로 지었어요. 축대가 동서로 놓인 남향집이죠." 그러면서 집의 선을 가리켰다. "유럽 스타일로 설계를 했기 때문에 겨울에는 낮게 들이치는 햇살에 집이 따뜻하고, 여름에는 아침과 저녁에만 해가 들이쳐요. 미국 집은 대부분 그런 식으로 짓지 않거든. 그냥 내키는 대로 필요한 공간을 집어넣고, 허공에 막대기를 던졌다가 떨어지는 자리에 짓는 식이죠. 난방비가 저렴하니까 아낄 줄을 몰랐던 거예요. 그러다가 중동에서 기름값을 올리니까 그제야 부랴부랴 집의 구조를 고민하게 된 거죠." 그는 이렇게 말하면서 미소를 지었다. "하지만 이 지역에서는 남향집이 그렇게 좋은 줄 모르겠어요. 어디를 향하건 늘 빌어먹을 해가 들이치니까."

그가 샤워를 하고 난 후에 우리는 앤지가 음식을 만드는 동안 식탁에 앉아서 얘기를 나눴다. 앤지는 남편보다 30센티미터는 족히 작았고, 날씬한 몸매에 까무잡잡한 피부를 가졌으며, 적갈색 머리가 등에서 찰랑거렸다. 그녀는 중학교 교사였고 시간이 날 때면 그림을 그렸다. 물과 하늘을 담은 어두운 인상주의 화풍의 그림이 벽을 장식했다.

모피는 브로 브리지를 한 병 마셨고, 나는 청량음료를 마셨다. 앤지는 요리를 하는 틈틈이 화이트와인으로 목을 축였다. 그녀는 닭고기 가슴살 네 쪽을 열여섯 조각으로 잘라서 한쪽에 준비해놓고 부지런히 루(프랑스 요리에서 소스나 수프를 진하게 만들기 위해 밀가루를 버터로 볶은 것—옮긴이)를 만들었다. 케이준 검보의 국물을 걸쭉하게 만들어주는 게 바로 이 루였다. 앤지는 센 불에 올려놓은 프라이팬에 땅콩기름을 붓고 같은 양의 밀가루를 넣은 다음 타지 않도록 계속 저었고, 그러자 루는 황금색에서 베이지, 다시 마호가니 색을 거쳐 짙은 초콜릿색으로 조금씩 변해갔다. 그렇게 됐을 때 프라이팬을 불에서 내린 후 계속 저으면서 온도를 식혔다.

모피는 구경만 했지만, 나는 엄청난 양의 양파와 고추와 셀러리를 써는 걸 도와주었고, 그녀가 땀을 뻘뻘 흘리며 그걸 볶는 걸 지켜봤다. 그녀는 타임과 오레가노, 파프리카와 고춧가루, 양파와 마늘향 소금으로 간을 하고, 초리조 소시지를 두툼하게 썰어 넣었다. 거기에 닭고기를 넣고 양념을 더하자 그 냄새가 온 집 안에 진동했다. 한 30분쯤 지낮을 때 그녀는 흰밥을 접시에 담고 걸쭉하고 진한 검보를 위에 얹었다. 우리는 입 안 가득 퍼지는 풍미를 즐기며 말없이 식사를 했다. 설거지를 하고 행주질까지 한 앤지는 우리를 남겨놓고 방으로 올라갔다. 나는 부엌 식탁에 모피와 마주 앉아 하니 아일랜드에 있는 여자의 환영을 봤다는 레이몬드 아귈라르의 말을 전했다. 마리 부인의 꿈, 그리고 막연하지만 하니 아일랜드에서 벌어진 데이비드 폰테노의 죽음이 그 여자와 관련이 있을 것 같다는 내 느낌을 얘기했다.

모피는 한동안 아무 말도 하지 않았다. 여자의 환영을 봤다는 얘기나, 진짜로 여자의 목소리를 들었다고 믿은 노파의 이야기에 코웃음을 치지도 않았다. 그저 이렇게만 말했다. "거기가 어딘지 확실히 아는 거 맞아요?"

내가 고개를 끄덕였다.

"그렇다면 한번 가보죠. 내일 비번이니까 오늘 그냥 여기서 자요. 빈 방이 있으니까 그걸 쓰면 돼요." 나는 플레상스로 전화를 걸어서 레이첼에게 다음날 뭘 할 계획인지, 하니 아일랜드에서도 어디쯤에 있을 예정인지 얘기했다. 그녀는 앙헬과 루이스에게 전해주겠다면서, 잠을 잤더니 기분이 조금 나아졌다고 말했다. 그녀가 조 본스 하수인의 죽음으로 인한 충격을 털어내는 데에는 적잖은 시간이 걸릴 것 같았다.

아침 일찍부터 서둘렀더니 7시 10분 전에 출발 준비를 모두 마쳤다. 모피는 신발코에 쇠를 댄 묵직한 캐터필러 작업용 부츠에 헤진 청바지를 입고, 긴팔 티셔츠 위에 소매 없는 트레이닝복을 겹쳐 입었다. 페인트에 땀자국까지 얼룩졌고, 청바지에는 타르가 여기저기 묻어 있었다.

그는 아침에 머리를 새로 밀었고, 로션 냄새를 풍겼다.

베란다에서 커피와 토스트를 먹고 있는데, 앤지가 흰 가운 차림으로 나와서 남편 옆에 앉아 매끈한 머리를 쓰다듬으며 활짝 웃었다. 모피는 겉으로는 귀찮다는 시늉을 했지만 아내의 손길 하나하나가 사랑스러워 못 견디겠다는 눈치였다. 일어나서 나갈 때가 됐을 때 모피는 오른손으로 아내의 머리를 휘감고 진하게 입을 맞췄다. 앤지가 본능적으로 반응을 보이며 의자에서 몸을 일으켜서 같이 입을 맞추려는데 모피가 껄껄 웃으며 몸을 뺐고, 앤지의 얼굴은 화끈 달아올랐다. 나는 그제야 앤지의 배가 불룩하다는 걸 눈치 챘다. 5개월쯤 된 것 같았다. 우리가 앞마당을 가로지를 때 앤지는 왼쪽 엉덩이에 체중을 실은 비스듬한 자세로 베란다에 서서 바람에 가운을 펄럭이며 남편을 배웅했다.

"결혼한 지 오래됐어요?" 사이프러스 나무에 가려 집이 보이지 않는 오솔길을 걸을 때 내가 물었다.

"1월이면 2주년이에요. 나는 더 바랄 게 없는 사람이에요. 감히 꿈도 못 꿨는데, 아내 덕분에 인생이 달라졌죠." 그는 이런 말을 하면서도 전혀 민망한 기색이 아니었고, 그걸 자기도 아는지 씩 웃었다.

"예정일은 언제예요?"

그가 다시 한 번 미소를 지었다. "12월 말. 임신했다는 걸 알았을 때 동료들이 파티를 열어줬어요. 이번엔 생명을 탄생시키게 된 걸 축하한다면서."

오솔길 끝에 낡은 트럭 한 대가 있고, 거기에 매달아놓은 트레일러에는 폭이 넓고 바닥이 평평한 알루미늄 보트가 방수포에 덮여 있었다. 엔진은 앞으로 기울여서 바닥에 댔다. "튀샹의 동생이 어젯밤 늦게 가져다놨어요. 강가에서 뭘 끌어올렸나 봐요."

"튀샹은 어디 있어요?"

"식중독 때문에 누워 있어요. 상한 새우를 먹었대요. 아무튼 본인 말로는 그렇다네요. 내 개인적인 생각을 말하라면, 아침잠을 포기하기엔 너무 게으른 인간인 거지." 트럭 뒤에는 도끼와 전기톱, 쇠사슬 두 줄, 억센 나일론 로프 꾸러미와 아이스박스 같은 것들이 역시 방수포에 덮여 있었다. 잠수복과 마스크, 방수 전등 두 개와 산소 탱크 두 개도 보였다. 모피는 커피를 담아온 보온병과 물 약간, 프랑스 빵 두 덩이, 케이준 양념을 발라서 구운 닭가슴살 네 조각 등이 든 방수 비닐백을 뒤에 실었고, 운전석에 올라 시동을 걸었다. 매연을 뿜어내며 조금 덜컹거리긴 했지만, 엔진에서는 멀쩡하고 힘찬 소리가 났다. 내가 옆자리에 올라탔고, 트럭의 낡은 스테레오로 클리프턴 셰니어(오펄서스 출신의 연주자—옮긴이)의 노래를 들으며 하니 아일랜드로 출발했다.

폰차트레인 북쪽으로 쇼핑센터와 패스트푸드점과 중국음식점이 즐비한 슬리델이라는 곳에서 보호구역으로 들어갔다. 민주당 상원의원을 지낸 존 슬리델의 이름을 붙인 마을이었는데, 그는 1844년도 연방 선거 때 아일랜드와 독일 유권자들을 증기선 두 척에 태워 뉴올리언스에서 플래크마인스 군으로 데려와 투표를 하게 했다. 물론 그건 불법이 아니었다. 그가 자행한 불법은 오는 길에 있는 모든 투표소에서 전부 투표를 하게 했다는 것이었다.

허물어질 것 같은 낚시용 오두막이 강가에 늘어선 펄 강 관리사무소에서 보트를 내릴 때까지도 물 위와 나무 사이로 안개가 자욱했다. 우리는 사슬과 로프, 전기톱과 잠수 장비, 그리고 먹을거리를 보트에 실었다. 옆에 있는 나무의 커다랗고 정교한 거미줄이 이른 아침 햇살에 반짝였다. 한가운데에는 무당거미가 미동도 없이 버티고 있었다. 우리는 벌레와 새소리들 사이로 엔진의 굉음을 울리며 펄 강의 물살을 갈랐다.

강둑에는 큰 늪 니사나무, 니그라 자작나무, 버드나무, 능소화 넝쿨이 휘감겨 있는 커다란 사이프러스 나무들이 늘어서 있었다. 능소화는 봉오리를 활짝 벌린 빨간 꽃들을 매달고 사이프러스를 휘감고 올라갔다. 간간이 플라스틱 병으로 표시를 해둔 나무가 보였는데, 메기 낚싯줄을 담가놨다는 뜻이었다. 집들이 옹기종기 모여 있는 강가의 마을도 지나쳤는데, 집들은 대부분 허름하고 바닥이 평평한 통나무배를 앞에 묶어놓았다. 사이프러스 가지 위에서는 푸른 왜가리가 우리를 물끄러미 쳐다보고, 아래의 통나무 위에서는 노란배거북이 햇볕을 쬐며 누워 있었다.

레이먼드 아귈라르가 그려준 약도가 있었지만, 그가 표시해준 덫사냥꾼들의 수로는 두 번 만에야 찾았다. 입구에 고무나무들이 버티고 있는데다 아랫부분이 꽃나무 구근처럼 부풀어 올랐고, 좁은 틈마저 녹색 물푸레나무 한 그루가 뒤덮다시피 하고 있었기 때문이었다. 안으로 들어섰더니 스페인이끼에 뒤덮인 가지가 수면 위까지 늘어졌고, 대기중에서는 초목이 자라는 싱그러운 냄새와 썩어가는 부패의 악취가 뒤섞였다. 좀개구리밥에 에워싸인 뒤틀린 나무줄기가 이른 아침 햇살에 마치 무슨 동상처럼 서 있었다. 동쪽으로 둥그스름하게 솟은 비버의 회색 굴이 보이고, 1미터 남짓한 곳에서 뱀 한 마리가 물속으로 스르르 미끄러져 들어갔다.

"방울뱀이네요." 모피가 말했다.

사이프러스와 고무나무마다 물이 뚝뚝 떨어졌고, 나무들 사이로 새 소리가 울려 퍼졌다.

"악어는 없을까요?" 내가 물었다.

그는 어깨를 으쓱했다. "왜 없겠어요. 하지만 인간이 괴롭히지 않으면 녀석들도 인간을 별로 귀찮게 굴지 않아요. 늪에는 훨씬 쉽게 잡아먹을 수 있는 것들이 많으니까. 강둑에 너무 가까이 다가가서 어슬렁거리는 개들을 잡아먹는다는 얘기는 들었어요. 내가 물에 들어가 있을 때 악어가 보이면 총을 쏴서 알려줘요."

강어귀가 좁아지기 시작하더니 보트 한 대 지나가기 힘들 정도가 됐다. 배 밑바닥이 수면 밑의 나무에 스치는 게 느껴졌다. 모피는 엔진을 껐고, 우리는 노를 이용해서 그곳을 빠져나갔다.

물 위로 칼같이 길쭉길쭉한 녹색 줄기를 뻗쳐 올린 와일드라이스(벼과科에 속하는 거친 1년생초—옮긴이)가 울타리처럼 앞을 막고 있어서 문득 약도를 잘못 읽은 게 아닌가 의구심이 들기 시작했다. 그런데 그 사이로 아주 좁은 틈이 보였다. 아이 하나가 간신히 지나갈 정도로 비좁은 틈이었다. 모피가 어깨를 으쓱하고는 엔진에 시동을 걸더니 그 틈을 파고들었다. 나는 노로 풀을 밀어냈다. 옆에서 철썩이는 소리가 나서 봤더니 커다란 쥐 같은 검은 형체가 물을 가르고 지나갔다.

"뉴트리아(남아메리카산 설치동물—옮긴이)네요." 모피가 말했다. 뭐가 궁금한지 나무줄기 옆에서 킁킁거리며 냄새를 맡는 녀석의 코와 수염이 보였다. "악어보다 맛이 없어요. 여기서는 아무도 먹으려고 하지 않으니까 고기를 중국에 팔려고 한다는 얘기를 들었어요."

와일드라이스가 조금씩 줄어들면서 끝이 날카로운 풀이 나타났고, 노를 젓다가 풀잎에 손을 벴다. 좁은 틈을 빠져나왔더니 고운 침니(沈泥)가 쌓여서 만들어진 석호 같은 곳이 나왔는데 강둑에는 고무나무와 손가락 같은 가지로 수면을 쓸어내는 버드나무 일색이었다. 칡과 백합이 무리지어 자라는 동쪽 끄트머리의 땅은 거의 단단했다. 꽃이 핀 자리 밑에 칡이 있다는 걸 알고 찾아온 멧돼지 발자국이 보였다. 좀더 들어갔더니 T-커터 경비선이 버려진 채 썩고 있었는데, 처음에 이 수로를 파는 데 사용했던 배 같았다. 커다란 V8 엔진은 보이지 않았고, 선체에는 여기저기 구멍이 났다.

우리는 늪에 한 그루뿐인 붉은 단풍나무에 보트를 묶었다. 나무줄기는 생기를 되찾아줄 비를 기다리는 부활고사리로 뒤덮이다시피 했다. 모피는 사이클용 반바지만 남기고 옷을 모두 벗은 후 몸에 기름을 바르고 잠수복을 입었다. 물갈퀴를 신고 산소탱크를 어깨에 짊어진 후에 시험을 해봤다. "이 근방은 대체로 수심이 3미터, 기껏해야 4.5미터를 넘지 않지만 여기는 달라요. 수면에 반사하는 빛을 보면 알 수 있죠. 여긴 훨씬 더 깊네요. 6미터 이상이겠어요." 낙엽과 나뭇가지와 통나무들이 물 위에 떠다니고, 벌레들이 수면 가까이에서 팔랑거렸다. 물은 짙은 녹색이었다.

모피는 마스크를 물에 헹구면서 나를 쳐다봤다. "비번 날에 늪의 유령을 찾으러 오게 될 줄은 몰랐어요."

"레이먼드 아귈라르가 여기서 여자를 봤다고 했어요. 데이비드 폰테노는 강에서 죽었고. 여기에 뭔가 있어요. 뭘 찾는 건지는 알죠?"

그가 고개를 끄덕였다. "통 같은 거겠죠. 무겁고, 봉인된."

모피가 손전등을 켜고 마스크를 쓰더니 산소를 들이마시기 시작했다. 나는 밧줄 한쪽 끝을 그의 허리띠에 채우고 다른 쪽 끝을 단풍나무 줄기에 묶었다. 그걸 바짝 조인 다음 그의 등을 두드렸다. 그는 엄지를 세우고 물속으로 걸어 들어갔다. 2~3미터 앞에서 그가 다이빙을 했고, 내 손에서 밧줄이 풀려나갔다.

수전과 플로리다로 여행을 갔다가 기초교육을 잠깐 받은 걸 제외하면 나는 잠수 경험이 거의 없었다. 그래도 이 늪에 들어간 모피가 부럽지는 않았다. 10대 시절에 여름이면 지금의 포틀랜드 시 경계선 밖에 있는 스트라우드워터 강으로 수영을 하러 가곤 했다. 그 강에는 길고 가느다란 동갈치가 살았는데, 어딘가 태고의 느낌을 불러일으키는 고약한 물고기였다. 그게 맨살에 닿으면, 조그만 아이나 헤엄치는 개를 강바닥으로 끌고 간다는 옛날 얘기가 떠올랐다.

하니 아일랜드의 늪은 스트라우드워터와 또 다른 세계였다. 등을 번쩍이는 뱀과 악어거북이 헤엄치는 하니 아일랜드에는 메인의 촌구석보다 훨씬 더 사나운 야성이 숨 쉬는 것 같았다. 게다가 여기에는 악어동갈치도 있고, 농어나 보핀 같은 민물고기뿐만 아니라 모조리상어(돔발상어과의 소형 상어류로 육지와 맞닿은 대륙붕이나 대륙사면에서 생활하며 주로 작은 물고기를 잡아먹는다—옮긴이)도 살았다. 그리고 악어도.

강어귀의 수면 밑으로 사라지는 모피를 보며 이런 생각이 들었지만, 그와 동시에 물속에 수장된 채 관이 되어버린 통을 두드리며 그 안에서 썩어가는 살을 파먹겠다고 녹슨 구멍을 뒤지는 이름도 모르는 물고기들 사이에 버려져 있을 여자도 생각했다.

모피는 5분 후에 수면으로 올라와서 북동쪽의 짧은 둑을 가리키며 고개를 저었다. 그리고는 다시 물속으로 들어갔고, 지상에 있던 밧줄이 그를 따라 뱀처럼 구불구불 남쪽으로 기어갔다. 다시 5분쯤 지나자 밧줄이 빠르게 물속으로 말려들어갔다. 모피가 다시 수면 위로 나왔을 땐 밧줄이 물에 들어간 지점과 상당히 거리가 멀었다. 그가 둑을 향해 헤엄을 쳤고, 마스크와 산소통을 내려놓더니 가쁜 숨을 들이마시면서 강어귀 남쪽 끝을 가리켰다.

"저쪽에 쇠로 된 박스가 두 개 있어요. 가로 세로 1.2미터 정도에 깊이는 20센티미터쯤 되는 것 같아요. 하나는 비어 있고, 하나는 자물쇠가 채워져 있던데요. 거기서 200미터쯤 떨어진 지점에는 붉은 붓꽃 그림이 그려진 석유통이 잔뜩 있어요. 그 그림이라면 옛날에 있던 브레비스 정유사의 통이라는 뜻인데, 89년에 큰 화재가 나서 문을 닫기 전까지 배턴루지 서부에 있던 회사예요. 그게 전부예요. 다른 건 없어요."

나는 굵은 뿌리가 물에 잠긴 강어귀 끝으로 시선을 던지며 물었다.

"밧줄을 이용해서 그 박스를 끌어올릴 수 있을까요?" 내가 물었다.

"할 수는 있죠. 하지만 박스가 무겁고, 만약 우리가 무리하게 끌어당기다가 뚜껑이 열리기라도 하면 뭐가 있을지는 몰라도 아무튼 그 안에 들어 있는 게 상할 수도 있어요. 보트를 가져와서 당겨봐야 할 거예요."

강둑의 나무들이 햇살을 조금 막아준다고는 해도, 어느새 열기가 대단했다. 모피가 아이스박스에서 생수를 두 통 꺼내왔고, 함께 둑에 앉아 물을 마셨다. 그런 다음 보트를 타고 그가 말한 지점으로 갔다.

박스는 끌어올리다가 두 번쯤 바닥에 있는 뭔가에 걸려서, 모피의 신호를 기다렸다가 다시 당겨야 했다. 그러다가 마침내 회색 박스가 수면 위로 올라왔고, 모피는 그걸 밑에서 밀어올린 다음 다시 아래로 내려가서 석유통에 부표를 묶었다. 그걸 찾아야 할 경우에 대비한 것이었다.

보트를 뭍에 댄 다음 박스를 끌어올렸다. 박스를 묶은 사슬과 자물쇠는 낡고 녹이 슬었다. 우리가 찾는 것이 들어 있기엔 너무 오래된 것처럼 보이기도 했다. 도끼를 가져다가 사슬에 채워진 녹슨 자물쇠를 내리쳤다. 모피가 둑에 올라섰을 때 자물쇠가 부서졌다. 그는 무릎을 꿇고 내 옆에 앉았다. 마스크를 이마에 밀어올린 채 산소통은 그대로 매고 있었다. 박스의 뚜껑을 열려고 했지만 요지부동이었다. 도끼를 뒤집어 들고 반대쪽 날로 뚜껑이 열릴 때까지 밑에서 올려쳤다.

안에는 총개머리가 달린 스프링필드가 화물포장 상태로 들어 있었다. 50구경 라이플소총과 작은 개처럼 보이는 것의 뼈도 있었다. 라이플소총의 개머리는 거의 썩었지만, 그 위에 붙은 금속판에 'LNG'라고 적힌 건 볼 수 있었다.

"훔친 라이플소총이네." 모피가 하나를 집어서 살펴보며 말했다. "아마 1870년이나 80년쯤일 것 같네요. 이게 도난당했을 때 경찰에서 무기절도 공고를 냈을 테고, 도둑이 이걸 여기에 버렸거나 나중에 가져갈 생각으로 놔둔 모양이에요."

그는 손가락으로 개의 해골을 건드렸다. "뼈는 일종의 표시죠. 여기에 《바스커빌의 개》를 읽는 사람이 아무도 없다는 건 안타까운 일이에요. 그랬으면 미스터리가 다 풀렸을 텐데." 그는 소총을 살펴보다가 기름통 부표가 떠 있는 곳으로 시선을 돌렸다. 그는 한숨을 쉬고는 부표를 향해 헤엄을 치기 시작했다.

기름통을 끌어올리는 건 힘겨운 작업이었다. 첫 번째 통을 끌어올리는 동안 사슬이 세 번이나 미끄러졌다. 모피가 사슬을 하나 더 가져다가 소포를 포장하듯이 기름통에 감았다. 물에서 통을 열어보려고 했다가 보트가 거의 전복될 뻔했기 때문에 뭍으로 가져가는 것밖에 달리 방법이 없었다. 천신만고 끝에 온통 갈색으로 녹이 슨 기름통을 열었는데 안에는 고약한 악취를 풍기는 썩은 물뿐이었다. 기름통엔 기름을 따르고 붓는 구멍이 있었지만, 뚜껑도 거뜬히 비틀어 열 수 있었다. 두 번째 통에는 물조차 들어 있지 않았고, 뜨지 않도록 눌러줄 용도의 돌멩이 몇 개뿐이었다.

모피는 탈진 상태였다. 우리는 작업을 잠시 중단하고 닭고기와 빵, 그리고 커피로 원기를 보충했다. 어느새 시간은 정오를 넘겼고, 늪의 묵지근한 열기가 우리를 짓누르며 진을 뺐다. 잠시 휴식을 취한 다음 내가 잠수를 하겠다고 나섰다. 모피는 굳이 사양하지 않았고, 그래서 어깨에 차고 있던 총집은 그에게 넘겨주고 잠수복을 입은 다음 여분의 산소통을 맸다.

물은 의외로 차가웠다. 가슴까지 담갔더니 숨이 헉 멎을 지경이었다. 어깨에 무거운 사슬을 짊어진 채 한 손으로 헤엄을 쳐서 부표가 있는 곳까지 갔다. 부표가 떠 있는 지점에서 손전등을 허리에 차고 물속으로 다이빙을 했다. 물은 생각보다 더 깊었고, 아주 어두웠다. 수면에 뜬 좀개구리밥이 헝겊을 기워놓은 것처럼 햇볕을 차단했다. 시야의 가장자리로 이리저리 방향을 바꾸며 헤엄치는 물고기들이 보였다. 남은 기름통 다섯 개는 전부 늪 바닥에 뿌리를 박은 굵은 나무줄기 근처에 차곡차곡 쌓여 있었다. 보트가 이 근처를 지나가더라도 나무를 피해가야 했을 테고, 그러면 옆에 쌓인 기름통을 건드릴 염려가 없었다. 나무 밑동 언저리의 물이 다른 곳보다 더 짙어서 그저 그런 손전등이라도 비춰보지 않고서는 거기에 기름통이 있는 걸 보지 못했을 것이다.

맨 위에 놓인 통에 사슬을 감고 무게가 어느 정도인지 알아보기 위해 살짝 잡아당겨봤다. 그 바람에 통이 미끄러지면서 바닥으로 떨어졌고, 쥐고 있던 밧줄을 놓치고 말았다. 바닥에서 일어난 흙탕물과 물풀에 시야가 흐려졌고, 통에서 기름이 새어나오면서 모든 게 검게 변했다. 자맥질을 쳐서 조금 깨끗한 물로 올라오는데 위에서 희미하게 총소리가 들렸다. 순간적으로 모피가 무슨 곤경에 처한 모양이라는 생각이 들었지만, 총소리 신호를 하기로 했던 게 기억났고, 곤경에 빠진 건 모피가 아니라 나라는 사실을 깨달았다.

얼른 수면으로 올라가는데 아니나 다를까, 악어가 보였다. 길이가 2미터도 안 되는 작은 놈이었지만, 턱 밖으로 나온 이가 고약스럽고, 옅은 뱃가죽이 물속에서 번득였다. 놈도 나만큼이나 기름과 흙탕물 때문에 어리둥절한 눈치였지만, 내 손전등 불빛을 보고 방향을 트는 것 같기에 얼른 스위치를 껐더니 금세 시야에서 사라져버렸고, 나는 한 번 더 물을 차면서 수면 위로 올라갔다.

물 밖으로 고개를 내밀었더니, 4.5미터쯤 떨어진 부표 옆에 모피가 있었다.

"얼른 나와요! 다른 데 올라설 만한 곳은 없어요."

나는 있는 힘을 다해서 헤엄을 쳤다. 밑에서 유유히 다가오고 있을 파충류를 의식하지 않을 수 없었고, 왼쪽으로 6미터쯤 떨어진 수면에 녀석이 나타났다. 울퉁불퉁한 등과 굶주린 눈동자, 나를 노리는 턱 선. 차라리 그 모습을 보지 않으려고 등을 돌리고 헤엄을 쳤다. 발버둥을 치고 손을 휘젓고 밧줄을 당겼다.

보트까지는 아직도 1.5미터가 남았는데 악어가 나를 향해 빠르게 다가왔다. 물고 있던 마우스피스를 뱉어버렸다.

"쒀. 얼른 쒀." 내가 소리쳤다. 총성과 함께 악어 앞쪽에서 물거품이 일었고, 이어서 두 번째 총소리가 들렸다. 악어는 멈칫했고, 오른쪽에 분홍색과 흰색 덩어리가 비 오듯 떨어지자 그쪽으로 관심을 돌렸다. 악어가 근처에 닿았을 때 더 오른쪽으로 다시 한 번 뭔가가 우르르 쏟아졌다. 그리고 그 순간 보트가 내 등에 닿았고, 모피의 손이 나를 위로 끌어올렸다. 모피는 강둑을 향해 방향을 틀면서 마시멜로를 한 줌 집어서 허공에 뿌렸다. 내가 쳐다봤더니 그는 씩 웃으며 하나 남은 마시멜로를 입에 넣고 우물거렸다. 늪에서는 악어가 물에 뜬 마시멜로를 집어삼키고 있었다.

"오금이 저렸죠?" 내가 산소통을 벗고 보트 바닥에 드러눕는데 모피가 웃으며 물었다.

나는 고개를 끄덕이고 물갈퀴를 벗어던졌다.

"생전 안 하던 잠수복 세탁할 일 생길 뻔했네요." 내가 말했다.

우리는 통나무에 걸터앉아 한동안 악어를 바라봤다. 녀석은 남은 마시멜로를 찾아 물을 헤집고 다니다가 기다리는 전략을 쓰기로 했는지 부표 근처에서 물속에 몸을 반쯤 담근 채 누워 있었다. 우리는 양철컵에 커피를 따라 마셨고, 남은 닭고기를 마저 먹었다.

"쒀버렸어야죠." 내가 말했다.

"여기는 자연보호구역이에요. 악어를 죽이는 건 법으로 금지되어 있다고요." 모피가 퉁명스럽게 대꾸했다. "사람들이 들어와서 내키는 대로 야생동물을 죽여도 된다면 자연보호구역을 지정할 의미가 없잖아요."

우리가 커피를 조금 더 마시고 있는데, 와일드라이스와 풀 너머에서 보트 소리가 들렸다. 뱃머리가 풀숲을 뚫고 나올 때 익숙한 브루클린 억양이 들렸다. "젠장. 우리가 무슨 개척자 무리도 아니고 이건."

앙헬이 먼저 보였고, 루이스는 뒤에서 키를 잡고 있었다. 그들은 우리 쪽으로 다가와서 단풍나무에 밧줄을 묶었다. 앙헬이 물속으로 뛰어들더니, 우리의 시선을 따라 고개를 돌렸다가 악어를 봤다. 물에 반쯤 몸을 담근 파충류의 모습에 그는 무릎을 번쩍번쩍 치켜들고 팔꿈치를 휘저으며 어기적어기적 물 밖으로 달려나왔다.

"이런, 여긴 대체 뭐야? 쥐라기 공원이야?" 그가 말했다. 루이스는 우리 보트로 훌쩍 건너뛰었다가 거기서 둑으로 뛰어내렸다. "언니한테도 낯선 연못에서는 헤엄치지 말라고 얘기 좀 해주지 그랬어?" 내가 말했다.

앙헬은 평소처럼 청바지에 낡은 운동화를 신고 데님 재킷 안에 티셔츠를 받쳐 입었는데, 그 티셔츠에는 둔스베리 카툰에 나오는 캐릭터인 듀크와 함께 '의식 없이 사느니 차라리 죽음을!'이라는 그의 좌우명이 적혀 있었다. 루이스는 악어가죽 부츠와 리바이스 블랙진, 그리고 깃이 없는 흰색 리즈클레이본 셔츠를 입었다.

"잘 되고 있는지 보러 왔어." 모피와 통성명을 한 후에 앙헬이 악어를 힐끔거리며 말했다. 도넛 봉지를 손에 들고 있었다.

"자기 친척의 가죽을 신발로 만들어서 신고 있는 걸 저 친구가 보면 화가 단단히 나겠는걸, 루이스." 내가 말했다.

루이스는 콧방귀를 뀌고 물가로 다가갔다. "무슨 문제가 있는 거야?" 그가 마침내 입을 열었다.

"잠수를 하는 중에 악어가 나타나서 더 계속할 수가 없는 형편이야." 내가 설명했다.

루이스는 다시 한 번 콧방귀를 뀌었다. "흠." 그러더니 시그를 꺼내서 악어의 꼬리를 날려버렸다. 악어는 고통에 몸부림을 쳤고, 주변의 물이 선홍색으로 변했다. 악어는 몸을 틀어서 피를 흘리며 강어귀로 사라졌다. "그러면 진작 총을 쐈어야지." 그가 말했다.

"그 얘기는 더 하지 말자." 내가 말했다. "얼른 소매나 걷으시지. 도움이 필요해."

나는 아직도 잠수복을 입고 있었기 때문에 내가 다시 들어가겠다고 자청했다.

"겁쟁이가 아니라는 걸 나한테 입증하려는 건가요?" 모피가 씩 웃었다.

"천만의 말씀." 보트를 묶은 밧줄을 풀 때 내가 말했다. "나한테 입증하려는 거예요."

부표가 있는 곳까지 노를 저어 간 다음에 나는 갈고리와 쇠사슬을 들고 물속으로 들어갔고, 앙헬은 모피와 함께 뱃머리에서 악어가 다시 나타나는지 지켜봤다. 수면에 까맣게 기름막이 떴고, 그 밑으로도 두껍게 덮였다. 떨어지면서 터진 기름통에 손전등을 비춰봤지만, 기름이 조금 남은 것 외에는 아무것도 없는 것 같았다.

통에 쇠사슬을 묶어서 하나씩 끌어올리는 건 힘든 노역이었지만, 그나마 이제는 보트가 두 대여서 한 번에 두 통을 둑으로 옮길 수 있었다. 아마 더 손쉬운 방법이 있었을 테지만, 그 순간엔 생각이 나지 않았다.

그리고 해가 기울며 물이 황금빛으로 물들 때 우리는 그녀를 찾았다.

43

지금 돌이켜보면 사슬을 묶으려고 통에 손을 댄 순간, 마치 뭔가 내 몸속으로 들어와서 배를 꽉 움켜쥐는 느낌이 들었던 것 같다. 뭔가 요동치는 게 느껴졌다. 눈앞에서 칼날이 번득이고, 수심 깊은 곳에서 피가 솟구치며 주변을 물들였는데, 어쩌면 수면 위로 떨어진 저녁놀이 마스크에 비쳤던 건지도 모르겠다. 잠시 눈을 감고 주변의 움직임을 느꼈다. 늪의 물이나 깊은 곳을 지나는 물고기들 말고도 내 몸과 다리를 휘감으며 헤엄치는 또 다른 누군가가 느껴졌다. 내 뺨을 스치는 여자의 머리카락이 느껴졌다. 하지만 손을 뻗었을 때 내 손아귀에 걸린 건 물풀뿐이었다.

그 통은 다른 것들보다 무거웠는데, 알고 보니 반으로 깔끔하게 가른 벽돌로 눌러놨기 때문이었다. 그걸 끌어올리려면 모피와 앙헬까지 힘을 합쳐야 할 것 같았다.

"여자예요." 내가 모피에게 말했다. "찾았어요." 그런 다음 통이 있는 곳으로 다시 내려가서 바닥의 돌이나 나무줄기에 걸리지 않도록 조심하며 끌어올렸다. 다들 너 나 할 것 없이 이걸 나머지 통보다 더 조심스레 다루는 것 같았다. 그 안에 든 여자가 죽은 게 아니라 그저 잠이 들어서 그 잠을 깨우지 않으려는 것처럼. 벌써 오래전에 부패한 게 아니라 바로 어제 물에 던져 넣은 것처럼. 기름통을 둑에 올려놓은 다음 앙헬이 쇠지레를 가져다가 조심조심 뚜껑을 비틀어 열어봤지만, 요지부동이었다. 앙헬은 통을 좀더 자세히 살펴봤다.

"밀봉을 했군." 앙헬은 쇠지레로 표면을 긁어서 자국을 점검했다. "이 통에 무슨 처리를 했어. 다른 통들에 비해 상태가 좋은 데는 다 이유가 있었어."

사실이었다. 이 통은 거의 녹도 슬지 않았고, 한쪽의 붓꽃 무늬도 마치 며칠 전에 그려넣은 것처럼 선명하고 또렷했다. 잠시 생각을 해봤다. 전기톱으로 자를 수는 있겠지만, 만약 내 짐작대로 그 안에 여자가 있다면 시신을 훼손할 위험이 있었다. 경찰, 더 나아가 FBI의 도움을 요청할 수도 있었다. 그러자고 제안한 건 정말로 그걸 원했기 때문이 아니라 그래야 할 것 같아서였는데, 모피마저도 고개를 저었다. 안에 아무것도 없을 경우 민망해질 상황을 걱정했을지도 모르지만, 그의 눈빛을 보니 그게 이유가 아니라는 걸 알 수 있었다. 모피는 할 수 있는 데까지 이걸 우리 힘으로 풀어보고 싶어했다.

결국 통을 위에서부터 아래까지 도끼로 가만히 두드려봤다. 통에서 울리는 소리로 절단해도 괜찮을 만한 지점을 판단했다. 모피가 봉인된 끝부분에 조심스럽게 절개선을 넣었고, 그런 다음에 전기톱과 쇠지레를 이용해서 대충 반원 모양으로 잘라낸 후 안을 손전등으로 비춰봤다. 시체는 뼈에 살점이 조금 붙어 있는 수준이었고, 나머지 살과 살갗은 완전히 썩어서 없어졌다. 여자를 머리부터 집어넣었고, 통에 구겨

넣기 위해 다리를 부러뜨렸다. 안쪽 깊숙이 전등을 비췄더니 이와 머리카락이 보였다. 철썩이는 물소리와 이런저런 늪의 소리 속에서 우리는 아무 말도 하지 못한 채 그 여자 옆에 서 있었다.

밤이 늦어서야 플레상스에 돌아왔다. 관할구역인 슬리델의 경찰과 보호구역 관리인들이 도착하기 전에 앙헬과 루이스는 모피의 양해하에 미리 그곳을 떠났다. 나는 그 자리에 남아 있다가 진술을 했고, 모피는 내 말이 사실이라고 확인해주었다. 모피의 조언에 따라 현지 경찰이 FBI에게 연락을 했다. 나는 더 남아 있을 필요는 없었다. 얘기를 하고 싶다면, 내가 있는 곳을 모르는 것도 아니니까 울리치가 알아서 찾아올 터였다.

지나가는데 레이첼의 방에 아직 불이 켜져 있어서 문을 두드렸다. 허벅지 중간까지 내려오는 분홍색 캘빈 클라인 잠옷을 입은 그녀가 문을 열었다.

"앙헬한테서 들었어요." 그녀는 내가 들어올 수 있도록 문을 활짝 열어주며 말했다. "참 안됐어요." 그녀는 나를 안아주고 욕실로 들어가 샤워기를 틀었다. 나는 한참 동안 손으로 타일을 짚고 선 채 머리와 등으로 떨어지는 물줄기를 느꼈다.

몸을 말린 후에 허리에 타월을 감고 나갔더니 레이첼이 침대에 앉아서 서류를 들춰보고 있었다. 그녀는 나를 보더니 한쪽 눈썹을 치켜세웠다.

"얌전도 하시지." 그녀가 옅은 미소를 지으며 말했다.

나는 침대 끄트머리에 앉았고 그녀가 뒤에서 나를 감싸 안았다. 등에 닿는 그녀의 뺨과 따뜻한 숨결이 느껴졌다. "기분은 좀 어때요?" 내가 물었다.

그녀가 나를 더 꼭 끌어안으며 말했다. "괜찮은 것 같아요."

레이첼은 우리가 마주볼 수 있도록 나를 돌려 앉혔다. 그녀는 침대에 무릎을 꿇고 앉아서 깍지 낀 손을 다리 사이에 내려놓고 입술을 깨물었다. 그러더니 손을 뻗어서 천천히, 거의 망설이는 것처럼 내 머리를 쓸어내렸다.

"심리학 쪽 사람들은 이런 일에도 잘 대처할 줄 알았더니." 내가 말했다.

그녀가 어깨를 들썩였다. "우리도 다른 사람들처럼 똑같이 혼란스러워요. 다만 그 혼란스러운 감정을 정의하는 용어를 꿰고 있을 뿐이지." 그녀가 한숨을 쉬었다. "저…… 어제 있었던 일…… 당신이 부담스러워 하지 않았으면 좋겠어요. 이 일이 당신에게 얼마나 힘든지 알아요, 수전하고……"

나는 손으로 그녀의 얼굴을 감싸 쥐고 엄지로 그녀의 입술을 가만히 문질렀다. 그러다가 키스를 했고 내 입술 밑에서 그녀의 입술이 벌어지는 걸 느꼈다. 나는 그녀를 안고 싶고, 사랑하고 싶고, 죽은 여자의 모습을 머릿속에서 지워버리고 싶었다.

"고마워요." 입술을 그녀의 입술에 붙인 채 말했다. "하지만 아무 생각 없이 그러는 거 아니에요."

"뭐." 그녀가 침대에 천천히 등을 대고 누우면서 말했다. "최소한 둘 중에 한 명은 생각이 있으니 다행이군요."

다음날 아침에 여자는 좁은 통 속에 들어가느라 태아처럼 웅크린 자세로 철제 테이블 위에 놓였다. 마치 영원히 자신을 지키려는 듯했다. FBI의 지시에 따라 여자의 시신은 뉴올리언스로 이송된 후 무게와 각종 치수를 측정하고 X-레이 촬영과 지문을 찍었다. 하니 아일랜드부터 그녀를 담아온 시체운반용 부대도 혹시 떨어진 조각이 있는지 자세히 검사했다.

흰 타일과 번쩍이는 철제 테이블, 눈부신 의료장비들, 천장에 매달린 백색 전등. 이 모든 게 왠지 너무 가혹해 보였다. 너무 가차 없이 폭로하고 거침없이 검사하고 가혹하게 드러내는 것 같았다. 마지막 순간에 여자가 겪었을 공포를 생각하면 이렇게 멸균된 방에 그녀를 가져다 놓고 남자들이 주변에 둘러서서 내려다본다는 게 다시 한 번 여자를 욕보이는 것만 같았다. 마음 같아서는 천으로 몸을 감싸서 졸졸 흘러가는 물가의 어두운 구덩이, 푸른 나무 그늘이 드리워서 다시는 그 누구도 그녀를 괴롭히지 못할 곳에 데려다주고 싶었다.

하지만 그러는 한편으로, 좀더 이성적인 나는 그녀가 이름을 되찾을 자격이 있다고 느꼈다. 익명에 묻혀 있던 고통에 종지부를 찍고, 그녀를 이 지경으로 만든 자를 끝장내려면 신원을 확인해야 했다. 그래서 가운을 입고 흰 장갑을 낀 검시관과 그의 조수들이 테이프와 메스를 들고 분주히 움직이는 동안 우리는 뒤에 물러서 있었다.

남녀의 해골에서 가장 쉽게 구분되는 건 골반이다. 관골—고관절과 좌골, 장골, 그리고 치골로 이루어진—뒤에 있는 대좌골공은 여자가 더 넓은데, 치골하(恥骨下)의 직경이 여자가 엄지손가락과 집게손가락을 펼친 정도라면 남자는 집게와 중지를 펼친 정도다. 골반출구(骨盤出

口)도 여자가 더 크지만, 대퇴골 관절은 더 작고 천골은 더 넓다.

여자는 두개골도 남자와 다른데, 두개골은 남녀 간의 신체적 차이를 축소해서 보여준다고 할 수 있다. 여자의 두개골은 여자의 가슴처럼 둥글고 매끄럽지만 남자보다 작다. 이마도 더 높고 둥그스름하다. 안와의 위치도 더 높고 가장자리도 덜 날카롭다. 여자는 턱과 구개와 이도 더 작다.

우리 앞에 놓인 해골은 일반적인 여자의 골반과 두개골의 기준에 부합했다. 사망 시점의 나이를 측정하려면 골핵(骨核), 즉 치아처럼 뼈가 형성되는 중심 부위를 검사한다. 시체의 대퇴골은 윗부분이 거의 완전히 녹아버렸고, 흉골 위쪽과 쇄골을 이어주는 부분도 일부만 남아 있었다. 두개골의 봉합선까지 검사를 마친 검시관은 여자의 나이를 스물한두 살로 추정했다. 이마와 턱 밑, 그리고 왼쪽 광대뼈에는 얼굴을 벗겨내면서 뼈를 절개한 자국이 있었다.

여자의 치아가 지닌 특징을 기록했는데 법치학(法齒學)이라고 부르는 이 절차는 실종자 명부를 확인하기 위한 과정이었다. 골수와 머리카락을 채취해서 DNA검사를 의뢰했다. 여기까지 마치고서야 울리치와 모피와 나는 시신에 비닐을 덮어서 어디론가 끌고 가는 모습을 지켜봤다. 우리는 잠깐 얘기를 나누다가 뿔뿔이 흩어졌는데, 솔직히 말하면 무슨 말을 주고받았는지도 기억이 나지 않는다. 내 눈에는 오로지 여자만 보였다. 내 귀에는 오로지 늪의 물소리만 들렸다.

울리치는 DNA검사와 치과 기록으로도 신원이 확인되지 않는다면 복안(復顔)기법(사체가 피부나 혈흔 없이 유골로만 발견된 경우 유골 위에 인공 피부조직을 씌워 생전 모습을 재현해내는 첨단 신원조회 방식—옮긴이)

을 시도해볼 수 있을 거라고 했다. 두개골에 레이저를 쏴서 윤곽을 확인한 후 비슷한 구조의 두개골과 비교해보는 방식이었다. 그는 샤워를 하고 커피를 한 잔 마신 다음에 콴티코에 연락을 해서 필요한 준비를 시키기로 했다.

하지만 복안기법은 필요하지 않았다. 늪에 버려진 젊은 여자의 신원을 확인하는 데에는 채 두 시간도 걸리지 않았다. 그녀가 검은 물속에 버려진 건 거의 6개월 전이었지만, 실종신고를 한 건 3개월밖에 되지 않았다.

여자의 이름은 루티스 폰테노, 라이오넬의 의붓여동생이었다.

44

 폰테노 저택은 들라크루아에서 동쪽으로 8킬로미터 거리에 있었다. 늪과 썩은 나무들 사이로 새로 닦은 사유 도로를 지나가다 보면 나무들을 깨끗이 밀어내고 검은 흙만 남은 공터가 나왔다. 위에 날카로운 철망을 두른 담장이 2~3에이커의 부지를 감쌌고, 그 가운데에 말굽 모양의 1층짜리 낮은 콘크리트 건물이 있었다. 그 건물 옆쪽의 콘크리트 주차장에는 코르니쉬 컨버터블 한 대와 검정색 익스플로러 세 대가 나란히 놓여 있었다. 뒤에도 오래된 집이 한 채 있었는데, 공간을 일렬로 배치한 평범한 단층 목조주택에 테라스를 둘렀다. 입구에 렌터카를 세울 때까지도 얼씬거리는 사람은 보이지 않았다. 조수석에는 루이스가 앉아 있었다. 레이첼은 다른 렌터카를 타고 이번이 마지막이라며 로욜라 대학에 갔다.

 "오기 전에 미리 전화를 했어야 하는 건가." 내가 고요한 집을 둘러보며 말했다.

 옆에 앉은 루이스가 천천히 머리 위로 손을 들더니 턱으로 앞쪽을 가리켰다. 청바지에 물 빠진 셔츠를 입은 남자 둘이 개머리판이 짧은 헤클러앤코흐 HK53으로 우리를 겨누고 있었다. 뒷거울로도 두 사람이 더 보였고, 허리에 도끼를 찬 다섯 번째 남자는 조수석 창문 앞에 서 있었다. 그들은 산전수전 다 겪은 것처럼 거친 남자들이었고, 이미 수염이 희끗희끗한 사람들도 있었다. 부츠에는 진흙이 묻었고, 손은 군데군데 흉터가 나고 손가락까지 굵은 육체노동자의 손이었다. 중간 정도의 키에 푸른색 데님 셔츠와 작업용 부츠를 신은 남자가 앞쪽 건물에서 입구를 향해 걸어오는 게 보였다. 남자는 입구에 도착해서도 문을 열지 않고 울타리 틈으로 우리를 바라보며 서 있기만 했다. 그는 예전에 화상을 입은 것 같았다. 얼굴 오른쪽에 심하게 흉이 졌고, 오른쪽 눈은 쓸모가 없어졌으며, 머리도 그쪽은 다시 자라지 않았다. 죽은 눈 아래쪽의 살이 늘어졌고, 말을 할 때도 왼쪽으로만 했다.

"여긴 무슨 볼일이오?" 억양이 심했다. 케이준 출신이었다.

"내 이름은 찰리 파커요." 내가 창문을 내리고 대답했다. "라이오넬 폰테노를 만나러 왔소."

"저치는?" 그가 손가락으로 루이스를 가리켰다.

"카운트 베이시(베니 모튼 밴드의 일원—옮긴이). 밴드의 다른 멤버들은 같이 오지 못했소."

예쁜이는 웃지 않았고, 어정쩡한 미소조차 짓지 않았다. "라이오넬은 아무도 만나지 않아. 그러니까 몸 성할 때 얼른 썩 꺼져." 그는 돌아서서 집으로 돌아갔다.

"이봐. 메테리에서 일 벌였던 조 본스네 깡패들은 다 세어봤소?"

그가 걸음을 멈추더니 다시 몸을 돌렸다.

"무슨 소리야?" 마치 내가 자기 여동생을 욕보이기라도 한 것 같은 표정이었다.

"메테리에 아무도 자기가 처리했다고 나서지 않은 시체가 두 구 있었을 텐데. 만약 상을 준다면 내가 좀 받아가려고."

그는 잠시 생각을 하는 것 같더니 이렇게 말했다. "당신 뭐야, 광대야? 그런 모양이지만 하나도 안 웃기거든."

"내가 웃기지 않다고?" 내 목소리에 날이 섰다. 그의 왼쪽 눈꺼풀이 파르르 떨리더니 헤클러앤코흐를 내 코앞 5센티미터 앞까지 바짝 들이댔다. 사용한 지 얼마 안 된 것처럼 화약 냄새가 났다. "그럼 아마 이건 재미있을 거야. 루티스 폰테노를 하니 아일랜드 밑바닥에서 끌어올린 사람이 나거든. 이 얘기를 라이오넬한테 좀 전해주지 그래. 또 알아? 라이오넬은 웃을지?"

그는 대꾸를 하지 않았지만, 적외선 리모콘으로 입구를 가리켰다. 거의 아무 소리도 없이 문이 열렸다.

"차에서 내려." 그가 말했다. 남자 둘이 우리의 손을 주시했고, 우리가 차 문을 열고 내릴 때까지 총으로 우리를 겨눴다. 그다음에는 또 다른 두 남자가 다가와서 손으로 차를 짚으라고 한 뒤에 도청장치나 무기를 숨기지 않았는지 몸을 수색했다. 그들은 루이스의 시그와 단도, 그리고 내 스미스앤웨슨을 얼굴이 일그러진 남자에게 넘겨주고 차 내부를 수색했다. 후드와 트렁크를 열어본 건 물론이고, 차 밑까지 검사했다.

"어이, 자네는 평화봉사단 같아." 루이스가 소곤거렸다. "어딜 가나 친구를 사귀는군."

"고마워. 타고난 재능이지." 내가 받아쳤다.

더 이상 나올 게 없다는 판단이 서자 도끼맨을 뒷자리에 태우고 천천히 올라가라고 했다. 남자 둘이 차 옆에서 따라 걸었다. 우리는 코르니쉬 옆에 차를 세웠고, 남자들의 감시 속에 뒤에 있는 낡은 집으로 갔다.

라이오넬 폰테노가 커피 잔을 손에 들고 베란다에서 기다리고 있었다. 화상을 입은 남자가 다가가 뭐라고 귓속말을 했지만, 라이오넬이 손을 들어 중단시키고는 이글거리는 눈으로 우리를 쏘아봤다. 빗방울이 투둑 떨어지는가 싶더니 순식간에 쏟아지는 비를 고스란히 맞으며 서 있는 신세가 됐다. 라이오넬은 그 빗속에 우리를 그냥 세워뒀다. 나는 파란색 리넨 리즈클레이본 정장에 흰 셔츠와 파란색 실크 니트 넥타이를 매고 갔는데, 물이 빠지지 않을까 걱정이 됐다. 빗줄기가 거셌고 집 주변의 흙이 진탕으로 변하기 시작했을 때에야 라이오넬은 부하들을 물리치고 테라스에 앉더니 우리에게 올라오라며 고갯짓을 했다. 우리는 등나무의자에 앉았고 라이오넬은 흔들의자에 앉았다. 화상을 입은 남자는 우리 뒤에 서 있었다. 루이스와 나는 그가 시야에 잡히도록 의자의 방향을 조금 틀었다.

메테리 문상객 속에서 봤던 기억이 나는 늙은 흑인 가정부가 세련된 은쟁반에 은 커피포트와 설탕과 크림통 세트를 받쳐 들고 내왔다. 쟁반에는 도자기 잔 세 개가 받침 위에 놓여 있었다. 컵에는 다채로운 색깔의 새가 서로 꼬리를 잡으려고 맴을 도는 그림이 그려져 있었고, 돛단배 무늬가 새겨진 묵직한 은 스푼이 컵 손잡이 밑에 가지런히 놓여 있었다. 가정부는 쟁반을 작은 등나무 테이블에 올려놓은 뒤 사라졌다.

라이오넬 폰테노는 검정색 면바지에 흰색 셔츠를 입고 깃을 풀었다. 검정 재킷은 등받이에 걸쳐놓았고, 가죽구두는 방금 닦은 것처럼 광이 났다. 그는 테이블 앞으로 몸을 기울여서 커피를 세 잔에 따르고 한 잔에 설탕 두 개를 넣은 다음 아무 말 없이 화상을 입은 남자에게 건넸다.

"크림? 설탕?" 그가 루이스와 나를 번갈아보며 물었다.

"블랙이 좋습니다." 내가 말했다.

"마찬가지입니다." 루이스가 말했다.

라이오넬이 우리에게 각각 잔을 건넸다. 아주 정중했다. 머리 위에서는 빗방울이 테라스 지붕을 세차게 두드려대고 있었다.

"내 동생을 찾게 된 경위를 얘기하고 싶다고?" 라이오넬이 마침내 입을 열었다. 낯선 사내가 달려와 자동차 앞 유리를 닦는 걸 보면서 푼돈을 쥐어줄지, 타이어 레버로 패줄지 고민하는 사람 같았다. 그는 잔을 들어 커피를 마시면서 새끼손가락을 치켜세웠다. 봤더니 화상을 입은 남자도 똑같이 했다.

나는 알고 있는 것 가운데 일부를 라이오넬에게 말했다. "당신의 여동생을 죽인 사람이 마리 아퀼라르와 그녀의 아들을 죽인 것 같습니다. 그리고 내 아내와 어린 딸도 죽였습니다. 그런 연유로 당신의 여동생을 수색하게 된 겁니다."

나는 애도를 표한다느니 하는 말은 하지 않았다. 하지 않았어도 아마 그는 이해했을 것이다. 이해하지 못한다면 굳이 말할 필요도 없었다.

"메테리에서 두 명을 해치웠다고?"

"한 명입니다. 나머지 한 명은 또 다른 사람이 죽였고요."

라이오넬이 루이스를 바라봤다. "당신인가?"

루이스는 대답하지 않았다.

"다른 사람입니다." 내가 다시 말했다.

라이오넬이 잔을 내려놓고 손을 활짝 펼쳤다. "그래서, 여기에 온 이유가 뭔가? 고맙다는 말을 듣고 싶은 건가? 나는 지금 동생의 유해를 수습하러 뉴올리언스에 갈 거야. 그것 때문에 자네한테 고마운지는 잘 모르겠군." 그가 고개를 돌렸다. 눈엔 고통의 빛이 역력했지만 눈물은 흘리지 않았다. 라이오넬 폰테노는 눈물샘이 발달한 사람 같지는 않았다.

"그것 때문에 온 게 아닙니다." 내가 조용히 말했다. "왜 루티스의 실종신고를 3개월 전에야 했는지 알고 싶습니다. 남동생분이 죽던 날 밤에 하니 아일랜드에서 뭘 했는지도 알고 싶고요."

"데이비드," 그는 말을 하려다가 멈췄다. 예쁜 찻잔 속의 새들처럼 그의 목소리에서는 애정과 괴로움과 죄책감이 서로 꼬리를 물고 이어졌다. 그러다가 마음을 추스르는 것 같았다. 나는 그가 지옥에나 가버리라고, 목숨을 부지하고 싶으면 자기네 가족사에 관심을 갖지 말라고 말할 줄 알았다. 나는 그의 눈을 응시했고, 그는 한동안 아무 말도 하지 않았다.

"당신을 믿어야 할 이유가 없잖아." 그가 말했다.

"이런 짓을 저지른 자를 제가 찾아낼 수 있습니다." 내가 말했다. 내 목소리는 낮고 차분했다. 라이오넬은 고개를 끄덕였는데, 그건 나한테라기보다 스스로를 향한 것 같았고, 마음의 결정을 내린 듯했다.

"여동생은 1월 말, 2월 초에 떠났소." 그가 말을 시작했다. "그 애는 싫어했지……" 그러면서 왼손을 가볍게 흔들어 주변을 가리켰다. "……이런 것들을 모조리. 조 본스하고 갈등이 있었고 사람들이 조금 다쳤소." 그는 잠시 얘기를 멈추고 표현을 신중하게 선택했다. "어느

날 그 애는 은행계좌를 정리한 후에 가방을 싸고는 메모를 남겼소. 우리랑 얼굴을 맞대고 얘기하지 않았어. 그랬으면 데이비드가 떠나도록 내버려두지도 않았겠지.

그 애를 찾으려고 백방으로 노력했소. 도시에 사는 친구들도 찾아가보고, 심지어 시애틀과 플로리다의 지인에게도 사람을 보냈으니까. 그런데 아무것도 나오지 않았어. 발자국 하나 찾지 못했지. 데이비드는 정말 상심이 컸어. 루티스는 이복 여동생이었소. 어머니가 돌아가신 뒤에 아버지가 재혼을 했고, 루티스는 아버지가 두 번째 결혼에서 얻은 아이야. 1983년에 자동차사고로 아버지와 둘째어머니가 돌아가신 후로 우리가 그 애를 돌봤고, 특히 데이비드하고 사이가 각별했소. 둘은 아주 친했소.

그런데 데이비드가 몇 달 전부터 루티스 꿈을 꾸기 시작한 거야. 처음에는 아무 내색을 안 했는데, 점점 해쓱해지고 창백해지면서 신경이 예민해지기 시작했소. 데이비드에게서 이런 얘기를 들었을 때 나는 그 애가 미쳤다고 생각했고, 데이비드에게도 그렇게 얘기했지만, 그 후로도 같은 꿈을 계속 꿨소. 데이비드는 루티스가 물속에 있는 꿈을 꿨다고 그랬어. 밤이면 루티스가 쇠를 두드리는 소리를 들린다고. 그러면서 루티스에게 무슨 일이 일어난 게 틀림없다고 했소. 하지만 우리가 뭘 어쩌겠소? 루이지애나의 절반을 뒤졌는데. 심지어 조 본스의 부하들한테도 접근해봤지. 뭔가 풀어야 할 실마리가 있지 않을까 싶어서. 아무것도 없었소. 루티스의 행방은 찾을 수 없었소.

그런데 나도 모르는 사이에 데이비드가 루티스의 실종신고를 했고, 경찰이 이 집을 들락거리는 거야. 우라질, 그날 녀석을 거의 죽여버릴 뻔했지만, 데이비드는 고집을 굽히지 않았소. 루티스한테 무슨 일이 일어난 게 확실하다면서. 그 애는 이미 이성을 잃었고, 나는 조 본스가 금방이라도 떨어질 것 같은 칼처럼 머리 위에 매달린 상황을 혼자서 감당해야 했소."

라이오넬이 화상 입은 남자를 쳐다봤다.

"전화가 왔을 때 저기 레온이 데이비드와 함께 있었소. 데이비드는 어디로 가는 건지 일언반구도 없이 그 빌어먹을 노란 차를 몰고 나가버렸소. 레온이 막아서자 총을 빼들었다더군." 내가 레온을 힐끗 쳐다봤다. 레온이라는 자가 데이비드 폰테노에게 일어난 일에 죄책감을 갖고 있는지는 모르겠지만, 그걸 겉으로 드러나지 않게 잘 감추고 있는 것만은 분명했다.

"누가 전화를 걸었는지는 모릅니까?" 내가 물었다.

라이오넬이 고개를 저었다.

나는 잔을 쟁반에 내려놨다. 커피는 차갑고 맛이 없었다.

"조 본스는 언제 칠 겁니까?" 내 질문에 라이오넬은 뺨이라도 맞은 것처럼 눈을 껌뻑였고, 레온이 앞으로 나오는 게 시야의 가장자리에 잡혔다.

"그건 대체 무슨 소리요?" 라이오넬이 말했다.

"경찰에서 여동생의 시체를 넘겨주면 또 한 번 장례식을 치러야 하지 않습니까. 장례식엔 문상객이 별로 없거나 경찰과 언론만 들끓겠죠. 어느 쪽이 됐건 당신은 그 전에 조 본스를 치려고 할 것 같은데, 장소는 아마 웨스트 펠리시아나의 집이 되겠죠. 데이비드의 원수도 갚아야 하고, 어쨌거나 조도 당신이 죽기 전까지는 마음 편히 쉬지 못할 테니까. 둘 중 하나는 그런 상황을 끝내려고 하겠죠."

라이오넬은 레온을 쳐다봤다. "몸수색 철저히 했어?" 레온이 고개를 끄덕였다.

라이오넬이 몸을 앞으로 기울였다. 목소리가 위협적이었다. "그게 너랑 무슨 상관이라는 거야?"

나는 그의 기에 눌리지 않았다. 그의 표정엔 금방이라도 폭력을 쓸 것 같은 기미가 어렸지만, 나에게는 라이오넬 폰테노가 필요했다.

"토니 르마가 죽었다는 소식 들으셨나요?"

라이오넬이 고개를 끄덕였다.

"르마가 죽은 건 아귈라르 모자가 살해당한 후에 그 집에 갔기 때문입니다. 마리 아귈라르의 피가 묻은 그의 지문이 발견됐는데, 그 얘기를 들은 조 본스가 르마한테 납작 엎드려 있으라고 했죠. 하지만 살인범은 그걸 알아냈어요. 어떻게 알았는지는 아직 모릅니다만. 그리고 살인범이 르마를 끌어들이기 위해 당신의 동생을 이용한 것 같습니다. 나는 르마가 조 본스에게 뭐라고 말했는지 알고 싶어요."

라이오넬은 내 말을 곱씹었다. "그런데 내 도움 없이는 조 본스에게 접근할 수 없다는 건가?"

옆에 있던 루이스가 입을 씰룩였다. 라이오넬은 그걸 놓치지 않았다.

"꼭 그런 건 아닙니다. 하지만 어차피 당신이 그를 방문할 생각이라면 우리도 따라가고 싶습니다."

"내가 조 본스를 방문할 경우, 내가 떠날 때면 그 빌어먹을 집구석은 쥐새끼가 죽은 듯이 조용할 거요." 라이오넬이 나직하게 말했다.

"당신은 할 일을 하세요. 하지만 난 조 본스를 살려둬야 합니다. 당분간은."

 라이오넬이 자리에서 일어나더니 셔츠의 단추를 채웠다. 재킷 안주머니에서 폭이 넓은 검정색 실크넥타이를 꺼내 유리창에 모습을 비춰 보면서 그걸 매기 시작했다.

 "어디에 묵고 있지?" 그가 물었다. 나는 대답을 하고, 전화번호를 적어서 레온에게 주었다. "연락하지." 라이오넬이 말했다. "상황 봐서. 여기는 다시 오지 말게."

 그걸로 우리의 대화는 끝난 것 같았다. 그런데 루이스와 내가 차에 거의 도착했을 때 라이오넬이 다시 입을 열었다. 그는 재킷을 입고 셔츠의 매무새를 가다듬더니, 재킷의 옷깃을 쓸어냈다.

 "한 가지 더." 그가 말했다. "루티스를 찾았을 때 세인트마틴의 모피가 그 자리에 있었다고 들었는데. 경찰 친구들이 있나 보지?"

 "네. FBI 친구들도 있습니다. 그게 문제가 되나요?"

 그가 몸을 돌렸다. "자네가 문제를 일으키지 않는다면 문제될 게 없지. 그런데 만약 문제를 일으킨다면 자네와 자네 친구는 가재 먹이가 될 거야."

 루이스는 라디오 채널을 이리저리 돌리다가 닥터 존(블루스와 팝, 재즈, 그리고 루이지애나 스타일의 대중음악을 뜻하는 자이데코와 록앤롤까지 접목한 음악 성향을 보여주는 미국의 가수, 작곡가 겸 연주가—옮긴이)의 음악만 계속해서 틀어대는 것 같은 곳을 찾아냈다. "이런 게 음악이지, 안 그래?" 그가 말했다.

 음악은 〈메이킹 후피〉에서 〈그리스 그리스 검보 야야〉로 껄끄럽게 이어졌고, 닥터 존의 걸걸한 목소리가 차 안에 울려 퍼졌다. 루이스가 다시 라디오를 돌렸는데 거스 브룩스의 노래를 세 곡 연속 틀어주는 컨트리음악 방송의 주파수가 잡혔다.

"이건 악마의 음악이야." 루이스가 중얼거리더니 라디오를 꺼버리고 손가락으로 차를 두드렸다.

"저기, 내키지 않으면 꼭 같이 다니지 않아도 돼. 상황이 힘들어질 수도 있고, 어쩌면 울리치랑 FBI 쪽에서 자네를 힘들게 만들겠다고 작정하고 덤빌 수도 있어." 루이스의 현재 상황은 앙헬의 그럴 듯한 표현을 빌리자면, '준-은퇴' 상태였다. 금전적으로는 문제가 없는 것 같았다. '준'이라는 말이 붙었다는 건 예전에 하던 일을 다른 뭔가로 대체했다는 뜻일 수도 있을 텐데, 그게 뭔지는 아직 확실치 않았다.

그는 나를 보지 않고 창밖을 내다봤다. "앙헬과 내가 왜 여기 있는지 알아?"

"잘은 모르겠어. 부탁을 하면서도 자네들이 정말 올 거라고는 확신하지 못했거든."

"우리가 온 건 자네한테 빚진 게 있기 때문이고, 필요했을 때 우리를 돌봐줬기 때문이고, 부인과 어린 딸에게 그런 일이 있었으니까 누군가 자네를 돌봐줘야 하기 때문이었어. 무엇보다 앙헬은 자네가 좋은 사람이라고 생각해. 어쩌면 나도 그렇게 생각하는 것 같고. 나도 자네가 모딘 그 개 같은 년을 끝장낸 것이며 여기서 자네가 끝을 보려고 하는 일, 그런 것들은 종지부를 찍어야 한다고 생각하는 것 같아. 내 말 알겠어?"

그가 그런 식으로 얘기하는 걸 듣고 있자니 기분이 묘했다. 묘하게 감동적이었다. "알 것 같아." 내가 조용히 대답했다. "고마워."

"이걸 여기서 끝장낼 거지?" 그가 물었다.

"그럴 생각이야. 하지만 아직도 빠진 게 있어. 디테일, 패턴, 아무튼 뭔가." 그건 가로등 밑을 지나는 쥐새끼처럼 얼핏얼핏 떠올랐다 사라졌다. 에드워드 바이런에 대해 좀더 알아볼 필요가 있었다. 울리치하고도 얘기를 해봐야 했다.

레이첼은 플레상스 본관 로비에서 우리를 맞았다. 차가 오는지 지켜보고 있었던 모양이었다. 앙헬은 옆에서 핫도그를 먹으며 어슬렁거렸다. 야구방망이 끝부분처럼 생긴 소시지에 양파와 칠리를 얹고 겨자를 뿌린 럭키독이라는 핫도그였다.

"FBI가 왔었어요." 레이첼이 말했다. "당신 친구인 울리치도 같이 왔어요. 영장을 가지고 왔던데요. 전부 가져갔어요. 내 공책, 그림들, 닥치는 대로 전부." 그녀는 우리를 데리고 자기 방으로 갔다. 벽에 붙어 있던 메모들이 전부 사라졌다. 내가 그린 도표까지 떼어갔다.

"우리 방도 뒤졌어." 앙헬이 루이스에게 말했다. "버드의 방도." 문득 총기 상자가 생각나서 고개를 획 돌렸다. 앙헬은 내 의중을 알아차렸다. "자네의 FBI 친구가 루이스를 노려봤던 날 당장 치웠지. 바욘에 있는 창고에 모셔놨어. 우리 둘이 열쇠를 하나씩 가지고 있지."

방으로 올라갈 때부터 레이첼은 화가 났다기보다 그저 조금 짜증스러운 정도로만 보였다. "내가 모르는 뭔가가 있는 건가요?"

레이첼이 미소를 지었다. "그들이 닥치는 대로 가져갔다고 했잖아요. 그들이 오는 걸 앙헬이 봤어요. 그래서 공책 일부를 청바지 허리춤에 찔러 넣고 셔츠로 가렸죠. 나머지는 앙헬이 처리했고요."

그녀는 침대 밑에서 수북한 종이 뭉치를 꺼내들고 조금 의기양양하게 흔들어댔다. 한 장은 따로 들고 있었는데, 그건 반으로 접혀 있었다.

"당신이 이걸 보고 싶어할것 같은데요." 그러면서 그 종이를 내게 내밀었다. 그걸 펼치는 순간 한 줄기 아픔이 가슴을 베고 지나는 느낌이었다.

그건 발가벗은 채 의자에 앉아 있는 여자의 그림이었다. 목부터 사타구니까지 갈라서 양쪽으로 벗긴 가죽이 가운처럼 팔 위로 늘어졌다. 여자의 무릎 위에 누운 젊은 남자도 비슷하게 몸을 갈랐지만, 내장이며 다른 장기들을 제거해서 속이 비었다. 해부학적인 세부사항과 피해자 한 명의 성별이 다른 것만 제외하면 그건 제니퍼와 수전의 상황과 매우 흡사했다.

"이건 에티엔의 〈피에타〉예요. 워낙 알려지지 않은 것이라 찾기가 무척 힘들었어요. 그 당시에도 지나치게 노골적이고, 무엇보다 불경하다는 평을 받았죠. 교회 관계자들이 보기엔 죽은 그리스도와 성모마리아하고 너무 비슷했기 때문에 못마땅할 수밖에 없었죠. 에티엔은 이 그림 때문에 화형을 당할 뻔했어요."

그녀는 내게서 그림을 받아들고 슬픈 표정으로 바라보다가 다른 종이들과 함께 침대에 내려놓았다. "그자가 무슨 짓을 하고 있는지 알 것 같아요. 그자는 메멘토 모리, 죽음의 상징을 창조하고 있는 거예요." 그녀는 침대 끄트머리에 걸터앉아서 기도를 하듯이 마주 댄 손을 턱 밑에 붙였다. "그는 우리에게 숙명적인 죽음에 대한 가르침을 주고 있어요."

4부

그는 당신의 속을 속속들이 알고 싶어하오, 크리스핀.
— 에드워드 레이븐스크로프트, 〈해부학자〉

45

　마드리드에 있는 콤플루텐세 의대에는 해부학 박물관이 있다. 카를로스 3세가 세운 이곳에 전시된 것들은 대부분 훌리안 데 벨라스코 박사가 19세기 초부터 중반 사이에 수집한 것들이다. 벨라스코 박사는 자신의 일에 진지하게 임하는 사람이었다. 윌리엄 하비(1578~1657, 영국의 의학자, 생리학자―옮긴이)가 아버지와 누이를 부검해서 혈액 순환의 원리를 밝혀낸 것처럼 벨라스코 박사도 친딸의 시체를 미라로 만들어 보존한 것으로 유명하다.

　긴 직사각형의 홀에 전시품을 담은 유리관들이 진열되어 있다. 거대한 해골 두 개, 태아 머리의 밀랍 모형, 그리고 '데스페예하도스'라는 팻말이 붙은 모형 두 개. 그건 '껍질을 벗긴 사람들'이라는 뜻이었고, 흰 베일에 덮이지 않은 근육과 힘줄의 움직임을 보여줄 수 있도록 극적인 자세로 세워져 있었다. 베살리우스(1514~1564, 근대 해부학의 아버지로 추앙받는 네덜란드 의사―옮긴이), 발베르데, 에티엔, 그들의 선배들과 동료들, 그리고 후배들도 이런 전통 속에서 작업을 했다. 미켈란젤로와 레오나르도 다빈치 같은 예술가들은 저마다 에코르셰(피부

없이 인체의 근육과 골격을 보여주는 그림 혹은 소조 작품―옮긴이)를 그렸고, 해부학적 경험을 바탕으로 작품 활동을 했다.

그리고 그들이 창조한 인물은 해부학적 표본을 뛰어넘었다. 그 인물들은 저마다의 방식으로 우리 인류의 결점, 고통을 견딜 수 있는 몸의 한계, 그리고 궁극적으로 죽음이라는 운명을 일깨워주었다. 그들은 육욕의 무상함을 경고하고, 이승에서 벗어날 수 없는 질병과 고통과 죽음이라는 현실을 보여주고, 좀더 나은 내생을 약속했다.

해부학 모형 제작이 정점에 이른 건 18세기 피렌체였다. 펠리체 폰타나 수도원장의 후원하에 해부학자들과 예술가들은 공동 작업을 하며 밀랍으로 자연스러운 모형을 만들어냈다. 해부학자들이 시체의 속을 걷어내면 예술가들이 물에 갠 석고를 부어서 거푸집을 만들었다. 그 안에 밀랍을 여러 번에 나눠서 붓고, 필요한 부분에서는 돼지비계로 밀랍의 온도에 변화를 주면서 인간의 조직처럼 투명한 층을 만들어냈다. 그런 다음에는 실과 붓과 가느다란 펜으로 몸의 인대와 근육섬유를 재현해냈다. 눈썹과 눈꺼풀을 하나씩 붙였다. 볼로냐의 화가였던 렐리(조반니 안토니오 렐리, 1591~1640, 바로크 시대의 이탈리아 화가―옮긴이)의 경우에는 진짜 해골을 이용해서 밀랍 모형을 만들었다. 오스트리아 황제였던 요제프 2세는 그의 밀랍 컬렉션에 깊은 인상을 받은 나머지 자국의 의학 발전을 위해 1,192개의 모형을 주문했다. 반면에 암스테르담 아테네움 일루스트레 대학의 해부학과 교수였던 프레데릭 라위스(1638~1731, 시체의 혈관에 착색한 방부액을 주입하여 방부와 맥관脈管의 분포를 검사하는 방법을 창시하여 해부학을 크게 발전시킨 네덜란드의 해부학자―옮긴이)는 방부제와 착색제를 이용해서 표본을 보존했다.

그의 집에는 다양한 자세로 인간의 변천 과정을 일깨워주는 영유아의 해골이 전시되어 있었다.

하지만 실제의 몸을 보여주는 것에 비할 수는 없었다. 해부와 절개 시연에는 구름 관중이 모여들었고, 일부는 카니발 분장을 하고 오기도 했다. 표면상의 목적은 교육이었다. 그러나 절개 시연은 사실상 공공연한 처형의 연장일 뿐이었다. 영국에서는 1752년의 살인법을 통해 살인자의 시신을 해부학적으로 절개할 수 있도록 허용함으로써 이 두 가지를 직접적으로 연결지었으며, 사후 해부는 범죄자에게 적절하게 매장될 자격을 박탈함으로써 일종의 가중처벌이 되었다. 해부를 위해 죽은 빈민의 시체를 징발할 수 있도록 허용한 1832년도의 해부법은 가난한 사람들에게서 내생의 기회를 빼앗았다.

그렇게 죽음과 해부는 과학적 지식의 확대와 나란히 걸어왔다. 하지만 고통은? 여성의 신체 작용을 혐오해서 특히 자궁에 병적으로 집착하기에 이르렀던 르네상스의 정서는? 껍질을 벗기고 해부할 때 고통과 성, 죽음이라는 엄연한 현실은 멀리 떨어져 있지 않았다. 몸의 내부는, 드러났을 때, 우리에게 죽음의 숙명을 말해준다. 그러나 얼마나 많은 사람들이 자신의 내부를 목격할 수 있을까. 우리는 오로지 타인의 죽음이라는 프리즘을 통해서만 죽을 수밖에 없는 우리의 숙명을 이해한다. 그럴 때마저도 죽음이라는 숙명이 검붉은 현실을 분명하게 드러내는 것은 행위와 그에 따른 즉각적인 결과를 목격하게 되는 전쟁이나 잔혹한 사고사나 살인 같은 이례적인 상황에서일 뿐이다.

잔혹하고 고통스러운 방법을 통해서 떠돌이가 그 장벽을 무너뜨리려 한다는 게 레이첼의 생각이었다. 그런 식의 살인을 통해 피해자들에게 자신의 내부를 보게 하고 진정한 고통의 의미를 경험하게 함으로써 죽음의 숙명을 알려주고 그와 동시에 다른 사람들에게도 어느 날 마주하게 될 죽음의 숙명과 두려운 단말마의 고통을 일깨우는 역할을 한다는 것이었다. 떠돌이는 고문과 처형, 지적이고 육체적인 호기심과 사디즘의 경계를 넘나들었다. 그는 인류의 비밀스러운 역사, 옛날 사람들이 죽은 자와 산 자의 몸을 모두 갈랐고 범죄자의 손발을 묶은 채 사지부터 시작해서 내부 장기까지 차례대로 해부했음을 보여주는 13세기 《니콜라이 인체 해부Anatomia Magistri Nicolai Physici》에 기록된 그 역사의 한 부분이었다. 의학사를 연구하는 학자들은 여전히 반론을 제기하고 있지만, 켈수스(로마제국의 법학자이자 의학저술가—옮긴이)와 아우구스티누스도 산 자의 해부에 대해 비슷한 주장을 한 바 있다.

그리고 이제 떠돌이는 자신만의 역사를 쓰기에 이르렀다. 자신만의 방식으로 과학과 예술을 결합해서 보여주며, 죽음의 숙명에 대해 독자적인 기술을 하고, 인간의 심장 안에 지옥을 창조하기에 이르렀다.

여기까지가 우리를 방에 모아놓고 레이첼이 설명해준 내용이었다. 어느새 밖에는 어둠이 내리고, 어디선가 음악 소리가 들려왔다.

"눈을 제거한다는 건 무지, 고통과 죽음이라는 현실에 대한 몰이해를 신체적으로 상징하는 것 같아요. 하지만 살인자가 평범한 인류와 얼마나 괴리되어 있는지를 단적으로 보여주는 것이기도 하죠. 우리는 모두 고통을 느끼고, 우리 자신의 목숨이 끊어지기 전에도 다양한 방식으로 죽음을 경험합니다. 그런데 그는 오로지 자신만이 그걸 우리에게 가르쳐줄 수 있다고 믿는 거예요……."

"그렇거나, 또는 우리가 그걸 망각했기 때문에 일깨워줘야 한다고 믿는 걸 수도 있죠. 우리가 얼마나 하잘 것 없는 존재인지 말해주는 게 자신의 역할이라고 생각하는 거예요." 내 말에 레이첼이 고개를 끄덕이며 동의했다.

"당신의 말대로라면 루티스 폰테노는 왜 통 속에 넣어서 유기한 거죠?" 발코니 옆에 앉아 거리를 내려다보던 앙헬이 물었다.

"습작이었던 거죠." 레이첼의 대답에 루이스는 한쪽 눈썹을 치켜세웠지만, 뭐하고 말은 하지 않았다.

"떠돌이라는 이자는 자기가 예술 작품을 창조하고 있다고 생각해요. 시신을 전시하고, 의학 고서와 연관을 짓고, 신화를 재현하고, 시신을 예술적으로 구현하는 데 공을 들이는 이유가 전부 그걸 말해주죠. 하지만 예술가들도 어느 시점에서는 첫 발을 내디뎌야 해요. 시인과 화가, 조각가 할 것 없이 전부 공식적으로든 아니든 나름대로 수습기간을 거치잖아요. 수습기간에 만든 것이 이후의 작품에 영향을 미칠 수는 있겠지만, 보통은 대중에게 공개하지 않죠. 비판의 걱정 없이 실수를 저지르고, 자신이 뭘 어디까지 할 수 있을지 가늠해보는 시기인 거예요. 루티스 폰테노가 그에겐 그런 의미였을지도 모르겠어요. 습작."

"하지만 루티스 폰테노는 수전과 제니퍼 이후에 죽었어요." 내가 조용히 덧붙였다.

"그자가 수전과 제니퍼를 노린 건 본인이 원했기 때문인데, 결과는 만족스럽지 못했어요. 내 생각에 그자는 공개된 무대로 돌아가기 전에 루티스를 이용해서 다시 연습을 해본 것 같아요." 레이첼은 나를 보지 않은 채 대답했다. "아퀼라르 모자를 죽인 건 욕망과 필요가 어우러진 복합적인 이유 때문이었고, 이번엔 추구하는 효과를 구현하기 위해 필요한 시간이 있었어요. 그다음에 르마를 살해했는데, 르마가 실제로 뭔가를 봤기 때문이거나 그저 뭔가를 봤을지도 모른다는 가능성 때문 일 수도 있겠지만 이번에도 르마를 메멘토 모리라는 작품으로 만들었어요. 그 나름대로 실용적이라고 할 수 있죠. 그는 필요해서 저지르는 일에서도 작품을 만들어내길 두려워하지 않아요."

앙헬은 거침없이 내뱉은 레이첼의 말이 불편한 눈치였다. "하지만 대부분의 사람들이 죽음에 반응하는 방식은 다르잖아요." 그가 툭 끼어들었다. "죽음을 접하면 우리는 살고 싶어지죠. 심지어 끌리기도 한다고요."

레이첼은 나를 힐끗 쳐다봤다가 공책으로 눈을 돌렸다.

"내 말은, 이자가 우리한테 원하는 게 뭐냔 말이에요. 이자가 죽음에 불만이 있고 다음 세상이 더 나을 거라고 생각한다는 이유로 먹지도 말고 사랑하지도 말라는 건가요?" 앙헬이 쏘아붙였다.

나는 〈피에타〉 그림을 다시 집어서 몸의 세부묘사, 꼼꼼하게 표시해 놓은 장기, 그리고 남녀의 얼굴에 어린 평온한 표정을 살펴봤다. 떠돌이의 손에 죽은 피해자의 얼굴들은 전혀 그렇지 않았다. 마지막 숨이 끊어지는 단말마의 고통으로 잔뜩 일그러졌다.

"이자는 다음 세계 따위엔 관심도 없어." 내가 말했다. "오로지 이번 생에서 자신이 가할 수 있는 고통에만 관심이 있지."

나는 의자에서 일어나 앙헬이 있는 창가로 갔다. 개들이 마당을 뛰어다니며 쿵쿵거렸다. 아닌게아니라 음식과 맥주 냄새가 났고, 그 밑으로 우리를 스쳐 가는 인간 군상의 냄새가 났다. 나는 것 같았다.

"그는 왜 우리를, 자네를 노리지 않았을까?" 앙헬이었다. 나한테 던진 질문이었지만, 대답을 한 건 레이첼이었다.

"우리가 이해하길 바라기 때문이에요. 그가 지금까지 저지른 모든 행동은 우리를 뭔가로 이끌어가려는 시도였어요. 모든 게 의사소통의 일환이고, 우리는 그의 청중인 거죠. 그는 우리를 죽이고 싶어하지 않아요."

"아직은." 루이스가 말했다.

레이첼은 고개를 한 번만 끄덕였고 나와 시선이 얽혔다. "아직은." 그녀가 루이스의 말을 나직하게 반복했다.

나중에 다들 보건스에서 만나기로 하고 내 방에 돌아와 울리치에게 전화를 걸어서 자동응답기에 메시지를 남겼다. 울리치는 5분 만에 전화를 걸었고, 한 시간 후에 나폴레옹 하우스에서 만나자고 했다.

그는 약속을 정확하게 지켰다. 그는 빛바랜 흰색 면바지를 입고 한 벌로 보이는 재킷은 팔에 걸친 채로 바로 들어서다가 재킷을 다시 걸쳤다. 10시 직전이었다.

"으스스한데. 입구만 그런 건가?" 그의 눈에는 졸음이 가득했고, 오래 씻지 않아 시큼한 냄새를 풍겼다. 이제 그에게서는 제니 오바흐의 아파트에서 만났던 사람, 은근히 적대적인 현지 경찰들 속에서 주도권 씨름을 하던 그 사람은 더 이상 찾아볼 수 없었다. 일단 나이가 들었고, 그때만큼 자신만만하지 않았다. 레이첼의 서류를 그런 식으로 압수한 건 그답지 않은 행동이었다. 노회한 울리치라면 어떤 식으로든 그걸 손에 넣기는 했겠지만, 일단 달라고 먼저 요청했을 것이다. 그는 자신이 마실 아비타를 시키면서 내 몫으로 생수를 한 병 더 주문했다.

"호텔에서 자료들을 왜 압수해갔는지 얘기해줄 텐가?"

"그걸 압수라고 생각하지 마, 버드. 그냥 빌린 거라고 생각해." 울리치는 맥주를 마시면서 거울에 자신의 모습을 비쳐봤다. 그 모습이 마음에 들지 않는 눈치였다.

"부탁을 할 수도 있었잖아." 내가 말했다.

"그랬다면 나한테 줬을까?"

"아니, 하지만 왜 안 주는지 얘기했겠지."

"그런 방식은 듀런드가 썩 좋아하지 않았을 것 같은데. 솔직히 나도 별로 마음에 들지 않고."

"듀런드가 시킨 건가? 왜지? FBI에는 자체적인 프로파일러들이 있고, 자네 부하들도 이 사건을 조사하고 있잖아. 우리가 더 많은 걸 찾아낼 수 있을 거라고 단정하는 이유가 뭐야?"

울리치는 의자를 틀어서 나한테 몸을 바짝 기울였다. 입김이 닿을 정도로 가까이 다가왔다. "버드, 자네가 이자를 잡고 싶어한다는 거 알아. 수전과 제니퍼한테, 늙은 노파와 그 아들, 그리고 플로렌스한테, 루티스 폰테노한테, 심지어 그 빌어먹을 르마한테 한 짓 때문에 그를 잡고 싶어한다는 거 잘 알아. 나는 돌아가는 상황을 자네에게 빠짐없이 알려주려고 노력했는데, 자넨 새 신발을 얻어 신은 빌어먹을 꼬마처럼 범죄현장마다 헤집고 다녔어. 게다가 옆방에다 청부 살인자를 데려다놨지. 그의 친구는 또 뭘 하는 인간인지 알 수가 없고, 자네의 숙녀 친구분은 의학적인 상상력이 발휘된 그림들을 무슨 타투 패턴처럼 수집한단 말이지. 그런데 자네는 이런 것들에 대해 나한테 입도 뻥끗하지 않으니 내가 알아서 하는 수밖에. 내가 자네한테 뭘 숨기고 있을 것 같아? 자네가 하고 다니는 짓거리를 보면, 내가 자네를 뉴욕행 비행기에 태워서 돌려보내지 않는 걸 행운으로 여겨야 해."

"그렇다면 자네가 알고 있는 걸 나도 좀 알아야겠어. 이자에 대해 숨기고 있는 게 뭔가?"

우리는 이제 거의 머리를 맞대고 있는 상태였다. 울리치가 몸을 뒤로 기울였다.

"숨기고 있다고? 맙소사, 버드. 자네는 구제불능이로군. 그래, 얘기해주지. 바이런의 부인? 그 여자가 대학 다닐 때 뭘 전공했는지 알고 싶은가? 예술. 논문은 르네상스 예술과 인체 묘사에 대해 썼어. 거기에 의학적 묘사도 포함됐을 거라고. 그래서 전남편이 그런 생각을 갖게 된 거라고 생각해?"

그가 숨을 깊이 들이마시더니 맥주를 벌컥벌컥 들이켰다. "자네는 미끼야, 버드. 그건 자네도 알고 나도 알아. 그리고 나는 다른 것도 알지." 울리치의 목소리는 차갑고 딱딱했다. "나는 자네가 메테리에 갔었던 걸 알아. 어떤 시체의 머리에 총알구멍이 났는데, 경찰에서 10밀리미터 스미스앤웨슨 총알 조각을 찾아냈지. 그의 대갈통 뒤쪽에서 꺼냈거든. 그것에 대해 뭐 하고 싶은 말 없나, 버드? 총격전이 시작됐을 때 메테리에 자네 혼자 있었는지 말해줄 테야?"

나는 대꾸하지 않았다.

"그 여자랑 잤지, 버드?"

울리치를 쳐다봤다. 눈동자에는 웃음기가 없었고, 표정도 미소와 거리가 멀었다. 오히려 적의와 불신이 가득했다. 에드워드 바이런과 그의 전부인에 대해 뭘 알아야 하건 내가 직접 찾아내야 할 모양이었다. 내가 거기서 주먹을 날렸으면 우리 둘 다 심하게 다쳤을 것이다. 나는 더 이상 그를 붙잡고 말을 허비하지 않았고, 뒤도 돌아보지 않은 채 그곳을 떠났다.

택시를 타고 바이워터까지 가서 도피네와 레셉스가 교차하는 모퉁이에 있는 보건스 라운지 바로 앞에서 내렸다. 창문으로 차비 5달러를 냈다. 안으로 들어갔더니 커미트 러핀스와 바비큐 스윙어스(커미트 러핀스는 뉴올리언즈에서 태어난 재즈 트럼펫 연주자이자 보컬리스트로, 그가 만든 5인조 재즈악단의 이름이 바비큐 스윙어스다—옮긴이)에 이어 뉴올리언스 관현악단의 랩소디 선율이 흘러나왔고, 테이블마다 빨간콩이 담긴 접시들이 널려 있었다. 레이첼과 앙헬은 테이블과 의자 옆에서 춤을 추고, 루이스는 도 닭기도 지쳤다는 표정으로 두 사람을 보고 있었다. 내가 들어서는데 마침 음악의 템포가 조금 느려졌고, 레이첼이 내 손을 잡아끌었다. 나는 그녀가 이끄는 대로 따라갔고, 그녀가 내 뺨을 쓰다듬을 때는 눈을 감은 채 그녀에게 몸을 맡겼다. 그러다가 자리에 앉아 음료수를 마시며 생각에 잠겨 있는데, 루이스가 내 옆자리로 옮겨 앉았다.

"아까 레이첼의 방에서 자네는 별 말이 없던데." 내가 말했다.

그가 고개를 끄덕였다. "쓸데없는 잡소리니까. 종교니 의학적인 그림이니 하는 것들은 전부 겉치장일 뿐이야. 그자가 그런 것들을 믿을 수도 있고, 믿지 않을 수도 있지. 이건 죽음의 숙명과는 아무 관계도 없어. 고기 색의 아름다움하고나 상관이 있지."

그는 맥주를 한 모금 들이켰다.

"그리고 이자는 그냥 붉은색을 좋아하는 거야."

플레상스로 돌아온 나는 레이첼 옆에 누워 어둠 속에서 그녀의 숨소리에 귀를 기울였다.

"생각해봤어요. 우리가 쫓는 살인자에 대해."

"그런데?"

"살인자가 남자가 아닐 수도 있을 것 같아요."

팔꿈치를 세우고 그녀를 쳐다봤다. 크고 밝은 눈의 흰자위가 보였다.

"왜죠?"

"정확하게는 모르겠어요. 그냥, 누가 됐든 이런 범죄를 저지르는 자의 정서에 거의 여성적인 면이 있는 것 같아요······. 사물들을 서로 연결하고 잠재적인 상징을 포착하는 감성. 모르겠어요. 그냥 생각나는 대로 떠들어볼 뿐이지만, 현대의 남성에게서 전형적으로 나타나는 정서는 아니거든요. 어쩌면 '여성'이라는 말은 잘못일지도 몰라요. 그러니까 그 특징, 잔인함과 피해자를 제압하는 능력 같은 특징은 전부 남성적이니까. 그래도 아무튼 지금으로서는 여기까지가 내가 생각할 수 있는 최대한이에요."

그녀는 다시 말이 없었다.

"우리는 연인이 되고 있는 건가요?" 한참 만에 그녀가 물었다.

"모르겠어요. 그런가요?"

"질문을 회피하는군요."

"아니, 그런 건 아니에요. 대답하는 데 익숙한 질문이 아니라서. 또 다시 대답해야 할 거라고 생각했던 질문이 아니거나. 우리가 함께하길 원하냐고 묻는 거라면, 그래요. 조금 걱정이 되고, JFK 공항의 수하물 담당자보다 더 많은 짐을 지고 있기는 하지만, 그래도 당신과 함께하고 싶어요."

그녀가 부드럽게 입을 맞췄다.

"술은 왜 끊었어요?" 그러고는 바로 이렇게 덧붙였다. "지금 우리는 허심탄회하게 얘기하는 중이잖아요."

"지금 술을 한 잔 마시면 일주일 뒤에 수염을 덥수룩하게 기른 채 싱가포르에서 눈을 뜰 테니까요." 내가 대답했다.

"그건 내 질문에 대한 답이 아니에요."

"나 자신이 싫었고, 그러다 보니 다른 사람들, 가장 가까운 사람들까지 싫어졌어요. 수전과 제니퍼가 죽던 날 밤에 난 술을 마시고 있었어요. 술을 많이 마셨는데, 그날만이 아니라 다른 날도 마찬가지였어요. 술을 마시는 이유는 수없이 많았어요. 직업이 주는 스트레스 때문에, 남편으로서 아버지로서 무능한 내 모습 때문에, 어쩌면 해묵은 다른 이유들도 있었을지 모르죠. 내가 술꾼이 아니었다면 수전과 제니퍼는 죽지 않았을지도 몰라요. 그래서 끊었어요. 너무 늦었지만, 그래도 끊었어요."

그녀는 아무 말도 하지 않았다. 그건 당신의 잘못이 아니라거나, 자책할 필요가 없다는 말 같은 건 하지 않았다. 그런 말들이 아무 의미가 없다는 걸 그녀는 알고 있었다. 얘기를 더 하고 싶었다. 알코올 없이 산다는 게 어떤 것인지 설명하고 싶었다. 그게 없으면 이제 하루하루 기대할 게 아무것도 없어진 것 같은 두려운 마음을 토로하고 싶었다. 술을 마시지 않는 오늘은 어제와 다를 게 없었다. 어쩌다 기분이 저조

할 때면 떠돌이를 추적하는 게 하루를 때우려는 시도거나 미치지 않으려고 발버둥을 치는 게 아닌가 싶었다.
  그러다 그녀는 잠이 들었고, 이불 위에 누운 채 루티스와 예술 작품이 되어버린 시체들을 생각하다가 나도 스르르 잠에 빠져들었다.

46

 울리치와 나눈 얘기가 머릿속에서 맴돌고 어두운 물이 꿈을 어지럽히는 바람에 그날 밤에는 잠을 제대로 자지 못했다. 그 다음날 아침에는 천신만고 끝에 제이양조장 옆에 있는 리버사이드뉴스 가판대에서 뉴올리언스에 달랑 한 부뿐인 것 같은 〈뉴욕타임스〉를 사 들고 혼자 식사를 했다. 그러고 나서 카페 뒤 몽드에서 레이첼을 만나 프렌치마켓을 거닐며 티셔츠와 CD, 싸구려 가방을 구경하고, 청과물을 파는 파머스마켓으로 넘어갔다. 그곳엔 까만 눈동자 같은 피칸, 작고 창백한 머리 같은 마늘, 상처처럼 검붉은 속살을 드러내며 시선을 잡아끄는 멜론이 있었다. 눈알이 하얀 생선이 얼음을 뒤집어쓴 채 가재 꼬리 옆에 누워 있고, 머리를 떼어낸 새우 옆에는 '꼬치에 꿴 악어고기'가, 뿌연 물탱크 안에도 새끼 악어들이 담겨 있었다. 가지와 밀리톤(아이티가 원산지인 호박의 일종—옮긴이), 양파와 코끼리 발가락 마늘, 신선한 로마 토마토와 잘 익은 아보카도가 수북이 쌓여 있었다.

 100년 전에 여기는 군부대와 우르술라회(4세기에 순교한 로마 가톨릭의 성인을 기리기 위해 17세기에 창설된 수도회—옮긴이) 사이로 선창가를 따라 두 구역 정도 이어진 갤러틴 스트리트였다. 상하이와 바우어리(싸구려 술집과 여관 따위가 많고 부랑자가 우글거리는 뉴욕의 구역—옮긴이)를 제외하면, 세계에서 가장 거칠다고 할 수 있는 곳이었다. 사창가와 싸구려 술집에서는 남의 눈 따위를 아랑곳하지 않는 뻔뻔한 남자들이 한 수 더 뜨는 여자들과 뒤엉키고, 무기도 없이 섣불리 발을 들였다간 후회 막심한 상황에 빠지게 되는 그런 곳이었다.

이제 갤러틴 스트리트는 지도에서 지워졌고, 관광객들은 라파예트와 그 너머에서 생선을 팔러 온 케이준 어부들 틈에 섞여 머리가 핑 돌 것처럼 강한 미시시피의 냄새를 맡았다. 여기는 그런 도시인 것처럼 보였다. 거리가 사라지고, 술집은 문을 열었다가 한 세기가 지나면 자취를 감췄고, 건물이 부서지거나 잿더미가 된 자리에 또 다른 건물이 들어섰다. 변화는 있었지만, 도시의 기운은 그대로였다. 후텁지근한 이날 아침에는 구름에 짓눌린 것 같았고, 사람들은 비나 한줄기 지나가야 깨끗해질 전염병을 옮기는 병균 같았다.

마당을 통해 건물로 들어가는데 내 방문이 살짝 열려 있는 게 보였다. 레이첼에게 벽에 붙으라고 눈짓을 한 후 스미스앤웨슨을 꺼내들고 나무가 삐걱거리지 않도록 가장자리로 계단을 올라갔다. 리키의 슈타이어에서 발사된 총알이 아슬아슬하게 스쳐 가던 소리가 귓가에 맴돌았다. "조 본스가 안부를 전하더군." 나는 조 본스가 다시 한 번 안부를 전하려는 것이라면, 이번엔 그를 지옥으로 날려보낼 만큼의 총알이 있다고 판단했다.

문에 귀를 대봤지만 안에서는 아무 소리도 들리지 않았다. 만약 청소부라면 휘파람을 불면서 이것저것 달그락거리고, 휴대용 미니 라디오에서 블루스 음악이라도 흘러나오고 있어야 했다. 만약 청소부가 내 방에 있는 거라면 잠을 자거나 공중부양이라도 하는 모양이었다.

어깨로 방문을 세게 밀면서 재빨리 안으로 들어가 총을 쥔 손을 앞으로 쭉 뻗고 방 안을 훑었다. 내 시선이 멈춘 곳은 발코니 옆의 의자에 앉은 레온이었다. 그는 루이스가 두고 간 《GQ》라는 잡지를 뒤적이고 있었다. 《GQ》에서 균일가 생활용품점 특집이라도 싣지 않는 이상, 레온이 그 잡지에 실린 물건을 구입하는 일은 없을 것 같았다. 레온은 《GQ》보다 더 지루하다는 표정으로 나를 쳐다봤다. 주름 접힌 살점 밑의 상한 눈동자가 껍데기 밖을 내다보는 게처럼 희번덕였다.

"잡지 다 보셨으면 욕실 수챗구멍의 머리카락 좀 치우세요. 그리고 옷장 문도 좀 끈적거리던데."

"네놈 머리 위의 천장이 무너진다고 해도 내 알 바 아냐." 그가 대꾸했다. 레온이라는 남자에게 유머감각을 기대한 내가 잘못이었다.

그는 잡지를 바닥에 내던지고는, 나를 따라 방으로 들어온 레이첼에게 시선을 던졌다. 그의 눈동자에서는 여전히 흥미로워하는 기색을 찾아볼 수 없었다. 어쩌면 레온이라는 남자는 벌써 죽었는데, 아무도 차마 그 사실을 본인에게 알리지 못한 걸지도 모르겠다.

"내 동행이에요." 내가 말했다. 그는 무감각으로 굳어버린 사람처럼 보였다.

"오늘 밤 10시, 스타힐 966 교차로. 너하고 그 까만 친구. 다른 사람을 달고 왔다간 라이오넬의 엽총에 네놈 둘 다 벌집 신세가 될 줄 알아."

그는 자리에서 일어섰다. 그가 지나가도록 길을 터주면서 엄지와 검지로 총을 쏘는 시늉을 했다. 그러자 그의 양손에서 쇠가 번득이더니, 날선 칼 두 개가 내 눈에서 한 뼘 거리까지 다가왔다. 소맷자락에 스프링장치가 되어 있는 게 보였다. 레온이 총을 가지고 다닐 필요를 느끼지 않는 데에는 다 그럴 만한 이유가 있었다.

"인상적이네요. 하지만 누군가 눈 한쪽 정도는 잃어야 재미있을 텐데." 레온은 죽은 눈으로 내 영혼을 꿰뚫어서 그게 썩어 들어가 먼지로 변하게 만들려는 것처럼 나를 쳐다보다가 돌아갔다. 복도를 걸어가는 그의 발소리는 들리지 않았다.

"당신 친구예요?" 레이첼이 물었다.

밖으로 나가봤지만 마당은 어느새 텅 비었고 아무도 보이지 않았다. "지금 저 사람이 내 친구라면, 나는 내가 생각하는 것보다 더 외로운 사람이겠군요."

루이스와 앙헬이 늦은 아침을 먹고 돌아왔을 때, 내가 문을 두드렸다. 몇 초 정도 아무 기척이 없다가 대답이 들렸다.

"네?" 앙헬이 소리쳤다.

"버드. 들어가도 돼?"

"젠장. 안 그랬으면 좋겠지만 들어와."

루이스는 침대 위에 반듯하게 앉아서 〈타임스-피카윤〉을 읽고 있었다. 앙헬은 그 옆에서 이불 위에 앉아 있었는데, 옷을 다 벗고 무릎에 타월을 덮었다.

"그 타월은 나를 위한 배려야?"

"자네가 성 정체성에 혼란을 겪을까 봐."

"그 알량한 것마저 나한테서 뺏어가려고?"

"심리학자랑 뒹구는 사람치곤 제법 위트가 넘치는군. 다른 사람들처럼 시간당 80달러씩 지불하지 그래?"

루이스는 신문 너머로 우리 둘에게 지루한 표정을 지어 보였다. 어쩌면 레온과 루이스는 전생에 무슨 인연이 있었을지도 모르겠다.

"라이오넬 폰테노의 심복이 방금 왔다 갔어." 내가 말했다.

"그 예쁜이?"

"누구겠어."

"우리를 끼워준대?"

"오늘 밤 10시. 물건을 찾아다놓는 게 좋을 것 같아."

"나도 심복을 보내야지." 그가 시트 밑에서 앙헬의 다리를 찼다.

"그 못난이?"

"누구겠어." 루이스가 말했다.

앙헬은 보던 게임쇼를 계속 시청했다. "수준 떨어져서 말 못 하겠네."

루이스도 신문으로 시선을 돌렸다. "거시기에 타월 덮은 분 수준은 참 높으십니다."

"이건 큰 타월이라고." 앙헬이 콧방귀를 뀌었다.

"커봐야 대부분은 쓸모없잖아."

나는 두 사람을 내버려두고 밖으로 나왔다. 내 방으로 돌아왔더니 레이첼이 팔짱을 끼고 사나운 표정을 지은 채 벽에 기대서 있었다.

"이번엔 또 무슨 일이죠?" 그녀가 물었다.

"조 본스한테 빚을 갚으려고요." 내가 말했다.

"그리고 라이오넬 폰테노는 그를 죽이겠죠." 그녀가 쉴 틈 없이 받아쳤다. "그는 조 본스보다 하등 나을 게 없는 사람이에요. 당신은 다만 편의상 그의 편을 드는 것뿐이죠. 폰테노가 조 본스를 죽이면 그다음은 또 어떻게 되죠? 상황이 더 나아질까요?"

나는 대답하지 않았다. 그다음에 무슨 일이 벌어질지는 잘 알고 있었다. 폰테노가 기존의 거래선을 조정하거나 중단하면서 마약 시장에 잠시 동요가 일어날 것이다. 가격이 오르고, 조 본스의 영역을 차지할 만한 능력이 있다고 자부하는 쪽에서 행동에 돌입하면 피도 적잖이 흐를 것이다. 라이오넬 폰테노가 그들을 다 죽이리라는 것을 나는 조금도 의심하지 않았다.

레이첼이 옳았다. 내가 라이오넬의 편에 서는 건 순전히 내 편의에 따른 것이다. 조 본스는 마리 부인이 죽던 날 밤에 벌어진 일에 대해 알고 있었다. 내 아내와 아이를 죽인 자에게 한 걸음 더 가까이 갈 수 있게 도와줄 뭔가를 알고 있었다. 그걸 알아내기 위해 라이오넬 폰테노의 총이 필요하다면, 나는 기꺼이 폰테노 일당과 손을 잡을 것이다.

"그리고 루이스가 당신 옆에 버티고 있겠죠." 레이첼이 조용히 말했다. "맙소사. 당신은 대체 어떤 사람이 되어버린 거죠?"

얼마 후 나는 차를 몰고 배턴루지로 갔고, 레이첼은 내 성화에 함께 동행했다. 하지만 함께 있는 자리는 불편했고, 우리 사이에서는 아무 말도 오가지 않았다. 레이첼은 창턱에 팔꿈치를 댄 채 오른손으로 턱을 괴고 창밖만 내다봤다. 루이지애나 대학과 스테이시 바이런의 집 쪽으로 빠지는 166번 출구에 도착했을 때까지도 차 안의 침묵은 깨어지지 않았다. 어떻게든 이 어색한 분위기를 해결해야 할 것 같아서 내가 입을 열었다.

"레이첼, 나는 수전과 제니퍼를 죽인 자를 찾아내기 위해 필요하다면 무슨 짓이든 할 거예요. 그래야 해요. 그렇지 않으면 나는 죽은 사람이나 다름없어요."

그녀는 아무 대꾸도 하지 않았다. 그냥 그렇게 묵묵부답으로 일관할 모양이었다.

"당신의 내면은 이미 죽어가고 있어요." 그러다 한참 만에 그녀가 입을 열었다. 시선은 여전히 창밖을 향하고 있었다. 하지만 창문에 비친 그녀의 눈동자를 볼 수 있었다. "당신이 이런 일을 준비했다는 사실이 그렇다는 증거예요."

그리고는 처음으로 나를 바라봤다. "나한테 당신을 도덕적으로 심판할 자격이 있는 것도 아니고, 내가 당신의 양심을 대변하는 목소리도 아니에요. 하지만 나는 당신을 아끼는데 그 감정을 어떻게 해야 할지 모르겠어요. 마음 한쪽에서는 뒤도 돌아보지 말고 떠나라고 하지만, 한편으론 당신 옆에 남아 있고 싶고 그래야만 해요. 이걸 끝내고 싶어요. 이 모든 상황. 모두를 위해 이 모든 게 끝났으면 좋겠어요." 그러더니 다시 고개를 돌렸고, 나 혼자 그녀의 말을 곱씹어야 했다.

스테이시 바이런은 빨간 문이 도드라지는 조그만 흰색 집에 살았는데, 페인트칠이 벗겨진 그 집은 큰 슈퍼마켓과 사진관, 24시간 피자집이 있는 작은 쇼핑센터에서 가까웠다. 루이지애나 대학 캠퍼스 옆이라 인근엔 주로 학생들이 많이 살았고, 몇몇 집들은 아예 1층을 상점으로 개조해서 CD와 책, 히피풍의 긴 치마와 챙이 과하게 넓은 밀짚모자 같은 것들을 팔았다. 스테이시 바이런의 집을 지나쳐서 사진관 앞 주차장에 차를 세우는데 얼마 떨어지지 않은 곳에 서 있는 파란색 포드 프로브가 눈에 들어왔다. 앞자리에 앉은 두 남자는 견딜 수 없이 지겹다는 표정이었다. 운전석의 남자는 신문을 네 번 접어들고 연필 끄트머리를 씹어가며 십자말풀이를 하고, 파트너는 스테이시 바이런네 집 현관을 바라보며 리듬에 맞춰 자동차를 두드려댔다.

"FBI인가요?" 레이첼이 물었다.

"그런 것 같아요. 현지 경찰일 수도 있고. 이건 지루하고 고된 일이니까."

우리는 한동안 그들을 지켜봤다. 레이첼이 라디오를 틀고 AOR(성인 취향의 록음악—옮긴이) 채널에 주파수를 맞췄다. 러시, 스틱스, 리처드 막스. 음악만 들어서는 자동차 사이로 고속도로라도 뚫고 지나갈 것 같았다.

"들어갈 건가요?" 레이첼이 물었다.

"그럴 필요가 없을지도 모르겠는데요." 내가 고갯짓으로 집을 가리켰다.

금발을 뒤로 넘겨서 묶고, 짧은 하얀색 면 원피스를 입은 스테이시 바이런이 왼팔에 밀짚으로 엮은 장바구니를 걸고 집에서 나와 우리가 있는 쪽으로 곧장 걸어왔다. 그녀는 프로브에 앉은 남자들에게 고개를 끄덕여서 신호를 했다. 두 사람은 동전을 던지더니 조수석에 앉아 있던 중간 체구에 배가 살짝 나온 남자가 차 밖으로 나와서 다리를 벅벅 긁다가 그녀를 따라 쇼핑몰로 들어갔다.

원피스가 조금 작아서 퉁퉁한 엉덩이 밑이 살짝 끼는 듯했지만, 예쁘장하게 생긴 여자였다. 팔은 근육질이면서도 가늘었고, 살은 적당히 그을었다. 걸음걸이도 우아했다. 슈퍼마켓에 들어갈 때 웬 노인과 거의 부딪힐 뻔했는데 오른발을 가볍게 틀어서 충돌을 피했다.

뺨에 부드러운 기운이 느껴지기에 고개를 돌렸더니 레이첼이 입김을 후후 불고 있었다.

"여보세요." 그녀는 뉴올리언스를 떠난 이후 처음으로 입가에 옅은 미소를 머금었다. "여자랑 같이 있으면서 다른 여자를 보고 침을 흘리는 건 예의가 아니잖아요."

"침을 흘리다뇨." 자동차 밖으로 나가면서 내가 말했다. "감시하는 거지."

여기까지 온 이유를 꼭 집어서 말할 수는 없었지만, 스테이시 바이런을 언급하면서 그녀가 예술을 전공했다고 했던 울리치의 말을 들었을 때 내 눈으로 직접 보고 싶었고, 레이첼이 스테이시 바이런을 어떻게 판단하는지도 궁금했다. 어떻게 말을 걸지는 알 수 없었지만, 그런 일들은 닥치면 저절로 방법이 생긴다는 게 내 지론이었다.

스테이시는 천천히 슈퍼마켓을 둘러봤다. 물건을 집어서 설명서를 살펴보고 다시 내려놓는 모습이 한가로워 보였다. 경찰은 3미터쯤 뒤에서 따라가다가 간격이 4~5미터로 벌어졌고, 급기야 잡지를 뒤적이며 한눈을 팔았다. 경찰은 통로 두 군데를 동시에 살펴볼 수 있는 계산대 옆에 자리를 잡았다. 그리고 한 번씩 스테이시 바이런 쪽을 힐끗 바라보는 것으로 업무의 범위를 조정했다.

흰 재킷에 녹색 띠가 들어간 흰 모자를 쓴 흑인 남자가 포장육을 정리하고 있었다. 카트를 다 비운 남자는 서류에 표시를 한 후 '직원 전용 출입구'라고 적힌 문으로 들어갔다. 나는 레이첼에게 바이런을 잘 보고 있으라고 당부하곤 남자를 따라갔다. 쪼그리고 앉아 고기를 카트에 담는 남자를 하마터면 문으로 칠 뻔했다. 남자가 무슨 일이냐는 표정으로 나를 쳐다봤다.

"이봐요. 여기는 들어오면 안 돼요." 그가 말했다.

"시급 얼마 받아요?" 내가 물었다.

"5달러 25센트. 그게 당신이랑 무슨 상관인데요."

"50달러 줄 테니 10분만 그 옷이랑 서류철 좀 빌립시다."

남자는 잠깐 따져보더니 이렇게 말했다. "60. 그리고 누가 물어보면 당신이 훔쳐갔다고 말할 거예요."

"오케이." 남자가 옷을 벗는 동안 20달러 지폐 세 장을 꺼냈다. 가슴께가 조금 꼈지만 단추를 풀어놓으면 누가 눈여겨볼 정도는 아니었다. 매장으로 돌아가려는데 남자가 나를 불러 세웠다.

"이봐요. 20달러 더 내면 모자도 벗어줄게요."

"20달러면 내가 아예 모자 공장을 차리겠소. 남자 화장실에 가서 숨어 있어요."

스테이시 바이런은 향수 코너에 있었고, 레이첼이 근처에 있었다.

"실례합니다. 뭐 좀 여쭤봐도 될까요?" 내가 다가가며 물었다.

가까이서 보니 생각보다 늙어 보였다. 광대뼈 밑으로 실핏줄이 보이고 눈가에도 잔주름이 자글거렸다. 입가에는 깊은 주름이 파였고, 뺨도 움푹하게 들어갔다. 피곤해 보였지만, 그게 전부가 아니었다. 그녀는 주눅이 든 것 같았고, 심지어 겁에 질린 것처럼 보이기도 했다.

"관심 없어요." 스테이시 바이런은 예의상 가짜 미소를 지으며 등을 돌리려 했다.

"전남편에 대한 겁니다."

그 말에 걸음을 멈추더니 뒤로 돌아섰다. 눈으로 경찰을 찾는 듯했다.

"당신은 누구시죠?"

"전 탐정입니다. 혹시 르네상스 예술에 대해 잘 아시나요, 바이런 부인?"

"뭐라고요? 지금 무슨 말을 하는 거죠?"

"대학에서 예술을 전공하셨죠. 발베르데라는 이름을 들어보셨나요? 남편이 그걸 이용한 적이 있습니까? 당신은요?"

"무슨 소린지 통 모르겠군요. 제발 날 좀 가만 내버려두세요."

그녀는 뒷걸음질을 치다가 화장품을 떨어뜨렸다.

"바이런 부인, 떠돌이에 대해 들어본 적이 있습니까?"

그녀의 눈에서 뭔가 번뜩였고 뒤에서 낮게 휘파람 소리가 들렸다. 돌아보니 뚱보 경찰이 다가오고 있었다. 그는 아무 의심 없이 레이첼을 지나쳤고 그러자마자 레이첼은 문을 빠져나가 자동차로 갔다. 나도 이미 직원용 출입구로 돌아가고 있었다. 유니폼을 내던지며 그곳을 곧장 지나쳐서 후문으로 나갔다. 빼곡한 배달 트럭 사이를 지나 쇼핑몰 옆을 놀았더니 레이첼이 이미 시동을 건 채 기다리고 있었다. 주차장을 벗어날 때까지 나는 몸을 낮췄고, 스테이시 바이런의 집 앞을 지나가는 대신 이번엔 오른쪽으로 방향을 틀었다. 사이드미러에 주변을 두리번거리며 무전을 치는 뚱보 경찰이 보였고, 스테이시 바이런이 그 옆에 서 있었다.

"무슨 성과가 있었나요?" 레이첼이 물었다.

"내가 떠돌이라고 했을 때 그녀의 눈을 못 봤어요? 그녀는 그 이름을 알고 있었어요."

"뭔가 알고 있는 건 분명해요." 레이첼도 동의했다. "하지만 경찰한테서 들었을 수도 있죠. 그녀는 겁에 질린 것 같았어요, 버드."

"그런 것 같더군요. 하지만 뭘 두려워하는 걸까요?"

그날 저녁에 앙헬은 렌터카 문에서 판자를 떼어내고 그 틈새에 칼리코와 탄창을 집어넣은 다음 판자를 다시 붙였다. 나는 레이첼이 보는 앞에서 호텔 방에 앉아 스미스앤웨슨을 닦고 총알을 장전했다. 총을 견대(肩帶)에 넣고, 검정색 티셔츠와 검정색 청바지 위에 알파인더 스트리스의 검정색 항공 재킷을 입었다. 거기에 검정색 팀버랜드 부츠까지 신었더니 꼭 나이트클럽 문지기 같았다.

"조 본스는 이미 죽었어야 하는데 오래 버티고 있는 거예요. 설사 원한다고 해도 그를 구해줄 수는 없어요. 메테리 공격이 틀어진 순간부터 그는 죽은 목숨이었어요."

레이첼이 입을 열었다. "나도 마음을 정했어요. 하루나 이틀 후에 떠날 거예요. 더는 이 일에 개입할 수 없을 것 같아요. 당신이 하고 있는 일들, 내가 저지른 일들." 그녀는 나를 바라보지 않았고, 내가 할 수 있는 말도 없었다. 그녀의 말이 옳았지만 단지 훈계를 하자는 건 아니었다. 그녀의 눈빛에서 아픔을 느낄 수 있었다. 우리가 사랑을 나눌 때마다 나는 그녀의 눈에서 아픔을 봤다.

루이스는 검정색 스웨터와 검정색 데님 재킷에 검정색 청바지와 에코 부츠 차림을 하고 자동차 옆에서 기다리고 있었다. 앙헬은 문의 판자를 한 번 더 점검한 후에 루이스 옆으로 와서 섰다.

"새벽 3시가 되도록 우리한테서 아무 연락이 없거든 레이첼을 데리고 호텔에서 나와. 폰차트레인으로 가서 아침에 떠나는 첫 비행기를 타. 일이 잘못됐을 경우 조 본스가 앙갚음을 하겠다고 덤비는 건 원치 않으니까. 경찰은 알아서 처리하고."

앙헬은 고개를 끄덕이고 루이스와 눈빛을 주고받더니 플레상스 안으로 들어갔다. 루이스는 스테레오에 아이작 헤이스(흑인음악에 대한 대중의 시선을 바꿨다는 평가를 듣는 미국의 소울, 펑크 가수 겸 작곡가—옮긴이)의 테이프를 넣었고, 우리는 〈그냥 스쳐 가세요〉의 선율 속에 뉴올리언스를 벗어났다.

"드라마의 한 장면 같군." 내가 말했다.

루이스가 고개를 끄덕였다. "우리가 주인공이지."

스타힐 교차로에 도착했더니 레온이 옹이지고 굽은 떡갈나무 옆에서 어슬렁거리고 있었다. 루이스는 왼손을 옆으로 늘어뜨렸고, 조수석 밑으로 시그의 개머리판이 삐져나왔다. 내 스미스앤웨슨은 약속장소에 거의 도착했을 때쯤 지도 보관함에 슬그머니 집어넣었다. 레온이 혼자 나무에 기대서 있는 모습을 보고도 내 마음은 전혀 편안해지지 않았다. 속도를 줄이고 떡갈나무 옆으로 난 작은 샛길로 접어들었다. 레온은 우리를 거들떠보지도 않는 것 같았다. 시동을 끄고 차 안에 그대로 앉은 채 레온이 먼저 행동에 돌입하길 기다렸다. 루이스는 어느 틈에 시그를 꺼내서 허벅지 위에 올려놓았다.

우리는 시선을 주고받았다. 나는 어깨를 으쓱하고는 밖으로 나가서 차문을 열어놓고 거기에 몸을 기댔다. 스미스앤웨슨은 손을 뻗으면 닿을 만한 곳에 놔뒀다. 루이스도 조수석에서 내려서 빈손이라는 걸 레온이 볼 수 있도록 가볍게 스트레칭을 한 다음 역시 차에 몸을 기댔다. 시그는 조수석 위에 놓여 있었다. 레온이 나무에서 몸을 떼고 우리에게 걸어왔다. 주변의 나무 뒤에서 다른 사람들이 모습을 드러냈다. 어깨에 헤클러앤코흐를 걸고 날이 긴 사냥칼을 허리에 찬 남자 다섯이 차를 에워쌌다.

"차를 짚고 서." 레온이 말했다. 나는 움직이지 않았다. 주변에서 안전핀 푸는 소리들이 딸깍거렸다.

"움직였다간 바로 죽은 목숨이야." 나는 그에게 시선을 고정한 채 몸을 틀어서 차 지붕을 손으로 짚었다. 루이스도 똑같이 했다. 내 뒤에 서 있었으니까 조수석에 놓인 시그를 봤을 텐데도 레온은 걱정하는 눈치가 아니었다. 그는 내 가슴과 겨드랑이, 발목과 허벅지를 탁탁 두드렸다. 내가 도청장치를 차고 있지 않다는 걸 확인한 그는 루이스한테도 똑같은 확인절차를 반복한 후 뒤로 물러섰다.

"차를 치워." 그가 지시했다. 주변에서 시동을 걸자 헤드라이트 불빛에 주변이 환해졌다. 갈색 다지 세단과 녹색 닛산 패트롤이 나무 뒤에서 튀어나왔고, 카누 세 대를 실은 픽업트럭 한 대가 그 뒤를 따랐다. 경찰에서 폰테노의 집을 감시하고 있다면 담당자가 누군지는 모르겠지만 시력 검사를 받아볼 필요가 있을 것 같았다.

"차에 물건이 있어요. 그것들을 가져가야 해요." 내 말에 레온이 고개를 끄덕였고, 문의 판자를 뜯고 미니서브를 꺼내는 걸 지켜봤다. 루이스가 탄창 두 개를 꺼내서 하나를 내게 건넸다. 내가 방아쇠울 앞의 안전핀을 점검하는데, 길쭉한 실린더 탄창이 리시버 끝까지 이어졌다. 루이스는 두 번째 탄창을 재킷 안주머니에 넣고 여분을 내게 던져줬다.

우리는 다지 뒷자리에 올랐고, 두 남자가 우리 차를 안 보이는 곳에 치운 다음 닛산에 탔다. 레온은 다지의 조수석에 앉았고, 운전대를 잡은 남자는 긴 흰머리를 질끈 묶은 50대였다. 다른 차들이 적당한 간격을 두고 따라왔기 때문에 경찰이 지나다 보더라도 행렬로 의심할 것 같지는 않았다.

톰슨 크릭을 오른쪽으로 끼고 이스트와 웨스트 펠리시아나의 경계선을 따라 달리다가 강둑으로 내려가는 분기점이 나왔다. 낡은 플리머스와 그보다 더 오래된 폭스바겐 비틀처럼 보이는 차 두 대가 강둑에 서 있었고, 그 옆에는 카누가 두 척 더 있었다. 플리머스 옆에는 청바지와 파란색 작업복 셔츠를 입은 라이오넬 폰테노가 서 있었다. 그는 우리의 칼리코를 힐끗 쳐다봤지만 아무 말도 하지 않았다.

인원은 총 열네 명이었고, 대부분 헤클러앤코흐로 무장을 했으며, 두 명은 M16 소총을 들었다. 세 명씩 나뉘어서 카누에 탔고, 라이오넬과 다지 운전수가 작은 보트를 몰고 선두에 섰다. 루이스와 나는 서로 갈린 채 노를 잡았고, 그렇게 상류로 출발했다. 서쪽 강둑에 가까이 붙인 체 20분쯤 노를 젓다 보니 밤하늘을 배경으로 그보나 더 어두운 형체가 나타났다. 창문에서 불빛이 깜빡이는 게 눈에 들어왔고, 나무들 사이로 모터보트가 정박한 작은 선착장이 보였다. 조 본스의 집 마당은 어두웠다.

앞쪽에서 낮은 휘파람 소리가 들리자 카누에서 손을 치켜들어 노를 멈추라는 신호를 보냈다. 우리는 수면 위로 가지를 드리운 나무 옆에 몸을 숨긴 채 말없이 기다렸다. 선착장에서 불빛이 깜빡이더니 담뱃불을 붙이는 경비원의 얼굴이 나타났다 사라졌다. 앞에서 나직하게 물결치는 소리가 들리고, 상류 쪽에서 올빼미가 울었다. 달빛이 드리운 물 위로 경비원이 움직이는 게 보였고, 선착장 나무판자 위를 끌듯이 걷는 발소리가 들렸다. 그때 경비원 뒤에서 어두운 형체가 몸을 일으키더니 물에 비친 달의 모양이 흔들렸다. 칼날이 번득였고, 경비원이 땅에 쓰러지면서 빨간 담뱃불이 고통의 신호처럼 밤하늘에서 공중제비를 돌았다. 그는 물속에 고꾸라지면서도 거의 아무 소리도 내지 않았다.

우리가 노를 저어 가는데 선착장에 꽁지머리 남자가 서서 기다리고 있었다. 우리는 풀이 자란 둑에 최대한 가까이 붙인 다음 뭍에 내려서 카누를 끌어올렸다. 둑에 올라갔더니 꽃이나 나무는 찾아볼 수 없이 드넓은 잔디밭이 푸르게 펼쳐졌다. 잔디밭은 오르막을 이루며 집 뒤쪽까지 이어졌고, 계단을 올라가면 유리문 두 개가 난 1층의 테라스, 그리고 집의 앞쪽과 똑같은 형태인 2층의 회랑으로 연결됐다. 회랑에서 움직임이 포착됐고, 테라스에서도 여러 사람의 목소리가 들렸다. 앞쪽에만 경호원이 최소한 세 명, 어쩌면 더 많았다.

라이오넬이 손가락 두 개를 세우고는 내 왼쪽에 있는 남자 둘을 지목했다. 그들은 몸을 바짝 낮추고 조심스럽게 집으로 다가갔다. 그들이 20미터쯤 전진했을 때 갑자기 눈부시게 환한 조명이 집과 마당을 밝혔다. 둘은 자동차 헤드라이트에 걸린 토끼 신세가 됐고, 집에서 고성이 터지더니 회랑에서 기관총이 불을 뿜었다. 한 명이 점프를 했다가 착지하면서 발을 헛디딘 아이스스케이트 선수처럼 몸을 비틀었고, 그의 셔츠에는 핏빛 꽃이 만개했다. 남자는 땅에 쓰러져 다리를 부들

부들 떨었고, 그의 파트너는 강둑 옆에 보일 듯 말 듯 놓여 있던 철제 야외 테이블을 향해 몸을 날렸다.

테라스의 유리문이 열리면서 어두운 그림자들이 쏟아져 나왔다. 회랑에 서 있던 경호원 옆에도 두세 명이 더 나와 총을 난사하며 우리 앞쪽의 잔디밭을 쓸어냈다. 더 많은 조 본스의 부하들이 우리를 포위하면서 집 양쪽에서도 총알이 날아왔다. 바짝 엎드린 내 옆에서 라이오넬 폰테노가 욕을 내뱉었다. 우리는 강둑으로 내리막을 그리는 잔디밭 아래쪽에 몸을 반쯤 숨기고 있었지만, 회랑에서는 우리를 정조준할 수 있었다. 폰테노의 몇몇 부하들이 응수를 해봤지만, 저들에게 위치만 노출하는 꼴이었다. 날카로운 이목구비에 종잇장처럼 얇은 입술이 인상적인 40대 남자가 어깨에 총을 맞고 신음을 내뱉었다. 그는 셔츠가 피로 붉게 물드는데도 아랑곳없이 계속 총을 쐈다.

"여기서 집까지는 50미터쯤 됩니다." 내가 말했다. "경호원들이 옆에서 포위해 들어오면서 우리를 차단하려 하고 있어요. 지금 움직이지 않으면 그대로 죽는 겁니다." 폰테노의 왼손 옆에서 흙이 튀어 올랐다. 집 앞에 있던 본스의 부하 한 명이 거의 강둑까지 다가왔다. 야외 테이블 뒤에서 M16이 불을 뿜었고, 다가오던 남자가 옆으로 쓰러지더니 긴 디밭을 데굴데굴 굴러 강에 빠졌다.

"부하들한테 준비하라고 하세요." 내가 목소리를 낮춰서 외쳤다. "우리가 엄호할게요." 그의 전갈이 뒤로, 옆으로, 모두에게 전달됐다.

"루이스! 시작할 준비됐어?" 내가 외쳤다. 두 사람 건너에서 어떤 형체가 손을 흔들더니 칼리코가 불을 뿜었다. 회랑에 서 있던 경호원 한 명이 뒷걸음질을 치면서 루이스가 발사한 9밀리미터 총알이 몸에 박힐 때마다 춤을 추었다. 나는 방아쇠울의 조정간을 앞으로 완전히 밀고 자동으로 테라스를 훑었다. 유리파편이 허공으로 튀고, 경호원 한 명이 계단을 굴러서 잔디밭에 너부러졌다. 라이오넬 폰테노의 부하들이 엄폐물 뒤에서 튀어나와 총을 난사하며 잔디밭을 내달렸다. 나는 조정간을 단발 수동으로 맞춘 다음 집의 동쪽에 집중했고, 나무파편을 날려 그쪽 경호원들이 몸을 숨기지 않을 수 없게 만들었다.

폰테노의 부하들이 테라스에 거의 다가갔을 때 깨진 유리창 뒤에서 날아온 총알에 두 명이 쓰러졌다. 루이스가 그곳을 향해 불을 뿜었고, 그 사이에 폰테노의 부하들이 테라스로 올라가서 집 안으로 침투했다. 루이스와 내가 몸을 일으켜 잔디밭을 달려갈 때까지도 양쪽의 총격전은 멈추지 않았다. 왼쪽 야외 테이블 뒤에 몸을 숨기고 있던 남자가 우리와 합류했다. 그가 우리 옆으로 다가오는 순간, 그림자 속에서 뭔가 어둡고 거대한 형체가 나타나더니 사납게 으르렁거리며 풀밭 위로 날아올랐다. 보어불 한 마리가 남자의 가슴을 물어뜯으며 엄청난 무게로 그를 넘어뜨렸다. 남자는 외마디 고함을 지르며 맹수의 머리를 내리쳤고, 그러자 맹수의 커다란 입이 남자의 목덜미를 물었다. 맹수는 머리를 흔들어가며 남자의 목덜미를 뜯어냈다.

고개를 든 맹수가 루이스를 보며 어둠 속에서 눈동자를 번뜩였다. 늘어진 시체를 내려놓고 허공으로 날아오르는 맹수를 향해 루이스가 칼리코를 겨눴다. 놀라운 속도였다. 우리를 향해 달려드는 맹수의 어두운 형체가 하늘의 별빛을 가렸다. 녀석이 포물선의 정점에 올랐을 무렵 루이스의 칼리코가 불을 뿜었고, 녀석은 경련을 일으키며 60센티미터 앞에 툭 떨어졌다. 땅에 떨어져서도 녀석은 발로 뭔가 움켜쥐려

하고, 피가 뚝뚝 떨어지는 이빨로 물어뜯는 시늉을 했다. 루이스가 총을 더 난사하고서야 녀석은 잠잠해졌다.

계단 가까이 갔을 때 집의 서쪽 구석에서 움직임이 감지됐다. 총구가 번쩍이는가 싶더니 루이스가 고통에 겨운 비명을 질렀다. 칼리코를 떨어뜨리고는 부상당한 자리를 움켜쥔 채 계단을 뛰어 올라갔다. 내가 총을 세 발 발사했고 경호원 한 명이 쓰러졌다. 뒤에서 폰테노의 부하가 집을 향해 전진하면서 M16을 쏘다가 한쪽 벽에 몸을 붙인 다음 총을 어깨에 걸었다. 그가 잠시 서서 숨을 고르는데 소매 끝의 칼날이 달빛에 번뜩였다. 슈타이어의 짧은 총구가 나타났고, 이어서 조 본스의 부하 한 명이 얼굴을 드러냈다. 루이스와 내가 처음 여기 왔을 때 골프 카트를 몰던 남자였는데, 칼날이 번쩍하고 그의 목을 긋는 바람에 아는 척을 할 새도 없었다. 동맥이 끊어지면서 선홍빛 피가 솟구쳤지만, 남자가 쓰러졌는데도 폰테노의 심복은 M16을 들고 갈긴 후에야 현관으로 향했다.

내가 다가갔더니 루이스는 오른손을 살펴보고 있었다. 총알이 손등을 관통하면서 상처가 크게 벌어지고 검지의 관절이 부러졌다. 나는 테라스에 죽어 너부러진 남자의 셔츠를 찢어서 루이스의 손을 동여맸다. 그에게 칼리코를 건네줬더니 끈을 어깨에 차고는 방아쇠울에 가운데 손가락을 걸었다. 그는 왼손으로 시그의 안전핀을 풀며 일어나서 나를 향해 고개를 끄덕였다. "조 본스를 찾아보는 게 좋겠어."

테라스의 유리문을 통해 들어간 곳은 손님을 치르기 위한 다이닝룸이었다. 열여덟 명은 너끈히 둘러앉을 것 같은 식탁이 총알 세례를 받아 부서지고 구멍이 났다. 애마를 끼고 서 있는 남부 신사의 초상화에도 말의 배 부분에 커다란 구멍이 뚫렸고, 진열장의 골동품 도자기들은 산산조각 난 채 어지럽게 널려 있었다. 시체 두 구가 보였다. 한 명은 다지를 몰던 꽁지머리 남자였다.

다이닝룸은 카펫이 깔린 넓은 통로로 이어졌고, 흰 샹들리에가 불을 밝히는 현관에 위로 올라가는 계단이 있었다. 아래층의 문은 여기저기 열려 있었지만, 아무 소리도 나지 않았다. 반면에 우리가 계단으로 향하는 순간에도 2층에서는 총소리가 멈추지 않았다. 층계 아래쪽엔 조 본스의 부하 한 명이 줄무늬 잠옷바지 차림으로 누워 있었고, 엉망으로 부서진 머리 옆으로 피가 웅덩이를 이뤘다.

층계를 올라가자 통로를 중심으로 왼쪽과 오른쪽에 문들이 쭉 이어졌다. 폰테노의 부하들이 이미 대부분의 방을 처리한 것 같았지만, 서쪽 끝에 있는 두 개의 방에서 뿜어대는 총알 세례 때문에 반침에 몸을 숨긴 채 더 이상 접근하지 못하고 있었다. 강을 향해 오른쪽에 있는 방은 이미 총격으로 벽이 곰보처럼 얽었고, 또 하나는 집의 앞쪽으로 난 방이었다. 우리가 지켜보고 있자니, 파란색 작업복 차림에 한 손에는 손잡이가 짧은 도끼를 움켜쥐고, 다른 손에는 슈타이어를 든 사내가 몸을 숨기고 있던 곳에서 나와 앞쪽으로 난 방의 문 앞까지 재빨리 다가갔다. 오른쪽 방에서 총알이 쏟아졌고, 그는 바닥에 쓰러져 다리를 움켜잡았다.

나는 흥건한 물과 부서진 화병 사이에 줄기가 긴 장미꽃들이 흩어져 있는 반침 안에 몸을 기대고, 앞쪽으로 난 방을 향해 총을 갈겼다. 폰테노의 부하 둘이 몸을 낮추고 동시에 앞으로 달려나갔다. 내 맞은편에서는 루이스가 반쯤 닫힌 강 쪽 방을 향해 총을 발사했다. 내가 총격을 잠시 멈춘 사이, 폰테노의 부하들이 방을 급습했다. 두 발의 총이 더 발사됐고, 그중 한 명이 칼을 바지에 닦으면서 나왔다. 라이오넬 폰테노였다. 그 뒤를 따라 나오는 건 레온이었다.

두 사람은 하나 남은 방의 문 양쪽에 자리를 잡았다. 부하 여섯이 다가와 합세했다.

"조, 이제 다 끝났다. 이제 그만 끝내야지." 라이오넬이 말했다.

총알 두 발이 문을 뚫고 나왔다. 레온이 헤클러앤코흐의 방아쇠를 당기려는 순간 라이오넬이 손을 들더니 나를 바라봤다. 내가 레온의 뒤로 자리를 옮겼다. 라이오넬은 발로 문을 걷어차며 벽에 몸을 바짝 붙였고, 총성이 두 번 더 울리더니 총알이 다 떨어져 빈 약실에서 공이 치기 딸깍거리는 소리가 들렸다. 관 뚜껑을 닫는 것만큼이나 결정적인 소리였다.

레온이 먼저 들어갔다. 이제 그의 손에는 헤클러앤코흐 대신 칼이 들려 있었다. 내가 이어서 들어가고 라이오넬이 그 뒤를 따랐다. 조 본스의 방은 벽에 구멍이 뚫리고, 깨진 유리창으로 들어오는 밤바람에 흰 커튼이 화난 유령처럼 휘몰아쳤다. 얼마 전에 잔디밭에서 조와 함께 점심을 먹던 금발 머리는 안쪽 벽에 죽은 채 기대 있었는데 흰 잠옷의 왼쪽 가슴이 피로 붉게 물들었다.

조 본스는 붉은색 실크 가운 차림으로 창가에 서 있었다. 이제 쓸모가 없어진 콜트를 움켜쥔 손은 축 늘어졌지만 눈은 분노로 이글거렸고, 입술의 흉터는 고통으로 일그러졌으며 그의 살보다 오히려 더 하얗게 질린 것 같았다. 그가 총을 떨어뜨렸다.

"해보시지, 빌어먹을." 그가 라이오넬을 향해 으르렁거렸다. "죽이라고. 네놈한테 그럴 배짱이 있거든."

라이오넬이 방문을 닫았고, 조 본스는 고개를 돌려서 여자를 쳐다봤다.

"물어봐." 라이오넬이 말했다.

조 본스는 그 소리를 들은 것 같지 않았다. 죽은 여자의 얼굴을 찬찬히 바라보던 그의 얼굴엔 견딜 수 없이 고통스러운 표정이 어렸다.

"8년." 그가 나직하게 중얼거렸다. "8년을 함께 살았지."

"물어봐." 라이오넬이 다시 한 번 말했다.

내가 앞으로 나가자 조 본스는 고개를 돌리며 코웃음을 쳤다. 슬픔에 겨운 표정은 어느새 온데간데없이 사라졌다.

"빌어먹게 징징거리던 홀아비 놈이로군. 훈련시킨 깜둥이 놈도 데려왔나?"

내가 그의 뺨을 후려갈겼고, 그는 뒤로 한 걸음 밀려났다.

"당신 목숨을 내가 구해줄 수는 없지만, 나를 도와준다면 빨리 끝나게 해줄 수는 있어. 아퀼라르 모자가 죽던 밤에 르마가 뭘 봤는지 말해."

조 본스가 입가에 흐르는 피를 문지르자 뺨까지 핏빛으로 얼룩이 졌다. "넌 네놈이 누굴 상대하고 있는지 몰라. 개뿔도 모른다고. 네놈이 이해할 수 있는 한계를 초월했고, 깊이 들어갔다간 그 압력만으로 그 빌어먹을 코에서 피가 터질 게다."

"그자는 여자들과 아이들을 죽였어, 조. 앞으로도 계속 살인을 저지를 거라고."

조 본스는 입술을 비틀며 쓴웃음처럼 보이는 표정을 지었지만, 흥터 때문에 입술은 깨진 거울처럼 일그러졌다. "네놈은 내 여자를 죽였고, 내가 뭐라고 하든 날 죽일 거잖아. 대체 뭘 가지고 거래를 하자는 거야."

나는 라이오넬 폰테노를 바라봤다. 그는 거의 눈치 챌 수 없을 만큼 살짝 고개를 저었는데, 조 본스는 그걸 놓치지 않았다. "봐, 아무것도 없잖아. 기껏 내놓은 패가 고통을 좀 덜어주겠다는 건데, 이제 고통 따윈 아무것도 아냐."

"그자는 네 부하를 죽였어. 토니 르마를 죽였다고."

"토니가 깜둥이네 집에 지문을 남겼지. 부주의한 대가를 치른 거야. 네놈이 쫓는 그자, 그자 덕분에 나는 그 늙은 년과 그년의 새끼들을 내 손으로 처리해야 하는 수고를 덜었어. 나로서는 악수라도 해야 할 판이지."

조 본스는 짙은 연기를 가르며 떨어지는 한 줄기 햇살처럼 환하게 미소를 지었다. 혈관에 흐르는 더러운 피의 환영에 시달리느라 그는 인간성이나 동정심, 사랑, 슬픔 같은 일반적인 감정의 선을 넘어버렸다. 번쩍이는 붉은색 가운을 입은 그는 시공간이라는 날실과 씨실로 짜인 천에 난 상처 같았다.

"지옥에 가면 그자를 만날 수 있을 게다." 내가 말했다.

"네놈의 계집년도 거기서 만나겠지. 네놈 대신 내가 올라타주마." 그의 눈동자는 이제 아무 감정도 없이 차가웠다. 그에게는 해묵은 시가 냄새 같은 죽음의 냄새가 드리웠다. 라이오넬 폰테노가 뒤에서 방문을 열었고, 부하들이 조용히 방으로 들어왔다. 엉망으로 어질러진 방에 모두 모여 있는 걸 보니, 그제야 둘의 닮은 점이 뚜렷해졌다. 라이오넬이 나를 보고 나가라는 듯이 문을 잡고 있었다.

"이건 집안 문제거든." 내가 나갈 때 그가 말했다. 뒤에서 뼈가 달각거리는 것처럼 찰칵 소리를 내며 문이 닫혔다.

조 본스가 죽은 뒤에 우리는 마당에서 폰테노 부하들의 시체를 수습했다. 죽은 자에게만 가능한 구겨지고 찢어진 몰골의 시체 다섯 구가 집 앞에 나란히 놓였다. 대문이 열리고 다지과 폭스바겐, 그리고 픽업트럭이 빠른 속도로 들어왔다. 남은 사람들은 시신을 조심스럽게, 하지만 서둘러서 트렁크에 실었고, 부상당한 동료들은 뒷좌석에 태웠다. 카누는 휘발유를 부어 불을 붙인 뒤 강물에 흘려보냈다.

그곳을 떠나 처음 만났던 스타힐 교차로까지 쉬지 않고 달렸다. 들라크루아에서 봤던 검정색 익스플로러 세 대가 대기하고 있었다. 레온이 자동차와 픽업트럭에 휘발유를 뿌리는 동안 시신은 방수포에 싸서 지프차 두 대에 나눠 실었다. 루이스와 나는 그 모습을 말없이 지켜봤다.

지프차에 시동을 걸 때 레온이 헝겊에 불을 붙여서 용도 폐기된 자동차에 던졌고, 라이오넬 폰테노가 우리에게 다가왔다. 그는 주머니에서 작은 녹색 수첩을 꺼내더니 숫자를 휘갈겨 쓰고는 그걸 찢어서 내게 줬다.

"자네 친구의 손을 치료해줄 거야. 입이 무거운 사람이지."

"그는 누가 루티스를 죽였는지 알고 있었어요, 라이오넬." 내가 말했다.

라이오넬이 고개를 끄덕였다. "그는 말하지 않았을 거야. 끝까지." 그러면서 오른손바닥의 찢어진 상처를 검지로 문지르더니 거기 묻은 흙 알갱이를 집어냈다. "FBI가 배턴루지 일대에서 누구를 찾는다던데.

뉴욕의 무슨 병원에서 일했던 사람이라지." 나는 잠자코 있었고, 라이오넬은 미소를 지었다. "우리는 그의 이름을 알아. 여기 남부의 늪지는 지형만 잘 알면 오랫동안 몸을 숨기기에 좋은 곳이지. FBI는 어떨지 몰라도, 우리는 그를 찾아낼 수 있어." 라이오넬은 걱정하는 신하들에게 정예부대를 공개하는 왕 같은 손짓을 했다. "우리가 알아보고 있어. 그를 찾으면 거기서 다 끝나는 거야."

라이오넬은 몸을 돌려서 맨 앞 지프차의 운전석에 올랐고, 레온이 그 옆에 타자 자동차는 어둠을 가르며 날아가던 담배꽁초, 검은 물 위에 둥둥 뜬 채 타들어가는 보트 같은 붉은 미등만을 남긴 채 사라져갔다.

뉴올리언스로 가면서 앙헬에게 전화를 했다. 24시간 영업을 하는 약국에서 급한 대로 소독약과 반창고를 사서 루이스의 손에 응급처치를 했다. 내가 운전을 하는 동안 루이스는 얼굴이 번들거리도록 진땀을 흘렸고, 손에 감은 흰 붕대에는 금세 붉은 얼룩이 번졌다. 플레상스에 돌아온 후에 앙헬은 소독약으로 상처를 씻어내고 외과용 실로 찢어진 부위를 꿰맸다. 부러진 관절의 상태가 심상치 않았고, 루이스는 고통에 이를 악물었다. 나는 그의 반대를 무릅쓰고 폰테노가 준 번호로 전화를 걸었다. 벨이 네 번 울렸을 때 몽롱한 목소리가 전화를 받았지만, 라이오넬의 이름을 대자 목소리에서 잠기운이 단번에 사라졌다.

앙헬이 루이스를 태우고 의사의 수술실로 갔다. 두 사람이 떠났을 때 레이첼 방문 앞에서 문을 두드릴까 말까 한참을 고민했다. 그녀는 자고 있지 않았다. 앙헬은 내 전화를 받고 나서 그녀에게 알렸다고 했고, 안에서 움직이는 기척도 났다. 하지만 결국 문을 두드리지 않았다. 그런데 그냥 돌아서려는 순간 문이 열렸다. 그녀는 무릎까지 내려오는 흰색 티셔츠 차림으로 서 있다가 내가 들어갈 수 있도록 옆으로 가만히 비켜섰다.

"어디 떨어져 나간 데는 없는 것 같군요." 그렇다고 특별히 안도하는 기색은 아니었다.

나도 피를 보는 게 이젠 지겹고 넌더리가 났다. 세면대에 얼음물을 받아놓고 얼굴을 박고 싶었다. 술 한 잔이 너무 간절한 나머지 입 안의 혀가 부풀어오르는 느낌이었다. 둘레에 하얗게 서리가 끼도록 차가운 아비타 한 병, 레드브레스트 위스키 한 잔만이 그걸 다시 원래대로 되돌려줄 수 있을 것 같았다. 입을 열어 말을 하는데 병상에 누워 오늘내일하는 노인네처럼 목소리가 갈라졌다.

"어디 떨어져 나간 데는 없어요. 그런데 그렇지 못한 사람들이 많아요. 루이스도 손에 총을 맞았고, 그 집에서 사람이 무수히 죽었어요. 조 본스, 그의 부하 대부분, 그의 여자."

레이첼은 뒤로 돌더니 발코니 문으로 걸어갔다. 방의 조명은 침대 옆의 램프뿐이었고, 그녀가 울리치에게 넘기지 않고 숨겨놨다가 다시 벽에 붙인 그림에 그림자가 드리웠다. 침침한 빛에 여자와 젊은 남자의 잘린 팔과 얼굴이 드러났다.

"그렇게 사람들을 죽이고 뭘 찾아냈나요?"

좋은 질문이었다. 그리고 대부분의 좋은 질문들이 그렇듯이, 대답의 수준은 질문에 미치지 못했다.

"아무것도 못 찾았어요. 조 본스가 자신이 아는 걸 우리에게 말해주느니 차라리 고통 속에 죽길 바란다는 것 외에는."

"그래서 이제 어떻게 할 건가요?"

질문을 받는 것도 지겨워졌다. 이렇게 어려운 질문은 특히 질색이었다. 물론 레이첼이 옳다는 걸 알았고, 나도 나한테 염증이 났다. 나 때문에 그녀까지 오염된 것만 같았다. 어쩌면 이런 마음을 그녀에게 다 털어놔야 했겠지만, 너무 피곤했고 너무 역겨웠고 코에서 피비린내가 진동했다. 그리고 말하지 않아도 그녀가 대충 알고 있다고 생각했다.

"가서 좀 자야겠어요. 그런 다음에 어떻게 해봐야죠." 나는 그녀를 남겨둔 채 방에서 나왔다.

47

 아침에 일어났더니 칼리코를 지고 다니느라 무리했는지 팔이 쑤셨는데, 헤이븐에서 총을 맞은 자리가 아직 완전히 낫지 않은 터라 더 아팠다. 손가락과 머리, 벗어놓은 옷에서도 화약 냄새가 났다. 방에서 총격전이라도 벌인 것 같은 악취에 창문을 열었더니 뜨거운 뉴올리언스 공기가 서툰 강도처럼 둔하게 안으로 기어들어왔다.
 루이스와 앙헬의 방으로 가봤다. 의사가 뼛조각을 꺼내고 관절을 잘 맞춘 다음 손을 솜씨 있게 꿰매줬다고 했다. 문 앞에서 앙헬과 조용히 몇 마디를 나누는 동안에도 루이스는 눈 한 번 뜨지 않았다. 아무도 나를 비난하지 않는다는 걸 알면서도 이런 상황에 죄책감이 들었다. 앙헬은 이제 얼른 뉴욕으로 돌아가고 싶어 안달이 난 것 같았다. 조 본스가 죽었고, 라이오넬 폰테노가 어떻게 생각하든 경찰과 FBI는 아마도 에드워드 바이런의 포위망을 좁혀가고 있을 것이다. 울리치가 조 본스와 우리 사이에 선을 긋기까지는 그리 오랜 시간이 걸리지 않을 텐데, 루이스가 총에 맞아 다친 손으로 돌아다니기까지 한다면 영락없었다. 내가 이런 얘기를 하자 앙헬은 레이첼을 혼자 남겨둘 수는 없으니 내가 돌아오면 떠나겠다고 했다. 사건이 갑자기 우뚝 멈춰서버린 것만 같았다. 밖에서는 FBI와 폰테노 일당이 에드워드 바이런을 쫓고 있었지만, 내게는 여전히 중국의 마지막 황제만큼이나 아득해 보일 뿐이었다.

모피에게 메시지를 남겼다. 그쪽에서 바이런에 대해 뭘 알아냈는지 궁금했다. 막연하기만 한 그 인물에 살을 채워 넣고 싶었다. 현재까지의 상황으로 보면, 그는 FBI에서 그의 소행이라고 믿는 얼굴 없는 시체들처럼 신분을 깨끗이 지워버렸다. FBI가 옳았을지도 모른다. 현지 경찰을 앞세운 그들이 스스로 똑똑하다고 착각하는 뉴욕 뜨내기들보다 수색을 더 잘할 것이다. 나는 다른 방향에서 그를 추격해보고 싶었지만, 조 본스의 죽음으로 인해 내가 가려던 길은 어두침침한 덤불 속에서 끝나버린 것 같았다.

휴대전화와 롤리 경의 책을 들고 포이드라스 스트리트에 있는 마더스에 가서 지나치다 싶게 많은 커피와 베이컨과 토스트를 먹었다. 인생의 막다른 골목에 이른 사람에게 롤리는 좋은 동반자가 되어준다. "가거라 영혼아…… 나는 죽어야겠으니/그리고 세상의 손엔 거짓을 쥐어주리." 교수형을 피할 만큼의 혜안은 없었을지 몰라도 역경에 처했을 때 요구되는 냉철한 극기심에 대해서는 잘 알았던 사람이었다.

앞에 앉은 남자는 요령도 없이 죽자고 쫓아다니기만 하는 구혼자처럼 햄과 달걀을 먹었는데, 턱에 묻은 노른자가 미나리아재비 꽃에 비치는 햇살 같았다. 누군가 노래를 따라 부르다가 리듬이 복잡한 부분에서 박자를 놓치고 말았다. 수다를 떨면서 듣기 편한 록음악을 트는 늦은 아침나절의 라디오 프로그램과 느릿느릿 흘러가는 자동차 소리가 웅웅거리며 대기를 채웠다. 밖에는 무더운 뉴올리언스의 또 하루가 펼쳐져 있었다. 연인들은 다투고 아이들은 뿌루퉁해서 짜증을 부리게 되는 그런 날이었다.

한 시간이 지났다. 세인트마틴 강력반으로 전화를 걸었더니 모피는 집안일로 휴가를 냈다고 했다. 그러고 났더니 마땅히 할 일이 없어져서 밖으로 나와 자동차에 기름을 채우고 배턴루지로 향했다. 라파예트의 지역 방송국에서는 치즈 리드의 곡으로 귀를 긁어대더니 벅휘트 자이데코와 클리프턴 셰니어가 뒤를 이었다. 디제이가 케이준과 자이데코의 클래식이라고 주장하는 음악이 한 시간을 채웠다. 도시를 벗어나 음악과 풍경이 하나가 될 때까지 라디오를 그냥 틀어놨다.

모피의 집 앞에 차를 세울 때는 막 오후로 접어들 무렵이었고, 강에서 불어오는 바람에 비닐이 펄럭였다. 모피는 집의 서쪽 외벽을 손보는 중이었는데, 바람이 묶어놓은 줄을 풀자고 덤비는 통에 비닐이 펄럭펄럭 노래를 불러댔다. 줄을 한쪽 창문에 묶어놨지만 제대로 매듭을 짓지 않아서 덧문이 지친 길손처럼 벽을 두드려대고 있었다.

모피의 이름을 불러봤지만 아무 대꾸가 없었다. 뒤로 돌아갔더니 뒷문을 열어서 벽돌로 고정해놓았다. 다시 한 번 이름을 부르는데, 내 목소리만 집 안에서 공허하게 울리는 것 같았다. 1층에는 아무도 없었고, 위층에서도 소리가 나지 않았다. 칠을 새로 하려고 대패로 밀어낸 층계를 올라갔다. 총을 꺼내들었다. 침실에는 아무도 없고 욕실문은 활짝 열려 있었다. 세면대 옆에는 세면도구들이 가지런했다. 테라스를 살펴보고 다시 아래층으로 내려갔다. 뒷문을 향해 몸을 돌리려는데 차가운 금속이 목덜미에 닿았다.

"내려놔." 목소리가 들렸다.

나는 손가락 사이로 총을 떨어뜨렸다.

"돌아서. 천천히."

목덜미를 누르던 힘이 사라지고, 돌아섰더니 모피가 내 얼굴에 총구를 바짝 겨눈 채 서 있었다. 그는 안도의 숨을 내쉬며 총을 내렸다.

"제기랄. 놀랐잖아요." 그가 말했다.

내 가슴도 사정없이 뛰었다. "고맙군요. 커피를 다섯 잔이나 마셨는데 이렇게 아드레날린까지 치솟게 해줘서." 나는 층계에 털썩 주저앉았다.

"몰골이 형편없네요. 늦게까지 잠을 못 잤나 봐요."

비꼬는 말인가 싶어서 고개를 들었는데, 그가 등을 돌렸다.

"그런 셈이죠."

"소식 들었어요? 조 본스와 그의 패거리가 어젯밤에 당했어요. 누군지는 모르겠지만 죽이기 전에 조를 심하게 난도질했어요. 경찰에서도 지문을 확인하기 전까지는 조 본스라고 장담하지 못했다더군요." 그는 부엌에 들어가서 자신이 마실 맥주와 내게 줄 음료수를 가져왔다. 카페인이 들어가지 않은 콜라였다. 옆구리에는 〈타임스-피카윤〉 한 부를 끼고 있었다.

"오늘 신문 봤어요?"

그에게서 신문을 받아들었다. 1면 하단이 위로 오도록 반을 접고 거기서 다시 반을 접어놓았다. "경찰, 살인 의식 즐기는 연쇄 살인범 추격 중"이라는 헤드라인이 눈에 들어왔다. 기사에는 수사 담당자만이 들려줄 수 있는 마리 아귈라르 부인과 티진 사건에 대한 상세한 내용이 담겨 있었다. 시신의 자세, 발견 경위, 훼손 정도 등등. 루티스 폰테노, 그리고 유력한 범법자와 연루됐다고 알려진 남자의 시신이 벅타운에서 발견된 것과 관련이 있을지도 모른다는 추측까지 실고 있었다. 최악인 건, 경찰이 작년 말에 뉴욕에서 일어난 유사한 살인사건과의 관련 여부를 조사하고 있다는 내용이었다. 수전과 제니퍼의 이름은 언급되지 않았지만 〈타임스-피카윤〉 기획보도팀을 내세워 신분을 숨긴 기자가 피해자들의 이름을 꿸 수 있을 만큼 이 사건들에 대해 잘 알고 있다는 건 분명했다.

기운이 빠져서 신문을 내려놨다. "그쪽에서 정보를 흘린 거예요?" 내가 물었다.

"그랬을 수도 있지만, 내 생각엔 그랬을 것 같지 않아요. FBI는 우리 탓을 하고 있어요. 수사를 방해한다면서 잡아먹을 것처럼 난리예요." 그는 맥주를 한 모금 마시더니 속마음을 털어놨다. "이런 정보를 흘린 게 당신일지 모른다고 의심하는 사람들도 몇 명 있어요." 그는 말을 하면서도 불편한 기색이었지만, 고개를 돌리지는 않았다.

"난 아니에요. 제니퍼와 수전의 사건까지 알고 있다면 지금 벌어지고 있는 상황과 나를 연결 짓는 건 시간문제일 텐데, 지금 나로서는 제일 피하고 싶은 게 언론이 달려드는 거라고요."

그는 내 말을 곰곰이 생각하더니 고개를 끄덕였다. "그렇겠네요."

"편집장하고 얘기해봤어요?"

"가판이 나왔을 때 편집장의 집으로 전화를 했어요. 언론의 자유니 정보원 보호니 시답잖은 소리를 늘어놓더군요. 목을 비틀어서 털어놓게 만들 수는 없지만……" 그는 목덜미에 울끈불끈한 힘줄을 문질렀다. "……이런 일은 이례적이에요. 신문들은 수사 방해에 대해서는 아주 신중하거든요. 전체적인 사건과 밀접하게 관련된 사람에게서 나온 게 틀림없어요."

그의 말을 따져봤다. "이런 기사를 내도 되겠다고 판단했다면, 내용에 빈틈이 없고 출처에 의심할 나위가 없었을 거예요. FBI에서 뭔가를 노리고 벌이는 짓일 수도 있어요." 울리치와 FBI에서 나뿐만 아니라 어쩌면 경찰 수사팀 전체에게까지 뭔가 숨기고 있다는 우리의 믿음이 더 굳어지는 것 같았다.

"새삼스러울 것도 없는 일이죠. FBI야 우리한테는 오늘이 무슨 요일인지조차 말해주지 않고, 그래도 아무 문제가 없다고 생각하니까. 그쪽에서 기사를 내보냈을 거라고 생각하는 거예요?"

"누군가는 했겠죠."

모피는 다 비운 맥주 깡통을 발로 납작하게 눌렀다. 바닥에 조그맣게 맥주 얼룩이 번졌다. 그리고는 문 앞의 모자걸이에 걸어놨던 연장 벨트를 꺼내서 허리에 찼다.

"좀 도와줄까요?"

그가 나를 쳐다봤다. "넘어지지 않고 판자를 옮길 수 있겠어요?"

"아뇨."

"그렇다면 이 일을 하기에 안성맞춤이군요. 부엌에 막장갑이 있어요."

오후 내내 들고 옮기고 망치질과 톱질을 하면서 손이 쉴 틈 없이 일을 했다. 서쪽 벽의 나무를 대부분 교체했다. 가벼운 톱밥과 대팻밥이 날렸다. 배턴루지로 장을 보러 갔었던 앤지가 오후 늦게 식료품과 옷가게 쇼핑백을 들고 돌아왔다. 모피와 내가 몸을 씻는 사이에 앤지는 스테이크를 구워서 고구마와 당근과 밥을 곁들여 냈고, 서서히 날이 저물며 바람이 집을 감싸는 저녁에 부엌에서 다 같이 식사를 했다.

모피가 자동차까지 따라 나왔다. 시동을 거는데 그가 얼굴을 창문 가까이 대고 나직하게 말했다. "어제 누가 스테이시 바이런에게 접근하려 했다더군요. 그것에 대해 뭐 아는 거 없어요?"

"어쩌면."

"거기 갔었죠? 조 본스를 해치울 때 거기 있었죠?"

"그 대답은 듣지 않는 게 좋을 거예요. 내가 루터 보들런에 대해 알고 싶지 않은 것처럼."

뒷거울로 아직 완성되지 않은 집 앞에 서 있는 그가 보였다. 그는 잠시 후에 몸을 돌려 자신을 기다리는 아내에게 갔다.

플레상스로 돌아왔더니 앙헬과 루이스는 짐을 다 꾸려서 떠날 준비를 마쳤다. 두 사람은 나에게 행운을 빌어줬고, 레이첼은 일찍 자러 들어갔다고 전했다. 그녀도 다음날 비행기를 예약했다. 나는 그녀의 잠을 방해하지 않고 내 방으로 갔다. 언제 잠들었는지는 기억이 나지 않았다.

문을 두드리는 소리에 눈을 떴더니 디지털시계가 8:30 AM을 깜빡였다. 잠이 깊이 들었던 나는 물 위로 올라오는 심해의 잠수부처럼 천천히 잠을 깨우며 의식을 되찾았다. 간신히 침대에서 내려서려는데 문이 벌컥 열리더니 손전등이 내 얼굴을 비추고 억센 팔이 나를 들어 올려 벽에 밀쳐 세웠다. 총구가 머리를 겨눌 때 불이 켜졌다. NOPD라고 새겨진 제복이 보였고, 사복도 두어 명 있었으며, 모피의 파트너인 튀상이 내 바로 오른쪽에 있었다. 사람들이 내 방을 이 잡듯 뒤지고 있었다.

그제야 나는 뭔가 잘못돼도 심각하게 잘못됐다는 걸 알았다.

그래도 트레이닝복을 입고 운동화를 신을 때까지 기다려줬다가 수갑을 채웠다. 걱정스런 표정으로 문밖을 내다보는 투숙객들 앞을 지나 밖에 세워둔 경찰차로 갔다. 두 번째 차에는 자다 일어나서 눌린 머리에 얼굴이 하얗게 질린 레이첼이 앉아 있었다. 나는 그녀를 향해 무력하게 어깨를 들썩이고는 호송차에 탔다.

세 시간 동안 심문을 받고, 간신히 커피 한 잔 얻어 마신 후에 다시 한 시간을 더 들볶였다. 방은 작고 조명은 눈부셨다. 담배 연기와 쾨쾨한 땀 냄새가 났다. 한쪽 구석의 벽에서는 석고가 떨어져나갔고, 핏자국 같은 것도 보였다. 주로 심문을 담당한 형사는 데이브와 클라인이었는데, 데이브는 공격적인 역할을 맡아서 루이지애나 경찰을 죽였으니 머리에 총알을 박아 늪에 던져버리겠다고 협박했고 클라인은 진실만 털어놓는다면 나를 보호해주겠다며 합리적이고 감성적인 접근법을 취했다. 이들은 전직 경찰을 데려다 앉혀놓고도 '좋은 경찰, 나쁜 경찰'의 어르고 달래는 전략을 포기하지 못했다.

나는 말할 수 있는 건 전부 털어놓았다. 얘기하고, 또 하고, 또다시 반복했다. 모피를 찾아갔고 집안일을 도와줬고 저녁을 먹은 후에 그곳을 떠났다. 내 지문이 여기저기 찍혀 있는 건 그 때문이다. 내 방에서 찾아낸 경찰 내부 파일은 모피에게서 받은 게 아니다. 아니, 누가 줬는지는 밝힐 수 없다. 아니, 호텔로 다시 들어온 걸 본 사람은 야간 당직

포터뿐이다. 아니, 그리고는 다시 밖으로 나가지 않았다. 아니, 그걸 입증해줄 사람은 없다. 아니, 아니, 아니, 아니, 아니.

그때 울리치가 도착했고, 회전목마는 다시 처음부터 돌아가기 시작했다. 이번엔 FBI의 입회하에 더 많은 질문이 쏟아졌다. 하지만 그때까지도 내가 왜 여기 끌려와 있는지, 모피와 그의 아내에게 무슨 일이 일어났는지 말해주는 사람은 없었다. 마침내 클라인이 와서 가도 된다고 했다. 통로와 강력반 사이의 울타리 너머로 찻잔을 들고 앉아 있는 레이첼이 보였다. 주변의 형사들은 그녀의 존재를 꿋꿋하게 무시했다. 3미터쯤 뒤쪽의 유치장에서는 팔에 문신을 새긴 말라깽이 백인이 레이첼에게 음란한 말을 속삭이고 있었다.

튀상이 나타났다. 그는 비만한 50대 초반의 중늙은이였고, 머리가 슬슬 벗겨지기 시작해서 안개 속에 드러난 언덕 꼭대기 같은 정수리 주변에 흰 곱슬머리가 듬성듬성했다. 눈에 핏발이 서고 몰골이 말이 아닌 그의 모습은 나만큼이나 그곳과 어울리지 않았다.

경찰이 레이첼에게 다가왔다. "호텔까지 데려다드릴게요." 레이첼이 자리에서 일어났다. 유치장 남자는 뭔가 빨아대는 소리를 내며 손으로 사타구니를 움켜잡았다.

"괜찮아요?" 그녀가 지나갈 때 내가 물었다.

그녀는 멍하니 고개를 끄덕였다. "나랑 같이 나가는 건가요?"

튀상이 내 왼팔을 잡았다. "아니요, 조금 있다가 갈 겁니다." 경찰을 따라가던 레이첼이 어깨 너머로 나를 돌아봤다. 웃는 얼굴로 안심시켜주고 싶었지만, 어정쩡한 미소에 그치고 말았다.

"가지. 자네는 내가 태워다줄게. 가는 길에 커피도 한잔하고." 튀상이 말했다. 나는 그를 따라 밖으로 나왔다.

그리고는 들어간 곳이 하필 마더스였다. 모피의 전화를 기다리며 앉아 있은 지 24시간도 지나기 전에 또다시 거기서 튀샹에게 존 찰스 모피와 그의 아내 안젤라가 어떻게 죽었는지 듣게 됐다.

모피는 그날 아침에 특근을 하기로 되어 있어서 튀샹이 그를 데리러 갔다. 두 사람은 상황에 따라 서로를 태우러 가곤 했는데, 그날은 튀샹의 차례였다. 그물문은 닫혀 있었지만 그 안의 현관문은 열려 있었다. 튀샹은 전날 오후에 내가 그랬던 것처럼 모피의 이름을 불렀다. 그리고 내가 그랬던 것처럼 안으로 들어가서 부엌, 그리고 복도 오른쪽과 왼쪽 방을 살폈다. 지금까지는 한 번도 늦은 적이 없는 모피였지만, 그래도 튀샹은 모피가 늦잠을 자는 모양이라고 생각해서 위층을 바라보며 그의 이름을 불렀다. 아무 대꾸가 없었다. 모피에 이어 앤지의 이름을 부르며 층계를 올라가는데 예감이 이상했다. 침실의 문이 반쯤 열려 있었는데, 열린 틈으로는 침대가 보이지 않았다.

노크를 한 번 하고 천천히 문을 열었다. 순간적으로 은밀한 사랑의 순간을 방해한 게 아닌가 싶어 멈칫했지만, 피가 눈에 들어왔고, 이게 사랑을, 사랑의 모든 의미를 야유하는 것임을 알고는 친구와 그 아내의 죽음 앞에 통곡했다.

지금도 튀샹에게서 들은 얘기는 띄엄띄엄 기억나지만, 시신들이 어떤 모습이었는지는 머릿속에 그릴 수 있다. 그들은 벌거벗은 채 흰색이었던 이불보 위에서 서로 마주보는 자세로 엉덩이를 붙이고 다리로 서로를 휘감았다. 허리 윗부분은 팔 하나만큼 벌어지도록 몸을 뒤로 기울였다. 둘 다 목에서 배까지 갈랐다. 갈비뼈를 잘라서 뒤로 벌렸고 한 손씩 상대의 가슴에 집어넣었다. 튀샹은 가까이 다가가서 보니 그 손이 서로의 심장을 쥐고 있더라고 했다. 머리는 머리카락이 등에 닿을 정도로 젖혔다. 눈동자를 파내고 얼굴도 벗겨냈으며, 입은 죽음의 순간이 불러온 마지막 고통으로 인해 무아경에 빠진 것처럼 벌어졌다. 사랑은 세상의 연인들에게 사랑의 무의미함을 보여주는 예로 전락했다.

튀샹의 말을 듣는 동안 밀려드는 죄책감에 가슴이 찢어질 것 같았다. 두 사람의 집에 이런 상황을 불러들인 건 나였다. 아퀼라르 모자가 나를 만나면서 어둠에 휩싸인 것처럼, 모피와 그의 아내도 나를 도와주는 바람에 이런 끔찍한 죽음의 표적이 되었다. 내게서는 죽음의 악취가 진동했다.

그 와중에 머릿속에 어떤 시구가 맴돌았는데, 어쩌다 그걸 떠올렸는지 처음에 그걸 내 머릿속에 심어준 사람이 누구였는지는 아무리 해도 기억이 나지 않았다. 그러면서도 왠지 출처가 중요할 것 같았다. 정확한 이유는 알 수 없었지만 튀샹이 목격한 장면이 그 시구에서 메아리치는 것 같았다. 그런데 그 시구를 들려주던 목소리를 떠올려보려고 아무리 안간힘을 써도 번번이 잡힐 듯 말 듯 가물거리기만 할 뿐 도저히 기억이 나지 않았다. 오로지 시구만 맴돌았다. 형이상학적인 시인 같았다. 어쩌면 존 던. 그래, 확실했다. 존 던이었다.

> 후세에 올 자들이여
> 이렇게 잘리고 찢기는 나를 보며 깨달을지니:
> 사랑아 나를 죽여 해부하라;
> 이 괴로움은 그대의 끝을 위한 것이니,

황폐한 송장은 고약한 해부이다.

이걸 '레메디아 아모리스'라고 하던가? 불행한 사랑을 치유하는 방법으로 연인들을 고문해서 죽이는 것.

"모피는 나를 도와줬어요. 제가 그를 이 일에 끌어들인 거예요."

"제 발로 들어간 거야. 본인이 원했어. 모피는 이자의 끝을 보고 싶어했어."

나는 튀상의 시선을 외면하지 않았다.

"루터 보들런 때문인가요?"

고개를 돌린 건 튀상이었다. "이제 와서 그게 무슨 상관이란 말인가."

하지만 모피에게서 나와 비슷한 모습을 봤다고, 그의 고통을 고스란히 느꼈고, 그가 나보다 나은 인간이라고 믿고 싶었다고 설명할 수는 없었다. 그래도 알고 싶었다.

"그건 가르자 때문에 초래된 일이었어." 마침내 튀상이 말했다. 레이 가르자는 그 일이 일어났을 때 모피의 파트너였다. "가르자가 보들런을 죽였고, 내다버리는 건 모피가 맡았다더군. 아무튼 그의 말로는 그랬어. 모피는 젊었지. 가르자는 그를 그런 상황에 끌어들이지 말았어야 했지만 어쨌든 그렇게 됐고, 모피는 평생 그에 따른 대가를 치렀어." 튀상은 자신이 어느새 모피를 영영 떠난 사람 얘기하듯 말하고 있다는 걸 깨닫고는 입을 다물었다.

밖에서는 사람들이 또 하루를 살아가느라 분주했다. 그런 일이 일어났는데, 그런 일이 일어나고 있는데, 여전히 일하고 구경하고 먹고 시시덕거렸다. 어떤 식으로든 세상이 멈췄어야 옳을 것 같았다. 시계를 멈추고 거울을 덮고 문에 달린 종을 떼고 예의를 갖춰 조용하게 소곤거려야 마땅할 것 같았다. 만약에 그들이 수전과 제니퍼의, 마리 부인과 티진의, 모피와 앤지의 사진을 봤다면 하던 일을 멈추고 다시 생각해봤을지도 모른다. 그게 떠돌이가 원하는 바였다. 다른 사람들의 죽음을 통해 우리 자신의 죽음을 일깨우고, 곧 다가올 공허 앞에서는 사랑과 신의, 부모의 사랑과 친구의 우정, 섹스와 즐거움 따위가 아무 가치 없다는 걸 알려주려는 것이었다.

자리에서 일어나는데 뭔가, 거의 잊고 있었던 끔찍한 기억이 떠올랐고, 속을 비틀어 짜는 것처럼 격렬한 통증이 온몸으로 퍼져 벽에 몸을 기대고 허공을 움켜잡을 듯이 손을 내저었다.

"오 맙소사, 그녀는 임신 중이었어요."

내 말을 듣고 질끈 눈을 감는 튀상의 눈꺼풀이 파르르 떨렸다.

"그자도 알고 있었죠?"

튀상은 아무 말도 하지 않았지만 눈에 절망의 기운이 가득했다. 떠돌이가 뱃속의 태아를 어떻게 했느냐고는 묻지 않았지만, 순간적으로, 끔찍했던 지난 몇 달 동안의 시간이 스쳐 지나갔다. 내 아이 제니퍼의 죽음에서 다른 많은 아이들의 죽음, 아들레이드 모딘과 공범인 하이엄스의 죽음을 거쳐, 이제는 급기야 모든 아이들의 죽음에 이른 것 같았다. 떠돌이라는 이자가 저지른 모든 짓은 그 행위 자체를 넘어서는 의미를 지녔다. 태어나지도 못한 채 죽은 모피의 아이로 인해 미래의 모든 희망이 망가진 살덩이로 전락한 느낌이었다.

"자네를 호텔로 데려다줘야 해." 한참 만에 튀상이 입을 열었다. "뉴올리언스 경찰청에서 자네를 뉴욕행 저녁 비행기에 태울 거야."

하지만 그의 말은 귀에 들어오지 않았다. 떠돌이가 우리를 쭉 지켜봤으며, 그의 게임은 지금도 우리 주변에서 계속되고 있다는 생각뿐이었다. 자의든 아니든 우리는 모두 그 게임의 참가자들이었다.

그러다 보니 포틀랜드에 살 때 사울 만이라는 사기꾼이 내게 했던 말이 떠올랐다. 나한테 상당히 중요한 얘기 같았는데, 왜 그랬는지는 기억이 나지 않았다.

그건 관심을 보이지 않는 사람을 허세로 속여 넘길 수 없다는 말이었다.

48

 튀상은 나를 플레상스에 내려줬다. 레이첼의 방문이 반쯤 열려 있었다. 가볍게 노크를 하고 안으로 들어갔다. 옷이 바닥에 널려 있고, 침대 시트도 둘둘 말아서 한쪽에 밀어놓았다. 자료들은 하나도 남아 있지 않았다. 매트리스 위에 옷가방을 활짝 펼쳐놓았다. 욕실에서 부스럭거리는 소리가 들리더니 레이첼이 화장품 가방을 들고 나왔다. 파우더와 파운데이션 자국으로 얼룩이 졌는데 경찰이 방을 수색하다 화장품 몇 가지를 깨뜨린 모양이었다.
 그녀는 짙은 데님 위에 물 빠진 파란색 닉스 스웨터를 입고 있었다. 샤워를 했는지 젖은 머리카락이 얼굴에 달라붙었다. 발도 맨발이었다. 발이 그렇게 작은지 미처 몰랐다.
 "미안해요." 내가 말했다.
 "알아요." 그녀는 나를 쳐다보지 않았다. 그러더니 옷을 하나씩 집어서 단정하게 접기 시작했다. 몸을 숙여서 발치에 있던 양말 한 켤레를 집었다.
 "그냥 놔둬요. 내가 할게요." 그녀가 말했다.

그때 문을 두드리는 소리가 나더니 경찰이 들어왔다. 그는 정중하지만 단호한 어투로 공항까지 데려다줄 사람이 올 테니 그때까지 준비를 마치라고 했다.

나는 방으로 돌아가서 샤워를 했다. 그 사이에 청소부가 와서 방을 치웠고, 깨끗하게 정리된 침대에 앉아 거리에서 올라오는 소리를 들었다. 내가 일을 얼마나 엉망진창으로 만들었는지, 그로 인해 얼마나 많은 사람들이 죽었는지 생각했다. 죽음의 사자라도 된 기분이었다. 내가 선 자리에서는 풀도 죽어나갈 것 같았다.

그러다 깜빡 졸았던 모양인지 눈을 떴을 땐 방의 빛이 달라져 있었다. 땅거미가 내리는 것 같았는데 그럴 리는 없었다. 방에서 무슨 냄새, 썩어 들어가는 풀, 해초와 죽은 물고기가 둥둥 떠다니는 물 냄새 같은 악취가 났다. 숨을 들이마시는데 입 안 가득한 공기가 뜨뜻하고 축축했다. 그제야 뭔가 움직이는 낌새를 차렸고, 한쪽 구석에서 그림자가 흔들렸다. 속삭이는 목소리가 들렸다. 나무를 스치는 비단 같은 소리, 그리고 희미하게 나뭇잎 위로 뛰어가는 아이의 발소리. 나무가 살랑거리고 위에서 새의 날갯짓 소리도 들리는데, 불안한 건지 아니면 고통스러운 건지, 날갯짓이 고르지 않았다. 방은 점점 어두워지더니 마주보고 있는 벽이 검게 변했다. 창문으로 들어오는 빛은 파란색과 녹색이었고, 아지랑이처럼 아른거렸다.

아니면 물속처럼.

그들이 어두운 벽을 뚫고 나왔다. 녹색 빛을 받은 검은 형상들. 그들에게서는 쇳내 같은 피비린내가 났는데, 그 냄새가 어찌나 강한지 혀 끝에서 그 맛이 느껴질 정도였다. 입을 열어 뭐라고 외치려 했지만—

지금까지도 과연 뭐라고 외칠 수 있었을지, 누가 그 소리를 듣기나 했을지는 모르겠다—눅눅하고 축축한 공기가 미적지근한 오물에 적신 스펀지처럼 내 혀를 꼼짝 못하게 틀어막았다. 가슴을 묵직한 걸로 눌러서 일어나지 못하게 하는 느낌이었고, 숨을 쉬기가 곤란했다. 두 손을 움켜쥐었다가 풀기를 반복하다 결국은 손마저 늘어졌고, 그제야 해부학자의 칼이 닿기 전에 몸을 진정시키는 케타민이 핏속에 흐르는 느낌이 어떤 건지 알 수 있었다.

형상들은 어둠의 가장자리, 창문으로 스며드는 희미한 빛줄기 너머에서 멈췄다. 우윳빛 유리로 보는 모습이나 초점을 잃은 영사기의 화면처럼 형체가 흐트러졌다 모이기를 반복했다.

그때 목소리가 들렸다.

버드맨.

부드럽고 완강하게,

버드맨.

희미해지다가 다시 강하게,

버드맨.

전에 한 번도 들어본 적 없는 목소리들, 그리고 감정에 휩싸여 나를 불렀던 또 다른 목소리들.

버드.

화가 나서, 두려움에 싸여, 사랑스럽게.

아빠.

아이는 그중에서 가장 작았고, 옆에 선 사람들과 손을 잡았다. 그들의 주변으로 다른 사람들이 부채꼴로 늘어서 있었다. 세어보니 전부

여덟 명이었고, 뒤에 있는 사람들은 좀더 불분명했다. 여자들과 남자들, 어린 여자아이들. 가슴을 누르는 힘이 점점 강해져서 숨을 조금이라도 들이마시려고 안간힘을 쓰는데, 문득 마리 아귈라르 부인의 꿈에 보였던 여자, 레이먼드가 하니 아일랜드에서 봤다던 그 여자, 어두운 물속에서 나를 부르는 것 같았던 그 여자가 루티스 폰테노가 아니었을지도 모른다는 생각이 들었다.

찰리.

숨을 들이쉴 때마다 그게 마지막 숨인 것만 같았고, 그나마 목구멍을 넘어가지 못하고 꼬르륵거리며 오히려 숨통을 막았다.

찰리.

목소리는 멀리 떨어진 방에서 오래된 피아노의 검은색 건반을 누르는 것처럼 힘없이 어두웠다.

일어나, 찰리, 그의 세계가 펼쳐지고 있어.

그러다 내 마지막 숨소리가 귓전에 울리며 모든 게 잠잠하고 고요해졌다.

문을 두드리는 소리에 잠에서 깼다. 밖에서는 해가 정점을 지나 저녁으로 이우는 중이었다. 문을 열었더니 튀상이 서 있고, 그 뒤로 레이첼이 기다리는 게 보였다. "이제 가야 해." 그가 말했다.

"뉴올리언스 경찰청으로 넘어간 줄 알았는데요."

"내가 자원했네." 그가 나를 따라서 방으로 들어왔고, 나는 면도용품을 양복 캐리어에 던져 넣은 후 반으로 접어서 고리를 채웠다. 런던 포그, 수전이 선물로 사준 양복이었다.

튀상이 뉴올리언스 경찰에게 고개를 끄덕였다.

"괜찮으시겠어요?" 경찰은 찜찜하고 미심쩍은 표정이었다.

"이봐, 뉴올리언스 경찰은 남의 집 아기 봐주는 것보다 더 중요한 일이 있잖아." 튀상이 대꾸했다. "이 사람들을 비행기에 태워 보내는 건 내가 알아서 할 테니까 자네는 가서 나쁜 놈들이나 잡으라고. 알았어?"

우리는 아무 말 없이 뉴올리언스 공항으로 출발했다. 내가 조수석에 앉고 레이첼은 뒷자리에 앉았다. 공항 쪽으로 방향을 틀 줄 알았는데, 튀상은 10번 도로를 따라 곧장 달렸다.

"회전신호를 그냥 지나쳤어요."

"아니. 안 지나쳤어." 튀상이 말했다.

원래 일이 한 번 풀리기 시작하면 정신없이 풀리는 법이다. 그날은 운이 따랐다. 누구나 가끔은 운이 따른다.

10번 도로 남동쪽에서 라파예트 쪽으로 들어가는 어퍼 그랜드 리버 교차로에서 침니와 쓰레기를 치우던 준설용 장비가 강바닥에 내버린 녹슨 가시철망에 엉키고 말았다. 엉킨 걸 간신히 풀고 끌어올리려는데, 철망에는 장비 말고도 많은 게 걸려 있었다. 낡은 침대, 한 세기 반 전에 노예한테 채웠던 차꼬 한 벌, 그리고 철망을 강바닥에 짓누르고 있던 붓꽃 무늬 기름통. 그 통을 끌어올리게 된 준설 작업 인부들은 그 무늬만 보고도 이게 웬 변인가 싶었다. 붓꽃 무늬가 있는 기름통에서 여자의 시체가 발견됐다는 보도는 신문마다 빠지지 않았고, 그날 〈타임스-피카윤〉에서도 90줄을 할애했다.

통을 물에서 꺼내야 했을 때 인부들은 하얗게 질려서 서로의 등을 떠밀었을 것이다. 그중 한 명이 뚜껑을 열 때는 긴장을 감추지 못하는 어색한 웃음만 제외하면 평소보다 훨씬 조용했을 게 틀림없다. 기름통은 군데군데 녹이 슬었고, 뚜껑도 용접을 하지 않았다. 뚜껑을 열자 더러운 물과 죽은 물고기들과 잡초가 쏟아져 나왔다. 그리고 부분적으로 부패했지만 이상한 밀랍 같은 막에 싸인 여자의 다리도 나왔다. 하지만 몸은 통에 끼인 채 반은 나오고 반은 안에 남아 있었다. 물에 사는 것들이 몸을 뜯어먹었지만, 누군가 바닥으로 손전등을 비췄더니 어둠 속에서 그를 향해 웃는 것처럼 너덜너덜하게 남은 이마와 이가 보였다.

우리가 도착했을 때 현장에 차는 단 두 대뿐이었다. 시신을 물에서 건져낸 지 세 시간쯤 지났을 때였다. 정복 차림의 경찰 두 명이 준설 인부들 옆에 서 있었다. 시신 근처엔 사복 셋이 있었는데, 다른 두 사람보다 조금 비싸 보이는 양복을 입고 은발을 짧게 다듬은 사람은 모피가 죽었을 때 봤던 기억이 났다. 세인트마틴 군의 보안관인 제임스 듀프리, 튀샹의 상관이었다.

듀프리는 차에서 내리는 우리를 보더니 손짓을 했다. 레이첼은 뒤에 조금 처지긴 했지만, 그래도 기름통을 향해 걸어갔다. 이렇게 조용한 범죄현장은 난생 처음이었다. 나중에 검시관이 도착했을 때조차 엄숙한 분위기는 달라지지 않았다.

듀프리는 행여 곁에 맨손이 닿지 않도록 조심하며 비닐장갑을 벗었다. 손톱은 아주 짧고 단정했지만, 손질을 받은 것 같지는 않았다.

"자세히 보고 싶은가?" 그가 물었다.

"아니요. 볼 만큼 봤습니다." 내가 말했다.

한쪽에 쌓아놓은 진흙과 침니에서 썩는 내가 진동했다. 여자의 시신에서 나는 냄새보다 더 지독했다. 죽었거나 죽어가는 물고기를 노리는 새들이 그 위에서 맴을 돌았다. 담배를 문 인부가 몸을 숙여서 돌멩이를 집더니 흙 속을 들락거리는 커다란 회색 쥐를 향해 냅다 던졌다. 진흙에 박히는 돌멩이는 정육점에서 고깃덩이를 도마에 내려놓을 때처럼 축축하고 둔탁한 소리를 냈다. 쥐가 허둥지둥 도망쳤다. 주변에 있던 회색 덩어리들도 덩달아 부산해졌다. 인부가 던진 돌멩이에 놀라 둥지에서 튀어나온 설치류들로 사방이 들썩거렸다. 서로 부딪히고 으르렁거리며, 진흙 위에 뱀이 지나간 것 같은 꼬리 자국을 남겼다. 어느새 다른 인부들이 합세해서 물수제비를 뜨듯 낮게 돌멩이를 던져댔다. 대부분은 처음의 남자보다 명중률이 높았다.

듀프리는 황금색 론슨 라이터로 담배에 불을 붙였다. 지탄(필터가 없어서 향이 독하고 거의 시거 같은 맛을 내는 프랑스 담배―옮긴이)을 피웠는데, 그걸 피는 경찰은 처음 봤다. 연기는 맵고 강한데, 하필 바람이 내 얼굴 쪽으로 불었다. 듀프리는 미안하다면서 몸을 틀어 연기가 오지 않도록 막았다. 대단히 세심한 태도였고, 그걸 보자 내가 왜 뉴올리언스 공항으로 가지 않고 여기 와 있는지가 다시 한 번 궁금해졌다.

"듣자니 뉴욕에서 아동 살해범을 잡았다던데. 모던이라는 여자였다지." 듀프리가 마침내 입을 열었다. "30년이나 지난 사건이었는데, 대단해."

"여자가 실수를 저질렀어요. 결국에는 다들 그렇게 되죠. 운 좋게 그 실수를 이용할 수 있느냐, 없느냐의 문제예요."

그는 내 말에 전적으로 동의하지는 않지만 자신이 미처 생각하지 못한 점이 있는지 따져보겠다는 듯이 고개를 한쪽으로 살짝 기울였다. 그리고 담배를 다시 한 번 깊이 빨아들였다. 지탄은 고급 브랜드였지만, 그는 엄지와 검지와 중지로 끝부분을 쥐고 손바닥으로는 불을 감싼 채 뉴욕의 항만노동자들처럼 담배를 피웠다. 그건 담배가 은밀한 즐거움이었고 들고 있다가 걸리기만 해도 아버지에게서 뒤통수를 얻어맞았던 어린 시절에 쥐던 방식이었다.

"누구나 가끔은 운이 따르지." 듀프리가 말했다. 그리고는 나를 물끄러미 쳐다봤다. "여기서는 우리한테 운이 따라줄지 궁금하군."

나는 잠자코 그의 다음 말을 기다렸다. 여자의 시신이 발견된 건 예기치 않은 우연처럼 보였다. 어쩌면 벽에서 형체들이 튀어나와서 떠돌이가 짠 양탄자의 실이 갑자기 느슨해졌다고 말했던 꿈을 아직 털어내지 못하고 있었던 건지도 모른다.

"모피와 그의 부인이 죽었을 땐 자네를 끌고 나가서 숨이 끊어지기 직전까지 패주고 싶었지. 그는 좋은 사람이었고, 이런저런 일에도 불구하고 좋은 형사였어. 무엇보다 내 친구였지. 하지만 그는 자네를 믿었고, 여기 있는 튀상도 자네를 신뢰하는 것 같더군. 자네가 이 모든 사건의 연결고리가 되어줄 수 있을 거랬어. 만약 그게 사실일 경우, 자네를 뉴욕행 비행기에 태워 보내면 아무것도 얻을 수 없을 것 아닌가. 울리치라는 자네의 FBI 친구도 같은 생각인 것 같았지만, 자네를 옹호하는 그의 외침보다 보내버려야 한다는 목소리가 더 컸어."

그는 담배를 한 모금 더 피웠다. "자네는 머리에 들러붙은 껌 같다는 생각이 들어. 떼려고 하면 할수록 더 들러붙는데, 어쩌면 우리가 그 점을 이용할 수 있을 거야. 자네를 여기 남겨뒀다가 어떤 더러운 꼴을 당할지 모르겠지만, 모피한테서 자네가 이자에 대해 어떤 감정을 갖고 있는지, 그가 우리를 어떻게 지켜보고 조종한다고 생각하는지에 대해 들었네. 이 상황을 어떻게 보고 있는지 말해주겠나, 아니면 공항에 가서 의자에 앉아 잠을 자는 쪽을 택하겠나?"

기름통 밖으로 나온 여자의 다리와 맨발, 쥐가 들끓는 루이지애나 강의 더러운 물웅덩이에 국화꽃처럼 쌓아올린 노란 퇴적물을 바라봤다. 검시팀에서 시체를 옮길 포대와 들것을 가지고 도착했다. 그들은 바닥에 비닐을 깔고 기름통을 조심스럽게 그 위로 옮겼다. 그러는 중에도 한 명이 장갑 낀 손으로 여자의 다리를 받쳐 들었다. 그런 다음 검시관이 통 속으로 손을 넣어서 천천히, 조심스럽게 여자를 꺼내기 시작했다.

"이자는 지금까지 우리가 했던 모든 행동을 지켜보고 예측했습니다." 내가 설명을 시작했다. "아귈라르 모자는 뭔가를 알아냈다가 죽었어요. 르마는 뭔가를 봤다가 살해당했습니다. 모피는 나를 도와주려고 했는데 그 역시 죽고 말았죠. 이자는 선택의 여지를 차단해서 자신이 설정해놓은 패턴을 따르게 만들고 있어요. 이번엔 누군가 언론에 상세한 수사 내용까지 흘렸습니다. 어쩌면 같은 사람이 이자에게도 정보를 흘린 걸지도 몰라요. 의도치 않은 우연이었을 수도 있고, 그렇지 않을 수도 있습니다."

듀프리와 튀상이 눈빛을 교환했다. "우리도 그 문제에 대해 생각을 해봤네." 듀프리가 말했다. "뭔가를 오랫동안 조용히 간직하기엔 이 사건에 들러붙은 인간이 너무 많다는 거지."

"뿐만 아니라 FBI에서는 뭔가 감추고 있어요. 울리치가 모든 내용을 다 얘기했다고 생각하세요?"

듀프리가 헛웃음을 웃었다. "나는 바이런이라는 사람이 시인인 줄 알았네. 제기랄."

기름통 안에서 뼈가 쇠를 긁는 소리가 났다. 장갑을 낀 손들이 통에서 빠져나오는 벌거벗은 여자의 변색된 몸을 받쳐 들었다.

"이건 얼마 동안이나 숨길 수 있을까요?" 내가 듀프리에게 물었다.

"그리 오래는 안 될 거야. FBI에 보고를 해야 하고 언론에서도 냄새를 맡을 테고……." 그는 어쩔 도리가 없다는 듯이 손가락을 쫙 펼쳤다. "FBI에게 알리지 말라는 얘기라면……." 하지만 그의 표정에는 이미 그쪽으로 마음을 굳혔다는 속내가 드러났는데, 발견하자마자 이렇게 득달같이 검시를 하고 현장에 나온 경찰이 이렇게 적은 이유는 이 사실을 아는 사람을 최소한으로 줄이겠다는 뜻이었다.

그래도 좀더 압박해보기로 했다. "FBI가 아니라 아무한데도 알리지 말라는 얘기입니다. 만약 그럴 경우 이 짓을 저지른 자가 바짝 경계해서 우리를 다시 차단할 겁니다. 뭔가를 말해야 하는 상황이 되면 대충 얼버무리세요. 기름통도 언급하지 말고, 위치는 모호하게 얘기하고, 다른 사건과는 관련이 없는 것 같다고 말씀하세요. 여자의 신원이 확인될 때까지는 아무 말도 하지 마세요."

"그것도 신원을 확인할 수 있을 경우의 얘기지." 튀상은 우울하게 말했다.

"이봐, 쟤는 다른 데 가서 뿌리라고." 듀프리가 쏘아붙였다.

"죄송해요." 튀상이 말했다.

"맞는 말이에요. 어쩌면 신원을 확인할 수 없을지도 몰라요. 그럴 가능성도 감안해야죠."

"우리가 가지고 있는 기록에서 나오지 않으면 FBI 기록을 뒤져봐야지." 듀프리가 말했다.

"우리가 건넌 다음엔 다리를 태워버리는 거예요. 그럴 수 있나요?" 내가 물었다.

듀프리는 발을 비비적거리면서 담배를 마저 피웠고, 열린 차창 안으로 몸을 집어넣고는 재떨이에 담배꽁초를 버렸다.

"그래봐야 24시간이 고작이야. 그 다음에는 무능하다느니, 수사 진행을 고의적으로 방해한다느니 온갖 비난이 쏟아질 거라고. 그 시간 안에 과연 얼마나 찾아낼 수 있을지도 알 수 없고, 어쩌면……" 그는 튀상을 쳐다보더니 내게로 시선을 돌렸다. "거기까지도 못 갈지 모르지."

"말씀을 해주실 건가요, 아니면 제가 짐작을 해야 하나요?" 내가 물었다.

튀상이 대신 대답을 했다.

"FBI에서 바이런을 찾아낸 것 같아. 내일 아침에 덮칠 거래."

"만약 그렇다면 이건 들러리가 되겠지." 듀프리가 말했다. "예측불허의 패야."

하지만 내 귀에는 더 이상 아무 소리도 들리지 않았다. 그들은 바이런의 포위망을 좁히고 있었는데, 나는 그걸 몰랐다. 내가 끼어들려고 했더라도, 루이지애나 법집행세력이 들고 일어나서 나를 뉴욕행 비행기에 태우거나 유치장에 가뒀을 것이다.

인부들이 구멍이 될 확률이 높았다. 그들을 따로 불러서 커피를 한 잔씩 돌린 다음, 듀프리와 내가 가능하다고 생각하는 범위 안에서 최대한 허심탄회하게 얘기를 했다. 오늘 여기서 본 것에 대해 하루만이라도 입을 다물어주지 않는다면 이 여자를 죽인 자가 법망을 빠져나가 다시 살인을 저지를 거라고 했다. 그리고 부분적이나마 그건 사실이었다. 바이런 검거에서 제외된 우리는 할 수 있는 한 최선을 다해 수사를 계속했다.

인부들은 성실한 현지인들이었고, 대부분 결혼해서 자식을 키웠다. 그들은 우리가 괜찮다고 할 때까지 아무 말도 하지 않겠다고 약속했다. 약속할 때는 다들 진심이었겠지만, 집에 돌아가자마자 부인이나 여자친구에게 얘기하는 사람이 분명히 있을 테고, 거기서부터 말이 퍼지기 시작하리라는 걸 나는 알고 있었다. 아내한테 모든 걸 숨김없이 얘기한다고 말하는 남자는 거짓말쟁이거나 바보라고, 경찰에 들어와서 처음 만났던 반장님은 늘 말씀하시곤 했다. 안타깝게도 그는 이혼을 했다.

전화가 걸려왔을 때 듀프리가 사무실에 있었고, 무조건 신뢰하는 부보안관 두 명과 형사 두 명을 차출해왔다. 거기에 튀상과 레이첼과 내가 더해졌고, 검시팀과 준설 인부들까지 합쳐도 시신에 대해 아는 사람은 스무 명 정도였다. 비밀이 지켜질 거라고 확신하기엔 열아홉 명쯤 많은 숫자였지만, 어쩔 수 없었다.

초동수사와 현장사진 촬영이 끝난 후, 시신은 라파예트 외곽에 있는 개인 의원으로 옮기기로 했다. 검시관이 가끔씩 자문을 구하는 곳이었다. 검시관은 당장 작업에 착수하겠다고 동의했다. 듀프리는 연령이 불분명하고 사인이 확인되지 않은 여자의 시신을 실제 위치에서 8

킬로미터 정도 떨어진 곳에서 발견했다는 발표 성명을 준비했다. 그는 거기에 날짜와 시간을 적어서 책상의 서류 밑에 넣어두었다.

검시실에 도착했을 땐 X선 촬영과 측정을 마친 후였다. 시신을 옮긴 들것은 한쪽에 치워놨고, 검시대는 위에 물도 뿌리고 구멍을 통해 떨어지는 물을 받기 위한 원형 물탱크 위에 놓여 있었다. 장기의 무게를 측정하기 위한 저울이 검시대에 걸려 있고, 그 옆에는 작은 부위들을 해부하기 위한 테이블이 따로 마련되어 있었다.

검시관과 그의 조수 한 명을 제외하면 그 자리에 참관한 사람은 뒤프리와 튀상, 그리고 나까지 단 세 명뿐이었다. 냄새가 진동했고, 그걸 방부제로 덮는 데는 한계가 있었다. 두개골에서 검은색 머리카락이 늘어졌고, 남은 살가죽은 오그라들고 찢어졌다. 시신은 노르스름한 물질로 완전히 싸여 있었다.

그 질문을 던진 건 뒤프리였다. "박사님, 몸에 묻은 게 뭔가요?"

검시관의 이름은 에밀 헉스테터 박사였는데, 키가 크고 다부진 체구에 혈색이 붉은 50대 초반의 남자였다. 그는 장갑 낀 손으로 몸에 묻은 물질을 문지르다가 이렇게 대답했다.

"이건 시지(屍脂)라고 하는 겁니다. 드문 일이죠. 나도 기껏해야 두세 번밖에 보지 못했으니까. 하지만 수로의 물과 침니가 작용하면서 이게 만들어진 것처럼 보입니다."

박사는 눈을 가늘게 뜨고 시체 위로 몸을 기울였다. "물속에서 몸의 지방이 분해됐다가 단단하게 굳으면서 이 물질, 즉 시지를 만들어낸 겁니다. 물속에 상당 기간 있었다는 얘기가 되겠죠. 몸통에 이게 형성되려면 최소한 6개월이 걸립니다. 얼굴은 그보다 짧고. 짐작컨대, 물속에 있었던 시간이 7개월은 넘지 않을 것 같습니다. 그 이상은 확실히 아니에요."

박사는 녹색 수술복에 매단 작은 마이크에 대고 검사 결과를 녹음했다. 여자는 열일곱이나 열여덟 살이었다고 그는 말했다. 묶인 흔적은 없었다. 목에 칼로 그은 자국이 있는데, 경동맥 절개가 사인으로 보였다. 얼굴을 뜯어냈으며, 두개골 부위에 자국이 있고, 눈구멍에도 비슷한 자국이 있었다.

검시가 끝나갈 무렵에 듀프리의 삐삐가 울렸고, 몇 분 후에 레이첼을 데리고 들어왔다. 그녀는 라파예트에 있는 모텔에 묶었고, 자신과 내 짐을 가져다놓은 후에 다시 돌아오는 길이었다. 처음에는 시체를 보고 움찔하더니 내 옆으로 다가와서 말없이 내 손을 잡았다.

일을 마친 검시관이 장갑을 벗고 손을 문질러 닦았다. 듀프리가 봉투에서 X선 필름을 꺼내서 한 장씩 빛에 비춰봤다. "이건 뭔가요?" 그가 한참 만에 물었다.

박사가 필름을 받아들고 찬찬히 들여다봤다. "복합 골절이군요. 오른쪽 경골에." 그가 손가락으로 가리키며 말했다. "2년쯤 된 것 같습니다. 보고서에 다 있어요. 아무튼 보고서를 작성할 때 다 쓸 거예요."

나는 쓰러질 것 같은 현기증을 느꼈고, 배가 참을 수 없이 아팠다. 손을 뻗어 뭔가를 잡으려다가 저울을 건드리는 바람에 짤그랑 소리가 났다. 그리고는 검시대에 손을 얹는다는 게 시체에 손가락 끝이 닿았다. 얼른 손을 잡아뺐다.

"왜 그래?" 듀프리가 내 팔을 잡으며 나를 부축했다. 손가락 끝에 닿았던 시체의 느낌이 생생했다.

"맙소사. 이 여자가 누군지 알 것 같아요."

크로츠 스프링스 남쪽, 라파예트와는 약 32킬로미터 정도 떨어진 베이유 코르타블로 북단에서 FBI 수사팀은 이른 아침 햇살 속에 세인트 랜드리 군 부보안관들의 지원을 받아 엽총 주택(뉴올리언스의 독특한 주택 형태인데, 도로에 접한 면을 기준으로 세금을 부과하던 시대에 세금을 적게 내려는 사람들이 도로변의 폭을 좁히는 대신 안으로 긴 집을 짓기 시작했고, 엽총처럼 길다고 해서 이런 이름이 붙었다—옮긴이) 한 채를 에워쌌다. 강어귀를 등지고 집 앞쪽으론 우북한 덤불과 나무가 자란 집이었다. 검정색에 노란 글자로 FBI라고 새겨넣은 방수복을 입은 요원들도 있었고, 헬멧과 방탄장비를 착용한 사람도 있었다. 그들은 안전핀을 제거한 채 천천히, 그리고 조용히 전진했다. 얘기를 해야 할 때면 최소한의 말만을 재빨리 주고받았다. 무전도 최소한으로만 유지했다. 그들은 상황의 위중함을 잘 알고 있었다. 그리고 그 옆에서는 부보안관들이 권총과 엽총으로 무장한 채 자신의 숨소리와 심장소리를 들어가며 에드워드 바이런의 집을 급습할 준비를 하고 있었다. 그들은 이자가 동료인 존 찰스 모피와 그의 젊은 아내, 그 밖에도 최소한 다섯 명의 사람을 더 죽인 장본인이라고 믿었다.

집은 낡았고, 기와는 군데군데 깨지고 금이 갔으며, 지붕의 들보는 썩어갔다. 앞으로 난 창문 중에 두 개가 깨져서 마분지를 대고 테이프로 붙여놓았다. 테라스 바닥의 나무는 휘어졌고, 아예 떨어져나간 곳도 있었다. 집 오른쪽의 쇠갈고리에는 가죽을 벗긴 지 얼마 안 되는 멧돼지 고기가 걸려 있었다. 주둥이에서 떨어진 피가 땅에 흥건히 고였다.

아침 6시를 막 넘겼을 때 울리치의 신호에 따라 케블라 방탄복을 입은 요원들이 집의 앞뒤로 다가갔다. 그들은 현관문 양쪽과 뒷문 옆의 유리창으로 안을 살폈다. 그런 다음 동시에 문을 차면서 최대한 큰 소음을 내고 손전등으로 어두운 실내를 밝히며 중앙의 복도로 진입했다. 앞뒷문으로 각각 들어간 두 팀이 거의 만날 즈음에, 집 뒤에서 총성 한 발이 울리더니 흐릿한 여명 속에서 피가 솟구쳤다. 토머스 셀츠라는 요원이 방탄복으로 가리지 못하는 겨드랑이에 총을 맞고 앞으로 고꾸라졌고, 숨이 끊어지면서도 반사적으로 경기관총의 방아쇠를 당겼다. 총알이 벽과 천장과 바닥에 쏟아지면서 흙이 튀고 파편이 날렸다. 요원 두 명이 다리와 입에 부상을 입었다.

그 소란으로 인해 엽총에 장전하는 소리가 묻혔다. 두 번째 총알에 안쪽 문틀의 나무가 날아갔고, 그와 동시에 요원들이 달려와서 떨어져 나간 뒷문으로 총을 쏘기 시작했다. 세 번째 총알에 집 옆으로 달려가던 요원이 쓰러졌다. 마당에는 통나무와 땔감용으로 가져다놓은 낡은 가구들이 어지러웠는데, 범인은 그 밑에 숨어 있다가 그것들을 밀치며 튀어나갔다. 부상당한 동료들의 상태를 살피던 요원들의 귀에 강어귀 쪽에서 총소리가 들려왔고, 그 즉시 추격에 합류하기 위해 달려갔다.

낡은 청바지에 붉은 체크무늬 셔츠를 입은 형체가 강어귀로 사라졌다. 요원들은 신경을 바짝 곤두세우고 그 뒤를 따랐다. 가끔은 늪의 흙탕물에 거의 무릎까지 빠지기도 했으며, 죽어 쓰러진 나무둥치가 길을 막아서 돌아가기도 했다. 그러다가 다시 뭍이 나왔다. 그들은 총을 어깨에 걸치고 전방을 주시한 채 나무를 엄폐물 삼아 천천히 나아갔다. 그때 앞에서 우렁찬 총성이 울렸다. 나무에 있던 새들이 놀라서 흩어졌고, 커다란 사이프러스의 머리 높이에서 파편이 튀었다. 요원 한 명이 뺨에 나뭇조각이 박혀서 고통스러운 비명을 지르며 넘어졌다. 두 번째 총성이 울리고, 이번엔 그의 왼쪽 다리 대퇴골이 으스러졌다. 나뭇잎 더미에 쓰러진 그는 죽을 것 같은 아픔에 몸을 비틀었다.

기관총이 나무를 훑으면서 가지가 부러지고 잎사귀가 흩날렸다. 4~5초 동안 집중사격을 한 후 사격중지 명령이 떨어지자 늪에는 다시 적막이 흘렀다. FBI와 경찰은 나무에서 나무로 재빨리 움직이며 다시 전진하기 시작했다. 버드나무 옆에서 피를 발견했다는 외침이 들렸다. 잘린 가지들이 뼈처럼 희었다.

뒤에서 개 짖는 소리가 들렸다. 5킬로미터 밖의 사육장에 있던 수색견들이 합류하는 소리였다. 개들은 바이런의 옷가지와 땔감 근처의 냄새를 맡았다. 수색견 조련사는 흙투성이 부츠 안에 청바지를 넣어 입은 호리호리하고 수염을 기른 사내였는데, 현장에 도착하자마자 버드나무 옆의 피 냄새를 맡게 했다. 그러자 개들은 끈을 팽팽히 당기면서 조심스럽게 앞으로 나갔다.

하지만 에드워드 바이런에게서는 더 이상 총알이 날아오지 않았다. 늪에서 그를 쫓는 건 FBI와 경찰만이 아니었다.

바이런의 검거작전이 진행되는 동안 튀상과 젊은 부보안관 두 명, 그리고 나는 세인트 마틴빌의 보안관 사무소에 있었다. 우리는 마이애미의 모든 치과에 한 곳씩 전화를 걸었고, 필요할 경우 자동응답기에 녹음된 비상전화까지 이용했다.

레이첼이 커피와 따뜻한 패스트리를 가지고 왔을 때만 잠깐 쉬었다. 그녀는 내 뒤에 서서 목덜미를 부드럽게 어루만졌다. 나는 손을 뻗어 깍지를 낀 다음 그녀의 손을 앞으로 당겨서 손가락 끝에 가볍게 입을 맞췄다.

"당신이 여기 남아 있을 줄은 몰랐어요." 나는 그녀의 얼굴을 볼 수 없었다.

"이제 거의 다 끝난 거죠?" 그녀가 조용히 물었다.

"그런 것 같아요. 끝이 다가오는 느낌이 들어요."

"그렇다면 끝을 보고 싶어요. 끝이 날 때 그 자리에 있고 싶어요."

그녀는 좀더 앉아 있다가 다른 사람한테 피로감을 전염시키는 지경에 이르자 잠을 자러 모텔로 돌아갔다.

서른여덟 군데에 전화를 한 끝에야 브리켈 애비뉴에 있는 어윈홀드먼 치과의 조무사가 진료기록에서 리사 스콧이라는 이름을 찾아냈지만, 지난 6개월 사이의 내원 여부에 대해서는 알려주길 거부했다. 홀드먼 박사는 골프를 치러 갔는데 방해하는 걸 무척 싫어한다는 게 조무사의 설명이었다. 튀상은 홀드먼이 좋아하고 자시고 얼른 휴대전화 번호를 대라고 다그쳤다.

조무사의 얘기는 사실이었다. 홀드먼은 코스에 나갔을 때 방해하는 걸 좋아하지 않았고, 15번 홀에서 버디 기회를 잡았을 경우에는 더 말할 나위가 없었다. 한참 고함을 지른 끝에 튀상은 리사 스콧의 진료기록을 요구했다. 치과의사는 어머니와 의붓아버지의 동의서가 필요하다고 말했다. 튀상은 듀프리에게 수화기를 넘겨줬고, 듀프리는 지금 당장으로서는 그게 불가능하며, 진료기록을 보려는 건 여자를 수사대상에서 제외해도 되는지 확인하기 위해서인데, 불필요하게 부모님을 심란하게 만드는 건 현명하지 않을 거라고 설명했다. 그런데도 홀드먼이 계속 비협조적으로 나오자 듀프리는 자꾸 이러면 모든 기록을 압수해서 철저한 세무조사를 받게 만들겠다고 협박했다.

홀드먼은 냉큼 협조적으로 돌아섰다. 진료기록은 컴퓨터에 담겨 있으며, X선과 차트도 스캔해서 첨부해뒀다고 했다. 돌아가자마자 기록을 전송하겠다. 조무사는 온 지 얼마 안 돼서 비밀번호를 모르기 때문에 기록을 전송할 수 없다, 그러니까 이 라운드만 마치면……

다시 한 번 고함이 터져 나왔고, 홀드먼은 그날의 골프를 그쯤에서 중단하기로 결정했다. 길이 막히지 않는다면 병원까지 한 시간쯤 걸릴 거라고 했다. 우리는 다시 자리에 앉아 기다리기 시작했다.

바이런은 늪 안쪽으로 1.6킬로미터 정도 도망을 쳤다. 포위망은 좁혀졌고, 팔에서는 피가 콸콸 흘렀다. 총알에 왼쪽 팔꿈치가 으스러졌고, 통증은 온몸으로 퍼졌다. 작은 공터에서 걸음을 멈춘 그는 개머리판을 바닥에 대고 성한 팔만으로 어정쩡하게 총알을 장전했다. 개 짓는 소리가 더 가까이에서 들렸다. 개가 보이자마자 처리할 생각이었다. 개만 없으면 늪에서 경찰들을 따돌리기는 어렵지 않았다.

그러다 몸을 일으켰을 때였다. 앞쪽에서 뭔가 움직이는 기미가 느껴졌다. 경찰이 길을 돌아서 벌써 앞을 차단했을 리는 없다고 판단했다. 서쪽은 물이 더 깊었다. 배도 없이 도로로 늪에 들어올 수는 없었다. 만약 그렇더라도 소리가 들렸을 것이다. 그는 늪의 소리에 모든 감각을 집중했다. 통증으로 인한 환각이 그를 주저앉히려 들었고, 정신이 들락날락했다.

바이런은 오른팔 밑에 엽총을 끼우고 앞으로 나가면서 눈을 쉬지 않고 굴렸다. 나무를 따라 천천히 전진했다. 앞의 움직임은 사라진 것 같았다. 또다시 환각이 시작될까 봐 머리를 흔들고 눈을 끔뻑였지만, 환각은 일어나지 않았다. 주변의 나무가 일어나고 어두운 형체에 둘러싸였을 때 에드워드 바이런에게 일어난 것은 죽음이었다. 그가 총을 빼앗기기 전에 총알이 한 발 발사됐고, 칼이 한쪽 어깨에서 반대쪽 어깨까지 갈라서 가죽을 벗겨낼 때 그는 가슴을 꿰뚫는 듯한 통증을 느꼈다.

느닷없는 형체들, 무표정한 얼굴의 사내들이 그를 에워쌌다. 한 명은 M16을 어깨에 걸었고, 다른 사람들은 칼과 도끼로 무장했으며, 그들을 지휘하는 건 검붉은 피부에 검은 머리가 희끗희끗한 거구의 사내였다. 바이런은 무릎을 꿇었고, 등과 팔과 어깨에 발길질이 쏟아졌다. 고통과 탈진에 몽롱해진 채 고개를 쳐든 그의 눈에 거구의 사내가 휘두르는 도끼날이 보였다.

그리고 모든 게 암흑에 싸였다.

우리는 듀프리의 사무실에 앉아서 새 컴퓨터에 홀드먼이 보낸다는 치과 진료기록이 들어오기를 기다리고 있었다. 나는 빨간 비닐의자에 앉았는데, 얼마나 덕지덕지 테이프를 붙여놨는지, 쩍쩍 금이 간 얼음 위에 앉아 있는 것 같았다. 발을 창턱에 올려놓고 몸을 조금이라도 움직일라치면 의자가 먼저 삐걱거렸다. 맞은편의 소파에서 세 시간쯤 뒤척이며 노루잠을 자다 일어난 참이었다.

튀상이 커피를 사러나간 지 30분이 지났는데, 아직도 돌아오지 않았다. 초조해지려는 찰나에 건너편의 회의실에서 언성을 높이며 얘기하는 소리가 들렸다. 듀프리의 사무실 문은 열려 있었다. 회의실에는 회색 철제 책상이 줄지어 놓여 있고, 회전의자와 모자걸이, 게시판과 커피잔, 그리고 먹다 만 베이글과 도넛 같은 게 널려 있었다.

격앙된 모습의 튀상이 순찰용 푸른 제복에 셔츠 깃을 풀어헤친 흑인 형사와 이야기를 하고 있었다. 듀프리는 그 뒤에서 부보안관과 얘기를 했다. 나를 본 튀상이 흑인 형사의 어깨를 다독이고는 나를 향해 걸어왔다.

"바이런이 죽었어. 난장판이었나 봐. FBI도 두 명이 죽고 두 명은 부상을 당했대. 바이런이 늪으로 도망을 쳤고, 그를 찾아냈을 땐 누군가 이미 도끼로 두개골을 쪼개고 난도질을 쳐놓은 상태였다는군. 도끼를 찾아냈고, 부츠 자국도 많이 확보했대." 그가 손가락으로 턱을 긁었다. "저쪽에서는 라이오넬 폰테노가 자기 방식으로 끝을 내려고 한 게 아닌가 생각하나 봐."

듀프리는 우리를 데리고 사무실로 들어갔지만, 문을 닫지는 않았다. 그는 내 옆에 붙어 서서 팔을 가볍게 쳤다.

"이자였어. 아직도 혼란스럽지만, 똑같은 유리병을 찾아냈다는군. 자네 딸……." 그는 입을 다물었다가 다시 말했다. "자네가 받았던 유리병 말이야. 노트북 컴퓨터와 수제 스피커, 세포조직이 묻은 외과용 칼도 나왔는데, 전부 뒤쪽 헛간에서 찾아냈대. 내가 울리치하고 잠깐 얘기를 했는데, 오래된 의학 문헌에 대해 뭐라고 하더군. 자네 말이 옳았다고 전해달라고 했어. 피해자들의 얼굴을 찾는 중이지만, 그건 시간이 좀 걸릴지도 몰라. 오늘 오후부터 집 주변을 파기 시작할 거라더군."

이게 무슨 기분인지 알 수가 없었다. 안도감, 무거운 짐을 내려놓은 기분, 모든 게 끝났다는 느낌. 하지만 그것 말고도 뭔가가 더 있었다. 끝이 나는 순간에 그 자리에 있지 못했다는 게 실망스러웠다. 그렇게 많은 일을 했건만, 내 손에, 그리고 다른 사람들의 손에 그렇게 많은 사람이 죽었건만, 떠돌이는 마지막 순간까지 나를 교묘히 피해갔다.

듀프리가 자리를 떴고, 나는 의자에 털썩 주저앉았다. 블라인드 틈으로 햇볕이 스며들었다. 튀상은 듀프리의 책상에 걸터앉아 나를 쳐다봤다. 나는 수전과 제니퍼, 우리가 공원에서 함께 보냈던 시간을 떠올렸다. 그리고 마리 아귈라르 부인의 목소리를 떠올리며 이제 편히 눈을 감기를 기원했다.

듀프리의 컴퓨터에서 낮은 신호음이 일정한 간격으로 울렸다. 튀상이 무겁게 몸을 일으켜서 책상 옆을 돌아 컴퓨터 모니터를 볼 수 있는 자리로 갔다. 자판을 몇 번 두드리더니 화면에 뜬 글을 읽었다.

"홀드먼의 자료가 들어오고 있어." 그가 말했다.

나는 옆으로 가서 화면에 뜬 리사 스콧의 치과 기록을 봤다. 자세한 진료기록과 떼우고 뽑은 곳을 표시한 입의 모형도, 그리고 X선 사진이 떴다.

튀상은 검시관의 X선 자료를 불러내서 두 화면을 나란히 배치했다.

"똑같아 보이는데." 그가 말했다.

나는 고개를 끄덕였다. 그게 뭘 의미하는지 생각하고 싶지 않았다.

튀상은 검시관에게 전화를 걸어서 우리가 받은 자료를 설명하고, 잠시 와달라고 부탁했다. 30분 후에 에밀 헉스테터 박사는 홀드먼의 파일을 살펴보면서 자신의 검시 기록과 X선 사진하고 대조했다. 그는 한참 만에 안경을 이마로 밀어올리고 눈 가장자리를 꼬집었다.

"같은 사람이에요."

튀상은 긴 숨을 몇 번에 끊어서 내뱉으며 안타까운 마음으로 고개를 저었다. 떠돌이의 마지막 익살, 오래된 조롱인 것 같았다. 죽은 여자는 리사 스콧, 그 전의 이름은 리사 울리치, 원수처럼 헤어진 부모의 이혼으로 마음에 상처를 입고, 분노로 똘똘 뭉친 10대의 딸을 떼어버린 채 새 출발을 하려는 엄마와 자신에게 필요한 안정감을 제공하지도, 의지가 되어주지도 못한 아빠에게 버림받은 어린 소녀였다.

그녀는 울리치의 딸이었다.

49

수화기 너머로 들리는 목소리는 피곤과 긴장감에 짓눌려 묵직했다. 나는 운전을 하면서 전화를 걸었다. 세인트 마틴의 부보안관이 플레상스에 있던 렌터카를 가져다줬다.

"울리치, 나 버드야."

"그래." 그의 목소리에서는 생기가 전혀 느껴지지 않았다. "소식 들었어?"

"바이런이 죽었다며. 자네 부하도 몇 명 잃었고. 안됐네."

"그래. 난장판이었지. 누가 뉴욕으로 전화를 걸어준 모양이지?"

"아니야." 나는 그에게 진실을 털어놓을지 말지 고민하다가 후자를 택했다. "비행기를 놓쳤어. 지금 라파예트로 가고 있는 중이야."

"라파예트? 젠장, 라파예트에서 뭘 하려고?"

"구경이나 하는 거지 뭐." 튀상과 듀프리하고 의논을 한 결과, 울리치에게는 내가 말하는 게 좋겠다고, 그에게 딸을 찾았다는 소식을 내가 전하는 게 좋겠다고 합의를 봤다. "좀 만날 수 있어?"

"젠장, 버드. 나는 지금 거의 죽을 지경이야." 그러다가 어쩔 수 없다는 듯이 이렇게 덧붙였다. "그래, 만나. 오늘 있었던 일에 대해서도 얘기하고. 한 시간만 기다려. 재즈 케이준이라고 고속도로변에 있어. 사람들한테 물어보면 다 알 거야." 수화기 너머에서 그의 헛기침 소리가 들렸다.

"여자 친구분은 집에 가셨나?"

"아니, 그녀도 여기 있어."

"잘됐군. 이럴 때 누가 옆에 있어주면 좋지." 그는 이렇게 말하고는 전화를 끊었다.

* * *

재즈 케이준은 모텔에 붙은 작고 어두운 술집이었고, 당구대와 컨트리음악을 트는 주크박스가 있었다. 바텐더가 냉장고에 맥주를 채워 넣고 있을 때 스피커에서는 윌리 넬슨의 음악이 흘러나왔다.

울리치는 내가 커피를 두 잔째 마시기 시작했을 때 도착했다. 카나리아 같은 노란색 재킷을 손에 들었고, 셔츠 겨드랑이는 땀으로 얼룩이 졌다. 셔츠는 등과 소매에 흙이 묻고, 팔꿈치 한쪽이 찢어졌다. 황갈색 바지 밑단에는 진흙이 엉겨 붙었고, 발목까지 올라오는 부츠도 역시 진흙투성이였다. 그는 버번과 커피를 시키고는 문가 쪽 자리에 앉았다. 우리는 한동안 아무 말이 없었고, 울리치는 버번을 반쯤 비우더니 커피를 마시기 시작했다.

"있잖아, 버드." 그가 입을 열었다. "지난 일주일간 우리 사이에 있었던 일에 대해서는 나도 유감이야. 각자 자신만의 방식으로 이걸 끝내려고 했던 거지. 그리고 보다시피 이제 끝이 났어……." 울리치는 어깨를 들썩이고 잔을 내 쪽으로 기울였다가 단숨에 비우고는 한 잔을 더 달라고 손짓했다. 눈 밑이 거무스름하고 목덜미에는 꽤 아플 것 같은 종기가 나기 시작했다. 입술은 말라서 갈라졌고, 버번이 입 안쪽에 닿자 오만상을 찌푸렸다. 그가 내 표정을 읽었다. "아구창이야. 아주 고약하지." 그는 커피를 다시 한 모금 마셨다. "어떻게 됐는지 듣고 싶겠지?"

괴로운 순간을 미루고 싶기는 했지만, 그건 원치 않았다.

"이제 뭘 할 건가?" 내가 물었다.

"자야지. 그다음에는 휴가를 내고 멕시코로 가서 그 빌어먹을 미치광이 종교집단에서 리사를 구해낼 수 있을지 알아볼까 해."

가슴이 너무 아파서 벌떡 일어섰다. 술이 너무나 마시고 싶었다. 살면서 뭔가를 이렇게 간절히 원한 적도 없는 것 같았다. 울리치는 내 초조한 기색을 눈치 채지 못 하는 것 같았고, 심지어 내가 화장실에 가려는 것조차 모르는 눈치였다. 이마에 진땀이 나고 열이 나는 것처럼 살이 다 욱신거렸다.

"그 애가 자네 안부를 묻곤 해. 버드맨." 그의 말에 나는 우뚝 멈춰 섰다.

"뭐라고?" 돌아서지는 않았다.

"그 애가 자네 안부를 물어본다고." 그가 다시 한 번 말했다.

그제야 그를 돌아봤다. "마지막으로 소식을 들은 게 언젠데?"

그가 잔을 들고 흔들었다. "두어 달쯤 되는 것 같은데. 두 달, 아니면 세 달."

"확실해?"

그는 손을 멈추고 나를 빤히 쳐다봤다. 나는 어두운 심연 위에서 끈 하나에 매달린 채, 작고 반짝이는 것이 떨어져 나와 다시는 찾지 못할 암흑 속으로 사라지는 걸 봤다. 우리를 둘러싼 술집의 풍경은 모두 멀리 물러나고, 그곳엔 울리치와 나 단 둘뿐, 우리의 얘기를 방해할 건 아무것도 없었다. 발밑에 땅도 없고, 머리 위에 허공도 없었다. 온갖 장면과 기억이 주마등처럼 흘러가느라 머릿속이 윙윙거렸다.

현관 앞에 서서 플로렌스 아퀼라르, 그 다정하고 순진한 여자의 홍진 얼굴을 손가락으로 부드럽게 어루만지던 울리치. 그녀는 마지막 순간에 그가 무슨 짓을 저질렀고, 자신에게 무슨 짓을 하게 만들었는지 알았을 것이다.

"형이상학적인 넥타이지. 조지 허버트 넥타이라고나 할까."

울리치가 즐겨 인용하는 롤리의 〈열정적인 자의 순례〉에 나오는 대구.

"피가 내 몸의 향유여야 하며/ 다른 향유란 없을 것이니."

플레상스에서 받았던 두 번째 전화, 떠돌이가 질문을 허용하지 않았던 전화, 그때 옆에 있었던 울리치.

"그들에겐 인생의 비전이 없어. 자신들의 행위를 좀더 큰 맥락에서 보지 않아. 거기엔 아무 목적도 없어."

레이첼의 기록을 압수하는 울리치와 그의 부하들.

"돌아가는 상황을 자네한테 알려줄지 말지 엄청 갈등이 심해."

그가 건네준 도넛 봉지를 휴지통에 던져 넣던 경찰들.

"그 여자랑 잤지, 버드?"

관심을 갖지 않는 사람을 허세로 속여 넘길 수는 없다.

그리고 뉴욕 술집에서 펭귄판 형이상학 시집을 넘기며 존 던의 시를 인용하던 남자.

황폐한 송장은 고약한 해부이다.

형이상학적 감수성. 레이첼은 바로 며칠 전에 떠돌이에게 이런 정서가 있다고 지적했었다. 울리치가 내 아내와 아이를 죽인 다음날 밤에 잠을 자라며 나를 데려간 이스트 빌리지 아파트의 책꽂이에 꽂혀 있던 시인들의 공통적인 특징이 바로 형이상학적 감수성이었다.

"버드, 괜찮은 거야?" 그의 동공은 작았다. 그건 술집의 빛을 전부 빨아들이는 조그만 블랙홀이었다.

나는 고개를 돌렸다. "응. 마음이 무너질 것 같은 때가 있잖아. 그래서 그래. 금방 올게."

"어디 가는 건데, 버드맨?" 그의 목소리에는 의심이 담겼고, 그리고 그것과 함께 경고와 폭력의 기미가 느껴졌다. 아내가 도망치려 했을 때, 그가 우리 집 복도에서 내 아내를 붙들고 얼굴을 벽에 들이박아서 코를 깨뜨렸을 때 그녀도 이런 목소리를 들었던 걸까.

"오줌 누려고." 내가 말했다.

쓴물이 목구멍으로 넘어와서 그 자리에 주저앉아 토할 것만 같았다. 타는 듯이 격렬한 통증이 배를 후벼 파고 심장을 옥켜쥐었다. 내 죽음의 순간에 베일이 걷히며 그 너머엔 차갑고 검은 공허뿐이라는 게 드러난 것 같았다. 도망치고 싶었다. 모든 것으로부터 도망치고 싶었다. 그래서 다시 돌아왔을 땐 모든 게 정상으로 되돌아가 있기를 바라는 심정이었다. 그래서 다시 아내가 있고, 제 엄마를 빼닮은 딸이 있고, 작고 아늑한 집과 공들여 가꾼 잔디밭과 죽을 때까지 옆을 지켜줄 사람들이 있기를.

화장실은 어둡고 물을 내리지 않은 낡은 변기에서 지린내가 진동했지만, 물은 나왔다. 얼굴에 찬물을 끼얹고 재킷 안주머니에 손을 넣어 휴대전화를 찾았다. 그건 거기 없었다. 울리치가 앉은 테이블에 놓고 왔다. 손잡이를 비틀어 열고 모퉁이를 돌아가며 오른손으로 총을 꺼내 쥐었지만, 울리치는 이미 사라진 후였다.

뒤상에게 전화를 걸었는데 벌써 나갔고, 듀프리도 퇴근을 했다. 나는 교환원을 설득해서 듀프리의 집으로 전화를 걸어 내게 전화를 부탁한다는 말을 전해달라고 했다. 5분 있다가 그에게서 전화가 왔다. 피곤에 찌든 목소리였다.

"중요한 일이 아니기만 해." 그가 말했다.

"바이런은 범인이 아니에요." 내가 말했다.

"뭐야?" 이제 완전히 잠에서 깬 목소리였다.

"그는 사람들을 죽이지 않았어요." 내가 다시 반복했다. 총을 손에 들고 술집 밖으로 나가봤지만 울리치의 흔적은 찾을 수 없었다. 아이를 데리고 걸어가던 흑인 여자 둘을 불러 세웠더니 총을 보자마자 뒷걸음질을 쳤다. "떠돌이는 바이런이 아니에요. 울리치예요. 지금 도망쳤어요. 딸에 대해 거짓말을 하는 걸 보고 알았어요. 딸하고 두어 달 전에 얘기를 했다더군요. 그게 가능하지 않다는 건 당신도 알고 나도 알잖아요."

"자네가 뭘 잘못 생각했을 수도 있잖아."

"듀프리, 내 말을 들어봐요. 울리치는 바이런에게 함정을 놓은 거예요. 그가 내 아내와 딸을 죽였어요. 그는 모피와 그의 아내, 마리 부인과 티진, 루티스 폰테노, 토니 르마를 죽였고, 자신의 친딸을 죽였어요. 그리고 지금 도망치고 있다고요. 내 말 듣고 있어요? 도망치고 있단 말이에요."

"듣고 있어." 듀프리가 말했다. 우리가 얼마나 큰 오판을 했는지 깨달은 그의 목소리는 건조했다.

한 시간 후에 경찰이 미시시피 남쪽 강변인 알지어스에 있는 울리치의 아파트를 급습했다. 오펄루서스 애비뉴에 있는 건물은 1층에 오래된 식품점이 있고, 테라스 옆으로 치자나무가 놓인 쇠 층계를 올라가야 했다. 울리치의 집엔 아치 모양의 창문이 두 개 있고, 떡갈나무 문에는 창을 내지 않았다. 뉴올리언스 경찰이 앞장서고 FBI 요원 여섯 명이 뒤를 따랐다. FBI가 문 양쪽에 자리를 잡았다. 창문을 통해 들여다본 아파트 내부에서는 어떤 움직임도 포착되지 않았다. 물론 그럴 거라고 짐작했던 건 아니었다.

평평한 앞머리에 흰 페인트로 '안녕?'이라고 적혀 있는 공성망치를 경찰 둘이 함께 들고 휘둘렀다. 문은 한 번 만에 박살이 났다. FBI가 안으로 들어갔고, 경찰들은 길과 주변의 마당을 차단했다. 그들은 작은 주방과 어질러진 침대, 새 TV와 빈 피자 상자와 맥주캔, 박스에 담긴 펭귄판 시집들, 그리고 테이블 위에 딸과 함께 웃고 있는 울리치의 사진이 놓인 거실을 살펴봤다.

침실에는 옷장이 있었는데, 열린 문틈으로 구겨진 옷가지와 황갈색 구두 두 켤레가 보였다. 철제 캐비닛에는 커다란 쇠 자물쇠를 채워놓았다.

"열어." 작전을 지휘하던 요원이 명령했다. 부지국장인 카메론 테이트였다. 한 백만 년쯤 전에 마리 부인의 집으로 나를 태워다줬던 것 같은 오닐 브루사드가 개머리판으로 자물쇠를 내리쳤다. 세 번째 내리쳤을 때 자물쇠가 풀렸고, 그가 캐비닛의 문을 열었다.

엄청난 폭발력에 오닐 브루사드는 뒤로 날아가 창문을 뚫고 나갔고, 머리가 거의 떨어져나갔다. 좁은 공간에 유리파편이 우박처럼 쏟아졌다. 테이트는 얼굴에 유리가 박히고 그 자리에서 시력을 잃었다. 목과 방탄조끼도 유리조각으로 뒤덮였다. 다른 FBI 요원 두 명도 울리치가 빈 유리병과 노트북, H3000 음성변조기, 그리고 입과 코를 가리기 위한 피부 색깔의 마스크 등을 보관해뒀던 캐비닛이 폭발하면서 얼굴과 손에 중상을 입었다. 그리고 화염과 유리파편 사이로 검게 그을린 종잇조각이 검은 나방처럼 펄럭이며 바닥에 내려앉았다. 잿더미로 변한 두꺼운 성경 외경이었다.

* * *

오닐 브루사드가 죽어갈 때 나는 세인트 마틴빌의 회의실에 앉아 있었다. 휴가 중이거나 비번인 사람들까지 수색을 위해 전부 소집했다. 울리치는 휴대전화를 꺼놨지만, 통신사에 조치를 취해두었다. 그가 전화를 사용하면 통신사에서 위치를 파악해줄 것이다.

누군가 악어가 그려진 컵에 커피를 담아서 가져다주었고, 나는 커피를 마시면서 레이첼이 있는 모텔방으로 전화를 걸었다. 벨이 열 번쯤 울렸을 때 모텔 직원이 중간에서 전화를 받았다. "당신이…… 버드맨이라는 분인가요?" 그가 물었다. 목소리가 젊고, 주저하는 듯했다.

"네, 그렇게 부르는 사람도 있었죠."

"죄송합니다만, 전에도 전화를 거셨었나요?"

나는 이번이 세 번째 전화라고 말했다. 내 목소리는 내가 듣기에도 날카로웠다.

"선생님께 메시지가 있습니다. FBI의 메시지네요."

FBI 세 자를 말하는 남자의 목소리에는 대단하다는 기미가 역력했다. 욕지기가 목구멍까지 부글거렸다.

"울리치 요원이 남겼네요, 버드맨 씨. 울프 양과 여행을 떠나신다면서, 어디로 찾아올지는 선생님께서 알고 계실 거라고 했습니다. 이건 세 분만의 비밀로 하길 원한다고 하셨어요. 다른 사람들로 인해 일을 그르치는 일이 없었으면 좋겠다고, 이 얘기를 꼭 전해달라고 하셨습니다."

나는 눈을 감았고, 남자의 목소리는 아득히 멀어졌다.

"여기까지가 메시지였습니다. 제가 제대로 전한 건가요?"

튀상과 듀프리와 나는 듀프리의 책상에 둘러서서 지도를 펼쳤다. 듀프리가 빨간색 사인펜으로 크롤리-라마 지역에 동그라미를 쳤다. 라파예트를 중심으로 이 두 마을이 원의 지름 역할을 했다.

"여기 어딘가에 은신처가 있을 거야." 듀프리가 말했다. "자네의 짐작이 옳다면 바이런과 가까워야 했겠지. 아귈라르의 집과도 가까워야 한다면 북쪽으로는 크로츠 스프링스, 그리고 젠장, 남쪽으로 베이유소렐까지 뒤져야 할지도 몰라. 그가 자네 친구를 데려갔다면 조금 지체됐을 거야. 모텔마다 전화를 걸어서 확인할 시간이 필요했을 테니까. 그렇게 길지는 않았겠지만, 운이 따르지 않았다면 충분했겠지. 그리고 여자를 끌고 나오는 데도 시간이 걸렸을 테고. 계속 이동할 생각은 없을 테니까 어딘가에 들어갈 거야. 모텔일 수도 있고, 은신처가 멀지 않다면 은신처로 갈 수도 있겠지."

그가 동그라미 가운데를 펜으로 톡톡 두드렸다. "현지 경찰과 주 방위대에 알렸어. 그러면 이제 우리, 그리고 자네가 남는데."

나는 울리치의 말을 생각하고 있었다. 어디로 찾아올지는 내가 알고 있을 거라는 말. 하지만 아직까지는 생각나는 곳이 없었다. "어디라고 딱 짚어낼 수가 없네요. 빤한 곳들, 아귈라르의 집과 알지어스에 있는 그의 아파트는 이미 뒤져봤고, 그런 곳에는 가지 않을 거예요."

머리를 손으로 감싸 쥐었다. 레이첼 걱정에 이성적인 사고를 할 수 없었다. 조금 물러설 필요가 있었다. 재킷을 들고 문으로 걸어가다가 들어오던 부보안관을 들이받을 뻔했다. 그가 내게 종이 두 장을 건네주었다. 뉴욕의 로스 요원이 보낸 팩스였는데, 스티븐 바튼, 그리고 잠시였지만 그의 새어머니였던 여자의 감시 보고서였다. 대부분의 이름이 몇 주에 걸쳐 반복적으로 나타났다. 사인펜으로 동그라미를 친 이름 하나는 단 두 번만 등장했다. 울리치였다. 로스는 팩스 아래쪽에 이렇게 적어 보냈다. "미안합니다."

그들은 서로를 냄새로 알 수 있지.

"어디 가서 생각을 좀 해봐야겠어요. 연락드릴게요." 내가 말했다.

듀프리는 뭐라고 대꾸를 하려다가 입을 다물었다. 밖으로 나왔더니 내 차가 경찰 전용 주차장에 세워져 있었다. 차에 앉아 창문을 내리고 루이지애나 지도를 꺼냈다. 손으로 지명들을 하나씩 짚어봤다. 아르노빌, 그랑코토, 카렝크로, 브루사드, 밀튼, 카타훌라, 코토홈스, 그리고 여기 세인트 마틴빌. 차를 몰고 도시를 벗어났다.

마지막 지명은 어딘가에서 들어본 것처럼 익숙했지만, 이제는 모든 지명이 다 무슨 의미가 있는 것처럼 들렸고, 그래서 전부 아무 의미가 없어졌다. 마치 자신의 이름을 머릿속으로 한참 되풀이하다 보면 어느 순간 그 이름이 낯설어지면서 자신의 정체성마저 의심스러워지는 것과 비슷했다.

하지만 세인트 마틴빌이 자꾸 뇌리에 맴돌았다. 뉴 이베리아와 어떤 병원. 무슨 간호사. 주디 뉴볼트라는 간호사. 미치광이 주디. 차를 몰고 가는데 수전과 제니퍼가 죽은 후 처음으로 뉴올리언스에 왔을 때 울리치와 나눴던 대화가 떠올랐다. 미치광이 주디. *"글쎄, 내가 전생에 자기를 살해했다는 거야."* 그건 실제로 있었던 일일까? 아니면 뭔가 다른 의미가 담겨 있는 걸까? 울리치는 이미 그때부터 나를 데리고 놀았던 걸까?

생각을 하면 할수록 확신이 생겼다. 그는 주디 뉴볼트가 자신과 헤어진 후에 1년 계약으로 라호야에 갔다고 말했다. 주디가 과연 라호야에 갔을지는 의문이었다. 최근 전화번호부에서는 주디 뉴볼트의 이름을 찾을 수 없었다. 주유소에 남아 있는 옛날 전화번호부에서 이름을 발견했고—전화는 끊겼지만—세인트 마틴빌에 가면 집을 찾을 수 있겠다는 생각이 들었다. 나는 검시관인 헉스테터의 집으로 전화를 해서 주디의 집주소를 알려준 후, 나한테서 연락이 없거든 한 시간 후에 듀프리에게 여길 알려주라고 부탁했다. 그는 마지못해 그러마고 대답했다.

운전을 하면서 데이비드 폰테노와 하니 아일랜드로 그를 불러냈을 게 틀림없는, 데이비드에게 여동생을 찾을 수 있을 거라고 약속했을 울리치의 전화를 생각했다. 데이비드는 죽으면서도 자신이 여동생과 얼마나 가까이 있는지 알 수 없었을 것이다.

나 때문에 죽은 모피와 앤지 생각도 났다. 울리치가 찾아왔을 때 내 머릿속에 울렸던 마리 부인의 목소리, 저무는 햇살에 황금빛으로 물들었던 르마의 시체. 어떤 경위로 상세한 수사 내용이 신문에 실렸는지도 이제 알 것 같았다. 그건 더 많은 사람에게 자신의 작품을 알리려는 울리치의 방법, 이를테면 현대판 해부 시연이었던 셈이다.

그리고 리사를 생각했다. 자그마하고 통통한 검은 눈의 아이. 부모의 별거에 힘들어하고 멕시코의 사이비 종교집단을 안식처로 삼았다가 끝내 아버지에게 돌아갔던 아이. 그 애가 뭘 봤기에 울리치는 딸을 죽였어야 했을까. 세면대에서 피 묻은 손을 씻는 아버지? 루티스 폰테노나 불쌍한 피해자의 몸에서 떼어낸 부위가 담긴 유리병?

아니면, 단지 그럴 수 있기 때문에 죽였을까? 제 피붙이의 살을 자르고 피를 보는 즐거움이 마치 제 몸에 칼을 대는 것과 흡사해서, 제 몸의 해부를 통해 마침내 자신의 내면에서 깊고 붉은 어둠을 찾아내는 것과 가장 흡사하기 때문에 그랬을까?

50

 '신은 생명을 존중합니다'라고 쓴 간판과 창고처럼 생긴 나이트클럽을 지나 세인트 마틴빌로 돌아오는 96번 아스팔트 길 옆으로는 깔끔한 잔디밭과 울창한 사이프러스 숲이 이어졌다. 단정한 마을 광장의 티보도라는 카페에서 주디 뉴볼트의 주소를 보여주며 길을 물었다. 사람들은 그 집을 알고 있을 뿐만 아니라 거기 살던 간호사가 1년 정도, 어쩌면 더 오래, 라호야에서 지내게 됐고, 그래서 남자친구가 집을 관리해주고 있다는 사실까지 알고 있었다.

 퍼킨스 스트리트는 에반젤린 주립공원 입구 건너편에서 시작됐다. 길 끝은 삼거리였고, 오른쪽으로는 집들이 띄엄띄엄 흩어진 시골 같은 풍경이었다. 주디 뉴볼트의 집도 그 거리에 있었다. 자그마한 2층집이었는데, 2층에 어울리지 않게 나지막했고, 그물문 양쪽으로 창문이 두 개씩 있었으며, 위층에는 조금 작은 창문이 세 개 나 있었다. 지붕이 비스듬한 경사를 이루는 동쪽은 단층이었다. 집에는 흰색 페인트를 새로 칠했고 지붕의 깨진 기와도 교체한 것 같았지만, 마당에는 잡초가 수북하고 주변의 나무가 슬금슬금 경계를 넘어오고 있었다.

조금 떨어진 곳에 차를 세우고 숲을 가로질렀다. 숲이 끝나는 지점에서 걸음을 멈췄다. 이미 중천을 넘어 기울기 시작한 해가 지붕과 벽을 붉게 칠하고 있었다. 뒷문은 빗장을 걸고 자물쇠를 채워 놓았다. 앞문으로 들어가는 수밖에 없을 것 같았다.

현관으로 다가가는데 전에 느껴보지 못했던 긴장감에 온몸의 감각이 바짝 곤두섰다. 소리와 냄새와 색깔까지 지나치게 예리하게 감각을 파고들며 나를 압도했다. 주변의 나무에서 나는 소리까지 전부 낱낱이 분간할 수 있을 것 같았다. 뇌에서 내려 보내는 신호에 손이 너무 급하게 반응한 나머지 총이 경련하듯 씰룩거렸다. 손가락 끝에 닿은 방아쇠가 새삼스레 단단하다는 생각이 들고, 손잡이의 윤곽과 굴곡이 또렷하게 느껴졌다. 관자놀이에서 쿵쾅거리는 맥박은 거인의 손이 묵직한 떡갈나무 문을 두드리는 것 같은 소리를 냈고, 낙엽과 나뭇가지를 밟을 때면 거대한 모닥불이 타는 것처럼 타닥거렸다.

위아래 할 것 없이 창문마다 커튼을 쳤고, 문 안쪽에도 커튼을 드리웠다. 문에 드리운 커튼 틈새로 검은 물체가 보였는데, 누군가 창을 깨고 들여다보는 걸 막으려고 쳐놓은 것 같았다. 몸은 벽에 붙이고 오른발로 그물문을 슬쩍 밀었더니, 녹슨 경첩이 삐걱이며 돌아갔다. 문틀 위에는 거미줄이 두껍게 덮였는데, 문이 열리자 거미줄에 걸린 벌레들의 갈색 껍데기들이 흔들거렸다.

손을 뻗어서 현관의 손잡이를 돌렸다. 문은 힘들이지 않고 열렸다. 활짝 밀었더니 침침한 실내가 나타났다. 소파 끄트머리, 반대편 창문 반쪽, 그리고 오른쪽은 복도의 입구였다. 숨을 깊이 들이마시는데 그 소리가 병든 짐승이 낮게 헐떡거리는 힘겨운 신음처럼 머릿속에서 메아리쳤다. 재빨리 오른쪽으로 움직였더니 등 뒤에서 그물문이 닫혔다.

이제 거실이 전부 눈에 들어왔다. 밖의 모습과는 딴판이었다. 주디 뉴볼트, 아니 이 집의 인테리어를 한 사람이 누군지는 몰라도, 한 층을 완전히 걷어내서 거실이 지붕까지 이어졌는데, 천장에 있는 두 개의 채광창에 때가 끼고 아래쪽에는 검은 막까지 부분적으로 덮어 놓았기 때문에, 희미한 빛줄기만이 아래의 나뭇바닥으로 드리웠다. 거실을 밝히는 조명이라곤 양쪽 끝에 세워놓은 흐릿한 램프 두 개뿐이었다.

거실에는 빨간색과 오렌지색 지그재그 무늬가 들어간 긴 소파가 집의 앞쪽을 향하도록 놓여 있었다. 소파 양쪽으로 세트처럼 보이는 의자가 있고, 중앙에 낮은 커피 테이블, 그리고 맞은편 창문 아래쪽에 TV 캐비닛이 있었다. 소파 뒤쪽에는 6인용 식탁과 의자, 그 너머로 벽난로가 보였다. 벽은 인디언 공예품으로 장식했고, 산 꼭대기나 바닷가에 흰 드레스 자락을 흩날리는 여자가 서 있는 신비로운 그림도 한두 점 걸려 있었다. 조명이 희미해서 자세히 보이지는 않았다.

집의 동쪽 부분에는 나무로 발코니 같은 중간층을 만들어놨는데, 왼쪽의 층계로 올라가면 소나무 침대와 옷장이 갖춰져 있는 잠을 자는 공간이 나왔다.

레이첼은 그 발코니에 거꾸로 매달려 있었다. 발목에 밧줄을 묶어서 난간에 매달았다. 몸은 발가벗겼고, 머리카락 끝이 바닥에서 60센티미터도 떨어지지 않았다. 팔은 묶지 않아서 머리카락에 조금 못 미치는 곳까지 늘어졌다. 눈을 부릅뜨고 입도 크게 벌렸지만, 나를 알아보는 것 같지는 않았다. 왼팔에 투명한 반창고가 붙어 있고 그 밑으로 주사바늘이 꽂혀 있었다. 플라스틱 튜브에서 주사액이 방울방울 떨어졌다. 주사액 봉지는 철제 걸이에 걸려 있었는데, 케타민이 천천히, 하지만 꾸준히 그녀의 몸속으로 들어가고 있었다. 밑의 바닥에는 투명한 비닐을 펼쳐놓았다.

발코니 아래쪽은 부엌이었는데 어두웠다. 소나무 찬장과 커다란 냉장고, 그리고 싱크대 옆에 전자레인지가 있었다. 간단히 요기를 할 수 있는 선반과 걸상 세 개가 덩그마니 놓여 있었다. 오른쪽의 발코니 맞은편 벽은 소파와 비슷한 패턴의 벽걸이 천으로 덮어놓았다. 그리고 모든 것 위에 청록 같은 얇은 먼지가 내려앉아 있었다.

뒤쪽의 복도를 확인해봤다. 거기서 두 번째 침실로 들어갈 수 있었는데, 군복 같은 카키색 침낭이 놓인 매트리스를 제외하면 가구가 하나도 없었다. 침대 옆에 녹색 군용 배낭이 펼쳐져 있어서 들여다봤더니 청바지 몇 벌과 크림색 바지 한 벌, 그리고 남자용 셔츠 몇 벌이 있었다. 경사진 지붕 밑이라 천장이 낮은 그 방의 폭은 집의 전체 너비에서 절반 정도였는데, 그렇다면 벽 반대쪽에도 비슷한 크기의 방이 있다는 뜻이었다.

다시 거실로 나오면서도 레이첼에게서 눈을 떼지 않았다. 반대편 복도에 숨어 있는 건지, 아무튼 울리치의 기미는 보이지 않았다. 레이첼은 그가 있는 곳을 알려줄 만한 상태가 아니었다. 벽걸이 천이 걸린 벽을 따라 집의 맞은편으로 천천히 움직이기 시작했다.

절반쯤 갔을 때 레이첼 뒤에서 뭔가 움직이는 게 보였고, 본능적으로 몸을 틀면서 저격 자세를 취했다.

"내려놔, 버드맨. 안 그러면 이 여자는 죽어." 그는 레이첼을 방패 삼아 그 뒤의 어둠 속에서 때를 노리고 있었다. 그는 그녀에게 바짝 다가셨고, 여전히 몸의 대부분을 가린 상태였다. 보이는 건 황갈색 바지의 가장자리, 흰 셔츠의 소매, 머리 한쪽뿐이었다. 총을 쐈다간 레이첼을 맞힐 게 틀림없었다.

"내 총이 그녀의 등을 겨누고 있어, 버드. 아름다운 몸에 총구멍을 내고 싶지는 않아. 그러니까 총 내려놔."

나는 몸을 숙여서 총을 바닥에 가만히 내려놨다.

"이제 그걸 발로 차서 밀어버려."

발 옆 부분으로 밀어 낸 총은 바닥을 미끄러지면서 빙글빙글 돌다가 가까운 의자 발치에 닿고 멈췄다.

그러자 그가 그림자 밖으로 모습을 드러냈지만, 그는 더 이상 내가 알던 사람이 아니었다. 마치 진정한 본성을 드러냄으로써 변신이 이뤄진 것 같았다. 얼굴은 전보다 더 수척했고 눈 밑의 어두운 그림자 때문에 해골 같은 인상이었다. 하지만 그 눈. 그 눈은 어두침침한 가운데에서도 검은 보석처럼 반짝였다. 내 눈이 실내의 빛에 익숙해지자 그의 홍채가 거의 사라졌다는 걸 알 수 있었다. 크고 검은 그의 동공은 방의 빛을 탐욕스럽게 빨아들였다.

"어째서 자네였던 거지?" 그건 차라리 나한테 묻는 질문이었다. "우리는 친구였잖아."

그는 미소를 지었지만, 황량하고 공허한 그 미소는 그의 얼굴 위에서 눈발처럼 흩어졌다.

"그 애를 어떻게 찾은 거야, 버드?" 그의 목소리가 낮았다. "리사를 어떻게 찾았냐고. 루티스 폰테노는 내가 자네한테 넘겨준 거지만, 리사는 어떻게 찾아냈어?"

"그 애가 날 찾았나 보지." 내가 대답했다.

"상관없어." 그가 부드럽게 말했다. "지금은 그런 것을 왈가왈부할 시간이 없거든. 완전히 새로운 노래를 불러야 하니까."

이제 그는 모습을 전부 드러냈다. 한 손에는 개조한 것처럼 보이는 총신이 넓은 공기권총을 들었고, 다른 손에는 외과용 메스를 들었다. 허리춤에 시그를 끼운 바지 끝에는 아직도 진흙이 그대로 묻어 있었다.

"그 애를 왜 죽였나?"

울리치는 손에 든 메스를 이리저리 뒤틀었다. "왜냐면, 그럴 수 있으니까."

구름이 지나가면서 채광창으로 들어오는 햇볕을 막았는지 방의 빛이 달라지고, 어두워졌다. 나는 그 틈을 이용해서 무게중심을 옮기며 몸을 살짝 움직였다. 눈으로 바닥에 놓인 총의 위치를 확인했다. 케타민의 위협에 직면하니 모든 게 상대적으로 너무 휙휙 움직이는 것 같고, 내 동작이 과장되어 보였다. 울리치가 총을 한 번에 스르르 들어올렸다.

"그러지 마, 버드. 그리 오래 기다리지 않아도 될 거야. 서두를 것 없어."

방은 다시 환해졌지만, 많이 밝아진 건 아니었다. 해가 빠르게 저물고 있었다. 곧 어둠만이 남을 것이다.

"처음부터 이런 식으로 끝날 거였어, 버드. 자네와 내가 이런 방에서. 처음부터 내가 그렇게 계획했거든. 자네는 애초에 이런 식으로 죽을 예정이었어. 어쩌면 여기서, 어쩌면 나중에 다른 곳에서." 그가 다시 한 번 미소를 지었다. "어쨌거나 나를 승진시켰을 테니까. 또 움직일 때가 왔겠지. 하지만 결국엔, 늘 이렇게 될 운명이었어."

그는 한 발자국 앞으로 나왔다. 총은 조금도 흔들리지 않았다.

"자넨 하찮은 인간이야, 버드. 내가 하찮은 인간을 얼마나 많이 죽였는지 알고나 있어? 여기부터 디트로이트까지 똥통 같은 도시에 사는 이동주택촌 쓰레기들. 죽을 때까지 오프라 쇼나 들여다보고 개새끼처럼 붙어서 뒹구는 거렁뱅이년들. 마약중독자. 술주정뱅이. 그런 인간들한테 염증난 적 없어, 버드? 아무 짝에도 쓸모없는 인간들, 천만 년을 살아봐야 아무것도 이루지 못하고 하는 일도 없고 세상에 아무 기여도 하지 않을 그런 인간들? 자네가 그중에 한 명일지 모른다는 생각을 해본 적 없어? 나는 그들에게 자신들이 얼마나 하잘 것 없는지 보여줬어, 버드. 얼마나 무의미한지를 보여줬다고. 자네의 아내와 딸에게 그들이 얼마나 하찮은지 보여준 거야."

"바이런은? 그도 그런 하찮은 인간들 중에 하나였나? 아니면 자네가 그렇게 만든 건가?" 나는 그에게 계속 말을 시키려고 했다. 그러다 보면 총에 가까이 갈 기회를 노릴 수 있을 것 같았다. 말을 멈추는 순간, 그는 레이첼과 나를 모두 죽이려 할 게 틀림없었다. 하지만 그런 것에 상관없이 이유를 알고 싶었다. 이 모든 걸 설명해줄 이유가 있을 수 있다면, 그걸 알고 싶었다.

"바이런." 울리치는 희미하게 미소를 지었다. "내가 시간을 좀 벌어야 했거든. 내가 병원에서 시체를 훼손했을 때 모두가 그를 의심하니까 그는 배턴루지로 도망을 쳤어. 내가 찾아갔지. 그에게 케타민을 시험했고, 계속해서 가져다줬어. 한 번은 도망을 치려 했지만 내가 찾아냈지. 결국엔 다들 나한테 붙잡혔어."

"그에게 FBI가 올 거라고 경고해준 건 자네지? 그가 FBI에 반격을 가해서 뭐라고 떠들어댈 기회가 생기기 전에 죽게 만들려고 자네의 부하들까지 희생시킨 거야. 아들레이드 모던한테도 자네가 경고를 해준 건가? 낌새를 채고 나서? 내가 추격하고 있다고 말해준 거야? 자네가 그녀를 도망치게 했어?"

울리치는 대답하지 않았다. 그러는 대신 메스 반대쪽으로 레이첼의 팔을 쓸어내렸다. "이렇게 얇은 피부가 그렇게 많은 양의 피를 지탱할 수 있다는 사실이 놀랍지 않아?" 그리고는 메스를 뒤집어서 오른쪽 어깨부터 가슴 사이의 골까지 견갑골을 따라 칼을 그었다. 레이첼은 움직이지 않았다. 눈은 여전히 휘둥그렇게 뜨고 있었지만, 뭔가 번쩍이는가 싶더니 왼쪽 눈 가장자리로 눈물 한 방울이 떨어져서 머리카락 사이로 스며들었다. 상처에서 난 피는 목덜미를 따라 턱에 고였다가 얼굴을 타고 흐르며 빨간 선을 그었다.

"이것 좀 봐, 버드. 피가 그녀의 머리로 가고 있나 봐."

그가 머리를 한쪽으로 기울였다. "그다음에 자네를 끌어들였어. 자네는 여기에 깃들어 있는 순환성을 이해해야 해, 버드. 자네가 죽으면 모두가 나에 대해 알게 되겠지. 그때가 되면 나는 사라졌을 테고 다시는 찾아내지 못할 거야, 버드. 나는 이 세상의 모든 술책을 알고 있으니까, 또다시 시작할 거야."

그가 희미하게 미소를 지었다.

"썩 잘 알아듣는 표정이 아니로군. 어찌 됐건 버드, 내가 자네의 가족을 죽인 건 자네한테 선물을 준 거야. 그들이 살아 있었다면 자네를 떠났을 테고, 자네는 수많은 술주정뱅이 가운데 한 명이 됐겠지. 어떤 면에서는 내가 자네의 가족을 하나로 뭉치게 해준 거나 다름없어. 그들을 고른 건 자네 때문이었지, 버드. 자네는 우리가 뉴욕에서 친구가 됐을 때 내 앞에서 가족을 과시했어. 그래서 그들을 고른 거야."

"마르시아스." 내가 조용히 말했다.

울리치는 레이첼을 힐끗 쳐다봤다. "똑똑한 여자야, 버드. 딱 자네 타입이지. 수전처럼. 이제 곧 이 여자도 자네의 죽은 옛사랑이 되겠지만, 이번엔 슬퍼할 시간이 그리 길지 않을 거야."

그는 메스를 가볍게 튕기듯 휘두르며 레이첼의 팔에 가는 금을 그었다. 그는 자신이 뭘 하고 있는지조차 깨닫지 못하고 앞으로 어떤 행동을 할지도 예측하지 못하는 것 같았다.

"난 내세를 믿지 않아, 버드. 그건 진공일 뿐이지. 여기가 지옥이야, 버드. 우리가 그 안에 있는 거야. 자네가 상상할 수 있는 모든 고통, 모든 상처, 모든 불행은 여기서 찾을 수 있어. 이건 죽음의 문화고, 추종할 가치가 있는 유일한 종교야. 이 세계는 나의 제단이야, 버드. 하지만 자네가 이해할 거라고는 생각하지 않아. 결국 인간이 죽음이라는, 마지막 고통이라는 그 현실을 제대로 이해하는 건 자신이 죽는 그 순간뿐이니까. 그게 내 작품의 결함이지만, 그렇기 때문에 더 인간적이라고도 할 수 있지. 그걸 나의 허영이라고 생각해도 좋아."

그가 손에 쥔 메스를 돌리자 저무는 햇살과 피가 칼날 위에서 뒤엉켰다.

"이 여자는 처음부터 옳았어, 버드. 이젠 자네가 배울 차례지. 이제 죽음의 숙명에 대한 수업을 들으면서, 동시에 그에 대한 교훈이 되는 거야. 다시 한 번 피에타를 만들어보려고, 버드. 그런데 이번엔 자네와 자네의 숙녀 친구분이 주인공이 되는 거야. 모르겠어? 인류 역사상 가장 유명한 죽음과 비통함의 표현, 인류와 희망과 모두의 부활을 위한 자기희생의 강력한 상징. 자네가 그 작품의 일부가 되는 거라고. 다만 이번에 우리가 창조하는 건 반(反)부활, 살로 빚은 어둠이지."

그가 앞으로 걸어 나왔다. 눈이 섬뜩할 정도로 반짝였다.

"자네가 죽음에서 살아 돌아오는 일은 없을 거야, 버드. 그리고 자네가 죽음으로 속죄해야 할 것도 자네의 죄뿐이야."

총이 발사됐을 때 나는 얼른 오른쪽으로 몸을 움직였다. 하지만 알루미늄 주사기가 꽂히면서 몸 왼쪽으로 예리하게 찌르는 통증이 번졌고, 나뭇바닥을 디디며 걸어오는 울리치의 발소리가 들렸다. 왼팔을 뻗어서 아픔을 무릅쓰고 주사기를 뽑았다. 엄청난 양의 주사액이었다. 총을 향해 손을 뻗을 때 이미 몸에 퍼지는 약의 효과가 느껴졌다. 총을 힘껏 움켜쥐고 울리치에게 총을 겨눴다.

그가 불을 꺼버렸다. 레이첼로부터 조금 떨어진 거실 중앙에서 오른쪽으로 움직이는 낌새가 보였다. 창문 앞을 지나가는 형체를 향해 총 두 발을 발사했다. 아픔에 겨운 외마디 외침과 유리창 깨지는 소리가 들렸다. 손가락만큼 가느다란 햇살이 거실로 스며들었다.

뒷걸음질을 치다가 두 번째 복도에 닿았다. 울리치의 형상을 찾아보려 했지만 어둠 속으로 몸을 감춘 것 같았다. 두 번째 주사기가 내 옆의 벽에 꽂혔고, 그 바람에 왼쪽으로 몸을 날려야 했다. 이제 사지가 무거워져서 팔다리를 움직이기도 힘겨웠다. 누가 가슴을 누르는 것만 같았고, 일어나려고 해도 내 무게를 지탱할 수 없다는 걸 알았다. 계속 뒤로 움직였다. 그 동작 하나하나가 힘겨웠지만, 멈췄다간 두 번 다시 움직이지 못할 것 같았다. 거실에서 나무가 삐거덕거리는 소리가 났고, 울리치의 거친 숨소리가 들렸다. 그가 짖듯이 뱉어낸 짧은 웃음에서 고통을 감지할 수 있었다.

"빌어먹을, 버드. 젠장. 아프군." 그가 다시 웃었다. "이 대가를 치르게 해주겠어, 버드. 너와 네 여자한테. 네놈들의 영혼을 갈기갈기 찢어주지."

그의 목소리는 짙은 안개 너머에서 들리는 것 같았고, 소리의 굴절로 인해 방향과 거리를 가늠하기가 힘들었다. 복도의 벽이 물결치고 갈라졌으며, 그 틈에서 검은 먹피가 줄줄 흘렀다. 손 하나가 나를 움켜쥐려고 다가오는데, 약지에 금반지를 낀 가느다란 여자의 손이었다. 손으로 바닥을 짚고 있다는 걸 알면서도 그걸 잡으려고 뻗는 내 손이 보였다. 여자의 손이 하나 더 나타나더니 눈앞에서 흔들어댔다.

버드.

나는 뒤로 물러나면서 환영을 떨쳐내려고 머리를 흔들었다. 그러자 작은 손 두 개가 어둠 속에서 나타났는데, 이번엔 아이의 고운 손이었다. 나는 눈을 질끈 감고 이를 악물었다.

아빠.

"아니야." 나는 이를 악물고 외쳤다. 손톱 하나가 부러져서 왼손의 검지를 타고 통증이 온몸에 퍼질 때까지 손톱을 바닥에 박을 듯이 짓눌렀다. 케타민의 효과를 떨쳐내려면 그래야 했다. 다친 손가락을 세게 눌렀고, 통증에 숨이 턱턱 막혔다. 벽 앞에서는 여전히 그림자가 움직였지만, 아내와 딸의 환영은 사라졌다.

이제 복도는 불그스름한 빛에 휩싸였다. 등이 뭔가 차갑고 묵직한 것에 닿았고, 힘을 주자 천천히 움직였다. 내가 기댄 건 반쯤 열린 철문이었는데, 왼쪽에 빗장 세 개가 달려 있었다. 가운데 빗장은 얼핏 보기에도 지름이 2~3센티미터는 될 것처럼 어마어마하게 컸고, 거대한 황동 자물쇠가 풀린 채 걸려 있었다. 열린 문틈으로 불그스름한 빛이 새어나왔다.

"버드맨, 이제 다 끝났어." 울리치가 말했다. 그의 목소리는 이제 아주 가까웠지만, 모습은 여전히 보이지 않았다. 그는 어디 모퉁이에서 내 움직임이 멈추기만을 기다리고 있는 모양이었다. "약기운 때문에 곧 움직이지 못하게 될 거야. 총은 던져버려, 버드. 그러면 우리의 작업을 시작할 수 있어. 빨리 시작할수록 빨리 끝날 거야."

더 힘껏 밀었더니 문이 완전히 열리는 느낌이 들었다. 발꿈치에 힘을 주고 한 번, 두 번, 세 번 밀었을 때 몸이 쓰러지면서 바닥부터 천장까지 이어진 선반에 닿았다. 방에는 천장 한가운데에 붉은 알전구 하나만 밝혀놓았다. 창문을 막은, 벽돌이 그대로 드러나 있었다. 방 안에 있는 내용물을 밝혀줄 자연의 빛은 스며들 여지가 없었다.

맞은편의 문 왼쪽에는 구멍 뚫린 철판에 나사로 고정한 철제 선반이 줄지어 있었다. 선반마다 유리병들이 여러 개씩 있었고, 희미한 붉은빛에 반짝이는 내용물은 사람의 얼굴이었다. 대부분은 알아볼 수 없는 상태였다. 포르말린 속에서 형태가 뭉그러졌다. 어떤 건 아직 눈썹이 보였지만, 어떤 건 입술이 거의 하얗게 탈색됐고, 가장자리가 너덜너덜 찢어졌다. 맨 아래 선반에는 검은 얼굴 두 개가 유리에 거의 닿을 듯이 붙어 있었는데, 이런 식으로 훼손됐어도 그게 마리 아길라르 부인과 아들의 얼굴이라는 걸 알아볼 수 있었다. 앞에 있는 유리병을 세어보니 열다섯 개쯤 되는 것 같았다. 뒤쪽에서 선반이 살짝 움직였고, 유리가 서로 부덮히는 소리와 액체가 출렁이는 소리가 들렸다.

고개를 들었다. 나란히 놓인 유리병이 천장까지 빼곡했고 거기에는 하얗게 질린 인체의 부위들이 담겨 있었다. 내 왼쪽 눈 옆으로 얼굴 하나가 유리병 앞에 닿은 채 영원을 꿰뚫을 것처럼 휑한 눈구멍을 벌리고 있었다. 그리고 나는 저기 어딘가에 수전의 얼굴이 담겨 있으리라는 걸 알았다.

"내 컬렉션을 본 감상이 어때, 버드?" 울리치의 어두운 형체가 복도를 따라 천천히 움직였다. 한 손에는 권총의 윤곽이 뚜렷한 것을 들고 있었다. 다른 손 엄지로는 메스의 날을 가만히 문질렀다.

"수전이 어디에 있는지 궁금하겠지? 중간 선반, 왼쪽에서 세 번째에 있어. 저런, 버드. 어쩌면 지금 바로 그 옆에 앉아 있을지도 몰라."

나는 움직이지 않았다. 눈도 끔뻑이지 않았다. 죽은 자들의 얼굴에 둘러싸인 채 선반을 기대고 앉은 몸이 축 늘어졌다. 내 얼굴도 곧 저기에 놓일 거라고, 레이첼과 수전과 내 얼굴이 영원히 나란히 놓일 거라고 생각했다.

울리치는 앞으로 다가와 문가에 섰다. 그가 공기권총을 들어올렸다.

"지금까지 이렇게 오래 버틴 사람은 아무도 없었어, 버드. 티진마저도 그렇게 못했지. 강한 꼬마였는데도." 그의 눈이 시뻘겋게 빛났다. "이 말을 해줘야겠군, 버드. 결국 이건 아플 거야."

그가 손가락을 방아쇠에 걸었고, 주사기가 발사되면서 딸깍하는 소리가 들렸다. 날카로운 통증이 가슴을 찔렀을 때 나는 이미 총을 들었다. 팔이 저리도록 묵직근했고, 눈앞에서 움직이는 그림자들 때문에 시야가 흐려졌다. 방아쇠에 건 손가락에 힘을 주려고 했다. 위험을 감지한 울리치가 메스로 내 팔을 베려고 앞으로 다가왔다.

 방아쇠는 천천히, 무한대에 가깝도록 천천히 당겨졌고, 세상의 속도도 함께 느려졌다. 울리치는 우주에서 유영하는 것 같았고, 칼은 물속에서처럼 곡선을 그렸다. 그의 입이 크게 벌어졌지만 그 목구멍에서 나오는 소리는 터널 안에 휘몰아치는 바람소리 같았다. 방아쇠가 실오라기만큼 더 뒤로 당겨졌고, 내 손가락이 얼어붙은 것처럼 멈춘 것과 동시에 밀폐된 공간 안에서 총성이 울려 퍼졌다. 어느새 1미터 앞까지 다가왔던 울리치는 가슴에 첫 총알이 박히는 순간 몸이 뒤로 젖혀졌다. 내가 손가락을 떼지 않아서 자동발사 장치가 작동됐고, 여덟 발의 총알이 거의 동시에 쏟아지면서 옷과 살을 찢으며 그의 몸에 박혔다. 그의 몸에서 빠져나온 총알에 유리병이 깨지면서 바닥에 포름알데히드가 쏟아졌다. 울리치는 뒤로 넘어져서 바닥에 쓰러진 채 몸을 떨며 경련했다. 그러다 한 번 어깨와 머리를 일으켰지만, 눈동자의 빛은 이미 죽어가고 있었다. 그러더니 다시 뒤로 쓰러져 두 번 다시 움직이지 않았다.

 총의 무게를 이기지 못한 팔이 아래로 툭 떨어졌다. 물이 똑똑 떨어지는 소리가 들렸고, 내 옆으로 모여든 죽은 자들의 존재가 느껴졌다. 멀리서 울리는 사이렌 소리를 들으며 이제 나한테 무슨 일이 생기든 최소한 레이첼은 안전하다고 생각했다. 솜털처럼 가벼운 뭔가가 내 뺨을 스치는 느낌이 들었다. 마치 잠들기 전에 연인이 어루만지는 사랑의 손길 같았고, 평화로움이 온몸을 감싸는 기분이었다. 마지막 남은 의지로 눈을 감고 세상이 고요해지길 기다렸다.

에필로그

    스카보로 교차로에서 좌회전을 한 다음 가파른 내리막을 따라 오른쪽의 대성당과 오래된 공동묘지와 소방서를 지나갈 때 길 동쪽과 서쪽에 펼쳐진 드넓은 습지 위에서는 저물어가는 저녁 해가 서글프게 반짝였다. 이제 곧 어둠이 내리면 마을에서는 집집마다 불을 밝히겠지만 프라우츠넥 로드에 있는 여름 별장에는 불이 들어오지 않을 것이다. 프라우츠넥으로 슬금슬금 밀려들어온 바닷물에 모래와 바위가 서서히 잠겼다. 이제 성수기가 지났고, 우람한 블랙 포인트 인은 텅 빈 식당과 고요한 술집과 직원용 숙소에도 자물쇠를 채운 채 침침한 분위기로 서 있었다. 주렁주렁 치장한 보석에 반짝이는 촛불이 황금빛 나방처럼 테이블 주변에서 춤을 추는 건 보스턴과 뉴욕 북부의 돈 많은 노인네들이 이곳에 내려와 수영장 옆에서 점심 뷔페를 먹고 멋진 차림으로 만찬을 즐기는 여름이다.
    바다 건너 올드 오처드 해변의 불빛이 보였다. 바다에서 서늘한 바람이 불어와서 홀로 뒤처진 갈매기들을 이리저리 흔들어댔다. 나는 코트를 단단히 여미고 모래밭에 서서 모래알갱이들이 물살에 소용돌이

치며 쓸려가는 것을 바라봤다. 바람이 모래를 일으켜 세워 늙은 유령처럼 끌고 다니다가 어딘가에 다시 눕힐 때면 엄마가 아이를 자장자장 재우는 듯한 소리가 났다.

나는 오래전 그날 대디 헴스의 부하가 내 몸에 흙과 개미를 쏟아부을 때 클래런스 존스가 서 있었던 자리 근처에 섰다. 그건 그때도 쓰라린 교훈이었고, 그걸 다시 배우는 건 더 쓰라렸다. 내 앞에서 몸을 부들부들 떨며 서 있던 그의 얼굴을 떠올렸다. 자신이 무슨 일을 저질렀고 뭘 잃어버렸는지 깨달은 그 황량한 표정을.

할 수 있다면 클래런스 존스의 어깨를 감싸 안고 괜찮다고, 이해한다고, 앙심 같은 건 품지 않는다고 말하고 싶었다. 걸을 때마다 그의 싸구려 신발이 찰싹거리는 소리를 듣고 싶었다. 그가 물수제비를 뜨는 걸 보면서 아직도 우리가 친구라는 걸 확인하고 싶었다. 그와 함께 집까지 먼 길을 함께 걸어가며 제목도 모르는 노래에서 유일하게 아는 세 마디만 한없이 반복하는 그의 휘파람 소리를 듣고 싶었다.

하지만 그럴 수 없는 나는 이제 다시 차에 올라 저무는 가을 햇살을 받으며 포틀랜드로 돌아갈 것이다. 세인트존에 커다란 퇴창이 있고, 흰 침대보가 깨끗하며, 복도 아래쪽에 공동 화장실이 있는 숙소를 잡았다. 나는 침대에 누워 창문 아래로 차들이 지나고, 맞은편 버스 터미널에 고속버스가 들락거리고, 사람들이 빈병과 깡통이 가득 담긴 쇼핑 카트를 밀고 재활용 집하장으로 가는 소리를 들을 것이다.

그리고 짙어가는 어둠 속에서 맨해튼으로 레이첼에게 전화를 걸 것이다. 벨이 울리고, 따르릉 따르릉, 자동응답기가 돌아갈 것이다. "지금 저는 전화를 받을 수 없지만……" 그녀가 병원을 떠난 후로 같은 메시지를 수없이 들었다. 병원의 안내 직원은 레이첼이 어디 있는지 말해줄 수 없다는 소리만 반복했다. 대학 강의는 취소됐다. 그래도 나는 호텔 방에서 자동응답기에 대고 얘기를 할 것이다. 마음만 먹으면 그녀를 찾을 수도 있었다. 다른 사람들을 찾으러 다녔을 땐, 찾아내면 죽어 있었다. 그래서 그녀의 뒤를 쫓고 싶지 않았다.

이런 식으로 끝날 일이 아니었다. 그녀는 지금 내 옆에 있어야 했다. 울리치의 칼에 흉터가 나지 않은 희고 완벽한 피부로. 밤마다 나타나는 환영에 시달리느라 겁먹지 않은 밝고 다정한 눈동자로. 내 손이 닿으면 괴롭기라도 한 것처럼 나를 막으려는 게 아니라 어둠 속에서 나를 향해 손을 내밀며. 과거에 대해서는, 이미 일어난 일들과는 화해하고 적응하겠지만, 지금 닥친 일은 각자 혼자서 감당할 것이다.

아침이면 에드거가 라디오를 켜고, 로비의 테이블 위에 오렌지주스와 커피, 그리고 비닐에 싼 머핀을 차려 놓을 것이다. 그걸 먹은 다음에는 할아버지의 집으로 가서 일을 시작할 것이다. 동네 사람 한 명이 겨울에 지낼 수 있도록 지붕과 벽을 손보고 집을 고치는 걸 도와주기로 했다.

그러면 테라스에 앉아 바람이 상록수를 움켜쥐고 가지를 눌러 새로운 형태로 만들며 나뭇잎으로 부르는 노래를 들을 것이다. 그리고 개가 짖는 소리를 듣고, 낡은 판자를 발로 긁어대는 소리를 듣고, 서늘한 저녁 공기 속에서 나른하게 꼬리로 바닥을 내리치는 소리를 들을 것이다. 아니면 할아버지가 입맞춤처럼 따뜻하고 부드러운 위스키 잔을 옆에 내려놓은 채 파이프에 담배를 다져넣기 위해 난간을 탁탁탁 내리치는 소리, 엄마가 당신보다 오래된, 이 집만큼 오래된 파란 무늬 접시를 부엌 식탁에 놓을 때 치마가 살랑이던 소리에 귀를 기울일 것이다.
 플라스틱 밑창을 댄 신발소리가 멀리 어둠 속으로 사라져가며 모든 죽은 것들 위로 마침내 내리는 평화의 소리를 들을 것이다.

모든 죽은 것

초판 1쇄 인쇄 2011년 7월 22일
초판 1쇄 발행 2011년 7월 28일

지은이 | 존 코널리
옮긴이 | 강수정
발행인 | 정상우
주간 | 김영훈
기획편집 | 이민정
마케팅·관리 | 현석호, 김정숙

발행처 | 오픈하우스 @openhousebooks
출판등록 2007년 11월 29일 (제13-237호)
주소 | 서울시 마포구 서교동 465-18 (121-841)
전화 | 02-333-3705   팩스 | 02-333-3745
홈페이지 | www.openhousebooks.com

ISBN 978-89-93824-55-1 (03840)

• 잘못된 책은 바꾸어 드립니다.
• 값은 뒤표지에 있습니다.

이 책은 환경보호를 위해 재생종이를 사용하여 제작하였으며
한국간행물윤리위원회가 인증하는 녹색출판 마크를 사용하였습니다.